Brandon Sanderson

布蘭登・山德森

BEST 嚴選

奇幻基地出版

颶光典籍首部曲

王者之路・下冊

The Stormlight Archive: The Way of Kings

布蘭登．山德森 著
段宗忱 譯

Brandon Sanderson

BEST 嚴選

緣起

在繁花似錦的奇幻文學花園裡，你或許還在門外徘徊，不知該如何抉擇進入的途徑；也或許你已經置身其中，卻因種類繁多，或曾經讀過不合口味的作品，而卻步、遲疑。

BEST嚴選，正如其名，我們期許能透過奇幻基地對奇幻文學的瞭解，以及對讀者的理解，站在出版者與讀者的雙重角度，為您精選好作家與好作品。

他們是名家，您不可不讀：幻想文學裡的巨擘，領域裡的耀眼新星。

它們最暢銷，您怎可錯過：銷售量驚人的大作，排行榜上的常勝軍。

這些是經典，您務必一讀：百聞不如一見的作品，極具代表的佳作。

奇幻嚴選，嚴選奇幻。請相信我們的眼光，跟隨我們的腳步，文學的盛宴、幻想世界的冒險，就要展開。

excellent bestseller classic

目錄

目錄

插圖

羅沙

蒸騰海洋
阿卡克
北握
賀達熙
穆恩密庫
法瑞克夫
拉特
艾拉那
賈·克維德
法拉斯
食角人山峰
科林納
卡
書林
雅
烈
席
巴伏
席爾那森
拉薩拉思
晨影
費德納
度馬達利
里亞斯
貝拉
塔拉海
卡拉納克
破碎平原
卡布嵐司
凍土之地
新那坦南
長眉海峽
淺窨
賽勒那
始源之海
為榮耀吾王加維拉·科林陛下
製圖師泰莎西克·書林
ISASIK SHULIN
1167

Roshar
無盡海洋
勞
艾洛里
雷熙諸島
卡西朵
里拉
庫司
依瑞
雷熙海
艾拉
巴巴薩南
帕那坦
純湖
雪諾瓦
艾米亞海
育雷
德西
亞西爾
艾米亞
葉席爾
亞西米爾
利亞佛
塔西克
艾姆歐
使丁
瑟瑟瑪雷達
圖卡
瑪拉
冰水
N
S
背風向
順風向
南方深淵

重拾古老誓言

生先於死

力先於弱

旅程先於終點

人與碎甲重聚

燦軍必將再起

36 課程

「他拿著可以束縛無論是虛無或凡間生物的晨碎，小心翼翼地爬上爲神將塑造的台階，每一階都有十步那麼高，朝上方偉大的神殿前進。」

——出自《艾司塔之詩》，我找不到任何現代的文獻解釋這些「晨碎」到底是什麼。學者似乎完全忽略了這些事，但很明顯的是，在早期記錄的神話中，晨碎經常被提到。

紗藍讀著：穿越無主丘陵時碰到當地人是常事。這些古老的大地曾經屬於銀色帝國。不知道這些巨殼獸類是當初就生活在這裡，還是在人類離開以後才來。

她坐回椅子上，濕熱的空氣包圍著紗藍，加絲娜．科林靜靜地漂浮在她左方嵌於澡堂地板上的池子裡。加絲娜喜歡泡澡，紗藍相當可以理解。紗藍大半輩子以來要洗澡總是件相當辛苦的事，需要幾十個帕胥人搬運一桶又一桶的熱水，然後她得趁水涼之前趕快在黃銅浴缸內沖洗一陣。

卡布嵐司皇宮的澡堂則奢華很多。地上的石池幾乎是一人份的小池塘，精巧的法器負責把水加熱——簡直是奢華無比。

紗藍對於法器的理解不多，但有一部分的她感覺相當好奇。這類法器越發常見，前幾天集會所的人才送了一個給加絲娜爲她暖屋子。

這裡的水不是一桶一桶提進來，而是從水管流出。手把一轉，水便流入，進來的時候就是暖的，然後被鑲在池子周圍的法器持續加熱。紗藍也在這裡泡過澡，感覺美妙無比。

澡堂的裝潢走實用風格，以岩石爲主，牆上嵌著彩色的石頭。紗藍穿著整齊地坐在池子邊，讀著書，等待加絲娜召喚。這本書是加維拉多年前親自對加絲娜口述，描述他第一次遇見後來被叫作帕山迪人的奇特帕胥人的情境。

她繼續讀著。偶爾在我們探索的時候，我們會碰到當地人。不是帕胥人，而是拉坦人，有著淺藍色的皮膚、寬鼻子，還有羊毛一樣濃密的白髮。我們拿食物跟他們交換巨殼獸類在何處狩獵的消息。

然後，我們遇見了帕胥人。我來那塔那坦探險已經至少有六次，但我從來沒有見過這種景象！獨自居住的帕胥人？所有的邏輯、經驗和科學都聲稱這是不可能的。帕胥人需要文明人來指引他們。這是一遍又一遍被證實過的事情。如果把帕胥人放在野外，他只會坐在那裡，什麼都不做，直到有人來給他命令爲止。

可是這裡有一群帕胥人會打獵、製作武器、搭蓋建築物，絕對是在創造他們自己的文化。我們很快明白，光是這個發現就有可能拓展，甚至顛覆我們對這些溫和僕人的了解。

紗藍讀著書頁的底部，那裡有一條線分隔，以極小的字體寫著注釋。大多數由男子口述的書都有注釋，是寫書的女子或執徒做的注記。不成文的規則是，唸書的人不會讀出這些注釋。因爲有時候妻子會在這裡澄清，甚至是反駁丈夫的描述。唯一能爲未來的學者維持如此誠實的方法，就是保持文字的神聖與隱密性。

加絲娜在這段文字下方寫的注釋是：此處我依從我父親的指示，將我父親的描述修改成比較合適的用詞。意思是她把他的口述改寫成比較有學術性，聽起來比較偉大。同時，根據其他人的描述，加維拉王起先是忽略這些奇特、自給自足的帕胥人，經由他的學者及書記解釋過後，他才了解這個發現的重要性。此補述的目的不是爲了強調我父親的無知，畢竟他是一名戰士。他的注意力不是放在探險的人文重要性，而是探險的最終目的，狩獵。

紗藍深思地闔起書頁。這本書是加絲娜的收藏，雖然帕拉尼奧裡面有幾份抄本，但是紗藍不得將帕拉尼奧的書帶入澡堂。

加絲娜的衣服放在房間旁邊的長椅。在折疊好的衣服上有一個小小的金囊，裡面是魂師。紗藍瞥向加絲娜。公主面朝上地漂在水池中，黑色頭髮在她身後散浮在水面。每日的泡澡時間似乎是她唯一完全放鬆的時候，少了衣服的襯托跟專注的神情，她看起來年輕許多，像是孩子在游了一天泳之後徹底放鬆。

三十四歲。某種程度上，她似乎很老了，有些加絲娜這個年紀的女人都已經有了跟紗藍一樣大的孩子。但加絲娜仍然年輕，年輕到她的美貌受眾人讚頌，年輕到男子們會說她尚未結婚眞是可惜。

她瞥向那堆衣服。紗藍的密囊內放著壞掉的法器。她可以現在就掉包。這是等待許久的機會。加絲娜如今信任她到足以放鬆在澡堂內泡澡，不會擔心自己的法器。

紗藍眞的能做到嗎？她眞的能背叛收容她的女子嗎？

想想我之前做的事，這算不了什麼，她心想。這不會是她第一次背叛信任她的人。

她站起身。身旁的加絲娜微微睜開一隻眼睛。

該死的，紗藍心想，將書塞在腋下，試圖擺出深思的樣子。加絲娜看著她。不是懷疑，而是好奇。

「您的父親為什麼會想跟帕山迪人簽盟約？」紗藍邊走邊問道。

「他為什麼不？」

「那不是答案。」

「當然是。只不過不是一個能給妳任何解釋的答案。」

「光主，如果您能給我一個有用的答案，將會大有幫助。」

「那就問個有用的問題。」

紗藍咬緊牙關。「帕山迪人有什麼東西是加維拉王想要的？」

加絲娜微笑，再次閉上眼睛。「近了。可是妳說不定已經猜到。」

「碎甲。」

加絲娜點點頭，依然放鬆地漂浮在水中。

「書裡沒寫。」紗藍說道。

「我父親沒提。可是從他說的話……如今我懷疑這就是他們簽約的動機。」加絲娜回答。

「您能確定他知道嗎？說不定他只是想要寶心。」

「有可能。帕山迪人似乎覺得，我們對他們編織在鬍子間的寶石有興趣是件好笑的事情。」她微笑。

「當我們發現他們是從哪裡弄到這些寶石時，妳應該看看我們有多震驚。當連尒里怪在殲滅艾米亞之戰中死去時，我們以為那會是我們看到的最後一顆大寶心，沒想到這裡有另外一種巨殼獸類有寶心，而且還住在離科林納不遠的地方。」

「總之，帕山迪人願意跟我們分享這些寶心，只要他們還能繼續狩獵即可。對他們而言，如果你願意花費心力去獵捕裂谷魔，寶心就是你的。我不覺得我們需要和約。可是，就在他回到雅烈席卡前，我父親突然極端強調我們需要結盟。」

「發生了什麼事？有什麼改變嗎？」

「我不確定，可是他在獵裂谷魔時注意到一名帕山迪戰士的奇特行爲。巨殼獸出現時，他沒有伸手去拿矛，而是以一種可疑的方式把手舉在身邊。只有我父親看見而已。我懷疑他相信那個人準備要召喚碎刃。那個帕山迪人後來發現自己的行爲而當場停下。我父親也沒再提，我想，他是不希望整個世界對破碎平原投以更多注意力。」

紗藍敲敲書。「光是這樣似乎有點牽強。如果他很確定有碎刃，那看到的一定不僅僅這些。」

「我想也是，可是我在他死後，很仔細地研究了和約。優先貿易條款跟雙邊邊境來往條款，很可能是將帕山迪人納入雅烈席卡，做爲附庸國的第一步。這條約定，絕對可以阻止帕山迪人先去找別人交易碎刃，而非我們。也許他只是想這樣。」

「那爲什麼要殺他？」紗藍雙手抱胸，朝加絲娜的衣服方向走去。「帕山迪人發現加維拉王想要得到他們的碎甲，所以先下手爲強？」

「不確定。」加絲娜說道，聽起來似乎極爲懷疑。她爲什麼認爲帕山迪人殺了加維拉？紗藍幾乎要問出口，但是覺得應該沒有辦法從加絲娜口中套出更多話。她希望紗藍能有自己思考、自己下結論的能力。

紗藍停在長凳旁邊。裝著魂師的布囊大大地敞開。她可以看到寶貴的法器躺在裡面。掉包很簡單。她花了很多錢，買下跟加絲娜所用一樣的同色珠寶，放入壞掉的魂師中。兩者如今長得一模一樣。

她仍然沒有學到該如何使用法器。她試著想問，但加絲娜對於魂師往往避而不談，如果硬要追問會顯得很可疑。紗藍得從別的地方取得資訊。也許問卡伯薩，或是去帕拉尼奧找書來看。

無論如何，現在正是時候。紗藍的手不由自主地探向密囊，她摸著裡面的東西，手指摩挲著壞掉法器的鍊子。心跳加速。她瞥了一眼加絲娜，而對方只是漂在水面，眼睛閉起。如果她睜開眼睛怎麼辦？

紗藍告訴自己：不要去想！動手就是了！快點換！機會就在眼前……

「妳的進展遠比我想的要快。」加絲娜突然開口。

紗藍轉身，但加絲娜仍然閉著眼睛。「我不應該因爲妳先前所受的教育而那麼嚴苛地評判妳。我自己都常說熱情是比成長環境更大的動力。紗藍，妳有足夠的決心跟能力，可以成爲令人敬重的學者。我知道答案似乎來得很慢，但是繼續妳的研究。總有一天妳會得到答案的。」

紗藍站在原處，手仍然放在口袋裡，心跳不受控制地跳動。她覺得自己想吐。一切終於明白。我辦不到。颶父啊，我眞是傻瓜。到了這麼遠的地方……現在我卻下不了手！

她把手從密囊中拿出，悶悶不樂地走回池子邊的椅子坐下。她要怎麼跟她哥哥說？她讓她的家族注定絕望了嗎？她坐下，把書放到一旁，嘆口氣，立刻讓加絲娜睜開眼睛。加絲娜看著她，然後在水裡直起身子，跟她示意要髮皀。

紗藍咬著牙，站起身，爲加絲娜拿來肥皀盤，把盤子放低讓加絲娜取用。加絲娜取了粉狀的髮皀，在掌心揉了一陣後，加水，以雙手揉進黑髮。即使身無寸縷，加絲娜仍然看起來冷靜、自制。

「也許我們最近悶在室內太久，妳看起來似乎被悶壞了，甚至還有些焦慮，紗藍。」公主說道。

「我沒事。」紗藍緊繃地快速回答。

「嗯，聽起來眞是冷靜又放鬆啊。也許我該把妳的訓練從歷史換到比較實際，能讓妳有實作機會的課題上。」

「像是自然科學？」紗藍精神一振地問道。

加絲娜仰起頭。紗藍跪在池子邊的毛巾上，伸出外手，將肥皂揉入老師濃密的髮絲間。

「我想的是哲學。」加絲娜說道。

紗藍眨眨眼。「哲學？那有什麼用？」哲學不就是盡量用文字表達一個空洞的概念？

加絲娜嚴肅地回答：「哲學是重要的研究領域，尤其是，如果妳會涉及宮廷政治。道德的本質必須被仔細思考後內化，最好不要等碰到必須做出道德抉擇的事件時，才開始思考這個問題。」

「是的，光主。可是我不明白，哲學爲什麼會比歷史更有實作機會。」

「因爲歷史的本質就是無法被直接體驗的。正在發生的事情，必定處於現在，因此這是哲學的領域。」

「這只是定義的問題。」

「是的。所有文字都會因爲定義而有所不同。」

「是吧。」紗藍說道，往回坐定，讓加絲娜將頭埋入池子裡洗去肥皂。

公主開始以略微粗糙的肥皂滑過肌膚。「妳剛才的回答頗爲平淡。妳的機智去哪了？」

紗藍瞥向長凳，還有上面的珍貴法器，都到了這個地步，她卻過於軟弱，無法下手。「我的機智正暫時停職，光主，等待誠心與大膽兩位同僚的審核。」

加絲娜對她挑挑眉毛。

紗藍跪坐在毛巾上。「加絲娜光主，您怎麼知道什麼是對的？如果您不聽信壇的教導，您怎麼決定？」

「這要視每個人的哲學而定。對妳而言，什麼是重要的？」

「我不知道。您不能告訴我嗎？」

「不行。如果我給妳答案，那就跟信壇沒什麼兩樣，任意將信仰加諸在他人身上。」加絲娜回答。

「信壇不是邪惡的，加絲娜。」

「除非它們試圖統治世界。」

紗藍抿起嘴唇。失落之戰毀掉了神權王朝，將弗林教粉碎成不同的信壇，這就是宗教試圖要統治眾人的必然結果。信壇的責任是教化人民，不是管理。管理是屬於淺眸人的。

「您說您不能給我答案，但是我難道不能詢問某個睿智的人嗎？某個有所經驗的人？如果不是為了影響他人，那為什麼我們要寫下哲學辯論、列出結論？您自己親口跟我說過，除非我們利用資訊做出判斷，否則資訊就是沒有用的。」紗藍說道。

加絲娜微笑，將手臂埋入水中，洗掉肥皂。紗藍注意到她眼中閃爍著勝利的光芒。她提出這些理念不是因為她相信，只是想要逼著紗藍思考。真是令人生氣。如果加絲娜每次都這樣改變立場，紗藍怎麼知道加絲娜到底是怎麼想的？

「妳的口氣聽起來似乎是覺得只有一個答案。一個單一、永遠完美的答案。」加絲娜說道，示意要紗藍拿來毛巾，從池子裡爬出來。

紗藍連忙拿回一條柔軟蓬鬆的大毛巾。「哲學不就是為了這個存在？找到答案？尋找眞相，一切的眞正意義？」

加絲娜一邊擦著身體，一邊對她挑挑眉毛。

「怎麼了？」紗藍問道，突然覺得自己是不是說錯什麼。

「我想應該是校外教學的時候了。該出帕拉尼奧一趟。」加絲娜說道。

「現在？好晚了啊！」紗藍問。

「我跟妳說過，哲學是實作藝術。」加絲娜說道，以毛巾包裹身體，然後從袋子中取出魂師，將鍊子繞在手指間，把寶石綁在手背上。「我向妳證明。來，幫我穿衣。」

❖

小時候，紗藍很珍惜能溜到花園裡的夜晚。當夜幕籠罩在花園之上時，那裡似乎變成了另外一個地方。影子中的石苞、板岩芝、樹木都被她想像成奇異的生物，克姆林蟲從裂縫中爬出的摩擦聲，變成來自遠方的旅人腳步，可能是雪諾瓦的大眼睛商人，卡德立克司的巨殼獸騎士，或是純湖的窄船水手。

她走在卡布嵐司夜晚的街道上時，完全沒有這些想像。幻想黑夜裡充滿神祕的旅人曾經是有趣的遊戲，但是在這裡，神祕的旅人可能是眞的。夜晚的卡布嵐司並沒有變得神祕或神奇，仍然是同樣的地方，只是更危險。

加絲娜無視於人力車伕或是轎伕的招徠聲。她緩緩地走著，穿著一件美麗的紫金色衣服，紗藍則穿著藍色絲綢跟在後頭。她洗完澡後沒有將頭髮重新盤起，而是放任它散在肩頭，隨興地引人遐想。

她們走在拉林薩街上，這是連接集會所與港口的主要大道，成之字形。雖然時間很晚了，但路上仍然十分擁擠。大多數走在這裡的人，似乎內心也蘊藏著黑夜，不修邊幅的臉都籠罩在陰影中。城市裡依舊充斥著叫賣聲，但就連那聲音都染上了黑夜，用字變得粗俗，語氣變得銳利。斜坡上的建築物跟平常一樣緊密，但屋子也都引來了黑夜，一棟棟地被染黑，像是被火燒過的石頭，只剩空洞的內心。

鐘聲仍然響著。在黑夜中，每道鈴聲都是細小的鳴叫，讓風變得更清晰，每次經過鐘鈴時便引起一片嘈雜之聲。一陣微風颳起，一大片聲音沿著拉林薩街翻滾而下，紗藍發現自己幾乎想彎腰閃躲。

「光主，我們是不是該叫頂轎子？」紗藍問道。

「轎子可能會影響妳的課程。」

「如果您不介意，我寧可在白天學習。」

加絲娜停下腳步，看著與拉林薩街交錯的一條斜巷。「妳覺得那條路如何，紗藍？」

「看起來不太好。」

「那是從拉林薩到戲劇區最直接的道路。」加絲娜說道。

「我們要去那裡嗎？」

「我們沒有要『去』哪裡。我們在行動、思考、學習。」加絲娜回答，走入巷子。

紗藍緊張地跟在她身後。夜晚吞沒了她們，只有深夜仍然開著的酒館跟商店提供照明。加絲娜在魂師上套了黑色的無指手套，隱藏起寶石的光芒。

紗藍發現自己走得越發膽顫心驚。她穿著薄涼鞋的腳板可以感覺到地面的改變，每塊石子跟裂縫。兩人經過一群聚集在酒館門口的工人，令她緊張地環顧四周。他們當然是深眸人。在黑夜裡，這個差異顯得更是徹底。

「光主？」紗藍悄聲開口。

「年輕時，我們都想要簡單的答案。也許年輕的證據，就是會希望一切都如同表面上那樣——永恆不變。」

紗藍皺眉，仍然轉過頭，越過肩膀看向酒館前那群人。

「我們年紀越大，越會開始質疑。我們開始問為什麼，可是我們仍然希望答案很簡單。我們期待身邊的人——無論他們是成人或領袖——提供我們答案。他們給我們的答案，往往都能讓我們滿意。」

「我從來不滿意。我想要更多。」紗藍低聲說道。

「妳很早熟。妳的情況是我們大多數人年紀漸長時所發生的變化。對我而言，年紀、智慧與質疑，似乎是同義詞。我們年紀越大，越有可能否定簡單的答案，除非有人擋住我們的路，要求我們必須接受。妳一直不了解我為什麼拒絕接受信壇？」加絲娜的眼睛瞇起。

「是的。」

「因為他們大多數都希望阻止問題。」加絲娜停下腳步，然後揭開她的手套，利用藏在下面的光芒照亮附近的街道。她手背上的寶石像是火把，散發著紅、白和灰色的光芒，每一顆都比布姆還大。

「光主，在這裡展露財富明智嗎？」紗藍說道，聲音壓得極低，不斷環顧四周。

「絕對不明智。尤其是在這裡。這條街最近變得很有名，在過去兩個月中，有三次選擇這條路徑去戲院的人被盜賊攔路打劫，而且所有人都被殺死。」

紗藍感覺自己的臉色開始發白。

「城裡的守衛隊什麼都沒做，塔拉凡吉安直接下令申斥了他們數次。可是守衛隊的隊長是城裡一名勢力很大的淺眸人的表親，而塔拉凡吉安又不是很有威信的國王。有些人懷疑這裡的情況並不單純，那些盜賊也許賄賂了守衛隊。目前其中的政治糾葛並不重要，妳也看到了這條街雖然名聲不佳，卻沒有守衛隊巡邏。」

加絲娜將手套戴回，街道陷入黑暗。紗藍眨眨眼，眼睛重新適應。

「妳說，我們兩名穿戴華美、珠光寶氣又無人保護的弱女子走到這裡，有多愚蠢呢？」

「非常愚蠢。加絲娜光主，我們能不能離開了？拜託您。不管您想教我任何事情，都不值得這樣。」

加絲娜抿起嘴唇，望著跟她們來時那條路交會的小巷。加絲娜把手套再次戴回去後，那條巷子幾乎是一片漆黑。

「紗藍，妳現在處於很微妙的人生階段。」加絲娜說道，轉轉手腕。「妳的年紀已經夠大到讓妳質疑、詢問，拒絕直接放到妳面前的答案，但是妳仍然緊抓著年輕人的理想不放。妳感覺人生必定有唯一、可以解釋一切的眞實，而妳覺得一旦找到了那份眞實，讓妳迷惘的一切都會迎刃而解。」

「我……」紗藍想要反駁，但是加絲娜的話千眞萬確。紗藍做過的可怕事情和她計畫要做的可怕事情讓她良心不安。人有可能爲了要達成美好的目標，而做出令人髮指的事情嗎？

加絲娜走入小巷。

「加絲娜光主！您在做什麼？」紗藍問道。

「這就是實作哲學。來吧，孩子。」加絲娜說道。

紗藍在巷口徘徊，心跳如雷，思緒混亂。風吹著，鈴聲大作，像是凍結的雨滴崩碎在岩石上。她猛然下定決心，小步跑著跟上加絲娜，覺得就算要去更暗的地方，兩個人一起仍然比她一個人好。魂師在遮掩下散出的光芒幾乎不足以點亮她們的去路，因此紗藍緊跟在加絲娜的影子之後。

後方傳來一陣聲響，紗藍緊張地轉過身，看到幾個黑暗的身影擠在小巷中。「颶父啊！」她低聲說道。爲什麼？爲什麼加絲娜要這麼做？

紗藍顫抖地以外手抓著加絲娜的衣裳。新的影子出現在她們前方，從小巷的另一端堵住去路。他們又走近了一些，發出低沉的聲音，踩過散發著臭氣的水窪。冰冷的水已經浸濕紗藍的涼鞋。

加絲娜停下腳步。隱藏魂師透露出的微弱光芒從那些人手中的金屬物反射回來。他們拿著刀或匕首。

這些人帶著殺意而來。一般人根本不敢動紗藍跟加絲娜這樣有強大靠山的女子，然後還留下活口，讓她們有機會成爲證人。這類人不是浪漫小說中的俠盜紳士，而是亡命之徒，他們知道如果被逮住只有被吊死的下場。

紗藍的恐懼令她全身僵硬，甚至無法尖叫出聲。

颶父啊，颶父啊，颶父啊！

加絲娜開口，聲音冷硬嚴肅，「現在，開始上課。」她拔掉手套。

突如其來的光芒幾乎讓人睜不開眼睛。紗藍舉起手擋住光，往後倒退幾步，直到靠上小巷的牆爲止。她們身邊有四個人。不是酒館門口前的那些，而是別人。她沒有注意到她們早被盯上，這些人的刀子明顯握在手中，眼神帶有殺意。

她的尖叫終於突破身體而出。

男子們因突來的光線而悶哼一聲，卻仍紛湧向前。一名身材粗壯，有著黑鬍子的男人舉著武器衝向加絲娜。她平靜地伸出手，五指大張，然後按上他的胸口。他揮下刀子。紗藍突然喘不過氣。

加絲娜的手陷入男子皮膚下，他瞬間動彈不得。一秒後，開始燃燒。

不。他變成了火焰。他在眨眼之間被變化成火焰，包圍著加絲娜的手，火焰勾勒出男子張口仰天大喊的輪廓。有一瞬間，男子死時的光芒比加絲娜的寶石還要燦爛。

紗藍的尖叫聲消失。火焰畫出的身形出奇絢麗，瞬間消失，消散入黑夜，只在紗藍眼底留下一道橘色的殘影。

其他三人開始咒罵，急急忙忙想跑開，慌亂地絆倒彼此。一人倒地。加絲娜冷淡地轉身。他掙扎想跪起，加絲娜的指尖在他肩膀輕輕一拂。他變成了水晶，毫無瑕疵的水晶人形，連衣服都一併被變化。加絲娜魂師上的鑽石光芒消散，但上頭的光仍然足以在被變化的屍體上引出彩虹般的光亮。

另外兩個人朝相反的方向逃竄。加絲娜深吸一口氣，閉起眼睛，舉起手過頭。紗藍的內手握在胸前，震驚、不解、恐懼。

颶光從加絲娜的手中射出，像是兩道閃電，各自擊向逃竄的盜賊，他們噗的一聲變成了輕煙，只剩下衣服落在地上。加絲娜魂師上的煙石，響亮地裂成兩半，只剩下鑽石跟紅寶石。

兩名賊人的屍體浮在空中，只是兩團油膩的煙霧。加絲娜睜開眼睛，平靜詭異。她以內手將手套壓在腹部，外手順利地套入，然後平靜地沿著來時路離開，留下水晶屍體跪在她身後舉著手，永遠凍結。

紗藍勉強離開了牆邊，急急忙忙跟在加絲娜身後，反胃又詫異。執徒被禁止在人類身上使用魂師。他們甚至鮮少在外人面前使用。加絲娜是怎麼從遠處攻擊那兩人的？根據紗藍讀過的爲數不多文獻，魂術都需要實體的接觸。

她一時受到的刺激過大，甚至無法開口，只能靜靜地站著，外手按住頭，想要控制自己顫抖、急促的呼吸。加絲娜則開始找轎子。終於來了一頂，兩人上轎。

轎伕帶著她們返回拉林薩街，移動的速度令面對面坐著的紗藍跟加絲娜上下抖動。加絲娜漫不經心地將破碎的煙石從魂師上取下，塞入口袋。這石頭之後可以賣給珠寶師，他們擅長把破碎的寶石重新切割成有用的大小。

「剛才太可怕了……那是我經歷過最慘的事情。您殺了四個人。」紗藍終於說道，手仍然按在胸前。

「四個打算要打、搶、殺，甚至強暴我們的人。」

「您引誘他們攻擊我們！」

「是我強迫他們犯罪嗎？」

「您炫耀您的寶石。」

「女人難道不能帶著她的財物走在街上？」

「在晚上？在那麼亂的地方？隨意暴露財富？您幾乎是自找的！」

「這代表他們的行爲就是對的？妳贊同他們原本計劃的行爲？」加絲娜傾身向前追問。

「當然不是。可是這不代表您的行爲就是對的！」

「但是這些人從此不會在街道上作亂。城裡的人安全許多。塔拉凡吉安如此擔心的問題被解決了，再也沒有去劇院的人會受到這些惡徒攻擊。我剛剛救了幾條人命？」

「我只知道您剛剛奪去了幾條人命，而且是用原本應該是神聖的力量！」紗藍說道。

「實作哲學。對妳來說，這是寶貴的一課。」

紗藍輕聲開口：「您這麼做只是爲了證明您的觀點。您這麼做只是向我證明您可以做到這件事。該死的，加絲娜光主，您怎麼能做這種事？」

加絲娜沒有回答。紗藍望著她，想要在那平淡無波的雙眼中找出些情緒。颶父啊，我真的認識這個女人嗎？她到底是什麼樣的人？

加絲娜靠回椅子，望著城市風景經過她們身邊。「孩子，我這麼做不是爲了證明我的論點。這陣子以來，我一直覺得自己欠了國王陛下的人情。他並不明白跟我結盟會爲他帶來多少麻煩，況且那樣的人……」她的聲音包含著紗藍從來沒有聽過的冷酷。

紗藍驚恐地心想，妳發生了什麼事？誰對妳做了什麼？

加絲娜繼續說道。「無論如何，今晚的事情會發生是因爲我選擇了這條路，不是因爲我覺得妳需要見識什麼，只是也提供了教學和疑問的機會。我是惡魔還是英雄？我剛才殺死了四個人，還是阻止四名殺人犯繼續在路上出沒？人們如果因爲選擇處於險惡的環境而遭遇險惡的情況，就是活該嗎？我有自衛的權利嗎？還是我只是尋找結束生命的藉口？」

「我不知道。」紗藍低聲說道。

「妳接下來的一個禮拜就是研究跟思考這些問題。如果妳想要成爲學者——一名能改變世界的眞正學者——那妳就必須面對這樣的問題。有時候妳必須做出讓自己反胃的決定，紗藍・達伐。我要讓妳有足夠的準備，可以做出這些決定。」

加絲娜說完陷入沉默，望著一旁，看著轎伕扛著她們走上集會所。紗藍心煩得說不出話來，於是也保持沉默。她跟著加絲娜穿過安靜無聲的走廊，回到她們的房間，經過一些正要前往帕拉尼奧進行夜半閱讀的學者。

在她們的房間中，紗藍幫助加絲娜寬衣，即使她極痛恨需要碰觸那女子。她不應該有這種感覺。加絲娜殺的人是可怕的人，她毫不懷疑他們絕對會殺了她，但她介意的不是行爲，而是其中的寒意。

紗藍麻木地爲加絲娜拿來睡袍，加絲娜則取下珠寶，放在梳妝台上。「您可以讓另外三人離開。您只需要殺死一個人。」紗藍邊走回加絲娜身邊邊說道。加絲娜坐下，準備要梳頭髮。

「不對。」加絲娜回答。

「爲什麼？他們一定會嚇到不敢再犯。」

「妳不能確定這一點。我眞的希望這些人不存在。不小心選錯路回家的酒館女侍沒有辦法保護自己，可是我可以，所以我會動手。」

「您在別人的城市裡沒有權力這麼做。」

「沒錯。這是妳應該思索的另外一點。」加絲娜說道，將梳子舉上髮間，刻意背向紗藍，閉上眼睛，彷彿要把紗藍擋在外面。

魂師躺在梳妝台上，旁邊是加絲娜的耳環。紗藍一咬牙，握著柔軟的絲袍。加絲娜穿著她的白色襯裙，梳著頭髮。

有時候妳必須做出讓自己反胃的決定，紗藍·達伐……

我已經面對過這些決定。

眼前又是一次決定。

加絲娜竟敢這麼做？她竟敢讓紗藍參與這件事？她竟敢用這麼美、這麼神聖的法器做破壞的用途？加絲娜不配擁有魂師。

紗藍手快速一揮，將折起的袍子塞在內手的手臂下，一手探入密囊，推出她父親的魂師上的完整煙石，走到梳妝台前，利用將袍子放在梳妝台的動作做僞裝，快速掉包。她將完好的魂師塞入藏在袖子下的內手，退開一步，看著加絲娜睜開眼，瞥向如今無辜地躺在壞掉的魂師旁的袍子。

紗藍屏住呼吸。

加絲娜再次閉上眼睛，將梳子遞給紗藍。「紗藍，五十下。今天是疲累的一天。」

紗藍機械性地動作，梳著師傅的頭髮，內手則握著偷來的魂師，擔心加絲娜隨時會注意到被掉包的法器。

她沒有注意到。穿上袍子時沒有？將壞掉的魂師收在珠寶盒，用連睡覺時也不從脖子取下的鑰匙鎖上珠寶盒時也沒有。

紗藍離開房間，麻木、情緒糾結、疲累不堪、反胃又迷惘。

而且她沒有被發現。

Shalebark 板岩芝
Shale snail?
沙皮蝸牛?
3"
4½"
Cremlings 克姆林蟲

37 兩面

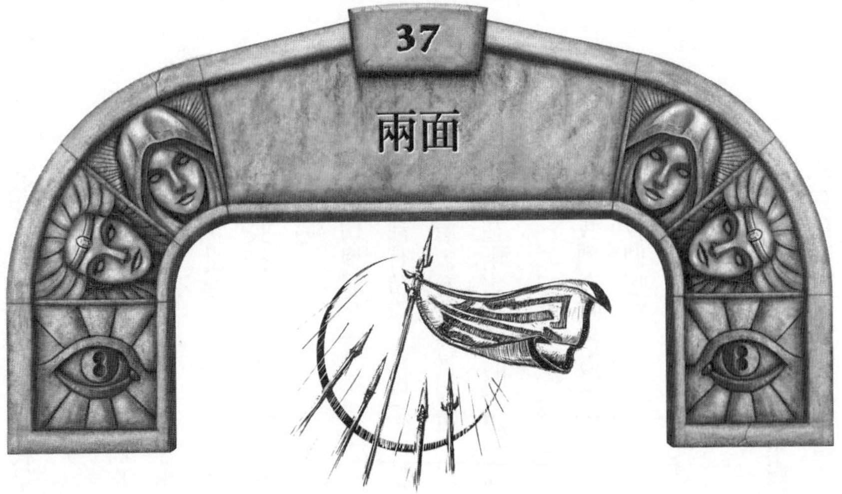

五年半前

「卡拉丁，你看這塊石頭。從不同角度看的時候，顏色會不一樣。」提恩說道。

阿卡轉過頭，瞥向他的弟弟。十三歲了，提恩從容易興奮的男孩變成容易興奮的青少年。雖然他長高了，但以他的年齡而言仍然算是身材矮小，頭上一堆褐色與黑色的亂髮仍然拒絕被梳理。他蹲在上漆團木製成的餐桌旁，眼睛跟平滑的桌面同高，看著一塊石頭。

阿卡坐在凳子上，拿短刀削著長根皮。褐色樹根的外表骯髒，裡面濕黏，所以當他切下外皮時，也讓手指沾滿了一層厚厚的克姆泥。他削好一根，遞給母親。母親沖洗一陣之後，切片丟入濃湯鍋裡。

「母親，妳看。從這邊看，這個石頭有紅色亮點，但從另外一邊看卻是綠色的。」提恩說道。午後的陽光從窗外射入，籠罩著桌子。

「也許它有魔法。」賀希娜說道，一塊又一塊的長根落入水中，每塊入水的音調略有不同。

「我想一定是的。要不然就是有精靈。精靈住在石頭裡嗎？」

「精靈住在所有的東西裡。」賀希娜回答。

「不可能。」阿卡回答，將皮丟在腳邊的桶子裡。他瞥向窗外，看著從城鎮通往城主宅邸的大路。

「它們確實如此。精靈會在事物改變時出現，例如感覺到恐懼時出現，或開始下雨時出現。它們是改變的根本，因此是一切的根本。」賀希娜說道。

「這個長根。」阿卡懷疑地舉起手上的蔬菜。

「有精靈。」

「把它切塊呢？」

「每塊都有精靈，只是小一點。」

阿卡皺眉，看著長長的蔬菜根。

長根長在雨水堆積的石頭縫間，帶點金屬味，但很容易種。他們家最近需要這些不用多少錢就可以得到的食物。

「所以我們在吃精靈。」阿卡理所當然地回答。

「不，我們吃根。」

「因爲沒別的可以吃。」提恩苦著臉說道。

「精靈呢？」阿卡追問。

「精靈就被釋放了，回到精靈住的地方。」

「我有精靈嗎？」提恩低頭看著他的胸口。

「你有靈魂，親愛的。你是人。可是你身體的每個部分很有可能都有精靈住著，只是是很小的精靈。」

「大便。」阿卡突然說道。

「阿卡！吃飯時不要提這種事。」賀希娜斥責。

「大便。有精靈嗎？」阿卡堅持問道。

「有吧。」

「大便靈。」提恩說道，吃吃笑了。

他的母親繼續切著蔬菜。「怎麼突然問起這些？」

阿卡聳聳肩。「因爲……我不知道。就是想問。」

他最近一直在想這個世界到底是怎麼樣運作的，而他又應該何去何從？其他跟他同年紀的男孩不會多想他們該往哪裡去，大多數人都知道自己的未來在哪裡。在當地工作。

可是阿卡有選擇。在過去幾個月中，他終於做出選擇。他要成爲士兵。他已經十五歲了，下次有募兵的人來他就可以投軍。這是他的計畫。他要學會戰鬥。一切就這麼定了。不是嗎？

「我想要了解。我想要一切都變得合理。」他說道。

他的母親穿著褐色的工作裙，頭髮綁成馬尾，頭頂藏在黃色的方巾下，聽了他的話之後微笑。

「幹麼？妳爲什麼笑？」他質問。

「你只想要一切都變得合理？」

「對。」

「好吧，那下次執徒們進城來燒祈禱文跟提升人們的天職時，我會告訴他們。在那之前，繼續削皮。」她又笑了。

阿卡嘆口氣，乖乖繼續動手。他再次瞥向窗外，結果驚訝得差點把手中的根莖落到地上。馬車。馬車從大宅沿著路駛下來。他感覺到一陣緊張的遲疑。他早早就已經計畫好了。但當事情眞正到來時，他只想要坐在原處，繼續削皮。一定會有下一次機會的……

不。他站起身，試圖不讓聲音聽起來很焦慮。「我去洗手。」他舉起沾滿克姆泥的手指。

他母親回答：「你應該照我之前說的，先把根沖洗過一次。」

「我知道。」阿卡說道。他表達遺憾的嘆息聽起來很虛假嗎？「我全部一次洗完好了。」

賀希娜什麼都沒說。他把剩下的根莖抱起，出了門，帶著強烈的心跳走入夜晚的餘光。

提恩的聲音在他身後響起：「妳看，從這邊看是綠色的。我不覺得這是精靈，母親。是光。光讓石頭變色……」

門關起。阿卡把長根放下，跑過爐石鎮的街道，經過正在劈柴的男子、倒洗碗水的女子，還有一群坐在台階上看日落的老爺爺們。他把手埋入雨水桶，卻沒有停下腳步，而是甩甩手。他跑過養豬人麥伯的家，經過公共水槽——鎮中心有塊石頭，中間挖了個洞來裝雨水——跑過沿著整座城鎮搭建而成，以躲避颶風的陡峭防風坡。

在這裡，他看到一小叢矮重樹。矮重樹的長相扭曲，高如一般人，只有背陽面會長葉子，沿著樹幹生長，像是梯子上的橫階，在風中揮舞著葉片。阿卡靠近時，如旗幟般的寬葉子猛然收起，貼緊樹幹，響起一連串的咻咻聲。

阿卡的父親站在另一邊，雙手背在身後。他在宅邸前，繞過爐石鎮的道路拐角等著。李臨驚訝地轉身，發現阿卡的身影。他穿著最精緻的衣服：藍色的外套在身側扣起，像是淺眸人的外套，可是下面套著一條看起來頗爲老舊的白色長褲。他隔著眼鏡端詳阿卡。

「我要跟你一起去宅邸。」阿卡突然說出口。

「你怎麼知道？」

「大家都知道。你以爲羅賞光明爵士邀你去吃晚餐不會有人多嘴嗎？尤其是邀你。」

李臨別過頭。「我叫你的母親絆住你。」

「她有。等到她發現門邊的一堆長根時，我大概會被罵上好一陣子。」阿卡苦著臉說道。

李臨什麼都沒說。馬車在附近停下，輪子摩擦著石頭，發出吱嘎聲。

「阿卡，這不是什麼輕鬆愉快的飯局。」李臨說道。

「我不笨，父親。」當他們跟賀希娜說鎭上再也不需要她工作時……他們會淪落到要吃長根是有原因的。「如果你要跟他對質，總該有人在旁邊聲援你。」

「那個人是你？」

「你也只有我了。」

馬車伕清清喉嚨。他沒有下車開門，那是對待羅賞光明爵士的方式。

李臨看著阿卡。

「你要我回去的話，我就走。」阿卡說道。

「不。你要來就來吧。」李臨走到馬車前，拉開門。那不是羅賞用的豪華燙金馬車，而是比較舊的褐色馬車。阿卡爬上馬車，對於這場小小的勝利感到一陣興奮，還有同樣的一陣驚慌。

他們要跟羅賞對峙。終於是時候了。

馬車裡的長凳眞是驚人，包裹長凳的紅布比阿卡摸過的任何布料都要柔軟。他坐了下來，椅墊出人意料有彈性。李臨坐在阿卡對面，關上了門，馬車伕朝馬匹揮舞鞭子。馬車轉彎，喀啦喀啦地上了路。雖然椅墊很柔軟，但路程仍然極端顚簸，阿卡的牙關上下敲擊作響，不過應該是因爲他們前進的速度變快了。

「你爲什麼不要我們知道這件事？」阿卡問道。

「我不確定我會去。」

「你還會怎麼樣？」

「搬走。把你帶去卡布嵐司，逃離這個城鎮、這個王國，還有羅賞的狹窄心胸。」李臨回答。

阿卡震驚地眨眼。他從來沒想過這件事。突然，一切似乎變得更寬廣。他的未來再度改變，繞了個方向，變成新的東西。父親、母親、提恩……還有他。「眞的嗎？」

李臨漫不經心地點點頭。「就算我們不去卡布嵐司，我相信很多雅烈席卡的城鎮也會歡迎我們。大多數城鎮從來沒有接受過外科醫生的照顧，多半靠著迷信，還有照顧受傷芻螺得到的知識來想辦法。我們甚至可以搬去科林納。我的能力足以成爲醫生的助手。」

「那我們爲什麼不去？我們爲什麼還沒出發？」

李臨望著窗外。「我不知道。我們該走。那樣才合理。我們有錢。他們不要我們。上主恨我們，人民不信任我們，颶父似乎想把我們打倒。」李臨的聲音帶著些許的……遺憾？

「我曾經想要離開。」李臨低聲繼續說道。「可是一個人的家跟心之間有某種聯繫。阿卡，我照顧了這些人。爲他們接生、接骨、治療傷口。你看過他們最糟糕的一面，尤其是最近這幾年。但在那之前，曾經有過一段好日子。」他轉向阿卡，雙手交握在身前，馬車輪軸骨碌碌地響。「兒子，他們是我的。而我是他們的。維司提歐不在了，他們成爲我的責任，我不能把他們丟給羅賞。」

「即使他們喜歡他現在的所做所爲？」

「正是因爲如此。」李臨按著頭。「颶父啊，我自己都覺得說這種話很蠢。」

「不會。我覺得我了解。」阿卡聳聳肩。「我想，是因爲他們受傷時還是來找我們。他們會抱怨切開一個人太不正常，但是他們還是會來。我以前老是在想爲什麼。」

「你有結論了嗎？」

「算是有吧！我想，他們最後寧願活著多罵你幾天，他們就是這樣的人。就像治療他們就是你會做的事。他們以前會給你錢——人說話是不打草稿的，但是付錢的時候，絕對需要眞心實意。」阿卡皺眉。「我想他們是感謝你的。」

李臨微笑。「很睿智的話啊。我一直忘記你快是男人了，阿卡。你什麼時候長得這麼大了？」

在我們幾乎被洗劫的那個晚上。那晚你對他們照射出光芒，讓我明白，勇敢跟在戰場上握著矛是毫無關係的事，阿卡立刻心想。

「不過有一件事情你說錯了。你說他們過去是感謝我們的，但其實他們現在依然如此。當然他們會抱怨，這件事從以前就是這樣，改不了，但是他們也留食物給我們。」

阿卡一驚。「有嗎？」

「不然你以爲我們過去四個月吃了什麼？」

「可是……」

「他們怕羅賞，所以不敢說什麼。他們趁你母親去清掃時留給她，或是在雨水桶空著的時候放進來。」

「他們想搶我們。」

「那些人也是給我們食物的人。」

阿卡想著這件事，直到馬車停在宅邸前。他已經很久沒有來這座寬廣的兩層樓建築物了。它有著朝颶風面下斜的普通屋簷，牆壁是厚重的白石塊，背風向則是宏偉的柱子。

他會在這裡見到拉柔嗎？他很羞愧於自己近來鮮少想到她。

宅邸的花園有座矮石牆，上面長滿各式各樣珍稀的植物。石苞在最上層，藤蔓沿著石牆垂掛，內側長著圓苞形的板岩芝，顏色鮮豔斑爛，有著橘色、紅色、黃色和藍色。有些像是一堆堆衣服，層層疊疊如扇子般散開，其餘則長得像角，大多數有絲線般的細藤隨風飄揚。羅賞光明爵士比維司提歐光明爵士更在意花園的布置。

他們走過了白石柱群，穿過厚重的木頭防颶門。裡面的中庭有著低矮，以磁磚裝飾的天花板，鋯石錢球散發著淺藍色的光芒。

一名穿著黑色長外套與鮮紫色領帶的高大僕人迎接了他們。他是那提爾，密理夫死後由他繼任上僕。他來自於答里，北方，一座大海邊城市。

那提爾領著他們來到餐廳，羅賞坐在一張長長的暗色木桌前。他變得更圓，但還不至於被稱為肥胖的地步，臉上仍然是一大把帶著灰白點的鬍子，頭髮塗著油，垂散到領口，穿著白長褲，白襯衫，外面是一件綳緊的紅外套。

他已經開始用餐，辛香料讓阿卡的肚子發出咕咕的叫聲。他已經多久沒吃過豬肉了？桌上有五種不同的沾醬，羅賞的酒是透明的深橘色。他獨自用餐，不見拉柔或他的兒子。

僕人朝餐廳旁的房間示意，裡面有一張小邊桌。阿卡的父親看了一眼，直接走到羅賞的桌邊坐下。羅賞停下動作，鐵籤半舉到唇邊，辛辣的褐色醬汁滴到桌子。

「我屬於第二那恩，同時接受了你的親自邀請前來與你用餐。你應該會遵從階級觀念，歡迎我與你同桌用餐吧？」李臨說道。

羅賞一咬牙，卻沒反對。阿卡深吸一口氣，在父親身旁坐下。在他離開前去破碎平原參戰前，他必須知道，他的父親到底是個儒夫或勇敢的人？

在家裡的錢球光線下，李臨總顯得軟弱。他在手術間裡工作，不理會鎮民說些什麼。他告訴他的兒子不能練習用矛，禁止兒子考慮參戰的念頭。這些難道不是儒夫的行爲嗎？但是五個月前，阿卡在他身上見識到自己從未想像過的勇氣。

而在羅賞皇宮的平靜藍光下，李臨與一名無論階級、財富還是地位都遠遠超過他的人四目相接，卻沒有閃躲。他是怎麼辦到的？阿卡的心臟不由自主地亂跳。他必須把手放在腿上，才能避免它們暴露出他的緊張。

羅賞朝侍從揮揮手，沒多久，餐具就已擺好。房間的角落一片漆黑，羅賞的桌子是巨大黑暗中的明亮孤島。

桌上有一碗碗的水用來洗手，還有漿挺的白餐巾放在旁邊。淺眸人的食物。阿卡鮮少吃這麼精緻的食物，他努力不要失禮，遲疑地拿起一根鐵籤，模仿羅賞的動作，以刀子將最下方的肉塊推到底端，然後插起，咬下。肉的味道濃郁又柔軟，只比他習慣的要辛辣些。

李臨沒有動手。他的手肘撐在桌上，看著光明爵士用餐。

過了片刻，羅賞開口：「我原本是想在談正事前，先請你安心吃頓飯，但你似乎不想接受我的慷慨好意。」

「沒錯。」李臨回道。

「好吧。」羅賞說道，從籃子中拿出一塊餅包住在鐵籤上的蔬菜，使勁一拔，連菜帶餅一起吃了起來。「那你說吧，你覺得你能反抗我多久？你們家已經走投無路了。」

「我們好得很。」阿卡插話。

李臨瞥了他一眼，卻沒有責怪他開口。「我的兒子說得對。我們活得下去。如果這樣還不行，我們可以離開。我不會屈從於你，羅賞。」

「如果你離開了，我會聯絡你的新城主，告訴他，你的錢球是從我這裡偷去的。」羅賞舉起手指。

「如果是官司，我會贏。況且身爲外科醫生，你的大部分要求都不適用於我。」這是眞的。在城鎮中擔任必要職務、能發揮特殊功能的人，以及他們的學徒會得到特別的保護，甚至不受淺眸人管束。弗林的公民法複雜到卡拉丁仍然弄不太清楚。

「沒錯。你會贏得官司。你把所有的文件都準備好，一絲不茍；可是當維司提歐蓋章時，卻只有你在場，他的書記們都不在。眞是奇怪。」

「書記們把文件讀給他聽了。」

「然後離開房間。」

「因爲維司提歐光明爵士命令她們離開。我相信她們會承認這點。」

羅賞聳聳肩。「我不需要證明那些錢球是你偷的，外科醫生。我只需要繼續現在的行動。我知道你家的人都在吃殘羹剩飯。你要讓他們爲了你的傲氣犧牲多久？」

「他們不會受人威脅。我也不會。」

「我沒問你是否受人威脅。我在問你是否挨餓。」

「一點也沒有。」李臨說道，語氣中帶著一絲嘲諷。「如果我們餓了，可以靠你的關注維生，光明爵士。我們感覺得到你的目光注視，聽得到你對鎮上眾人的低語。以你對我們擔憂的程度來看，我覺得感受到威脅的人是你。」

羅賞沉默，鐵籤鬆鬆地握在手上，燦爛的綠眸瞇起，嘴唇緊抿。黑夜中，他的眼睛幾乎正在散發光芒。卡拉丁必須強迫自己，不在他的不滿瞪視下躲藏起來。羅賞這種淺眸人天生帶著發號施令的氣質。

他不是眞正的淺眸人！他是被驅逐的淺眸人。我早晚會見到眞正的淺眸人。充滿榮譽心的人。

李臨與他平視。「我們每反抗你一個月，你的權威就大打折扣。你不能逮捕我，因爲我會贏得官司。你想要讓其他人對付我，但是他們打從內心深處知道他們需要我。」

羅賞向前傾身。「我不喜歡你的小鎭。」

這奇怪的回答讓李臨皺起眉頭。

「我不喜歡被放逐般的對待。我不喜歡住在離任何所有重要的一切這麼遠的地方。而且最重要的是，我不喜歡搞不清楚自己身分的深眸人。」

「我難以同情。」

羅賞凶惡地哼一聲。他低頭看著餐盤，彷彿已經不再有任何味道。「好吧。那我們……談條件。我得到十分之九的錢球。剩下的給你。」

阿卡憤怒地站起。「我父親絕對不會……」

「阿卡。我自己來。」李臨打斷他。

「你不會跟他談條件吧。」

李臨沒有立刻回答。最後，他說道：「去廚房，阿卡。問問他們是否有比較適合你的食物。」

「父親，不要……」

「去吧，兒子。」李臨的聲音很堅定。

眞的嗎？經過這麼多事情，他父親就要這樣屈服了？阿卡覺得臉越來越紅，逃出了餐廳。他知道去廚房的路。小時候，他經常在那裡與拉柔一起用餐。

他離開不是因爲他被這麼命令，而是因爲他不想要他的父親或是羅賞看出他的情緒：他很懊惱自己站起來反駁羅賞，父親卻打算妥協。阿卡對於父親會考慮妥協一事感到恥辱，對於自己被命令離開感到煩躁，發現自己突然哭了，頓時覺得無比丟臉。他經過幾名羅賞的士兵，他們站在門口，那裡只點了一盞相當昏暗的油燈，粗糙的五官展現在橘色的光芒下。

阿卡快步走過他們，繞過一個彎後，停在盆栽旁，努力想要控制自己的情緒。花盆中長著一株室內的藤苞，被培養成永不闔上的品種，幾朵圓錐形的花朵沿著外殼攀升。牆上的油燈火光微弱。這是宅邸的後屋，靠近僕人住的區域，因此沒有用錢球做爲照明。

阿卡靠著牆，深呼吸。他覺得自己像是十傻人之一，尤其是卡賓，他是成人，卻總是做著孩子氣的事情。但是阿卡該怎麼樣看待李臨的行爲呢？

他擦擦眼睛，推開了門，進入廚房。羅賞續聘了維司提歐的廚子。巴姆是名高䠷纖瘦的男子，有著編成細辮子的黑髮。他沿著廚房流理台來回行走，指示不同的二廚繼續烹調，兩名帕胥人則在宅邸的後門進進出出，搬運著一箱箱的食物。巴姆手中拿著一支長長的金屬湯匙，每次下命令時就會敲一下鍋子，或是掛在天花板下的平底鍋。

他幾乎沒用他的棕色眼睛瞥阿卡一眼，就告訴僕人去拿些扁麵包還有加了水果的塔露穀飯。孩子吃的餐點。阿卡對於巴姆立刻就知道他爲什麼被送來廚房這件事，感覺更尷尬。

阿卡走到廚房的用餐區，等著食物。用餐區是個白牆環繞的小房間，裡面有張石桌。他坐了下來，手肘撐著桌子，頭枕在手上。

爲什麼，他一想到父親要拿錢球換取他們的安全就覺得很生氣？當然，如果發生這種事，就不夠錢送阿卡去卡布嵐司，但是他已經決定要成爲士兵，所以這並無關緊要，不是嗎？

我要加入軍隊。我要逃走。我要……

突然間，他的夢想，他的計畫，顯得無比幼稚。那是個孩子的計畫。他應該吃有水果的餐點，當成人討論重要的事情時，他會被趕走。第一次，想到沒有辦法跟外科醫生們學習，讓他滿心都是遺憾。

廚房的門砰的一聲開了。羅賞的兒子瑞利爾大搖大擺地走進來，跟身後的人聊著天。「……不知道爲何父親總是堅持把氣氛弄得死氣沉沉的。走廊點燈？還能更土氣嗎？如果我能帶他出去狩獵一兩次，絕對對他有好處。既然都來到這個窮鄉僻壤，好歹也弄點好處。」

瑞利爾注意到坐在一旁的阿卡，但就好像看到有張凳子或酒櫃一樣，注意到那東西的存在後便立刻忽視。

阿卡的眼睛則是望著跟在瑞利爾身後的人。拉柔。維司提歐的女兒。

好多事情變了。好久了。看到她，過去的情緒再度湧起。恥辱、興奮。她知道他的父母原本希望他們能結婚嗎？光是看著她幾乎就讓他激動不安。可是不能這樣。他的父親能直視羅賞，他也可以。

阿卡站起身，朝她點點頭。她瞥向他，點點頭。她身後跟著一名老婦人，應該是她的嬤嬤。

他認得的那個拉柔呢？那個有著鬆軟金色與黑色頭髮的女孩，喜歡爬石頭，奔跑過農田的女孩呢？如今她全身裹在光滑的黃色絲綢中，剪裁成時髦的淺眸女子禮服樣式，梳理整齊的頭髮染了色，將金髮隱藏起來。她的左手端莊地藏在袖子裡。拉柔看起來像是淺眸人。

維司提歐剩下的財富都歸她所有，而當羅賞得到爐石鎮的管理權還有宅邸與周圍的農田時，薩迪雅司光明爵士也給了拉柔一筆嫁妝做爲補償。

「你。去幫我們拿點晚餐來。我們在這裡吃。」瑞利爾朝阿卡點點頭，口音是城市人的輕軟語調。

「我不是廚房的僕人。」

「那又怎樣？」

阿卡滿臉通紅。

「你如果以爲幫我們拿點食物來就要獎賞或小費……」

「我不是，我的意思是……」阿卡望向拉柔。「妳跟他說啊，拉柔。」

她別過頭。「去吧。聽他的吩咐，快去。我們餓了。」

阿卡瞠目結舌地看著她，感覺臉色更紅了。「我……我才不會幫你們拿東西！你給我多少錢球我都不去。我不是跑腿的。我是外科醫生。」他勉強擠出了一個回答。

「噢！你是那個人的兒子啊。」

「我是。我不會讓你欺負，瑞利爾．羅賞。就像我父親不受你父親欺侮一樣。」阿卡說道，對於自己的話出奇感覺到自豪。

只不過，他們現在正在談條件……

「父親沒提過你有多好玩。」瑞利爾說道，靠著牆。似乎他比阿卡大了十歲，而不是兩歲。「所以你覺得幫別人拿食物很羞恥嗎？當外科醫生讓你比廚房僕人更優秀？」

「不是。只是那不是我的天職。」

「那你的天職是什麼？」

「讓生病的人痊癒。」

「可是我不吃東西的話，不也會生病嗎？所以餵飽我難道不是你的責任？」

阿卡皺眉。「這……不是同一件事。」

「我覺得很類似。」

「你爲什麼不自己去拿？」

「那不是我的天職。」

「那你的天職是什麼？」阿卡以同樣的話回問。

「我是繼承人。我的責任就是領導眾人，完成工作，負責讓每個人有很高的生產力，因此我將重要的工作交給無事可做的深眸人，讓他們成為有用的人。」

阿卡遲疑了，越發生氣。

「妳可以看得出來他那顆小腦袋是怎麼轉的。就像快熄掉的火一樣，燃燒所剩無幾的燃料，硬釋放些煙出來。妳看妳看，他的臉還被燒紅了。」瑞利爾對拉柔說道。

「瑞利爾，不要這樣。」拉柔按上他的手臂。

瑞利爾瞥了她一眼，翻翻白眼。「親愛的，妳有時候跟我父親一樣土氣。」他站直身體，然後一臉無奈地帶著她走過側間，進入廚房。

阿卡重重坐下，力道幾乎讓雙腿瘀青。一名僕人拿來食物，放在桌上，卻只提醒了阿卡他的幼稚。所以他沒有吃，只是盯著食物看，等他的父親走入廚房時，瑞利爾跟拉柔早離開了。

李臨走到側間，看了看阿卡。「你沒吃東西。」

阿卡搖搖頭。

「你應該吃的。食物是免費的。來吧。」

他們沉默地出了宅邸，進入黑夜。馬車等著他們。阿卡很快便再次面對父親坐下。車伕爬上車，讓整輛馬車晃動了一陣，他一揮鞭，馬車便滾動。

「我想當外科醫生。」阿卡突然說道。

他父親的臉隱藏在陰影中，表情難以看清，可是開口時語氣迷惘。「我知道啊，兒子。」

「不。我想當外科醫生。我不想逃家參戰。」

黑暗中的沉默。

「你原來在考慮這件事嗎？」李臨問道。

「對。很幼稚，但我決定了，我想學習外科醫術。」阿卡承認。

「爲什麼？你爲什麼改變了？」

「我需要知道他們是怎麼思考的。」阿卡說道，朝宅邸點點頭。「他們受過訓練，講話都繞著彎，我必須能夠面對他們，跟他們辯論，不是屈服……」他遲疑了。

「像我那樣？」李臨嘆口氣問道。

阿卡咬著嘴唇，卻忍不住要問。「你答應給他多少錢球？我還有錢去卡布嵐司嗎？」

「我什麼都沒給他。」

「可是……」

「羅賞跟我爭論金額一陣之後，我假裝生氣走了。」

「假裝？」阿卡迷惘地問道。

他的父親向前傾身，壓低了聲音，免得被車伕聽到，加上彈跳的車廂與輪子滾在岩石上的聲音，應該不會有被偷聽的危險。「他得以爲我會願意屈服。今天的會面，是要讓他誤以爲我們已經走投無路。一開始很強硬，之後很煩躁，讓他以爲他已經刺激到我，最後我撤退了。他會等幾個月之後再邀我一次，打算先讓我急上一陣子。」

「可是你那時候還是不會屈服？」阿卡低聲問道。

「不會。給他錢球只會讓他想要得到其他的。這些土地的產値跟以前比起來已經大大不同，羅賞因爲輸了政治鬥爭差點破產。我不知道哪個光爵把他派來這裡折磨我們，但我眞希望有機會能跟他在一間黑房間裡獨處一陣子……」

李臨語氣中的凶惡讓阿卡一驚。他從來沒有聽過父親這樣威脅要動手。

「那你爲什麼要來？你說我們可以一直抗拒他的。母親也這樣覺得。我們吃不好，卻也餓不死。」阿卡低聲說道。

他的父親沒有回答，滿臉困擾。

「你得讓他以爲我們屈服了，或是我們快要屈服了，他才不會想別的方法來對付我們？所以他會專心地去想我們是否要跟他談條件……」

阿卡沒繼續說下去。他看到父親眼中出現一種從未見過的神情。像是罪惡感。突然，一切合理了。冰冷，可怕的合理。

「颶父啊。那些錢球眞的是你偷的，對不對？」阿卡低聲問道。

他的父親沉默地坐在馬車中，隱藏在黑色的陰影裡。

「所以維司提歐死後你才這麼緊張。你喝酒，擔心……你是小偷！我們一家是小偷！」阿卡低聲說。

馬車轉彎，薩拉思的紫色光芒照亮李臨的臉。從這個角度，他的臉顯得沒有那麼可怕，反而展露出脆弱。他雙手握在身前，眼中滿是月光。「阿卡，維司提歐最後已經神智不清了。我知道他一死，我們原本談好的婚事一定告吹。拉柔還未成年，而新的上主不會允許深眸人透過婚姻得到她的遺產。」

「所以你竊占了他的錢？」阿卡感覺自己縮得更小。

「我守住了對他的承諾。我必須有所行動。我不能相信新城主也會同樣慷慨。事實證明，我的決定是睿智的。」

阿卡一直以爲羅賞脅迫他們是因爲他心懷惡意與心胸狹窄，沒想到他這麼做是有憑據的。「我不敢相信。」

「這件事有改變什麼嗎？」李臨的聲音很低，在微弱的光線下，他的表情顯得枯槁。「現在有什麼不一樣？」

「全部都變了。」

「可是什麼都沒變。羅賞仍然想要那些錢球，那些錢球仍然是我們應得的。如果維司提歐神智清晰，我確定他會把那些錢球給我們。」

「他沒有給。」

「沒有。」

一切都沒改變，卻也全變了。一步踩錯，世界天翻地覆。壞人變英雄，英雄變壞人。「我……我沒辦法決定你的行爲是極爲勇敢或極爲錯誤的。」

李臨嘆口氣。「我了解你的心情。」他靠回椅子。「拜託你，不要告訴提恩我們做了什麼。賀希娜在幫他。「你年紀大一點就會明白。」

阿卡搖搖頭。「也許吧。但是有件事沒有變。我想去卡布嵐司。」

「就算是用偷來的錢球？」

「我會想辦法還清。不是還羅賞，是還拉柔。」

「她要不了多久也會成爲羅賞家的人。她跟瑞利爾今年應該就會訂婚。羅賞如今失去他在科林納的政治地位，他不會讓她溜走。她是他的兒子能跟一個優秀家族聯姻的少數幾個機會之一。」

阿卡聽到拉柔的名字，感覺胃部一陣翻攪。「我得盡量學習，也許我能……」能什麼？他想。回來說服她離開瑞利爾，選擇我？太可笑了。

他猛然抬起頭看著低下頭、滿臉憾色的父親。他是英雄。也是壞人。但對他的家人而言，他是英雄。

「我不會告訴提恩，而且我要用這些錢球去卡布嵐司念書。」阿卡低聲說道。

他的父親抬頭。

「我想要學會像你這樣面對淺眸人而無所畏懼。他們每個人都可以把我耍得團團轉。我想要學會跟他們一樣說話，跟他們一樣思考。」

「兒子，我要你學習是爲了幫助別人，不是爲了報復淺眸人。」

「我覺得我兩樣都可以做到，只要我能學得更聰明些。」

李臨哼了一聲。「你聰明得很，兒子。你遺傳到你母親的聰明，足以用言語把淺眸人耍得團團轉。大學會教會你這些的，阿卡。」

他的回答令自己都感到驚訝，「我想先從用我的全名開始。卡拉丁。」這是個男人的名字。他一直不喜歡這名字，因爲聽起來很像淺眸人的名字。現在用則似乎再合適不過。

他不是深眸農夫，但也不是淺眸貴族。他是兩者之間的人。阿卡是個想加入軍隊的孩子，因爲別的男孩都夢想這件事。卡拉丁會是學會外科技術以及淺眸人行爲舉止的男人。總有一天，他會回到這個城鎮，證明給羅賞、瑞利爾還有拉柔看看，讓他們知道小看他是多大的錯誤。

「好。卡拉丁。」李臨說道。

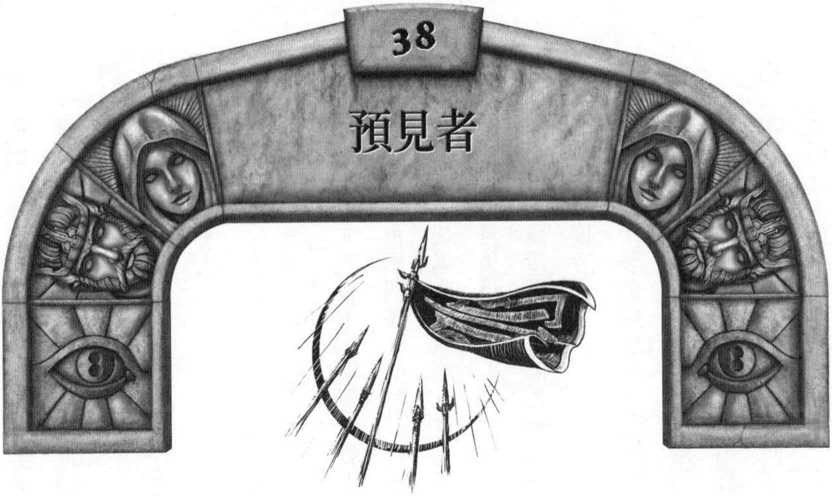

38 預見者

「生於黑暗，牠們的身上仍然留有黑暗的污漬，一如火焰在牠們靈魂上烙下了痕跡。」

——我認爲那法米絲之子加沙須是可靠的出處，但是我對這個版本的譯文正確性仍存有懷疑。也許我該在《賽德》第十四書中找出原文，重新翻譯一遍？

卡拉丁飄浮著。

高燒不退，伴隨著冷汗與幻覺，可能的原因是傷口感染，用消毒藥水清洗以阻絕腐靈，定時給予傷患充足水分。

他回到爐石鎮，跟家人在一起。只是他現在已經是個成年人，是一名士兵，而他也與他們變得格格不入。他的父親一直問：你怎麼變成這樣？你說你想當外科醫生。外科醫生……

肋骨斷裂，來自於側面重擊，起因爲受人毆打。包紮胸口，禁止傷患從事勞力活動。

偶爾他會睜開眼睛，看到一個黑漆漆的房間。很冷，牆壁都是石頭，屋頂很高。其他人一排一排地躺著，蓋著棉被。屍體。他們是屍體。這裡是他們排成一排、等著被賣的地方。誰會買屍體？

薩迪雅司藩王。他買屍體。他買的屍體會走路，但仍然是屍體。笨的屍體會拒絕接受這一點，假裝他們還活著。

臉、手臂、胸口割傷，多處外皮磨損殆盡，原因為長期暴露於颶風中。包紮受傷區域，塗抹德諾卡軟膏以幫助皮膚重生。

時間流逝。許多，許多的時間持續流逝。他應該已經死了。他為什麼沒死？他想躺下來，讓死亡來吧。

可是不行。他救不了提恩，救不了哥舍，救不了他的父母。他救不了達雷，親愛的達雷。

他不會放棄橋四隊。絕對不會！

失溫，原因為極端寒冷。讓傷患回暖，強迫其坐下，不可允許傷患睡著，如果傷患能活過接下來之數個小時……應無後遺症。

如果傷患能活過接下來之數個小時……

橋兵不應該活著。

拉瑪瑞為什麼會這麼說？軍隊為什麼會僱用應該死的人？

他的視野太窄。他應該要了解軍隊的目的。他驚恐地看著軍隊的行進。他做了什麼事？

他應該回去改變一切，可是不行，他不是受傷了嗎？他在地上，流著血。他是死去的矛兵之一。他是橋二隊的橋兵，被橋四隊的蠢蛋們害死，因為他們讓所有的弓箭手都去攻擊別人。

他們好大膽子？他們好大膽子？

他們好大膽子，居然敢害死我好讓自己活著！

筋骨拉傷，肌肉撕裂，骨頭瘀青龜裂，狀況嚴重導致全身痠痛，以任何方式強迫傷患臥床靜養，檢查是否有因爲內出血而造成的長期大區域瘀青或發白，如有則可能造成生命危險，準備進行手術。

他看到死靈。它們有拳頭大小，黑色，有許多的腿，還有發光的紅眼睛，身後是一道道燃燒的光芒。它們聚集在他身邊，四處竄逃。它們低語著，沙啞的聲音聽起來像是紙張撕裂的聲音。他極爲害怕，卻逃不掉。他幾乎動彈不得。

只有瀕死之人才能看到死靈。看到它們之後，就死了。只有非常非常幸運的人在看到死靈之後還能活下來。死靈知道人的死期將近。

手指與腳趾皆凍傷，上有凍瘡，記住，需要在所有破皮的凍瘡上塗抹消毒藥水，鼓勵身體自然恢復，應不至於留下永久損害。

一個小小的光亮身影站在死靈前。她不像之前那樣總是半透明的模樣，而是純白的光芒。柔軟、女性化的臉龐，如今有了更高貴而且立體的五官，像是遠古時候的戰士，一點也不像孩子。她站在他的胸口守護著他，握著一把由光形成的劍。

那光芒如此純粹、甜美，像是生命的光。一旦有死靈靠得太近，她就會衝向死靈，揮舞她燦爛的劍。劍讓它們退開。

但是死靈很多。每次他恢復清醒時，就看到更多死靈靠近。

頭部遭受撞擊，產生幻覺，繼續觀察傷患，不可允許傷患飲酒，強制休息，使用哼樹皮以減低顱內發炎。緊急情況時可用火苔，但須謹愼，不可讓傷患上癮。

如藥物無效，則可能需進行開顱手術以降低顱壓。

此階段經常致命。

❖

泰夫中午時走入營房。鑽入陰暗的營房就像進入洞穴，他瞥向其他傷患以前躺著的左方——他們現在都在外面，享受陽光，五個人的狀況都很好，就連雷頓都恢復得很順利。

泰夫經過房間兩旁一排一排捲起來的床褥，來到卡拉丁躺著的地方。

可憐的人。到底是快病死好？還是得住在最後面、遠離光線比較慘？泰夫忍不住心想。但這是必要的。橋四隊的處境如履薄冰。他們獲准將卡拉丁解下，目前為止沒有人阻止他們照顧他，因為幾乎整個軍隊都聽到薩迪雅司說把卡拉丁交給颶父審判。

加茲來看過卡拉丁，然後自顧自地笑了。他大概會告訴他的上級，卡拉丁應該會死，人受了這種傷活不久。

可是卡拉丁撐下來了。士兵們刻意想要來看他一眼。他能活下來簡直是不可思議。全戰營的人都在討論這件事。他被交給颶父審判，卻活了下來。奇蹟。薩迪雅司不會高興的。什麼時候會有淺眸人決定幫他們的光明爵士解決這個問題？薩迪雅司不能明著採取任何行動，免得失去眾人的信賴，但是下毒或暗殺，很快地就能幫他解決掉這個尷尬的情況。

所以橋四隊盡量不讓卡拉丁被外人注意。他們隨時都留人陪他，從無例外。

颶父啊，泰夫心想，在卡拉丁身邊跪下。他的被褥凌亂，緊閉著雙眼，臉上都是汗，身上的繃帶多得讓人害怕。大多數都是紅的。他們沒有足夠的錢經常為他替換繃帶。

目前是斯卡在看著他。表情堅定的矮小男子坐在卡拉丁腳邊。

「他怎麼樣了？」泰夫問道。

斯卡的聲音很小。「情況似乎更差，泰夫。我聽到他嘟囔說有黑色的東西，然後掙扎，叫它們退後。他有睜開眼睛，但似乎沒看見我，可是我敢發誓，他看到了些什麼。」

死靈，泰夫心想，感覺身上一陣冰寒。克雷克，救救我們吧。

「我來吧。你去弄點吃的。」泰夫坐下說道。

斯卡站起，滿臉蒼白。如果卡拉丁從颶風中活下來卻因為傷重而死，一定會讓其他人大受打擊。斯卡慢慢地出了房間，肩膀垮下。

泰夫看了卡拉丁很久，試圖要釐清思緒和情緒。「為什麼是現在？為什麼是這裡？在這麼多人找著、等著之後，結果你來了這裡？」他低聲說道。

泰夫也知道自己太心急了。他還不確定。他只有猜測跟希望。不，不是希望，而是憂懼。他背棄了「預見者」，可是，他人卻在這裡。他從口袋中掏出三枚鑽石錢球。他已經很久沒有存下任何薪水，但是他留著這些，想著，擔心著。錢球在他掌心中散發著光芒。

他真的想要知道嗎？

一咬牙，泰夫來到卡拉丁身邊，看著他毫無意識的臉。「你這混蛋。你這颶他的混蛋。你把一票已經吊脖子的人拉了起來，讓他們有喘口氣的機會，結果你現在卻要拋下他們了？我絕對不允許，聽到沒有？我絕對不允許。」

他把錢球按入卡拉丁的掌心，握著軟弱無力的手指，包住錢球，然後把那隻手放回卡拉丁的肚子上。接著泰夫往後一靠。會發生什麼事？預見者們唯一有的知識都是故事跟傳說。泰夫稱之爲傻子才會信的故事。白日夢。

他等了一會兒。果然，什麼都沒發生。他告訴自己，*泰夫，你跟其他人一樣傻*。他伸向卡拉丁的手。那些錢球能讓他買幾杯酒。

突然，卡拉丁猛然驚喘，用力倒抽一口氣。

手中的光芒消失了。

泰夫凍結在原地，眼睛睜得老大。細微如絲的颶光開始從卡拉丁的身上散發出來。雖然黯淡，但從他身上流瀉出的白光卻無庸置疑是颶光，彷彿卡拉丁突然全身浸泡在熱水中似的，霧氣從皮膚上散出來。

卡拉丁的眼睛倏地睜開，眼中也流出了淡淡琥珀色的颶光。他再次大力喘氣，流瀉的颶光開始盤據在他胸上的傷口，幾道傷口自行收口、癒合了起來。

然後，消失，小小幾枚夾幣的颶光一下子就被耗盡。卡拉丁的眼睛閉上，全身放鬆，傷勢依然嚴重，高燒依舊不退，而他的皮膚開始出現血色，數道傷口周圍的紅腫也大爲消退。

「我的天啊。從天庭被放逐，以住於吾等心中的颶父……是眞的。」泰夫說道，感覺全身都在發抖，他的頭低垂到石板地上，緊閉雙眼，眼角滲出淚水。

他再次心想，*爲什麼是現在？爲什麼是這裡？*

還有老天啊，爲什麼是我？

他跪在原處，數了一百下心跳，思考，擔心，最後終於站起，將黯淡無光的錢球從卡拉丁手中取出。

他得拿這些去換有颶光的錢球，然後他可以拿著那些讓卡拉丁吸取颶光。

他得小心點。每天幾枚，但是不能太多。如果這孩子癒合得太快，會引來不必要的注意。

*而且我需要告訴預見者，*他想。*我需要……*

預見者都沒了。因爲他的所作所爲全死光了。如果還有預見者僅存，他也不知道該怎麼去找他們。

他能告訴誰？誰會相信他？卡拉丁自己應該也不知道自己在做什麼。

最好先不要告訴任何人，直到他想出該怎麼辦。

39 烙印於她體內

「在一下心跳的時間內，亞列薩里已然抵達，跨越步行要超過四個月才能到達的距離。」

——另一個民間傳說，這個故事記錄於《深眸人的故事》，作者爲卡琳娜，第一百零二頁。此類故事中充滿瞬間移動以及誓門的範例。

紗藍的手飛躍過畫板，彷彿是自發地在作畫，炭筆忙著刮、畫和暈染。先是粗線條，像是拇指劃過粗糙大理石留下的血跡，再來是細線，像是針頭畫出的細紋。

她坐在集會所中自己那個像是櫃子一樣的房間內。沒有窗戶，石牆上沒有裝飾，只有床、她的隨身行李箱、梳妝台，還有一張可以做爲畫圖桌用的書桌。

一枚紅寶石布姆在她的畫作上投射下血紅色的光線。通常，爲了要創作出鮮明的作品，她必須刻意記住一個景象——一眨眼，將世界凍結，儲存在腦海中。她在加絲娜消滅盜賊時並沒有這麼做，她當時驚恐又忍不住不看，卻全身動彈不得。

即便如此，她仍然能清晰地回憶起當時的景象，彷彿已被她刻意記住，而這些記憶並沒有隨著她的繪畫散去，她除不去腦中的記憶。這幾個人的死亡已經被烙印於她體內。

她顫抖著手，往後一坐，離開畫板，眼前的炭筆素描完全勾勒出那令人窒息的夜晚景象，被壓縮於小巷的牆間，一柱痛楚的烈燄飛騰入天，在那瞬間，它的臉仍然保持著人的形狀，影子般的雙眼大睜，嘴巴大開，加絲娜的手伸向那身影，既像是阻擋，又像是崇拜。

紗藍將沾滿炭粉的手握在胸前，盯著她的畫作。這樣的畫，她在過去幾天內已經畫了幾十幅。一人變成火，一人變成水晶，另外兩人變成煙。最後兩人她只能畫出其中一個，因爲當時她面對著小巷的東邊。她畫的第四個人是一縷輕煙，地上散落著衣服。

她對於無法記錄他的死亡感覺有罪惡感，卻又覺得有這種罪惡感的自己很蠢。

哲學邏輯並沒有責怪加絲娜。沒錯，公主是刻意將自己置於危險之中，可是不代表那些選擇要傷害她的人就可以推卸責任。那些人的行爲令人不齒。紗藍花了好幾天的時間研讀哲學書，大多數的道德架構都爲公主開脫。

可是紗藍人在那裡。她看著那些人死去，看到他們眼中的恐懼，令她覺得於心不忍。難道沒有別的方法嗎？

殺人或被殺。這是極簡哲學。它爲加絲娜開脫。

行爲不是邪惡的，意圖才是。加絲娜的意圖是要阻止這些人傷害別人——那是目的哲學。它推崇加絲娜。

道德與人的理念是不同的。道德全然存在於他方，凡人可以試圖靠近，卻永遠無法完全了解——理念哲學。它聲稱，消除邪惡的存在是最終的道德行爲，因此加絲娜的行爲是合理的，因爲她摧毀了邪惡的人。

目的的重要性決定手段。如果目標是有價値的，那採取的手段就是有價値的，即使有些手段單獨而言是可鄙的也一樣——期望哲學。它比任何其他學說都更強化加絲娜行爲的道德性。

紗藍將畫紙從她的畫板上取下，跟其他散落於床上的畫紙丟在一起。手指再次移動，握著炭筆，開始在綁於桌面的一張新紙上作畫，紙張終究無法脫逃。

她的竊盜行爲跟她親眼見到的殺戮一樣讓她難以釋懷。諷刺的是，加絲娜要求紗藍研究道德哲學的同時，也強迫她去思考自己的可怕行爲。她來卡布嵐司是爲了偷取法器，然後用它拯救她的哥哥與家族免於巨債與毀滅。可是說到底，這不是紗藍偷取魂師的原因。她是因爲生加絲娜的氣才偷的。

如果動機比行爲更重要，那她必須譴責自己的行爲。也許強調目標比手段重要的期望哲學會同意她的行爲，但那也是她覺得最厭惡的哲學。紗藍坐在這裡畫畫，一面譴責加絲娜。但是紗藍背叛了信任且接受她的女子，她並非執徒卻計畫使用魂師，更是褻瀆神的行爲。

魂師躺在加絲娜的箱子中，被藏了起來。過去三天，加絲娜完全沒有提到魂師消失的事。她仍然每天都戴著假的魂師，什麼都沒說，行爲一切正常。也許她還沒有嘗試魂術。全能之主保佑她不要又出去將自己置身於險境，以爲能用法器殺人以求自保。

當然，那天晚上還有一件事是紗藍必須思考的。她身上藏有武器，卻沒使用。她覺得自己怎麼會這麼蠢，連拿都沒拿出來，可是她不習慣……

紗藍手一僵，這才發現自己原來在畫畫。不是小巷中的一景，而是一間奢華的房間，地上鋪著濃密的花紋地毯，牆上掛著寶劍，一張長桌，上面有吃了一半的餐點。

還有一名身著華服的死人，面朝下地躺在地板上，鮮血凝聚在他周邊。她往後一跳，拋開炭筆，把紙張揉皺，全身顫抖地走到床邊，坐在堆滿圖畫的床，拋下皺成一團的畫紙。她摸摸額頭，上面全是冷汗。

她跟她的畫都有哪裡不對勁。

她得出去，離開死亡、哲學和疑問。她站起身，快步進入加絲娜住所的主要房間。公主不在屋子裡，一如往常地在進行研究。她今天沒有要求紗藍要去紗室，是因爲她知道她的學徒需要時間單獨思考嗎？還是因爲她懷疑紗藍偷了魂師，不再信任她的學徒了？

紗藍快步走過房間，裡面只有塔拉凡吉安王提供的基本家具。她拉開通往走廊的大門，差點撞上正舉手要敲門的主侍僕人。

女子一驚，紗藍輕呼。女子立刻鞠躬。「光主，非常抱歉。您的信蘆正在閃。」女子舉起一根信蘆，旁邊有一小顆在閃爍的紅寶石。

紗藍深吸一口氣，吐出，讓心臟慢下。「謝謝。」她說道。她跟加絲娜都將信蘆交給僕人看管，因爲她經常不在房間，可能會錯過別人找她的時機。

她驚魂未定地想要不去理會信蘆，繼續出門，但是她的確需要跟哥哥說說話，尤其是南·巴拉特，而她跟家裡聯絡的前幾次他都不在。她接過信蘆，關上門。她不敢回房間，裡面的圖畫都在指控她。主要起居間裡有張桌子跟信蘆板。她在信蘆板邊坐下，扭轉紅寶石。

信蘆開始動了。紗藍，妳一切舒適嗎？這是句暗語，代表另外一邊的確是南·巴拉特，或者該說，真是他的未婚妻在寫字。

我的背痛，手腕在癢，她寫下另一半的暗語。

南・巴拉特那方開始送來：對不起，之前錯過妳的通訊。我得代替父親赴蘇爾・卡滿的宴會，不能缺席，路程來回各要一天。

紗藍寫下：沒關係。深吸一口氣後，她寫道：東西我得手了。扭轉寶石。

信蘆很久都沒動靜。終於，略微凌亂的字跡出現：感謝神將保佑。紗藍，妳辦到了！那妳正在回來的途中嗎？在海上怎麼還能用信蘆？妳是在港口嗎？

我還沒離開，紗藍回傳。

什麼？為什麼？

因為太可疑了。南・巴拉特，你想想，如果加絲娜用東西時發現它壞了，可能不會立刻發現她被人騙了。可是如果我突然回家，就會令人起疑。

我得等一陣子，等她發現法器壞掉，然後看看她接下來會怎麼做。如果她發現法器被掉包，那我可以讓她開始懷疑別人。她已經開始懷疑執徒院了。而且，如果她以為法器只是壞了，那我就可以確定我們沒事。

她扭轉寶石，將信蘆放好。

哥哥接下來的問題正如她預料：如果她立刻認為是妳做的呢？紗藍，如果妳沒有辦法轉移她的注意力怎麼辦？如果她下令搜查妳的房間，結果被他們翻出密囊怎麼辦？

她拾起筆。那我更應該在這裡。巴拉特，我近來對加絲娜・科林有更深的了解。她極為專注並且堅忍，如果她認為是我偷了她的東西，絕對不會放過我，她會下令緝捕我，利用手邊所有可動用的資源來報復。要不了幾天，我們的國王跟藩王就會到家門口要求我們歸還法器。颶父在上，我敢打賭加絲娜在賈・克維德一定有聯絡人，我恐怕一上岸就會被逮捕。

我們唯一的希望是引開她的注意力。如果不成功，那我最好人在這裡，能夠盡快面對她的怒氣，大不了就是她把魂師拿回去，命令我再也不得出現在她的面前。可是如果讓她還要耗費心力來追我……她不會手軟的，巴拉特。我們絕對討不了好。

等了很久，他的回答才出現：小東西，妳的邏輯什麼時候變得這麼好了？想來妳把整件事想透了，至少想得比我透徹，只是紗藍，我們的時間無多。

我知道。你說你還能撐幾個月，所以我拜託你一定要拖下去，至少再給我兩三個禮拜，看看加絲娜會怎麼做；況且趁著我人在這裡，還可以研究這東西到底怎麼運作。我沒找到任何討論這件事的書籍，但這裡有許多書，也許我只是沒找對方向。

他回答：好吧，那就再等幾個禮拜。小東西，小心點。把法器給父親的人又來了一次，還詢問妳的下落。他們讓我擔心的程度遠勝於我們的財務狀況，而且讓我打從內心感覺不安。再見了。

再見，她回答。

目前為止，公主並無任何反應，她甚至沒有提到魂師的事，這讓紗藍很緊張。她希望加絲娜至少能提一下，總是讓她這樣提心吊膽地等著簡直是煎熬。她每天跟加絲娜在一起時，胃就開始絞痛，直到感覺反胃，幸好前幾天她才親眼見到殺人事件，所以紗藍的不安有了很好的理由。

冰冷和平靜的邏輯。加絲娜會以她為榮。

門上傳來敲門聲。紗藍快速收拾她跟南・巴拉特的對話，在壁爐中點火燒掉。不久後，皇宮的女僕進入房間，一手提著籃子，朝紗藍微笑。每天打掃的時間到了。

紗藍看到那女子時有一瞬間的驚慌。她不是紗藍認得的僕人。如果加絲娜派她或別人來搜查紗藍的房間怎麼辦？她已經搜過了嗎？紗藍朝女僕點點頭，然後爲了讓自己心安，她走回房間，關上門，衝到箱子邊檢查夾層。法器還在那裡。她拿出法器檢視。如果加絲娜反掉包了，她看得出來嗎？

別傻了，她告訴自己。加絲娜手段雖然高明，也不至於高明成這樣，可是紗藍仍然將魂師塞回她的密囊，一個勉強能塞入信封大小物體的布袋。女傭清理房間時，把法器放在身邊會比較安心，況且密囊說不定比箱子更適合藏東西。

傳統上女子的密囊是用來收藏私密或極爲重要的事物，搜尋她的密囊就像是剝了她的衣服搜身一樣，以她的身分地位而言簡直是不可能的事情——除非她很明顯地涉入犯罪事宜，那麼加絲娜恐怕可以強迫她接受搜查。如果加絲娜可以命令這件事，那她當然也可以下令要人搜查紗藍的房間，箱子首當其衝就是重點搜查目標。事實上，若加絲娜選擇懷疑她，紗藍並沒有藏匿法器的好方法，所以密囊其實不失爲是個好地方。

她收拾起自己的畫，面朝下地放在書桌上，試圖不去看它們，也不想它們被女僕看到。最後她選擇帶著畫冊離開，覺得自己需要逃離這裡一陣子，畫些不是死亡或殺人的主題。跟南・巴拉特的對話只是讓她覺得更焦慮。

「光主？」女僕開口。

紗藍嚇得僵直身體，但女僕只是舉起籃子。「這個籃子是上僕讓我轉交給您的。」

她遲疑地接下籃子，往裡面看了看。麵包跟果醬。其中一個果醬瓶上綁著一張紙條：藍棒果醬。如果妳喜歡，代表妳是個神祕、內斂而且細心的人。署名卡伯薩。

紗藍以內手挽著籃子。卡伯薩。也許她該去找他。每次跟他說過話，心情都會變好。不行。她是要離開的人，不能讓他或自己有著不當的期待。她擔心兩人的關係會朝不應該的方向發展，於是她選擇往主廳還有集會所的出口前進。她走入陽光，深吸一口氣，抬頭看著天空。僕人與侍從們繞過她左右，來往穿梭於集會所與戶外之間。她把畫冊緊抱在胸前，感覺沁涼的微風吹在臉頰，與曬在頭髮與額頭的溫暖陽光形成強烈對比。

說到底，令她最惶惶不安的是加絲娜沒說錯。紗藍活在自己的小世界，以爲一切都能總結於簡單的答案，那的確是個愚蠢、幼稚的地方。她想要找到簡單答案以解釋、甚至是寬恕她在賈·克維德做下的事，所以緊抓著這個希望不放。但如果世上眞有眞理存在，那也是遠比她以爲的要來得複雜與混沌不清。

有些問題似乎永遠不會有好答案，只有怎麼回答怎麼錯的答案。她可以選擇罪惡感的來源，卻無法選擇完全洗去自己的罪惡。

❖

兩個小時、二十張畫之後，紗藍覺得自己放鬆許多。

她坐在皇宮的花園裡，將畫板放在腿上畫著蝸牛。這裡的花園沒有她父親宅邸裡的那麼大，但種類卻更爲豐富，同時隱密得令人感到幸福。它屬於標準的現代花園風格，以板岩芝爲矮牆，這一座花園用植物包圍著石牆，塑造出一座迷宮，矮得只要她站起身就能一眼看到入口，但只要坐在爲數眾多的長椅上，便可感覺不受人窺視的獨處靜謐。

她問園丁這裡最常見的板岩芝種類是什麼，他稱之爲「石盤」，名字起得很恰當，因爲它們薄薄的，而且一片又一片地堆疊在一塊，像是放在櫃上的一疊盤子，從側邊看起來則像是經過風蝕後的岩塊，露出細密的岩層。孢子長出細小的藤蔓，隨風飛舞，石頭般的外殼帶著藍色，但藤蔓則是黃黃的。

她目前的素描對象是隻小蝸牛，有著平矮的方殼，邊緣還有鋸齒。她只要敲敲殼，蝸牛就會把自己折疊起來，看起來像是石盤植物的一部分，完美地融合成一體。如果她不去動蝸牛，那蝸牛就會開始小口小口地咬著板岩芝，卻沒有嚼斷。

一邊畫，她一邊看出來，原來蝸牛正在清理板岩芝，把上面的其他苔蘚跟黴菌吃掉，凡是被蝸牛咬過的地方，都顯得比較乾淨。

石盤旁邊長著一叢不同品種的板岩芝，中間結成一團，旁邊有手指一樣的長莖伸向天空，她仔細一瞧，發現上面也爬著細小多腳的克姆林蟲，邊爬邊吃。這些蟲也在清理板岩芝嗎？

眞有趣，她心想，開始畫起那些小克姆林蟲。小克姆林蟲的甲殼顏色跟板岩芝長莖的顏色一樣，而蝸牛的殼幾乎正是石盤的藍黃色，彷彿是全能之主成雙成對創造好似的，讓植物提供動物庇蔭，動物則負責清理植物。

幾隻發光的小綠生靈在圓堆形的板岩芝旁邊飄蕩，有些在板岩芝的裂縫間穿梭舞動，有些則像灰塵一般以之字形往空中飄，然後落下。

她利用細頭炭筆寫下一些關於動物與植物之間關連的觀察心得。她不知道是否有書討論兩者間的關係。學者們似乎喜歡研究大的動物，像是巨殼獸類或白脊，但眼前的世界對紗藍而言同樣顯得美麗且神奇。

蝸牛跟植物能夠彼此幫助，我卻背叛了加絲娜，她心想。

她低頭看看自己的內手還有藏在裡面的密囊。魂師擺在身邊讓她安心許多。她還不敢動用它。之前因爲偷竊讓她過於緊張，而且她也不敢在加絲娜附近使用魂師，但是如今只有她一個人躲在迷宮內側的小角落，後方是死路，前面是彎道。她裝作若無其事地站起來看看四周。花園四處沒人，她又走得很裡面，就算有人要找她，也得走上好幾分鐘。

紗藍重新坐下，把畫板跟筆放在一旁。正好趁這個機會看看我能不能摸索出該怎麼用它，也許根本不需要在帕拉尼奧中找答案，她心想。只要她每隔一段時間就站起來看看，可以確保附近不會有人意外撞見她。

她拿出了禁忌的法器，握在手中是沉甸甸的一團，感覺很結實。她深吸一口氣，將鍊子繞過她的手指與手腕，寶石貼著手背，金屬給人感覺冰涼，鍊子鬆弛。她握緊拳頭，然後放鬆，把法器收緊。

她以爲會感覺到一陣法力，例如皮膚刺痛，或是感覺到力量。但是什麼都沒有。

她敲敲三顆寶石——她已經把自己的煙石嵌了進去，有些法器是敲寶石就會開始作用，例如信蘆。但這想法太蠢，她從來沒看到加絲娜這麼做。她只是閉上眼睛，碰著目標物，開始施展魂術。這個魂師最擅長的是變煙、水晶和火。她只有一次看過加絲娜用它來創作別的東西。

紗藍遲疑地拾起一塊躺在植物底端，斷裂了的板岩芝，握在外手，閉上眼睛。

變煙！她命令。

什麼都沒發生。

變水晶！她換個命令。

她睜開一隻眼睛。什麼都沒變。

火。燃燒！你是火！你是……

她突然停下念頭，發現自己的愚蠢。萬一手突然被燙傷了？嗯，那還眞是一點都不令人起疑啊……於是她轉而專注於變水晶。她再次閉上眼睛，心中想像著水晶的形狀，試圖利用意志力驅使板岩芝發生變化。什麼都沒發生。她換成專注於想像板岩芝變化。在嘗試幾分鐘又失敗後，她開始試著變布囊，然後變長椅，最後試著變一根頭髮。全部都失敗了。

紗藍檢查四周，確認自己仍然獨處，然後煩躁地坐下。南·巴拉特問過魯艾熙要如何運作法器，但他說示範給他們看比解釋簡單。他承諾，如果她眞能偷來加絲娜的法器，他會告訴他們答案。

現在他死了。難道她注定要把這個法器帶回家，然後立刻交給那些危險的人，永遠無法用它創造財富以保護她的家族？只是因爲他們不會用？

她用過的其他法器都很容易啓動，但那都是現代法器師做出來的。魂師是古代留下的法器。它們絕對不會適用於現代的啓動方法。她盯著掛在手背上的明亮寶石瞧。她要怎麼樣才會知道該如何使用一件千年前的工具，一件只有執徒們才被允許使用的工具？

她又將魂師收回密囊。似乎她得回帕拉尼奧找答案了。要不然就是問卡伯薩，但她要怎麼問才不會令他起疑？她拿出他的麵包跟果醬，邊吃邊想。如果卡伯薩不知道，假使她離開卡布嵐司時仍然想不出答案，那還有別的方法嗎？如果她把法器交給費德納王或是執徒，他們有沒有辦法保護她的家族？畢竟這是她從異教徒身上偷來的法器，他們不會因此而怪她，加上只要加絲娜不知道魂師是她拿的，全家人都會安全。

可是這個想法讓她覺得更糟糕。偷魂師來保護家人是一回事，但是交給加絲娜鄙夷的執徒？那似乎是更大的背叛。

另一個困難的決定。

幸好加絲娜很堅決地要教會我這件事。一切結束後，我一定會成爲這方面的專家……

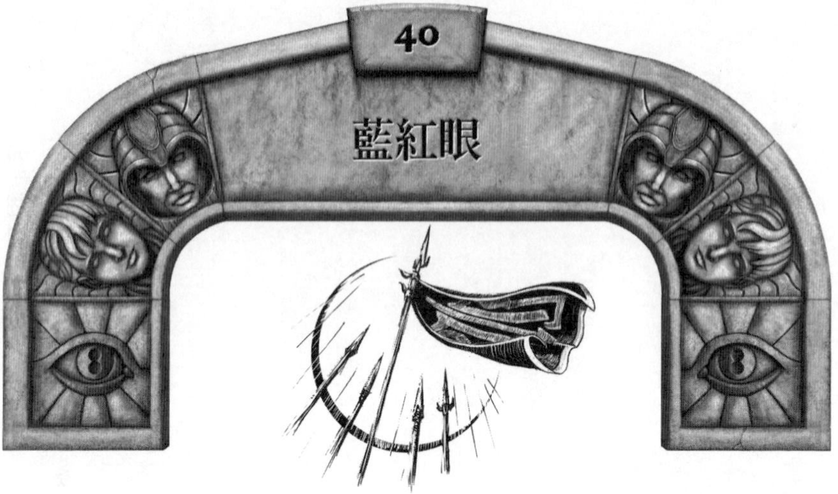

40 藍紅眼

「唇上的死亡。空中的聲響。膚上的烙炭。」

——出自亞布麗安的《最後寂滅》，第三百三十五行。

卡拉丁跌跌撞撞地走入陽光下，以手遮著雙眼擋下燒灼的太陽，光裸的腳板感覺到原本沁涼的室內岩石地面，變成了被太陽曬暖的戶外。空氣略微濕熱，但沒有前幾個禮拜那麼潮溼。

他一隻手按著木門框，雙腿不聽使喚地打顫，手臂瘦得像是連扛了三天的橋。他深吸一口氣。他的腰應該痛到無法控制，但是他只感到些微的痠疼。有些比較深的割傷還有疤痕，比較小的傷口已經完全消失。他的腦筋出奇地清醒，甚至沒有半絲頭疼。

他繞過營房，感覺每踏出一步便更有力氣，只是他沒敢鬆開扶著牆的手。洛奔跟在他身後。卡拉丁醒來時，照顧他的正是洛奔。

*我應該死了才對。這是怎麼一回事？*卡拉丁心想。

他繞到營房的另一邊，訝異地發現他的人正扛著橋，進行每天的例行操練。大石跑在前頭的中間位置，像卡拉丁以前那樣喊著口號。一群人抵達木材場的另一邊，轉過身，然後衝了回來。他們快步跑過營房時，最前面的人之一——摩亞許注意到卡拉丁，他當場僵立原地，幾乎讓整個橋兵隊的人都絆倒。

「你是怎麼一回事啊？」被橋蓋住整個頭的托分在他身後大喊。

摩亞許沒理會他，只是彎著腰從橋下鑽出來，睜大眼睛瞧著卡拉丁。大石連忙大喊一聲，叫眾人把橋放下。更多人看到了他，臉上出現同樣的崇拜神情。霍伯跟皮特的傷已經好得差不多，開始跟其他人一起練習。很好。他們又可以領薪水了。

穿著皮背心的眾人沉默地走到卡拉丁面前，卻保持距離不敢靠近，彷彿他很脆弱易碎，或是某種聖物似的。卡拉丁打著赤膊，露出尚未癒合的傷口，只穿著橋兵的及膝短褲。

「你們需要練習中途有人跌倒或絆倒該如何應變。摩亞許突然停下腳步時，所有人幾乎都要倒成一團，這在戰場上可是會完蛋的。」卡拉丁說道。

每個人的臉上都浮現不可置信的神情，令卡拉丁忍不住笑了。片刻後，所有人都聚集在他身邊，大笑著拍他的背，這對於一名病人而言不是什麼太合適的歡迎方式，尤其大石那一掌……但是他們的熱情讓卡拉丁感動。

只有泰夫沒有加入眾人。年邁的橋兵站在一旁，雙手抱胸。他似乎相當擔心。卡拉丁開口問道：「泰夫？你還好嗎？」

泰夫哼了一聲，臉上同時浮現一絲笑意。「我只是覺得這些傢伙太久沒洗澡，我可不想擠進去跟他們摟摟抱抱的。這不是針對你啊！」

卡拉丁笑了。「我明白。」他上次「洗澡」是颶風那次。

颶風。

其他的橋兵們繼續笑鬧，問他感覺如何，要大石今天晚上煮點特別的額外料理。卡拉丁微笑、點頭，向他們保證他覺得不錯，卻滿腦子都在想著颶風的事情。

他記得很清楚。緊握屋頂的鐵環，頭埋在雙臂間，眼睛閉著，抵擋猛烈的驟雨。他想起站在他身前想保護他、彷彿能靠一己之力擋下颶風的西兒。他現在沒看到她。她去哪裡了？

他也記得那張臉。颶父嗎？不可能。一定是幻覺。沒錯……沒錯，那一定是幻覺。死靈的記憶混合著走馬燈般的過去，其中不時夾雜著奇特、突來的驚人力氣，冰冷卻讓人精神一振。像是在沉悶的房間裡待了一晚後吹入的沁涼晨風，又或是將古克葉汁塗抹在痠疼肌肉上的感覺，令它們又冷又熱。

那些瞬間，他記得如此清楚。是什麼造成的？發燒嗎？

「多久了？」他問道，檢視著每個橋兵，數著人數。包括洛奔跟沉默的達畢，總共有三十三人，幾乎是全部。不可能。如果他的肋骨斷了，一定已經至少昏迷三個禮拜。他們出勤多少次了？

「十天。」摩亞許回道。

「不可能。我的傷……」

「所以看到你起來走路才那麼驚人啊！你的骨頭一定像花崗岩一樣硬！我應該要換名字了！」大石笑著說。

卡拉丁靠著牆。沒有人糾正摩亞許的話。不可能整群人都忘記到底過了幾個禮拜吧！「艾多里耳跟特雷夫呢？」

「我們失去他們了。你昏迷時我們出勤了兩次。沒有人受重傷，但死了兩人。我們……我們不知道該如何幫助他們。」摩亞許嚴肅地回答。

他的話讓氣氛低迷了起來，但是死亡是橋兵生命中的常態，對死者念念不忘是他們負擔不起的奢侈情緒。卡拉丁當下決定，他得選幾個人來教導醫術。

但他是怎麼能又站起來走路的？他的傷勢比他估計的要輕嗎？他遲疑地戳戳身側，摸索著斷裂的肋骨。只有一點痠疼。除了仍然覺得全身虛軟以外，他覺得自己一如往常健康。也許他應該更專心地聆聽母親教導他的經文故事。

所有人又開始交談、慶賀，但卡拉丁注意到他們對他投注的目光。尊敬又崇拜。他們記得他在颶風前說的話。如今回想起來，卡拉丁明白當時的自己有點神智不清，如今則覺得簡直是狂妄自大到極點，更不要說有點預言的意味。如果被執徒們發現……

*現在後悔也來不及了，只能繼續前進。*卡拉丁心想，*你原本就已經是站在懸崖邊緣的人，結果居然還往更高的懸崖爬去？有這個必要嗎？*

突然，一陣憂鬱的號角聲響徹戰營。橋兵沉默。號角聲再次響起兩聲。

「我想也是。」那坦說道。

「輪到我們值勤？」卡拉丁問。

「是啊。」摩亞許回答。

大石大喝：「整隊！你們知道自己該做什麼！讓卡拉丁隊長看看，我們沒忘。」

「卡拉丁隊長？」卡拉丁邊看著隊伍排隊，邊問道。

「是啊，大佬。」他身邊的洛奔開口。洛奔的口音相當乾淨清脆，與他滿不在乎的氣質毫不相稱。「他們是想讓大石當橋隊長啦，但是我們就直接稱你是隊長，他是小隊長。加茲氣死了。」洛奔露出大大的微笑。

卡拉丁點點頭。雖然其他人如此開心，但他發現自己無法擁有同樣的喜悅。所有人圍繞著橋排好，他開始明白自己為何憂鬱。他的人又回到了原點。甚至比先前更糟。他受傷，人又虛弱，而且還激怒了藩王。當薩迪雅司知道卡拉丁沒被高燒奪走性命時，一定會不高興。

橋兵們仍然逃不了一一被射死的命運。側扛的實驗是個失敗。他沒有救下他的人，他只是讓他們的死期略往後延。

橋兵不應該活著……

他猜出原因了。一咬牙，他鬆開撐著營房牆壁的手，來到橋兵們列隊站好的位置，看著每個小組長快速地檢查自己小組裡面的人是否都有背心涼鞋裝備齊全。

大石瞄著卡拉丁。「你想做什麼？」

「我跟你們一起去。」

「如果你的人剛發燒一個禮拜，你會跟他們怎麼說？」

卡拉丁遲疑了。他心想，我跟其他人不一樣，想完立刻後悔。他不能開始相信自己是無敵的。以他現在的虛弱狀態，如果要跟隊員們一起扛橋，簡直是白癡行為。「你說得對。」

「大佬，你可以幫我一起扛水。我們現在已經是一組人了，每次出勤都去。」洛奔說道。

卡拉丁點頭。「好。」

大石打量他。

「如果我到了常駐橋那邊開始覺得虛弱，我會回來的。我向你保證。」

大石不情願地點點頭。所有人扛著橋來到校場，卡拉丁、洛奔還有達畢一起裝滿水囊。

❖

卡拉丁站在裂谷邊緣，雙手背在身後，穿著涼鞋的腳踏在懸崖的最旁邊。裂谷仰望著他，但他拒絕與它對望。他正專注地看著裂谷對面的戰鬥。

這次相當輕鬆，他們跟帕山迪人一起抵達，帕山迪人沒浪費精力射殺橋兵，而是直接守在台地中央，包圍著蛹。薩迪雅司的人正跟他們對戰。

卡拉丁的額頭滿是被太陽曬出來的汗，他仍然能感覺到一絲殘留的疲累，可是沒有他以爲的那麼嚴重。外科醫生的兒子對此非常不解。

不過眼前，士兵的身分壓過了外科醫生，他全神貫注地觀察著戰局。穿著皮甲跟胸甲的雅烈席卡矛兵排成弧形，緊逼帕山迪戰士。大多數的帕山迪人使用戰斧或戰錘，偶爾有幾人用長劍或狼牙棒。他們都有著從皮膚長出來的橘紅色盔甲，兩人一組地戰鬥，口中歌聲不停。

這種打鬥是最慘烈的戰役，因爲是貼身肉搏戰。通常來說，如果敵人一下子就占了上風，損失的人還會少一些，指揮官會立刻下令撤退以減少損失。可是貼身肉搏戰……充滿暴力與血腥。看著戰場上士兵一個個倒下，武器的金屬光澤閃耀，越來越多人被擠下裂谷，這一切都讓他想起剛成爲矛兵時的那幾場戰鬥。他的指揮官對於卡拉丁面對流血畫面面不改色的本事感到震驚，卡拉丁的父親則會對卡拉丁讓人流血而面不改色的本事感到震驚。

雅烈席卡的戰事跟破碎平原的戰事有根本上的不同。在那裡，他的身邊是雅烈席卡最糟糕，或者該說，是接受最糟訓練的士兵，根本無法守住自己的陣線。可是，即使一切混亂，那裡的戰鬥對他而言還是合理的。在破碎平原的戰鬥是他不理解的。

這就是他計算錯誤的地方。他在沒有理解戰略之前就擅自進行變更。他不會再犯下同樣錯誤。

大石來到卡拉丁身邊，身旁跟著席格吉。粗壯的食角人與安靜的亞西須人形成頗為強烈的對比。席格吉的皮膚是深咖啡色，跟帕胥人的純黑色不同。他通常不與人打交道。

「慘戰。不論贏不贏，士兵都不會高興。」大石抱著手臂說道。

卡拉丁漫不經心地點點頭，聽著吼叫、慘叫和咒罵聲。「他們為什麼要打？」

「為了錢。為了復仇。你該知道。帕山迪殺的不是你的王嗎？」

「噢！我了解我們為什麼打。可是帕山迪，他們為什麼打？」

大石咧嘴而笑。「是他們不太喜歡因為殺了你們的王被砍頭吧！他們太不體貼了。」

卡拉丁微笑，只是內心裡的他，覺得看著別人喪命時還因其他事發笑實在太不合宜。在他父親長期熏陶下，他已然無法對他人的死亡無動於衷。「也許吧。那他們又為什麼要為寶心而戰呢？他們的人數不斷因為這樣的爭鬥而減少。」

「你知道這件事？」大石問道。

「他們劫掠的次數比以前少了。戰營裡的人都在談這件事，而且他們攻擊的範圍不像以前那樣靠近雅烈席卡這邊。」

大石深思地點頭。「似乎很合理。哈！也許我們很快就會贏，然後可以回家了。」

「不。」席格吉低聲開口。他的用字遣詞向來很正式，幾乎沒有一點口音。亞西須人到底是說什麼語言？他們的王國遠到卡拉丁只見過除了席格吉以外的另一名亞西須人。「我不認爲是如此。而且我可以告訴你他們戰鬥的原因，卡拉丁。」

「眞的？」

「他們一定有魂師。他們需要寶心的原因跟我們一樣——創造更多食物。」

「似乎很合理。」卡拉丁說道，雙手仍然背在身後，雙腿大張。稍息的姿勢對他而言仍然很自然。「這只是個推論，但似乎合理。那我再問問你。橋兵爲什麼不能有盾牌？」

「因爲那玩意兒讓我們變慢。」大石說道。

「不對。他們可以派其他橋兵扛著盾牌跑在橋前面，這樣並不會讓我們減緩速度。對，雖然你會需要用到更多的橋兵，但是靠這些盾牌救下的橋兵能夠塡補這些數量。」席格吉回答。

卡拉丁點點頭。「薩迪雅司已經養了超過他需要的橋兵數。換句話說，他派出來的橋遠比需要的多。」

「爲什麼？」席格吉問道。

「因爲我們是很好的標靶。我們被派在前面，吸引帕山迪人的注意力。」卡拉丁輕聲說道，明白過來。

大石聳聳肩。「我們當然是。軍隊向來如此。最差的跟訓練最少的排最前面。」

卡拉丁回答：「我知道，但是通常他們也會得到一些保護的裝備。你們還沒發現嗎？我們不只是可以捨棄的第一波攻擊。我們是誘餌。把我們暴露在外，帕山迪人就會忍不住攻擊我們，這樣一來普通士兵能在不受傷害的情況下前進，因爲帕山迪弓箭手忙著瞄準橋兵。」

大石皺眉。

「盾牌會讓我們變得沒有那麼吸引人，所以他禁止我們用。」

站在一旁的席格吉深思地開口：「也許是這樣。可是浪費兵力的作法相當傻。」

卡拉丁說道：「一點都不傻。如果需要重複攻擊有防衛的敵軍，就不能浪費受過訓練的軍隊。你們還不明白嗎？薩迪雅司手下受過訓練的人有限，可是沒有受過訓練的很好找。每一枝射中橋兵的箭，就是饒過一名花了許多金錢訓練與補給裝備的士兵，所以薩迪雅司選擇派出這麼多的橋兵，而不是組織人數較少，卻受到較好保護的橋兵隊。」

他應該更早發現的。他一開始被橋兵對於戰爭有多重要的這件事誤導。如果橋沒有辦法抵達裂谷，那軍隊就跨越不了裂谷，但是每支橋兵隊的人數相當充沛，被派出的橋兵隊數量向來是需要的兩倍。

看到橋倒下必定讓帕山迪人感覺相當滿意，而且他們每次在慘烈的裂谷出勤中，總會射倒兩到三道橋，有時甚至更多，只要有橋兵，帕山迪人就不會花時間射殺士兵。薩迪雅司的確有理由讓橋兵看起來很脆弱。帕山迪人應該要看穿這點，但是要他們不去攻擊沒有任何盔甲，又扛著攻擊設備的人實在太難。帕山迪人據說是戰略不甚先進的種族。卡拉丁在仔細並且專注地研究過戰況之後，同意這點。

雅烈席人維持了一條筆直、整齊的戰線，每個人都會保護他的同伴，帕山迪人卻是以獨立、兩兩一組人的模式攻擊。雅烈席卡人的戰略跟戰技都略勝一籌。沒錯，每一名帕山迪人的力氣都比較大，揮舞著戰斧的戰技也相當高超，可是薩迪雅司的雅烈席卡軍隊擅長現代陣法，一旦能夠占領到足夠的區域，再加上如果能拖長戰鬥，則軍隊的紀律往往能迎來勝利。

帕山迪人在這場戰鬥前沒有遭遇過大規模的戰爭。他們習慣於小型的爭鬥，也許是村莊或部族之間的戰事而已，卡拉丁做出最後的判斷。

幾名其他橋兵跟卡拉丁、大石和席格吉站在一起。要不了多久，大多數人都站在那裡，有些人模仿卡拉丁的姿勢。又過了一個小時，戰爭才終於得勝。薩迪雅司贏了。但大石說得對，士兵們個個沉重，他們今天失去了許多朋友。

卡拉丁跟其他人，領了一群精神肉體都受到極大打擊的軍隊回營。

❖

幾個小時後，卡拉丁坐在木塊上，圍著橋四隊每晚例行的營火。西兒坐在他的膝蓋上，變回一道小小的半透明藍白火焰。他們返回的途中，她突然重新出現，發現卡拉丁能夠起床走動後，開心地轉了好幾個圈，卻沒有解釋自己去了哪裡。

眞正的火焰發出劈哩啪啦的聲音，大石的大鍋在火上發出咕嚕咕嚕的聲響，有些火靈在石頭周圍跳舞。每隔幾秒就會有人問大石濃湯燉好了沒有，經常開玩笑地拿湯匙敲碗。大石沉默地攪動著鍋子。他們都知道除非由他宣布濃湯已經完成，否則誰都不准動。他對於不讓人吃到「次級」料理這件事很在意。

空氣中飄著餃子香。大家都在笑。他們的橋隊長未被處決成功，今天的出勤又沒有損失一人，大家的精神都很好。

除了卡拉丁。

他如今明白了。他明白他們的掙扎是多麼無用。他明白為什麼薩迪雅司不理會卡拉丁的存活。他已經是橋兵，橋兵就等同於死刑。

卡拉丁原本希望讓薩迪雅司明白他的橋兵隊可以既有效率又有用。他原本想證明他們應該得到更好的保護——盾牌、盔甲和訓練。卡拉丁以為如果他們的表現像士兵，也許別人會以對士兵的眼光看待他們。這一切都不會成功。根據薩迪雅司的定義，活著的橋兵就是失敗的橋兵。

他的人笑著，享受火堆。他們信任他。他辦到了不可能的事，活著、傷著、還被綁在牆上，卻撐過颶風。他一定能再創造另一次奇蹟，這次是為了他們。他們是有能力的人，但是他們的想法就像步兵。軍官跟淺眸人擔心的都是長期的事情，其他人只在乎被餵飽跟感覺開心就好。

卡拉丁不是如此。

他發現自己又與他留下的那個人面對面。那個當他決定不要投身於裂谷中的那晚被他遺棄的人。那個人有著受盡創傷的眼眸，放棄對生命的感覺或期待。行屍走肉。

我會讓他們失望，他心想。

他不能讓他們繼續出勤，一個個死去，但他也想不出別的方法，所以他們的笑聲撕扯著他。

其中一人站起身，舉高手臂，讓大家安靜。是地圖。現在正是月亮輪替之間的時間，所以只有火光點亮他的身影。空中有些許星辰，幾顆星星動來動去，極微小的光點來回追逐，像是遙遠而發光的昆蟲般快速飛竄。星靈。很少見。

地圖長得一張大餅臉，有著大把鬍子，濃密的眉毛。每個人都叫他地圖是因為他胸口有塊胎記，他堅稱形狀跟雅烈席卡的形狀一模一樣。卡拉丁怎麼看都覺得不像。

地圖清清喉嚨。「今天晚上是個很好的夜晚，特別的夜晚。我們的橋隊長回來了。」

幾個人拍手。卡拉丁努力不把空洞絕望的心情表現在臉上。

「我們等一下有好吃的。」地圖說道，看了看大石。「大石，眞的有吧？」

「有的。」大石邊攪邊說。

「你確定？我們可以再出勤一次，給你多點時間，大概五六個鐘頭該夠了吧……」

大石狠狠地瞪了他一眼。眾人大笑，幾個人拿湯匙敲碗。地圖也笑了，然後從他原本坐著的石頭後面，拿出一個紙的包裹，拋給大石。

高大的食角人吃了一驚，包裹差點要掉入湯裡的那一刹那才被勉強接住。

「我們所有人一起送的。謝謝你每晚都煮湯。你不要以爲我們沒注意到你有多努力。你煮飯，我們都在休息，而且你每次都先讓所有人吃飽。所以我們買了東西謝謝你。」地圖有點不好意思地說道，然後用袖子擦擦鼻子，稍稍破壞了氣氛。他重新坐下，身邊幾名橋兵拍拍他的背，稱讚他說得好。

大石解開包裹，目不轉睛地盯著看好久。卡拉丁向前傾身，想要看看裡面是什麼。大石伸出手，舉起裡面的東西。那是一柄精光閃閃的金屬剃刀，鋒利的一邊以木頭包裹著。大石將木套取下，檢視刀鋒。

「你們這些空氣病的傻瓜。它好美。」他輕聲說道。

「裡面還有一塊打磨過的鋼，可以拿來當鏡子用，還有一些鬍皂以及磨刀的皮條。」皮特說道。

出乎眾人意料之外，大石滿眼泛淚。他背過身子，抱著他的禮物。「濃湯好了。」他說道，然後跑入營房。

眾人沉默地坐著。年輕的度尼終於開口：「我的颶父啊，我們是不是做錯了？他剛還罵了幾句……」

「我覺得這是很完美的禮物。讓那大傻蛋有點時間恢復就好。」泰夫說道。

地圖對卡拉丁說：「抱歉，長官，我們什麼都沒買給你，因爲我們不知道你會醒啊什麼的。」

「沒關係。」卡拉丁說道。

斯卡開口：「現在是有人要負責裝湯，還是我們得餓著肚子坐在這裡等到湯燒焦？」

度尼跳了起來，抓起湯杓，所有人圍在鍋子邊，互相推擠著，等著度尼舀湯。少了大石在那裡喝斥他們、要他們排好隊，情況變得有點混亂。只有席格吉沒有加入他們。安靜的深色皮膚男子坐在一旁，眼睛倒映著火光。

卡拉丁站起身。他很擔心，其實更該說是害怕，自己又會成爲那個沒有用的人。那個因爲看不到希望而對一切毫不關心的人。於是，他想找人聊聊，便站起身走到席格吉身邊。他的動作讓西兒一驚，她哼了兩聲便飛到他的肩膀上，仍然保持著小火苗的輪廓。看到自己肩膀上有火苗更是讓他分神，但是他沒說什麼，要是被她知道火苗的外型會讓他介意，那她大概會變本加厲，她畢竟還是風靈。

卡拉丁在席格吉身邊坐下。「你不餓？」

「他們比我急。而且根據前幾晚的經驗，他們裝滿了碗之後，還是夠我吃。」席格吉說道。

卡拉丁點點頭。「我很感謝你今天在台地提出的分析。」

「我有時很擅長這件事。」

「你是受過教育的人。你說話的方式跟舉止，都展現了這一點。」

席格吉遲疑了片刻後回答：「是的。在我的族人中，男性擁有聰明才智並非罪惡。」

「對雅烈席人而言也是如此。」

「我的經驗是你們只在乎戰爭跟殺人之道。」

「你對我們的了解除了軍隊以外有多少？」

「並不多。」席格吉承認。

卡拉丁深思地說道：「所以你是受過教育的人，卻待在橋兵隊裡。」

「我的教育並未完成。」

「我的也是。」

席格吉好奇地看著他。

卡拉丁回答：「我原本是外科醫生的學徒。」

席格吉點點頭，濃密的黑髮垂落在肩頭。他是唯一會費心神剃鬍子的橋兵。現在大石有了剃刀，也許這點也會改變。他開口：「外科醫生啊。我不能說這讓我意外，因爲我看過你處理傷患的手法。其他人說你其實是很高階級的淺眸人。」

「什麼？我的眼睛可是深褐色的！」

「原諒我。我的用詞不對。你們的語言裡沒有合適的詞。對你們而言，淺眸人跟領袖是同樣的。可是在其他的王國裡，要靠別的事情才能讓人成爲……這雅烈席語眞是令人厭惡地難表達，成爲一名出身高貴的人。是光明爵士，只是沒有那種眼睛。無論如何，其他人認爲，你一定是在雅烈席卡以外的地方長大，而且是被當成領袖養大。」

席格吉看著其他人。他們重新坐下，努力攻擊自己的濃湯。「因爲你很自然地就開始領導他們，讓其他人想要聽你說話。這些都是他們認爲淺眸人才有的特質，因此他們爲你創造出一個過去。你現在應該是無法說服他們改變想法了。」席格吉打量他。「如果這一切都是他們捏造的。你在裂谷底部用矛那天我也在。」

「矛，是深眸士兵的武器，不是淺眸人的劍。」卡拉丁說道。

「對許多橋兵而言，差別不大，都離我們太遠。」

「那你的故事呢？」

席格吉得意地笑了。「我就猜你會不會問，其他人說你刺探過他們的過去。」

「我喜歡了解我領導的是些什麼樣的人。」

「如果我們其中有人是殺人犯呢？」席格吉悄聲說道。

「那跟我正好是同類。如果你殺的是淺眸人，我還要請你喝一杯。」

「不是淺眸人。」席格吉說。「而且他沒死。」

「那你就不是殺人犯。」

「不是因爲我不想啊。」席格吉的眼光變得迷離。「我以爲我成功了。那不是我做過最聰明的決定。我的師傅……」語音漸弱。

「你想殺的是他？」

「不是。」

卡拉丁等著，但對方沒再說話。他心想，這人是個學者，或者至少是念過書的人。一定有可以善用之處。

卡拉丁，想辦法逃脫這個死亡陷阱。利用你有的一切。一定有辦法。

席格吉開口：「你對橋兵的判斷是對的。我們就是被派去等死，這是唯一合理的解釋。在世界上有個地方，叫作瑪拉貝息安。你聽說過嗎？」

「沒有。」

「那是在色雷北方的靠海處。那裡的人以喜愛辯論著稱。在城市中每條街道的交口都有小平台，可以讓人站上去表達他的論點，據說瑪拉貝息安中的每個人都隨身帶著一個提包，裡面裝著快要壞掉的水果，專門爲萬一聽到他們不同意的論點時而準備的。」

卡拉丁皺眉。兩個人當橋兵這麼久以來，他沒聽過席格吉說這麼多話。

席格吉望著前方，繼續說道：「你之前在台地上說的話，讓我想到瑪拉貝息安人。他們對於死刑犯有種奇特的處理方法：他們把死刑犯吊在離城市不遠的海邊懸崖旁，靠近漲潮的水位時，臉頰上每邊劃一刀。那邊的海裡住著一種奇特的巨殼獸類，以美味著稱，而且當然也有寶心，不像裂谷魔的那樣大，但仍然不小，所以這些罪犯就成爲餌。罪犯可以要求被處決，但是他們說如果你被吊在那邊一週卻沒被吃掉，就可以獲得自由。」

「這件事常發生嗎？」卡拉丁問道。

席格吉搖搖頭。「從來沒發生過。可是囚犯們幾乎總是選擇那個機會。瑪拉貝息安人有一句話專門用來形容拒絕接受事實的人。『你有藍紅眼』。紅是鮮血，藍是海水。據說那些囚犯只看得到這兩件東西。通常他們一天之內就會遭受攻擊，可是大多數人仍然希望爭取那個機會。他們寧願選擇不存在的希望。」

藍紅眼，卡拉丁心想，想像那殘酷的景象。

席格吉站起身，拾起碗。「你做的是好事。一開始我痛恨你是因爲你對那些人說謊。可是我現在明白，不存在的希望讓他們快樂。你的行爲就像是給病人吃讓他不痛苦的藥，直到他死亡。現在這些人可以在笑聲中度過餘生。你的確是名醫者，受颶風祝福的卡拉丁。」

卡拉丁想要反駁，說那不是不存在的希望，但他說不出口。因爲他自己的心都沉在谷底，而且明白眞相。

片刻後，大石從營房中衝出來。「我感覺又像是眞正的阿利提其艾了！」他舉著剃刀高聲宣布。「朋友們，你們不知道你們的禮物有多棒！有一天，我會帶著你們去山峰，讓你們受到國王般的款待！」

雖然他總是抱怨，卻沒有完全剃掉他的鬍子。他留下了長及下巴的紅金色鬢角。下巴最尖端的地方跟嘴唇周圍都是乾乾淨淨的。他橢圓形的臉龐，配著他的高大身高，的確讓他的外表顯得格外突出。

「哈！」大石大踏步走到火堆邊，抓起最近的幾個人，用力抱著他們，差點讓比西格手中的濃湯都灑了出來。「你們送了我這禮物，你們都是我的家人。山峰人的胡瑪卡阿班就是他的驕傲！我感覺又像是眞正的人了。來吧。這柄剃刀不只是屬於我，而是我們大家的。任何想用剃刀的人都該用。能與你們分享這柄剃刀，是我的榮幸！」

所有人笑了，有幾個人當場接受。卡拉丁不是其中之一。這似乎對他而言……已經不重要了。他接下度尼給他的濃湯，但沒有吃。席格吉選擇不坐回他身邊，而是坐到營火另一邊。

藍紅眼，卡拉丁心想。不知道這句話是否符合我們。如果他要有藍紅眼，卡拉丁首先得相信他們還有生還的渺小希望。可是這個晚上，卡拉丁難以說服自己。

他向來不是樂觀的人。他只是接受世界的眞實面貌，至少努力做到這點。但是當他看到的眞實面貌如此可怖時，反而變成問題。

颶父啊，我重新又變回原來那個窩囊廢了。我開始失去對自己的控制，他心想，低著頭看自己的碗，感覺到絕望的重擔。

他扛不起所有橋兵的希望。

他不夠強。

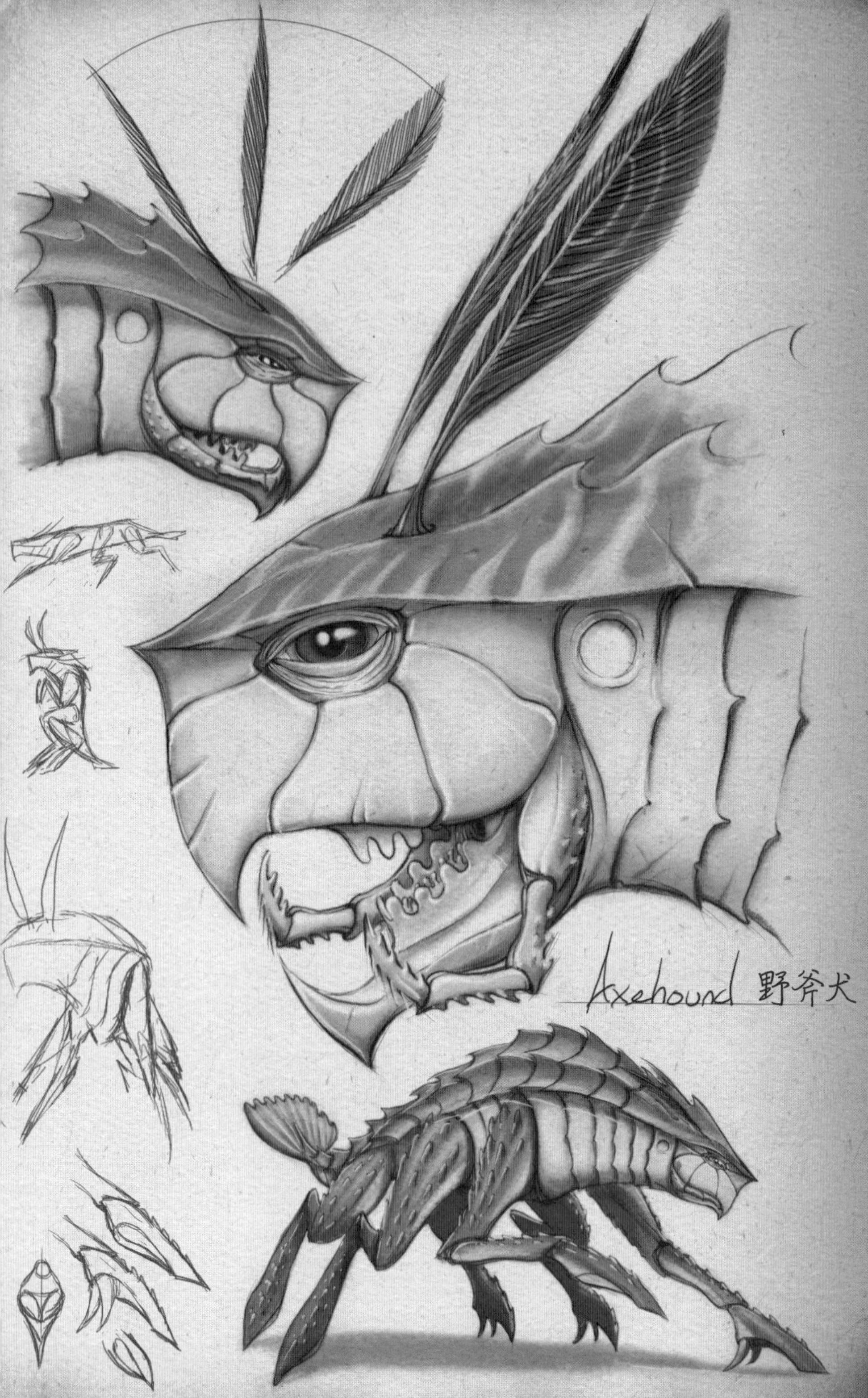
Axehound 野斧犬

41 愛德和米普

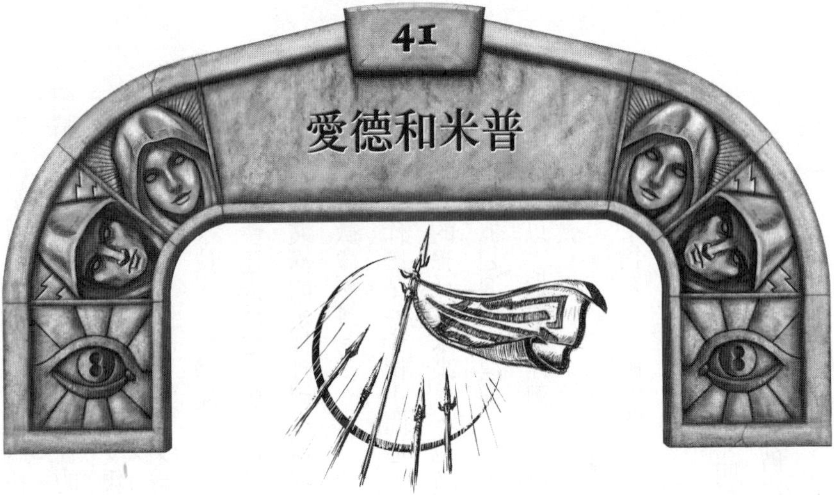

五年半前

卡拉丁推開尖叫的拉柔，闖進手術房。即使他跟父親已經一同工作了這麼多年，如今映入眼簾的血量仍然是多得驚人，像是有人翻倒了一桶鮮紅色的油漆。

燒炙皮肉的氣味浮在空中。李臨急切地在羅賞的兒子——瑞利爾光明爵士身邊工作。一枚看起來很邪惡的獠牙從年輕人的腹部突出，他右腿下半段已經被壓碎，只靠幾條筋肉連接，碎骨從皮肉間戳出，像是從池子水面突出的蘆葦。羅賞光明爵士則躺在一旁，發出呻吟，緊閉著眼睛，抓著自己被另一根獠牙戳穿的腿。鮮血從他臨時包紮的繃帶間滲出，沿著桌子流下，滴到地面，與兒子的血混合在一起。

卡拉丁瞠目結舌地站在門口。拉柔繼續尖叫，緊抓著門框，不讓羅賞的侍衛將她拉走。她的尖叫聲慌亂至極。「想辦法！努力！不可以！他就在那裡，我不在乎，放開我！」混亂的詞語最後散亂成語意不明的尖叫。侍衛終於將她拉走。

「卡拉丁！我需要你！」他父親大喝。

卡拉丁猛然一驚，進入房間，洗手之後急忙從櫃子裡取出繃帶，踏入血泊。他瞥了一眼瑞利爾的臉，右邊臉上大部分的皮膚都已經被刮掉，眼瞼也消失了，藍色的眼睛從前方割破，像是被榨過汁的葡萄一樣乾癟。

卡拉丁連忙拿著繃帶趕到父親的身邊。片刻後，他的母親出現在門口，提恩跟在她身後。她一手掩住口，連忙把提恩拉走，他看起來昏昏沉沉地跟著她離開，稍後，她又獨自回來。

「水！卡拉丁。」李臨大喊。「賀希娜，再去拿更多水回來。快！」

他母親快速去幫忙，雖然她已經久未動手，但仍然以顫抖的雙手抓起水桶，朝外面跑去。卡拉丁提起另一只已經裝滿的水桶趕到父親身邊，李臨正從年輕淺眸人的腹中輕輕取出骨頭。瑞利爾剩下的一隻眼睛眨巴著，頭微微顫抖。

「那是什麼？」卡拉丁問道，按著傷口上的繃帶，他父親則將奇怪的東西拋到一旁。

「白脊的獠牙。水來。」他父親說道。

卡拉丁抓起泡綿，埋入水中，用泡綿將水擠在瑞利爾的腹部傷口上，洗去血漬，讓李臨能夠妥當地檢視傷口。他以手指摸索片刻，卡拉丁則趁機備好針線。瑞利爾的腿已經綁上了止血帶，晚一點將進行截肢手術。

李臨的手指在瑞利爾大開的肚腹中探索，遲疑了。卡拉丁再次清理傷口。他擔心地抬起頭，看著他父親。

李臨抽出手指，走到羅賞光明爵士身邊。「卡拉丁，繃帶。」他簡潔地說道。

卡拉丁快速跟上，可是他仍然多看了瑞利爾一眼。曾經英俊的年輕淺眸人再度顫抖，痙攣。「父親……」

「繃帶！」李臨說道。

「外科醫生，你在幹麼？我的兒子怎麼辦？」羅賞大吼。痛靈包圍著他。

「你的兒子已經死了。」李臨說道，將獠牙從羅賞的腿中拔起。

淺眸人痛苦地大吼，卡拉丁分不出來是因爲獠牙，還是兒子的死。羅賞咬緊牙關，忍受卡拉丁以繃帶用力壓住他腿上傷口引發的痛楚。李臨的手在水桶裡洗了一把，便快速擦上團草乳以嚇走腐靈。

「我兒子沒死。」羅賞咆哮著。「我可以看到他在動！去幫他，醫生。」

「卡拉丁，拿昏水來。」李臨同時下令取過針線。

卡拉丁飛快地跑回房間，他的雙腳踏過地面，濺起血花。他一把拉開最遠端的櫃門，拿出一瓶裝著清澈透明液體的小瓶子。

「你在幹什麼？看看我的兒子！全能之主啊，看看他！」羅賞大吼，想要坐起。

卡拉丁遲疑地轉頭，停下在繃帶上澆昏水的動作。瑞利爾抽搐得更猛烈了。

「羅賞，我有三個守則。在面對兩個病人時，以所有外科醫生都會依循的守則做選擇。如果傷勢一樣，先救年輕的。」李臨說道，用力將淺眸人按回桌上。

「那去救我兒子！」

「如果傷勢不同，先救傷重的。」李臨繼續說道。

「所以我叫你去啊！」

「羅賞，第三條守則超過前兩條。外科醫生必須能判定何時病人已經無法救治。對不起，羅賞。我向你保證，如果我救得了他，我一定會。可是，我救不了他。」李臨彎下身說道。

「不！」羅賞再次掙扎。

「卡拉丁！快點！」李臨說道。

卡拉丁衝到他身邊，將沾滿昏水的繃帶按在羅賞的下巴、嘴巴，還有鼻子下方，強迫淺眸人吸入氣體。卡拉丁按照受過的訓練，屏住呼吸。

羅賞大吼又尖叫，但他們兩人將他按住，他又因爲失血過多而衰弱，叫聲漸漸低微。幾秒內，他已經開始胡言亂語，自顧自地笑了起來。李臨開始處理腿上傷口，卡拉丁則將浸滿昏水的繃帶丟掉。

「不。拿去用在瑞利爾身上。這是我們唯一能給他的慈悲。」他的父親頭也不抬地說道。

卡拉丁點點頭，把昏水繃帶用在受傷的年輕人身上。瑞利爾的呼吸變得平緩，只是他似乎已經無法辨別自己身上感覺的差別。然後卡拉丁將沾滿昏水的繃帶丟入火爐，熱氣中和了效果。白色蓬鬆的繃帶縮小、變黃，最後在火中萎縮，邊緣起火，散發出煙霧。

卡拉丁拿著泡綿回到父親身邊，李臨一面處理，他便一面清洗羅賞的傷口，裡面埋了幾塊獠牙碎塊。

李臨喃喃自語幾句之後，拿出鑷子跟鋒利的手術刀。

李臨一面拔出碎塊，身後的瑞利爾已然沒有動靜。「他們全下地獄去吧。把我們一半的人送上戰場還不夠嗎？就連住在安靜的村鎮裡都要自尋死路嗎？羅賞根本不該去找那該死的白脊。」

「他去找白脊？」

「他們想要去獵白脊。維司提歐跟我，以前總是開他們這種淺眸人的玩笑。殺不了人，就殺獸。好吧，羅賞，這就是你的下場。」李臨啐了一口。

「父親，他醒來以後會找你麻煩的。」卡拉丁低聲說道。光明爵士正輕哼著歌，閉著眼，乖乖躺著。

李臨沒有回答。他拔出另一塊碎片，卡拉丁沖洗傷口，他的父親以手指按著另一處被刺穿的地方小心檢視。

傷口裡面的肌肉又嵌著另一塊獠牙碎片，旁邊就是大腿的大動脈。李臨以刀探入，小心翼翼地割出獠牙，然後他遲疑了，手術刀的邊緣離大動脈只有毫髮之距。

如果割了它……卡拉丁心想。羅賞幾分鐘內就死了。他現在還活著，是因爲獠牙沒刺上大動脈。

李臨素來平穩的手顫抖了，然後他抬頭看著卡拉丁，抽出手術刀，沒有碰觸大動脈，接著以鑷子將碎塊拔出，拋在一旁，平靜地接過針線。

他們身後的瑞利爾停止了呼吸。

❖

那一晚，卡拉丁坐在屋前的台階，手放在腿上。

羅賞被送回宅邸，讓他的僕人照顧。他兒子的屍體此時正放在地下室，已經派人去請魂師來處理。

天邊的夕陽如血一般紅，卡拉丁眼見之處淨是一片緋色。

通往手術間的門關上了，卡拉丁的父親滿臉疲色，歪歪倒倒地出來，卡拉丁對他的疲憊可以感同身受。李臨慢慢地在卡拉丁身邊坐下，嘆了一口氣，看著夕陽。他也覺得夕陽如血嗎？

太陽在他們面前落下，兩人沒有交談。爲什麼太陽在消失前的顏色最鮮豔？是因爲它對於被迫要消失在天際線下感覺憤怒？還是那是表演者在退演前的最燦爛演出？

爲什麼人體最鮮豔的部分——燦爛的鮮血，都隱藏在皮膚下，只有出問題時才會被看到？

不對，卡拉丁思索著。血不是人體最鮮豔的部分。眼睛也很鮮豔。血和眼睛。兩者都代表一個人的身分，還有一個人的地位。

「我今天看到了人的內在。」卡拉丁終於說道。

「不是第一次，也不是最後一次。我爲你感到驕傲。我以爲你會在外面哭，跟以前我們失去病人時一樣。你終於學會了。」李臨回答。

「我說的內在，不是傷口。」卡拉丁說道。

李臨半晌沒有回答。「原來如此。」

「如果我不在場，你會讓他死，對不對？」

沉默。

「爲什麼不這麼做？」卡拉丁說。「很多問題都會被解決的！」

「那不是讓他死。那是謀殺他。」

「你可以讓他流血到死，最後說救不了他。不會有人質疑你。你辦得到。」

「不。我辦不到。」李臨凝視著夕陽說道。

「爲什麼？」

「因爲我不是殺人凶手，兒子。」

卡拉丁皺眉。

李臨的目光深遠。「總有人要開始。總有人要開始做對的事，只因爲那是對的。如果沒有人開始，那就沒有人能跟隨。淺眸人盡力去害死自己，也害死我們。其他人還沒有把愛德和米普帶回來。羅賞把他們留在那裡。」

愛德跟米普是兩名鎮民，他們也參加了狩獵，但是沒有跟帶回淺眸傷患的一行人回來。羅賞擔心瑞利爾到極點，所以把他們留在那裡，好加快自己的速度。

「淺眸人不在乎生命，所以我必須在乎。這就是爲什麼就算你不在那裡，我也不會讓羅賞死的原因，只是看著你就讓我的心意更堅定。」李臨說道。

「我希望你沒有那麼做。」卡拉丁說道。

「你不該這樣說。」

「爲什麼？」

「因爲我們應該要比他們強，兒子。」他嘆口氣，站起身。「你該去睡了。其他人帶著愛德跟米普回來時，我可能需要你的幫忙。」

這不太可能。那兩個人現在應該已經死了。據說他們的傷勢頗爲嚴重，況且，白脊還在那裡。

李臨進屋，沒有強迫卡拉丁一起跟上。

*我會讓他們死嗎？*卡拉丁心想。*也許甚至會動一下刀，讓他死得更快？*羅賞自從來到此處之後，除了作惡之外，一無是處，但這就是殺他的理由嗎？

不。切斷大動脈是不對的，而卡拉丁有什麼應該要幫忙的理由？拒絕幫忙跟殺人不同。一點都不同。

卡拉丁想了十幾種不同的方法，思索他父親的話，結論卻讓他大爲震驚。他眞的會讓羅賞死在手術台上。這對卡拉丁一家人比較好。這對整個城鎮都比較好。

卡拉丁的父親曾經對於他兒子想參戰的想法感覺好笑。如今，卡拉丁自己決定他要成爲外科醫生，出於自己內心的想法跟行動，於是他前幾年的想法跟行為越發顯得幼稚。可是李臨以為卡拉丁無法殺人。他當初說，兒子，你連殺克姆林蟲都會覺得有罪惡感，拿矛戳進別人的肚子裡沒有你想的那麼簡單。

可是他父親錯了。那是驚人、可怕的發現。那不是他幻想著戰爭帶來的榮耀或做著白日夢。這是真的。

在那瞬間，卡拉丁知道如果必要，他可以殺人。有些人，就像是發炎的手指或是已經救不回來的斷腿，就是該被切除的。

42 乞丐與酒吧女

「如同颶風般定時造訪，卻總殺得人措手不及。」

——提及他們的出現時，寂滅一詞出現了兩次。見《爐火邊的故事集》第五十七、五十九和六十四頁。

「我決定了。」紗藍宣布。

正在讀書的加絲娜抬起頭來，還難得地將她手邊的書放在一旁，坐直身體，背對著紗室，以顯示她對紗藍的尊重。「說吧。」

「嚴格說起來，您的行爲既合法又正確。」紗藍說道。

「可是，並不符合道德，更不存有道義。」

「所以道德跟合法是兩件事？」

「幾乎所有的哲學理論都是這麼認爲的。」

「但是妳覺得呢？」

紗藍遲疑了片刻。「我同意。一個人的行爲可以是道德的，卻不遵循法律；或是遵循法律，卻又行不道德之事。」

「但妳也說我做的行爲是『對的』，但不道德。那這兩者間的差異似乎更難定義。」

「行爲可以是對的，意思是不考慮其出發點，單就行爲本身來評斷。因自衛而殺死四個人是對的。」

「可是卻不道德？」

「道德代表意圖，還有情況的整體考量。特意去找人來殺是不道德的，加絲娜，無論最終的結果是什麼。」

加絲娜以指甲輕敲書桌。她戴著壞掉的魂師，寶石從手套下凸起。已經兩個禮拜了。她一定已經發現魂師壞掉了吧。她怎麼會這麼平靜？

她是想偷偷把魂師修好嗎？也許她擔心如果顯露出魂師壞掉的跡象，她會失去自己的政治地位。還是她已經發現她的魂師被掉包了？有沒有可能加絲娜最近根本沒有用到魂師？紗藍得離開了，可是如果她在加絲娜發現東西被掉包前就離開，她冒的險就是對方在紗藍消失後才試用魂師，因而立刻懷疑到紗藍身上。每天這樣心焦的等待讓紗藍快發瘋了。

終於，加絲娜點點頭，繼續讀書。

「您沒什麼要說的？我剛才指控您是殺人犯啊。」紗藍說道。

「不對。殺人犯是法律定義。妳只是說我殺人這件事缺乏道德。」

「所以您覺得我說的不對？」

「是不對，但是我接受妳相信自己的理念，同時背後有合理的想法。我研究過妳的筆記，相信妳已經了解了不同的哲學理論，有時候我認爲妳的解讀相當具有洞悉力。這堂課妳學得不錯。」她攤開書。

「就這樣？」

「當然不是。我們以後會繼續研究哲學。就目前來說，我認爲妳已經打好扎實的基礎。」

「可是我還是覺得您是錯的。我還是認爲一定有絕對的眞理存在。」

「沒錯。可是妳掙扎了兩個禮拜才得到這結論。」加絲娜抬起頭，與紗藍四目對望。「不容易，對不對？」

「對。」

「而且妳還是心有疑問，對不對？」

「對。」

「這就夠了。」加絲娜微微瞇起眼睛，唇邊露出一絲安慰的笑容。「孩子，妳就想著我是想要做好事的，這樣應該會幫助妳梳理自己的情緒。我經常覺得自己是不是應該拿魂師多做點什麼。」她轉過頭去念書。「今天接下來的時間，妳就放假吧。」

紗藍眨眨眼。「什麼？」

「放假。」加絲娜說：「妳可以離開。想做什麼都可以。我猜妳會花整天的時間爲酒吧女跟乞丐作畫！但那是妳的選擇。去吧。」

「是的，光主！謝謝您。」

加絲娜揮手讓紗藍下去，紗藍立刻抓起畫冊，衝出讀書間。自從她自行跑去花園裡作畫那天後，她便沒有任何私人時間。那天出去還被小小責罵一番：加絲娜是讓她在房裡休息，不是跑出去畫畫。

紗藍不耐煩地等著帕胥人將載著她的平台降到紗室的一樓，然後快步走到巨大的大廳中，走了好一會兒後，她來到客房區，朝那邊負責伺候的上僕們點點頭。他們以守衛兼門房的身分監控進出的人。

她用自己厚實的銅鑰匙打開加絲娜房間的大門，溜進去之後，將房門在身後鎖上。小小的起居間裡有一條地毯，在壁爐邊還有兩把椅子，室內以黃寶石照明。桌上放著一杯加絲娜昨天晚上讀書時留下的半杯橘酒，還有一個空盤，上面有一些麵包屑。

紗藍快步回到自己的房間，關上門，從密囊中拿出魂師。溫暖的紅白寶石光芒籠罩著她的臉龐。寶石的大小與光線亮到讓人無法直視，每枚寶石都價值十到二十枚布姆。

她最近不得不趁颶風來臨時把寶石藏在外面補充颶光，光是這一點就讓她無比焦慮。她深吸一口氣，跪下，拿出床下的小木棍。一個半禮拜了，她還是無法讓魂師有任何反應。她試過敲寶石、轉寶石、甩手、或學著加絲娜那樣握緊拳頭，一遍又一遍地研究她畫下來的過程，也試過說話，集中注意力，甚至求過魂師。

總之，她昨天找到了一本書，裡面似乎有個小提示，書上說哼唱會讓魂術更有效。書中對此事只是略一提，但已經是她能找到的最大線索。她坐在床上，強迫自己集中注意力，閉上眼睛，握著棍子，想像它變成水晶，然後開始哼唱。

什麼都沒有發生，可是她仍然不斷地哼，試著用不同的音調，全神貫注，足足持續了半個小時，但神智終於開始恍惚，腦中浮現新的擔憂。加絲娜是世界上最聰明、最有洞悉力的學者之一。她把魂師放在別人唾手可得的地方。她是故意拿假的魂師騙紗藍嗎？

那似乎太多此一舉。她為什麼不直接誘發陷阱，揭露紗藍的小偷身分？她無法使用魂師這件事，難免讓她憑空妄想出許多可能的解釋。

她停止哼唱，睜開眼睛。棍子毫無變化。*提示也沒什麼用*，她心想，嘆口氣，將棍子放在一旁。她原本是抱持著滿懷的希望啊……

她躺在床上，看著褐色的岩石屋頂，它跟集會所中的每一處一樣，都是直接切割山石而成。這裡的石頭被刻意保留粗糙的樣貌，模仿山洞的樣子，有著她從未發現的細緻美感，岩石的顏色，還有那如被吹皺湖面一般的起伏線條。

她從畫冊中取出紙張，開始畫石頭圖樣。只要畫一張圖讓自己平靜下來，她就能繼續研究魂師，也許她這次該換隻手試試。

她無法以炭筆捕捉到岩層的不同色澤，但是可以記錄下岩層交錯的繁複花樣，簡直就是藝術品。是石匠刻意這樣切割天花板，創造出如此精緻的花紋呢？還是大自然的意外？她微笑，想像某個勞累的石匠注意到美麗的石紋，刻意基於自己的欣賞與美感，決定創造出波浪的紋飾。

「妳是什麼？」

紗藍驚呼出聲，坐了起來，畫冊從腿上落下。有人在她耳邊這麼說。她聽得很清楚！

「是誰？」她問道。

寂靜無聲。

「是誰！」她更大聲地問道，心跳加速。

門外傳來聲響，來自起居間。紗藍一驚，把戴著魂師的手藏在枕頭下，看到門被推開一條縫隙，接著出現了一名年邁的皇宮女僕。她有著深色眼眸，穿著黑白制服。

「對不起！光主，我不知道您在這裡。」女子驚呼，低身行禮。

皇宮的女僕是來打掃房間的，這是每天的例行公事。紗藍專注於冥想，沒聽到她進來。「妳爲什麼對我說話？」

「對您說話？」

「妳……」不對。那個聲音很小，而且絕對是來自於紗藍的房間裡面。不可能是女僕。

她顫抖地環顧四周，這想法太傻了。房間這麼小，一眼就看完，角落跟床下不可能藏什麼引虛者。

那她聽到了什麼？一定是那女人打掃的聲音，只是被紗藍的腦子過度解讀成語言。

紗藍強迫自己放鬆，望向女僕身後的起居間。女僕剛清理掉酒杯跟麵包屑，牆邊靠著一柄掃把，而且加絲娜的房門是開的。「妳剛才進了加絲娜光主的房間嗎？」紗藍質問。

「是的，光主。我去清理書桌和整理床……」

「加絲娜光主不喜歡別人進她房間。女僕都知道不能進去打掃。」國王保證他的女僕都是經過仔細挑選，從來沒發生過盜竊事件，但是加絲娜仍然堅持不可有人進她房間。

女人臉色一白。「對不起，光主，我沒聽說！沒有人告訴我……」

「噓，沒事的。妳去跟她說妳做了什麼。只要有人動過她的東西，一定會被她發現。妳自己去找她解釋比較好。」

「是……是的，光主。」女子再次鞠躬。

紗藍突然靈機一動。「妳現在就去。這種事別拖拖拉拉。」

年邁的女僕嘆口氣。「當然，光主。」她退下，幾秒後，外面的門被關上，然後鎖起。

紗藍跳下床，拔下魂師，塞回密囊，快步走到外面，心跳如雷，一想到有機會可以趁機溜進加絲娜的房間，便忘記了剛才的奇怪聲音。紗藍不覺得自己會找到任何關於魂師的有用資訊，但她不能錯過機會，尤其如果有東西換了位置，全部都可以怪在女僕身上。

她只有感覺到一絲絲罪惡感。反正她都已經偷了加絲娜的東西。相較之下，去加絲娜房間溜一圈根本算不了什麼。

加絲娜的臥房比紗藍的房間大，因為沒有窗戶，所以仍然感覺很狹窄。加絲娜的床是一張巨大的四柱床，占了房間一半的空間，梳妝台在靠牆的另一邊，旁邊就是紗藍偷走魂師的衣櫃。除了衣櫃，桌上唯一的東西就是書桌，左邊有一疊書堆得高高的。

紗藍向來沒有機會看加絲娜的筆記本。她會不會有抄下關於魂師的筆記？紗藍坐在書桌前，快速拉開最上層的抽屜，翻看了一遍裡面的毛筆、炭筆和紙張，全部都排得整整齊齊，紙上乾乾淨淨。下面的抽屜則是裝著墨水跟空白筆記本，左邊的抽屜有一些參考書。

只剩下桌上的一疊書了。加絲娜工作時一定把大部分筆記都隨身攜帶，可是……果然，這裡還有幾本。紗藍心跳加速，抓起最上面的三本，放在面前。

第一本的內頁上寫著，兀瑞席魯筆記。整本筆記本，似乎都是加絲娜從不同書中找到關於兀瑞席魯的引述跟注記。兀瑞席魯，加絲娜先前跟卡伯薩提過這個地方。

紗藍將這本書放到一旁，接著看下一本，希望裡面能提到魂師。這本筆記本也抄得滿滿的，卻沒有標題。紗藍翻看著，隨意挑書頁讀。

「灰燼與火的怪物，如蜂團般狙殺，攻向神將，川流不息……」出自《馬思禮》，第三百三十七頁。經科德溫與哈薩瓦考證。

「無論牠們潛藏於何處，均偷走光明，有著被燒盡的皮膚。」《克姆珊》，第一百零四頁。

音妮亞，在她的童話故事集中提到引虛者是「如同颶風般定時造訪，卻總殺得人措手不及。」提及牠們的出現時，寂滅一詞出現了兩次。見《爐火邊的故事集》第五十七、五十九和六十四頁。

「就在與我們打鬥的同時，牠們的身形仍然不停變換，有如影子，有如舞動的火焰，從無固定的形狀。永遠不要因爲初見的模樣而低估牠們。」此段文字抄錄自《第七晨之詩》遺本，寫於廢紙上，原爲石衛之燦軍塔拉汀所有，收錄者爲谷洛再世，此人被視爲可靠之消息來源。

一段又一段。一頁又一頁。加絲娜教過她這種做筆記的方法。在筆記本寫滿之後，重新評估每一條文字的可靠性與實用性，然後重新抄入主題更精確的另一本筆記本中。

紗藍皺著眉頭，翻過最後一本筆記本，裡面全是關於那塔那坦、無主丘陵還有破碎平原的事，來自於獵戶、探險家，或是尋找通往新那塔那坦運河的商人。在三本筆記本中，最大的一本都在講引虛者的事。

又是引虛者。許多比較鄉下的人都會傳說著牠們，還有其他躲藏在黑夜中的怪物的故事。嘶怪、念颶怪，甚至是令人膽寒的夜靈。紗藍的嚴肅教師們都說那是迷信，是失落燦軍捏造出來的故事，利用怪物讓自己對人們的統治合理化。

執徒們的說法則不同。他們說失落燦軍當初還是燦軍騎士時，在戰爭時抵抗引虛者，保衛羅沙。根據他們的教導，這支軍隊是要打敗引虛者，還有，燦軍是在神將離開後才墮落的。

兩方都同意，引虛者已經不在了。無論是捏造出來的故事，或是早在遠古時代就已被打敗的敵人，結果都是一樣。紗藍相信有些人，甚至有些學者，仍然相信引虛者還存在，獵捕著人類。可是多疑的加絲娜也這麼認爲嗎？拒絕承認全能之主存在的加絲娜？這女子的想法難道扭曲到會否定神的存在，卻接受祂的神話敵人眞實存在？

外面大門傳來了敲門聲。紗藍一驚，手按住胸口。她急忙將筆記本按照同樣順序和方向放回書桌，然後慌慌張張地走到門邊。她一面小心翼翼地拉開一條門縫，一面告訴自己，笨蛋，加絲娜又不會敲門。

卡伯薩站在外面。英俊的淺眸執徒提著籃子。「我聽說妳今天放假。」他誘惑地晃晃籃子。「妳想來點果醬嗎？」

紗藍強迫自己冷靜下來，回頭看看加絲娜開著的房門。她應該繼續調查的。她轉向卡伯薩，打算要跟他說不用了，可是他的眼神如此吸引人，臉上的那一抹笑意，好脾氣又自在的身姿……

如果紗藍跟卡伯薩一起去，也許能問問他對魂師知道些什麼。可是她最後決定的關鍵並不是這個原因。實話是，她需要放鬆。她最近很緊張，滿腦子都是哲學，每分每秒都想著要怎麼操作魂師，難怪她會出現幻聽。

「果醬聽起來很棒。」她大聲說道。

❖

「實話果果醬。」卡伯薩說道，舉起一個小小的綠色瓶子。「是亞西須的果實。傳說中，吃到這種果子的人會說實話，直到下個日落。」

紗藍挑起眉毛。他們坐在集會所花園裡的一條野餐毯上，離她第一次嘗試使用魂師的地方不遠。「是眞的嗎？」

卡伯薩邊打開瓶子邊回答：「差得遠了。這些果子是沒什麼害處，但是實話果的葉子跟莖在燃燒後會有煙，造成酒醉跟亢奮的效果，因此，似乎許多人會摘這些莖來燒，圍著營火吃漿果，然後度過一個頗爲……有趣的夜晚。」

「那這東西……」紗藍剛開口就咬住自己的下唇。

「妳說什麼？」他追問。

她嘆口氣。「那這東西怎麼沒叫生子果呢，既然……」她臉上一紅。

他大笑。「有道理！」

「颶父啊，我眞的是太口無遮攔了。快點把果醬給我吧。」她說道，臉色越發赤紅。

他微笑著遞過一片麵包，上面塗滿綠色果醬，一名從集會所裡借來的帕胥人正兩眼無神地坐在板岩芝牆邊的地上，擔任臨時保母的工作。跟與自己年齡相近的年輕男子相處，身邊只有一名帕胥人陪同的感覺眞怪，卻很自由，很興奮。也有可能這只是陽光跟戶外空氣的影響。

「我太不擅長當學者了。我太喜歡戶外。」她說道，閉上眼睛，深吸一口氣。

「許多偉大的學者畢生都在旅行。」

「每個旅行的學者背後，必定有上百名學者躲在圖書館的角落，埋首於書堆中。」紗藍說道。

「而且他們心甘情願。大多數喜歡研究的人也比較喜歡角落跟圖書館，可是妳不一樣。這點讓妳令人忍不住想探究。」

她睜開眼睛，朝他微笑，朝麵包跟果醬大大咬了一口。賽勒那的麵包好蓬鬆，幾乎可以稱爲蛋糕了。

「所以你吃了果醬之後，會變得比較想說實話嗎？」她對正在咀嚼的他問道。

「我是執徒。我的天職跟任務就是隨時都要說實話。」

「當然，我也隨時都要說實話，我滿心都是實話，有時候還會滿到把謊話從我的嘴唇間擠出去，因爲裡面已經沒空間了。」

他爽朗大笑。「紗藍・達伐，我想像不出像妳這麼甜美的人會說半句謊話。」

「那麼，爲了讓你的腦子能運作正常，我會記得每次都得說整句。」她微笑。「啊！我現在的日子過得很不順，而且這東西好難吃。」

「妳剛推翻了一堆關於吃實話果果醬的傳說跟民間信仰！」

「很好。果醬不應該有傳說跟民間信仰。果醬應該要的是甜美、鮮豔和美味。」

「就像年輕女子一樣吧。」

「卡伯薩弟兄！你這話太不合宜了。」她滿臉通紅。

「可是妳笑了。」

「我沒辦法。我的確是甜美、鮮豔和美味。」

他笑看她緋紅的雙頰。「妳的確是鮮豔，而且甜美。至於美味，我就不知道了……」

「卡伯薩！」她驚呼，卻不意外。她曾經跟自己說，他只是想要保護她的靈魂，所以才對她有興趣，但連自己都越來越難以相信這點——他至少每個禮拜會來一次。

他依然笑看她的尷尬，反而讓她臉紅得更快。

「別看了！我的臉一定跟我的頭髮同樣顏色了！你不該這樣說話，你是屬於教會的人。」她以手擋住自己的眼睛。

「但仍然是人，紗藍。」

「自稱自己對我的興趣完全是基於研究。」

他懶洋洋地回答：「的確是研究。需要許多實驗跟第一手實地探勘。」

「卡伯薩！」

他低沉地笑了，咬了一口麵包。「對不起，紗藍光主，可是妳的反應實在太有趣了！」

她抱怨兩聲，放下手，但是明白他會這麼說一部分也是因爲她鼓勵他這麼反應。她克制不了自己。從來沒有人像他這樣，日漸表現出對她感興趣。她喜歡他——喜歡跟他說話，喜歡聽他說話。這是排遣讀書苦悶的好方法。

當然他們是不可能結合的。如果她能保護她的家族，那更需要她進行有利的政治聯姻，跟屬於卡布嵐司王的執徒有所牽扯，對任何人都沒好處。

我要不了多久就得跟他暗示事實了。他一定知道這不會有什麼結果的，對吧？

他靠向她。「妳真的是表裡如一，是吧，紗藍？」

「有能力？聰明？迷人？」

他微笑。「眞誠。」

「我不這樣覺得。」

「妳是這樣的人。我看得出來。」

「我不是眞誠。我是幼稚無知。我的童年都耗在我家的宅邸裡。」

「妳看不出來是隱居避世的人。妳的談話如此流利。」

「這是訓練出來的，因爲我小時候大多數時間都獨處，但是我又討厭無趣的交談對象。」

他微笑，眼中滿是關切。「眞可惜，像妳這樣的人居然缺少別人給妳注意力，這就像是把美麗的畫面向著牆壁掛一樣。」

她以內手撐著自己，吃完麵包。「我不會說我缺少別人給我注意力，至少以份量來說絕對足夠。我父親給了我許多注意力。」

「我聽說過他的事。大家都說他是個嚴厲的人。」

她得假裝他還活著。「他是……我父親是充滿熱情跟品德的人。只是兩者不會同時出現而已。」

「紗藍！這是我聽妳說過最機智的話了。」

「很不幸，大概也是最眞實的話。」

卡伯薩望入她的雙眼，似乎在找尋些什麼。他看到了什麼？「妳似乎不太喜歡妳的父親。」

「另一句實話。這個莓子似乎在我們身上都起作用了。」

「所以他是粗暴的人？」

「對，但從不對我動手。我太珍貴了。我是他理想中的完美女兒。我父親就是會把畫對著牆掛的人，這麼一來，畫就不會被不夠資格的目光玷污，或被不夠資格的手指碰觸。」

「眞可惜。我覺得妳看起來太値得碰觸。」

她瞪他一眼。「我跟你說了，不要再這樣開我玩笑。」

「不是玩笑。」他說道，藍色的眼睛看著她。認眞的眼睛。「妳讓我忍不住想探究，紗藍．達伐。」

她感覺自己心臟狂跳，同時卻感覺到一陣驚慌。「我不該讓人忍不住想探究的。」

「爲什麼？」

「邏輯問題讓人忍不住想探究，數學計算也可以讓人忍不住想探究，政治角力是讓人忍不住想探究的，可是女人……女人應該讓人捉摸不定。」

「如果我覺得我開始了解妳了呢？」

「那我就居於劣勢了。因爲連我都不了解自己。」

他微笑。

「卡伯薩，我們不該這樣說話。你是執徒。」

「紗藍，人是可以離開執徒院的。」

她感覺到一震。他直直看著她，沒有眨眼。英俊，談吐溫文儒雅，令人如沐春風，情況很容易變得危險，她心想。

「加絲娜認爲你接近我，是因爲你想得到她的魂師。」紗藍猛然說出口，一說完就苦了臉。白癡！有人跟妳說他願意離開對全能之主的服務，只爲了跟妳在一起，妳卻這樣回應？

「加絲娜光主挺聰明的。」卡伯薩說道，爲自己切了片麵包。

紗藍眨眼。「噢！呃！你的意思是她說對了？」

「對也不對。信壇會非常、非常想要得到那件法器。我原本打算要請妳幫忙的。」

「可是？」

「可是我的上級覺得那是糟糕透頂的主意。」他皺眉。「他們認爲雅烈席卡王的脾氣，足夠壞到讓他會因此出兵卡布嵐司。魂師不是碎刃，但是同等重要。」

他搖搖頭，咬了一口麵包。「艾洛卡・科林，應該爲自己讓他姊姊如此輕率使用魂師而感到羞愧，但是如果我們偷了……這個後果可能會影響整個弗林羅沙。」

「眞的嗎？」紗藍說道，感覺胃部一陣緊縮。

他點點頭。「大多數人都不會去想這個問題，我也沒想過。國王透過碎甲統治與打仗，但是軍隊卻靠魂師獲得補給。妳知道魂師能取代多少補給線跟支援的後勤人數嗎？沒有魂師，戰爭幾乎是不可能的，每個月都需要數百輛裝滿了食物的馬車！」

「我想……這的確是個問題。」她深吸一口氣。「魂師讓我很好奇。我一直在想用魂師不知道是什麼感覺。」

「我也是。」

「你沒用過？」

他搖搖頭。「卡布嵐司沒有。」

沒錯。當然。所以國王需要加絲娜幫助他的孫女，她心想。「你有聽誰說自己用過嗎？」她對於自己的大膽感到害怕。他會不會起疑心？

他只是懶懶地點點頭。「那是有訣竅的，紗藍。」

「眞的？」她問道，心跳不已。

他抬頭看著她，似乎要跟她說什麼大祕密。「其實沒那麼難。」

「沒……什麼？」

「眞的。我聽幾個執徒們說過。魂師被包圍在許多影子與儀式之下，刻意被隱藏得神神祕祕，不在別人看到的地方使用；但事實是，其實也沒什麼大不了，只要戴上去，摸著東西，然後另一手敲一下寶石就可以。就這麼簡單。」

「加絲娜不是這樣做的。」她說道，語氣也許過於維護。

「這部分我也不清楚。但據說如果常用，就會學到如何更好地控制它。」他搖搖頭。「我不喜歡那些包圍著魂師的種種謎團，感覺像是舊時代聖教組織的神祕信仰，我們最好不要再走上那條老路子。如果讓大家知道魂師有多容易使用又有什麼關係？全能之主的原則與禮物往往都是很簡單的。」

紗藍幾乎沒聽到他最後一段話說什麼。可惜，卡伯薩似乎跟她一樣無知。甚至更無知。她試過他說的方法，卻沒成功。也許他認識的執徒們都在保護這個祕密。

「無論如何，」卡伯薩說：「我想這是個答案。妳問我會不會要妳去偷魂師，妳可以安心，我不會讓妳那般為難的。我會這樣想也是太傻，而且很快就被禁止不能嘗試。我得到的命令是要照顧妳的靈魂，不讓妳被加絲娜的教誨帶壞，甚至有沒有辦法能贏回加絲娜的靈魂。」

「嗯！最後這件事很難。」

「而我還沒發現呢。」他自嘲地說道。

她微笑，即使心裡還不知道該怎麼反應。「我破壞了剛才的氣氛，對不對？我們之間的？」

「我很高興妳這麼做。」他撢撢雙手。「我一時太心急了，紗藍。有時候我覺得自己真不擅長當執徒，就像妳口無遮攔一樣。我不是想要冒犯妳。只是妳說的話讓我的整個腦子開始亂想，結果我也變得口不擇言。」

「所以……」

「所以就這樣吧。」卡伯薩站起身。「我需要時間想想。」

紗藍同時站起身，伸出外手讓他扶著，穿著貼身弗林服裝卻想要站起是困難的事。他們所在的花園區附近的板岩芝牆並不高，所以一站起來，紗藍就看到國王正在附近走著，跟一名有著長窄臉的中年執徒聊天。

國王的午間散步經常在花園裡走動。她朝國王揮手，但是向來和善的國王今天沒看到她，正埋首於執徒與他的對話中。卡伯薩轉身，看到國王，立刻彎下腰。

「怎麼了？」紗藍問道。

「國王知道他的執徒該在做什麼。他跟依西爾弟兄，都認爲我今天應該是要爲書籍編輯目錄。」

她忍不住微笑。「你今天溜班來跟我野餐？」

「對。」

她雙手抱胸。「我以爲你原本就應該要跟我相處，保護我的靈魂。」

「是，但是執徒中也有人擔心我對妳太有興趣了。」

「他們想得沒錯。」

「我明天再來見妳。」他隔著板岩芝牆看著她。「希望明天我不要被罰整天都在歸檔。」他朝她微笑。「如果我決定離開執徒院，那也是我的決定，他們是無法禁止我的，只是他們會考慮拿別的事情引開我的注意力。」正當她在心裡做準備，想要告訴卡伯薩他想太多了的時候，他已經跑開。

她說不出口。也許是因爲她越來越不知道自己想要什麼。她不是應該專心想怎麼樣幫助家人嗎？

如今加絲娜應該已經發現她的魂師沒有用，但是不覺得披露事實有何好處。紗藍應該要離開。她可以去找加絲娜，用小巷中發生的可怕事件做爲藉口。

可是，她極爲不情願。卡伯薩是一部分原因，卻不是主要原因。事實是，雖然她偶爾會抱怨，但她愛上成爲學者的研究。就算是加絲娜對她進行哲學體驗，就算是她日復一日地讀著一本又一本的書，就算是抱著滿心的疑惑與壓力，但是紗藍仍然感到前所未有的充實。對，加絲娜殺死那些人是不對的，但是紗藍希望了解足夠的哲學知識，好能明確地說出她爲什麼是不對的。是，挖掘歷史書籍是很煩躁苦悶的，但是紗藍開始理解，也欣賞起自己正在學習的技巧與耐心。這些對未來進行獨立研究時，必定大有幫助。

白天讀書，中午與卡伯薩笑談，晚上與加絲娜聊天、辯論，這是她想要的，卻也是她生命中純粹的謊言。

她煩躁地提起那籃麵包與果醬，回到集會所與加絲娜的套房。一個上頭寫著她名字的信封放在收信籃裡。紗藍皺眉，拆開火漆封條。

小姐，我們得到妳的訊息了。隨風號很快又會回到卡布嵐司，我們當然會帶妳回家。我很樂意請妳再次同行，我們是達伐家族的人，欠你們家一份情。

我們要先去本島一趟，但是會加快速度來到卡布嵐司。一週後就可以接妳。

——托茲貝克船長

下面是托茲貝克妻子寫的附注，講得更清楚。我們很樂意提供免費的旅程，只要妳願意幫我們在旅途中進行書寫工作。帳簿極需要重新被謄寫。

紗藍看著信條很久。她原本只是想問問他去了哪裡，什麼時候回來，但顯然被以爲她的信是要他來接人。這個時限似乎很合適。讓她的離開發生在偷走魂師的三個禮拜後，一如她告訴南．巴拉特的時程。如果加絲娜那時對魂師的掉包尚無反應，那紗藍就可以認爲她沒有受到懷疑。

再一個禮拜。她就會回到船上。想到這點，她幾乎要心碎了，但是不得不如此。她放下紙條，離開客房，腳步帶著她走過蜿蜒的走廊，回到紗室。

要不了多久，她便來到加絲娜的閱讀室包廂外。公主坐在書桌前，蘆筆在筆記本上抄寫著。她抬起頭。「我以爲我跟妳說今天隨便妳去做什麼都好。」

「是的，而我發現我想要的就是讀書。」

加絲娜以理解中帶著一絲狡獪的笑容回答，幾乎是某種得意洋洋。如果她明白眞相……「好吧，我不會因此而責怪妳。」加絲娜說道，繼續讀書。

紗藍坐下，將麵包跟果醬遞給加絲娜，後者搖搖頭，繼續念書。紗藍爲自己切了片麵包，塗上果醬，然後攤開書本，滿足地嘆口氣。

一個禮拜後，她必須離開，但在那之前，她會允許自己再假裝一段時間。

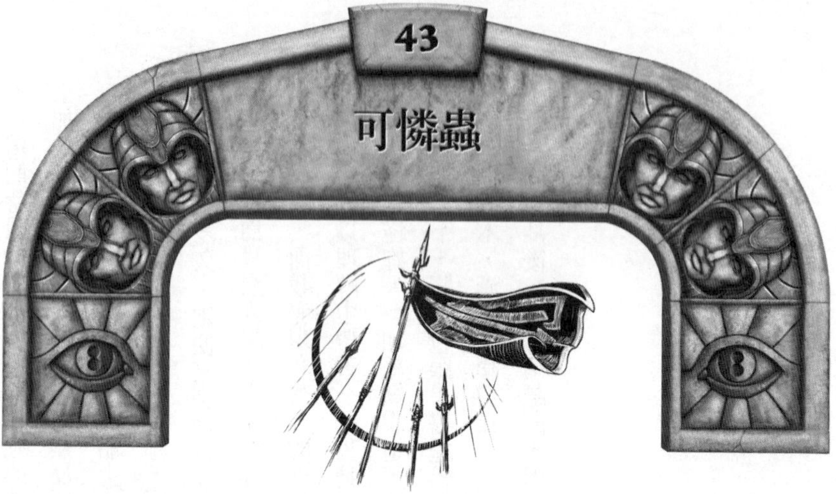

43 可憐蟲

「牠們住在荒地，總是等待寂滅的來臨——或是偶爾會有無知的孩童，不在乎夜晚的黑暗。」

——這的確是說給孩子聽的故事，但是這段從《追憶影蹤》抄錄下來的話，似乎暗示著我尋找的事實。見第八十二頁，第四個故事。

卡拉丁醒來時，心中泛起熟悉的憂懼。他整個晚上都醒著，躺在地上，盯著黑夜，心想有什麼好試的？有什麼好在乎的？這些人已經毫無希望。

他覺得自己就像是迷失的人，狂亂地找尋通往城市的道路以躲避野獸，但城市在陡峭的高山上，不論他如何前進，山路都是一樣的遙不可及、陡不可攀。上百條路，殊途同歸。

從懲罰中活下來也救不了他的人。訓練他們跑得更快也救不了他們。他們是誘餌。有效率的誘餌，仍然改變不了誘餌的命運。

卡拉丁強迫自己站起來。他覺得自己像是被用太久的磨石，已經深陷地面。他仍不知道自己爲何活了下來。全能之主，是祢保佑了我嗎？救了我好讓我能看著他們死？

想要讓全能之主聽到就必須焚燒祈禱文，送給祂。祂正等著神將重新奪回寧靜宮。卡拉丁向來都不了解這點。全能之主應該是全知全見的，爲什麼需要焚燒祈禱文給祂，祂才會有所作爲？祂爲什麼需要人幫祂戰鬥？

卡拉丁離開營房，進入陽光，瞬間手腳僵硬。

所有人都排成一排在外面等。一群衣著襤褸的橋兵，穿著褐色的皮背心，只到膝蓋的短褲，骯髒的襯衫，袖子捲到手肘，前面綁著繫帶。骯髒的皮膚，一頭亂髮。可是因爲大石的禮物，所以每個人的鬍子都修得乾乾淨淨，或是毫無鬍鬚。他們身上一切襤褸，但是面容整整齊齊。

卡拉丁遲疑地伸手，摸到自己臉上雜亂無章的鬍子。那些人似乎在等他。「幹什麼？」他問道。

所有人不安地動著身子，瞥向木材場。他們當然是在等他領導大家進行晨練。可是練習也無用。他開口想要告訴他們這些，卻看到有一群人靠近而暫時沒出聲。四個人抬著一頂轎子過來，旁邊走著一名高瘦的男子，身著紫色的淺眸人外套。

所有人都轉頭去看。「這是怎麼一回事？」霍伯問道，抓著粗脖子。

「那是遞補拉瑪瑞的人。」卡拉丁說道，輕輕推開橋兵。西兒從空中飛下，落在他的肩頭，轎伕則在卡拉丁面前停下，讓到一旁，露出他們身後的一名黑髮女子，穿著貼身的紫色服裝，上面有金色的符文裝飾。她歪倒在軟榻上，眼睛是淺藍色。

「我是哈莎光主。我的丈夫，馬塔光明爵士，是你們的新上司。」她的聲音帶有一絲科林納口音。

卡拉丁強迫自己不要回嘴。他有過跟被「晉升」到這種職位的淺眸人打交道的經驗。馬塔自己倒是一句話也沒說，只是站在一旁，手按著劍柄。他很高，幾乎跟卡拉丁一樣高，但是很瘦。雙手纖細。那柄劍似乎沒用過幾次。

「據說，你們這群人特別會惹是生非。」哈莎說道，瞇起眼睛，盯著卡拉丁。「你似乎度過了全能之主的審判。我帶來了你的上級的口信。全能之主只是給了你機會重新證明自己身為橋兵的價值而已。許多人過度解讀發生的事情，所以薩迪雅司藩王禁止其他人來參觀你。

「我的丈夫不打算像他的前任那般散漫地管束你們這群人。他是薩迪雅司藩王本人的同僚，受人敬重，名聲遠播，不像拉瑪瑞那種幾乎是深眸人的混血雜種。」

「是嗎？那他是怎麼落到這種屎坑的？」卡拉丁說道。

哈莎似乎完全沒有動氣，只是朝一旁擺擺手指，一名士兵就上前來將矛柄朝卡拉丁的肚子戳去。

卡拉丁過去培養出的反射神經仍舊太靈敏，一把就握住了矛，腦中閃過各式各樣的可能性，開打前，他就可以預見結果。

把矛往後拉，讓士兵失去重心。

向前一步，手肘撞上他的前臂，讓他鬆掉武器。

握住武器，轉肘舉矛，攻擊士兵腦側。

轉身迴旋，把另外兩名前來幫助同伴的士兵打倒。

舉矛準備……

不行。這只會讓卡拉丁送死。

卡拉丁鬆開矛柄。士兵因為居然被小小一名橋兵擋下攻擊而訝異地眨眨眼睛，然後皺著眉頭，用力舉起矛柄，朝卡拉丁的太陽穴狠狠撞去。

卡拉丁允許矛柄打到他，順勢往地上打滾。撞擊讓他的腦袋翻起一陣震動，但是沒多久視覺就恢復正常。他會頭痛幾天，但大概不會腦震盪。

他深吸幾口氣，躺在地上，雙手握拳。他握住矛的手指似乎在發燙。士兵站回轎子旁的位置。

「不會再放任你們。既然你們想知道，我就告訴你們，是我丈夫自願請調此處。橋兵對薩迪雅司藩王在清算之戰中有決定性的地位，因此拉瑪瑞的管理失誤簡直是可恥至極。」哈莎平靜地說道。

大石跪下，一面瞪著淺眸人跟士兵，一面扶著卡拉丁站起來。卡拉丁搖搖晃晃地起身，手按著頭側，手指感覺到一陣濕意，暖血沿著脖子流到肩頭。

「從現在起，除了普通的出勤之外，每支橋兵隊只會有一種工作。加茲！」

矮小的橋兵長從轎子後面出來。卡拉丁沒注意到他站在轎伕跟士兵身後。「是的，光主？」加茲鞠了幾次躬。

「我的丈夫希望橋四隊永久被分派至裂谷任務。只要他們不需要值勤，我就要他們去裂谷工作。這會有效率許多。他們會知道最近搜尋過哪幾區，不用再重新找尋。明白嗎？效率。立即開始執行。」

她敲敲轎子，轎伕們立刻轉彎，抬著她離開。她的丈夫一語不發地走在她身邊，加茲則快步趕上。卡拉丁按著頭，望著他們離去的身影。度尼跑去拿繃帶。

「裂谷任務。太好了，小公子。如果我們沒被帕山迪人射死，她也希望我們被裂谷魔弄死。」摩亞許抱怨。

「我們該怎麼辦？」開始禿頭的瘦皮特問道，聲音帶著擔憂。

「去工作。」卡拉丁說道，接過度尼手中的繃帶。

他率先離開，留下他們怯懦地擠成一團。

❖

不久後，卡拉丁站在裂谷邊緣，望著下面。炙熱的正午陽光灼燒著他的後頸，將他的影子投射入谷底，跟下方的暗影融為一體。我可以飛，他心想。往前一步，落下，風吹著我。飛幾秒鐘。短暫，美麗的幾秒鐘。

他跪下，抓住繩梯，朝黑暗爬下。其他橋兵靜靜地跟在身後。他們被他的情緒感染了。

卡拉丁知道自己怎麼了。他正一步一步地走回原本的那個窩囊廢。他一直都知道有這個危險。橋兵被他當作救命的繩索牢牢抓住，可是他現在要鬆手了。

他爬下梯子時，一個透明的藍白色身影落在他身旁，坐在鞦韆一樣的繩椅上，繩子在西兒頭上幾吋高的地方消失。

「你怎麼了？」她輕聲問道。

卡拉丁爬著，沒回答。

「你應該要高興。你活過了颶風。其他橋兵好興奮。」

「我想要跟那個士兵打。」卡拉丁低聲回答。

西兒歪過頭。

卡拉丁繼續說：「我打得過他。我大概打得過他們四人。我向來擅長使矛。不，不只是擅長。杜克說我有驚人的天賦，是天生的士兵，使矛的藝術家。」

「所以也許你該跟他們打啊。」

「我以爲妳不喜歡殺人。」

「我討厭殺人。可是我也幫人殺人過。」她回答，變得更爲透明。

卡拉丁凍結在梯子上。「什麼？」

「是眞的。我想起來了，但是不清楚。」

「怎麼殺的？」

「我不知道。我不想談。但是那是對的。我可以感覺得到。」她回答，越發蒼白。

卡拉丁抓著繩索片刻。泰夫喊了一聲，問他是不是出了什麼問題。他繼續往下爬。

「我今天沒有跟那些士兵打是因爲沒有用。我父親告訴我，不可能靠殺戮來保護人。他錯了。」卡拉丁回答，眼睛盯著裂谷牆壁。

「可是……」

「他錯了。因爲他話中的意思是，我們可以靠別的方法保護別人。但不可能的。這世界想要他們死，就算想救他們也是白費力氣。」他來到裂谷的谷底，踏入黑暗。泰夫跟著落下，點起火把，被苔蘚遮蔽的石頭閃爍著橘光。

「所以你沒有接受？我是說幾個月前你得到的榮耀。」西兒低語，落在卡拉丁肩頭。

卡拉丁搖搖頭。「那是另外一回事。」

「卡拉丁，你剛才說什麼？」泰夫舉高火把。年長橋兵的臉在閃爍的火光下，顯得比平常還要老，火把投射下的影子強調了他的皺紋。

「沒事，泰夫。沒什麼重要的。」卡拉丁說道。

西兒一聽就哼了兩聲。卡拉丁不理她，藉著泰夫的火把點起了自己的火把，其他人也陸陸續續抵達。所有人都爬下來後，卡拉丁領著他們走出黑暗的峽谷。淺藍的天似乎離這裡很遠，像是遙遠的尖叫聲。這地方是個墳墓，只有腐爛的木頭、凝滯的水窪，只能養克姆林幼蟲。

橋兵們不由自主地跟往常一樣擠成一團。卡拉丁走在前面，西兒也不說話。他把粉筆交給泰夫標記方向，也沒有停下來撿拾物資，但腳步也不快。其他橋兵跟在他們身後，安安靜靜，偶爾壓低聲音交談，不讓回音傳出，彷彿他們的話被陰鬱的氣氛給掐住。

大石終於來到卡拉丁身邊。「我們的工作不容易，但我們是橋兵。生命就是困難的吧？沒什麼新的。我們必須有計畫。接下來要怎麼反抗？」

「沒有接下來了，大石。」

「可是我們獲得了大勝利！幾天前你還神智不清。你該死了。我知道的。可是你現在能走，跟正常人一樣強壯。哈！更強壯吧。是奇蹟。兀理特卡那奇引導你。」

「這不是奇蹟，大石。這是詛咒。」卡拉丁說道。

「朋友，這怎麼是詛咒？」大石笑著問道，用力跳起，落入水窪中，發現自己把走在後面的泰夫濺得一身濕之後，笑得更大聲。這巨大的食角人有時候眞是特別幼稚。「活著，這才不是詛咒。」

「如果我活著只是要看你們一個個死去就是。我寧可不要從颶風中活下來。我最後也是會被帕山迪人射死。我們都一樣。」

大石一臉煩惱。卡拉丁沒再說話，大石便離開。一群人繼續前進，不安地經過被劃出疤痕的牆壁，那是裂谷魔在牆上標出地盤的痕跡。他們最後終於發現一堆被颶風沖刷到一起的屍體。卡拉丁停止腳步，舉高火把，其他橋兵在他身邊探頭探腦。大概有五十個人被沖到岩石中的裂縫裡，一條石牆中的短短死巷。

屍體都堆在這裡，死人組成的牆，四肢伸出，中間夾雜著蘆葦跟其他被沖刷的垃圾。卡拉丁瞄一眼，就看出來那些屍體已經久到開始腫脹腐爛了。身後一人開始嘔吐，引起其他幾個人連接著吐，味道奇臭無比，屍體被克姆林蟲跟更大的食腐動物咬得破破爛爛，許多動物正因突來的光線倉皇逃避。不遠處躺著一隻被切斷的手，還有一條血痕。苔蘚上也有新鮮的抓痕，最高的一處離地有十五呎。裂谷魔曾經把一具屍體扯出來吃掉，也許還會回來吃別的屍體。

卡拉丁沒有反胃。他把燒了一半的火把塞在兩塊大石頭間開始工作，把屍體一一拉下，至少它們還沒有腐爛到一扯便會碎成數塊。橋兵緩緩地聚集在他身邊，開始工作。卡拉丁讓腦子停止運轉，不再思考。

一旦所有的屍體都被搬出後，橋兵便把他們排成一列，開始除下盔甲，摸索著口袋，取走腰帶上的匕首。他讓其他人去蒐集矛，自己在一旁工作。

泰夫跪在卡拉丁身邊，翻過一具頭顱在落地時被砸爛的屍體，開始解開死者胸甲的繫帶。「你想談談嗎？」

卡拉丁一語不發，只是忙著工作。不要想未來。不要想會發生什麼事。活著就好。不要在乎，但也不要絕望。單純存在就好。

「卡拉丁！」泰夫的聲音如一把刀刺破卡拉丁的外殼，讓他不安。

「如果我想要談談，我幹麼要自己工作？」卡拉丁抱怨。

「有道理。」泰夫說道。他終於解開了胸甲。「孩子，其他人很迷惘。他們想要知道接下來我們該怎麼辦？」

卡拉丁嘆口氣，站起身，轉頭看著橋兵們。「我不知道該怎麼辦！如果我們想要保護自己，薩迪雅司會懲罰我們！我們是誘餌，我們會死。我沒有辦法改變！根本沒用。」

橋兵們震驚地看著他。

卡拉丁轉過頭不看他們，繼續工作，跪在泰夫身邊。「好了。我跟他們解釋完了。」

「白癡。」泰夫低聲說道。「你費了那麼大的勁，現在要把我們丟下不管了？」

一旁的橋兵背對著卡拉丁，繼續工作。卡拉丁聽到他們在抱怨。「混蛋。我就說會發生這種事。」摩亞許說道。

「放棄你們？」卡拉丁低聲對泰夫斷吼。不要管我。讓我不痛不癢不感覺就好。至少那樣不會痛。「泰夫，我花了好幾個小時在想該怎麼辦，可是沒有辦法！薩迪雅司要我們死。淺眸人想怎樣都會得手，這世界就是如此。」

「那又如何？」

卡拉丁不理他，繼續工作，除下一名士兵的鞋子。他的脛骨似乎有三處斷裂，讓鞋子颶他的難脫。

「好吧，也許我們會死。但也許這點跟要活著無關。」泰夫說道。

爲什麼居然是泰夫想要勸解他？「如果目標不是活著，那是什麼？」卡拉丁終於把鞋子拔下來。他接著朝下一具屍體走去，結果停住。

是個橋兵。卡拉丁不認得他，但是他的背心跟涼鞋卻無庸置疑。他倒在牆邊，雙手垂在身側，嘴巴微微張開，眼簾凹陷。一隻手上的皮膚已經剝落。

「我不知道目標是什麼，但是放棄顯得太可悲了吧？我們應該繼續努力，直到被箭射死。你知道我的意思，『旅程先於終點』。」泰夫嘟囔地說道。

「這是什麼意思？」

「我不知道。以前聽人家這樣說過。」泰夫頭低得很快。

「那是以前失落燦軍會說的話。」走過的席格吉說道。

卡拉丁瞥向一旁。聲音輕柔的亞西須人將盾牌放在堆成一堆的物資上。他抬起頭，火光下褐色的肌膚顯得黑暗。「那是他們的座右銘的一部分。『生先於死，力先於弱，旅程先於終點』。」

「失落燦軍？誰提的？」斯卡抱著滿手的靴子走過。

「泰夫提的。」摩亞許回答。

「我才沒有！我聽人說過一次而已。」

「那是什麼意思？」度尼問道。

「我都說我不知道了！」泰夫回答。

「據說這是他們的信條之一。在育雷，有些人會討論燦軍的事，同時希望他們會歸來。」

「誰要他們歸來？他們背叛了我們，引來引虛者。」斯卡說道，雙手抱胸，靠著牆。

「哈！引虛者！低地人的胡說八道。小孩子的火邊故事。」大石說道。

「牠們是眞的。大家都知道。」斯卡防禦地說道。

「每個聽火邊故事的人都知道。太多空氣了！腦子都變軟。沒關係，你們還是我家人。只不過是笨的！」大石笑著說。

泰夫瞪著他們，其他人則繼續討論失落燦軍。

「旅程先於終點。我喜歡。」西兒在卡拉丁肩膀上低聲說道。

「爲什麼？」卡拉丁跪下，解下死去橋兵的涼鞋。

「因爲如此。」她說到，彷彿光這樣就足以解釋。「泰夫是對的，卡拉丁。我知道你想放棄，但是你不可以。」

「爲什麼？」

「因爲你不可以。」

「我們從現在開始只能負責裂谷任務。我們沒辦法摘蘆葦賺錢，這表示不會有繃帶、消炎藥，或是晚上的食物。有這麼多屍體，我們一定會碰上腐靈，大家會生病，要不然就是被裂谷魔吃掉，再不然就是意外碰到颶風被淹死，而且我們還要一直出勤——直到沉淪地獄結束——一個個死去，根本沒有希望。」

所有人還在討論。「失落燦軍幫了另一邊。他們一直以來都是有污點的。」斯卡爭論道。

泰夫生氣了。乾瘦的他直直站起身，指著斯卡。「你什麼都不知道！那是太久以前的事情。沒有人知道到底發生了什麼事。」

「那爲什麼所有的故事都說一樣的話？他們遺棄我們。就像淺眸人現在遺棄我們一樣。也許卡拉丁說得對。也許沒有希望。」斯卡咄咄逼人地說。

卡拉丁低下頭。斯卡的話如鬼魅般逼著他。*也許卡拉丁說得對……也許沒有希望……*

他曾經這麼做過。在他前任主人的奴役下；在他被賣給弗拉克夫，變成橋兵以前；在領著哥舍和其他奴隸反抗之後的某個安靜夜裡。他放棄了。他們都被殺光，可是他颶風的居然又活下來了。颶風的，爲什麼每次都是他活下來？他緊閉著眼睛。我不能再這麼做。我幫不了他們。

提恩。托克思。哥舍。達雷。他想在弗拉克夫的馬車上治好的無名奴隸。每個人的下場都一樣。卡拉丁有著失敗的運道。有時候他會給他們希望，但希望難道不就是下一次失敗的機會？一個人要倒下幾次之後，才會再也站不起來？

「我認爲我們只是無知。我不喜歡聽淺眸人說以前是怎麼樣。那些歷史都是他們的女人寫的。」泰夫抱怨。

「我不敢相信你在爭辯這件事，泰夫。接下來你要說什麼？我們要讓引虛者把我們的心偷走嗎？也許我們是誤解牠們了。還有帕山迪人也是。也許他們隨時想殺我們的國王，我們就該讓他們殺。」斯卡氣急敗壞地說道。

「你們兩個能不能閉嘴啊？不重要了。你們也聽到卡拉丁說的話。連他都覺得我們死定了。」摩亞許叱罵。

卡拉丁再也聽不進他們的聲音。他歪歪倒倒地逃入黑暗中，遠離火光。沒有人追上來。他進入一片漆黑的地方，滿是影子，唯一的光線來自於遙遠的一線天。

在這裡，卡拉丁逃開了他們的眼神。黑暗中，他撞到一塊大石頭，不得不停下腳步。石頭上滿是濕滑的苔蘚跟地衣。他雙手按著石頭，呻吟出聲，背靠著岩石。西兒落在他前方，黑暗中仍然清晰可辨。她在空中坐下，整理腿邊的裙襬。

「我救不了他們，西兒。」卡拉丁悲慟地低語。

「你確定嗎？」

「我以前每次都失敗。」

「所以你這次也會失敗？」

「對。」

她沉默了。最後，她開口：「好吧，假設你是對的。」

「所以幹麼要反抗？我告訴自己我會再試一次。可是我在開始前就失敗了。我救不了他們。」

「反抗本身不就是意義？」

「如果注定要死就不是。」他垂頭喪氣。

席格吉的話在他腦海中迴蕩。*生先於死。力先於弱。旅程先於終點。*卡拉丁抬頭望著遙遠的天。像是遠方的一條河，流著純然的藍水。

生先於死。

這句話是什麼意思？在尋死前應該先尋生嗎？這很顯而易見。還是有別的意思？生命重於死亡？同樣很顯而易見。但是這簡單的話引起他的共鳴。他們在說，死必會來，死會來到我們每個人身邊，但是生命會先到來。珍惜它。

死是終點。可是旅程，是生，這才是重要的。

一陣冷風吹過石頭中的通道，席捲過他，帶來新鮮沁涼的氣味，吹走腐屍的臭氣。

沒有人在乎橋兵的生死，沒有人在乎那些在底層有著最深顏色眼眸的人。可是，那陣風似乎一遍又一遍地在告訴他，*生先於死。在死前，先要活著。*

他的腳踢到某個東西。他彎下腰拾起。一塊小石頭。在黑暗中，他幾乎看不見岩石。他辨認得出來自己身上發生的事，這股憂傷，這股絕望。以前他年輕的時候，這些情緒經常會控制住他，而且最常發生於泣季中，天空被雲朵隱藏的那幾個禮拜，那時候提恩都會讓他開心，把他從絕望中拉出。提恩向來能夠如此。

他失去弟弟之後，便不太擅長處理這些憂傷的時刻。他變成了那個窩囊廢，什麼都不管，卻也沒有絕望，似乎是毫無感覺，比感覺痛楚更好。

我會讓他們失望。為什麼要嘗試？卡拉丁心想，緊閉雙眼。

他每次都這麼努力，還不夠傻嗎？如果能贏一次就好。一次就夠了。只要他能相信，自己能幫得了別人，只要他能相信，有些道路會引他去黑暗以外的地方，他就能夠去希望。

你答應自己你會再試一次。他們還沒死。他告訴自己。

還活著。現在。

他還有一件事沒嘗試過。他太害怕了。過去，每次他曾經嘗試時，他都失去一切。

窩囊廢似乎站在他面前。這個人意謂著解脫，意謂著無感。卡拉丁真的想要變回那樣嗎？那是騙人的安穩。變成那個人並沒有辦法保護他，只是讓他走入更黑暗的境地，直到讓自殺顯得似乎是更好的選擇為止。

生先於死。

卡拉丁站起，睜開眼睛，拋下小石頭。他緩緩走回火把邊。橋兵們停下手邊的工作，抬頭看他。如此多詢問的眼神。有些遲疑、有些嚴肅、有些鼓勵。大石、度尼、霍伯和雷頓。他們相信他。他從颶風中活過來。他是一個奇蹟。

「我們還有一個辦法，但是結果可能是我們大概都會死在敵人手中。」卡拉丁說道。

「反正左右都是死。你自己也這樣說了。」地圖回答。其他幾人點頭。

卡拉丁深吸一口氣。「我們得試著逃走。」

「可是戰營有人守住！橋兵不能在無人看守的情況下出去。他們知道我們會想逃。」無耳傑克斯說道。

「我們會死。我們離人煙還有好多哩遠。外面只有巨殼獸，而且沒有躲避颶風的地方。」摩亞許表情嚴肅地說道。

「我知道。可是不這樣做，就是等著帕山迪人的箭。」卡拉丁回答。

眾人沉默。

「他們會派我們每天下來撿死屍，而且不會派人跟著，因爲他們怕裂谷魔。大多數橋兵的工作都只是要讓我們不要去想自己命運的瞎忙而已，所以我們只要拿一點東西回去就夠了。」卡拉丁說道。

「你覺得我們應該挑一條裂谷逃嗎？他們試過把所有裂谷都畫入地圖中。橋兵隊絕對到不了台地的另一邊，中途就會被裂谷魔或颶風洪水殺死。」斯卡說道。

卡拉丁搖搖頭。「我們不只是這麼逃。」他踢踢腳下的一樣東西——一柄矛。矛被他踢得朝摩亞許飛去，後者驚訝地接住了矛。

「我可以教會你們用這些。」卡拉丁低聲說道。

所有人沉默地看著武器。

「有什麼用？」大石問道，接過摩亞許手中的矛。「我們又打不過軍隊。」

「沒錯。可是我教會你們之後，我們可以在晚上攻擊守備點，就有可能可以逃走。」卡拉丁一一與他們四目對望。「一旦逃走，他們會派士兵追我們。薩迪雅司不會允許橋兵殺了他的士兵後還能脫逃。我們得希望他會低估我們，一開始只派幾個人出來追捕。如果把他們殺死，也許我們可以逃得夠遠，能夠躲起來。過程一定會很危險。薩迪雅司會花很多的力氣把我們逮回去，最後說不定會有一整個連來追我們。颶風的，也許我們一開始就逃不出戰營。但是，這是個可能。」

他沉默了，等著其他人交換著遲疑的眼神。

「我做。」泰夫向前一步說道。

「我也做。」摩亞許向前一步說道，似乎很興奮。

「我也做。我寧可朝這些雅烈席人的臉上吐口水，死在他們的劍上，也不要當奴隸。」席格吉說。

「哈！那我幫你們煮很多食物，讓你們殺人時可以吃得飽飽的。」大石說道。

度尼訝異地問：「你不跟我們一起打？」

「不符合我的高貴身分。」大石抬高下巴說道。

「好吧，我做。我是你的人，隊長。」度尼說道。

其他人也紛紛出聲，每個人都站起來，其中還有幾個人從溼地抓起矛。他們沒有興奮地大叫或是像卡拉丁以前帶領的軍隊那樣咆哮。反抗的念頭讓他們害怕，他們大多數都只是普通奴隸或是低階工人而已。可是他們願意。

卡拉丁向前一步，開始跟他們詳述他的計畫。

人類歷史

The History of Man

The Expulsion
驅逐 失去寧靜廳

The Desolations
寂滅時代 與引虛者之戰

Aharietiam
阿哈利艾提安

最後寂滅，擊敗引虛者

The Recreance
重創 燦軍墮落

The Hierocracy
神權統治 弗林教之傾倒

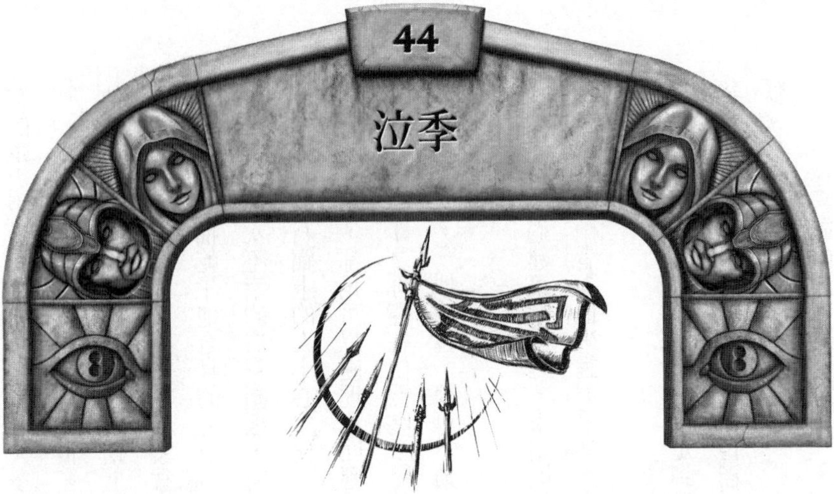

44 泣季

五年前

卡拉丁痛恨泣季。泣季意謂著舊的一年要過去，新的一年即將來臨，連續四個禮拜的雨，沒好氣地下個不停，不像颶風那般憤怒、激烈，而是緩慢、平穩，彷彿是正死去一年的最後幾滴鮮血，正蹣跚地走向墳墓。其他季節的來去向來難以預料，但是泣季每年都會在固定的時間回來。真是可惜。

卡拉丁躺在家裡的斜屋頂上，身邊是一小桶漆，上面蓋著一塊木板。補完屋頂後，桶子幾乎要空了。在泣季時做這種工作最不舒服，但如果這種時候家裡漏水也最讓人討厭。泣季結束後自然要重補一次屋頂，但至少現在他們家的餐桌不會連續承受好幾個禮拜不停歇的水柱。

他面朝天空躺著。也許他應該要爬下屋頂進屋裡去，但反正他已經全身濕透了，所以決定留在戶外，看著，想著。

又有一支軍隊穿過市鎮。最近有許多軍隊經過，這也是泣季的慣例，軍隊會重新取得補給，前往新的戰場。羅賞難得親自出來迎接戰主：阿瑪朗上帥本人到來，據說他是羅賞的遠親，同時也是這一區雅烈席卡軍隊的指揮官。他是雅烈席卡現存的軍人中最有名的人之一，大多數的軍人都已經前往破碎平原。

小雨滴沾濕卡拉丁全身。很多人都喜歡這幾個禮拜，因爲除了泣季過到一半時會有一次颶風之外，其他時間都是平穩的雨天，對於鎮上的人而言，現在更是休憩與停止農忙的寶貴時間。可是卡拉丁渴望見到太陽，吹到風，他甚至想念狂暴猛烈的颶風。現在的日子讓人覺得無聊，他覺得做什麼都提不起勁，好像少了颶風就抽乾了他全身的力氣。

自從那次不幸的白脊圍獵，還有他的兒子過世之後，便很少有人再看到羅賞。他躲在宅邸中，越發離群索居。爐石鎮上的人小心翼翼，彷彿擔心他隨時會朝他們發洩怒氣。卡拉丁不擔心這點。無論來自人或老天的風暴，都是可以處理和回應的，但是這種令人窒息、緩慢且平穩的生命流逝……要難挨許多。

「卡拉丁？你還在上面嗎？」提恩的聲音從下面傳來。

「在啊。」他回答，動也不動。泣季的雲都很無聊。那團慘兮兮的灰色，大概是最缺乏生氣的一團東西了吧？

提恩繞過建築物後方，來到屋頂斜下與地面相交的部分。他的雙手插在長雨衣的口袋中，頭上戴著一頂寬簷帽。兩者對他來說似乎都太大了，但是穿在提恩身上的衣服向來顯得太大，即使已經是恰好合身也一樣。

卡拉丁的弟弟爬上屋頂，走到他身邊，躺下，望著天空。也許別人會試著逗卡拉丁讓他心情愉快，然後他們注定失敗。可是不知道爲何，提恩總知道該要怎麼處理他的心情。此時此刻，最好的選擇就是沉默。

「你喜歡雨天，對不對？」卡拉丁終於開口。

「是啊。」提恩回答。當然，提恩喜歡大多數事物。「不過很難一直這樣睜著眼睛看著天空。我會忍不住要眨眼。」

不知道爲什麼，卡拉丁聽到這句話便禁不住微笑。

「我今天在店裡做了一樣東西給你。」提恩說道。

卡拉丁的父母很擔心。木匠阿勞收了提恩當徒弟，雖然他並不需要新的學徒。據說他對提恩的表現很不滿意，抱怨提恩很容易分神。

卡拉丁坐了起來，看到提恩從口袋裡掏出一樣東西。那是匹小木馬，雕工精緻。

「不要擔心被淋濕，我已經上好漆了。」提恩遞過木馬。

「提恩，這好漂亮啊。」卡拉丁讚嘆地說道。馬精緻至極——眼睛、蹄子、尾巴中的線條，看起來就像是拉著羅賞馬車的那些驕傲名駒。「你拿給阿勞看了嗎？」

「他說不錯。可是他說我該花時間去做椅子，所以我好像有點惹上麻煩了。」提恩在寬簷帽下的臉龐露出笑容。

「可是……這，提恩，他不可能看不出來這個有多棒吧！」

「那我就不知道了。這只是匹馬而已。阿勞師傅喜歡能用的東西。可以坐，可以放衣服的東西。可是我覺得我明天可以做出一張能讓他引以爲榮的好椅子來。」提恩說道，臉上的笑容不減。

卡拉丁看著純眞善良的弟弟。雖然已經是青少年，但提恩仍然保有那些特質。卡拉丁心想，*你爲什麼總能微笑？外面的天氣這麼差，你的師傅待你如克姆泥，你的家人漸漸要被城主逼死了，但是你仍然能微笑。你是怎麼辦到的，提恩？*

而且為什麼你也能讓我想要微笑？

「提恩，父親又被逼著花掉一枚錢球了。」卡拉丁發現自己不知不覺地說出這件事。每次他們的父親被逼到要花錢球，他的臉色似乎就變得更憔悴，腰彎得更低一點。最近錢球黯淡無光，因為在泣季時不能補充，所以颶光都耗盡了。

「還有很多。」提恩說道。

「羅賞想要一點一點地掐死我們。」卡拉丁說道。

提恩伸出手，握住他的手臂。「情況沒有看起來那麼慘，卡拉丁。事情向來沒有表面上那麼慘。你會明白的。」

卡拉丁心中湧現無數反駁的聲音，卻被提恩的笑容驅散。在一年當中最慘澹的時候，卡拉丁覺得自己一剎那間看到了陽光。他可以發誓感覺到周圍的光線變得明亮，颶風退去了一絲，天空稍稍轉晴。

他們的母親從建築物後方出來，抬頭看著他們，彷彿覺得兩個人坐在屋頂上淋雨是件好笑的事。她踏上屋簷的下邊。一小群哈斯波螺攀著那邊的岩石。在泣季時，這種小型的雙殼貝類繁殖得特別快，跟牠們的親戚小蝸牛一樣都不知道從哪裡冒出來的，散布在岩石上。

「你們兩個在聊什麼？」她問道，爬上屋簷，跟他們一起坐下。賀希娜不太像鎮上其他的母親，有時候卡拉丁會因此而感到煩惱。她不是應該叫他們進去屋裡，或是罵他們會著涼嗎？可是她卻跟他們一起坐了下來，身上穿著一件褐色的皮雨衣。

「卡拉丁在擔心父親花掉了錢球。」提恩說道。

「噢，我不擔心。我們會把你送去卡布嵐司的，再兩個月你就可以去了。」她回答。

「你們兩個應該跟我一起。父親也該去。」阿卡說道。

「離開城鎮？可是我喜歡這裡。」提恩說道，彷彿從來沒有想過這個可能性。

賀希娜微笑。

「怎麼了？」卡拉丁問道。

「大多數像你這個年紀的年輕人，都迫不及待想要甩掉他們的父母。」

「我不能把你們丟在這裡。我們是一家人。羅賞正想要憋死我們。」卡拉丁說道，瞥向提恩。跟他弟弟說話是會讓他覺得好過些，但他的擔憂依然沒有被排除。「沒有人付錢請父親醫治，而且我知道沒有人會付錢請妳去工作。父親花的那些錢球又買了什麼？十倍價錢的蔬菜？兩倍價錢的發霉稻穀？」

賀希娜微笑。「你觀察得很仔細噢。」

「父親教會我要注意到細節。外科醫生的眼光。」

「那你這雙外科醫生的眼睛，有沒有注意到我們什麼時候開始花錢球的？」她的眼中閃爍著淘氣的光芒。

「當然記得，在狩獵意外後的頭一天。父親得買新布來做繃帶。」卡拉丁說道。

「我們需要新繃帶嗎？」

「是不需要，可是妳知道父親是怎麼樣的人，就算我們少一點繃帶他都會不高興。」

「所以他花了錢球。花了他存好幾個月、寧可頂撞上主也不願意花的錢球。」賀希娜說道。

更不要提一開始還花了那麼大力氣去偷，可是妳早就知道了，卡拉丁心想。他瞥向又在看天空的提恩。就卡拉丁所知，弟弟還沒發現事實。

「所以你父親抗拒了這麼久，最後潰堤的原因，是花錢球去買我們好幾個月後都用不到的繃帶。」賀希娜說道。

她說得有道理。他父親為什麼突然決定要……「父親要讓羅賞以為他要贏了。」卡拉丁訝異地說道，望著她。

賀希娜露出狡猾的笑容。「羅賞早晚會找到報復的方法。雖然不容易，因為你父親的公民位階很高，有要求調查的權力。即使他的確救了羅賞的命，而且許多人都可以證明瑞利爾的傷勢很嚴重，可是羅賞一定會找到方法，除非，他覺得他已經擊潰了我們。」

卡拉丁轉身面向豪宅。雖然豪宅被雨幕遮住，但是勉強可以辨認出聚集於下方田野中的軍隊帳棚。不知道士兵的生活是怎麼樣的？經常要暴露在狂風跟暴雨之下？過去的卡拉丁會忍不住想了又想，但是矛兵的生活如今對他而言已經毫無吸引力。他的腦子充滿了肌肉的圖表，還有背誦的症狀與疾病列表。

賀希娜說道：「我們會繼續花錢球。每隔幾個月就花一枚，一部分是為了要活下去，不過我的家人也資助了我們。所以主要的原因，是讓羅賞以為我們開始屈服，然後，我們會把你送走。突如其來地你就離開了，錢球會安全地交給執徒們，做為你接下來幾年念書的零用錢。」

卡拉丁這才明白，眨眨眼。他們沒有輸。他們*正在*贏。

提恩說道：「卡拉丁，你想想，你會住在世界上最宏偉的城市之一！你會成為像父親那樣的讀書人。你想要聽哪本書都有書記唸給你聽。」

卡拉丁撥開額頭前的濕髮。提恩的描述比他自己的想像還要更厲害，但那是因為是提恩。經過提恩的描述，就連裝滿克姆泥的小水窪都會很厲害。

他的母親繼續望著天空說道：「這是眞的。你會學習數學、歷史、政治、策略、科學……」

「那些不是女人學的東西嗎？」卡拉丁皺眉說道。

「淺眸女子研究這些，但其中也有男學者，只是沒那麼多而已。」

「念這麼多只是爲了當外科醫生。」

「你不一定要成爲外科醫生。兒子，你的人生是你自己的。如果你選擇走外科醫生的路，我們會以你爲榮，可是不用覺得你需要爲你父親過他想要的人生。」她低頭看著卡拉丁，眨眨眼睛，擠出眼中的雨水。

「我還能做什麼？」卡拉丁目瞪口呆地說道。

「有個聰明腦袋、受過科學訓練的人可以選擇許多職業。如果你眞的希望研讀所有技藝，你可以成爲執徒，或是防颶員。」

防颶員。他反射性地摸了摸繡在左袖的祈禱文，等著哪天他需要求助於上天時燒掉。「他們想要預測未來。」

「不一樣。你會明白的。有好多事情可以探索，你的思想可以朝許多地方發展。世界正在改變。我家裡最近寄來的一封信描述了驚人的法器，像是可以跨越極遠距離寫字的筆，也許過不了多久，他們就會教男人識字了。」

「我可不想識字。」卡拉丁驚駭地說道，瞥向提恩。他們的母親居然說這種話？可是她向來如此，無論思想或言語都是自由不受束縛的。

可是能成爲防颶員……他們研究颶風，的確會研究颶風，但是也同時學習颶風的知識跟祕密。他們研究風。

「不。我要成爲外科醫生，像父親那樣。」卡拉丁說道。

賀希娜微笑。「如果這是你的選擇，我說過，我們會以你爲榮。可是你的父親跟我，只希望你知道你自己可以選擇。」

他們就這樣坐了好一陣子，讓雨水浸透他們。卡拉丁不斷以目光探索著這些灰雲，想知道提恩到底覺得它們哪裡這麼有意思。終於，他聽到下方傳來水聲，李臨的臉從屋子旁邊探出。

「這是……你們三個人都在那裡？你們在上面做什麼啊？」他說道。

「大吃大喝。」卡拉丁的母親滿不在乎地說道。

「吃什麼？」

「人世間的多項變化啊，親愛的。」她說道。

李臨嘆口氣。「親愛的，妳有時候眞的很奇怪，妳知道嗎？」

「我不是剛剛才這麼說？」

「算妳有理。來吧。大家都聚集在廣場上。」

賀希娜皺眉。她站起身，走下屋簷。卡拉丁瞥向提恩，兩人同時站起。卡拉丁將木馬塞回口袋，小心翼翼地走下屋簷，注意濕滑的地面，鞋子不斷擠出水，踩到地面時，沁涼的水沿著他的臉頰流下。

他們跟著李臨走到廣場。卡拉丁的父親滿臉憂色，走路的姿勢越發沮喪，這是他近來的習慣。也許他是在假裝，想騙過羅賞，但是卡拉丁懷疑有一部分也是眞的。他父親不喜歡放棄這些錢球，就算一部分是爲了騙人。太像屈服了。

前方，所有人都聚集在廣場，每個人都握著雨傘或穿著披風。

「李臨，這是怎麼一回事？」賀希娜問道，聽起來很擔心。

「羅賞要演講。他要華伯把所有人聚集起來，全鎮集合。」李臨說道。

「在雨中？他不能等到光日嗎？」卡拉丁問道。

李臨沒有回答，一家人沉默地走著，就連提恩都變得嚴肅。他們經過了一些站在水窪中的雨靈，雨靈身上散發著淡淡的藍光，形狀像是腳踝高的融化蠟燭，沒有火焰。它們鮮少出現在泣季以外的時候，據說這是雨滴的靈魂，發光的藍色棍子，似乎正在融化卻永遠不會變小，頂端只有一個藍眼。

卡拉丁一家人到達時，鎮民幾乎都已經聚集在一起，在雨中交頭接耳。約司特跟納傑也在那裡，但沒有人對卡拉丁揮手。他們已經有很多年連朋友都稱不上。卡拉丁發抖。他的父母稱這個鎮爲家，父親更是拒絕離開，可是對他而言，每天都越來越不像「家」。

他心想，*我很快就要離開了*。他期待能離開這裡，把這些心胸狹窄的人拋在腦後，去到一個淺眸人是具有榮譽心與美麗的男女，匹配得上全能之主賜與他們高貴地位的地方。

羅賞的馬車逐漸靠近。他住在爐石鎮的這幾年，馬車的光輝也逐漸褪去，金色的漆慢慢剝落，暗色的木頭被路上的碎石刮花。馬車進入廣場時，華伯跟他的兒子們終於把一個小遮棚架好。雨變得更大，雨滴帶著空洞的敲擊聲打著布料。

這麼多人聚在一起，連空氣聞起來都不同。在屋頂上的空氣新鮮清新，如今卻顯得悶濕。馬車的門打開。羅賞變得更胖，他的淺眸裝束被重新修改過，好容納變粗的腰圍。他的右邊斷腿裝了義肢，藏在長褲下，爬下馬車的腳步僵硬，一面抱怨，一面躲到遮棚下。

臉上的鬍子還有濕答答的頭髮，讓他幾乎像是變了個人，可是他的眼睛還是一樣。他的臉頰變得更圓，所以眼睛顯得更小，看著眾人的目光仍然帶著憎恨，彷彿他突然被人丟石頭打到頭，正搜尋是誰做的好事似的。

拉柔在馬車裡嗎？裡面還有人，跟在他後面下了馬車，原來是名身形均勻的男子，有著光滑的下巴和淺金色的眼睛。他穿著筆挺的綠色正式軍服，腰側佩劍，氣度顯得高貴不凡。阿瑪朗上師？他的確看起來很出色，有著堅實的身體跟方正的臉龐。他跟羅賞之間的差異簡直是天壤之別。

最後，拉柔出現，穿著一件樣式古老的淺黃色服飾，有著圓蓬的裙子跟厚重的上身。她抬頭看看雨天，然後等著侍從拿著傘趕到她面前。卡拉丁心跳如雷。自從她在羅賞的宅邸羞辱他之後，他們便沒有說過話，可是她的美貌更勝從前。過了青少年時期，她越來越美。也許有人會覺得她的深髮間混雜著標示外來血統的金髮令人不喜，那彰顯了她不純正的血統，可是對卡拉丁而言卻更顯得誘人。

在卡拉丁身邊的父親全身一僵，輕聲咒罵。

「怎麼了？」站在卡拉丁身邊的提恩伸長了脖子想看。

「拉柔。她的袖子上別著新娘的祈禱文。」卡拉丁的母親說道。

卡拉丁一驚，看到一片有著藍色對符的白布，就縫在她衣服的袖子上。當她的訂婚正式宣布之後，她會把祈禱文燒掉。

可是……嫁給誰？瑞利爾死了！

「我聽人家說起過。羅賞似乎不願意失去她帶來的人脈。」卡拉丁的父親說道。

「他？」卡拉丁不敢相信。羅賞自己要娶她？其他人也注意到了她的祈禱文，開始竊竊私語。

「淺眸人經常娶比較年輕的女子。對他們而言，婚姻是取得家族聯盟的手段。」卡拉丁的母親說道。

「他？」卡拉丁不敢相信，上前一步。「我們得阻止他。我們得……」

「卡拉丁。」他父親厲聲說道。

「這是他們的事，與我們無關。」

卡拉丁沉默，感覺大雨低落在頭上，小雨滴被風吹成一片雨霧。水流過廣場，在凹陷處堆積，在卡拉丁附近的一個雨靈躍起，彷彿是水所凝結而成的，眼睛眨也不眨地望著天空。

羅賞拄著枴杖，朝他的侍從那提爾點點頭，後者身邊是侍從的妻子，一名叫亞拉席雅的女子。那提爾拍拍纖細的雙手讓眾人安靜下來，沒多久，唯一的聲響就只剩下柔細的雨聲。

「阿瑪朗光明爵士是我們這個附屬國的代理上帥，國王與薩迪雅司光明爵士不在的這段期間，由他負責保護我們的邊境。」羅賞語畢，朝身著制服的高瘦男子點點頭。

卡拉丁點頭。大家都知道阿瑪朗是誰。他比大多數經過爐石鎮的軍人都來得重要。

阿瑪朗上前一步對大家說話。

「你們的城鎮很好，感謝你們款待我。」阿瑪朗對聚集的深眸人說道。他有著深沉堅定的聲音。

卡拉丁皺眉，瞥向其他鎮民。他們似乎跟他一樣不懂這是什麼意思。

「通常我會把這件事交給我的一名下屬，但是因爲我正在拜訪我的親戚，所以決定親自前來一趟，這件事情沒有辛苦到需要派別人來做。」

「不好意思，光明爵士，請問是什麼事？」其中一名農夫卡林司問道。

「募兵啊，好農夫。」阿瑪朗說道，朝亞拉席雅點點頭。她上前一步，手中握著一個板子，上面夾著一張紙。「國王去履行復仇同盟時帶走了大多數的軍隊，因此我的兵力短缺，所以要從我們經過的每個城鎮鄉村裡招募年輕人。我會盡量接受志願者。」

鎮民沉默。許多男孩都會說想要參加軍隊，但眞正會這麼做的人不多。爐石鎮的工作就是提供食物。

「我的戰爭不像復仇之戰那麼耀眼，但是保家衛國是我們神聖的使命。這次的役期將爲期四年，在完成之後，還可獲得等同於總薪餉十分之一的戰爭加給。你可以選擇返回，或是繼續服役。如果有所建樹，升到高位，那你跟你的孩子可能都可以提高一級那恩。有自願者嗎？」

「我要去。」約司特上前一步說道。

「我也去。」奧布雷也補上一句。

「約司特！」約司特的母親說道，拉住他的手臂。「我們的莊稼……」

「深眸女，妳的莊稼固然重要，卻沒有保護我們的人民那般重要。國王會將他在破碎平原贏得的戰利品送回，他得到的寶石可以在緊急情況時爲雅烈席卡提供糧食。歡迎兩位加入。還有別人嗎？」

三名鎮上的男孩上前一步，還有一名年紀比較大的男子，哈勞。他的妻子死於疤熱，卡拉丁救不了的女孩就是他的女兒。

「太好了。還有別人嗎？」阿瑪朗說道。

鎮上的人一片安靜。靜得出奇。許多卡拉丁經常聽到他們說要加入軍隊的男孩子都轉開頭。卡拉丁感覺心跳加速，腿一陣抽動，彷彿想要直接帶他上前。

不。他是要當外科醫生的人。李臨看著他，深色的眼中透露出深切的擔憂，但是當卡拉丁沒有上前時，他放鬆了。

「好吧。我們還是需要用到你的名單了。」阿瑪朗對羅賞點點頭說道。

「名單？」李臨大聲問道。

阿瑪朗瞥向他。「深眸人，我們的軍隊極度需要人力。我會先接受志願者，可是軍隊人數必須被補齊。身爲上主，我的表親有榮幸，也有責任決定該派誰去。」

「亞拉席雅，唸前四個名字，還有最後一個。」羅賞說道。

亞拉席雅低頭看著她的名單，以不帶感情的聲音唸出。「馬福之子阿吉，塔雷伯之子阿考。」

卡拉丁擔心地抬頭看看李臨。

「他不能帶你走。我們屬於第二那恩，而且爲鎮上提供必要的服務。我是外科醫生，你是我唯一的學徒。根據法律，我們免於被徵兵。羅賞知道。」李臨說道。

「阿拉非克之子哈柏林。洛亞之子約那。」亞拉席雅遲疑了一會兒，然後抬起頭。「李臨之子提恩。」

廣場上一片寂靜，似乎連雨滴都有所遲疑，然後，所有人齊齊看向提恩。男孩一臉嚇得說不出話來。

李臨是鎮上的外科醫生，卡拉丁是他的學徒，兩人都免除兵役。

可是提恩不是。他是木匠的第三學徒，並非必要，不可免役。

賀希娜緊緊抓住提恩。「不！」

李臨擋在他們身前，想要保護他們。卡拉丁震驚地站在原處，看著羅賞。微笑、得意的羅賞。

看著那雙小眼睛，卡拉丁明白過來。*我們奪走了他的兒子，這就是他的復仇。*

「我……軍隊？」提恩說道。第一次，他似乎失去了自信與樂觀，眼睛睜得很大，滿臉蒼白。他看到血就會暈倒。他痛恨打鬥。以他這個年紀來說，他仍然又瘦又小。

「他太小了。」李臨大聲說道。他們附近的人都躲開，留下李臨一家獨自站在雨中。

阿瑪朗皺眉。「在大城裡，八九歲的年輕人都可進入軍隊。」

「那是淺眸人的兒子！他們是接受成爲軍官的訓練。他們沒有被送上戰場！」李臨說道。

阿瑪朗的眉頭皺得更深。他走入雨中，走向一家人。「孩子，你幾歲？」他問提恩。

「他十三歲。」李臨說道。

阿瑪朗瞥了他一眼。「外科醫生，我聽說過你的事情。」他嘆口氣，瞥向羅賞。「表親，我沒時間參與你這些小家子氣的小鎮政治。難道沒有別的男孩可以從軍嗎？」

「這是我的選擇！根據法律賦予我的選擇。我派的都是鎮上不必要的人——那個男孩就是第一個不必要的人。」羅賞堅持。

李臨上前一步，眼中都是怒火。阿瑪朗上帥握住他的手臂。「深眸人，不要做出會令你後悔的事。羅賞的行爲是合法的。」

「你躲在法律之後恥笑我，外科醫生。現在法律轉而對付你了。你就把錢球留著吧！你現在的表情值得上我讓給你的每一枚錢球！」羅賞對李臨大喊。

「我……」提恩又開口。卡拉丁從來沒看過他弟弟如此害怕。

卡拉丁覺得無力至極。所有人的眼睛都看著李臨，他被淺眸將軍抓著，眼睛瞪著羅賞。

「我會讓這孩子當一兩年的傳令兵。他不會參與戰鬥。我盡力了。現在我們需要每個人。」阿瑪朗承諾。

李臨的肩膀垮下，低下頭。羅賞大笑，示意要拉柔上馬車。她上車時甚至沒有瞥卡拉丁一眼。羅賞跟在她身後，雖然他依然在笑，但是表情已經變得冷酷、毫無生氣，像是天上的烏雲。他是復仇了，可是他的兒子仍然不會活過來，他仍然被困在爐石鎮。

阿瑪朗看著眾人。「新兵可帶兩套衣服，還有三石重的其他物品。所有東西都會被稱重。兩個小時後，到軍隊找哈福士官長報到。」他轉身跟著羅賞離開。

提恩盯著他的背影，整個人像是刷白的建築物一樣蒼白。卡拉丁可以看出他對離開家的恐懼。他的弟弟，只要下雨就能讓他微笑的弟弟。卡拉丁看到提恩這麼害怕，心都痛了。這不對。提恩應該是微笑的，是天生該笑的人。

他摸摸口袋中的木馬。每次覺得痛苦時，提恩都會讓他安心，突然間卡拉丁想到有一件事可以回報提恩。卡拉丁心想，當別人握著光杯時，我不該再躲在房間裡面。該是像個男人的時候了。

「阿瑪朗光明爵士！」卡拉丁大喊。

將軍停下腳步，一腳已經踩上馬車，他轉過頭。

「我想要代替提恩。」卡拉丁說道。

馬車內的羅賞開口：「不准！法律說人選是我挑的。」

阿瑪朗凝重地點點頭。

「那麼帶我一起去。我可以自願投軍嗎？」卡拉丁說道。至少，提恩不會是自己一個人。

「卡拉丁！」賀希娜握住他的手臂。

「這個可以。孩子，我不會拒絕任何士兵。如果你想加入，我歡迎你。」阿瑪朗說道。

李臨開口：「卡拉丁，不要。你們不要兩個都離開。不要……」

卡拉丁看著提恩。男孩在寬簷帽下的臉已經全濕了，大搖著頭，但眼神似乎都是期待。

「我自願。我去。」卡拉丁面向阿瑪朗說道。

「你有兩個小時，東西可攜帶跟其他人一樣的量。」阿瑪朗說完，上了馬車。

馬車門用力關上，卡拉丁在那之前已經看到表情變得更爲滿意的羅賞。馬車在一片水花中離開，車頂上的積水瞬間落下。

「爲什麼？你爲什麼這麼對我？我們都計劃這麼久了！」李臨面向卡拉丁，聲音沙啞地說道。

卡拉丁轉向提恩，提恩握住他的手臂。「謝謝你。謝謝你，卡拉丁。謝謝你。」提恩低聲說道。

「我失去你們兩個了。去他颶風的！你們兩個我都沒了。」李臨沙啞地說，踏著水花離去。他在哭。卡拉丁的母親也在哭。她再次拉緊提恩。

「父親！」卡拉丁轉身喊道。驚訝於自己的自信。

李臨在雨中停下腳步，一腳踩在滿是雨靈的水窪裡。它們像是直立的蛞蝓一般緩緩退開。

「四年後，我會把他安全地帶回家。我以颶風跟全能之主的第十名稱向你承諾。我會把他帶回來。」

我承諾……

45

裂影

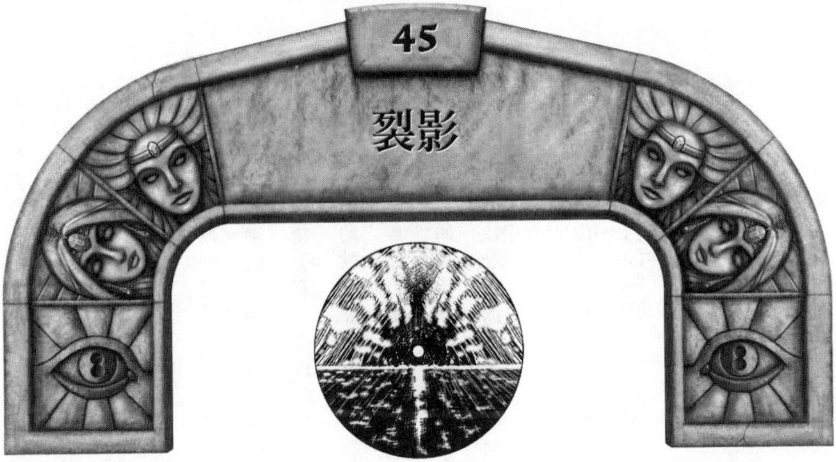

「夜林拿，又名惡風，就是會説人話的那個，但是牠的聲音經常伴隨著被牠吞食之人的慘叫。」

——魄散很明顯是民間傳説捏造的人物，但奇特的是，大多數的魄散都不是個體，而是不同毀滅方式的化身。上面這段話是出自《特拉席爾》，第三十三行，一般被視爲原創作品，但是我懷疑其眞實性。

這些野帕胥人出奇地熱情，紗藍讀著。這又是加維拉王的敘述，記錄於他被謀殺的前一年。自從我們第一次會面已經將近五個月了。達利納繼續逼我回故鄉，堅持這次探險已經拖延過久。

帕胥人答應帶我去獵捕他們叫作兀洛馬法拉的巨殼獸，我的學者説大概的翻譯是「裂谷的怪物」。如果他們的描述正確，那麼這些怪物擁有極大的寶心，而且頭顱會是相當出色的戰利品。他們也提及他們令人懼怕的神明，我們認爲他們應該是指幾隻特別大的巨殼獸類。

我們很訝異地發現，這些帕胥人有宗教。諸般證據顯示，他們有完整的帕胥人社會，包括文明、文化，還有獨特的語言，樣樣使人震驚。我的防颶官們開始稱他們爲帕山迪人。很顯然這群人跟我們普通知道的帕胥僕人非常不一樣，說不定還不是同一個種族，只是皮膚花紋類似。也許是遠親，就像雅烈席卡野斧犬跟色雷野斧犬之間的差異。

帕山迪人見過我們的僕人，對他們感到不解。「他們的音樂去哪裡了？」克雷德經常會這麼問我。我不懂他的意思。可是我們的僕人對帕山迪人一點反應都沒有，對模仿他們毫無興趣。這點讓人安心。

關於音樂的這個問題，可能跟帕山迪人經常進行的哼唱與唸誦有關。他們共同創造音樂的能力簡直是神奇。我敢發誓有一次我聽到一個帕山迪人自己在唱歌，不久後又經過了一個比較遠的帕山迪人，兩人居然在唱一樣的歌，節奏、旋律和歌詞幾乎一模一樣。

他們最喜歡的樂器是鼓。他們的鼓製作得很粗糙，兩邊有顏料印下的手印，很配他們簡單、以克姆泥跟石頭所建的屋子。他們把屋子建造在破碎平原邊緣的凹陷石洞中。我問克雷德他們擔不擔心颶風，但他笑了。「有什麼好擔心？被吹倒就再建，不是嗎？」

讀書室的另一邊，加絲娜的書發出翻頁的摩擦聲。紗藍將自己的書放在一旁，拾起桌上的其他書。她的哲學訓練目前暫時告一段落，又回到研究加維拉王的謀殺案上。

她從最下面摸出一本書：一份由防颶員瑪坦音口述的紀錄，他是伴隨國王同行的學者之一。紗藍翻閱書頁，尋找其中講述他們第一次碰到帕山迪狩獵隊的段落。

事情發生在我們於濃密森林中紮好營地以後。這個地方對長期紮營而言是理想的位置，濃密的團木樹會保護營地不受颶風的風力侵襲，河流也陷於低谷中，免於淹水的危險。陛下睿智地採取了我的建議，朝河的上下游派出斥候。

達利納藩王的斥候隊，是第一群碰到這些未馴化的奇怪帕胥人的人。他回到戰營來講述時，我跟其他人一樣拒絕相信他的話。達利納藩王一定只是碰到類似我們探險隊的僕人而已。

可是一旦他們隔天前來造訪我們營地後，他們存在的事實就再也無可否認。對方總共有十人，絕對是帕胥人，但是比我們常見的那些都要巨大。有些有紅黑相間的皮膚，其他則是紅白相間，這是雅烈席卡中比較常見的顏色。他們帶著極爲精緻的武器，明亮的金屬上刻有繁複的花紋，可是穿著那賓布織成的簡單衣服。

要不了多久，國王就對這些奇特的帕胥人產生極高的興趣，堅持要我開始研究他們的語言與社會。我承認我一開始的意圖是想揭露他們只是某種騙局罷了，但是我們了解得越多，我越發明白自己一開始的判斷有多錯誤。

紗藍敲著書頁，思考著，然後她抽出一本題爲《加維拉·科林王傳》的書，作者爲加維拉的遺孀，娜凡妮，於兩年前出版。紗藍翻著書頁，找尋其中特別的一段。

> 我的丈夫是極爲出色的國王、令人跟隨的領導者、無可匹敵的決鬥家、戰場策略的天才，但他左手上連一根學者的手指都沒有。他從來沒有展示過任何對颶風描述的興趣，他對科學的話題感到無聊，除非有戰場上的明顯用途，否則對法器毫不理會。他是依照理想男性特質而生的男人。

「他對他們爲什麼這麼有興趣？」紗藍問出聲來。

「嗯？」加絲娜問道。

「加維拉王。您的母親的傳記中堅持他不是學者。」

「沒錯。」

「可是他對帕山迪人有興趣，他那時候還不知道碎刃的事情。根據瑪坦音的描述，他想要知道他們的語言、社會和音樂，這只是爲了讓後世的讀者，以爲他比較具有學者特質才刻意加上的描述嗎？」

「不是。」加絲娜放下自己的書。「他在無主丘陵中住得越久，對帕山迪人就越著迷。」

「這中間有差距。一名對學問從來沒有興趣的人，爲什麼突然變得這麼執著？」

「是。這件事也讓我想了很久，但有時候人是會變的。他回來以後，他的興趣讓我很振奮，我們好多個晚上都在討論他的發現。這是我人生中少數幾次覺得跟我父親有眞正感情交流的經驗。」

紗藍咬住下唇。最後，她終於開口：「加絲娜光主，爲什麼您要我研究這個事件？您是親身經歷過的人，您已經知道我『發現』了的所有事情。」

「我覺得有新的角度來看看是有價値的。」加絲娜放下書，看著紗藍。「我不要求妳找到明確的答案，但我希望妳會注意我漏掉的細節。妳發現我父親的性格在那幾個月開始有所變化，表示妳已經很深入了。也許妳不相信，但是鮮少有人注意到妳剛才發現的差異，但是他一回到科林納，許多人就注意到他日後的改變。」

「我還是覺得研究這個很怪異。也許是因爲我以前的老師都覺得年輕女子只應該研讀古時典籍。」

「古時候的典籍的確也有價值，有時候我會讓妳去讀那些經典，就像妳在研究道德標準時讀的那些書，可是我認爲那些都只是妳現在研讀計畫的旁支而已。妳必須專注心力於眼前的研究，而非那些老掉牙的老書。」

紗藍點點頭。「可是加絲娜光主，您不是歷史學家嗎？那些失落已久的老掉牙老書，不就是您主要的研究領域？」

「我是記實學家。我們尋找關於過去的答案，重建眞正發生的情況。對於許多人而言，撰寫歷史不是研究，而是呈現關於自己與動機最美好的一面。我的同僚們跟我，選擇我們認爲最令人誤解或是偏差最大的課題來進行研究，希望能更了解現在。」

那妳爲什麼花這麼多時間研究傳說跟尋找惡靈？不對，加絲娜是在尋找眞實存在的東西。一件重要到會讓她離開破碎平原，以及爲她父親復仇之戰的事。她打算要拿這些民間傳說做些什麼，而且紗藍的研究也是其中一部分。

這個讓紗藍很興奮。她從小就想要這樣，讀著她父親有的少數幾本書，對於又一名教師被她父親趕走而焦躁。跟加絲娜在一起，紗藍研究的課題與加絲娜的研究有關連，而根據她對加絲娜的了解，絕對是個重大的課題。

可是，托茲貝克的船明天就要到了。我要離開了。

我得開始抱怨。我需要讓加絲娜相信這一切比我預料的還要困難許多，所以當我離開時她不會訝異。我需要哭、崩潰和放棄。我需要……

「兀瑞席魯是什麼？」紗藍卻發現自己開口問了這個問題。

出乎她意料之外，加絲娜毫無遲疑地回答。「亓瑞席魯據說是銀色帝國的中心，內有十個寶座，每個國王一個城市。那曾是世界上最宏偉、最驚人和最重要的城市。」

「眞的？爲什麼我之前沒聽說過？」

「因爲在失落燦軍背叛人類之前，亓瑞席魯就被遺棄了。大多數的學者認爲那只是神話。執徒們拒絕提起，因爲跟燦軍有關，這是弗林教的第一個失敗。我們對那個城市的了解多半來自於古代學者的引述片段，但是許多這些作品，本身就已經只有斷本留下。從那時代留下來的唯一全本就只有《王道》，那也是因爲凡瑞爾的努力。」

紗藍緩緩點頭。「如果眞的有個古老的壯麗城市藏在那裡又沒有人探索過，那麼被叢林覆蓋的荒野那塔那坦，自然會是找尋的地點。」

「亓瑞席魯不在那塔那坦，可是猜得不錯，紗藍。妳繼續讀書吧。」加絲娜微笑說道。

「武器。」紗藍說道。

加絲娜挑起眉毛。

「帕山迪人。他們有很美的武器，精緻雕刻的鋼鐵，可是卻用兩邊有簡陋手印的皮鼓，還住在石頭跟克姆泥建成的小屋裡。妳不覺得這很不一致嗎？」

「是，我會認爲這是個反常的現象。」

「那……」

「紗藍，我向妳保證，那座城不在那裡。」

「可是妳對破碎平原有興趣。妳透過信蘆跟達利納光明爵士討論過。」

「對。」

「那引虛者是什麼？牠們到底是什麼東西？」加絲娜終於開始回答問題，也許這次她會說。

加絲娜以奇特的表情看了她一陣。「沒有人能確定。大多數學者認為牠們跟兀瑞席魯一樣，都只是傳說；而神學家們則認為牠們是全能之主的對立面，住在人類心中的怪物，就像全能之主曾經住在人類心中一樣。」

「可是……」

「回去讀妳的書，孩子。也許我們改天再繼續談。」加絲娜拿起書說道。

她的語氣帶有話題結束的意味。紗藍咬著下唇，阻止自己說出什麼無禮的話，只為了讓加絲娜繼續剛才的話題。*她不信任我。這是理所當然的。她告訴自己，妳要走了。明天。妳要上船離開這一切。*

這表示只剩一天了。在偉大的帕拉尼奧裡只剩一天。跟這些書，這些力量與知識相處的時間只剩一天。

「我需要一本提凡朵所寫，關於妳父親的傳記。我一直看到別人引述它。」紗藍翻著書說道。

「在樓下某一層樓。我也許可以找出編號。」加絲娜懶洋洋地說道。

「沒關係。我去找。多練習練習也好。」紗藍站起來說道。

「妳高興就好。」加絲娜說道。

紗藍微笑。她知道書在哪裡，但是假裝找書會讓她有時間避開加絲娜，在那段期間裡，她可以靠自己去找找引虛者到底是什麼。

❖

兩個小時後，紗藍坐在帕拉尼奧底層房間之一的書桌前，上面堆滿了東西，錢球燈籠照出一疊急忙撿拾出來的書，但是沒有一本有用。

似乎每個人都知道關於引虛者的事情。鄉村地區的人說牠們是晚上出沒的神祕怪物，會從不幸的人身上偷東西，懲罰愚蠢的人。這些引虛者給人的感覺是淘氣而不是邪惡；可是偶爾就會有個故事說引虛者會假扮成迷路的旅人，在接受善良農夫的款待後，殺死對方全家，喝他們的血，以黑色的灰燼在牆上寫下引虛者的符文。

然而大多數住在城市裡的人，認爲引虛者是晚上流浪的惡靈，侵入人心，讓他們做可怕的事情。當一個好人發怒時，就是引虛者的傑作。

學者對於這些想法全部嗤之以鼻。她在這麼短時間裡找到的明確歷史記載，彼此相互矛盾。引虛者來自地獄嗎？如果是這樣，地獄不就空了，因爲引虛者征服了寧靜宮，將人類趕來羅沙？

我早該知道想要找確切的資料沒那麼容易，紗藍心想，靠回椅背。*加絲娜研究這件事已經花了好幾個月，甚至好幾年了。我以爲花幾個小時能找到什麼？*

這個研究唯一的成果就是讓她越發不解，到底是什麼怪風把加絲娜吹來研究這個題目？一點都不合理啊。研究引虛者就像是研究死靈是否眞正存在一樣，有什麼意義呢？

她搖搖頭，把書疊好。執徒們會爲她重新把書收起來。她需要回樓上拿提凡朵的傳記。她站起身，走向門外，外手提著燈籠。她沒帶帕胥人，因爲只打算拿一本書。來到出口時，她注意到有另外一盞燈靠近露台。她還來不及走出房間，便有一人走到門口，提著石榴石的燈籠。

「卡伯薩？」紗藍問，訝異自己會見到他被光映成一片藍的年輕面孔。

「紗藍？」他問道，抬頭看著門上的編號標示。「妳在這裡做什麼？加絲娜說妳在找提凡朵。」

「我……我迷路了。」

他朝她揚起眉毛。

「這個謊話很差勁？」她問道。

「差勁極了。妳比放那本書的地方高了兩層樓，大概差了差不多一千號。我在樓下找不到妳，就請拉升降平台的帕胥人帶我到放下妳的地方，結果他們就把我帶來這裡。」

「加絲娜的訓練很累的，所以我有時會找個安靜的角落休息一下，這是我唯一可以獨處的時候。」

卡伯薩深思地點點頭。

「這樣比較好嗎？」她問道。

「還是有問題。妳休息，可是休息了兩個小時？而且我記得妳跟我說過，加絲娜的訓練沒那麼糟糕。」

「她會相信的。她認爲自己很嚴格，雖然我沒那麼想。或者該說……她是眞的很嚴格，但我沒她以爲的那麼介意。」

「好吧，」他說。「但是妳在這裡做什麼？」

咬住下唇的她讓他笑了。

「你笑什麼？」她滿臉通紅地質問。

「妳每次這麼做看起來眞是純眞啊。」

「我是很純眞。」

「妳剛才不是連續對我說了兩次謊？」

「純眞是世故的反義詞。」她做個鬼臉。「要是我不純眞，我撒的謊就不會那麼差勁了。來吧，跟我一起去拿提凡朵的書。如果快一點的話，我就不必向加絲娜說謊。」

「有道理。」他說道，跟她一起走到帕拉尼奧的邊緣。倒反的金字塔朝遠處的天空伸展，四面牆依照同樣的角度朝外面傾斜。最上層樓比較亮，容易看出上面有微小的燈光，是執徒或學者提著燈籠沿著欄杆邊行走的身影。

「五十七層。我甚至不敢想像要花多少力氣才能讓你們創造這一切。」紗藍說道。

「不是我們創造的，它的主體一開始就在這裡，卡布嵐司人只是切出放書的地方。」卡伯薩回答。

「這裡是天然的？」

「就像科林納那樣的城市一般天然。妳忘記了我的示範？」

「沒有。可是你爲什麼沒用這裡做範例？」

「我們還沒找到正確的沙圖，可是我們相信這裡跟城市一樣，是全能之主親自建的。」

「晨歌者呢？」

「他們怎麼樣？」

「有沒有可能是他們建的？」

他笑了。兩人來到升降平台。「這不是晨歌者會做的事情。他們是醫者，是我們被逐出寧靜宮之後，全能之主派來照顧人類的善良精靈。」

「有點像是引虛者的對手。」

「這樣說也行。」

「帶我們往下兩層。」她告訴拉平台的帕胥人。他們開始讓平台下降，滑輪發出吱嘎聲，腳下的木板一陣顫動。

「如果妳想用這個對話讓我分神，妳不會成功的。我跟妳那個討厭我的老師坐在一起超過一個小時，我可以跟妳說，眞是一點都不愉快的經驗。我認爲她知道我還是想說服她信教。」卡伯薩說道，抱胸靠著欄杆。

「她當然知道。她是加絲娜，幾乎什麼都知道。」

「除了她來這裡要研究的東西而已。」

「引虛者。她在研究那個。」

他皺眉。片刻後，平台停在正確的樓層。「引虛者？」他聽起來似乎很好奇。她以爲他會嗤之以鼻或覺得好笑。不，他是執徒。他相信牠們的存在，她心想。

她一面走下平台一面問道：「牠們是什麼？」巨大的洞穴在她腳下不遠處匯聚成頂，那裡有一顆巨大的發光鑽石，標記出端點。

「我們不喜歡提牠們。」卡伯薩跟上她。

「爲什麼？你是執徒。這是你們宗教的一部分。」

「不受歡迎的部分。一般人寧可聽神之十相或是人之十敗。我們願意配合他們，是因爲我們也寧可不去想久遠的過去。」

「因爲……？」她追問。

他嘆口氣。「因爲我們的失敗。紗藍，所有信壇根本上仍然是傳統弗林教的信眾，所以神權聖教跟燦軍的墮落是我們的恥辱。」他提高手上的深藍色燈籠。紗藍走在他身邊，很好奇地聽他講。

「紗藍，我們相信引虛者是眞的。牠們是敗類，是惡魔。牠們攻擊人類上百次。一開始先把我們從寧靜宮中逐出，然後想在羅沙上摧毀我們。牠們不只是躲在岩石下的精靈準備出來偷人的衣服。牠們還是具有極大可怕破壞力的存在，於地獄中成形，以憎恨爲根源。」

「是誰？」紗藍問道。

「什麼意思？」

「誰創造牠們的？全能之主應該不會『以憎恨爲根源』創造東西，所以是誰創造牠們的？」

「一切都有對立，紗藍。全能之主是善的力量，要平衡祂的善，宇宙就需要引虛者爲祂的對手。」

「所以全能之主做越多好事，祂在同時就創造了更多的惡？如果做好事是創造惡的話，那幹麼要做好事？」

「加絲娜繼續加強妳的哲學訓練了啊。」

「這不是哲學，」紗藍說：「只是簡單的邏輯而已。」

他嘆口氣。「妳應該不會想聽這件事的神學論述。簡單來說，全能之主的純善創造出引虛者，但是人可以選擇爲善卻不會造惡，因爲人天生就是善惡二元同時存在。唯一讓宇宙中的善增加的方式，就是由人類來創造，這麼一來，善的存在就可以超過惡。」

「好。但我還是不相信關於引虛者的解釋。」

「我以爲妳是信徒。」

「我是信徒。但我崇敬全能之主，不代表就要接受所有的解釋，卡伯薩。就算是宗教也要合理。」

「妳不是跟我說過妳不了解自己嗎？」

「是沒錯。」

「那妳覺得妳能了解全能之主的一切所做所爲？」

她緊抿著嘴。「好吧，可是我還是想知道引虛者的事。」

他聳聳肩，任她領著兩人進入收藏室。兩邊滿滿的都是書。「我已經把基本的都告訴妳了，紗藍。引虛者是邪惡的化身。我們在神將與他們親選出的燦軍十騎士團的領導之下，擊退牠們九十九次，最後終於來到了阿哈利艾提安，最後的寂滅。引虛者被趕回寧靜宮，神將跟著牠們，一路把牠們從天堂中趕出去，羅沙的神將時代就此結束，接下來人類進入孤獨時期，也就是現代。」

「爲什麼以前留下來的典籍都這麼破碎？」

「那是好幾千年前的事情了。在那時，歷史都不存在，人們還不知道怎麼鑄造鐵器，還好神將給了我們碎刃，否則我們只好拿狼牙棒打引虛者。」

「但是我們仍然有銀色帝國與燦軍。」

「那都是神將組成與領導的。」

紗藍皺眉，數著書櫃，最後來到目的地，將燈籠交給卡伯薩，再沿著書櫃走了一段後，抽出她要的傳記。卡伯薩提著燈籠跟在她身後。

「一定不只有這樣。否則加絲娜不會研究得這麼辛苦。」紗藍說道。

「我可以告訴妳她爲什麼要這麼做。」他說道。

紗藍瞥向他。

「妳不明白嗎？她想證明引虛者不是真的。她想證明那都是燦軍的捏造。」他上前一步面對她，在燈籠的照明下，他的臉顯得更爲蒼白。「她想徹底證明所有的信壇跟弗林教都是個巨大的騙局，就是這麼一回事。」

「有可能。」紗藍深思地說道。這的確滿合理的。對於一名發誓不信教的異議份子而言，有什麼比這更好的目標？推翻愚蠢的信仰，證明宗教不存在？這就解釋了爲什麼加絲娜會研究引虛者這麼不重要的主題。在歷史紀錄中找到合適的證據，加絲娜說不定就能證明自己的論點。

「我們被清算得還不夠徹底嗎？」卡伯薩說道，眼中帶著怒氣。「執徒對她而言不構成威脅。現在的我們對任何人都不是威脅。我們不能擁有財產……該死的，我們唯一擁有的財產就是自己。我們隨城主跟戰主的意願起舞，不敢告訴他們，其實他們都在犯著罪，因爲我們害怕被報復。我們是沒有獠牙或爪子的白脊，專門坐在主人的腳邊，不斷讚揚他們。可是這是真的。這些都是真的，結果他們卻忽略我們，還……」

他突然沒再說下去，瞥向她，抿緊了嘴唇，咬緊下巴。她從來沒有從這名一向和藹的執徒身上看到如此的激情與憤怒。她沒想到原來他還有這一面。

「對不起。」他說完便背向她，帶她走回出口。

「沒關係。」她追趕在他身後，突然覺得沮喪。紗藍以爲能在加絲娜的祕密研究背後找到更偉大、更神祕的目標。難道真的只是要證明弗林教是假的嗎？

他們沉默地走回露台。此時，她明白自己必須告訴他。「卡伯薩，我要離開了。」

他訝異地看著她。

「我的家人傳來消息。我不能講細節，但是我不能再待下去。」她說道。

「妳的父親出事了？」

「怎麼了？你聽說些什麼嗎？」

「我只聽說他最近比以前還深居簡出。」

她壓下一陣顫抖。原來消息已經傳這麼遠了？「我很遺憾離開得這麼匆忙。」

「妳會回來嗎？」

「我不知道。」

他深思地望入她的雙眼。「妳知道妳什麼時候要走嗎？」他以突然變冷的聲音說道。

「明天早上。」

「那妳願不願意至少爲我畫幅肖像？妳從來沒有作過畫給我，但是妳畫了許多其他的執徒。」

她一驚，發現那是真的。雖然他們在一起許久，但是她從來沒有畫過卡伯薩。她舉起外手掩口。「對不起！」

他似乎吃了一驚。「我不是要抱怨的，紗藍。真的沒有那麼重要……」

「很重要。」她說道，拉住他的手，把他拖入走廊。

「我把畫畫的東西留在上面。來吧。」她把他趕向升降梯，示意要帕胥人帶他們上去。平台徐徐上升，卡伯薩低下頭，看著仍然牽住他的小手，她連忙鬆手。

「妳眞是令人費解的女子。」他僵硬地說道。

「我警告過你。我記得你說你弄清楚我了。」她將書抱在胸前。

「我收回那句話。」他看著她。「妳眞的要走了？」

她點點頭。「對不起，卡伯薩……我不是你想的那樣。」

「我認爲妳是個美麗、聰慧的女子。」

「女子這部分倒是眞的。」

「妳的父親生病了，對不對？」

她沒有回答。

「我可以了解妳爲什麼會想回去陪他，但是妳不可能完全放棄妳的研究吧？妳會回來找加絲娜的。」卡伯薩說道。

「她不會永遠留在卡布嵐司。過去兩年以來，她幾乎不斷地在換地方。」

他望著前方，看著移動的平台。他們不久就要換到另外一座平台，往更高的樓層去。「我不該跟妳相處。其他執徒前輩認爲我心神不定。他們向來不喜歡我們對執徒院以外的世界感興趣。」

「你追求他人的權利是受到保護的。」

「我們是財產。一個人的權利可以同時被保護，卻也被盡量要求不得實行。我躲避工作。我違背上級……追求妳的同時，我也追求了麻煩。」

「我沒有要你這麼做。」

「妳沒有拒絕我。」

她沒有答案，只有逐漸湧生的擔憂，有一點驚慌，想要跑去躲起來。她在父親的宅邸中幾乎是一人獨處了許多年，從來沒有想像過這樣的交往。是這樣的嗎？她心想，越發驚慌起來。這是交往？她前來卡布嵐司的意圖原本是這麼的直接。她怎麼會弄到幾乎要讓男人心碎的程度？

可是她羞愧地承認，她想念研究會勝於想念卡伯薩。她會這麼想代表她是個很糟糕的人嗎？她是對他有好感的。他很和善。有意思。

他看著她，眼中有渴望。他似乎……颶父啊，他似乎眞的愛上她了。她不是也該愛上他嗎？她不覺得自己有。她只是心亂而已。

他們來到帕拉尼奧的升降平台頂端時，她幾乎是用跑的跑入紗室。卡伯薩跟在她身後，但他們需要搭另一座平台才會到加絲娜的閱讀室。很快地，她發現自己又跟他困在一起。

「我可以跟妳一起去賈．克維德。」卡伯薩柔聲說道。

紗藍更慌張了。她幾乎不認得他。沒錯，他們是經常聊天，但鮮少談重要的事情。如果他離開執徒院，他會被降級到第十達恩，幾乎跟深眸人一樣低階。他會變成沒有錢、沒有家族，幾乎跟她家的處境一樣慘。

她的家人。如果她帶了一個幾乎是陌生人的男人回去，她的哥哥們會怎麼說？又多了一個人，成爲他們的問題的一部分，知曉他們的祕密？

「妳的表情告訴我，這不是選項。我似乎誤解了一些很重要的事。」卡伯薩說道。

紗藍連忙開口：「不是這樣的。只是……卡伯薩，我都不了解自己的行爲，你又怎麼能了解我呢？」

她碰觸他的手臂，讓他面對她。「我對你不誠實。對加絲娜也是。更令人生氣的是，我對自己也不誠實。對不起。」

他聳聳肩，顯然想要裝作不在乎。「至少我可以得到一幅肖像吧？」

她點點頭。平台一陣顫抖，終於來到目的地。她走入黑暗的走廊，卡伯薩提著燈籠跟在後面。加絲娜抬頭，打量進入閱讀室的紗藍，卻沒有問爲什麼她花了這麼久。紗藍發現自己一邊紅著臉，一邊拾起了作畫的工具。卡伯薩遲疑地停在門口。他帶了一籃麵包跟果醬，放在桌上，籃子上面仍然蓋著布。加絲娜沒碰。他向來都會問她是否要用些麵包，但是不會提果醬，因爲那是她討厭的食物。

「我應該坐在哪裡？」

「站在那裡就好。」紗藍說道，一面坐了下來，把畫板架在腿上，以遮住的內手按住。她抬頭看著他一手撐著門框站著的身姿。光頭，身上穿著淺灰色的袍子，短袖，腰間綁著白色腰帶。眼神迷惘。她眨眼，取得記憶，然後開始作畫。

這是她人生中最尷尬的經驗之一。她沒告訴卡伯薩他可以動，所以他就維持那個姿勢，也沒說話。也許他以爲他一開口就會讓她畫不好。紗藍發現自己作畫時的手微微顫抖，但是感謝上天，她忍住沒哭。

眼淚，她心想，在卡伯薩身邊畫完最後幾條代表牆的線條。*我爲什麼要哭？被拒絕的人又不是我。我的情緒難道就不能有哪次是合理一點的嗎？*

「好了。」她撕下紙張，遞給他。「你得上漆，否則會被抹髒。」

卡伯薩遲疑，然後走過來，雙手尊敬地接過圖。「這畫太棒了。」他低語。抬起頭，他連忙走到燈籠邊，打開燈籠後，取出裡面的石榴石布姆。「請妳收下我的付款。」他遞給她。

「我不能收！首先，那不是你的。」身為執徒，卡伯薩得到的一切都是屬於國王的。

「拜託妳。我想要給妳些什麼。」卡伯薩說道。

「這張圖是禮物。如果你給我錢，我就無法再送給你什麼了。」她說道。

「那我再訂一張。」他將發光的錢球塞入她手中。「我收下第一張免費的，但是請再為我畫一張——我們兩個人在一起的圖。」

她遲疑了。她鮮少畫自己，總覺得很奇怪。「好吧。」她接過錢球，偷偷地塞到她的密囊，放在魂師旁邊。在密囊裡放這麼重的東西實在很怪，但她已經習慣了那東西的形狀跟重量。

「加絲娜，妳有鏡子嗎？」她問道。

加絲娜明顯嘆了口氣，顯然對於一再被打擾感到煩不勝煩。她摸了一遍，拿出一面鏡子。卡伯薩走去接過它。

「放在你的頭旁邊，讓我可以看到自己。」紗藍說道。

他依言走回原位，舉起鏡子，一臉迷惘。

「往旁邊斜一點。好了，就那裡。」她眨眼，記下自己的臉在他身邊的樣子。「請坐。你不用拿著鏡子了，我只是想參考一下，這會幫助我把自己畫入場景裡。我會把自己畫成坐在你身邊。」

他坐在地上，紗藍開始工作，藉由工作讓自己不去陷入衝突的情感。她認為自己對卡伯薩的情感沒有如他對她那般強烈而有罪惡感，卻對於再也見不到他感到難過。更嚴重的是她對於魂師的焦慮。

把自己畫在他身邊是相當具有挑戰性的工作。她努力地畫著，混合卡伯薩坐著的現實與虛構的自己——穿著繡滿花朵的衣裳，腿側在一旁。她用鏡子中的臉定位，在旁邊畫出了她的頭部。臉太窄因此不美，頭髮顏色太淺，臉頰上有雀斑。

魂師。她想。帶著它留在卡布嵐司是個危險。但是離開也一樣危險。有沒有第三個選擇？如果把它送走呢？

她猶豫著，炭筆還在畫紙上塗抹著。她敢不敢把魂師包好，偷偷交給托茲貝克送回賈·克維德，自己卻不回去？她不需要擔心房間或人被搜查，只要毀掉所有加絲娜在使用魂師時的畫像，在加絲娜發現魂師無法作用時，紗藍不會因爲消失而引起懷疑。

她繼續作畫，越發陷入自己的思緒，任憑手指動作。如果把魂師送回去，她就可以留在卡布嵐司。這個想法閃閃發光，誘人至極，卻讓她的情緒越發混亂。她這麼久以來都做著要離開的心理準備，她又要怎麼處理卡伯薩的問題？還有加絲娜？在做出那樣的事情之後，紗藍眞的能留在這裡接受加絲娜無私的教導？

是的，我可以，紗藍心想。

她對於自己斬釘截鐵的思緒感到訝異。如果想繼續學習，的確每天都會受到罪惡感的侵蝕，這麼做實在是太自私，她因此感到羞愧，可是卻可以再留下一段時間。當然她早晚得回去。不能讓她的哥哥們獨自面對家族危機。

自私，之後是勇氣。後者幾乎跟前者一樣讓她訝異。她從來沒想過自己是具有這兩種特質的人，但是她開始明白，她並不了解自己。這些發現都出現在她離開了賈·克維德、熟悉的一切、她預期的一切之後才發生。

她畫畫的動作越來越激烈。完成人物之後，開始畫背景。快速大膽的線條成爲地面跟後面的拱門，旁邊刮擦出的影子是書桌，下方投射出影子；乾淨的細線代表地上的燈籠，流暢如風的線條勾勒出雙腿跟披風，是他們身後的……

紗藍僵住，手指畫出了一條她無意間畫下的炭線，她停下勾勒卡伯薩身後人形的動作。那個人形並不存在，領子上有著立體多角的符號，而不是頭。

紗藍站起身，推開椅子，畫板跟炭筆握在外手中。

「紗藍？」卡伯薩站起問道。

又來了。為什麼？她畫畫時感覺到的平靜瞬間消失，心跳加速。壓力又回來了。卡伯薩、加絲娜、她的哥哥、決定、選擇和問題。

「妳還好嗎？」卡伯薩朝她走上一步。

「對不起。我……我畫錯了。」

他皺眉。旁邊的加絲娜抬起頭，額頭皺起。

「沒關係的。來，吃點麵包跟果醬。我們先休息一下，然後妳繼續畫。我不在意……」

紗藍打斷他的話，感覺無法呼吸：「我得走了。對不起。」

她推開瞠目結舌的執徒，快步離開了讀書室，刻意遠遠繞過那人形在她圖畫中站著的地方。她出了什麼問題？

她衝向升降梯，叫帕胥人帶她下樓。她望著身後，卡伯薩站在走廊，看著她離去。紗藍來到升降平台，手中握著畫板，心跳如雷。平靜下來，她告訴自己，靠著平台的木頭欄杆，感覺帕胥人開始帶她下樓。她看著上方空無一人的等候區。

發現自己眨眼，記住那一幕，然後開始畫畫。

她以精準的動作作畫，畫板貼著內臂。她的照明只有兩側的小顆錢球，照出緊繃且顫抖的繩索。她看著上方，刻意不去思考，只是作畫。

她低頭看著自己畫了什麼。兩個身影站在上方的平台，穿著太過僵直的袍子，像是金屬的布料。他們彎下腰，看著她離開。

她再次抬頭。平台是空的。我是怎麼了？她越發驚恐地心想。當平台來到地面時，她慌張地跑走，裙襬飛揚，幾乎是用跑的來到紗室出口，在門口才停下腳步，不顧旁邊那些以不解神色看著她的執徒們與僕人。

要去哪裡？人發瘋時，能逃到哪裡去？汗珠沿著她的臉龐滑下。

她鑽入主要大廳的人群中。時間將近傍晚，晚餐的人潮已經開始出現，僕人推著餐車，淺眸人走向他們的房間，學者雙手背在身後走著。紗藍衝過人群，頭髮從髮髻中散落，髮簪伴隨高亢的敲擊聲落在身後的石板地上，鬆散的紅髮隨後飛舞。她來到通往她們房間的走廊，秀髮散亂，回頭望著來的方向。她穿過的人群中，有一堆人因爲她的行爲而不解地轉頭看她。

她幾乎是不由自主地眨眼，取了記憶。她再次舉起畫板，以濕滑的手指握住炭筆，快速地畫了擁擠的石室。只是大致的輪廓。男人是直線，女人是弧線，牆壁是傾斜的岩石，地面的地毯，還有牆上的錢球燈籠照出光線。

還有五名有著黑色符號頭部影像的身影，穿著僵硬的服裝與披風。每一具形體的符文都不一樣，是她從沒見過的扭曲奇特形狀，懸浮在沒有脖子的軀體上方。那些東西隱形似的穿過人群，像是獵捕她一樣，專注於紗藍身上。

她試著對自己說，這些都是我的想像。我太累了，有太重的負擔。他們是象徵我的罪惡感嗎？背叛加絲娜跟對卡伯薩說謊的壓力？還是在離開賈・克維德之前做的事情？

她試圖站在原處，等著，但是她的手指拒絕停止。一眨眼，她開始在一張新的紙上作畫，以顫抖的手完成。那些身影幾乎要到達她身邊，應該是臉的位置懸浮著可怖的符號。

邏輯警告她這是過度反應，但無論她怎麼跟自己說，她都無法相信。但那些東西是眞的。而且他們正過來找她。

她轉身逃走，驚嚇了幾名原本要上前提供協助的僕人。她跑著，穿著涼鞋的腳在走廊地毯上略略滑動，終於來到通往加絲娜房間的門口。她夾著畫板，以顫抖的手打開門，然後推開，在身後重重把門關起。她再次把門鎖上，逃到她的房間。同樣把門關上，轉身，退開。房間唯一的光線來自於床頭櫃上的三枚鑽石馬克。

她跑上床，然後盡量遠離門，直到背貼著牆，驚慌失措地呼吸。她依然把畫板夾在手臂下，但是炭筆不見了。還好，她的床頭櫃裡還有炭筆。

不要畫。坐在這裡，讓自己鎮靜下來。她心想。

她感覺到升高的寒冷，難以抑止的恐懼。她需要知道。慌亂中，她抽出炭筆，眨眼後開始畫她的房間。

先是天花板。四條直線。然後是牆壁。角落的線條。她的手指不斷在動，畫著，把面前的畫板也畫出來，藏起的內手從後面撐著畫板。繼續畫。一路畫到站在她身邊的身軀……扭曲的符號與他們不平行的肩膀間毫無連接，不是頭的頭有著不眞實的角度，以奇特、不可能的方向銜接的表面。

前面的怪物正將光滑的手指伸向紗藍，離畫板右側只有幾吋遠。

噢，颶父啊……紗藍心想，畫筆不動了。房間是空的，但是畫中的她，面前塞滿了這些線條流暢的身軀，他們的距離之靠近，如果他們會呼吸，她已經可以感覺到這些東西的氣息。

房間變冷了嗎？她遲疑地伸出手，萬般驚恐卻無法制止自己，她放下炭筆，將外手舉向右邊。

感覺到東西。

她當場尖叫，在床上跳起，拋下畫板，背貼著牆。她還來不及去想自己在做什麼，就已經與袖子掙扎，想把魂師拿出來。這是她身邊唯一可以稱爲武器的東西。這太蠢了。她不知道該怎麼用。她是絕對的無助。

除了……

颶風啊！我不能用那個。我跟自己承諾過。

但是她仍然開始了過程。十下心跳，拿出她罪行的果實，她最可怕行爲的成果。但是她在中途被一個詭異卻清晰的聲音打斷：

妳是什麼？

她的手撫在胸前，在柔軟的床上失去重心，跪倒在凌亂的棉被之中。她伸出手，扶著床頭櫃穩住自己，手指摸到放在上面的大玻璃杯。

「我是什麼？我是嚇死了。」她低聲說道。

這是眞的。

她的臥室在她面前改變了。

床、床頭櫃、畫板、牆壁、天花板……一切像是破掉的泡泡一樣，變成細小的黑色玻璃圓球。她發現自己所在的地方有著黑色的天空，很遠、很遠的天際邊懸掛著奇怪的白色小太陽。

紗藍發現自己浮在半空中，隨著一波珠子往後倒而發出尖叫聲。附近飄浮著幾十簇，也許有數百簇的火焰，像是飄浮在空中隨風晃動的燭火。

她碰到某種東西。無盡的黑色海洋，只不過不是濕的。都是小玻璃珠，一整個海洋般的細小玻璃圓球，在她身邊起伏，波浪般地湧起然後落下。她驚呼出聲，晃動著四肢，想要保持飄浮。

*妳要我變嗎？*一個溫暖的聲音在她腦海裡說道，跟她先前聽到的冰冷低語完全不同，感覺比較深沉而且空洞，似乎年紀很大。似乎來自於她的手。她這才意識到她正握著某個東西。是其中一顆珠子。

玻璃海的動作威脅著要將她拖下，她慌亂地踢著，卻不知如何地倒浮了起來。

*我已經是我這樣很久了，我睡了很久。我願意變。給我妳有的東西。*溫暖的聲音說道。

「我不知道你在說什麼！拜託你，幫幫我！」

我願意變。

她突然感覺到寒冷，彷彿體溫被吸走，手中的珠子突然變暖，令她尖叫。洶湧的海浪讓珠子相互敲擊出聲，將她往下拖去，她瞬間放掉手中的珠子。

她往後跌落到床上，回到房間中。在她身邊，床頭櫃的杯子融化，玻璃變成紅色的液體，裡面的三個錢球落到床頭櫃滿是液體的桌面上。紅色的液體順著床頭櫃滴下，灑在地面。紗藍驚恐地往後退。

杯子變成了血。

她突如其來的動作晃動了床頭櫃。燈杯旁邊原本是個空的玻璃水壺，被她的動作撞翻後，落到地面，粉碎在石板地上，激起血水。

那是魂術！她把杯子變成十種元素之一的血。她舉手按著頭，看著在地上擴大的血池。似乎有很多血。

她極爲迷惘。那聲音，怪物，玻璃珠的海與冰冷漆黑的天空。一切發生得太快。

我施了魂術！成功了！她再次意識到這個事實。

這跟那些怪物有關嗎？可是她在偷魂師前就看到那些怪物。到底是……怎麼會……她低頭看著內手，還有藏在裡面的魂師。

我沒戴上，但還是施展了，她心想。

「紗藍？」

是加絲娜的聲音。就在紗藍的房間外。公主一定是一路跟著她過來。紗藍感覺到一陣驚恐，看見一條血線朝門口探去，再一下心跳就會穿過門縫。

爲什麼要是血？她反胃地跳起身，涼鞋吸滿了紅色的液體。

「紗藍？那是什麼聲音？」加絲娜的聲音靠得更近。

紗藍慌亂地看著血，然後看著畫板，上面滿是怪物的畫像。如果他們眞的跟魂術有關係怎麼辦？加絲娜會認得他們。門下出現影子。

她驚慌失措地將畫板塞到箱子裡，可是血會讓她無可抵賴。這裡的血，量多到必定是來自於致命的傷口。加絲娜會看到。她會知道。不該有血的地方出現了血？十元素之一？

加絲娜會知道紗藍做了什麼！

紗藍突然靈機一動。不是多聰明的主意，但仍是解套的方法，而且是她現在唯一有的念頭。她跪下，以內手握著破碎的玻璃水壺，深吸一口氣，拉起右袖，利用玻璃在皮膚上割了淺淺一道。驚慌失措之下，她甚至感覺不太痛。血湧出。

門把轉動時，紗藍拋下玻璃碎片，側倒在地。她閉上眼睛，假裝失去意識。門被大力打開。

加絲娜驚呼一聲，立刻喊人來幫忙。她衝到紗藍身邊，抓住她的手臂，用力壓住傷口。紗藍假裝意識不清地哼了兩聲，以內手緊握著她的密囊跟裡面的魂師。他們不會強迫她張開手吧？她將手臂拉回胸口，沉默地蜷縮成一團，聽到更多腳步聲與呼喊聲響起，僕人跟帕胥人衝入房間，加絲娜喊著要更多人來幫忙。

紗藍心想，這件事，絕對無法善了。

46

坦那伐思特之子

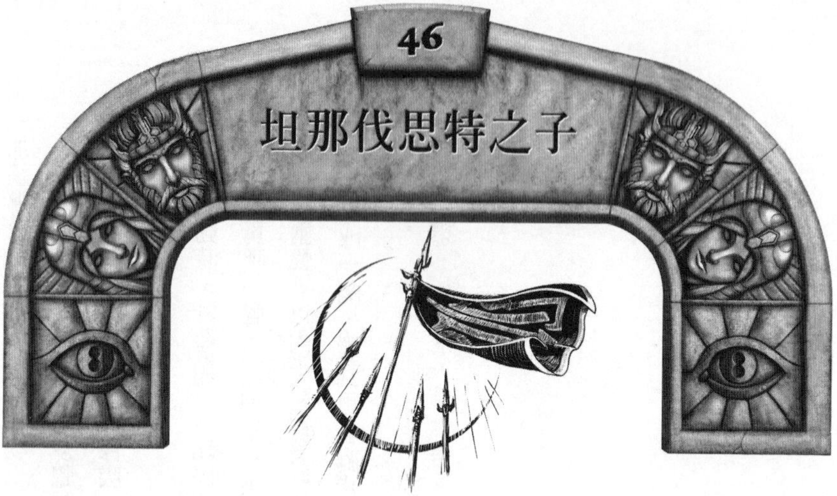

「雖然我當晚需要趕到費德納城去用餐，我一到科林納便堅持要先與提福貝會面。貨物通過兀瑞席魯的過路稅實在高到不合理。當時，所謂的燦軍已經開始暴露出他們的本性。」

——在原本的帕拉尼奧遭遇大火之後，特西姆的自傳只剩下這一頁，而且只有這一句對我有用。

卡拉丁夢到他就是颶風。

他向前奔騰，身後的颶風牆是他肩頭的披風，飛升在翻騰的漆黑大地之上。海洋。他的經過捲起一片海嘯，海浪拍擊，抬起白色的浪頭，等待被他的狂風捲走。

他來到一片黑暗的大陸之前，往上飛升。更高。更高。海被他拋在身後。廣闊的大陸鋪陳在他面前，無邊無垠，宛如一片石海。真大，他讚嘆不已地心想。他原本不知道。

怎麼可能知道？

他怒奔過破碎平原，平原中央像是被一隻很大的手用力往下搥擊，引起一片震波，往外擴散。平原同樣比他預料的要大，難怪沒有人能從裂谷中穿出去。

中央有一個巨大的平台，因爲周圍太黑又太遠，所以看不太清楚，但是上面有燈光。那裡住了人。

不過倒是看得出來平原的東半區跟西半區完全迥異，中間從被侵蝕成彷彿尖瘦柱子的台地做爲分隔。即便如此，他仍然看出破碎平原幾何對稱的輪廓，從這麼高的地方往下望，平原就像是一件藝術品。

一瞬間他便過了平原，繼續往西北方飛行，飛躍了矛海，那是一片淺淺的內陸海，海面上突出一根根折斷的細石柱。他飛過雅烈席卡，瞥到宏偉的科林納，周圍像是魚鰭般的岩石包圍。然後他轉向南方，離開所知的一切。他翻越宏偉的峻嶺，頂端密密麻麻都是人居，在冒出煙霧或熔岩的開口附近聚集著村落。是食角人山峰嗎？

他帶著風跟雨離開，低咆著進入陌生的國都，經過城市與平原、村莊與蜿蜒的水道，看到許多軍隊。卡拉丁經過緊貼在岩石背風面的一片帳棚，營釘被敲入岩石以保持布料緊繃，人們都躲在裡頭。他經過山邊，士兵們都藏在裂縫中。他經過巨大的木馬車，用來容納戰爭中的淺眸人。這個世界上有多少場戰爭正在進行？難道沒有和平的地方嗎？

他往西南方前進，吹向一座建在山溝裡的城市，一道道山溝像是被巨大的爪子在地面上劃出平行線。一眨眼間，他便已飛過，經過更內陸的地方，那裡的岩石表面充滿細窄隆起和波紋，就像凝結的水波。這個王國裡的人都是深色皮膚，像席格吉。

大地持續綿延。數百座城市。數千座村莊。皮膚下有藍色血管的人。地面會因爲逼近的颶風而冒出水柱的地方。某個城市中的人們，住在懸掛於巨幅山脈下的空心石筍之中。

他持續朝西吹。世界眞遼闊。如此巨大。如此多人種。他的腦子一片暈眩。西方的戰事似乎沒有東方這麼普遍，讓他覺得安慰，但仍令他擔憂。和平在這世界上似乎很罕見。

有什麼東西吸引他的注意力。奇特的閃光。他飛在颶風最前面，朝那裡吹去。那是什麼光？光一陣一陣地出現，形成奇特至極的圖樣，幾乎像是他可以伸出手碰到的實體——是一個個球體般的光芒，裡面有間刺跟凹槽，光線順著形狀顫抖。

卡拉丁經過一個排列成三角形的奇特城市，三個角中央有高聳的山峰，如哨兵一般挺立。光來自於中央山峰的一座建築物。卡拉丁知道自己一下就會經過那裡，因爲身爲颶風無法停留，只能不斷往西吹。

他以風的形式推開門，進入一條長長的走廊，有著鮮紅的磚牆，上面的拼花磁磚花紋太細，他快得來不及看清。他吹動高䠷金髮侍女的裙子，她們手上捧著食物或是熱氣騰騰的毛巾，以奇特的語言呼喊著，也許在想是誰在颶風時忘記把門鎖上。

閃光就在正前方。如此誘人。他經過一名嚇得縮在牆角、躲成一團的漂亮金紅髮女子，闖入一扇門。只來得及看一眼裡面的景象。

一名男子站在兩具屍體前。蒼白的頭被剃光，衣服是白色，手上握著一柄細長劍。他從他的被害人身前抬起頭，像是能看得到卡拉丁一般。他有大大的雪諾瓦人眼睛。

來不及看更多了。卡拉丁衝向窗戶，推開百葉窗，消失在夜空。

更多城市、山脈、森林模糊地經過。他來臨時，植物縮起葉片，石苞闔上殼，細灌木縮回枝枒。要不了多久，他便來到西方海洋。

坦那伐思特之子，榮譽之子，離世已久之人之子。突然響起的聲音讓卡拉丁震撼，他慌亂地在空中掙扎。

誓盟粉碎了。

響亮的聲音讓颶風牆都開始晃動，卡拉丁落地，與颶風分離，他腳下一滑後，激起一片水花。颶風颳起，衝擊著他的身體，但他仍然跟颶風有一部分連結，因此不受晃動，亦不受擺弄。

人再也無法騎乘颶風。誓盟粉碎了，榮譽之子。聲音如雷，響徹天空。

「我不明白！」卡拉丁對颶風大喊。

一張臉出現在他面前，是他之前看過的臉，年邁的面容如天空般寬闊，雙眼載滿星辰。

憎惡要來了。十六者中最危險的一個。你現在離開。

一陣風颳上他。「等等！爲什麼有這麼多戰爭？我們必須要一直這樣打仗嗎？」他不確定爲什麼問這個問題，但就是不由自主地開口。

颶風低咆，如沉思中的年邁父親。臉消失，粉碎成水滴。

較爲低柔的聲音回答：憎惡當權。

卡拉丁在驚呼中醒來。身邊都是黑暗的身影，將他壓在堅硬的石板地上。他大喊，過去的反射讓他直覺性地雙手用力往外推，各抓住一個腳踝，將兩名攻擊他的人拖倒。

他們各自咒罵，摔倒在地。卡拉丁趁此刻扭轉身體，同時單手一揮，拍開壓住他的手，利用反作用力往前撲，直直撞向正前方的人。

卡拉丁翻身壓過對手，縮胸抱膝，一打滾便站起來，脫離制伏他的人。一轉身，汗水從額頭飛灑。他的矛呢？他朝腰帶中的匕首伸手。

沒有匕首。沒有矛。

「颶你的，卡拉丁！」是泰夫。

卡拉丁將手按上心口，刻意深呼吸，驅散奇異的夢境。橋四隊。他跟橋四隊在一起。國王的防颶官預測清晨有颶風。

「沒事了。」他朝一群原本壓著他、如今揪成一團謾罵不休的橋兵們說道。「你們在做什麼？」

「你想要衝進颶風裡。」摩亞許從眾人間抽身，指控地回答卡拉丁。室內唯一的光線發自其中一人放在角落的一枚鑽石錢球。

「哈！你把門打開，看著外面，頭好像被石頭打到一樣，我們得把你用拖的回來。你在床上倒兩個禮拜不好，對吧？」大石邊說邊站起身，拍落衣服的灰塵。

卡拉丁讓自己鎮靜下來。代表颶風尾聲的安靜柔雨繼續在外頭下著，雨滴灑在屋頂上。

「你醒不過來，好像發高燒做夢一樣。」席格吉說道。卡拉丁瞥向坐在牆邊的亞西須人，他沒有上來壓住卡拉丁。

「我沒事。」卡拉丁說道。這話不盡屬實。他的頭非常痛，全身疲憊不堪。他深吸一口氣，抬頭挺胸，想要逼退身上的疲累感。

牆角的球幣閃爍，光線再次褪去，眾人重新陷入黑暗。

「颶風的，加茲那條鰻魚。他又拿沒光的球幣給我們了。」摩亞許低聲咒罵。

卡拉丁穿過一片漆黑的營房，小心翼翼地前進，摸到門的同時，頭痛也消失了。他推開門，讓清晨的陰霾天光進入室內。

風很弱，雨繼續下著。他走出營房，沒多久便全身淋濕。其他橋兵跟著他一同出去，大石拋給卡拉丁一小塊肥皂。卡拉丁跟大多數人一樣身上只有一條兜襠布，他在冰冷的雨水中開始洗刷起來。肥皂充滿油味，還摻雜不少砂粒，橋兵可用不上甜香柔膩的香皀。

卡拉丁將皀角拋給比西格，他是一名臉龐稜角分明的瘦橋兵。比西格感激地接下，平常就是不愛說話的人。他開始洗刷身體，卡拉丁則讓雨水沖走身上跟髮上的肥皀泡。一旁的大石正用一碗水在打理他的食角人鬍子，兩旁留得長長的，遮蓋臉頰，嘴唇上方跟下巴卻是乾淨的。他的頭髮從眉毛正上方開始剃光，跟鬍子之間產生奇特的對比。其他的頭髮皆被他修得短短的。

大石的手既穩又仔細，完全沒有刮到自己。結束後，他站起身，朝在他身後排隊等待的人揮手，一個個替想要他幫忙動手的人理容，偶爾會停下來，用他的磨刀石跟皮革磨利剃刀。

卡拉丁摸摸自己的鬍子。自從離開阿瑪朗的軍隊之後，他就再也沒有剃光鬍鬚了。那是多久前的事情了？他走上前，加入橋兵等待的隊伍。輪到卡拉丁時，壯碩的食角人大笑。「坐吧，朋友，快坐！你來很好。你臉上的不像好好的鬍子，倒像粗皮樹的樹枝。」

「剃光，而且不要剃成你那種奇怪的樣子。」卡拉丁在樹墩坐下。

「哈！」大石磨利他的剃刀。「老兄，你是低地人。留胡瑪卡阿班是不合適的。如果你想，我得用力地打你一頓。」

「我以爲你說你看不起打架。」

「特殊重要例外是可以的。現在不要說話，除非你想少片嘴唇。」

大石先把鬍子修短，然後從左臉頰開始塗上肥皀、下剃刀。卡拉丁從來沒有讓別人替他刮過鬍子。剛開始上戰場時，他年紀小到幾乎不需要刮鬍子，後來年紀大了，自己也學會了。

大石的手法很俐落，卡拉丁沒有感到一星半點的刮或割傷。幾分鐘後，大石退後一步。卡拉丁手摸上自己的下巴，碰到光滑、敏感的肌膚，臉感覺很冷，觸感很奇怪。他有那麼一些些地變回原來的自己。奇怪，光是刮個鬍子就有這麼大的改變。我好幾個禮拜前就該刮了。

柔雨變成細雨，預告颶風最後一絲呢喃。卡拉丁站起身，讓雨水洗去胸上的些許毛髮。最後一個是娃娃臉度尼，輪到他刮鬍子，他坐下來，但他根本不太需要。

「沒有鬍子，很適合你。」一個聲音說道。卡拉丁轉身，看到席格吉靠在營房的牆邊，屋頂勉強為他擋住雨水。「你的臉有很明顯的輪廓，方正堅定，下巴驕傲。我們族人會稱之為『領袖的臉』。」

「我不是淺眸人。」卡拉丁朝旁邊啐了一口。

「你很恨他們。」

「我恨他們的謊言。我恨自己以前相信他們是有榮譽心的。」

「你會推翻他們嗎？取代他們自己統治？」席格吉聽起來很好奇。

「不會。」

席格吉似乎對此很驚訝。西兒終於出現在他身邊，結束跟颶風的嬉戲。他總是有一點擔心她會跟隨颶風一起飛走，離開他。

「你難道不想懲罰那些如此對待你的人嗎？」

「噢，我很樂於懲罰他們，但我不想取代他們，也不想要加入他們。」

「我會立刻加入他們。」摩亞許從後面走上來，雙手抱胸，露出精實的胸肌。「如果是我作主，一切都會不一樣。淺眸人會在礦場跟農田裡工作，扛橋出勤，被帕山迪人殺死。」

「這不會發生的，但是我可以理解你想要試試看。」卡拉丁說道。

席格吉深思地點點頭。「你們聽過巴巴薩南這個國家嗎？」

「沒有。」卡拉丁瞥向戰營。士兵開始走動，不少人也在梳洗。「不過那個國家名還眞怪。」

席格吉輕哼。「我個人也一直覺得雅烈席卡是個很可笑的名字。每個人長大時習慣的名字不一樣吧。」

「所以你爲什麼要提起巴巴……」摩亞許開口。

「巴巴薩南。我跟我的師傅去過那裡一次。他們有很奇怪的樹木。颶風來臨時，整棵樹木包括樹幹啊什麼的，通通都會躺到地上，就像樹上有彈簧一樣。我去那裡時，被關了三次。巴巴薩南人對於別人說話的方式很挑剔。我的師傅則對於要花這麼多錢救我出來很不高興。當然，我是覺得他們發現我師傅有不少錢以後，就想盡辦法想要關我這個外國人。」他有點惆悵地微笑。「其中有一次被關是我的錯。因爲那裡的女人，血管在皮膚下很淺的地方，有些造訪的人覺得很詭異，可是我覺得那花紋很美，幾乎難以抗拒……」

卡拉丁皺眉。他在夢裡不就是看到類似的地方？

「我提起巴巴薩南是因爲他們那裡有很奇特的統治系統。年長者會獲得職位。年紀越大，職位越高。每個人只要活得夠久，就會有統治的機會。國王被稱爲『至長者』。」

「聽起來很公平。比靠眼睛顏色來決定誰能統治好。」摩亞許說道，跟席格吉一起站在屋簷下。

「嗯，是的。巴巴薩南人很公平。目前統治者是莫那伐卡王朝。」

「如果是依照年齡選統治者，怎麼會有王朝？」卡拉丁問道。

「很簡單。只要把年齡大到會挑戰自己的人處決掉就好。」

卡拉丁全身一寒。「他們是這樣的？」

「很不幸，是的。巴巴薩南相當動蕩不安，我們到那裡時非常危險。莫那伐卡家族非常小心，確保他們的族人活得最久。五十年來，只有他們家族的人成爲至長者。其他人都被暗殺、放逐，或死在戰場上。」

「太可怕了。」卡拉丁說道。

「我想應該不會有多少人反對。我說起這種可怕的事是有目的的，因爲就我的經驗是——無論你去哪裡，都能找到會濫用權力的人。」他聳聳肩。「相較於我看過的一切其他方法，眼睛顏色算不上有多奇怪。摩亞許，如果是你推翻了淺眸人，讓自己作主，我想世界應該還是變得不多，仍然會有濫權的情況，只是發生在別人身上。」

卡拉丁緩緩地點頭，可是摩亞許搖搖頭。「不，席格吉。我會改變世界。而且我會這麼做。」

「你要怎麼做到？」卡拉丁帶著笑意問道。

「我參戰就是爲了替自己贏得碎刃。我還是會想辦法得到。」摩亞許臉色突然一紅，轉過身。

「你加入時以爲他們會讓你當矛兵，對不對？」卡拉丁問道。

磨亞許遲疑，然後點點頭。「有些跟我一起加入的人是成爲了士兵，但是大多數人被送來橋兵隊。」

他朝卡拉丁瞥了一眼，表情變得陰沉。「小公子，你的這個計畫最好要成功。我上次逃走時被打了一頓，他們說如果我想再逃，這次會得到奴隸的烙印。」

「我從來沒保證會成功，摩亞許。如果你有更好的想法，快點提出來跟我們分享。」

摩亞許遲疑。「如果你眞的像你答應的那樣教我們用矛，我想別的可以算了。」

卡拉丁環顧四周，警戒地檢查附近是否有加茲或其他橋兵隊成員。「小聲點。不要在裂谷以外提這件事。」卡拉丁對摩亞許低聲道。雨幾乎快停了，雲就要散開。

摩亞許瞪了他一眼，沒再說話。

「你不會以爲他們眞的會讓你得到碎刃吧？」席格吉說道。

「任何人都能贏得碎刃，無論是奴隸或自由人，深眸或淺眸人。這是法律。」摩亞許說道。

「如果他們遵從法律。」卡拉丁嘆口氣。

「我會辦到。」摩亞許重複一遍。他瞥向一旁，大石正收起剃刀，抹掉頭頂上的雨水。食角人來到他們面前。「我聽說過你講的地方。巴巴薩南。我表親的表親的表親去過一次。他們有很好吃的蝸牛。」

「食角人去那裡是很遠的路。」席格吉說道。

「幾乎跟亞西須人去一樣遠。其實亞西須人走的路要遠多了，因爲你們的腿好短啊！」

席格吉臉色變得很難看。

「我以前見過你這種人。」大石說道，雙手抱胸。

「什麼？亞西須人？我們不罕見。」席格吉說道。

「不是，不是你那一族。是你那種。叫什麼名字？去不同的地方，告訴別人他們的見聞？『歌世者』。對，就是這個名字，不是嗎？」

席格吉全身一僵，然後突然站直身體，毫不回頭地踏步離開營房。

「他爲什麼這樣啊？我不覺得當廚子丟臉。他爲什麼對於當歌世者覺得丟臉？」

「歌世者？」卡拉丁問道。

大石聳聳肩。「我知道的不多。是怪人。說他們去每個王國，告訴別人其他王國的事情。是某種說故事的人，但是他們認爲自己不僅僅如此。」

「他可能是他國家中某種光明爵士，聽他說話的方式就知道了。不知道他是怎麼跟我們這群克姆林蟲混在一起的。」摩亞許說道。

度尼來到他們身邊。「嘿，你們把席格吉怎麼了？他答應要跟我說我家鄉的事情的。」

「家鄉？你是雅烈席人啊。」摩亞許對年輕人說道。

「席格吉說我的紫眼睛不是雅烈席卡的。他認爲我一定有費德血統。」

「你的眼睛才不是紫色的。」

「就是。大太陽下看得出來，只是顏色很暗而已。」

「哈！如果你是費德納來的，那我們就是表親！山峰區就在附近而已，有時候那裡的人會有好的紅髮，跟我們一樣！」大石說道。

「度尼，你應該慶幸沒人把你的眼睛誤認成紅色。摩亞許、大石，把你們的小隊召集起來，通知泰夫跟斯卡，我要所有人爲背心跟涼鞋上油，防止潮溼。」

其他人紛紛嘆氣，卻聽命行事去了。油是軍隊提供的，橋兵不值錢，但是牢固的豬皮還有扣環的金屬都不便宜。

所有人聚集起來工作的同時，太陽也從烏雲後露出頭來。溫暖的陽光照在卡拉丁被雨打溼的皮膚上，感覺很舒服。颶風的寒冷被太陽驅散後，總讓人感到精神爲之一振。爬在建築物牆上的細小石苞打開，飲取濕潤的空氣。他們得花時間把石苞刮掉，石苞會侵蝕牆壁的岩石，留下洞跟裂痕。

石苞是深紅色的。今天是一週的第三天，察徹日。奴隸市場會有新貨，意思是會有新橋兵。卡拉丁的組員正面臨極端的危險。亞克上次出勤時手臂被箭射中，得普的脖子被射中，卡拉丁救不了他，再加上亞克受傷，卡拉丁的橋隊只剩下二十八名能扛橋的人。

果不其然，他們的晨間活動進行了大約一個小時，這段期間內他們忙著照顧裝備、爲橋上油，洛奔跟達畢趕緊去把他們的一鍋早晨稀粥扛回木材場，接著卡拉丁就瞥到士兵領著一排衣著骯髒、腳步蹣跚的人朝木材場走來。卡拉丁朝泰夫揮手，兩人迎向加茲。

「在你對我大吼前，得先知道我沒辦法改變已經決定的事情。」加茲對上前來的卡拉丁說道。所有的奴隸擠成一團，兩名穿著髒皺綠外套的士兵看守著他們。

「你是橋兵士官長。」卡拉丁說道，泰夫站到身邊來。他沒有剃光鬍子，倒是開始留起整齊的灰短鬚。

「是啦，但是我已經不負責指派士兵了。哈莎光淑想要親自下令——當然是藉她丈夫的名義。」

卡拉丁一咬牙。她會苛扣橋四隊的編制。「所以我們沒有人。」

「我沒這麼說。她給了你們一個。」加茲朝旁邊啐了一口黑色的吐沫。

好歹有一個，卡拉丁心想。新的一群人中至少有上百人。「哪個？他最好要夠高，能扛橋。」

「噢，他絕對夠高。也是會做工的。」加茲示意要幾名奴隸讓開。他們紛紛往兩旁靠，露出站在後方的一名男子。他比一般人矮一點，但還是夠高，可以扛橋。

可是他有黑紅相間的皮膚。

「帕胥人？」卡拉丁問道。一旁的泰夫低聲咒罵。

「有什麼不好？他們是最棒的奴隸。從來不回嘴。」

「可是我們跟他們正在打仗！」泰夫說道。

「我們是跟一群怪胎打仗。那些在破碎平原中的帕胥人跟替我們工作的那些完全不一樣。」

至少這句話是眞的。戰營中有少數的帕胥人，雖然他們皮膚的花紋很像，但這些帕胥人跟帕山迪戰士完全沒有相似之處。舉例而言，他們皮膚上沒有甲冑似的厚皮。卡拉丁打量著壯碩的禿頭男子。帕胥人盯著地面瞧，身上只有一塊兜襠布，渾身粗壯。他的手指比一般人的要粗，手臂更渾圓，大腿更寬壯。

「他已經馴服了。你不用擔心。」加茲說道。

「我以爲帕胥人太珍貴，不能用在橋隊裡。」卡拉丁說道。

「這只是個實驗。哈莎光淑想要知道她有什麼選擇。最近要湊足橋兵人數很困難，帕胥人可以幫忙塡補空缺。」

「這太蠢了，加茲。我不管他是不是被『馴服』。叫他扛橋對付自己的同胞根本就是白癡才會做的行爲。如果他背叛我們怎麼辦？」

加茲聳聳肩。「先看看會不會發生這種事嘍。」

「可是——」泰夫搶白道。

「算了，泰夫。你，帕胥人，跟我來。」卡拉丁說完，轉身走下山坡。帕胥人乖乖地跟在他身後。泰夫罵了兩句，同樣跟著離開。

「你覺得他們想玩什麼把戲？」泰夫問道。

「我想應該就跟他說的一樣，只是測試看看能不能信任帕胥人來扛橋。也許他會聽話，或者他會拒絕出勤，甚至想殺死我們。無論如何都是她贏了。」

「克雷克的口臭啊，我們的情況簡直比食角人的胃還黑。她想弄死我們，卡拉丁。」泰夫咒罵著說道。

「我知道。」他瞥向身後的帕胥人。這人比一般帕胥人要高一點，臉要寬一點，但卡拉丁覺得他們長得都差不多。

卡拉丁回來時，橋四隊的其他人已經排成整齊的隊伍，以訝異且不可置信的目光看著走上前來的帕胥人。卡拉丁停在他們面前，泰夫在身邊，帕胥人在身後，讓帕山迪人表親之一站在身後令泰夫渾身不對勁，他假裝不經意地往旁邊挪了一步。帕胥人只是站在原處，眼睛盯著地面，肩膀垮下。

卡拉丁瞥向其他人。他們都猜出來是怎麼一回事，散發著敵意。

*颶父的，這世界上居然還有比橋兵更低下的人，就是帕胥人橋兵。*帕胥人是比大多數奴隸還要昂貴，但芻螺也是。事實上，這個譬喻很恰當，因為帕胥人就像牲口一樣被奴役。

看到別人的反應讓卡拉丁憐憫這東西，更讓他對自己生氣。他難道老是要這樣嗎？這個帕胥人是危險的，會讓其他人分心，更是他們不可依靠的變數。

是危機。

盡量讓危機變轉機。說這話的，是一個只在乎自己過得好的人。

颶風的，我是個笨蛋。笨得濕到家的笨蛋。這不一樣。完全不一樣。「帕胥人，你有名字嗎？」他問道。

男子搖搖頭。帕胥人鮮少說話。他們是會說話，但是除非被逼到極點，否則不會開口。

「我們總得叫你什麼。叫沈怎麼樣？」卡拉丁問道。

男子聳聳肩。

「好，那麼這個人就是沈，他現在是我們的一員了。」卡拉丁對其他人說道。

「帕胥人？我不喜歡他，大佬。你看他盯著我看的樣子。」靠在營房旁的洛奔說道。

「我們會在睡覺時被他殺死。」摩亞許補上一句。

「不，這是好事。我們就讓他跑前面。他可以代替我們其中一人中箭。」斯卡說道。

西兒落在卡拉丁的肩膀上，低頭看著帕胥人，眼神充滿悲傷。

如果推翻淺眸人，讓自己作主，濫用權力的情況仍然會發生，只是受害者換人。

可是這只是帕胥人。

爲了活著，不擇手段……

「不。沈是我們的一員。我不在乎他之前是什麼。我不在乎你們任何人之前是什麼。我們現在是橋四隊。他也是。」卡拉丁說道。

「可是——」斯卡開口。

「不。我們不會像淺眸人對待我們那樣對待他，斯卡。就是這樣。大石，幫他找件背心跟涼鞋。」

所有橋兵們都離開，只剩下泰夫。「那我們的……計畫怎麼辦？」泰夫低聲問道。

「繼續進行。」卡拉丁回答。

泰夫一臉爲難。

「他能怎麼辦，泰夫？去洩密？我從來沒有聽過哪個帕胥人一次說過一個以上的字。我不覺得他有可能成爲間諜。」卡拉丁說道。

「我不知道。可是我向來不喜歡他們。他們似乎可以不發出聲音就相互交談。我不喜歡他們的長相。」泰夫抱怨。

「泰夫，如果因爲長相就要孤立哪個橋兵，那我們好幾個禮拜前就會因爲你那張臉把你踢出去了。」卡拉丁沒好氣地說道。

泰夫悶哼一聲，然後微笑了。

「怎麼？」卡拉丁問道。

「沒什麼。只是……有一瞬間，你讓我想起美好的過去。就在這颶風降臨在我身上之前。你知道我們成功的機會很小吧？得要闖出去，躲過薩迪雅司那樣的人。」

卡拉丁嚴肅地點點頭。

「很好。既然你不想，那就由我來看著我們的朋友『沈』。我會阻止他朝你背後捅一刀，以後你再來謝我就可以了。」

「我不覺得我們需要擔心。」

「你年輕。我年老。」泰夫說道。

「所以你比較睿智？」

「該死的，當然不是。這只是證明我比你有該怎麼樣才能活下去的經驗。我會看著他。你只管負責訓練這群沒啥用的傢伙……」他先環顧了一下四周，才接著說道：「不要一有人威脅他們就慌得不知東南西北。你懂吧？」

卡拉丁點點頭。這句話很像以前卡拉丁手下的老士官長會說的話。泰夫堅持不提起他的過去，但他從來不像其他人那樣絕望。

「好，你先去確定其他人都有好好照顧自己的裝備。」卡拉丁說道。

「你呢？」

「走路。思考。」卡拉丁說道。

❖

一個小時以後，卡拉丁仍然在薩迪雅司的戰營中亂走。已經快到他要回去木材場的時間，又輪到他的人要去執行裂谷任務，他們只有幾個小時的空閒可以保養裝備。

年輕時，他不了解爲什麼父親總喜歡去散步好幫助思考。年紀越大，越發現自己總會模仿父親的習慣。行走、動作，對他的腦子有幫助。不斷經過的帳棚，顏色的替換，人群的紛擾——一切都形成某種改變的氛圍，讓他的思緒也想要運轉。

杜克總是說，卡拉丁，不要對人生有所保留。如果有一口袋的馬克，就別只壓一枚夾幣。要不就是全下，否則就是走人。

西兒在他面前舞動著，在擁擠的街道中從一個肩頭跳到另一個肩頭上。偶爾她會降落在某個朝反方向前進的人頭上坐下，雙腿交疊，經過卡拉丁身邊。

他所有的球幣都已經擺在桌上了。他下定決心要幫助這些橋兵。可是有件事情讓人不安，一種目前無法解釋的擔憂。

「你似乎很心煩。」西兒說道，落在他的肩膀上。她在平常的洋裝外又加了一頂帽子跟一件外套，似乎是模仿附近商店老闆的衣著。他們經過藥店。卡拉丁甚至沒花精神多看它一眼。他沒有團草乳能賣。他的補給品很快就要用完了。

他告訴他的人，他會教他們該如何戰鬥，但這需要時間。一旦他們訓練完成，要怎麼樣把矛從裂谷中撿出來好在逃脫時派上用場？他們每次都被徹底搜身，所以想要偷偷夾帶上來很困難。他們是該在搜身時就開打嗎？可是那只會讓整個戰營都進入警戒狀態。

問題，問題。他越想，越覺得他的任務艱困得不可能成功。

他爲兩名穿著森綠色外套的士兵讓路。他們的褐色眼睛標示他們的身分只是普通公民，但是肩膀上的白色繩結意謂著他們是公民軍官。小隊長跟士官長。

「卡拉丁？」西兒問道。

「想要讓橋兵們逃走是我接過最大的任務，遠比我當奴隸時想脫逃的狀況要困難太多，而我之前每次想逃都失敗了。我忍不住想，也許我只是讓自己面對新的一輪失敗而已。」

「這次不一樣，卡拉丁，我可以感覺得出來。」西兒說道。

「聽起來像是提恩會說的話。他的死證明話都是白說的，西兒。妳不用急著問，我不是又陷入絕望了，可是我不能對過去發生的事情裝作沒看到。一開始就是提恩。自從那時起，似乎我每次選擇要保護的人都會死掉。每次都是。這讓我忍不住想，全能之主是不是痛恨我這個人。」

她皺眉。「我覺得你說傻話。即使是這樣，他恨的也是那些死掉的人，你活了下來。」

「也許把整件事都解釋成是因爲我有點太自我中心，可是西兒，我活下來了。每次當幾乎沒有別人能活下來的時候，我總是活著，一次又一次。我之前的矛兵小隊，我第一次出勤的橋兵隊，我想要幫助脫逃的許多奴隸。這有舊例可循，我越來越難裝作沒發生過。」

「也許是全能之主出手保住你的命。」西兒說道。

卡拉丁在街心上停下腳步。一名經過的士兵咒罵一聲，將他推到路邊。這整段對話有哪裡不對。卡拉丁站到放在兩間結實的石牆店舖中間的雨水桶旁。

「西兒，妳提到全能之主。」

「是你先提的。」

「先別管那件事。妳信全能之主嗎？妳知道祂眞的存在嗎？」

西兒偏過頭。「我不知道。嗯。有很多事情是我不知道的，但我應該知道這件事。我想。也許？」她似乎很迷惘。

卡拉丁望著街道。「我不確定我是否相信。我的母親相信，我的父親也總是以崇拜的口吻說著燦軍的事，我想他也是信的，但那也許只是因爲傳說中治癒的傳統都是來自於神將。執徒們不理會我們橋兵。我在阿瑪朗軍隊裡的時候，他們以前會去拜訪士兵，但是我在木材場裡一個都沒看過。我沒有多想，不過信仰似乎對士兵向來沒什麼幫助。」

「所以如果你不相信，就沒有理由覺得全能之主是恨你的。」

「只是，如果沒有全能之主，那可能有別的。我不知道。很多士兵都很迷信。他們常提到上古魔法，還有守夜者，都是會引來噩運的東西。我常笑他們。可是我能裝作沒聽到多久？如果我所有的失敗都是因爲這些原因，怎麼辦？」

西兒一臉不安。她身上原本的帽子跟外套消散成霧氣，雙手摟抱著自己，彷彿他的話讓她感到寒冷。

憎惡當權……

他想起自己的奇特夢境，皺著眉頭開口：「西兒，妳聽過一個叫作憎惡的東西嗎？我不是說那種感覺，而是……一個人，或是叫那個名字的東西。」

西兒突然發出嘶的一聲，充滿野性、令人不安的聲音。她從他的肩頭竄走，變成一道飛掠的光帶，消失在隔壁建築物屋簷下。

他眨眼。「西兒？」他喊道，引來兩名路過洗衣婦的注視。精靈沒有出現。卡拉丁雙手抱胸。那個字讓她受到很大的刺激。爲什麼？

一連串響亮的咒罵聲打斷他的思緒。卡拉丁轉身，看到一名男子衝出對街一棟漂亮的建築物，將一名半裸的女子推在身前。男子有明亮的藍眼睛，掛在手臂的外套有紅色的肩結。是淺眸軍官，階級不是很高，可能只是第七達恩。

半裸的女子倒在地上，她抓著洋裝鬆脫的前襟，長長的黑髮垂下，以兩條紅色緞帶束起。洋裝是淺眸女子會穿的樣式，只是兩邊袖子都是短的，露出內手。是娼妓。

軍官邊罵邊穿上外套，卻沒有扣起釦子，反而上前一步踢了妓女的肚子。她驚呼一聲，痛靈從地面上浮起，聚集在她身邊。街上沒有人停下腳步，大多數人只是加速通過，低垂著頭。

卡拉丁低吼一聲，跳入大道中，推擠過一群士兵，然後停下腳步。三名穿著深藍色制服的男子從群眾之中走出，刻意擋在倒地的女子與紅色肩結軍官的中央。根據肩結判斷，只有一人是淺眸人。金色的肩結，階級很高，可能是第二或第三達恩。這些人顯然不是薩迪雅司的軍官，藍色的制服太筆挺了。

薩迪雅司的軍官遲疑了。藍色制服的軍官一手按上劍柄，另外兩人握著鑄造精良的戟，半月形的戟頭燦亮。

一群穿著紅色制服的士兵從群眾中走出，開始包圍藍色制服的士兵，氣氛變得緊繃。卡拉丁發現剛剛還很擁擠的街道，突然之間變得空曠，幾乎只剩下他站在街道中央，看著三名藍色制服的男子被七名紅色制服的人包圍。女子依舊倒在地上啜泣，縮在藍色制服軍官腳邊。

踢她的男子有著粗厚的額頭，滿臉煞氣，一頭黑色亂髮，他開始扣起外套右半邊的釦子。「朋友，你們不屬於這裡。走錯戰營了吧？」

「我們有公務在身。」藍色制服的軍官說道。他有淺金色的頭髮，摻雜雅烈席人的黑髮，還有一張英俊的面孔，手舉在身前，似乎是想跟薩迪雅司的軍官握手，友善地開口：「好了，我想無論你跟這女人有什麼過節，都不需要用憤怒或暴力的方式解決。」

卡拉丁退到西兒躲避的屋簷下。

「她是個婊子。」薩迪雅司的人說道。

「我看得出來。」藍色制服的男子回答，依舊伸著手。

紅色制服男子朝他的手吐了口口水。

「這樣啊。」金髮男子說道，收回手，扭曲的幾絲霧氣在空中聚集，收攏在他以攻擊姿勢伸出的雙手。一把巨大的劍出現在他手中，與人同高。

水珠沿著冰冷閃爍的劍身凝結，滴下。劍身很美，線條修長流暢，單開的鋒刃如魚一般波轉起伏，最後彎成劍尖。劍背則是精緻的凹凸，有如一片水晶柱。

薩迪雅司的軍官往後倒退數步倒地，臉色慘白。紅色制服的士兵四散，軍官咒罵他們，是卡拉丁聽過最惡毒的咒罵之一，但沒有人回來幫他。他朝其他人瞪了最後一眼，慌亂地爬上台階，躲回建築物裡。門重重關起，街道安靜得詭異。街上除了藍色制服的士兵跟倒地的妓女之外，就只剩下卡拉丁。碎刃師瞥了卡拉丁一眼，顯然判定他沒有危險，然後將劍刺入地面。劍輕易地穿透石頭，牢牢站穩，劍柄朝天。

年輕的碎刃師此時將手伸向倒地的妓女。「我很好奇妳對他做了什麼？」

她遲疑地握著他的手，讓他將她拉起。「他拒絕付錢，說以他眾所皆知的能力，剛才其實是我的享受。」她皺起眉頭。「我對他的『能力』說了一句之後，他就開始踢我。顯然他不知道自己是以那種能力著名的。」

光明爵士輕笑。「我建議妳從現在開始應該堅持要先收錢。我們送妳去邊境，短時間之內都不要回薩迪雅司的戰營。」

女子點點頭，拉著洋裝前襟，她的內手仍然露在外面，光滑、銅色的肌膚，手指修長纖細。卡拉丁發覺自己盯著她的內手不停地瞧，同時滿臉通紅。光明爵士的兩名同伴偵察著街道，戟握在手中，隨時備戰。女子靠向光明爵士，即使她的頭髮凌亂，妝容略污，仍然看得出來面孔挺漂亮的。「謝謝你，光明爵士。也許我能邀請你？不收錢。」

年輕的光明爵士挑起一邊眉毛。「很誘人，但是我父親會殺掉我。他對於遵循古禮頗堅持。」

「可惜。」她說道，離開他身邊，彆扭地一邊遮擋著胸口，一面將手伸入袖子，然後取出手套，戴在內手上。「所以你的父親很保守？」

「可以這樣說。」他轉向卡拉丁。「喂，橋小子。」

橋小子？那小公子看起來不過比卡拉丁大幾歲。

「去跟雷拉．馬可朗光明爵士帶個口信。」碎刃師一面說，一面朝對街的卡拉丁拋個東西。是枚球幣，在太陽下閃閃發光一陣後被卡拉丁接住。「他在第六營。告訴他，雅多林．科林無法參加今天的會議了，我會派人再去跟他改期。」

卡拉丁低頭看著錢球。祖母綠夾幣。比他平常兩個禮拜的薪水都要多。他抬起頭，年輕的光明爵士跟他的兩名隨從已經離開，妓女跟在他們身後。

「你衝上去想幫她。」一個聲音說道。他抬起頭，看到西兒飄下，落在他的肩膀上。「很高貴的行為呢。」

「其他人先趕到了。」卡拉丁說道。而且其中一個還是淺眸人。這對他有什麼好處？

「你還是想幫忙的。」

「太傻了。我能做什麼？去打那淺眸人？半個戰營的士兵都會被引來，那妓女也會因為引起這麼大的騷動而被打一頓，說不定反而會被我害死。」他沉默。這些話跟他之前的想法太貼近了。

他不能放棄，認為自己被詛咒，或者相信自己天生噩運一類的。迷信誤人。可是他也承認，不斷重複的歷史讓他覺得很不安。如果他總是以同樣的方法做事，又怎麼會有不同的結果？他得想點新的方法，想想該怎麼改變自己。這需要花更多心思。

卡拉丁開始走回木材場。

「你難道不去辦那光明爵士要你去辦的事？」西兒問道。她似乎從方才的驚嚇完全恢復過來，彷彿想要假裝事情完全沒有發生過。

「就在他那樣對待我之後？」卡拉丁怒叱。

「不壞啊。」

「我才不要對他們打躬作揖。我已經厭倦只是因爲他們的要求就東奔西跑。如果他這麼在乎要把口信送到就該留下來，確認我願意幫忙。」

「你收了他的錢球。」

「這都是他壓榨的深眸人的血汗錢。」

西兒沉默。「卡拉丁，你提起他們時，身上的那種黑暗氣息讓我很害怕。你一想到淺眸人，就變得不像自己。」

他沒有回答，只是繼續走著。他不欠那光明爵士什麼，況且，他有命令，要他回木材場。

可是那個人站出來保護了那女子。

不，他只是想找機會讓薩迪雅司的軍官丟臉。大家都知道戰營之間的關係很緊張，卡拉丁用力地告訴自己。

他不允許自己再多想。

47 颶風祝福

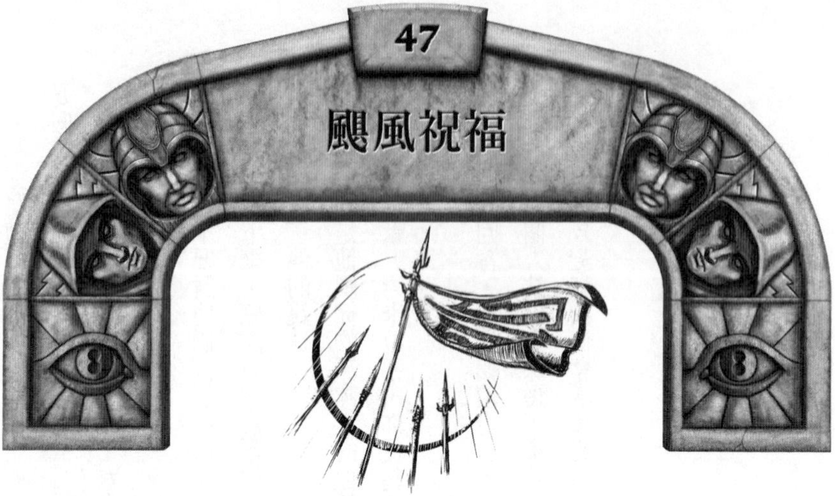

一年前

卡拉丁翻轉手中的岩石，讓水晶的不同切面捕捉住光線。他靠在一塊大岩石邊，一腳抵著石頭，矛靠在身邊。

岩石捕捉住光線，根據他旋轉的方向不同，散發出不同的顏色。美麗的細小水晶熠熠發光，像故事中所說以寶石建築而成的城市。

他身處阿瑪朗上帥的軍隊中央，所有人在他身邊備戰，六千人忙著磨利矛或是套上皮革盔甲。戰場就在附近，因爲沒有颶風來臨的預測，所以整個軍隊在帳棚中過夜。

從那雨夜之後，他加入阿瑪朗的軍隊已經將近四年了。四年。永恆。

士兵忙碌地穿梭。有些人舉起手向卡拉丁打招呼。他朝他們點點頭，將石頭收起，雙手抱胸繼續等待。不遠之外，阿瑪朗的旗幟已經開始飛揚，酒紅色的底上面是深綠色的對符，刺成舉高獠牙的白脊。枚覽跟卡克。榮譽與決心。旗幟在初陽前飄蕩，清晨的冰冷開始被白天的熱氣驅散。

卡拉丁轉身，望向東方，望向那回不去的家。他好幾個月前就做出決定。再幾個月就可以退役，但是他會再次簽約。他沒有守住保護提恩的承諾，無顏面對自己的雙親。

一名壯碩的深眸士兵朝卡拉丁小跑步而來，斧頭捆在背後，肩膀上綁著白色繩結。標準之外的武器配備是小隊長的特權。加耳有著粗壯的前臂以及濃密的黑鬍子，但少了右邊腦袋上的一大塊頭皮，他身後跟著自己的兩名中士——那倫跟可拉貝特。

「卡拉丁，颶父的！你爲什麼一直騷擾我？今天還要打仗啊！」加耳說道。

「我知道今天要做什麼，加耳。」卡拉丁說道，雙手仍然抱著胸膛。附近的幾個連都已經開始聚集整隊。達雷會負責將卡拉丁的小隊編整完成。他們已經決定，這次要站在前方。他們的敵人是一名叫作哈洛的淺眸人，喜歡用遠距離攻擊武器。他們跟他的人已經打了幾次，有一次特別深深烙印在卡拉丁的記憶跟靈魂中。

他加入阿瑪朗軍隊時，以爲自己會防守雅烈席卡的邊境，事實也是如此。只是對手是別的雅烈席人。低階的地主想要併吞薩迪雅司光明爵士的土地。偶爾阿瑪朗的軍隊會試圖佔領別的光明爵士的領土，阿瑪朗號稱那原本都是屬於薩迪雅司的土地，只是許多年前被竊占。卡拉丁不知道該怎麼想。在所有的淺眸人中他只信任阿瑪朗，可是他還是覺得，他們做的事跟他們的敵方軍隊做的沒有什麼不同。

「卡拉丁？」加耳不耐煩地問道。

「你有我要的東西。新人，昨天才加入。加藍說他的名字叫瑟恩。」

加耳臉色一沉。「你要我現在跟你玩這個？打完再說。如果他還活著，也許我會把他交給你。」他轉身要離開，嘍囉跟在身後。

卡拉丁站直，拾起矛。他的動作讓加耳立刻停下腳步。

「對你來說又不麻煩。你只要把那男孩送到我的小隊。收錢。閉嘴。」卡拉丁低聲說道，他掏出一袋錢球。

「也許我不想把他賣掉。」加耳轉過身。

「你沒有賣他。你是把他轉到我這裡。」

加耳打量布囊。「也許是我不喜歡像別人那樣，什麼都聽你的。我不管你的矛耍得有多厲害。我的小隊就是我的。」

「我不會再給你更多了。」卡拉丁將袋子往地上一拋，錢球輕敲出聲。「我們都知道那男孩沒有用。沒受過訓練，裝備也很差，太矮小，根本當不了好步兵。把他轉給我。」

卡拉丁轉身離開。幾秒後，他聽到加耳拾起布囊的輕敲聲。「只是試試看嘍。」

卡拉丁沒停下腳步。

加耳在卡拉丁身後喊道：「你爲什麼那麼在意那些新兵？你的小隊一半的人都是瘦小到根本不能好好打仗的人！幾乎要讓人懷疑你是想自殺！」

卡拉丁不理會他。他穿過戰營，朝向他揮手的人揮手。幾乎大多數人都爲他讓路，不是因爲他們認識且尊敬他，就是因爲他們聽說過他的名頭。軍隊中最年輕的小隊長，只有四年的經驗卻已經可以帶兵。以深眸人而言這已經是到頂了，如果想要升上更高的軍階，就得去破碎平原。

戰營滿是士兵，忙著做最後一刻的準備。越來越多支連聚集在前線，卡拉丁可以看到敵人在對面也排好陣勢。

敵人。他們的名字。可是如果跟費德人或雷熙人有眞正的邊境糾紛，這些人會在阿瑪朗的軍隊旁列隊，並肩作戰。似乎就像是守夜者在玩弄著他們，進行某種競技的機率遊戲，偶爾讓盤上的人成爲盟友，隔天就讓他們變成廝殺的敵人。

這不是矛兵該想的事。至少他們是這樣跟他說。不止一次。他也許該聽他們的話，因爲他的任務就是盡力讓他的小隊活著。勝利是次要。

人不能靠殺戮來保護……

他很輕易地便找到醫療站，可以聞到消毒藥水跟小火堆燃燒的氣味，讓他想起年輕的時候。那似乎是很遠、很遠以前的事了。他眞的曾經決定要成爲外科醫生嗎？他的父母怎麼了？羅賞呢？

沒有意義了。他已經透過阿瑪朗的書記送信給他們，一張簡短的紙條就花了他一個禮拜的薪水。他們知道他失敗了，也知道他不打算回去。沒有回信。

凡是外科醫生長，身形高大，有個酒糟鼻跟一張長臉，他正看著學徒們折疊繃帶。卡拉丁曾經想過是否該受點傷好加入他們。所有的學徒都有某種傷，讓他們無法戰鬥。卡拉丁辦不到。自殘似乎是懦夫的行爲。況且，行醫是他過去的人生，某方面而言，他已經不配了。

卡拉丁拉扯著腰上的一袋球幣，打算要把袋子拋給凡，但是袋子卻卡住，不肯脫落。卡拉丁咒罵，腳步一歪，用力扯著布囊。布囊突然鬆開，讓他再次失去重心。一個半透明的身影飛開，自由自在地轉圈飛離。

「颶他的風靈。」他說道。風靈在這片滿是岩石的平原上很常見。

他繼續走過醫療站，朝凡拋去一袋球幣。高大的男子俐落地接下，袋子消失在寬大的白袍口袋中。這袋賄賂會確保在沒有淺眸人的情況之下，卡拉丁的人會最優先接受醫治。

他該要回到前線了。他加快腳下的速度，開始小跑步，手中握著矛。沒有人因爲他在皮革矛兵裙下穿著長褲而找他麻煩。他這麼做是爲了讓他的人從背影就能認得他。事實上，最近沒什麼人拿任何事找他麻煩，他還感覺怪怪的，因爲在軍中的第一年曾經非常辛苦。

他還是沒有歸屬感。他的名氣讓他與眾不同，但是他能怎麼辦？至少這點讓他的人不會受到別人欺凌。而這麼多年來處理一件又一件災難後，他終於可以緩口氣，花點心神來思考了。

他不確定這到底是不是件好事。最近思考是件危險的事情。他已經很久沒有拿出那塊石頭，想著提恩跟家裡了。

他走到最前排，看到他的人都站在他之前囑咐的位置。卡拉丁向小隊的巨碩矛兵中士慢跑過去。「達雷，我們等一下有新兵。我要你……」他沒說下去。一個大約十四歲的年輕人站在達雷身邊，矛兵盔甲只讓他顯得更瘦小。

卡拉丁感覺回憶閃過。另一個年輕人，有著相似的臉龐，握著他本來不該需要的矛。同時違背了兩個承諾。

「他幾分鐘前自己找來了，長官。我正在替他做準備。」達雷說道。

卡拉丁甩開回憶。提恩已經死了，但是颶父啊，這個新小子長得還眞像他。

「做得好。」卡拉丁對達雷說道，強迫自己不去看瑟恩。「我花了不少錢才把他從加耳那裡弄走。那傢伙無能到幾乎像是對方派來這裡扯我們後腿的人。」

達雷露出大大的笑容。其他人知道該怎麼照顧瑟恩。

卡拉丁環顧戰場，準備爲他的人挑個好地方守住。好了，開始吧。

他聽說過在破碎平原上打仗的士兵的事。他們是眞正的士兵。如果在這些邊境騷動中能證明自己的潛力，就會被派到那裡。據說那裡比較安全，人數多很多，但是戰事更少，所以卡拉丁想讓他的小隊能盡快前往那裡。

他與達雷討論一陣，挑選適合堅守的位置。終於，號角響起。

卡拉丁的小隊向前衝鋒。

❖

「男孩呢？」卡拉丁問道，從一名褐色衣服的男子胸口扯出矛，敵方士兵倒地，呻吟。「達雷！」

壯碩的中士正在打鬥，無法轉身回應。

卡拉丁咒罵，環顧混亂的戰場。矛擊上盾、肉、皮革，人們大喊、尖叫，到處都是痛靈，像是橘色的小手或破碎的筋肉，從地面探出，爬在倒地士兵的血泊中。

卡拉丁的小隊都在場，受傷的人被圍在中央，只少了新來的男孩。提恩。

瑟恩。他的名字是瑟恩，卡拉丁心想。

卡拉丁在一堆敵人的褐色中瞥到一抹綠。一個害怕的聲音從混亂中穿透出來。是他。

卡拉丁從陣形中退出，引起在他身邊的拉恩訝異的一喊。卡拉丁彎腰躲過敵人的攻擊，衝過滿是岩石的地面，跳過屍體。

瑟恩被推倒在地，舉著矛。一名敵方士兵正將武器往下揮。

不。

卡拉丁擋下了攻擊，讓敵人的矛偏向旁邊，在瑟恩面前急速煞車。這裡有六名矛兵，全都穿著褐色的制服，卡拉丁瘋狂地撲向他們，展開一串攻擊。他的矛似乎有自己的意識，翻飛不停。他踢倒一人的下盤，同時拋出匕首，解決了另外一人。

他就像是從山坡傾洩而下的流水一樣，隨時都在移動。矛頭在他身邊周圍的空中閃爍，快速戳入的矛柄帶著破空之聲，卻沒有半柄刺中他。他是所向無敵的，因爲他這麼覺得，他有保護弱者的精神，有挺身而出保護自己人的力量。

卡拉丁將矛收回待式，一腳前一腳後地半蹲，矛夾在腋下，汗水從額頭流下，被風吹乾。奇怪，之前沒有風啊，現在他卻似乎身處微風的懷抱中。

六名敵方矛兵不是倒地就是無法再站起。卡拉丁深呼吸一次，然後轉身檢視瑟恩的傷口。他把矛放在身邊，跪下。傷口不嚴重，但是那孩子應該很痛。

卡拉丁掏出繃帶，快速瞥了戰場一眼。附近一名敵方士兵正在掙扎，但是他的傷重到不會造成任何危險。達雷帶領卡拉丁的小隊在清除這一區落單的敵人。不遠處，一名高階的淺眸敵人正聚集一小群士兵準備反攻。他穿戴著全副的甲冑，當然不是碎甲，而是銀色的鋼甲。從他的馬匹看起來，是個有錢人。

只過了一下心跳的時間，卡拉丁立刻轉過身，繼續包紮瑟恩的腿，眼角依然留意著受傷敵人的狀態。

「卡拉丁，長官！」瑟恩驚呼，指著掙扎的士兵。颶父的！那小子現在才注意到那個人嗎？卡拉丁的戰鬥感跟這男孩的一樣弱嗎？

達雷將受傷的敵人推開，小隊的其他人以環形包圍在卡拉丁、達雷、瑟恩外面。卡拉丁完成包紮，站起身，拾起矛。

達雷將匕首還給他。「長官，你就那樣跑走，讓我擔心了。」

「我知道你會跟上來的。」卡拉丁說道。「升紅旗。肯，克拉特，你們跟男孩一起回去。達雷，守在這裡。阿瑪朗的陣線正朝這邊發展，我們應該很快就安全了。」

「你呢，長官？」達雷問道。

不遠處的淺眸人無法召集到足夠的士兵，因此整個人暴露在外，就像是乾涸河床上的石塊。

「碎刃師。」瑟恩說道。

達雷哼了哼。「感謝颶父，並不是，他只是個淺眸軍官而已。這種小邊境紛爭，用上碎刃師太浪費了。」

卡拉丁繃著下巴，看著那個淺眸戰士。那人自以爲了不起地坐在昂貴的馬匹背上，華麗的甲冑跟高大的坐騎保護他不受矛兵攻擊，揮舞著流星錘，殺死周圍的人。

這些戰爭都是他那種人造成的，貪婪的低階淺眸人，想趁更高貴的人離開去跟帕山迪人打仗時偷竊土地。他們這種人的死傷遠比矛兵要低太多太多了，所以在他們的指揮下，人命變成廉價的東西。

在過去幾年，這些心胸狹窄的淺眸人一個個都成爲卡拉丁眼中的羅賞，只有阿瑪朗是不同的。阿瑪朗，他對待卡拉丁父親的態度如此好，還承諾要保護提恩。阿瑪朗對任何人，包括低階的矛兵，說話總是彬彬有禮。他就像達利納跟薩迪雅司，不像那種敗類。

當然，阿瑪朗沒有保護到提恩。卡拉丁亦然。

「長官？」達雷遲疑地問道。

「第二第三小組，箱子陣形。」卡拉丁冰冷地指著敵方淺眸人開口。「我們要把那個光明爵士從他的寶座上拽下來。」

「你確定這麼做明智嗎，長官？我們有傷患。」達雷說道。

卡拉丁轉向達雷。「那是哈洛的軍官之一。說不定就是他。」

「你無法確定這點，長官。」

「無論如何，他都是營爵。殺死這麼高階的軍官，我們幾乎可以確定一定會是被送往破碎平原的下一批士兵。我們對付他。想想，達雷。眞正的士兵。有紀律的戰營，有操守的淺眸人。我們的戰鬥會是有意義的。」

達雷嘆口氣，卻點點頭。在卡拉丁的揮手下，兩個小組加入他，跟他一樣興奮。他們是同樣地恨那些只會耍嘴皮子的淺眸人，還是只是被卡拉丁的唾棄所影響？

那位光明爵士出乎意料地弱。這些人幾乎一致的問題都是，他們低估深眸人。也許這個人有這麼想的權利——他這麼多年來，殺了幾個深眸人？

第三小組引走護衛，第二小組吸引淺眸人的注意力。他沒有注意到卡拉丁從第三個方向逼近。那人因爲一柄插在眼眶中的匕首而倒地，臉是他全身唯一沒有受到保護的地方。他一面尖叫，一面在金屬的撞擊聲中落地，尚未喪命。卡拉丁將矛柄戳向對方的臉，連撞三下。淺眸人的馬匹急奔逃走。

那人的護衛隊驚慌失措之餘，紛紛逃走去與主力軍隊會合。卡拉丁將他的矛跟盾相互撞擊，朝兩個小組發出「停留原地」的信號。所有士兵散開，矮小的圖林，也是卡拉丁從另一個小隊救回來的人，走上前來，表面上看起來在檢查淺眸人是否已經身亡，實際上是偷偷地找球幣。

偷竊死者的財物被嚴格禁止，但是卡拉丁認爲如果阿瑪朗想要戰利品，他颶風的就該親自上陣。卡拉丁尊敬阿瑪朗勝過大多數，好吧，應該說是勝過所有其他的淺眸人，但是賄賂可不便宜。

圖林走到他面前。「什麼都沒有，長官。他要不是沒帶球幣上戰場，再不然就是藏在胸甲下。」

卡拉丁簡潔地點頭，環顧戰場。阿瑪朗的軍隊正在重新整隊，要不了多久就會取勝。事實上，阿瑪朗現在應該會直接領兵攻擊敵人。他通常在最後時才會進入戰場。

卡拉丁擦拭額頭。他得要派人請他們的隊長諾比來確認戰績。首先他需要醫者——

「長官！」圖林突然說道。

卡拉丁回頭看向敵方陣線。

「颶父的！長官！」圖林驚呼。

圖林不是看著敵人的方向。卡拉丁轉身，看著友軍的陣線。那裡，有人騎著一匹死神顏色的黑馬，闖過層層包圍的士兵，是個不可能的存在。

那人穿著閃亮的金色盔甲。完美的金色盔甲，彷彿所有別的盔甲都只是這具的仿製品。每一塊都是完美的契合，沒有半點空隙露出皮革或繫帶，讓騎士顯得巨大、威武，像是神祇，握著大到不該有人能使得動的劍，上面滿是刻紋和裝飾，形狀像燃燒的火焰。

「颶父啊……」卡拉丁輕嘆。

碎刃師從阿瑪朗的陣線中突圍。他騎馬穿過軍隊，揮劍劈倒周圍的所有士兵。那一瞬間，卡拉丁的意識拒絕接受這個存在，這麼美麗的神明，居然會是敵人，而碎刃師從他們的這一方陣線中鑽出來更是加強他的幻覺。

卡拉丁的迷惘一直持續到碎刃師騎馬踏過瑟恩，輕鬆地一揮碎刃，便砍破達雷的頭。

卡拉丁怒吼：「不！不！」

達雷的身體倒地，眼睛似乎燃燒起來，煙霧升起。碎刃師砍倒肯，踐踏林德後才繼續前進。一切都是如此隨意，有如女人停下腳步把櫃台上的一點污漬抹去。

「不！」卡拉丁尖呼，衝向他倒地的小隊。他在這場戰役中還沒有失去過任何人！他要保護他們所有人的！

他跪在達雷身旁，拋下矛，但是沒有發現半點心跳，而且那被燒光的眼睛……他死了。悲傷幾乎要擊倒卡拉丁。

*不！救那些還可以救的人！*他父親訓練出的信念說道。

他轉向瑟恩。男孩胸口被蹄子踩了一腳，踩裂他的胸骨，粉碎肋骨。男孩驚喘，眼睛看著上方，掙扎地想呼吸。卡拉丁抽出一捆繃帶，然後停下動作，看著自己的手。繃帶？想要修補被壓碎的胸口？

瑟恩停止呼吸。他抽搐了一下，眼睛仍然大張，嘶聲說道：「他在看！夜晚的黑色吹笛手。他把我們握在他的掌心……吹奏無人能聽見的曲子！」

瑟恩的眼神一空，停止呼吸。

林德的臉被打碎。肯的眼睛冒出煙，同樣也沒了呼吸。卡拉丁跪在瑟恩的血泊中驚恐萬分，圖林跟另外兩個小組包圍在他身邊，看起來跟卡拉丁一樣震驚。

這不可能。我……我……

尖叫聲。

卡拉丁抬起頭。阿瑪朗的酒紅綠旗幟飄在南方。碎刃師劈倒卡拉丁的小隊，就是爲了直接奔向旗幟。矛兵四散逃跑，在碎刃師面前尖叫散開。

卡拉丁內心燃燒起熊熊憤怒。

「長官？」圖林問道。

卡拉丁拾起矛，站起身。他的膝蓋滿是瑟恩的鮮血。他的人迷惘、擔心地看著他。他們在一團混亂中仍然保持冷靜，就卡拉丁眼所能見，他們是唯一沒有逃走的人。碎刃師已將陣線攪成一團爛糊。

卡拉丁將矛伸向天空，然後開始奔跑。他的人同樣發出戰吼，跟在他身後，衝過平坦的岩石地。穿著雙方制服的矛兵紛紛急忙閃避，慌亂中連矛跟盾牌都拋下。

卡拉丁越跑越快，他的小隊幾乎要跟不上他。就在前方，就在碎刃師面前，一片綠色崩潰、奔逃。阿瑪朗的護衛在碎刃師的面前，放棄了自己的任務。阿瑪朗獨自騎在揚蹄的馬背上，只剩下他。他穿著銀色的盔甲，但跟碎甲比起來，簡直平庸至極。

卡拉丁的小隊與軍隊逆向而行，一個三角形的陣勢逆流而上。只有他們。有些逃跑的人看到他們衝過時停下了腳步，卻沒有人加入。

前方，碎刃師騎馬奔過阿瑪朗身邊，碎刃一揮，切斷阿瑪朗坐騎的脖子。牠的眼睛變成兩個燃燒的大洞，歪倒在地，猛烈的抽搐，阿瑪朗卻仍然在馬鞍中。

碎刃師將他的戰馬調轉過頭，然後在馬匹全速狂奔的情況下從馬背跳下，重重地落地，仍然保持站姿，腳下略微滑行後便重新站穩。

卡拉丁速度加快。

他狂奔是為了復仇，還是為了保護他的上師？唯一有展示些微人性的淺眸人？重要嗎？

阿瑪朗穿著沉重盔甲的身體掙扎著，馬匹的屍體掛在一條腿上。

碎刃師雙手舉起碎刃，準備把他解決掉。

卡拉丁從後方撲向碎刃師，吼叫一聲，以矛柄低揮，在攻擊中加上慣性跟力氣。矛在碎刃師的後腿上碎成一片木屑。

撞擊的力量讓卡拉丁倒在地面，雙臂顫抖，斷裂的矛握在他的手中。碎刃師腳步一震，放下了碎刃，戴著盔甲的臉轉向卡拉丁，姿勢呈現出純然的震驚。

卡拉丁小隊中剩下的二十人在一下心跳後抵達，猛烈地展開攻擊。卡拉丁急忙站起，朝一名倒地士兵的矛奔去，拋開手中的斷矛，一手抽出刀鞘中的匕首，一手抓起地上的新矛，然後轉身看著他的人按照他的教導展開攻擊。他們從三個方向進攻，將矛刺向碎甲間的縫隙。碎刃師環顧四周，像是一個成年人不解地看著包圍他亂叫的小狗。似乎沒有半根矛刺穿盔甲的縫隙。戴著盔甲的頭搖了搖。

然後他開始攻擊。

碎刃豪氣地揮出一連串殺招，砍倒十名矛兵。

卡拉丁驚恐得全身動彈不得，看到圖林、艾其思、哈未與其他七個人一同倒地，眼睛燃燒，盔甲跟武器完全被砍斷，剩下的矛兵恐慌地退後。

碎刃師再次攻擊，殺死拉克沙、那伐，還有另外四個人。卡拉丁瞠目結舌。他的人，他的朋友，就這樣死了。最後四人跌跌撞撞地閃開，哈伯被圖林的屍體絆倒，倒在地上，矛從手中落下。

碎刃師無視於他們，再次走向被壓倒在地的阿瑪朗。

不，不，不，不，**不**！卡拉丁心想，某種力量驅使著他前進，違背所有理智，所有思緒。反胃、痛楚、憤怒。

變成戰場的盆地只剩下他們。有點腦袋的矛兵都逃了。他剩下的四個人跑到不遠處的小山丘邊，卻沒有逃走。他們喊著他。

「卡拉丁！卡拉丁，不要！」利西狂喊。

卡拉丁以吼叫聲做爲回應。碎刃師看到他，以不可能的高速轉身，揮劍。卡拉丁彎腰躲過攻擊，將矛柄戳向碎刃師的膝蓋。

矛彈開。卡拉丁咒罵，往後一撲，閃開破空而來的碎刃。卡拉丁反彈，往前疾衝。他巧妙地朝敵人的脖子一刺。護脖擋下攻擊。卡拉丁的矛連碎甲的漆都沒劃花多少。

碎刃師轉向卡拉丁，雙手握著碎刃。卡拉丁衝過他，勉強躲過驚人神劍的範圍。阿瑪朗終於從馬身下脫出，正拖著一條腿爬走，看起來像是多處骨折。

卡拉丁煞住身勢，轉身，看著碎刃師。那東西不是神。那是大多數心胸狹窄淺眸人的象徵：能夠隨意殺死卡拉丁這樣的人的能力。

每具盔甲都有開口。每個人都有缺點。卡拉丁認爲他從頭盔的狹窄開口看到了男子的眼睛。那開口勉強能容納匕首穿過，但是這一擲必須完美。他需要靠近。致命的靠近。

卡拉丁再次衝向前。碎刃師以殺死卡拉丁手下的同樣招式揮舞碎刃。卡拉丁往前一撲，以膝蓋著地，背貼著地向前滑行。碎刃閃過他的上方，削斷他的矛頭。矛尖飛入空中不斷翻轉。

卡拉丁奮力地讓自己站起身，舉起手，朝著從刀槍不入盔甲後方冷漠地看著一切的雙眼甩出匕首。匕首擊中面甲的角度略偏，撞上開口的旁邊，反彈飛出。

碎刃師咒罵，朝卡拉丁揮砍巨大的碎刃。

卡拉丁跳起，慣性仍然推動著他繼續前進。有東西在空中一閃，落下。

矛頭。

卡拉丁暴喝一聲，轉身抄起空中的矛頭。矛頭原本筆直朝下落地，他握住殘存的四吋矛柄，拇指按著末端，尖端垂在掌心下。碎刃師揮動武器轉身，卡拉丁猛然煞住身勢，手臂用力朝旁邊一揮，將矛頭直刺入碎刃師的盔甲縫隙。

一切安靜下來。

卡拉丁的手臂仍然筆直，碎刃師站在他的右方。阿瑪朗拖著身體爬上淺盆地的側面。卡拉丁的矛兵們站在最遠處，看得目瞪口呆。卡拉丁喘著氣，站在原位，手仍握著矛柄，舉在碎刃師面前。

碎刃師身體發出吱嘎一聲，往後重重倒在地上。他的碎刃從手中落下，斜插入地面。

卡拉丁感覺全身力氣都已經耗盡，跌跌撞撞地走開。震驚。麻木。他的士兵們紛湧上前，卻同時停下腳步，低頭看著倒地的身影。他們臉上的神情寫滿訝異，甚至有點崇敬。

「他死了嗎？」可拉貝特輕聲問道。

「死了。」旁邊一個聲音響起。

卡拉丁轉身。阿瑪朗仍然躺在地上，已經除下頭盔，黑色的頭髮跟鬍子汗濕成一團。「如果他還活著，他的碎刃就會消失。他的盔甲正從他身上脫除。他死了。列祖列宗啊……你殺死了碎刃師！」

奇特的是，卡拉丁並不訝異，只是全身疲累。

他看著那些曾經是他最親密朋友的屍體。

「拿著它，卡拉丁。」克雷伯說道。

卡拉丁轉身，看著歪插在地面，劍柄朝天的碎刃。

「拿著它。它是你的了。颶父的，卡拉丁。你是碎刃師了！」克雷伯再次說道。

卡拉丁上前一步，神智暈眩，朝碎刃的劍柄伸出手，卻在一吋外的距離之前停下。

一切都不對勁。

如果他拿起碎刃，就會成爲他們的一員，如果故事說得沒錯，連他的眼睛都會變色。雖然碎刃在陽光下閃爍，已經沒有半點先前屠殺的痕跡，那一瞬間他仍然覺得碎刃是鮮紅的，沾滿達雷的血，圖林的血，那些先前瞬間還活著的人們的血。

這是個寶藏。人們會以王國來交換碎刃。贏得過碎刃的少數深眸人永遠活在歌謠與傳奇之中。

可是光想到要摸上這柄碎刃就讓他反胃。它代表著他痛恨的一切淺眸人特質，而且才剛殺了他摯愛的朋友們。他不能因爲這種東西而成爲傳奇。他在碎刃毫無憐憫之心的金屬上看見自己的倒影，然後放下手，轉身離去。

「是你的了，克雷伯。我把碎刃交給你。」卡拉丁說道。

「什麼?」克雷伯從他身後說道。

前方，阿瑪朗的護衛隊終於回來，緊張地出現在小盆地上方，滿臉羞愧之色。

「你在做什麼?什麼——你不拿碎刃嗎?」阿瑪朗朝經過他身邊的卡拉丁質問。

「我不要。我把它給我的人。」卡拉丁低聲說道。

卡拉丁離開，耗盡了情緒，頰上滿是眼淚，他爬出了盆地，推擠過護衛隊。

獨自一人走回戰營。

48 草莓

「無論牠們躲在哪裡，都帶走光明。燒焦的皮膚。」
——《克姆珊》，第一百零四頁。

紗藍靜靜地半坐臥在卡布嵐司一間醫院裡的淨白病床上。她的手臂被包裹在整齊潔淨的繃帶中，畫板握在身前。護士們勉強讓她作畫，條件是她不能「太勞累」。

她的手臂很痛。她割的傷口遠比自以爲的還要深。她原本打算仿造被打破的水瓶割出的傷口，但是沒想到居然看起來這麼像是自殺現場。她反覆強調自己只是從床上跌下來，但她看得出來，護士跟執徒都不接受她的解釋。這怪不了他們。

結果很尷尬，但至少沒人想到她是因爲進行了魂術才變出那麼多血。用尷尬來逃離被懷疑的處境，值得。

她繼續作畫。她在這間卡布嵐司醫院的房間很寬敞，像是走廊一樣，牆邊擺著很多張床。除了痛楚之外，在醫院的過去兩天都很順利，有許多時間可以思考那奇怪至極的午後，同一時間內看到鬼魅，又把玻璃變成血，同時還有執徒提議要退出執徒院好跟她在一起。

她畫了幾幅醫院房間的畫，那些怪物依然出現在畫裡，待在房間外圍。它們的存在讓她很難睡著，但也逐漸習慣了。

空氣聞起來是肥皂跟李斯特消毒油的味道。她定期會洗澡，手臂以消毒藥水定時清潔，好把腐靈嚇跑。一半的床上都躺著生病的女子，附近有木框布簾，可以推到床邊讓病人有點隱私。紗藍穿著一件簡單的白袍，在前襟處可以被解開，同時有長長的左袖，末端綁起好保護她的內手。

她將密囊放到袍子，扣在左袖裡面。沒人去看袋子裡有什麼。她被沖洗時，他們會把袖子解開，無言地將密囊給她，對不尋常的重量半句不提。沒有人會去看女子的密囊，不過她還是盡量把密囊留在身邊。

在醫院裡，隨時都有人來照顧她的每個需求，可是她不能離開，這讓她想到在父親宅邸內的生活。一想到那種生活方式，就讓她像看到符號頭一樣地越發害怕。她嘗過獨立生活的滋味，不想變回過去的自己，被保護、寵溺、展示。

很不幸的是，她應該沒有可能回去跟加絲娜讀書。她意外營造出的自殺未遂給了她回家的絕佳理由。她必須離開。如果留下來、只送魂師回去，那是很自私的行爲，因爲她明明有可以不引起任何注意便回家的機會。況且，她已經用了魂師。她可以利用回家的漫長過程想清楚是怎麼辦到的，然後一到家就能幫助她的家人。

她嘆口氣，塗上幾道陰影，完成了繪畫。這畫的是她去到的奇怪地方。遙遠的天際還有明亮卻冰冷的太陽。天上的雲朵朝太陽奔去，下方是無盡的海洋，讓太陽看起來像是在走廊盡頭。海面上漂浮著數百簇火焰，玻璃珠似的海洋。

她舉起圖畫，看著下方的素描，上面畫的是她，縮在床上，周圍都是那些怪物。她不敢告訴加絲娜自己看到什麼，免得披露出擁有魂師，因而被發現她的盜竊行爲。接下來的圖也是她躺在地上的血泊中。她抬起頭。一名白衣的女性執徒坐在附近的牆邊，假裝在刺繡，但其實是看著紗藍，免得她又做傻事。紗藍緊抿著唇。

這是個好的僞裝，完美的掩飾，別這麼尷尬了，她告訴自己。

她翻開那天最後一幅素描。上面畫著一個符號頭。沒有眼睛，沒有臉，只有詭異、輪廓如切割水晶般銳利的符號。它們一定跟魂術有關吧？

*我去了另外一個地方。我想……*我想我跟杯子的靈魂說話了。難道杯子居然是有靈魂的？在打開密囊檢查魂師是否安好時，她發現卡伯薩給她的球幣停止發光了。她隱約記得體內有過一股光明與美的感覺，像是心中懷有翻騰的颶風。

她把球幣的光拿給了杯子，杯子的精靈，做爲變形的賄賂。這就是魂術的眞相？還是她的牽強附會？

紗藍將畫板放下，看著訪客們走入，穿梭在病床間。大多數女子看到塔拉凡吉安王身著橘色袍子、善良年邁的丰姿時，紛紛興奮地坐起。他在每張病床前都停了下來，與病人交談。她聽說他經常造訪醫院，至少每週一次。

終於，他來到紗藍的床邊，朝她微笑，而他的眾多侍從之一已爲他擺好一張有軟墊的凳子。「小紗藍·達伐，我聽說妳的意外極爲難過。很抱歉沒有更早來，我被國事纏身。」

「沒關係的，陛下。」

「不是沒關係，但也只能如此。許多人抱怨我花太多時間在醫院裡了。」

紗藍微笑。那些抱怨的聲音向來不大。喜歡參與宮廷政治的地主跟族主們樂見國王花這麼多時間在皇宮外，不理會他們的計謀。

「陛下，這間醫院太驚人了。我不敢相信大家都能受到這麼妥善的照料。」

他露出大大的微笑。「這是我最大的成就。無論是淺眸或深眸人，都不會有人被拒絕，即使是乞丐、妓女、遠地的水手亦然。這一切都是由帕拉尼奧出資，某種程度來說，就連最艱澀、無用的記載，都在幫忙醫治病人。」

「我很高興能在這裡。」

「這點我懷疑，孩子。也許醫院是唯一一樣可以讓人投注無比金錢，卻又希望永遠不需要用到的事情。妳必須成為我的客人這一點是極大的悲劇。」

「我的意思是如果要生病，我寧可是在這裡而不是在別處。但這的確有點像是在說寧可被酒也不要被洗碗水嗆到。」

他笑了。「妳的嘴巴真甜。」他站起身。「我能做什麼來讓妳住得更舒服嗎？」

「讓我搬出去？」

「恐怕不行。」他眼神一柔。「我必須聽從我的醫生與護士們的智慧。他們說妳還沒脫離險境，我們必須以妳的健康為最高考量。」

「把我留在這裡是用我的精神狀態來換取我的身體健康，陛下。」

他搖搖頭。「妳不能再出意外。」

「我……我明白，可是我可以保證，我舒服很多了。之前的意外是過度勞累造成的。我現在放鬆許多，已經沒有危險。」

「這樣很好，但我們還是需要妳多待幾天。」

「是的，陛下。可是我至少能有訪客嗎？」目前爲止，醫院人員堅持不能有外人打擾她。

「可以……這樣對妳應該的確有幫助。我去跟執徒們談談，建議他們允許妳有幾名訪客。」他想了想。「妳恢復之後，也許該暫停妳的訓練。」

她在臉上硬擠出皺眉，試圖不要唾棄自己的僞裝。「我不想這樣，陛下，可是我非常想念我的家人。也許我應該回去。」

「這是很好的想法。我相信如果那些執徒知道妳是要回家，他們會更樂於放妳出院。」他露出慈祥的笑容，一手按在她的肩膀。「這個世界有時候是場風暴，但是記得，太陽總是會再升起。」

「謝謝您，陛下。」

國王離開，與其他病人會面，然後與執徒輕聲交談。不到五分鐘，加絲娜便從門口走入，一如往常地抬頭挺胸。她穿著一件美麗的衣裳，深藍色的布料搭配金色的刺繡，光滑的黑髮編成辮子，上面用六支細金簪盤起，臉頰泛著紅潤，嘴唇是鮮紅唇彩。在淨白的房間中，她就像光禿大地上開的鮮花一般亮眼。她彷彿滑行一樣走向紗藍，腳步隱藏在寬鬆的絲綢裙襬下，手中抱著一本厚書。一名執徒爲她端來凳子，她在國王站著的地方坐下。

加絲娜看著紗藍，表情僵硬、平板。「有人跟我說過我的教學很辛苦，甚至是嚴厲，所以我經常拒絕接受學徒。」

「我爲我的軟弱道歉，光主。」紗藍低頭說道。

加絲娜似乎很不滿。「我不是要怪妳，孩子。正好相反。可惜我……不習慣這麼做。」

「道歉？」

「是的。」

「這就是問題了，如果要擅長道歉，妳得先從犯錯開始。這就是妳的問題所在，加絲娜光主。您根本不懂怎麼犯錯。」

女子的表情變柔。「國王跟我說妳會回家。」

「什麼？什麼時候？」

「他剛才在走廊中碰到我、而且終於允許我看望妳的時候。」

「您說得好像您一直在外面等一樣。」

加絲娜沒有回答。

「可是您的研究？」

「可以在醫院的等待室裡進行。」她頓了頓。「過去幾天內我很難專心。」

「加絲娜光主！您幾乎像個人了！」

加絲娜不滿地看著她，紗藍瑟縮，立刻後悔剛才的話。「對不起，我老是學不會，對不對？」

「也可能妳只是在練習道歉的藝術，所以需要用到時不會像我那樣不適應。」

「那我眞聰明啊。」

「的確如此。」

「我可以停下來了嗎？我覺得我練習夠了。」

「我想道歉是一門我們需要跟更多大師學習的技藝。不要用我當範本。驕傲通常被誤認成毫無錯誤。」她向前傾身。「對不起，紗藍．達伐。我讓妳過分操勞的後果也許會害了世界，讓下一代少了一名偉大學者。」

紗藍滿臉通紅，感覺更爲愚蠢且充滿罪惡感。紗藍的眼睛瞥向她師傅的手。加絲娜戴著隱藏起假魂師的黑手套。紗藍的內手中握著裝盛魂師的袋子。加絲娜並不知道啊。

加絲娜將臂彎中的書拿出，放在紗藍的枕邊。「這是給妳的。」

紗藍拿起書，打開到第一面，但裡面是空的。下一面也是空的，所有的內頁都是空的。她的眉頭緊縮，抬頭看著加絲娜。

「這本書叫作《無盡之書》。」加絲娜說道。

「呃，我滿確定這本書不是無盡的，光主。」她翻到最後一頁，把書舉起來。

加絲娜微笑。「這是譬喻，紗藍。許多年前，一個我很重視的人用很高明的手法想說服我信弗林教，這就是他用的方法。」

紗藍歪著頭。

「人可以在尋找眞相的同時，堅持自己的信仰。這一點相當值得欣賞。去找誠意信壇。他們是信壇中最小的分支之一，這本書就是他們的指引。」

「空白的書頁？」

「沒錯。他們崇拜全能之主，但同樣相信永遠有更多的答案。這本書是塡不滿的，因爲永遠有需要學習的東西。這個信壇從來不會責怪任何有問題的人，即便是質疑弗林教教條的問題。」她搖搖頭。「我無法解釋他們的作法。妳應該能在費德納中找到他們，不過卡布嵐司沒有。」

「我……」紗藍沒說下去，注意到加絲娜的手是多麼溫柔地碰著書。這本書對她而言很珍貴。「我沒有想到要去找會願意質疑自己信仰的執徒。」

加絲娜挑起眉毛。「紗藍，在任何宗教中，妳都可以找到有智慧的人；而在每個國家中，妳都能找到好人。那些尋找眞正智慧的人，是會接受敵人亦有高貴之處、同時願意從指責他們的人身上學習的人。所有其他人無論是異教徒、弗林教徒、伊斯派瑞教徒，或是瑪奇安教徒，都是一樣的思想封閉。」她的手從書上移開，彷彿準備起身。

「他是錯的。」紗藍突然想到一點，開口。

加絲娜轉向她。

「卡伯薩。」紗藍滿臉通紅地開口。「他說您在研究引虛者是因爲想證明弗林教是假的。」

加絲娜鄙夷地輕哼。「我不會花人生四年的時間進行如此無意義的追求。想要證明負値的存在是蠢事。弗林教徒想信什麼隨便他們去，他們之中睿智的人會在信仰裡找到善念與安慰，而蠢才不管信什麼都是蠢才。」

紗藍皺眉。那加絲娜爲什麼要研究引虛者？

「啊。說颶風，颶風就颳。」加絲娜轉向房間入口。

紗藍一驚，發現卡伯薩剛到，穿著一貫的灰袍子。他正跟一名護士低聲爭執著，後者正指著他揣著的籃子。終於，護士雙手一攤離開，讓卡伯薩勝利地前進。「終於好了！老蒙佳有時候眞難伺候。」

「蒙佳？」紗藍說道。

「管理這裡的執徒。我應該是立刻可以被允許進入的，畢竟我知道有什麼可以讓妳康復！」他拿出一罐果醬，露出大大的笑容。

加絲娜坐在凳子上，看著床對面的卡伯薩。「我以為你會讓紗藍有喘口氣的機會，畢竟是你的進逼讓她絕望至此的。」

卡伯薩滿臉通紅。他望向紗藍，她看得出他眼中的乞求。

「不是你，卡伯薩。我只是……我沒做好離家這麼遠的心理準備。我還是不知道自己怎麼會這樣。我這輩子沒做過這種事。」

他微笑，為自己拉過一張凳子。「我想，這地方這麼素淨，所以才讓病人臥床這麼久。除此之外，就是缺少真正的食物。」他眨眨眼，將罐子轉向紗藍，是深紅色。「草莓。」

「沒聽過。」紗藍說道。

「這很罕見。」加絲娜朝罐子伸手。「它是雪諾瓦的植物，所以在別的地方長不出來。」

卡伯薩訝異地看著加絲娜轉開蓋子，朝裡面探入一根手指前，想了想，然後沾起一點果醬，放在鼻子前嗅了嗅。

「我以為妳不喜歡果醬，加絲娜光主。」卡伯薩說道。

「我是不喜歡，我只是對氣味好奇。我聽說草莓的香味很強烈。」她將蓋子轉好，用手帕擦拭手指。

「我也拿了麵包來。」卡伯薩說道，拿出一小條鬆軟的麵包。「紗藍不怪我就好，但是我可以看得出來，我的追求太唐突了。我想也許能拿這個來，然後……」

加絲娜開口：「然後怎麼？為自己脫罪？『對不起，把妳逼到要自殺。這麵包請妳吃』。」

他臉色一紅，低下頭。

「我當然會吃。」紗藍瞪了加絲娜一眼。「她也會吃。你這麼做很好心，卡伯薩。」她接下麵包，爲卡伯薩掰了一塊，給自己一塊，然後爲加絲娜掰了一塊。

「不用了，謝謝。」加絲娜說道。

「加絲娜，妳能不能至少嚐一點點？」她對於兩人處得這麼不愉快覺得很擔心。年長的女子嘆口氣。「好吧。」她接下麵包，握在手中，看著紗藍跟卡伯薩吃下。麵包軟綿又美味，但加絲娜把麵包放入嘴裡咀嚼時卻是一臉苦色。

「妳應該嚐嚐果醬。」卡伯薩對紗藍說道。「草莓很難找。我跑了好幾個地方。」

「想來應該是拿國王的錢去賄賂那些商人。」加絲娜補上一句。

卡伯薩嘆口氣。「加絲娜光主，我明白妳不喜歡我，但是我很努力要讓自己顯得友善，妳能不能至少假裝一下？」

加絲娜瞅著紗藍，想來是回想起卡伯薩猜測她研究的目標是要破壞弗林教的名聲。她沒有道歉，卻也沒有回嘴。

這就夠了，紗藍心想。

「果醬，紗藍。」卡伯薩遞給她一片麵包，等她塗果醬。

「噢，對。」她將果醬罐夾在膝蓋間，用外手取下蓋子。

「妳錯過離開的船了吧？」卡伯薩說道。

「是的。」

「這是怎麼一回事？」加絲娜問道。

紗藍瑟縮。「我原本打算要離開，光主。對不起，我應該告訴您的。」

加絲娜往後一靠。「這其實也並非意外之事吧。」

「果醬？」卡伯薩再次催促。

紗藍皺眉。他對果醬非常堅持。她舉起罐子聞了聞，立刻往後移開。「好難聞！這是果醬？」聞起來像是醋跟爛泥巴。

「什麼？」卡伯薩震驚地說道，接過罐子聞了聞，然後往後一退，滿臉反胃的神色。

「看樣子你買到壞掉的一罐了。不該是這個味道吧？」加絲娜說道。

「的確，應該不是這樣的。」他遲疑了片刻，然後還是把手指伸入果醬罐，往嘴巴塞了一大口。

「卡伯薩！這樣很噁心！」紗藍說道。

他咳了咳，強迫自己吞下去。「其實沒那麼難吃。妳該試試看。」

「什麼？」

「真的，我想這個對妳而言是很特別的經驗，結果卻變成這樣。」他拿罐子逼近她。

「我才不要吃那個，卡伯薩。」

他遲疑片刻，彷彿是在考慮是否要逼她吞下去。他爲什麼這麼奇怪？他舉起手，扶著頭站起身，歪歪倒倒地離開床邊。

然後，他開始朝門外衝，才跑了一半便倒在地上，身體在潔白無瑕的石頭上滑了一小段距離。

「卡伯薩！」紗藍跳下床，急忙趕到他身邊，身上只穿著白袍。他正在發抖。而且……而且……

她也是。房間正在旋轉。她突然覺得非常、非常累。她想要站起，腳下卻一滑，頭暈目眩，幾乎感覺不到自己摔倒在地的動作。

有人正跪在她上方，不斷咒罵。

加絲娜。她的聲音很遙遠。「她中毒了。我需要石榴石。拿石榴石來給我！」

我的袋子裡有一枚，紗藍心想。她摸索著，勉強解開內手袖子的繫帶。爲什麼……爲什麼她要……

但是不能讓她看到。魂師！

她的腦子一片模糊。

加絲娜的聲音很焦急，很溫柔，「紗藍，我必須要用魂術變化妳的血液來淨化它。這件事很危險，非常危險。我不擅長變肉或血，這不是我的天分。」

她需要它。來救我。她衰弱地伸出手，以右手拿出密囊。「妳……不行……」

「別說話，孩子。石榴石呢？」

「妳不能施魂術。」紗藍衰弱地說道，拉開密囊的繩子，倒提起密囊，隱約看到一團模糊的金色物體滑到地上，旁邊是卡伯薩給她的石榴石。

颶父啊！爲什麼房間一直在轉？

加絲娜的驚呼聲從遠處傳來。

消失……

不知道發生了什麼事。一股熱力從她的皮膚下燒過紗藍全身，像是她整個人被拋入一個炙熱的大鐵爐。她尖叫出聲，拱起背脊，肌肉痙攣。

一切消失在黑暗中。

Rockbuds 石苞
「真」石苞
（或稱『普通』石苞）
「石苞」這個詞同時用來表示某一特定品種，以及同類植物的泛稱。
石苞的結構可確保它隨時都是直立的。
拉維豰
Layis Polyp
拉維豰裡面的種子被有點像是砂礫的粗糙物質包圍，經由曬乾後可以不同方式儲存。
刺棘（或稱扭脊）
Prickletac
(or "Twisted Spine")
這其實是一種共居的植物，只有「樹枝」末端才是活的。每個苞都是長在前幾代累積而成的硬殼上。
藤苞
Vinebud
許跟手指苔近親？

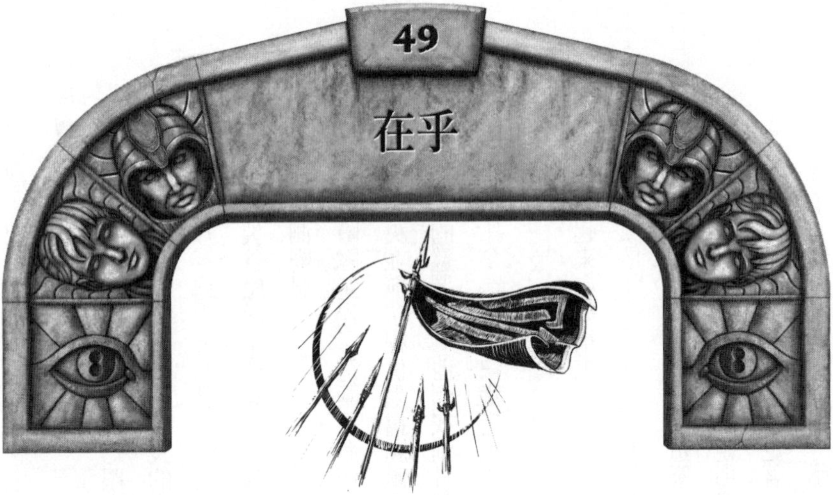

49 在乎

「燦軍／出生地／宣者來／來者宣／燦軍生出地」

——雖然我不喜歡用凱特科詩文來傳遞訊息，亞藍的這首詩經常被引述做爲兀瑞席魯的引證。我相信許多人把燦軍的駐地誤認爲出生地。

卡拉丁身邊高聳的裂谷兩側長滿了灰綠色的苔蘚。火把光芒搖曳，倒映在被雨水沖濕的光滑岩石上。潮溼的空氣仍然寒冷，颶風留下許多小水窪與小池塘。卡拉丁經過的水窪中探出冷白的骨骸，是一根尺骨跟橈骨。他沒有去看其餘的骨骸是否也在那裡。

暴洪，卡拉丁心想，聽著身後橋兵腳步的摩擦聲。那*水總要流到某處去，否則我們要過的就不是裂谷，而是運河了。*

卡拉丁不知道自己是否能相信夢中的情境，但經過他多方打探後，發現破碎平原的東邊的確比西邊要平坦。那裡的台地已經被侵蝕得差不多。如果橋兵能跑到那裡，也許能逃到東方。

也許。那一區住有許多裂谷魔，而且雅烈席卡斥候定期在邊境巡邏。如果卡拉丁的小隊碰上他們，將很難解釋這一群武裝份子——其中多人還有奴隸烙印——爲什麼會出現在那裡。

西兒走在裂谷崖壁上，大約跟卡拉丁的頭等高的位置。地靈沒有把她往地面拉下，不像會拉其他東西那樣。她雙手背在身後，及膝長的裙子在無形的風中飄舞著。

逃到東方。聽起來就很不可能。上主們很努力想要朝那個方向探索，尋找通往平原中央的道路。他們都失敗了。裂谷魔殺了幾團人，其他人則是被颶風困在裂谷中，即使他們已經做了充分的準備。根本不可能完美地預測颶風。

其他探險隊避過了這兩種命運。碰到颶風時，他們用巨大的伸縮梯爬上台地，可是仍然失去許多人，因爲台地中央並無法提供阻擋颶風的遮蔽，也不能帶馬車或其他遮蔽物進入裂谷。不過他聽說更大的問題是帕山迪人的巡邏兵。他們找到且殺死了幾十個探險團。

「卡拉丁？」泰夫快步走上前來，踩過漂浮著克姆林空殼的小水窪。「你還好嗎？」

「沒事。」

「你看起來心事重重。」

「比較像是肚子重重。今天早上的稀粥特別濃。」

泰夫微笑。「沒想到你也這麼會說笑話。」

「我以前比較會，從我母親那邊遺傳的。跟她說什麼幾乎都會被她轉個彎丟回來。」

泰夫點點頭。兩人沉默地走著，其他橋兵正聽度尼說他第一次親吻女孩的經歷，引起哄堂大笑。

「孩子，你最近有沒有覺得哪裡怪怪的？」

「怪怪的?怎麼樣怪怪的?」

「我不知道。就是……有沒有哪裡覺得奇怪?」他咳嗽數聲。「像是突然有很大的力氣?感覺……呃……很輕?」

「感覺什麼?」

「輕。呃,像是,覺得頭很輕。輕飄飄,一類的……他颶風的!我只是想看看你是不是還有哪裡不舒服。你被那場颶風整得滿慘。」

「我很好。而且出奇的好。」

「奇怪吧?」

是奇怪。這讓他更加擔心,也許他身負某種離奇詛咒,就像故事中去尋找上古魔法的人的下場。有些故事提到惡人得以永生不死,卻受到一遍又一遍的折磨,像是艾克特思,他的手臂每天都會被撕斷,因爲他把兒子獻給引虛者好得知自己的死期。這只是個故事。但故事總是有起因的。

別人都死了,卡拉丁活著。這難道是地獄的精靈,像是風靈一樣,戲耍著他,卻帶著更邪惡的意圖?讓他以爲他做了好事,結果只是害死所有他想幫助的人?據說精靈有數千種,有許多種從來沒有人看過,或是不知道。西兒跟著他。是不是有什麼惡靈也跟著他?

令人很不安的想法。

迷信沒有用,想太多就會變成杜克那樣,堅持每次上戰場都要穿著他的好運靴,他硬是這樣告訴自己。

他們來到裂谷分岔的地方,繞過高高在上的一座台地。卡拉丁轉身面對橋兵。「這裡可以。」橋兵停下腳步，全部聚成一團。他看得出他們眼中的期待還有興奮。

他曾經有過這樣的感覺，那時候的他還不知道練習的痠疼與痛苦。奇特的是，卡拉丁覺得跟年輕時候相比，如今他對矛的想法同時帶有更多的尊敬與失望。他愛上戰鬥時的專注與篤定，但是這也救不了跟隨他的人。

卡拉丁對眾人開口說道：「我現在應該要跟你們說，你們是多差勁的一群人。我看過的所有教練都是如此。訓練新兵的士官會告訴新兵他們眞是一無是處，指出他們的弱點，可能跟其中幾人對打一陣後，讓他們跌個四腳朝天，好讓他們學學謙卑。我自己在訓練新矛兵時也這麼做過幾次。」

卡拉丁搖搖頭。「今天，我們不會這樣開始。你們不需要學會謙卑。你們的夢想不是戰果，而是生存。更重要的是，你們不是大多數士官面對的一群可憐新兵，完全沒有準備。你們很強悍。我看過你們扛著橋跑上好幾哩。你們很勇敢。我看過你們直直衝向一群弓箭手。你們很有決心。否則現在不會跟我一起在這裡。」

卡拉丁走到旁邊，從被洪水沖成一團的雜物中撿出一柄矛。可是他握著矛的同時，發現矛頭被削掉了。他差點要把矛桿拋下，卻重新考慮了一番。

要他握矛是很危險的。矛讓他想要戰鬥，可能會讓他以爲他還是過去的自己：受颶風祝福的卡拉丁，自信滿滿的小隊長。他已經不是那個人了。

似乎他只要握起武器，周圍的人就會死，敵友不分。所以，現在也許還是握著這木棍比較好。這只是根木杖而已。他可以用來教人的棍子。

他可以下次再處理重新面對矛的問題。

「幸好你們已經準備好，我沒有一般可以用來訓練新兵的六個禮拜。因爲六個禮拜後，薩迪雅司會害死我們之中一半的人。而我打算六個禮拜後要看到大家在一間安全的酒館裡喝泥啤酒。」

幾個人發出虛弱的歡呼聲。

「我們得要動作快。我會逼你們逼得很緊。這是我們唯一的選擇。」他低頭看著手中的矛柄。「你們要學會的第一件事情是，你們可以在乎。」

二十三名橋兵排成兩排。所有人都想來，就連傷重的雷頓也是。他們沒有哪個人的傷是重到不能行走的，不過達畢仍然盯著空無的前方。大石雙手抱胸，顯然不打算學習任何戰技。帕胥人沈站在最後面，看著地面。卡拉丁不打算要給他矛。

幾名橋兵似乎對於卡拉丁方才的話覺得很不解，不過泰夫只是挑挑眉毛，摩亞許只是打個哈欠。「什麼意思？」德雷問道。他是名高瘦的金髮男子，四肢修長結實，帶有一點點口音，他來自西邊很遠的國家，叫作瑞亞納。

卡拉丁的拇指摸過矛柄，感覺木頭的紋路。「很多士兵認爲，最適合戰鬥的心態是冰冷、不帶一絲感情。我認爲那是颶風垃圾。沒錯，你需要很專注。是的，情緒很危險。可是如果你什麼都不在乎，那你是什麼？只是禽獸，一心只想殺人。我們之所以爲人，就是因爲感情。我們必須有戰鬥的理由。所以我說，可以在乎。我們會討論要如何控制自己的恐懼跟怒氣，但記得，這是我教你們的第一課。」

幾名橋兵點點頭，大多數人似乎仍然還是很迷惘。卡拉丁記得自己站在那裡，也在想爲什麼托克思要浪費時間討論情緒。他以爲他了解情緒，他會想要學會用矛就是因爲他的情緒。復仇。憎恨。渴望得到力量，才能對伐史跟他的士兵報復。

他抬起頭，想要驅散那些回憶。沒錯，這些橋兵對他關於在乎的一席話並不了解，但也許他們之後會記得，就像卡拉丁那樣。

卡拉丁將去頭的矛往身邊的石地一拍，聲響迴蕩在整個裂谷。「第二課實用很多。在你們學會戰鬥前，得先學會怎麼站。」他拋下矛。橋兵皺著眉頭，一臉失望地看著他。

卡拉丁擺出基本矛兵站姿，雙腿分開，但不能太開，身體半側，膝蓋微蹲。「斯卡，你來把我往後推。」

「什麼？」

「讓我失去重心。強迫我摔倒。」

斯卡聳聳肩，走上前去。他想把卡拉丁往後推倒，但卡拉丁手腕一翻便把他的手拍到一旁。斯卡咒罵一聲，再次走上前來伸手，但是被卡拉丁抓住手臂，往後推，反而自己半跌出數步。

「德雷，來幫他。摩亞許，你也來。想辦法讓我失去重心。」

另外兩人加入斯卡的行列。卡拉丁一面閃躲過他們的攻擊，一面站在三人的正中心，調整姿勢以抵擋他們的嘗試。卡拉丁抓住德雷的手臂往前一拖，讓德雷差點摔倒。他再上前迎向斯卡肩膀朝前的攻擊，四兩撥千斤地將對方往後拋。摩亞許抓住他時，他又往後退了一步，讓摩亞許失去重心。

卡拉丁滿臉平靜，不斷靠彎曲膝蓋跟踩位的方式在三人之間穿梭。「搏擊的根本是腿。」卡拉丁一面閃躲其他人一面說道。「我不管你戳得有多快，刺得有多準。如果你的對手能絆倒你，或是讓你腳步一歪，你就輸了。輸就是死。」

幾名在旁邊觀看的橋兵想要模仿卡拉丁，蹲低了身子。斯卡、德雷、摩亞許三人終於決定要一起撲上去，想要同時攻擊卡拉丁。卡拉丁舉起手。「你們三個，做得很好。」他示意要他們退回原位，讓他們不情願地停止攻擊。

「我要把你們分成兩個兩個一組。今天一整天，甚至是一整個禮拜，都會花在練習站姿上。學習如何保持姿勢，不要在受到威脅的瞬間就鎖住膝蓋，學習要保持平衡。這需要時間，但是我跟你們保證，如果從這裡開始，你們會以更快的時間達成更致命的效果，即使一開始你覺得自己只是在學怎麼站好而已。」

所有人點點頭。

「泰夫，按照身高跟體重把他們配對，然後帶他們練過一遍基本矛前站姿。」

「是的，長官！」泰夫朗聲回應，然後身體一僵，這才回過神來，發現自己露餡了。他反應的速度很清楚顯示泰夫原本是士兵。泰夫迎向卡拉丁的雙眼，發現卡拉丁原來已經知道了。泰夫瞪他一眼，但卡拉丁則是露出大大的笑容。手下有個老兵，這會讓事情簡單很多。

泰夫沒裝不懂，輕而易舉地擔任起操練士官，將所有人兩兩分組，糾正他們的姿勢。*難怪他從來不脫上衣。下面應該藏著很多疤痕*，卡拉丁心想。

泰夫在教導其他人時，卡拉丁指著大石，示意他過來。

「什麼事？」大石問道。那人的胸肌寬到橋兵背心幾乎要扣不住。

「你之前說打鬥對你而言是有失身分的事？」

「是眞的。我不是第四子。」

「這有什麼關係？」

大石豎起手指：「長子跟次子是要做食物的。是最重要的。沒食物，沒人活著，是吧？三子是工匠，這是我。我很驕傲於我的服務。只有四子可以當戰士。戰士不像食物或工匠那樣受到需要。懂吧？」

「你的職業是依據出生順序決定的？」

大石驕傲地回答：「是。這最好。山峰上，隨時都有食物。不是每個家庭都有四個兒子，所以不是都需要士兵。我不能戰鬥。什麼樣的人能在兀理特卡那奇面前做這種事？」

卡拉丁瞥向西兒。她聳聳肩，似乎不在乎大石做什麼。「好吧。那我有別的事情要你做。去把洛奔、達畢……」卡拉丁想了想。「還有沈。也把他找來。」

大石照做了。洛奔原本也在學習站姿，而達畢只是站在一旁，什麼都沒看。不知道他到底是出了什麼問題，但絕對比一般的戰場創傷更嚴重。沈遲疑地站在旁邊，似乎不確定自己是否該在這裡。

大石把洛奔從隊伍中拉出來，然後抓了達畢跟沈，走回卡拉丁身邊。

「大佬。」洛奔懶洋洋地行個禮。「我只有一隻手臂，顯然不是什麼好矛兵。」

「沒關係。我有別的事情需要你們去做。如果我們空手回去，加茲跟新隊長——應該說是他妻子——會找我們麻煩。」

「我們三個人做不了三十人的工作，卡拉丁。不可能。」大石抓抓鬍子。

「是沒錯，但是我們在裂谷中花的大部分時間是找還沒被撿過的屍體。我想我們可以做得更快。既然要練矛，我們就需要更快。幸好，我們有個幫手。」

他伸出手，西兒落在他掌心。他之前跟她談過，她也同意他的計畫。他沒注意到她做任何特別的事，但洛奔突然驚呼。西兒在他面前現身了。

「啊……像摘蘆管一樣。」大石尊敬地朝西兒鞠躬。

「燒我的火星啊。大石，你沒說過她有這麼漂亮！」洛奔說道。

西兒露出燦爛的笑容。

「尊重點。矮人，不可以這樣說她。」大石說道。

其他人當然知道西兒的存在。卡拉丁沒有提過她，但是他們都看過他對空氣說話，大石替他解釋過。

「洛奔，西兒的動作比任何橋兵都要快。她會幫你找地方，你們可以用更快的速度撿東西。」卡拉丁說道。

「危險。如果我們碰到裂谷魔怎麼辦？」

「可惜的是，我們不能空手回去。最怕就是哈莎決定要派加茲下來監督我們。」

洛奔哼了一聲。「他才不會來呢，大佬。這裡太多工作了。」

「也太危險。」大石補充。

「大家都這樣說，但我只看過崖壁上有爪印。」卡拉丁說道。

「裂谷魔是在這裡。不是傳說。你來之前，半個橋兵隊被殺死。被吃掉。牠們大多數都去中央台地，但有些會來這麼遠。」大石說道。

「我是不想讓你們深陷危險，但除非我們嘗試這個方法，否則就會被剝奪裂谷任務，變成去掃廁所。」

「好吧，大佬，我去。」洛奔說道。

「我也去。有阿利提其艾的保護，也許會是安全的。」

「我早晚會教你怎麼戰鬥。」卡拉丁說道。他注意到大石皺起眉頭，連忙補充：「我說的是洛奔。只剩一條手臂不代表你是沒用的。你的確會有劣勢，但是我可以教你怎麼處理。不過現在有人撿拾物資是比多一名矛兵更重要的事情。」

「聽來夠快了。」洛奔朝達畢揮揮手，兩人一起去拿裝東西的袋子。大石要去加入他們，但是卡拉丁握住他的手臂。

「我沒有放棄尋找比一路打出這裡更簡單的方法。如果我們不回去，加茲跟其他人也許只會認爲我們被裂谷魔吃掉了。如果有辦法能到達另外一邊……」

大石似乎抱持懷疑的態度。「許多人都在找這個。」

「東面是開放的。」

大石笑了。「對，你如果能去那麼遠沒被裂谷魔吃掉，或被暴洪淹死，我會說你是我的卡路克艾依其。」

卡拉丁挑起一邊眉毛。

「只有女人能當卡路克艾依其。」大石說道，彷彿這樣卡拉丁就能聽懂他的笑話。

「妻子？」

大石笑得更大聲。「不是，不是。空氣病的低地人。哈！」

「好啦。如果你能記住裂谷的位置，也許可以畫張地圖一類的。我想下來這裡的人都會選擇既定的路，如果我們走小路，可能比較容易撿到東西。我會叫西兒去那裡找。」

大石還在笑。「小路？我會以爲你想要我被吃掉呢。哈，而且還是被大殼吃掉。牠們是該被吃，不是吃人的。」

「我——」

「沒事沒事，這是個好計畫。我只是說笑，而且這是好事，因爲我不想戰鬥。」

「謝謝，也許你會找到一個我們能爬出去的地方。」

大石點點頭。「我去，但是我們不能只是爬出去。軍隊在裂谷中有很多巡邏隊，所以才知道裂谷魔什麼時候來結蛹，是吧？他們會看到我們，我們沒有橋，不能過裂谷。」

的確，這是個好論點。在這裡爬上來，他們會被看到。在中間爬上去，他們會卡在中央，無路可去。在靠近帕山迪人的區域爬上去，他們會被帕山迪斥候發現——這還是假設他們能離開裂谷。雖然有些裂谷只有四五十呎高，有些卻超過一百呎高。

西兒領著大石跟其他人一起離開，卡拉丁回到橋兵這邊，幫助泰夫糾正姿勢。這很不容易，第一天向來辛苦。橋兵們的動作很鬆散，而且毫無信心。

可是他們也展現出驚人的決心。卡拉丁從來沒有碰過比他們抱怨更少的學生。橋兵沒有要求休息，被他逼得更緊時沒有不滿地瞄他。他們臉上的不滿是因爲自己犯錯，生氣自己無法學得更快。

而他們學會了。在幾個小時後，天分最高的幾個，尤其是摩亞許，開始變成鬥士。他們的姿勢變得更穩，更有信心。一般人會覺得疲累煩躁的時候，他們只是更有決心。

卡拉丁往後退，看著摩亞許被泰夫一推之後，重新站好姿勢。這是「重設練習」——摩亞許要讓泰夫把他往後踢，退後幾步以後，重新站好。一遍又一遍，目的是練到不須思考就會擺出姿勢。卡拉丁通常會等到第二或第三天才開始重設練習，可是摩亞許在兩個小時之後就已經開始上手。另外兩人，德雷跟斯卡的學習速度幾乎跟他一樣快。

卡拉丁靠在石牆上。冰冷的水滲透他身邊的岩石，一株皺花緩緩地在他頭邊舒展開來，兩片寬大的橘色葉子，末端有尖刺，像是拳頭一樣張開。

卡拉丁暗中揣測，這是因爲橋兵的訓練嗎？還是因爲激情？他給了他們回擊的機會。這種機會能讓一個人徹頭徹尾地改變。

看著他們堅定且正確地擺出剛剛才學到的姿勢，卡拉丁突然發現，這些人在經歷被軍隊遺棄、被強迫要工作到近乎累死，然後在卡拉丁的細心計畫下得到更多食物的餵養之後，已經成爲他所接收過體能狀況最好、最適合接受訓練的新兵。

薩迪雅司想要打壓他們的動作，反而成爲他們超越自我的準備。

50 折背粉

「火焰與焦炭。可怖的肌膚。眼如黑暗窟窿。」

——艾維雅德的引述應該不需要特別標明出處，但如果我有需要，原文出自第四百八十二行。

紗藍在一個小小的白色房間裡醒來。

她坐起身子，感覺出奇地健康。明亮的太陽點亮了窗戶的白紗窗簾，穿過布料，射入房間。紗藍皺眉，晃著思緒模糊的腦袋。她覺得自己應該從耳朵到腳趾都被燒焦，皮膚潰裂，但那只是記憶。除了手臂上的傷口之外，她覺得一切無恙。

布料摩擦的聲音。她轉頭看到一名護士快步走過外面的白色走廊，顯然是看到紗藍坐起身，正將消息帶給某人。

我在醫院裡，被移到一個私人房間，紗藍心想。

一名士兵探頭進來檢查紗藍的狀況。這間房顯然有人守著。

她對他喊道：「發生什麼事？我被下毒了，對不對？」她突然感覺到震驚。「卡伯薩！他還好嗎？」

士兵沒搭理她，只是回到自己的崗位。紗藍開始想爬下床，但是他又往房內探頭，瞪著她。她忍不住驚叫一聲，把床單拉起，靠回床上。她身上仍然只穿著醫院的袍子，很像是只穿著柔軟的浴袍。

她昏迷多久了？爲什麼她——

這時，她才想起：魂師！我把它交給加絲娜了。

接下來的半個小時是紗藍這輩子最悽慘的一段時間，在守衛定時的惡瞪與自身的反胃感之中度過。發生什麼事了？

終於，加絲娜出現在走廊的另一端。她穿著一件不同的服裝，黑底，上頭有淺灰色的條紋，像箭一般大踏步進入房間，經過守衛時開口說了一個字便把他遣走。男子快步離開，靴子踩在石頭地板上的回音遠大於加絲娜的涼鞋。

加絲娜走入房間，沒有半句責難，但是眼神充滿敵意，讓紗藍想要躲到被單下面，藏起來。不。她想要爬到床下，在石板地上挖個洞，在自己跟那雙眼睛之間擋些岩石。

她最後選擇羞愧地低下眼睛。

加絲娜開口，聲音如冰：「妳把魂師還給我是明智的決定。它救了妳一命。我救了妳一命。」

「謝謝。」紗藍低低回答。

「妳爲誰工作？是哪個信壇賄賂妳來偷法器？」

「沒有人，光主。是我自己要偷的。」

「保護他們是沒有用的。妳早晚會對我說實話。」

紗藍抬起頭，略微生出一絲反抗之心。

「我說的是實話。我一開始成爲妳的學徒就是爲了要偷魂師。」

「是的，但是偷給誰？」

「我自己。難道要相信我的行爲是爲了我自己有這麼困難嗎？難道我差勁到唯一的合理答案就是認爲我是被騙或是受到他人操弄？」

「妳沒有立場對我大呼小叫，孩子。而且妳有無數的理由要記得自己的處境。」加絲娜平和地說道。

紗藍再次低下頭。

加絲娜沉默了一陣子，終於嘆口氣，「妳到底在想什麼，孩子？」

「我父親死了。」

「所以呢？」

「他不受歡迎，光主。事實上，他受人痛恨，而且我們家破產了。我的哥哥們假裝他還活著，想要撐住，可是……」她敢跟加絲娜說父親也有魂師嗎？這麼做也開脫不了紗藍的行爲，說不定還會讓她的家族陷入更大的危險。「我們需要想個辦法，需要某個優勢，能夠快點賺錢，或是變錢出來？」

加絲娜再次沉默。當她終於開口時，口氣似乎帶著淡淡的好笑，「妳認爲妳的家族能夠靠激怒不只整個執徒院，更是雅烈席卡來獲得拯救？妳知道如果被我弟弟發現這件事，他會怎麼做嗎？」

紗藍別過頭，覺得自己既愚蠢又羞愧。

加絲娜嘆口氣。「有時候我會忘記妳有多年輕。我可以明白爲什麼偷魂師對妳來說很有誘惑力，但這個行爲仍然很愚蠢。我安排了船送妳回賈・克維德。妳明天早上就離開。」

「我——」這樣的結果對她而言實在太寬容。「謝謝。」

「妳的朋友，那個執徒，他死了。」

紗藍驚愕且難過地抬起頭。「發生什麼事了？」

「麵包上有毒。折背粉的毒性非常猛烈，灑在麵包上時看起來就像麵粉。我想他每次來的時候麵包都做過同樣的處理，他的目的是讓我吃下一片。」

「可是我吃了很多麵包！」

「果醬有解藥。我們在他用過的幾個空罐子裡都找到解藥。」

「不可能！」

「我已經開始調查了。我應該一開始就要調查。沒人記得這個『卡伯薩』是從哪裡來的。雖然他對妳和我經常提起其他的執徒，他們都只是勉強知道有這個人而已。」

「所以他……」

「他在玩弄妳，孩子。從頭到尾他都在利用妳來接近我，調查我在做什麼，想找機會殺了我。」她的口氣如此平和，不帶一絲情緒。「我相信他最後一次嘗試時用了更多的粉，比他以前用的量都要多，也許是想讓我吸入一點。他知道這會是他最後一次機會，可是他錯估了，藥效發作得比他預料的還要快。」

有人幾乎殺了她。不只是有人。是卡伯薩。難怪他這麼急著要她吃果醬！

「我對妳很失望，紗藍。我現在可以了解妳爲什麼想自殺。是因爲罪惡感。」

紗藍並不想自殺，可是承認有什麼用？加絲娜正在憐憫自己，最好不要讓她改變想法。可是紗藍見過跟經歷過的奇怪事件又怎麼說？加絲娜能夠解釋嗎？

看著加絲娜，看到她平靜外表下隱藏的冰冷憤怒，紗藍怕得把到了嘴邊關於符號頭跟她去過的奇怪地方等問題吞回肚子。紗藍怎麼會以爲自己勇敢？她不勇敢。她是笨蛋。她記得父親的怒氣迴蕩在整個屋子裡的情景。加絲娜更安靜、更合理的憤怒同樣令人畏懼。

「好吧，妳會學會帶著罪惡感活下去。也許妳沒帶著我的法器逃走，但是妳丟棄了很有希望的未來。這個愚蠢的計畫會玷污妳未來幾十年的人生。從現在起，不會有任何女子接受妳當學徒。」她鄙夷地搖搖頭。「我最討厭犯錯。」

說完，她轉身要離開。

紗藍舉起手。*我需要道歉。我需要說些什麼。*「加絲娜？」

女子沒有回頭，守衛沒有回來。

紗藍縮在床單下，胃部糾結，感覺整個人痛苦到有一瞬間，後悔當時沒有把玻璃碎片刺得更深，或是希望加絲娜沒有那麼快用魂師救她。

她失去一切了。沒有法器保護她的家人，沒有師傅繼續她的學習。沒有卡伯薩。她其實從一開始就從來沒有得到過他。

她的眼淚沾濕床單，直到外面的陽光黯淡，消失。沒有人來看她。

沒有人在乎她。

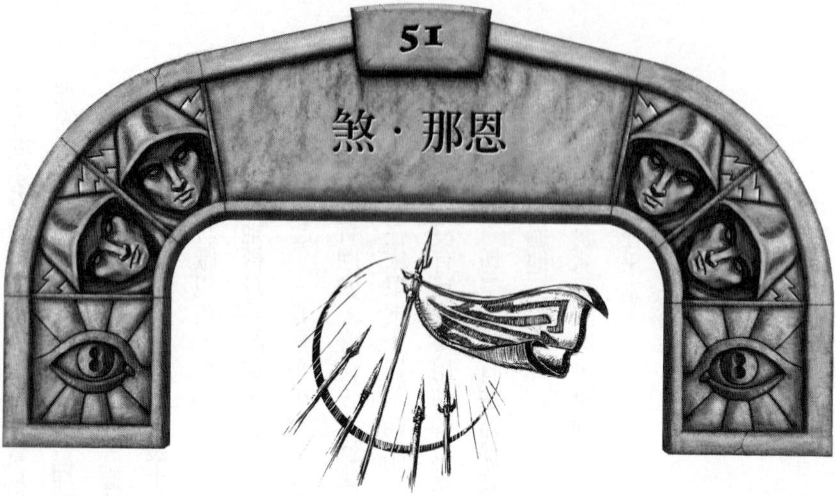

51 煞・那恩

一年前

卡拉丁靜靜地坐在阿瑪朗的木造議戰廳等待室中。議戰廳是由十二個堅固的小間所拼湊而成，可以在芻螺的拖拉之下被拆開。卡拉丁坐在窗邊，看著營區。卡拉丁小隊的營房原本所在位置如今剩個洞，可以從他坐的地方看見。他們的帳棚被拆除，分給了其他小隊。

他的人還剩四個。四個，原本是二十六個。其他人說他是幸運的。說他是受颶風祝福的。而他也開始相信這點。

他麻木地心想：*我今天殺死了一名碎刃師，像穩足拉納辛或名師艾佛德一樣。我。我殺了碎刃師。*

他完全不在乎。

他以手臂交撐在木頭欄杆上。窗戶沒有玻璃，他可以感覺到微風。風靈在帳棚間來往飛竄。

卡拉丁身後的房間有濃密的紅地毯，牆上掛著盾牌，還有幾張有軟墊的木椅，他正坐在其中一張上。這是議戰廳的「小」等待室——雖然說是小，仍然比他在爐石鎮上的整個家包括手術間還要更大。

我殺了碎刃師。而且我把碎刃跟碎甲給別人了，他再次想道。

這應該是任何時代，任何國家，任何人做過最愚蠢至極的事情。身爲碎刃師，卡拉丁會比羅賞還重要，比阿瑪朗還重要。他將能夠前往破碎平原，參與眞正的戰爭。

不必再因爲邊境而爭吵。不必再聽從那些小家族的淺眸人，因爲被留下而心中充滿怨恨。他再也不必擔心不合腳的靴子磨出水泡，味道像是克姆泥的晚餐稀粥，或是其他想要挑釁的士兵。

他可以成爲有錢人。可是，他就這樣給了別人。

可是，光想到要碰觸碎刃就讓他反胃。他不想要財富、頭銜、軍隊，甚至是好好吃一頓。他只想要能回去保護那些信任他的人。他爲什麼要追著碎刃師跑？他應該要逃走的。可是他居然堅持要衝向一個他颶風的碎刃師。

你是爲了保護你的上帥。你是英雄，他告訴自己。

可是阿瑪朗的性命爲何比他手下的還要尊貴？卡拉丁服從阿瑪朗是因爲這個人展現出高貴的情操。他讓矛兵在颶風時分享議戰廳的舒適，每個小隊都輪得到。他堅持他的人要吃飽，拿到薪水。他沒有把他們當垃圾一般對待。

可是他允許他的手下這麼做。而且他沒有守住要保護提恩的承諾。

我也是。我也是……

卡拉丁的內心因罪惡感跟哀傷而糾結。只有一件事是清楚的，就像黑暗房間中照在牆壁上的唯一光點。他不想跟那些碎甲扯上任何關係。他甚至不想碰。

門被推開，卡拉丁轉過身。阿瑪朗走回房間。高大、精瘦，有著方正的臉，穿著深綠色的將帥長外套，手中拄著枴杖。卡拉丁打量了綁帶與夾板一眼，做出評論：*我可以包紮得更好*。他也會堅持他的病人應該要躺在床上。

阿瑪朗正在與他的一名有著大把鬍子、穿著黑袍的中年防颶員說話。

阿瑪朗聲音很輕，「……爲什麼賽達卡要冒險這麼做？可是除了他，還會有誰？那些鬼血越發大膽了。我們需要找到他究竟是誰。你對他有何了解？」

「他是費德人，光明爵士。我不認識的人。可是我會去調查。」防颶員說道。

阿瑪朗點點頭，陷入沉默。他們身後走入一群淺眸軍官，其中一人捧著放在純白布料上的碎刃。之後跟著卡拉丁小隊倖存的四人：哈伯、利西、可拉貝、克雷伯。

卡拉丁站起身，感覺身體疲累不堪。阿瑪朗抱胸站在門邊，看著最後兩人走入，關上門。這兩人也是淺眸人，但是地位比較低，是阿瑪朗貼身侍衛的軍官。這兩人當時也逃走了嗎？

那麼做才聰明。比我要聰明。

阿瑪朗撐著枴杖，以明亮的淺棕色眼睛打量卡拉丁。他已經跟他的參謀討論了幾個小時，想要找出那個碎刃師的身分。「士兵，你今天做了一件勇敢的事。」阿瑪朗對卡拉丁說道。

「我……」這該怎麼回答？*說長官，我希望自己當時讓你自生自滅。*「謝謝。」

「所有人都逃了，包括我的貼身護衛。」最靠近門口的兩人羞愧地低下頭。「可是你衝上前去攻擊。爲什麼？」

「我沒有多想，長官。」

阿瑪朗似乎對他的答案不滿意。「你的名字是卡拉丁，對不對？」

「是的，光明爵士。爐石鎮？記得嗎？」

阿瑪朗皺眉，一臉不解。

「你的表親羅賞是那裡的城主。你來募兵時，他讓我的弟弟加入軍隊。我……我跟我弟弟一起入伍。」

「啊，這樣。嗯，我記得你。」他沒有問候提恩。「你還是沒回答我的問題。爲什麼要攻擊？不是爲了碎刃。你拒絕了。」

「是的，長官。」

站在一旁的防颶員挑起眉毛，彷彿不相信卡拉丁拒絕了碎具。捧著碎刃的士兵不斷敬畏地看著它。

「爲什麼？你爲什麼拒絕？我要知道。」阿瑪朗說道。

「我不想要，長官。」

「我知道，可是爲什麼？」

因爲這會讓我成爲你們之一。因爲我不能看著這武器，卻不看到使用它的人如此輕易地殺死的同伴。

因爲……因爲……

「我說不上來，長官。」卡拉丁嘆口氣。

防颶員走到房間角落的火爐，搖搖頭，開始暖手。

「這些碎具是我的。所以我說，把它們給克雷伯。他是我的所有士兵中階級最高，也是武技最高強的。」另外三個人會明白的。況且，一旦克雷伯成爲淺眸人，他會照顧他們。

阿瑪朗看著克雷伯，然後朝他的侍從點點頭。一人關上百葉窗，其他人抽出劍，開始朝卡拉丁小隊剩下的四個人前進。

卡拉丁大喊，往前一躍，但是兩名軍官站在離他不遠的地方，一人在卡拉丁走上前時，朝他的肚子揍了一拳。他訝異到讓對方的拳頭直直擊中，驚喘出聲。

不。

他忍住痛，轉身朝那人揮拳，對方被卡拉丁的拳頭擊中時眼睛睜得老大，然後往後飛去。另外幾個人壓上他。他手邊沒有武器，而且經過剛才的戰鬥疲累到幾乎站不直。他們不斷朝他的腰跟背狠狠地揍，直到把他打趴到地上，但是卡拉丁仍然能夠看著其他士兵攻擊他的手下。

利西最先倒地。卡拉丁驚喘，伸出手，勉強跪起。

不可能會這樣，求求你，不要！

哈伯跟可拉貝特抽出匕首，卻很快倒下，一名士兵朝哈伯的肚子捅了一刀，另外兩人砍倒可拉貝特。可拉貝特的匕首重重落地，然後是他的手臂，最後是他的屍體。

克雷伯撐得最久，雙手舉在面前，往後退。他沒有尖叫，似乎明白這是爲什麼。卡拉丁的眼眶滿是淚水，士兵從他身後抓住他，阻止他出手。

克雷伯跪倒在地，開始懇求。阿瑪朗的一名手下俐落地砍斷他的脖子。幾秒鐘內，一切結束。

「你這混蛋！你這颶父的混蛋！」卡拉丁忍著痛狂吼，發現自己正淚流滿面，無助地在抓住他的四人手中掙扎。倒地矛兵的鮮血浸透了地板。

他們死了。都死了。颶父啊！都死了！

阿瑪朗上前一步，表情嚴肅，單膝跪在卡拉丁面前。「對不起。」

「混蛋！」卡拉丁放聲大喊。

「我不能冒他們會到處亂說話的風險。士兵，必須如此。這是爲了軍隊好。軍隊會知道你的小隊幫助了碎刃師，因爲他們必須相信，人是我殺的。」

「你要把碎具佔爲己有！」

「我受過劍術的訓練，也習慣使用盔甲。如果由我來使用碎具，會是對雅烈席卡最好的選擇。」

「你可以跟我要！颶你的！」

阿瑪朗語氣陰沉地回答：「萬一消息走漏了呢？讓人知道是你殺了碎刃師，卻是我得了碎具？不會有人相信是你自願放棄的。況且，孩子，你是不會讓我保留那些碎具的。」阿瑪朗搖搖頭。「你會改變主意。一兩天後，你就會想要得到財富跟地位，就算你不想，也會被別人說服。你會要求我把碎具還你。我們花了好幾個小時才決定，但是雷斯塔瑞說得對——必須如此。這是爲了雅烈席卡好。」

「這跟雅烈席卡無關！都是你！颶風的，你應該要比其他人更好的！」眼淚順著卡拉丁的下巴滴下。

阿瑪朗臉上突然出現充滿罪惡感的神情，彷彿他知道卡拉丁說得對。他轉過頭，朝防颶員揮手。對方轉過身，握著他在壁爐中加熱的東西。一個小烙鐵。

「都是假的？關心他士兵的高貴光明爵士？假的？都是假的？」

「這都是爲了我的士兵。」阿瑪朗從布料上握起碎刃，握柄的寶石發出一道白光。「你根本不了解我的重擔，矛兵。」阿瑪朗的聲音失去了原本的平靜理性，開始爲自己辯護。「我的決定也許會拯救數千人的命運，怎麼能被幾名深眸矛兵的性命左右。」

防颶員走到卡拉丁面前，把烙鐵擺好。反過來的符文上寫著煞．那恩。奴隸的烙印。

阿瑪朗一拐一拐地走到門口，繞過利西的屍體。「你來救我。我跟你一命換一命。五個人的口徑一致，會有人信，但是一個奴隸的話，不會有人聽。戰營裡的人會知道你沒有幫助你的手下，卻也沒有阻止他。你逃走了，被我的侍衛抓住。」

阿瑪朗在門口停下腳步，將偷來的碎刃鈍側靠在肩頭。他的眼中仍帶著罪惡感，神情卻變得冷硬，隱藏起來。「你被冠以逃兵的身分除役，懲罰是奴隸的烙印，但因為我的慈悲，饒你一命。」

他關上門走出去。

烙鐵蓋下，將卡拉丁的命運烙上他的肌膚。他發出最後一聲撕心裂肺的慘叫。

——第三部結束

間曲

巴西爾◆葛蘭妮◆賽司

I-7 巴西爾

巴西爾快步走在豪華的皇宮走廊中，手裡抓著一大袋工具，類似腳步聲的聲音從他身後響起，嚇得他慌忙轉過身，什麼都沒看到。走廊空無一人，金色的地毯鋪在地上，牆上是鏡子，圓拱形的屋頂鑲嵌著繁複的拼花。

「你能不能不要這樣？你每次一嚇，我都被你嚇到要打人了。」走在他身旁的艾夫說道。

「沒辦法。這不是應該晚上做的事情嗎？」巴西爾問道。

「主人自有她的理由。」艾夫回答。他跟巴西爾一樣，都是艾姆利人，有深色的皮膚跟頭髮，但個子高的艾夫顯得極有自信，大搖大擺地走在走廊，彷彿他是受到邀請而來，厚重的劍掛在肩後的劍鞘裡。

*請卡達西思主神大發慈悲，別讓艾夫碰上需要抽劍的情況。謝謝。*巴西爾心想。

他們的主人走在兩人面前，除此之外，走廊別無他人。她不是艾姆利人，甚至不像馬卡巴奇人，雖然她同樣有深色的皮膚以及美麗的長黑髮。她有雪諾瓦人一樣的眼睛，但是高䠷纖細的身材像是雅烈席人。偶爾他們有膽子談論這種事情時，艾夫總說覺得她是混血種。主人的耳力很好。好得奇怪。

她停在下一個路口。巴西爾發現自己又忍不住想要轉頭看後面。艾夫給了他一拐子，但他就是忍不住。沒錯，主人是說所有的皇宮僕人現在都忙著去準備客人要住的新宮室，但這裡可是智者亞須諾本人的家，整個艾姆利中，最有錢且最神聖的人之一。他有幾百名僕人。如果其中一人選了這條走廊怎麼辦？

兩人跟他們的主人一起在交叉口停下。他強迫自己看著天花板，免得一直回頭，卻發現目光被主人牢牢吸引。被主人那麼美麗的女子僱用是危險的事，她的長黑髮自由地垂掛在腰後，她從來不穿女人的袍子，甚至不穿裙子或洋裝，總是穿著長褲，通常剪裁貼身，腰邊掛著一柄細窄的劍。她的眼睛是最淡的紫色，近乎雪白。

她令人驚艷。神奇，令人沉醉，無可抗拒。

艾夫再次給了他一拐子。巴西爾一驚，瞪了他表弟一眼，揉揉肚子。

「巴西爾。工具。」主人說道。

他打開袋子，遞過去折起的工具腰帶，她連看都沒看他一眼便接過，腰帶發出清亮的敲擊聲。她大步走入他們左方的走廊。

巴西爾不安地看著。這是神聖廳，有錢人會在這裡放他的卡達西思，做為崇拜之用。主人走到第一幅畫前面。上面畫的是愛潘，夢之女神。非常美麗，以金箔在黑色帆布上畫出的傑作。

主人從腰帶中掏出一柄刀子，劃過畫的中央。巴西爾一縮，卻沒有開口。他已經幾乎要習慣她隨便摧毀藝術的行爲，可是非常不解。但她給的錢倒是不少。

艾夫靠著牆，以指甲剔牙。巴西爾試圖模仿他輕鬆的姿勢。寬敞的走廊兩邊是以鑲嵌在美麗吊燈中的黃寶石碎片點亮，但是他們沒有拿。主人不贊成偷東西。

「我一直想要去找上古魔法。」巴西爾說道，一部分是想掩蓋自己看到主人把一尊精緻雕像的眼睛挖出來時的驚恐反應。

艾夫輕哼。「幹麼？」

「不知道。總得有點事幹。我從來沒去找過，據說每個人都有一次機會，可以跟守夜者提出要求。你試過嗎？」

「沒。懶得大老遠跑到谷地去。況且，我哥哥去了，帶了兩隻麻掉的手回來，再也沒有半點感覺。」

「他的要求是什麼？」巴西爾看著主人將花瓶包在一塊布裡，然後靜靜地在地上砸碎。

「不知道。他沒說，似乎很尷尬。可能提了個蠢要求，像是把頭髮剪得好看點之類的。」艾夫幸災樂禍地笑了。

「我想讓自己變得更有用。請求得到更多的勇氣，你覺得呢？」

「你想去也行，但是我覺得有比上古魔法更好的方法。你根本不知道會換到什麼樣的詛咒。」

「我可以提出完美的要求。」

「沒用的。不管故事怎麼說，這不是遊戲。守夜者不會騙你或扭曲你的意思。你提出要求，她給你她覺得你應得的，然後給你一個詛咒。有時候有關，有時候無關。」

「你是專家？」巴西爾問道。主人正劃破另外一幅畫。「我以爲你說你沒去過。」

「我沒去，因爲我父親去了，母親去了，每個兄弟都去了。他們其中有幾個得到他們想要的，大多數都後悔得到那樣的詛咒，除了我父親。他得到一堆好布，讓我們在幾十年前的蘿蔔饑荒中沒餓死。」

「他的詛咒是什麼？」

「從那時候以後，他眼中的世界就是倒著的。」

「真的？」

「對啊，全都倒過來了，變成人在天上走，腳踩在地上。不過他說他很快就適應了，死的時候也不覺得這是什麼詛咒。」

光想到這詛咒就讓巴西爾反胃。他低頭看著手中的工具。如果他不是這麼膽小，是否能說服主人不只是把他當作僱來的勞工看待？

請卡達西思主神大發慈悲，讓我能知道該怎麼做才對。謝謝。

主人回來了，頭髮有點凌亂，伸出手。「有墊的錘頭，巴西爾。那邊有一整座雕像。」

他從袋子裡掏出錘頭遞給她。

「也許我該弄把碎刃來，但會讓整件事變得太容易。」她漫不經心地說道，把工具扛在肩膀上。

「我不介意整件事變得太容易，主人。」巴西爾開口。

她輕哼一聲，回到走廊，很快便開始對走廊盡頭的雕像動手，打斷它的手臂。巴西爾瑟縮。「會有人聽到的。」

「對啊，所以她才等到最後。」

至少敲擊聲被墊子遮擋了一部分。他們一定是唯一一組會溜到有錢人家裡卻不拿東西的小偷。

「她爲什麼要這麼做，艾夫？」巴西爾發現自己忍不住要問。

「不知道。也許你該去問她。」

「我以爲你說永遠不要問的！」

「看情況。你有多喜歡你的手腳?」

「滿喜歡的。」

「如果你改變心意了，就去問主人這些隱私的問題。在那之前，閉嘴。」

巴西爾不再說話，心想：*上古魔法。上古魔法可以改變我。我要去找。*

不過照他以往的運勢看來，八成是找不到的。他嘆口氣，背靠著牆壁，聽著主人那邊繼續傳來隱約的敲擊聲。

I-8

葛蘭妮

「我在想要改變我的天職。」亞希爾在身後說道。

葛蘭妮心不在焉地點點頭，繼續寫著她的算式。小小的石頭房間滿是刺鼻的香料味。亞希爾又在做實驗了，這次跟某種咖哩粉，還有他煮軟許久後的某種雪諾瓦水果。她可以聽到食物在他的新熱盤法器上滋滋作響。

「我厭倦煮飯了。」亞希爾繼續說道。他有輕柔、善良的聲音。她愛他的聲音。一部分是因爲他喜歡講話，而如果在想要思考時還得聽某人講話，那他們最好要有輕柔、善良的聲音。

「我沒有過去那樣的熱情了。況且，廚子在靈魂界裡有什麼用？」

「神將需要食物。」她心不在焉地說道，在寫字板上畫了一條線，下面寫了另一行數字。

「需要嗎？我一直不太相信。我讀過那些推論，但我覺得不合理。實體界裡的身體必須獲得滋養，但是靈魂是以完全不同的形態存在。」

「理念的形態。也許你能創造食物的理念。」

「嗯……這有什麼好玩的？不能實驗。」

「不必實驗沒關係。」她彎腰看著前方的火爐，有兩個火靈正在柴堆上跳舞。

「這樣就再也不會吃到上個月那種綠湯了。」

「啊。」他的語氣似乎帶著一絲懷念。「眞的很特別，對不對？絕對的噁心，卻是從完全美味的材料煮出來的。」他似乎認爲那是個人極大的成就。「不知道在意識界吃不吃東西。那裡的食物是根據食物自己認知的形態呈現出來嗎？我得看看有沒有人去幽界的時候有吃東西。」

葛蘭妮發出無意義的聲音做爲回應，拿出卡尺，靠近火靈，想要測量它的大小。她皺起眉頭，再次寫下筆記。

「親愛的，給妳。」亞希爾走過來，跪在她身邊，給她一個小碗。「試試看。我覺得妳會喜歡。」

她看著碗裡的東西。麵包上淋著紅色的醬汁。男人的食物。可是他們都是執徒，所以沒關係。

外面傳來浪濤輕拍岩石的聲音。他們住在雷熙群島一個很小的島上，本意是爲任何造訪的弗林旅客提供宗教需求。的確有旅客因此來找他們，甚至有時有雷熙人也爲此而來，但這其實是遠離俗事、讓他們能專注於研究的方法。葛蘭妮進行精靈研究，亞希爾進行化學研究——當然是透過烹調——因爲這讓他能把研究成果吃掉。

圓胖的男子和善地微笑，光禿的頭、灰色的鬍子修得方方正正。雖然他們離群索居，卻仍然遵照執徒的戒律。一輩子的虔誠信仰，不能因爲散漫的最後一章被毀掉。

「不是綠色的。這是好跡象。」她接過碗後說道。

「嗯。」他彎下腰，調整眼鏡好讀她的筆記。「沒錯，雪諾瓦蔬菜軟煮後的結果的確相當神奇。我很高興哥姆拿了那些蔬果給我。妳得看看我的筆記。我覺得我的數字應該是對的——但也可能出錯。」他的數學沒有他的理論那麼好。幸好葛蘭妮正好相反。

她拿起湯匙，嚐了一口。她在內手上沒有套袖子，這是成爲執徒的另外一個好處。這食物其實滿好吃的。「你吃過了嗎，亞希爾？」

「沒有。」他依舊在看她的數字。「妳比較勇敢，親愛的。」

她哼了一聲。「很難吃。」

「看得出來，因爲妳又吃了很大一口。」

「對，但是你會討厭的。沒有水果。你加的是魚嗎？」

「一把我今天早上抓到的小魚，曬乾以後加進來。還是不知道是什麼品種。可是滿好吃的。」他遲疑片刻，然後抬頭看著火爐跟精靈。「葛蘭妮，這是什麼？」

「我認爲我有突破性的發現。」她輕聲說道。

他敲敲寫字板。「可是妳的數字，妳說它們是不規則的，看起來也還是。」

「對。但是我可以預測它們什麼時候會是不規則，什麼時候是規則的。」她瞇著眼睛看火靈。

他皺著眉頭看她。

「火靈在我測量它們的時候就會變形，亞希爾。在我測量之前，它們不斷舞動，大小、光度、形狀都會變化，可是我一記錄下來，立刻就會凍結在當下的狀況，然後根據我的觀察，以後就會固定成那樣。」

「這是什麼意思？」他問。

「我希望你能告訴我。我有數據，你有想像力啊，親愛的。」

他抓抓鬍子，往後一靠，幫自己拿出碗跟湯匙。他在自己那一份上灑了乾果。葛蘭妮幾乎認爲他加入執徒院只是因爲愛吃甜食。「妳把數字擦掉以後呢?」

「精靈又繼續變形,無論是長度、形狀、光度。」

他吃了一口他的燉菜。「去隔壁房間。」

「什麼?」

「去就是了。把寫字板帶著。」

她嘆口氣,站起身,關節發出喀啦聲。她這麼老了嗎?星光啊,他們在這個島上住了好久。她走到另外一個房間,是他們擺床的地方。

「現在怎麼樣?」她喊道。

他大喊回答:「我要用妳的卡尺量精靈。我要連續量三次。只要寫下其中一個數據,不要告訴我妳寫的是哪一個。」

「好。」她回答。窗戶開著,她看著外面逐漸變黑如玻璃般平滑的水面。雷熙海沒有純湖那麼淺,但大多數時候仍是溫暖的,上面有著熱帶島嶼,偶爾有巨大的大殼類。

「三吋又十分之七。」亞希爾大喊。

她沒有寫。

「兩吋又十分之八。」

她也沒寫,但準備好了粉筆,要在他下次喊出數字時盡量小聲地把數字寫下。

「兩吋又十分之——哇。」

「怎麼了?」她喊。

「它不變了。妳寫了第三個數字？」

她皺眉，走回他們的小房間。亞希爾的熱盤放在她右邊的矮桌上。房內的擺設是根據雷熙樣式，沒有椅子，只有墊子，所有的家具扁而長，而不是高。

她走到火爐前。其中一隻火靈在柴火上跳舞，大小跟長度像火焰一樣地變化，另一隻則是變成了規律許多的形狀，長度不變，形狀則略有改變。

看起來像是被鎖住，幾乎像是在火上跳舞的小人。她伸出手，把注記擦掉，它立刻再次開始像另一隻火靈一樣變化。

「哇，它好像是知道自己在被人測量，好像定義住它的形體就會困住它。把數字寫下來。」

「什麼數字？」

「任何數字，不過要是火靈可能的大小。」

她寫了。什麼都沒發生。

「一定要真的去量，不能假裝。」他以湯匙輕敲著碗。

「不知道跟器具的準確度有沒有關聯。如果我用比較不準的器具，會讓精靈更有變化的彈性嗎？還是這是有限制的，必須符合某種程度的精準？」她坐下，感覺還有很長遠的路要走。「我得要繼續研究，嘗試亮度的變化，然後跟我的火靈亮度與能吸引它們的火光亮度相對算式來比較。」

亞希爾臉色一苦。「親愛的，聽起來像是很多數學啊。」

「沒錯。」

「那我幫妳做些點心，等妳去創造新的天才算式。」他微笑，親吻她的額頭。「妳剛剛獲得了很神奇的發現。」他輕柔地說道。「我不知道這是什麼意思，但是很有可能會改變我們對精靈的所有了解。也許，甚至會改變對法器的了解。」

她微笑，轉身回去繼續研究算式。這一次，她完全不在乎他開始絮絮叨叨地聊著他的材料，想做出她喜歡的甜食配方。

I-9 白衣死神

法拉諾之孫，賽司，雪諾瓦的無實之人在兩名侍衛之間一轉身，他們的眼睛燒焦，靜靜地倒地。

三劍後，他的碎刃便劃斷了大門的鉸鍊跟門栓，深吸一口氣，汲取腰上一袋寶石裡的颶光。他重新因爲力量而散發出光芒，以颶光加強後的腳力踢開了門。

門少了鉸鍊，於是整個往後飛入房間，重重落地，在地面上一滑。巨大的宴會廳裡滿滿都是人，燃燒的壁爐，杯盤的敲擊聲。沉重的門停下，房間陷入安靜。

對不起，他心想，然後衝入房內，開始屠殺。

一片混亂。尖叫聲，呼喊聲，驚慌失措。賽司跳上最近的一張餐桌，轉身，砍倒所有附近的人，在此同時，他刻意讓自己去留神聽見那些死前的呼喊。他沒有對尖叫聲充耳不聞，沒有忽略痛苦的哀鳴。他專注地聽著每個人的聲音。

同時痛恨自己。

他跳過一張又一張的桌子，揮舞著碎刃，散發颶光與死亡的神。

「侍衛！我的侍衛呢！」一名淺眸男子在房間邊緣喊道。男子的腰粗肩寬，有著方正的褐色鬍子，大大的鼻子。賈·克維德的哈納凡納王。不是碎刃師，但傳言說他偷偷藏著一柄碎刃。

賽司周圍的男女紛紛快速逃開，跌跌撞撞地相互絆倒。他跳入他們之中，白色的衣裳翻飛，砍倒一個正抽出劍的男子，但同時也揮劍劃過三個只是想逃跑的女子。眼睛燃燒，身體倒下。

賽司往身後伸出手，將他跳下的桌子充斥颶光，以基本捆術將桌子綁上另外一面的牆，改變引力的方向。大木桌往旁邊一倒，撞上許多人，引發更多的尖叫與痛楚。

賽司發現自己在哭。他得到的命令很簡單。殺人。以你前所未有的手法殺人。讓無辜的人在你腳邊尖叫，讓淺眸人哭泣，穿著白衣，讓所有人認出你是誰。賽司沒有反對。他沒有資格。他是無實之人。

因此他按照主人的要求行事。

三名淺眸人鼓起勇氣來攻擊他。賽司舉起碎刃向他們致敬。他們發出戰吼，他則沉默。手腕一翻，第一個人的劍被砍斷，金屬在空中翻轉。賽司踏到另外兩人中間，碎刃甩過他們的脖子，兩人同時倒地，眼珠焦縮。賽司從後方攻擊第一人，將碎刃從他肩後刺入，胸口刺出。

男子向前趴倒，襯衫上有個洞，但皮膚卻毫無損傷。他倒地時，屬於他的斷劍也跟他一起噹啷落在身旁的地面。

另一組人從賽司的旁邊攻擊，他將颶光引入手中，朝他們腳下的地板施展全面捆術。這種捆術可將物體固定。當那些人想要往前走的時候，他們的鞋子會被黏在地上，所有人將摔倒，然後發現手跟身體都被綁縛在地面。賽司哀傷地走在他們之間，揮舞著劍。

國王往後縮，彷彿想要繞過房間的另一邊逃走。賽司在桌面噴灑全面捆術，然後將整個桌子灌注基本捆術，指向門口。桌子飛過空中，撞上出口，有全面捆術的那一面將桌子黏在牆上。人們想要把桌子扳開，卻只是讓所有人都堆積在一起。賽司走入他們之間，碎刃揮舞。

這麼多條人命。爲什麼？這有什麼意義？

當他六年前攻擊雅烈席卡時，他以爲那已經是一場屠殺。原來，他不明白屠殺是什麼。

他來到門口，看到腳下三十幾具屍體，情緒與體內的颶光風暴混合在一起。他突然痛恨颶光，一如痛恨自己，一如痛恨他手中握著，受盡詛咒的碎刃。

還有……還有國王。賽司轉身面對他。他混亂、崩毀的意識毫不理性地責怪這個人。他今天晚上爲什麼要宴客？他爲什麼不能早點睡覺？他爲什麼要邀請這麼多人？

賽司衝向國王。他經過滿地扭曲的死者，燃燒殆盡的眼睛空洞地指控他。國王躲在自己的桌子後面。桌子顫抖，奇特的晃動。

不對勁。

賽司直覺地將自己捆上屋頂。從他的角度，房間翻過來，地面如今成爲屋頂。兩個身影從國王的桌子下方衝出來。兩名穿著碎甲，握著碎刃的人。

賽司在空中一扭身，避過他們的攻擊，然後將自己捆回地面，在國王召喚出碎刃的同時，落在國王的桌子上。所以傳言是眞的。

國王攻擊，但是賽司往後跳，落在碎刃師身後。他聽到後方傳來腳步聲。賽司抬頭，看到更多人湧入房間。新來的人握著長相特殊的菱形盾牌。半碎甲。賽司聽說過這些新的法器能夠阻止碎刃。

「你是個笨蛋。」賽司說道，颶光從他口中流出。

「爲什麼？你認爲我應該要逃嗎？」國王大喊。

賽司迎向他的雙眼。「不。因爲你在宴會中設下陷阱要抓我。現在我可以把他們的死怪在你頭上。」

士兵散布在房間四周，兩名全身碎甲的碎刃師走向他，舉著碎刃。國王微笑。

「就這樣吧。」賽司深吸一口氣，汲入腰間布囊內許多寶石儲存的颶光。颶光開始在他體內竄動，像是在胸口咆哮的颶風，燃燒尖叫。他吸入前所未有的量，幾乎要被颶光撕裂。

他眼中的是淚水嗎？如果眼淚能隱藏他的罪行就好了。他扯下腰邊的皮革，鬆脫皮帶和沉重的球幣。

然後，他拋下碎刃。

他的對手震驚地看著他的碎刃消失在迷霧中。誰會在戰鬥中拋下碎刃？這完全不合邏輯。

賽司也是。

奈圖羅之子，賽司，你是一件藝術品。一個神。

現在是驗證的時候了。

士兵跟碎刃師衝上來。離他們到達的幾下心跳前，賽司開始動作，血脈中流動著颶風。他閃躲過最初的幾下揮砍，繞入士兵的包圍之中。懋住這麼多颶光讓他更容易對物體灌注颶光。光想要離開，推擠著他的皮膚。在這個情況下，碎刃只會讓他分心。賽司自己才是眞正的武器。

他抓住一名士兵的手臂，一瞬間就在他體內灌注颶光，將他往上捆。男子大喊，朝空中落下，賽司則一彎腰閃過另一下揮砍，以超出人類能力範圍的流暢動作碰觸對方的腿。眼睛一閃一眨，對方同樣被捆在屋頂上。

士兵咒罵，朝他揮砍，笨重的半碎甲突然成爲阻礙。賽司優雅地在他們之間穿梭，如天鰻一般優雅，碰觸手臂、腿、肩膀，讓一打接著是兩打人朝四面八方飛去。大多數人往空中落下，另外一批則朝上前來的碎刃師飛去。碎刃師被眾人撞上，大喊出聲。

一群士兵衝向他，他往後退，將自己捆縛在牆的另外一端，旋身飛入空中。房間方向改變，他落在牆上，如履平地。他順著牆跑向躲在碎刃師身後的國王。

「殺了他！颶你們的！都做什麼去了？殺了他！」國王大喊。

賽司從牆上跳下，一個筋斗，將自己往下捆縛，單膝跪在餐桌上。餐具跟盤子敲擊，他抓起一柄餐刀，在裡面灌注一遍，兩遍，三遍的颶光。他用了三層的基本捆術，將刀指著國王的方向，拋下後，將自己往後捆縛。

他猛然往後退，避過一名碎刃師的攻擊。餐桌在碎刃師的劍下斷成兩半。賽司放開的匕首以超乎尋常的速度往下朝國王飛去，最後一瞬間被國王用盾牌擋下，卻也讓國王駭得睜大了眼睛，看著匕首敲擊上金屬。

該死的，賽司心想，以四分之一的基本捆術把自己往上綁。他沒有往上飛，而是變得更輕盈，四分之一的體重是朝上拉而非往下降，等於他只剩下原本的一半體重。

他扭轉身體，白色衣服優雅地翻飛，落在普通士兵之間。他先前綁縛的士兵開始從挑高的天花板上落下，颶光耗盡，一個又一個破碎的屍體落地。

賽司再次衝向士兵。有些人倒地，有些飛走，昂貴的盾牌撞上地面，從被撞暈或死去的手指間落下。士兵試圖想要砍到他，但賽司在他們之間輕盈地舞動，利用古老的武技「卡瑪」，施展一系列的小擒拿手，這原本是比較不致命的招式，專門用來擒拿敵人，同時利用四兩撥千斤的原理讓敵人動彈不得。

而且最適合碰觸、灌注颶光。

他是颶風。他是毀滅。只要他心念一動，便有人飛入空中，落下，死去。他繼續前進，碰觸一張桌子，以一半的基本捆術將桌子往上捆縛，一半重量往上，一半重量往下，意謂著桌子變成無重狀態。賽司施展全面捆術，將桌子踢向士兵，把他們的衣服跟皮膚與木頭結合爲一。

一柄碎刃帶著風聲劃過他身邊的空氣。賽司輕輕吐氣，彎腰避過，颶光從他口中散出。兩名碎刃師趁著士兵從空中摔下的瞬間展開攻擊，但是賽司太快，太靈活，而兩名碎刃師不懂得並肩攻擊，太習慣於主宰戰場，或與單一敵人決鬥，強大的武器反而讓他們的戰技退步。

賽司輕盈地跑過，只有一半人的重量，輕易地跳過碎刃的攻擊，將自己綁縛在天花板上，彈得更高後，再對自己施以四分之一的捆縛以增加體重，結果就輕輕鬆鬆地躍上十呎高。

落空的攻擊砍中地面，也砍斷他先前拋下的腰帶，切開了其中一個比較大的布囊。球幣跟單顆寶石灑過地面，有些發光，有些黯淡。賽司從滾近的發光球幣和寶石中汲取颶光。

國王握著武器躲在碎刃師身後前進。他應該要逃的。

兩名碎刃師朝賽司揮舞龐然巨劍。賽司轉身避開攻擊，伸出手，抓住正在落地的盾牌。原本握著盾牌的人一秒後摔在地面。

賽司撲向其中一名穿著金色盔甲的碎刃師，以盾牌擋下他的攻擊，從他身邊跑了過去。另一名穿著紅色碎甲的人同樣揮劍。賽司以盾牌擋下劍，盾牌因而幾乎要崩解成碎塊。賽司一面將盾牌朝碎刃的方向推，一面將自己捆縛在碎刃師的身後，往前一跳。

他的動作讓他在那人頭上翻了個筋斗，躍過去。賽司繼續前進，朝遠方的牆面落下，第二波被丟上空中的士兵開始落地。一人撞上紅甲的碎刃師，讓他腳步一歪。

賽司踩上牆壁，岩石在他腳下。他體內滿滿都是颶光。這麼多力量，這麼多生命，這麼多可怕，可怕的毀滅。

石頭。石頭是神聖的。他已經要忘掉這件事了。現在怎麼還會有東西對他而言能是神聖的？

屍體撞上碎刃師的同時，賽司跪下，手按著腳下的一塊大石頭，灌注颶光，朝碎刃師的方向一遍又一遍地捆縛。一次。兩次。十次。十五次。他不斷朝裡面傾注颶光，石頭散發燦爛的光芒。水泥龜裂，岩石相互摩擦。

紅色的碎刃師轉身，正好看到灌注颶光的巨大石頭朝他以平常落石二十倍的速度落下，撞上他，粉碎了他的胸甲，熔化的金屬四散，帶著他一路飛到房間的另一邊，重重撞上對牆。他再也沒有動。

賽司的颶光幾乎用盡。他爲自己加上四分之一的颶光以減低體重，然後快速向前跑，四周都是被壓壞、破碎、死去的屍體，球幣在地上滾動，他吸入它們的颶光，直到體內的颶光向上騰起，塡滿了他，如同方才喪命於他手中的眾人靈魂。

他開始奔跑。另一名碎刃師跌跌撞撞地後退，舉起碎刃，踩到桌腳斷掉的桌面上。國王終於發現他的陷阱失敗了，開始想逃。

十下心跳，回到我手中吧，你這地獄來的凶器，賽司心想。

賽司的心跳開始在他耳裡鼓動。他放聲大叫，颶光如燦爛的煙霧從他口中湧現。碎刃師揮劍，賽司往前一撲，將自己捆縛在另外一面牆上，從碎刃師的腿間穿過，立刻將自己往上綁縛。

賽司飛過空中，碎刃師轉身想再次攻擊他，可是賽司已經消失了。他將自己重新捆回地面，落在碎刃師身後的破碎桌面上，彎下腰，朝裡面灌注颶光。穿著碎甲的人也許不受捆縛影響，但他腳下的東西無法免疫。

賽司重複捆術將木板往上捆縛，木板猛然衝入天空，把碎刃師像個玩具一樣拋在旁邊。賽司自己則是站在木板上，隨著呼嘯而過的風聲飛上天空。木板即將抵到挑高的天花板前，賽司往下一撲，一遍、兩遍、三遍朝地面捆縛自己。

桌板撞上屋頂。賽司以驚人的速度朝仰天倒地的碎刃師撲去。

在落地的前一刻，賽司的碎刃出現在他指間，刺穿碎甲。碎甲爆裂成碎片，碎刃深深埋入那人的胸口與地板。

賽司站直身，抽出碎刃。逃跑的國王轉頭一看，不敢相信地發出驚恐的呼喊。他的兩名碎刃師在幾秒鐘內便被消滅，最後幾名士兵正緊張地想要掩護他的脫逃。

賽司不哭了，彷彿再也哭不出來，感覺一陣麻木。他的腦子……無法思考。他痛恨國王。深深地憎恨。而這股毫無理智的憎恨有多強，他身上就有多痛。眞正的痛覺。

颶光在他身體周圍升騰，他將自己朝國王的方向捆縛。

他降落的姿勢讓雙腳與地面只有些許距離，衣服波動，在那些活著的士兵眼裡，看起來就像是滑過地板。

他以略偏的角度捆縛自己，來到士兵的隊伍前開始揮動碎刃，像是順著陡坡衝下一般穿過士兵之間，不斷旋轉盤繞，以極爲優雅卻可怕的姿勢砍倒了十幾個人，同時從落在地面上的球幣汲取颶光。

賽司來到門口，眼睛燃燒殆盡的人在他身後倒地。國王在門外的最後一小群侍衛包圍下奔跑著，他轉身，看到賽司時驚喊出聲，舉高半碎具的盾牌。

賽司穿過侍衛，朝盾牌攻擊兩次，將盾牌擊了個粉碎，強迫國王倒退數步，跌倒在地，手中碎刃落地，在一抹煙霧中消失。

賽司往前跳，以雙重基本捆術將自己往下綁，落在國王身上，加倍的體重折斷國王的手臂，同時將國王壓在地面動彈不得。賽司的劍揮過驚愕的士兵之間，眾人的腿紛紛死去，同時倒地。

終於，賽司將碎刃舉過頭，低頭看著國王。

「你是什麼東西？」那人低聲問道，痛得滿眼淚水。

「死亡。」賽司說道，然後將碎刃尖端朝下刺穿那人的臉，深戳入下方的岩石。

第四部

飀風映耀

Storm's Illumination

達利納 ◆ 卡拉丁 ◆ 雅多林 ◆ 娜凡妮

「我站在兄弟的屍身面前。我在哭泣。那是他的血還是我的？我們做了什麼？」

——維法奈日，一一七三年，死前一百零七秒。樣本爲一名失業的費德水手。

「父親，這簡直瘋了。」雅多林在達利納的起居間中來回踱步。

「正好，因爲看起來我似乎也瘋了。」達利納半開玩笑地說道。

「我從來沒說你瘋了。」

雷納林開口：「其實我記得你有。」

雅多林瞅了他一眼。雷納林站在壁爐邊，研究前幾天剛裝的新法器。充滿颶光的紅寶石包圍在金屬外殼中，柔柔地散發光芒以及舒適的暖意。這件法器相當方便，但雅多林覺得壁爐裡沒有劈啪作響的火堆簡直太不正常。

雅多林的起居間只有他們三人，等著那天的颶風來臨。達利納告知他的兒子們退位的意圖後，又過了一個禮拜。

雅多林的父親坐在其中一張高背的大椅子上，雙手交握在身前，神情淡漠。戰營中的人全都還不知道他的打算，眞是感謝神將，但是他打算儘快宣布這個消息，也許就在今晚的晚宴上。

「好吧，就算我說過好了，但我不是認眞的，至少我不是要你受到這樣的影響。」雅多林說道。

「雅多林，我們一個禮拜前就討論過這件事。」達利納輕聲說道。

「對，你也答應我要重新考慮！」

「我考慮過了。我的決心沒有改變。」

雅多林繼續踱步。雷納林站得筆挺，看著哥哥忿忿不平地走來走去。*我眞是個笨蛋。父親當然會這麼做。我早應該想到的*，雅多林心想。

「父親，你不過是有點小狀況而已，不代表你就要退位啊。」雅多林說道。

「雅多林，我們的敵人會拿我的弱點來趁虛而入。你甚至相信他們已經開始對我們不利了。如果我現在不放棄藩王之位，情況可能會比現在嚴重很多。」

「可是我不想當藩王，至少不是現在。」雅多林抱怨。

「領導者的責任往往不是你能選擇的，兒子。我想雅烈席卡的貴族之間，太少人明白這點。」

「那你會怎麼辦？」雅多林痛苦地問道。他停下腳步，看著他父親。

即使是坐在那裡思索自己的瘋狂，達利納仍然顯得如此堅定，雙手交握在身前，穿著一套筆挺的藍色制服，外面是科林深藍的外套，兩鬢銀白。他的手厚實，滿是老繭，表情堅毅。達利納一旦下定決心便不會受到任何動搖，也不再質疑。

不論他有沒有發瘋，他都是雅烈席卡最需要的人，而雅多林的冒失卻做到戰場上沒有任何戰士辦到過的事情：狠狠讓達利納．科林徹底站不住腳，敗北離去。

颶父啊，傑瑟瑞瑟、克雷克、艾兮，天上的神將啊，請幫我找到能夠導正這一切的方法，求求祢們，雅多林心想，胃糾痛成一團。

「我會回到雅烈席卡。雖然我很不願意讓我們這裡的軍隊少一名碎刃師。我能不能……可是不行，我不能放棄它們。」

「當然不可以！」雅多林驚恐萬分地說道。碎刃師放棄他的碎甲？這幾乎是從來沒有發生過的事，只會出現在擁有者年邁病弱到萬不得已的時候。

達利納點點頭。「我一直擔心我們的家鄉陷入危險，因為每名碎刃師都在平原上作戰。也許這陣風變得正是時候。我會回到科林納，協助皇后，參加邊境的戰鬥，讓自己有點用處。如果雷熙跟費德人知道他們會面對全副武裝的碎刃師，也許會比較不願意攻擊我們。」

「這有可能，但他們也可能更加猛烈的攻擊，派碎刃師一起來劫掠。」

這似乎讓他父親開始擔心起來。羅沙上，只有賈．克維德的碎具數量幾乎可以和雅烈席卡媲美。兩國之間已經許多個世紀以來都沒有發生正面衝突。雅烈席卡是因為太分裂，賈．克維德的情況也好不了多少，如果這兩國認真開戰，將是一場神權聖教時代之後就沒有發生過的驚天戰事。

遠方的雷聲從外面傳來，雅多林立刻轉向達利納。他父親坐在椅子上，望著西方，沒有颶風的方向。

「我們之後再進行討論。現在你們應該要把我的手臂綁在椅子上。」

雅多林皺眉，卻沒有抱怨地照做。

❖

達利納眨眨眼，環顧四周。他站在一個只有一層城牆的堡壘操演場中。城牆是以巨大的深紅色石塊堆疊而成，陡峭而筆直，橫越在開闊的岩石平原與高大的岩壁之間的開口，像是橫黏在巨石裂縫上的一片濕葉。

這些幻境好真實，達利納心想，低頭看著手中的矛，還有款式久遠的制服：一塊布裙跟皮背心。他很難記起其實自己是坐在椅子上，雙手被綁著。他感覺不到繩子，也聽不到颶風。

他考慮是不是要待在原處，什麼也不做，等到幻境結束。如果這不是眞的，那他爲何要參與？但是他並不完全相信，甚至可以說是無法完全相信這些是他自己創造出來的幻想。他要退位的決定是來自於自己的懷疑。他發瘋了嗎？他解讀錯誤了嗎？至少，他已經無法相信自己。他分辨不出來什麼是眞的，什麼不是。在這樣的情況下，一個人應該做的就是從權位上退下來，好好釐清自己的狀況。

無論如何，他都覺得自己應該要參與這個幻境，而不是假裝看不見。有一部分的他仍然竭盡全力想要在正式宣告退位前找到解決的辦法。他沒有讓那部分的他有太大影響，因爲人應該要做對的事情。可是達利納願意讓步：他的人在這裡時，就會把幻境的一切當作是眞的。如果這裡有等待被發掘的祕密，那他必須要順著往下走才會找到。

他環顧四周。這次是要給他看什麼，還有爲什麼？他手上武器的矛頭是品質不錯的鋼，但是帽子似乎是青銅。跟他一起站在城牆上的六人之一穿著青銅胸甲，另外兩人有著縫補不佳的皮制服，補丁跟裂縫的針腳都非常粗糙。

其他人懶洋洋地站在旁邊，看著牆外。守牆任務，達利納心想，走到牆邊，大地呈現在眼前。這塊岩石是在一個巨大的平原盡頭，正是最適合搭建堡壘的地方，任何方向有軍隊靠近都會老早被發現。

空氣冷到有著陰影的角落中還堆著冰塊。太陽沒有驅離多少寒意，天氣解釋了為什麼沒有多少草。草葉一定都已經縮進洞裡，等待春天氣候的溫和照拂。

達利納把披風拉得更緊，提醒他的一名同伴要照做。

「他颶風的天氣。這要持續多久？已經八個禮拜了。」那人喃喃自語。

八個禮拜？連續四十天的冬天？這很罕見。除了冷，另外三名士兵看起來對他們的任務一點都提不起勁，甚至有一人還在打盹。

「警醒點。」達利納輕斥他。

他們都瞥向他，打盹的人眨著眼睛醒來，三個人一臉不可置信，一名身材頗高的紅髮男子滿臉不快地說道：「李夫，你居然會說這種話？」

達利納壓下回嘴的衝動。他們覺得他是誰？

冰冷的空氣讓他的呼吸都變成白霧，他聽到身後傳來金屬敲擊聲，有人在鑄鐵場工作的聲音。通往堡壘的大門關上，左右兩邊的弓箭手高塔也都有人。現在是戰爭期間，但是守衛工作向來很無聊，只有受過精良訓練的士兵才能連續數小時保持警覺。也許這就是為什麼這裡有這麼多士兵。如果不能相信他們的眼睛，至少能相信數量。

可是達利納有個優勢。這些幻境從來沒有帶他到和平的情況，而是每每讓他陷入爭鬥跟改變的情境、扭轉局勢的時刻。因此，雖然有幾十隻其他眼睛也在看著，卻是他最先看到。

「那裡！那是什麼？」他彎著腰探出粗糙石頭的城垛。

紅髮男子舉起手遮眼。「沒什麼，影子而已。」

「不對，在動。看起來是人。在行軍。」其中一人說道。

達利納的心臟開始期待地跳動，紅髮男子則傳出警訊。更多弓箭手趕上城牆，繃緊弓弦。士兵聚集在下面紅通通的操練場。達利納聽到有人稱這裡是「燒石堡」。他從來沒有聽過這個地名。

斥候騎著馬從堡壘衝出去。他們為什麼沒有在外面安設巡邏隊？

「一定是後方守軍。他們不可能突破我們的戰線。有燦軍在……」一名士兵低聲說道。

燦軍？達利納走得更近想聽清楚，但對方瞪了他一眼便轉開。不管達利納是誰，顯然都不受其他人歡迎。

這個堡壘顯然是某場戰爭前線的大後方，所以靠近的軍隊有可能是友軍，或者敵人已經突破戰線，派了前鋒部隊來攻擊堡壘。所以這些是後備軍，這也解釋為什麼他們沒多少匹馬，可是他們應該還是要有巡邏隊。

斥候們終於騎馬回到堡壘時舉著白旗。達利納瞥向他的同伴，看著他們紛紛放鬆，確認他的懷疑。白色表示是友軍。可是如果這麼簡單的話，為什麼會送他來這裡？如果這一切都只是他腦中的想像，他的腦子會首次編造出一個簡單、無聊的幻象嗎？

「我們要小心是否有陷阱。有人快去弄清楚那些斥候看到了什麼。他們是只辨認出旗幟，還是看得更仔細？」達利納說道。

其他士兵，包括一些站在城牆上的弓箭手，都以奇怪的眼神看著他。達利納輕聲咒罵，回頭看著靠近的軍隊黑影。他的後腦杓正不安地搔癢著。他不管其他人的目光，立刻舉起矛，沿著城牆的走道奔跑，來到一道石階，以之字型來回在高聳的城牆上，沒有欄杆。他以前站在這種城牆上過，知道要怎麼樣將目光集中在台階上免得暈眩。

他來到城牆底，肩膀上扛著矛，開始找負責的人。燒石堡的建築物粗壯實用，緊密相鄰，背後貼著天然峽谷的石壁，大多數都有方形的水槽在屋頂上。如果食物儲存充足，或者運氣好有個魂師的話，這樣的城市可以抵擋數年的圍攻。

他讀不懂階級徽章，但是他看得出來，一個穿著血紅色披風，周圍一群護衛的人是軍官。他沒有盔甲，只有光亮的青銅胸甲套在皮革上，正與一名斥候交談。達利納急忙上前。

這時候他才發現，那人的眼睛是深褐色。達利納驚訝到極點。他周圍的人把他當光明爵士一樣對待。

「……是石守騎士團，大人。還有一大群逐風師。全部都步行！」還在馬背上的斥候說道。

「可是爲什麼？燦軍爲什麼要來這裡？他們應該要在前線跟惡魔作戰！」深眸軍官質疑。

「大人，我們的命令是一旦認清他們的身分就要立刻回來。」探子說道。

「現在回去，弄清楚他們爲什麼來！」軍官咆哮，讓斥候縮了縮，轉身騎馬離開。

燦軍。他們通常都跟達利納的幻境有關係。這名士官開始對他的下屬施令，告訴他們要幫那些騎士準備空床。達利納跟著探子朝牆邊走去。人們聚集在那裡的窄細縫間，探頭探腦地看著平原。他們跟上面的士兵一樣都穿著破爛的制服，看起來像是硬拼湊出的衣服。他們並不衣衫襤褸，但顯然穿別人給的東西。

斥候從小門出去了。達利納來到巨碩城牆下的陰影，走到一群士兵的最後面。「發生什麼事？」他問道。

「燦軍。他們開始跑起來了。」其中一人說道。

「幾乎像是要攻擊。」另一人說道，完了之後還笑兩聲，覺得自己的話很可笑，但是聲音中帶著一絲不確定。

什麼？達利納焦慮地心想。「讓我過去。」

出乎意料的是，他們讓路了。達利納擠過人群時可以感覺到他們的迷惘。他是以上主與淺眸人的姿態在發號施令，因此他們直覺地服從，但看到他的人之後，他們不確定了。這個普通的士兵憑什麼對他們呼來喚去？

他沒有給他們質疑自己的機會。他爬上靠在牆邊的平台，這邊的牆上有個長方形的開口，可以看到平原，窄到不足以讓人通過，卻可以讓弓箭手往外射箭。達利納看到逼近的士兵組成了一條明顯的線，穿著閃耀碎甲的男女正往前衝。斥候停下馬，看著衝上來的碎刃師。他們肩併肩地奔跑，沒有一個人的腳步錯位，就像一波水晶牆。燦軍靠近些之後，達利納看得出來他們的碎甲沒有上漆，關節和胸前符文散發著藍或琥珀色的光芒，一如他在先前幻境中看到的其他燦軍一樣。

「他們沒有抽出碎刃。這是個好跡象。」達利納說道。

外面的斥候讓馬後退。外面看起來像是有兩百名碎刃師。雅烈席卡擁有大概二十柄碎刃，賈．克維德有的數量差不多。如果把全世界其他國家的所有碎刃加起來，也許可以跟這兩個強大的弗林國家共同擁有的碎刃數目相較，意思是，就他所知，全世界的碎刃數目不到一百柄。在這裡他卻看到一支軍隊中就有兩百把，簡直是足以讓人思緒凍結的景象。

燦軍放慢速度，變成小跑步，最後開始行走。達利納周圍的士兵安靜下來。最前面的燦軍站成一排，動也不動。突然，其他人從空中落下，伴隨著石頭碎裂的聲音落地，一團團颶光從他們身上騰起。這些颶光都是藍色的。

很快地，外面聚集了約有三百名碎刃師。他們開始召喚碎刃。武器出現在他們手中，像是凝結的霧氣。一切安安靜靜。他們的面罩遮住臉。

「如果沒有拔劍的衝鋒是好跡象，那現在這是什麼意思？」達利納身邊的一個人悄聲說道。

達利納開始浮現懷疑，心中的恐懼告訴他，他知道這次的幻境內容是什麼。斥候終於崩潰，調轉馬頭，全速衝回堡壘，尖叫著要人開門，彷彿一點點木頭與石頭就能抵擋數百名碎刃師。一名有著碎刃與碎甲的人幾乎就等同於一支軍隊，更何況這些人還有奇特的力量。

士兵爲斥候拉開小門。達利納瞬間做出決定，從高台跳下，衝向開口。他先前看到的軍官在他身後，爲自己清出一條道路，要走上開口旁的平台。

達利納來到門邊，就在斥候衝入中庭的瞬間，他跑了出去。驚懼萬分的人們在他身後呼喊，他卻不予理會，直奔到空曠的平原。廣闊筆直的牆壁在他頭頂延伸，就像是通往太陽的一條大道。燦軍們仍然很遠，但是他們停在射程範圍內。美麗的身影讓達利納心搖神馳，開始慢下腳步，最後停在一百呎外。

一名騎士站到眾人面前，鮮豔的披風是濃烈的藍色。他的碎刃劍身是波浪狀，中間有繁複的雕刻，他舉著劍，指向堡壘一會兒。

然後他將劍的尖端朝下埋在岩石平原上。達利納眨眼。碎刃師取下頭盔，露出英俊的臉，有著金髮與淺色皮膚，就像雪諾瓦人一樣淺白。他將頭盔拋在劍旁邊的地面，它略略地打滾出去。碎刃師握緊拳頭，雙手平舉，張開掌心時，手套護甲落在岩石地。

他轉身，碎刃從他身上落下——胸甲落地，護腿滑落，在碎甲下他穿著一身皺皺的藍色制服。他踏出靴子一般的護具，開始離去，他的碎甲跟碎刃——一個人能擁有的最珍貴寶物——被拋在地上，像是垃圾一樣被捨棄。

其他人開始學他。數百名男女，將碎刃埋入石頭，然後開始脫下碎甲。金屬落在岩石上的聲音先是像雨，後來像雷。

達利納發現自己開始往前跑。他身後的門打開，一些好奇的士兵離開堡壘。達利納來到碎刃間，佇立在石地上像是銀色的樹，一整個森林的武器散發出柔和的光芒，是他自己的碎刃從來沒有的光輝，但當他在碎刃之間穿梭的同時，光芒也開始慢慢黯淡。

一陣可怕的感覺襲擊他的心頭。是巨大的慘劇，充滿痛楚與背叛的傷心。他停在原地，驚喘，手按著胸口。發生什麼事了？這可怕的感覺，他敢發誓，幾乎可以聽到的尖叫聲是什麼？

燦軍。他們離開了自己拋棄的武器，似乎全部變回獨立的個體，雖然人很多，卻都走在不同的道路上。達利納衝在他們身後，被拋下的胸甲與武器配備絆倒。他終於脫離了碎具。

「等等！」他大喊。

沒有人轉身。

他現在可以看到遠處有其他人。一群士兵，沒有穿著碎甲，等待燦軍回來。他們是誰，爲什麼沒有上前？達利納趕上燦軍，因爲他們走得並不快，然後抓住起中一個人的手臂。那人轉身，他的皮膚是褐色，頭髮是深色，像是雅烈席人。眼睛是最淺的藍色，藍得不自然，瞳孔幾乎是無色的。

「拜託你。告訴我，你們爲什麼要這麼做？」

碎刃師將手臂抽出，繼續離開。達利納咒罵，跑入聚集在一起的碎刃師裡面。他們來自不同的種族與國家，膚色深淺不一，有些有白色的賽勒那眉毛，還有色雷的皮膚波紋。所有人都目視前方地走著，沒有互相交談，腳步緩慢卻堅決。

「誰能告訴我為什麼？就是這天對不對？再創之日，你們背叛人類的那天。可是為什麼？」達利納咆哮。沒有人說話。彷彿他不存在。

人們傳說著燦軍背叛人類同胞的那天。他們在跟什麼作戰，而且為什麼停止？剛才有人提到兩個騎士團，可是總共有十個。另外八個呢？

達利納在一群嚴肅的人之間跪倒在地。「求求你們，我需要知道。」堡壘的一些士兵跑了出來，來到遍地的碎刃間，但是他們沒有追著燦軍，而是小心翼翼地抽出碎刃。幾名軍官慌亂地從堡壘中跑出，下令要他們放下碎刃，但很快便被從兩側小門湧出，衝向武器的人潮淹沒。

「他們是第一批。」一個聲音說道。

達利納抬起頭，看到其中一名騎士停在他身邊。是那個看起來像是雅烈席人的騎士。他轉頭看著聚集在碎刃周圍的人群。人們開始互相喊罵，每個人爭先恐後地想要搶到一柄數量有限的碎刃。

「他們是第一批。」燦軍說道，轉向達利納。達利納認得那個深沉的聲音。是每次在幻境中跟他說話的聲音。「他們是第一批，也是最後一批。」

「這是再創之日嗎？」達利納問道。

「這些事件將成為歷史的一部分，廣為人知。你們將會為今天發生的事情起許多名字。」燦軍說道。

「可是為什麼？請你告訴我。他們為什麼捨棄自己的責任？」達利納問道。

那個人似乎在端詳他。「我說了，我幫不了你什麼。哀傷之夜與眞正荒寂將會來臨。永颶。」

「那回答我的問題！」達利納說道。

「讀那本書。團結他們。」

「書？《王道》？」

對方轉身離開，加入踏在石頭平原上走向未知方向的其他燦軍。

達利納回過頭看著混亂的士兵衝向碎刃。已經有許多人搶到了碎刃，但是不是每個人都能分到，有些人已經開始舉起他們的碎刃，用來抵擋靠太近的人。他看著一名握著碎刃咆哮的軍官被兩名身後的人攻擊。

武器內部散發的光芒完全消失。

殺死那名軍官後，其他人也大膽了起來。周圍開始出現鬥毆，紛紛開始攻擊有碎刃的人，想要搶到一柄。眼睛開始焚燒。尖叫、狂喊、死亡。達利納看著，看著，直到發現自己回到了房間，綁在椅子上。雷納林跟雅多林在旁邊看著他，表情緊繃。

達利納眨眼，聽著颶風尾聲的雨水灑在屋頂上。「我回來了。你們可以冷靜下來了。」他對他的兒子們說道。雅多林幫他解下繩子，雷納林站起身，爲達利納端來一杯橘酒。

達利納一被解開，雅多林便退後一步，雙手抱胸。雷納林臉色蒼白地回來，他看起來像是發作了一回，雙腿在發抖。達利納一接下杯子，年輕人便坐在椅子上，將頭埋入手中。

達利納啜著甜酒。他在幻境中看過戰爭。他看過死亡跟怪物，巨殼獸跟夢魘般的存在。可是，剛才的一幕不知爲何，讓他心中充滿前所未有的不安。他舉杯再喝一口時，發現自己的雙手顫抖。

雅多林還在看著他。

「剛才很可怕嗎？」達利納問道。

「父親，你說的胡言亂語聽起來讓人覺得緊張。詭異、奇怪、扭曲，像是被風吹歪的木頭建築。」雷納林說道。

「你不斷掙扎，差點要把椅子翻倒，我得按著椅子，直到你安靜下來。」雅多林說道。

達利納站起身，嘆口氣，走到一旁去斟酒。「這樣你還覺得我不需要退位？」

「這些狀況是可以被控制的。我的目的從來不是要你退位。我只是不希望你依憑自己的幻境來決定家族的未來。只要你能接受你看到不是眞的，我們就可以一切正常地繼續下去，你不需要退位。」雅多林說道，但是語氣中仍然透露出心中揣揣。

達利納斟酒，望向東方，看著牆，不看雅多林跟雷納林。「我不接受我看的不是眞的。」

雅多林驚訝開口：「什麼？我以爲我說服了你——」

「我接受我已經不完全可靠，還有我可能正在陷入瘋狂的可能性。我接受有事情正發生在我身上。」他轉過身。「當我第一次看到這些幻境時，我相信它們是來自全能之主。你說服我的是，我的判斷也許太倉促了。我知道的太少，不足以判斷它們是否可以信任。我可能已經發瘋。或者它們可能的確不是來自凡間，但不一定是全能之主。」

「怎麼可能？」雅多林皺眉。

「上古魔法。」依舊坐在椅子上的雷納林輕聲說道。

達利納點點頭。

「什麼？上古魔法是傳說。」雅多林立刻說道。

「可惜，不是傳說。我很清楚知道這點。」達利納又喝了一口沁涼的酒漿。

「父親。如果上古魔法能影響你，你必須要去西方找它，對不對？」雷納林說道。

「是的。」他羞愧地說道。他的記憶中原本存在他妻子的空虛之處，如今變得比以前任何時候都要鮮明。他通常不去理會這空虛是有充分理由的。她已經完全消失，有時候他甚至很難記得他結過婚。

「這些幻境跟我對守夜者的理解不吻合。大多數人認爲她只是某個強大的精靈。一旦找到她，接受了她給的獎賞跟詛咒，她就應該再也不會來找你。你什麼時候去找她的？」雷納林說道。

「很多年了。」達利納說道。

「那麼這個應該不是她的影響。」雷納林說道。

「我同意。」達利納回答。

「可是你要求了什麼？」雅多林皺眉。

「我的詛咒跟獎勵是我自己的，兒子。細節不重要。」達利納說道。

「可是——」

「我同意雷納林的說法。這應該不是守夜者的作爲。」達利納打斷他。

「好吧。那爲什麼要提？」

達利納莫可奈何地回答：「雅多林，因爲我不知道我身上發生了什麼事。這些幻境細節太清晰，不像是我自己的腦子創造出來的，但是你的論點讓我開始想，也許是我錯了，或者是你錯了，有可能是全能之主送來的，或者是我們都沒有想到的東西。我們不知道，所以讓我繼續在位很危險。」

「我剛剛講的還是一樣。這是可以控制的。」雅多林固執地回答。

「不行。因爲在過去這些幻境只有在颶風來臨時發生，但不代表在我受到壓力的其他情況下不會出現。如果我在戰場上發作了呢？」這是他們不讓雷納林參戰的理由。

「如果發生這件事，我們到時候再來處理。現在我們可以忽略——」

達利納雙手往空中一攤。「忽略？我不能忽略這種事。我的幻境，那本書，我的感受——它們正在改變我的一切。如果我不能聽從我的良知，我該如何統治？如果我繼續擔任藩王，那我會懷疑自己的每個決定。我可以選擇信任自己，或是退位。我不能忍受自己在兩者間搖擺的情況。」

房間陷入沉默。

「那我們該怎麼辦？」雅多林問。

「我們做決定。我做決定。」達利納回答。

「退位或繼續聽這些幻境的話。」雅多林啐了一口。「哪一邊都是讓幻境來操控我們的決定。」

「你有更好的辦法嗎？」達利納質問。「你一直在抱怨，雅多林，這似乎是你的習慣，但我沒聽到你提出一個合理的替代方案。」

「我給了你一個。不要理那些幻境，繼續下去！」雅多林說道。

「我說了，是合理的替代方案！」

兩人瞪著彼此。達利納努力地克制自己的脾氣。在許多方面，他與雅多林太像。他們了解彼此，因此會朝對方的痛點攻擊。

「嗯，如果我們來證明這些幻境是否眞實呢？」雷納林說道。

達利納瞥了他一眼。「你說什麼？」

「父親剛才這些夢境非常詳盡。」雷納林雙手交握在身前，往前傾身。「你到底看到了什麼？」

達利納遲疑片刻，喝下杯中所有的酒。難得一次，他希望杯子裡是會讓人醉的紫酒而非橘酒。「我的幻境通常跟燦軍有關。在每次的結束，會有人，我想是個神將，祂會來找我，命令我要團結雅烈席卡所有藩王。」

房間陷入沉默。雅多林看起來很不安，雷納林只是靜靜地坐著。

「今天，我看到再創之日。燦軍捨棄了碎具，開始離開。碎甲跟碎刃……被拋棄時，黯淡了下來。看到這樣的細節似乎很奇怪。」他看著雅多林。「如果這些幻境都是我自己的妄想，那我比自己以為的要聰明太多。」

「你記不記得任何我們可以調查的細節？名字？地點？可以在歷史中找到的事件？」雷納林問道。

「最近這一次是發生在燒石堡。」達利納回答。

「沒聽過。」雅多林說道。

「燒石堡。」達利納重複一遍。「在我的幻境中，附近有某種戰事，燦軍在前線作戰，他們退到了這個堡壘，然後捨棄他們的碎具。」

「也許我們能從歷史中找到些什麼。證明這個堡壘是否存在，或者燦軍沒有在那邊做出你看到的行為，那我們就知道了，不是嗎？知道這些幻境是妄想或是事實？」

達利納發現自己在點頭。他從來沒想過要證明它們，一部分原因是因為他從一開始就認為它們是真的。一旦他開始質疑，他便傾向對幻境保密，閉口不談。可是如果他知道他看到的是眞實事件……那至少就可以排除發瘋的可能性。這不會解決所有問題，但會解決很多問題。

「我不知道。父親，你說這是神權聖教時代之前的事情。我們能在歷史中找到資料嗎？」雅多林質疑。

「燦軍還存在的時代也有歷史記載，不像影時代或神將時代那麼久遠。我們可以問加絲娜。這不就是她最擅長的？她是記實學家不是？」雷納林說道。

達利納看著雅多林。「聽起來值得一試，兒子。」

「也許吧。但是我們不能光憑一個地方的存在就當作證據。你可能在別處聽過燒石堡，所以它出現了。」雅多林說道。

「這是有可能，但如果父親只是見到幻覺，那我們一定能夠證明某些部分不是眞的。不可能他看到的每個細節都是來自故事或歷史。如果是妄想，必定有純粹虛構的部分。」雷納林說道。

雅多林緩緩點頭。「我……你說得對，雷納林。這是個好計畫。」

「我們需要找一名我的書記來，趁我記憶猶新時把幻境描述給她聽。」達利納說道。

「沒錯。我們有越多細節，就越容易證明或推翻幻境的眞實性。」雷納林說道。

達利納蹙起眉頭，放下杯子，走到兩人身邊坐下。「好，但是我們要用誰來記錄我的口述？」

「你有很多書記，父親。」雷納林說道。

「他們都是我手下軍官的妻子或女兒。」達利納說道。他該怎麼解釋？光要在兒子面前揭露自己的弱點已經夠痛苦。如果他的幻境細節在軍官之間散播出去，可能會造成軍隊士氣大衰。

也許有一天會是必須告訴他的軍隊眞相的時候，但那必須從長計議，而且他寧可在找別人談這件事之前，先知道自己有沒有發瘋。

「沒錯。」雅多林點頭，雷納林依舊面露不解之色。「我明白。可是父親，我們不能等到加絲娜回來。說不定還要好幾個月。」

「同意。」達利納嘆口氣。還有一個選擇。「雷納林，派人去請你伯母娜凡妮。」

雅多林瞥向達利納，挑起眉毛。「這是個好主意，但我以為你不信任她。」

「我相信她會信守承諾，也會保守祕密。我跟她說了我想退位的打算，她半個人都沒說。」達利納無可奈何地說道。娜凡妮最擅長保守祕密，遠比他宮廷中的任何女人都擅長。他相信宮廷中的女子，但是要保守這樣的祕密，需要一個在言詞與思慮上都縝密精準無比的人。

這便是指娜凡妮。她可能會想出該如何用這件事來操控他，但是至少這個祕密不會洩漏到他麾下。

「去吧，雷納林。」達利納說道。

雷納林點點頭，站起身，他似乎一切如常，腳步沉穩地走向門口。他離開後，雅多林來到達利納身前說道。「父親，如果我們證明我說得對，這一切都是你的幻想，你會怎麼做？」

「一部分的我想要這件事發生。」達利納看著門在雷納林身後關起。「我害怕自己發瘋，但至少那是熟悉的，可以被處理的。我會把領地交給你，然後去卡布嵐司尋求醫治，可是如果這不是幻覺，那我面臨著另一個選擇。我是否要接受幻境的內容？如果我發瘋了，可能對雅烈席卡還好些，至少容易些。」

雅多林思索著，眉頭緊鎖，下巴緊繃。「那薩迪雅司呢？他的調查行動差不多要接近尾聲了？我們該怎麼辦？」

這是個合理的問題。一開始達利納跟雅多林會爭吵，就是因為達利納信任自己的幻境，因此依照幻境的指示來處理跟薩迪雅司的關係。

團結他們。這不只是幻境的命令。這是加維拉的夢想。團結統一的雅烈席卡。達利納是否讓那個夢境，加上對不起他哥哥的罪惡感，逼得自己創造出神諭，好讓自己有理由能貫徹哥哥的意志？

他不確定。他最討厭感覺不確定。

「好吧，我允許你爲最糟的情況做準備，防備薩迪雅司攻擊我們。讓我們的軍官們提高警覺，召回出外巡邏防搶匪的軍隊。如果薩迪雅司宣告我試圖殺死艾洛卡，那我們就要封鎖戰營，進入警戒。我不打算讓他來逮捕我，把我送上處決台。」

雅多林看起來大鬆了一口氣。「父親，謝謝。」

「希望不會走到這個地步。薩迪雅司跟我認眞開戰的那天，雅烈席卡這個國家就會崩解。我們兩個藩王支撐著王位，因此如果我們有了爭端，其他人要不是選邊站，再不然就是會自己想辦法挑起戰爭。」

雅多林點點頭，達利納靠回椅背，心中不安。他對送來幻境的力量在內心暗道：*對不起，但我必須做出睿智的決定。*

這對他而言似乎是第二次的試煉。幻境叫他信任薩迪雅司。好，他要看看會發生什麼事。

❖

「……然後就消失了。之後，我發現自己回到這裡。」達利納說道。

娜凡妮拿起筆，滿臉沉思。他沒花太久便講述完自己的幻境，她的記錄非常優秀，從他口中問道細節，知道什麼時候該追問。她對於這個要求的反常沒有提出隻字半語，更沒有因爲他想要記錄自己的幻覺而覺得好笑。她一切公事公辦，仔細謹愼。她現在坐在他的寫字桌前，頭髮盤繞往後，以四根髮刺固定成髻，身上的紅色長裙與唇色一致，美麗的紫色眼睛露出好奇。

颶父啊，她眞美，達利納心想。

「怎麼樣？」雅多林問道。他靠在房間的門口。雷納林去聽取颶風損害簡報了。那小子需要在這方面的鍛練。

娜凡妮挑起眉毛。「什麼意思，雅多林？」

「妳覺得呢，伯母？」雅多林問道。

「我從來沒聽說過這些地方或事件，但是我相信你並不認爲我會知道。你們不是想要我聯絡加絲娜嗎？」娜凡妮說道。

「是的。但是妳一定有妳自己的分析。」

「親愛的，我保留我的判斷。」娜凡妮站起身，將紙折起，內手壓著紙張，另一手按平折痕。她微笑，走過雅多林身邊，拍拍他的肩膀。「我們在分析前先聽聽加絲娜怎麼說，怎麼樣？」

「好吧。」雅多林聽起來不太高興。

「我昨天跟你的那位小姐花了點時間聊天。她是叫丹蘭吧？我認爲這是個睿智的選擇。她的腦袋裡有點東西。」娜凡妮對他說道。

雅多林精神一振。「妳喜歡她？」

「滿喜歡的。我也發現她非常喜歡阿法拉瓜。你知道嗎？」

「我不知道。」

「很好。我可不想辛辛苦苦地替你找到討她歡心的方法之後，才發現你已經知道了。我來的路上擅自作主買了一籃，你去旁邊的小房間裡就會找到，有個看起來沒在做什麼大事的無聊士兵正替你看著。如果你今天下午帶著瓜去拜訪她，我想你會很受歡迎。」

雅多林遲疑了。他可能知道娜凡妮是想讓他不要一直擔心達利納的事，於是他整個人放鬆，開始微笑。「如果能這樣就太好了，最近不太順利。」

「我想也是。我建議你快去。那些瓜熟得正好。而且，我想要跟你父親談談。」

雅多林親暱地吻了娜凡妮臉頰。「謝謝妳，瑪莎拉。」如果是別人，他鐵定沒有那麼輕易放過對方，但這是他最喜歡的伯母，在她身邊，他覺得自己又像個小孩。雅多林走出門口時，臉上的笑容燦爛。

達利納發覺自己也在微笑。娜凡妮很瞭解他兒子。可是他的笑容持續不了多久，因為他發現雅多林一走便留下他與娜凡妮獨處，於是他站起身。「妳對我有什麼要求？」他問道。

「我沒說我對你有要求，達利納。我只是想跟你聊聊。畢竟，我們是一家人。我們相處的時間不夠。」

「如果妳想聊天，那我去找士兵來陪伴我們。」他瞥向外面的小房間。雅多林關上走廊盡頭的門，讓他看不到侍衛，侍衛也看不到他。

「達利納，那我讓雅多林離開就沒有意義了。我想要有點隱私。」她走到他身邊。他感覺自己全身開始僵硬。「妳應該走。」

「我必須走嗎？」

「對。其他人會認為這是不合宜的。他們會開始說閒話。」

「你的意思是可能會發生不合宜的事情嗎？」娜凡妮說道，幾乎像個少女般興奮。

「娜凡妮，妳是我的姊姊。」

「我們不是血親。在某些王國中，你的哥哥一過世，按照傳統，我們就必須結合。」

「我們不是在別的國家。這是雅烈席卡。這裡有規矩。」

「這樣啊。」她慢慢地更靠近他。「那如果我不走的話，你會怎麼辦？你會呼救嗎？還是叫人把我拖走？」

「娜凡妮。拜託妳，不要再這樣。我累了。」他忍耐地說道。

「太好了。這可能讓我更容易得到我想要的。」

他閉上眼睛。我現在沒有精力處理這件事。剛剛的幻境，與雅多林的衝突，他自己不確定的情緒……

測試幻境是個好決定，但是他仍然因爲無法決定下一步行動而心神不寧。他喜歡做了決定之後就不再動搖。可是現在的他不行。

他已經不知道該怎麼想了。

整個人因此而焦躁不安。

「我感謝妳願意記錄我的口述，以及不對外聲張這件事。」他睜開眼睛。「可是我眞的必須請妳現在離開，娜凡妮。」

「噢，達利納。」她柔聲說道。她靠得夠近，達利納足以聞到她的香水。颶父啊，她眞是美。看到她，令他想起過去許久的時光，那時他想要她的心念強烈到幾乎因爲加維拉贏取她的芳心而恨他。

「你不能放鬆一下下嗎？」她問。

「規矩——」

「別人都——」

「我不能是別人！」達利納的口氣比他預料得要更凶狠。「娜凡妮，如果我罔顧道德與規矩，那我算是什麼？其他的藩王跟淺眸人的行爲是應該得到譴責的，我也讓他們知道這點。如果我放棄了自己的原則，那我會變成比他們更糟糕的人。一個僞善的人！」

她全身一僵。

「拜託妳。請妳離開。今天不要挑釁我。」他因爲情緒而全身緊繃。

她遲疑片刻，不發一語地離開。

她永遠不會知道他有多希望她再反對一次。以他現在的狀況，恐怕是不可能與她進一步爭論下去。門一關上，他便讓自己坐倒在椅子中，大大吐了一口氣，閉上眼睛。

天上的全能之主啊，求求祢。讓我知道我該怎麼做。

53 度尼

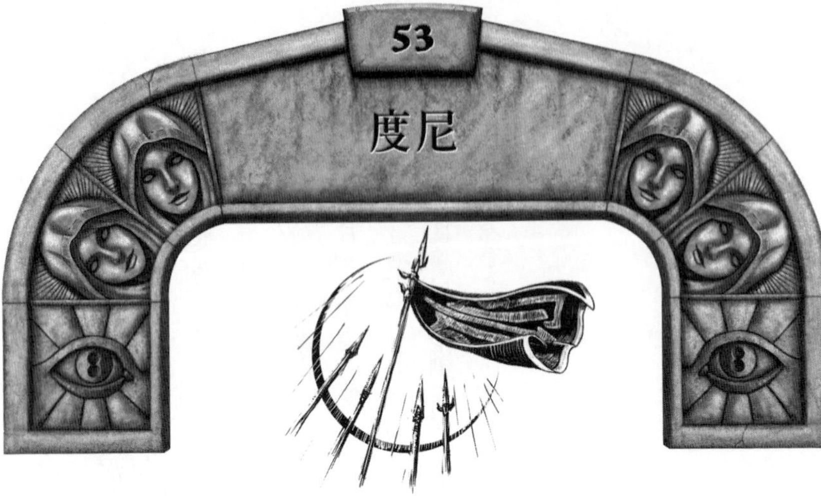

「他必須把遺落的頭銜撿起來！塔、王冠、長矛！」

——維瓦哈克日，一一七三年，死前八秒。樣本爲妓女，背景不詳。

如剃刀般銳利的箭矢刺中卡拉丁臉旁的木頭。他可以感覺溫熱的鮮血從臉頰上的傷口緩緩順著下巴流下，與沿著下巴滑落的汗水合爲一體。

「穩住！」他大吼，全速奔跑過崎嶇不平的地面，肩上的橋重得熟悉。左前方不遠處的橋二十隊左右晃了一下，四名跑在最前面的人被弓箭射死，屍體絆倒後面的人。

帕山迪弓箭手跪在裂谷的另一邊，面對著薩迪雅司這方的箭雨，仍然平靜地唱著歌。他們的黑眼睛有如黑曜石碎屑，沒有眼白，只有毫無情緒的黑。聽著人們尖叫、哭喊、咆哮、嘶吼，卡拉丁對帕山迪人的痛恨一如薩迪雅司跟阿瑪朗。他們怎麼能邊殺人邊唱歌？

卡拉丁小隊面前的帕山迪人拉弓瞄準。卡拉丁朝他們吼叫，在箭矢飛出的同時，感覺到一陣奇特的力量湧現。

飛箭很整齊地朝統一的方向飛去。十枝箭射中卡拉丁頭旁邊的木頭，慣性大到讓整個橋都爲之顫動，碎木屑朝旁邊飛去，但是沒有一塊刺中他的皮肉。

裂谷對面的其中幾名帕山迪人放下弓，停止唱頌，惡魔般的臉龐出現呆滯的表情。

「放！」卡拉丁趁小隊一跑到裂谷邊便大吼。這裡的地面不平整，長滿了圓滾滾的石苞。卡拉丁踩到其中一株的藤蔓，整個植物連忙縮了回去。橋兵舉起橋，俐落地往旁邊一站，放到地上，另外十六支橋隊排在他們身邊，同樣將橋放下，薩迪雅司的重裝騎兵從身後的台地以雷霆萬鈞之勢朝他們奔來。

帕山迪人再次引弓。

卡拉丁一咬牙，用盡全身力氣頂向旁邊的木桿，和眾人同心協力將巨大的木橋推向裂谷的另一端。他最痛恨這個階段，因爲所有橋兵此時都暴露在敵人的箭雨下。

薩迪雅司的弓箭手繼續射箭，以集中的破壞性火力發射，目的是逼退帕山迪人。一如往常，弓箭手們似乎不介意自己會射中橋兵，幾枝箭的距離近到幾乎要射中卡拉丁，可是他只能繼續推，滿身大汗，鮮血橫流，同時心中湧起對橋四隊的驕傲。他們的動作已經開始出現戰士的樣子，腳步輕盈靈動，難以預料，讓敵人越發難以瞄準他們。加茲或薩迪雅司的手下會發現他們的不同嗎？

橋重重落定位，卡拉丁大吼一聲，要眾人撤退。橋兵彎腰閃避粗桿的黑色帕山迪箭，與薩迪雅司這方的細桿綠羽箭。摩亞許跟大石攀到橋上，順著橋向前跑，在卡拉丁身邊落下，其他人則在橋的後方四散，躲開衝上前來的騎兵。

卡拉丁沒有立刻離開，而是揮手要他的人急忙躲避。所有人都閃開之後，他轉頭瞥了橋一眼，上面插滿了箭，卻沒有人倒下。眞是奇蹟。他轉身要跑——

某人在橋的另外一邊搖搖晃晃地站起。度尼。年輕的橋兵肩膀上扎了一枝白綠尾羽的箭，眼睛睜得老大，神色迷茫。

卡拉丁咒罵一聲，轉頭往回跑，還沒跑出兩步，一枝黑色的箭便射中年輕人的腰間，他倒在橋上，鮮血濺上深色的木頭。

奔騰的馬匹沒有停下腳步。卡拉丁焦急地衝到橋的另一邊，卻被某種力量拉回。有人按住他的肩膀。他腳步一軟，看到是摩亞許。卡拉丁朝摩亞許咆哮，想要將他推到一邊，但是摩亞許利用卡拉丁教他的一個動作，把卡拉丁往旁邊一拉，腳步一絆，然後以身體的重量壓住卡拉丁，直到重裝騎兵奔騰過木橋，銀色盔甲粉碎擊來的飛箭。

碎箭散落地面。卡拉丁掙扎一陣之後，不再費力氣。

「他死了。你不可能救得了他。對不起。」摩亞許沙啞地說道。

我不可能救得了他……

我誰都救不了。颶父啊，為什麼我救不了他們？

橋停止晃動。騎兵衝向帕山迪人，為尾隨在後方的步兵開道。在步兵卡好位置後，騎兵將會撤退，因為馬匹太寶貴，不能用在長時間的拉鋸戰中。

沒錯，思考戰略，思考整場戰役，不要去想度尼的事，卡拉丁心想。

他推開摩亞許，站起身。度尼的屍體已經被踐踏到無法辨認。卡拉丁一咬牙，轉身離開，不再回頭，推開圍觀的橋兵，站到裂谷邊緣，在背後前臂交握，雙腿與肩同寬。只要離橋夠遠，站在這裡並不危險。

帕山迪人把弓收了起來，正在撤退，巨大的蛹在台地的最左方，是一個灰色的石堆。

卡拉丁想要觀戰。這讓他能以士兵的方式思考，而以士兵的方式思考幫助他克服身邊人的死亡。其他橋兵小心翼翼地走上前來，站在他周圍，全部都以稍息姿勢站定，就連帕胥人沈都來到他們身邊，模仿他們的動作。目前爲止，他每次出勤都參加，從未抱怨。他沒有抱怨要對他的表親開戰，也沒有想要破壞攻擊行動。加茲很失望，但卡拉丁不意外。帕胥人就是這樣。

除了裂谷另外那邊的那些人。卡拉丁凝視著戰局，卻無法專注於戰略。度尼的死讓他很傷心。那年輕人是他的朋友，最先支持他的人之一，最優秀的橋兵之一。

每名死去的橋兵都讓他們離災難更近一步。要訓練新人至少得花好幾個禮拜，在他們能眞正開打前，也許要等到已經失去了一半以上的人，他們才有可能作戰。這不夠好。

你得想辦法處理。卡拉丁告訴自己。他已經做出決定，沒有絕望的空間。絕望是奢侈品。

他解除稍息姿勢，踏步離開裂谷。其他橋兵訝異地轉身看著他。卡拉丁最近開始用同樣姿勢站著看完整場戰鬥。薩迪雅司的士兵注意到他的行爲，大多數人都認爲這些橋兵太把自己當一回事，但是有幾個人似乎因爲他們的行爲而對橋四隊多了一分尊重。卡拉丁知道因爲那場颶風，軍營中有許多他的傳言，而橋四隊的行爲讓傳言更爲沸騰。

橋四隊跟在他身後，卡拉丁帶著他們走過崎嶇的台地，刻意不去看橋上的殘破屍體。度尼是所有橋兵中少數幾個還保有一絲純眞的橋兵之一，如今他死了，被薩迪雅司踐踏，被兩邊的飛箭射死。被忽略，被遺忘，被拋棄。

卡拉丁救不了他，所以，卡拉丁走到倒在一塊岩石空地上，精疲力竭的橋八隊身邊。卡拉丁記得他第一次出勤後也是那樣倒在地上，但現在他幾乎連喘都不喘。

一如往常，橋兵隊的人撤退時把他們的傷兵留在原地。一名可憐的橋八隊成員正爬向其他人，大腿被箭射穿。卡拉丁走到他身邊。他有深褐色的皮膚跟褐色的眼睛，濃密的黑髮綁成一條粗粗的辮子，身邊爬滿了痛靈。他抬頭看著站在他身邊的卡拉丁跟橋四隊成員。

「不要動。」卡拉丁柔聲說道，跪下來，輕輕地將那個人翻過身，檢查他受傷的大腿，深思地戳了戳。「泰夫，我們需要生火，把你的打火石拿出來。大石，你還有我的針線嗎？我要用。洛奔跟水呢？」

橋四隊的成員一片沉默。卡拉丁的眼光從不解的傷兵身上抬起。

「卡拉丁，你知道其他橋隊怎麼看待我們的。」大石說道。

「我不在乎。」卡拉丁說。

「我們沒錢了。就算把大家的薪水都湊在一起，光買我們自己人要用的繃帶都不太夠。」德雷說道。

「我不在乎。」

德雷搖晃他的金色腦袋。「如果我們照顧其他橋隊的傷兵，我們就得餵他們，照顧他們……」

「我會想辦法。」卡拉丁說道。

「我——」大石開口。

「颶你們的！」卡拉丁站起身，朝高原揮手，到處都是被遺棄的橋兵屍體。「你們看看！誰在乎他們？薩迪雅司不管。他們的橋兵同伴不管。我想神將也不會管。

「我絕對不會袖手旁觀，看著那些人在我身後死去。我們不能墮落到他們那樣的地步！我們不能像淺眸人那樣裝作看不見。這個人是我們其中之一，就像度尼一樣。

「淺眸人一天到晚把榮譽心掛在嘴邊，空洞地喊著自己有多尊貴的口號。我這一輩子只認識一個眞正有榮譽心的人。他是會幫助任何人的外科醫生，就連痛恨他的人也不會被拒絕——尤其是那些恨他的人。所以我們要讓加茲、薩迪雅司，哈莎，還有任何願意看的蠢蛋，清楚看看他教會我什麼！快動手，不准抱怨！」

橋四隊的人以羞愧的大眼盯著他片刻後，全部動了起來。泰夫組織了應變小組，派一些人去找其他的橋兵傷患，另外的人去蒐集石苞硬皮用來生火，洛奔跟達畢衝去扛他們的擔架。

卡拉丁跪下，摸著那人受傷的腿，檢查出血的速度，判定不需要用燒烙的方式止血。他折斷箭，在傷口周圍擦點尖殼漿做爲麻藥，然後抽出木桿。傷兵發出悶哼。卡拉丁以自己身邊帶著的繃帶幫他包紮。

「用手按著。不要走路。我們回去營地之前，我再來看你。」卡拉丁指示。

「我要怎麼……」男子甚至沒有口音。卡拉丁看到他的深色皮膚時，以爲他是亞西須人。「我要怎麼回去，我現在不能走路了。」

「我們扛你。」卡拉丁說道。

男子顯然大受震撼，抬起頭來。「我……」眼眶堆滿淚水。「謝謝。」

卡拉丁簡潔地一點頭，轉身看到大石跟摩亞許搬了另一名傷患回來。泰夫升起了火，聞起來是潮溼石苞的刺鼻味道。這個新病人撞到頭，手臂有長長的傷口。卡拉丁伸出手要針線。

泰夫將針線遞給他，跪在地上，低聲開口：「卡拉丁，你不要覺得我在抱怨，我沒有抱怨的意思，可是我們能搬幾個人回去？」

「我們以前搬過三個，只要把他們捆在橋上就好。我認爲我們還可以塞得下另外三個，水囊擔架上還可以扛一個。」卡拉丁說道。

「如果不只七個呢？」

「包紮得好的話，可能有人可以用走的。」

「如果還有呢？」

卡拉丁開始縫合。「去他颶風的，泰夫，那我們就把可以搬的帶走，然後再扛橋出來接剩下的。如果那些士兵擔心我們會逃，就把加茲一起找來。」

泰夫陷入沉默。卡拉丁已經準備好面對他的質問，但年長的士兵只是微笑，居然還似乎有點眼淚汪汪。「克雷克的呼吸啊，是真的。我沒想到……」

卡拉丁皺眉，抬頭看著泰夫，一手按住傷口好止血。「你怎麼了？」

「呃，沒事。」他皺眉。「快動手啊！那傢伙需要你。」

卡拉丁繼續縫合。

「你有照我說的把那袋錢球帶在身邊吧？」泰夫問。

「我不可能把它們留在營房裡，可是我們不久就得把錢球給花了。」

「絕對不可以。那些錢球是你的好運，聽到沒？隨時都要帶在身邊，而且一定要充滿颶光。」

卡拉丁嘆口氣。「我覺得這批球幣有問題，留不住颶光。每次過幾天就會暗掉。也許跟破碎平原有關。其他橋兵也是這樣。」

「眞奇怪。」泰夫揉揉下巴。「這次很慘。三道橋倒了。很多橋兵死去。我們居然沒有失去任何人。」

「我們失去度尼。」

「但不是在我們往前衝的時候。你總是跑第一個，箭似乎都會錯過我們。奇怪吧？」

卡拉丁再次皺著眉頭抬眼。「你在說什麼啊，泰夫？」

「沒事。繼續縫啊！得跟你說多少次？」

卡拉丁挑起一邊眉毛，卻繼續動手。泰夫最近很奇怪。是因爲壓力太大嗎？很多人對於錢球跟颶光都有迷信。

大石跟他的人帶來另外三名傷患，說只找得到這些。倒地的橋兵經常都像度尼那樣被踏死。至少橋四隊不用折返來扛人回去了。

另外三人都有很重的箭傷，所以卡拉丁把手臂受傷的人交給他們，叫斯卡按著還沒縫合的傷口。泰夫把匕首加熱，準備燙烙。這些新找到的傷兵顯然都失了很多血，其中一個可能撐不下去。

世界上這麼多地方都在打仗，卡拉丁手下不停，心中卻忍不住想。他的夢境點出其他人曾經提及過的現實狀況。在荒僻的爐石鎮長大的卡拉丁，不知道他的城鎮能避過戰火多麼幸運。

整個世界都在交戰，他卻忙著挽救幾名走投無路的橋兵生命。有什麼用？可是他仍然繼續炙燒皮肉，縫合，依照他父親的教誨：拯救生命。他開始明白，當李臨偶爾在黑暗的夜裡自酌自飲時，眼中那抹束手無策的無奈。

*你是想彌補救不回度尼的事實。幫助其他人也無法讓他回來。*卡拉丁心想。

他失去了他猜想會死去的那個，卻救回了另外四人，頭被敲了一下的人也開始甦醒。卡拉丁跪坐起身，疲累不堪，雙手沾滿鮮血。他從洛奔的水囊中擠出一道水柱，清洗雙手，然後抬起手，終於想起自己臉頰上被箭矢劃開的傷口。

渾身一僵。他戳著皮膚，卻找不到傷口。當時他感覺到臉頰跟下巴都有血，他不是感覺到箭劃破皮膚嗎？

他站起身，全身發冷，一手按著額頭。這是怎麼一回事？

有人來到他身邊。摩亞許光滑無鬚的臉露出下巴上一道褪去的傷痕。他端詳著卡拉丁。「度尼的事……」

「你做得沒錯。說不定還救了我一命。謝謝你。」卡拉丁說道。

摩亞許緩緩點頭，轉身看四名受傷的人。洛奔跟達畢正在餵他們喝水，問他們的名字。「我看錯你了。」摩亞許突然說道，向卡拉丁伸出手。

卡拉丁遲疑地握住。「謝謝。」

「你是個蠢蛋，到處惹是生非，但是你是個誠實的蠢蛋。」摩亞許低低地笑了。「如果你害死我們所有人，也不會是故意的，而我有過的一些長官可就不一定了。來吧，把這些人搬回去。」

54 雜言亂語

「九人的重擔成為我的。我為什麼必須擔負他們所有人的瘋狂？全能之主，求您釋放我吧。」

——帕拉賀西思日，一一七三年，死前秒數未知。樣本為淺眸富人。間接採集。

冰冷的夜晚預兆冬季可能即將來臨。達利納在長褲與襯衫外加了一件厚重的長制服外套，筆挺的釦子從胸口延伸到領子，背部跟身側長至腳踝，從腰部以下如披風般往兩邊散開。早年前這樣的外套下面可能會加一條塔卡瑪，不過達利納向來不喜歡那種像裙子一樣的衣物。

制服的目的不是流行或傳統，而是讓跟隨他的人能輕易地辨認出他的身分。如果其他淺眸人至少願意選擇自己家族顏色的衣服來穿著，他也不會對他們的服裝選擇有那麼多意見。

他踏上國王的餐會島。兩旁原本放置火盆的地方現在以架子取代，上面放了會散發熱氣的新型法器，島嶼間的小溪剩下微弱的一道水流，高地區的冰塊已經不再融化。

今晚參加晚宴的人數很少，但只有在國王以外的四個餐會島上才看得出來。只要有機會能接近艾洛卡跟藩王，就算是在颶風中舉行餐宴也會有人到場。達利納走在中央通道上，注意到坐在女子桌的娜凡妮。後者轉過身去，也許是想起最近一次會面時他不假辭色的話語。

智臣沒坐在他習慣的位置，侮辱走上國王餐會島的客人，不只如此，他似乎消失了。這也不意外，達利納心想。智臣不喜歡按照牌理出牌，先前幾次餐宴他都坐在凳子上隨意編派賓客，這次他大概覺得這一手已經玩膩了。

其他九名藩王都已經到場。自從拒絕與達利納聯手出兵之後，他們對他的態度就一直是冷淡而緊繃，彷彿光是他的邀約就讓他們大受冒犯。低階淺眸人會相互結盟，但是藩王就像是國王一樣，其他藩王是敵人，必須保持距離。

達利納派僕人去幫他端來食物，自行在桌邊坐下。他來之前因爲要聽取被他召回的軍隊簡報因而耽擱，所以他是還在用餐的少數幾個人之一，大多數人都已經開始在交際應酬。島嶼右方，一名軍官的女兒正在爲一群觀眾吹奏一首悠揚的長笛曲子，左邊則是三名女子架起了畫板，同時爲一個人作畫。男人以碎刃決鬥，女子也會同樣挑戰彼此，只是她們鮮少會稱之爲「挑戰」，而總說這是「友誼賽」或是「競技遊戲」。

他的食物被端了上來，是蒸過的思塔根，一種長在深水窪中的褐色根莖類植物，搭配水煮的塔露穀。水煮過的塔露穀整顆膨脹，整道菜最後淋上濃稠辛辣的褐色醬汁。他拿出匕首，從末端切下一片思塔根，同時用匕首在上面抹上塔露穀，以兩隻手指捏起，送入口中。今天晚上的菜餚又熱又辣，大概是因爲天氣已經開始變涼，顯得特別美味，他一邊咀嚼，盤子上的熱氣邊在面前凝聚成白霧。

目前爲止，加絲娜還沒有對於他的幻境做出任何回答，但是說她可能可以找到一些線索。娜凡妮本身也是一名著名的學者，只是興趣向來是針對法器。他朝她瞥了一眼。他那樣拒絕她，是個笨蛋嗎？她會因此就利用她知道的幻境內容這件事來對付他嗎？

不會。她的心胸沒有這麼狹窄，他心想。娜凡妮對他似乎是眞心在乎，只是她的感情太不合宜。

他周圍的座位是空的。他開始變成眾人避之惟恐不及的對象，一開始是因爲他總把守則掛在嘴邊，後來是因爲他想要藩王們一起合作，最後則是因爲薩迪雅司對他的調查。難怪雅多林會擔心。

突然，有人在達利納身邊坐下。那個人穿著一件黑色披風來抵禦寒氣。他不是藩王之一。是誰敢——對方放下頭罩，露出智臣如鷹隼般的面容。他的臉充滿線條與立體感，銳利的鼻子跟下巴，精緻的眉毛，敏銳的眼神。達利納嘆口氣，做好對方一定會想要跟他進行一番唇槍舌戰的心理準備。

可是智臣沒有說話，反而在研究眾人，表情銳利。

雅多林對這個人的判斷也是對的，達利納心想。過去達利納對這個人的評價太嚴苛了。他跟之前那些弄臣們完全不同。智臣繼續保持沉默，於是達利納猜想可能今天晚上智臣捉弄人的方法就是坐在別人身邊，讓對方緊張。這不算什麼很特別的惡作劇，但是達利納常常看不透智臣的一些所做所爲。也許在那些聰明的人眼裡，智臣的行爲都是機敏非凡的。達利納繼續吃他的飯。

「風向變了。」智臣低聲說道。

達利納瞥了他一眼。

智臣眼睛瞇起，環顧夜空。「已經變了好幾個月。一陣旋風。變化翻騰，把我們吹得轉啊轉，像是打轉的世界，但是我們看不見，因爲我們身陷其中。」

「打轉的世界。你在說什麼蠢話？」

「達利納啊，有心人的蠢是無心人的聰明。後者仰賴前者，卻也利用前者，而前者誤解後者，希望後者其實比較像是前者。他們的遊戲只是在偷走我們的時間而已，一秒一秒地流失。」

達利納嘆著氣：「智臣，我今天晚上沒辦法想這些。你的意思我聽不出來，我真的覺得很抱歉，可是我完全聽不懂。」

「我知道。」智臣回答，然後直直看著他。「雅多納西。」

達利納的眉頭蹙得更緊。「什麼？」

智臣端詳他的表情。「達利納，你聽過這個詞嗎？」

「雅多……什麼？」

「沒什麼。」智臣說道。他似乎心神不寧，一點也不像平常的他。「胡說八道，胡言亂語，狗屁倒灶。你不覺得那些沒什麼意義的詞通常都混合別的字的聲音，結果被切割分屍成好幾塊後，又被拼湊成跟原本的很像，但又完全不像的詞？」

達利納皺眉。

「不知道人能不能也這樣。把他撕裂，一點一點地分割他的情緒，變成血肉模糊的一塊塊，然後又拼回去，變成不一樣的東西，像是代西．艾米亞人。達利納，如果你哪天湊出了一個這樣的人，記得幫他取個跟我類似的名字，叫作『胡言亂語』，或者叫作『雞言亂語』也行。」

「所以那是你的名字？你的真名？」

智臣站起身。「不是的，朋友。我已經捨棄了我的真名。可是我們下次會面時，我會想一個讓你用來稱呼我的好名字。在那之前，叫我智臣就可以，或者你如果一定要的話，也可以叫我霍德。小心點。薩迪雅司今天晚上在宴會上宣布一件事，但是我不知道是什麼。再見了。很抱歉，我沒有更努力地侮辱你。」

「等等，你要走了？」

「我必須走。我希望能回來。如果沒被殺死，我會回來。我大概不管怎麼樣都會回來。代替我向你的侄子道歉。」

「他不會高興的。他喜歡你。」達利納說道。

「沒錯，這是他比較令人欣賞的特點之一，除此之外還有付我錢，讓我吃他的昂貴食物，給我取笑他朋友的機會。可惜『寰宇』比免費食物重要。你小心點，達利納。人生開始要變得危險了，而你身處於中心。」

智臣用力點了點頭，然後閃入黑夜。他戴上頭罩，很快地達利納便分辨不出他的身影。

達利納繼續吃飯。薩迪雅司今天晚上在宴會中會宣布一件事，但是我不知道是什麼事。智臣說的話很少是錯的——只是他幾乎總是很奇怪。他是真的要離開了，還是明天早上仍然會出現在軍營裡，拿他對達利納的捉弄來取笑？

不，這不是惡作劇，達利納心想。他揮手招來一名穿著黑白雙色衣著的僕人。「把我的長子找來。」

僕人鞠躬退下。達利納沉默地吃完食物，偶爾瞥向薩迪雅司與艾洛卡。他們已經不在餐桌上，因此薩迪雅司的妻子加入他們的行列。雅萊是名曲線豐盈的女子，據說她的頭髮染了色，表示她的家族曾經有外族血統——雅烈席人的髮色向來代代繼承，根據有多少雅烈席卡血統而比例不同。外族血統意謂著會有不同顏色的頭髮。諷刺的是，混血兒多半出現在淺眸人，而非深眸人之間。深眸人鮮少與外族人聯姻，但是雅烈席家族經常需要與外族結盟或要錢。

吃完食物後，達利納從國王的宴桌走下，來到島嶼上。女子仍然在演奏憂鬱的歌曲。她的技巧頗爲出色。片刻後，雅多林來到國王的島上，快步走到達利納身邊。「父親？找我有事？」

「不要走遠。智臣跟我說薩迪雅司今天晚上打算攪起一場風暴。」

雅多林的臉色瞬間變得陰鬱。「那我們該走了。」

「不。我們要順其自然。」

「父親——」

「可是你可以去做準備。以防萬一。你今天晚上有邀請我們的軍官前來晚宴嗎？」達利納低聲說道。

「有。請了六個人。」雅多林說道。

「我邀請他們前來國王的島嶼。把話傳下去。國王的親衛隊呢？」

「我已經確保今天晚上守衛島嶼的人是對你最忠心的一群。」雅多林朝晚宴區旁邊的一塊黑暗空地看去。「我認爲我們應該安排他們在那裡。如果國王想要逮捕你，從那裡撤退正好。」

「我還是不覺得事情會惡化到那個地步。」

「這說不準。畢竟一開始艾洛卡已經允許薩迪雅司進行調查，他越來越疑神疑鬼了。」

達利納瞥向國王。年輕的國王最近幾乎隨時都穿著碎甲，只是現在沒有。他似乎一直很緊張，經常望向身後，眼光來回飄動。

「我們的人就定位以後，跟我說。」達利納說道。

雅多林點頭，快步離開。

眼下的情況讓達利納無心交際，可是站在旁邊一臉尷尬的樣子也不是什麼好事，所以他走到哈山藩王身邊，加入他與一小群淺眸人在主火堆旁的談話圈裡。所有人朝加入他們的達利納點點頭。無論他們平常是怎麼樣對待他，在這種晚宴上絕對不會拒絕他的加入——以他的身分地位而言，那是不可能的事情。

「啊，達利納光明爵士。」哈山以他圓滑、過分客氣的口吻說道。他有著纖長的脖子及偏瘦的身材，身上穿了一件有花邊的綠色襯衫，外面罩著如袍子一樣的外套，脖子上圍著深綠色的絲圍巾，每根手指都有一枚淡淡發光的紅寶石，裡面的颶光被專門的法器吸走一部分。

在哈山的四名同伴中，有兩名是低階淺眸人，還有一名穿著白色的執徒袍，個子偏矮，達利納並不認識。最後一名則是戴著紅手套的拉坦人，有著藍色的皮膚與雪白的頭髮，其中兩綹染成深紅色，編成辮子垂掛在臉頰兩旁。他是一名來訪的外族貴族，達利納在幾次晚宴上都看到他出現。他叫什麼名字來著？

「告訴我，達利納光明爵士，你有留意圖卡跟艾姆利兩國的衝突嗎？」哈山問道。

「那是宗教衝突，對不對？」達利納問道。兩個都是馬卡巴奇王國，位於南方海岸邊，有豐富的貿易機會與財富。

「宗教？我不覺得。所有的衝突基本上都是因爲經濟而起啊。」拉坦人說道。

他叫奧拿克，達利納想起來。他的口音帶著氣音，所有「啊」跟「噢」的聲音都被拖得特別長。

「所有戰爭的背後都是因爲錢。宗教只是藉口，或者是理由。」奧拿克繼續說道。

「兩者有差別嗎？」執徒問道，顯然被奧拿克的口氣激怒。

「當然。藉口是事情發生後提出的說法，理由是發生前提出的說法。」

「我認爲藉口是一個人聲稱卻不相信的說法，理由是你眞正相信的，納克阿里。」哈山說道，以奧拿克的正式名字稱呼他。爲什麼這麼尊敬他？這個拉坦人一定有哈山想要的東西。

「無論如何，這場戰爭是因爲瑟瑟瑪雷達城所起。那是艾姆利的首都，絕佳的商業城，而圖卡人想要。」奧拿克說道。

「我聽說過瑟瑟瑪雷達。那個城市很壯觀，岩石結構都是人工切割出的通道。」達利納搓著下巴說道。

「沒錯。那邊的石頭結構很特別，可以讓水滲透，整個城市的設計相當驚人，很顯然一定是曦城之一。」

「我的妻子說不定會有些看法。她的研究領域就是曦城。」哈山說道。

「城市的結構是艾姆利宗教的中心。」執徒說道。「他們聲稱那是他們代代相傳的家鄉，神將贈予他們的地方，而圖卡人的領袖是他們那個神祭司，叫作特席姆，所以的確是宗教爭執。」

「如果那座城市不是那麼優秀的港口，他們會這麼堅持它有很重大的宗教意義嗎？我不認爲。畢竟，他們是異教徒，所以不能認爲他們的宗教對他們而言是有很大的重要性。」奧拿克說道。

淺眸人最近經常喜歡談起曦城，因爲曦城據說可以追朔到晨歌者。也許……

「你們有人聽說過一個叫作燒石堡的地方嗎？」達利納問道。

其他人搖搖頭，就連奧拿克都一無所知。

「怎麼會問起這個？」哈山問。

「好奇而已。」

對話繼續，可是達利納讓注意力回到艾洛卡跟他周圍的人身邊。薩迪雅司什麼時候才要宣布？如果他打算要建議艾洛卡逮捕達利納，不會挑晚宴的時候下手吧？

達利納強迫自己把注意力集中在眼前的對話。他眞的應該更留意世界在發生什麼事。曾經他非常著迷於世上有哪些地方在打仗，但是自從幻境開始後，一切都變了。

「也許不是經濟或宗教。」哈山說道，想要結束雙方間的爭執。「大家都知道馬卡巴奇族群之間有很奇怪的仇恨。」

「也許吧。」奧拿克說道。

「重要嗎？」達利納問道。

其他人轉向他。

「只是打仗而已。如果不是跟彼此打，就是會選擇其他人做爲目標。我們都是這樣。復仇、榮譽、財富、宗教，所有的理由都導致同樣的結果。」

眾人陷入沉默，沉默很快變得尷尬。

「達利納光明爵士，你追隨哪個信壇？」哈山深思地問道，彷彿是在想起一件他忘記的事情。

「塔勒奈拉。」

「啊。原來如此。他們最討厭宗教方面的爭執。你一定覺得我們的討論非常無聊。」哈山說道。這是結束話題的安全藉口。達利納微笑，朝哈山點頭，感謝他的禮貌。

「塔勒奈拉？我一直以爲那是給低下人的信壇。」奧拿克說道。

「拉坦人有什麼資格這麼說。」執徒高傲地說道。

「我的家族向來是虔誠的弗林信徒。」

「當然，這對你們來說才方便，畢竟你的家族一直利用弗林的關係在雅烈席卡進行對你們有利的貿易。不知道你沒有站在我們的土地上時，還是不是一樣的虔誠了。」執徒回答。

「我不需要聽你這樣的侮辱。」奧拿克怒叱。

他轉身大踏步離開，讓哈山舉起手，急忙跟上去。「納克阿里！請不要在意他！」哈山喊道。

「受不了的無聊傢伙。」執徒低聲說道，啜了一口酒。當然是橘酒，因爲他是神職人員。

達利納朝他皺眉。「你很大膽，執徒。也許大膽得愚蠢了。你侮辱了哈山想要得到的生意對象。」達利納嚴肅地說道。

「事實上，我是受哈山光明爵士吩咐的。他要我去侮辱他的客人，因爲哈山光爵想要奧拿克認爲他覺得在自己面前失了顏面，所以當哈山很快同意奧拿克的要求時，那外國人會以爲是因爲這件事的緣故，而不會因爲懷疑太順利就延遲簽約的動作。」

*啊，沒錯，確實如此。*達利納看著追跑的兩人。*他們在這方面花眞多心思。*

既然如此，達利納又該怎麼看待之前哈山的禮貌回應，主動爲達利納對於爭論的明顯厭惡提供了一個好理由？哈山是不是正準備對達利納有什麼動作？

執徒清清喉嚨。「光明爵士，如果可以，希望不要轉述我剛才那段話。」達利納注意到雅多林回到國王的島上，身邊跟著六名達利納的軍官，穿著制服，身邊佩劍。

「那爲什麼要告訴我？」達利納問道，將注意力轉回白袍男子身上。

「就像哈山光爵希望他的談判對手明白他的善意，我也希望您能明白我們對您的善意，光明爵士。」

達利納皺眉。他向來與執徒沒有多少交集，他的信壇也很簡單直接。達利納在宮廷裡就已經有面對不完的政治情況，不希望在宗教也碰上同樣的情形。「爲什麼？我應該對你們有善意？」

執徒微笑。「我們會再找機會與您相談。」他低低地鞠躬退下。

達利納正要追問，可是雅多林此時到來，看著哈山藩王離去的背影。「那是怎麼一回事？」

達利納只是搖搖頭。無論是哪個信壇的執徒，他們都不應該參與政治，自從神權聖教時代後，這件事便被明令禁止，可是人生中，理想跟實際向來是兩件事。淺眸人的計謀中無法不用到執徒，因此越來越多信壇發現自己變成宮廷政治的一部分。

「父親？他們就定位了。」雅多林說道。

「很好。」達利納回答，一咬牙，走過了小島。他打算把這場鬧劇在此一了百了。

他經過火堆，炙熱的氣息讓他的左臉冒起汗珠，右臉則被沁涼的秋天吹冷。雅多林快步跟上他，一手按著隨身長劍。「父親？我們要做什麼？」

「挑釁。」達利納說道，直直走向正在聊天的艾洛卡跟薩迪雅司。他們身邊忙著逢迎拍馬的人不情願地爲達利納讓開一條路。

「……而且我認爲——」國王說到一半打住，抬頭看著達利納。「叔叔，有什麼事？」

「薩迪雅司，你對皮帶被割斷這件事的調查進行得怎麼樣了？」達利納問道。

薩迪雅司眨眨眼。他右手握著一杯紫酒，紅絨的長袍胸前大開，露出有花邊的白襯衫。「達利納，你還——」

「你的調查情況，薩迪雅司。」達利納堅定地說道。

薩迪雅司嘆口氣，看著艾洛卡。「陛下，我原本今天晚上正打算宣布關於這件事的細節。我原本要等到更晚一些，可是如果達利納這麼堅持——」

「我堅持。」達利納說道。

「那你就說吧，薩迪雅司。你讓我好奇了。」國王朝僕人揮手，後者快步走到吹笛女子身邊讓她停下，另一名僕人輕敲示意眾人安靜的鈴鐺。片刻後，島上所有人安靜下來。

薩迪雅司朝達利納做出一臉苦相，表達出「老朋友，是你逼我的」的訊息。

達利納雙臂抱胸，眼睛盯著薩迪雅司，六名碧衛成員站在他身後。達利納注意到薩迪雅司身後也有一群來自他戰營的淺眸軍官，以類似的姿態站在附近聆聽。

「我原本沒打算有這麼多觀眾的。這件事我主要是要報告給陛下而已。」薩迪雅司說道。

不太可能，達利納心想，試圖壓下心中的焦慮。如果被雅多林說中，薩迪雅司想要把刺殺艾洛卡的行動安在自己身上怎麼辦？

這絕對會是雅烈席卡的末日。達利納不會束手就擒，戰營間的衝突將升到最高點，過去十年來勉強維繫眾人的緊張和平將來到終點，艾洛卡絕對無法讓他們重新團結在一起。

而一旦開戰，達利納的情況也不會樂觀。其他人已經與他疏遠，光是要面對薩迪雅司就已經有困難，如果還有其他幾人聯合對付他，絕對會在寡不敵眾的情況下慘敗。他現在明白爲什麼雅多林覺得聽從幻境的指示是極爲愚蠢的事，可是在那恍惚的一瞬間，達利納覺得自己做的事情是對的。就在他準備要接受指控的同時，他對自己行爲的信心也達到巔峰。

「薩迪雅司，不要老是想要營造氣氛，煩死我了。他們都在聽，我也在聽，達利納額頭上的血管看起來都要炸了，快說。」艾洛卡說道。

「好吧。」薩迪雅司將手中的酒交給僕人。「我身爲情報藩王的第一件任務，就是要去了解在上次巨殼獸獵捕行動中，意圖刺殺陛下行動的背後眞相。」他揮揮手，朝自己的一名手下示意。那人快步離開，另一人走上前，將斷掉的皮帶交給薩迪雅司。

「我將這個皮帶拿給三個不同戰營中的三名不同皮匠檢視。每個人都有同樣的結論。這是被割斷的。皮革還算新，保養也很好，因爲別的地方沒有裂痕或破皮的跡象。割開的口徑太整齊。這是被人劃開的。」

達利納心下一寒。這與他查到的事實很類似，但卻以最負面的方式闡述。「爲什麼要——」達利納開口。

薩迪雅司舉起手。「藩王，拜託你。你先是要我報告，現在還要打斷我？」

達利納沒有接話。越來越多高階的淺眸人聚集在周圍，他可以感覺到他們的緊繃。

「但是什麼時候動手的？」薩迪雅司轉身面向群眾說道，他的確很擅長製造氣氛。「這才是關鍵。因此我對於參與獵捕行動的人進行訪談，沒人聲稱自己看到任何不尋常的動靜，不過每個人都記得有一個特殊的事件，也就是達利納光明爵士跟陛下朝一塊岩石賽馬的時候。那時達利納與國王獨處。」

後面的人開始交頭接耳。

「可是有一個問題。達利納自己也提出同樣的問題。爲什麼要割斷一名碎刃師的馬鞍皮帶？很愚蠢的行爲。穿著碎甲的人從馬背上跌下來不會有多大損傷。」薩迪雅司遣走的僕人如今回來，領著一名淺黃色中摻雜少許黑色髮絲的男孩。

薩迪雅司從腰間的布囊掏出一樣東西舉起來。一枚很大的藍寶石，卻沒有充光。達利納靠近一看，發現上面有裂痕，是不可能容納颶光的。「這個問題讓我開始調查國王的碎甲。在戰鬥之後，爲碎甲充光的十枚藍寶石中，有八枚裂掉了。」薩迪雅司說道。

「這是很正常的。每次上戰場都會有幾枚損傷。」雅多林站到達利納身邊說道，手按著腰間的長劍。

「可是八枚？一兩枚是正常的，但是小科林，你曾在一場戰鬥中失去過八枚嗎？」

雅多林以狠瞪他一眼做爲回答。

薩迪雅司將寶石收起，朝他手下帶來的年輕人點點頭。「這是服侍國王的馬伕之一。你叫斐，是嗎？」

「是……是的，光明爵士。」男孩結結巴巴地說道。他頂多十二歲。

「你之前怎跟我說的，斐？請你再說一遍，好讓所有人都能聽見。」

深眸男孩往後退縮幾步，臉色發白。「光明爵士大人，是這樣的：每個人都說馬鞍在達利納光明爵士的戰營中經過檢查，我想應該是那樣沒錯，可是在把陛下的馬交給達利納光明爵士的人之前，是我在準備馬匹，而且我有好好做，我發誓，眞的，我放了他最喜歡的馬鞍。可是……」

達利納心跳加速。他必須克制自己不召喚碎刃。

「可是什麼？」薩迪雅司對斐說道。

「可是當國王的領頭馬伕牽馬去達利納藩王的戰營時，牠身上是不一樣的馬鞍。我發誓。」

幾名站在附近的人聽到這番話都一臉迷惘。

「啊哈！那是在國王的皇宮中發生的！」雅多林指著他說道。

「沒錯。」薩迪雅司朝雅多林挑眉。「小科林，你眞聰明啊。這個發現還有裂掉的寶石，是有重要意義的。我懷疑想要殺陛下的人在他的碎甲中安放了有瑕疵的寶石，好在碰到撞擊時就會裂開，失去颶光，然後小心翼翼地切斷馬鞍皮帶，希望陛下在跟巨殼獸打鬥時會摔下，引起怪物的攻擊。寶石將立刻失效，碎甲會破碎，陛下則會在打獵時因爲『意外』而身亡。」

薩迪雅司聽到眾人又開始交頭接耳，舉起手指。「可是重點是要明白，無論是調換馬鞍，或是安置寶石，一定是在陛下與達利納會面之前發生的。我覺得不太可能是達利納。我目前的猜測是，凶手是某個達利納光明爵士得罪的人，有人想要我們大家都以爲達利納光明爵士涉案，因此也許目的不是要殺死陛下，只是要讓達利納顯得可疑而已。」

島嶼陷入沉默，就連交頭接耳聲都安靜下來。

達利納震驚地站在原地。我……我猜得沒錯！

雅多林終於打破沉默。「什麼？」

「所有證據指向你父親是無辜的，雅多林。你覺得讓你很意外嗎？」薩迪雅司滿臉不耐地說道。

「當然不是，可是……」雅多林的眉頭皺在一起。

周圍的淺眸人開始交談，聽起來像是很失望。他們開始散開。達利納的軍官仍然站在他身後，彷彿擔心會遭遇突襲。

先祖啊……達利納心想。這是什麼意思？

薩迪雅司揮手要他的人把馬伕帶走，然後朝艾洛卡點點頭，走往夜盤的方向，那裡放著一壺壺溫酒，旁邊有烤過的麵包。達利納趕上薩迪雅司時，身材較圍矮小的男子正忙著裝滿一個小盤子。達利納握住他的手臂，薩迪雅司袍子的布料在他的手指下感覺柔軟。

薩迪雅司挑起眉毛看著他。

「謝謝你沒有繼續下去。」達利納靜靜說道。身後的笛手重新開始吹奏。

「沒有繼續下去什麼？」薩迪雅司把他的盤子放下，把達利納的手扳開。「我原本希望能找到更多證明你沒有參與的實證才要宣布的，可惜我在壓力之下，最好的解決方法就是表示你不太可能有參與。但恐怕還是會有謠言。」

「等等。你想要證明我是無辜的？」

薩迪雅司臉色一沉，再次拿起盤子。「達利納，你知道你的問題在哪裡嗎？為什麼大家都開始覺得你很煩呢？」

達利納沒回答。

「因為你的預設立場。你變得自命清高到讓人唾棄的地步。沒錯，我跟艾洛卡要來這個職位是想要證明你是無辜的。要你相信別人也會做件正直的事情，是有他颶風的這麼難嗎？」

「我……」達利納說道。

「當然難。你一直以來像是站在一張紙上，就以為比我們所有人都更高瞻遠矚，因此看不起我們。好吧，我認為加維拉那本書根本是克姆泥，守則只是大家假裝遵守的謊言，好能讓他們縮水的道德感能合理化。該死的，我自己就有種縮水的道德，但是我不要你因為刺殺國王失敗的行動被人誣陷。如果你想要他死，你一定是直接把他的眼睛給燒了就算了！」

薩迪雅司喝一口散發蒸氣的紫酒。「問題是，艾洛卡一直在講那死皮帶講不停，結果別人也開始在講，因為他是受你保護，然後你們兩個就自己消失了。只有颶父才知道他們怎麼會相信你想要暗殺艾洛卡——你最近連帕山迪人都不太忍心殺。」薩迪雅司往嘴巴塞了一小塊烤過的麵包，轉身離開。

達利納再次拉住他的手臂。「我……我欠你一次。我過去六年來不應該那樣對你。」

薩迪雅司翻翻白眼，嚼著麵包。「這不只是因爲你。只要每個人都認爲事情是你做的，那就不會有人去查到底是誰要艾洛卡的命。達利納，是眞的有人要他的命。我不接受一場戰鬥中會裂掉八枚寶石。光是皮帶就已經是暗殺的可笑方法，可是如果碎甲變得脆弱……我幾乎想要相信那件裂谷外意外的到來也是計謀。不過我想不出來到底有誰可以辦得到。」

「那些說我正在被誣陷的聲音呢？」達利納說道。

「主要是讓別人有發揮的題材，讓我能釐清到底發生什麼事情。」薩迪雅司低頭看著達利納握住他的手。「你放開我行不行？」

達利納鬆手。

薩迪雅司把盤子放下，扯扯袍子，撢撢肩頭。「我還沒放棄你，達利納。在這一切結束之前，我應該會需要你。可是我必須說，我最近不知道你怎麼了。有人說你想要放棄復仇同盟。這是眞的嗎？」

「我私底下是跟艾洛卡提起過，只是探討其中一個可能性而已。所以是的，如果你眞的想知道的話，是眞的。我厭倦這場戰鬥。我厭倦這片平原，厭倦遠離文明世界，厭倦一次殺幾個帕山迪人。可是我已經放棄要我們撤退。現在，我想要我們勝利。可是那些藩王不聽！他們都認爲我想要用什麼手段來控制他們。」

薩迪雅司輕蔑地哼一聲。「你寧可朝別人的臉揍一拳也不會去從背後捅一刀。直接了當得很。」

「跟我結盟。」達利納在他身後說道。

薩迪雅司僵住。

「你知道我不會背叛你，薩迪雅司。你絕對無法像信任我那樣信任別人。試試我一直想說服其他藩王的方法，跟我一起聯手出擊。」

「不會成功的。一次攻擊帶一支以上的軍隊沒有意義。我每次都已經留下一半的士兵了。根本沒有空間。」

「是沒錯，但你想想，如果我們嘗試新策略如何？你的橋隊很快，但是我的軍隊更強。如果你帶著先遣部隊先去佔據台地，抵擋帕山迪人呢？你可以等到我比較強但是比較慢的軍隊抵達。」

這句話讓薩迪雅司陷入沉思。

「這個代價說不定就是一柄碎刃，薩迪雅司。」

薩迪雅司的眼神變得飢渴。

達利納抓住機會。「我知道你以前跟帕山迪碎刃師打過，卻輸了。沒有碎刃，你佔不到優勢。」帕山迪碎刃師往往在開始戰鬥之後便會逃走。一般的矛兵當然是沒有辦法殺死碎刃師，只有碎刃師能殺碎刃師。「我之前殺了兩人，但我沒有什麼機會，因爲我趕不及到達台地。你卻可以。我們兩個聯手，可以獲得更多次勝利，而我可以幫你得到一柄碎刃。我們可以的，薩迪雅司，只要我們聯手。就像以前那樣。」

「以前那樣。我的確想看到黑刺再次上戰場。寶心怎麼分？」薩迪雅司淡淡地說道。

「你拿三分之二，因爲你的勝績是我的兩倍。」

薩迪雅司露出思索的神情。「碎刃呢？」

「如果找到碎刃師，雅多林跟我來處理。你贏得碎刃。」他舉起手指。「可是我贏得碎甲，給我的兒子，雷納林。」

「那個病小子？」

「你有什麼好擔心的？你已經有碎甲了。薩迪雅司，說不定我們這樣就能贏得戰爭。如果我們開始合作，我們可以納入其他人，準備大型的攻擊。颶風的！說不定我們不需要大型進攻。我們兩個人就有最大的軍隊，如果能找到方法，把帕山迪人困在可以容納我們大多數兵力的台地上包圍他們，不讓他們逃走，說不定我們可以對他們造成足夠的損害，徹底結束這一切。」

薩迪雅司沉思片刻，然後聳聳肩。「好。派人把細節給我，可是晚點再說，我已經錯失今天晚宴的大部分時間了。」

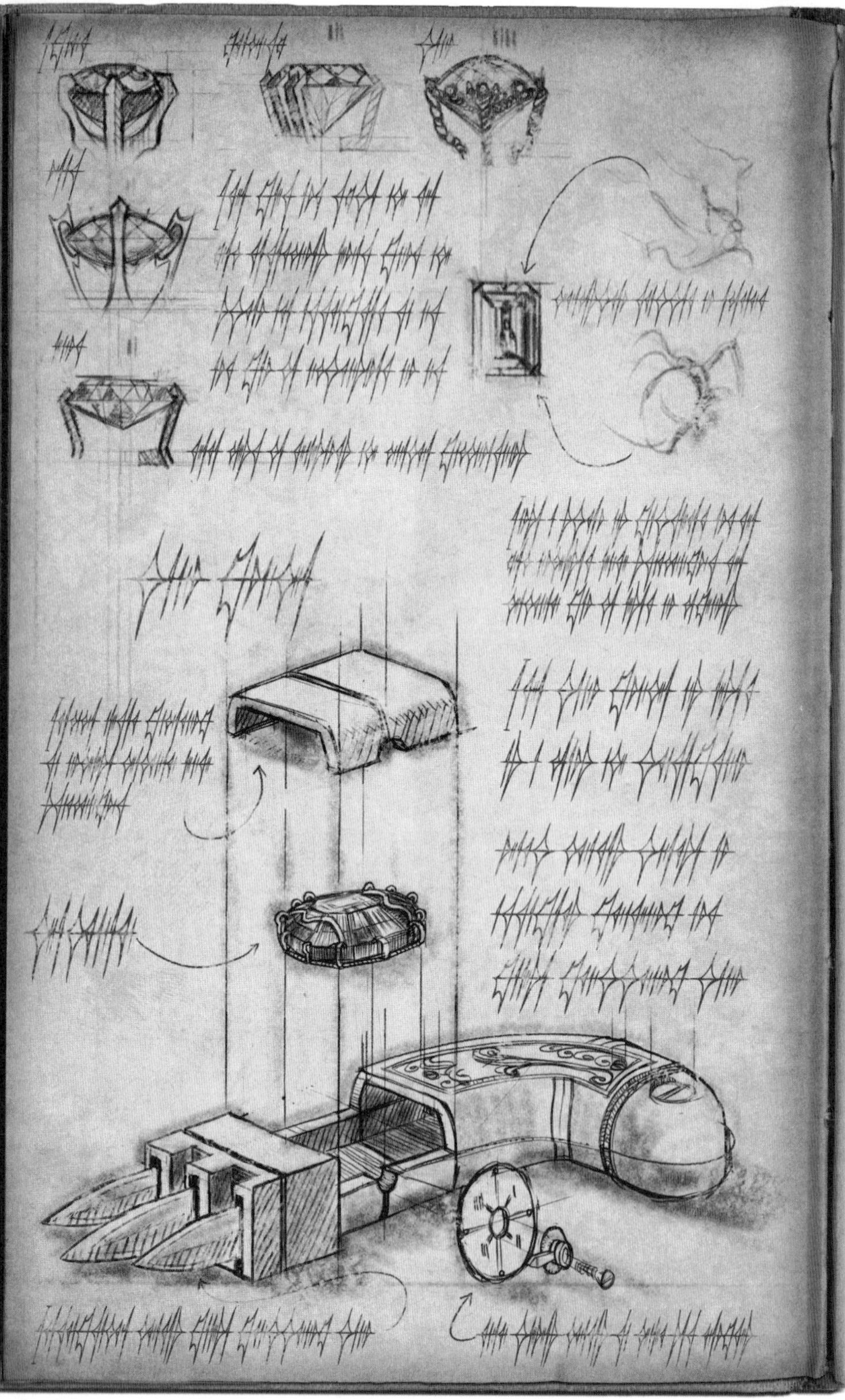

55 祖母綠布姆

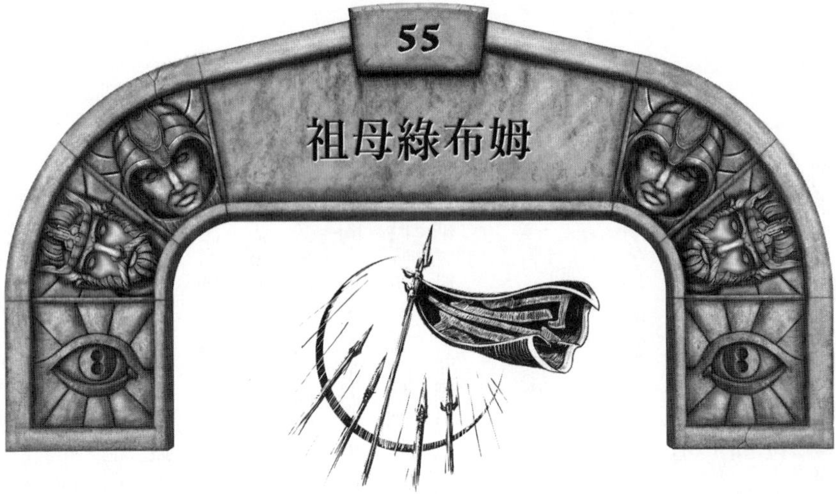

「女人坐在那裡，挖出自己的眼睛。野蠻的風與王的女兒。」

——帕拉和凡日，一一七三年，死前七十三秒。樣本爲一名以優雅歌謠著名的乞丐。

在失去度尼的一個禮拜後，卡拉丁站在另外一塊台地上，看著戰爭進行，但是這次他不需要救任何傷患。他們居然比帕山迪人先到，這是難得卻受人歡迎的情況。薩迪雅司的軍隊如今守住台地中央，有人在保護蛹，有人在負責開蛹。

帕山迪人一直跳過防線，攻擊在開蛹的那些人。他開始被包圍了，看起來情況不好，卡拉丁心想。這意謂著回程將會很辛苦。薩迪雅司的人如果到得慢了又被擊退，自然是沒好脾氣，但是如果先到了還失去寶心……他們會更加煩躁。

「卡拉丁！」一個聲音喊道。卡拉丁轉身看到大石小跑步上前。有人受傷了嗎？「你看到這東西沒？」食角人一指。

卡拉丁順著他的手勢轉身。另外一支軍隊正從附近的台地逼近。卡拉丁挑起眉毛。旗幟是藍色的，軍隊顯然都是雅烈席人。

「他們晚了些吧？」摩亞許站在卡拉丁身邊問道。

「這不是第一次。」卡拉丁回答。偶爾會有別的藩王在薩迪雅司抵達之後才到。通常薩迪雅司會先到，別的軍隊只好回頭。不過他們回頭的時間一般來說比較早。

「那是達利納・科林的旗幟。」斯卡加入他們說道。

摩亞許讚賞地說道：「達利納。他們說他不用橋兵。」

「那他怎麼跨越裂谷？」卡拉丁問道。

答案不久後便出現在他們面前。新到的軍隊有如同攻城塔一樣的巨大木橋，由芻螺在拉，緩慢地行進過崎嶇不平的台地，經常還要繞過石頭中的裂縫。他們一定極慢，卡拉丁心想，可是換來的是軍隊不用在被攻擊的同時靠近裂谷，他們可以躲在橋後面。

「達利納・科林。他們說他是個真正的淺眸人，就像古代那樣的人一樣。重榮譽、守承諾的人。」摩亞許說道。

卡拉丁一哼。「我看過很多淺眸人也有同樣的名聲，每次我都失望了。我改天跟你說阿瑪朗光明爵士的事。」

「阿瑪朗？那個碎刃師？」斯卡問道。

「你聽說過？」卡拉丁問道。

「當然。據說他要來了。酒館裡每個人都在討論這件事。他贏得碎具時，你在嗎？」斯卡說道。

「不在。沒有人在。」卡拉丁低聲說道。

達利納・科林的軍隊從南邊靠近高原，驚人的是，達利納的軍隊一路走到戰場邊。

「他要攻擊？」摩亞許抓抓頭。「也許他認為薩迪雅司會輸，想要趁他撤退後動手。」

「不。他要參戰。」卡拉丁皺眉說道。

帕山迪軍隊派了弓箭手攻擊達利納的軍隊，但是箭矢直接從芻螺的殼上彈開，眾人毫髮無傷。一群士兵解下橋，推好位置，達利納的弓箭手則趁機站定位，回擊帕山迪人。

「薩迪雅司這次帶的士兵是不是比較少啊？」席格吉加入觀看達利納軍隊的眾人。「也許他們已經談好，說不定就是這樣他才願意讓自己被包圍。」

這些橋可以通過絞盤被放下延長，其中的工藝技術眞是驚人。他們開始動手的同時，發生一件奇怪的事：兩名碎刃師，應該是達利納跟他兒子，跳過了裂谷，開始攻擊帕山迪人。他們引開敵人注意力的同時，士兵也把巨橋架好，重裝騎兵接著衝過橋進入戰局，這是完全不同的攻橋戰略，卡拉丁發現自己開始思索其中的意涵。「他眞的要加入戰局。我認爲他們應該是要合作。」摩亞許說道。

「這一定比較有效。我很意外他們之前沒試過。」卡拉丁說道。

泰夫一哼。「這是因爲你不了解淺眸人是怎麼想的。藩王不只是想要贏得戰爭，他們還想靠自己的力量贏。」

「眞希望我是被這支軍隊徵召。」摩亞許帶著幾乎崇拜的口氣說道。這些士兵的盔甲閃閃發光，隊伍顯然經過長期訓練。黑刺達利納甚至比阿瑪朗更擅長建立以誠待人的名聲。就連爐石鎮上的人都認得他，但是卡拉丁明白光潔的胸甲下可以隱藏各式各樣腐敗。

不過在街上保護了那妓女的人穿的就是藍色。雅多林，達利納的兒子。他保護那女子的行爲似乎是眞的無私，卡拉丁心想。

他一咬牙，甩開這些思緒。他不會再被騙。不會了。

戰事變得慘烈，卻沒有持續多久，帕山迪人很快就被兩支夾攻的軍隊擊潰。卡拉丁的小隊要不了多久就跟著一支勝利的軍隊回到戰營，進行慶祝。

❖

卡拉丁在手指間翻轉錢球。透明的玻璃冷卻時，在一邊形成了一小條氣泡，永遠凝結，氣泡就像細小的錢球一樣捕捉光線。

他正在進行裂谷物資收集的工作。他們從台地攻擊回來的速度快到哈莎囝顧邏輯或慈悲之心，當天就派他們進入裂谷。卡拉丁繼續在手指尖轉著錢球。懸浮在正中央的是一枚切割成圓形的大祖母綠，上面有幾十個切面，一小圈凝結的氣泡貼在寶石上，彷彿渴望靠近寶石的光芒。

明亮透徹的綠色颶光從玻璃中散發出來，點亮卡拉丁的手指。一枚祖母綠布姆，是錢球的最高面額，等同於幾百枚小額球幣。對橋兵而言，這是一大筆財富，可是遙遠至極，因爲他們不可能花用。卡拉丁覺得自己可以看到岩石中的微小風暴。那光就像……就像被祖母綠捕捉了一小團颶風，從中散發光芒。光線並非恆常不動，只是跟閃爍的蠟燭、火把、油燈比起來，像是靜止的。卡拉丁把錢球捏近，可以看到裡面的光線在翻騰怒湧。

「我們拿它怎麼辦？」站在卡拉丁身邊的摩亞許問道。大石站在卡拉丁的另一邊。天氣十分陰暗，讓谷底比平常都還要陰森。最近的冷天氣退回春天，但是仍然還是寒得讓人不舒服。

每個人都很有效率地工作著，快速地從死者身上蒐集矛、盔甲、靴子、錢球。他們的時間不多，而且之前出勤已經相當辛苦，卡拉丁決定今天暫時停止練習，而是盡快蒐集物資，囤積在下面某處，之後用來避開懲罰。

他們工作時，找到一名淺眸軍官。他頗爲富有。光是這枚祖母綠布姆就等於一名橋兵奴隸工作兩百天賺的薪水。同一個布囊中，還有一些夾幣跟跟馬克，總額比祖母綠布姆要多一些。一筆橫財。但對於淺眸人而言，只是零錢。

「這筆錢能讓我們餵飽那些受傷的橋兵好幾個月。我們要多少醫療用品都能買。颶父啊！我們說不定能賄賂守邊境的士兵讓我們溜走。」摩亞許說道。

「這不會發生。不能把錢球拿出裂谷。」大石說。

「可以用吞的。」摩亞許答。

「你會噎死。錢球太大了，是吧？」

「我打賭我可以。」摩亞許雙眼閃閃發光，反射著璀璨的颶光。「我這輩子沒看過這麼多錢。値得冒險。」

「吞沒有用的。你以爲那些在茅坑看著我們的侍衛都是怕我們逃走的嗎？我打賭哪個可憐的帕胥人得翻過我們的糞便，而且我看到他們會記錄我們之中誰去過茅坑，去了幾次。我們不會是第一個想到要吞錢球的人。」

摩亞許遲疑片刻，然後氣餒地嘆口氣。「你應該說得沒錯。颶你的，但你說得沒錯。可是我們不可以就這樣給他們吧？」

「可以。我們絕對花不掉。有一整個布姆的橋兵？一定會洩漏我們的身分。」卡拉丁握緊了錢球。

「可是——」摩亞許開口。

「我們把這個給他們，摩亞許。」說完他舉起手中的布囊。「可是我們要想辦法留住這些。」

大石點點頭。「對。如果我們給他們這個貴錢球，他們會認爲我們是誠實的，對吧？我們偷竊的行爲就會被掩飾，他們甚至會給我們一小點獎金。可是，我們要怎麼樣把布囊留著？」

「我正在想。」卡拉丁說道。

「想快點。」摩亞許看著卡拉丁塞在裂谷牆壁石縫中的火把。「我們得要回去了。」

卡拉丁張開手，在手指間翻轉祖母綠布姆。

「你看過這麼美的東西嗎？」摩亞許盯著祖母綠。

卡拉丁心不在焉地回答：「這只是錢球。工具而已。我曾經握著一百枚鑽石布姆的杯子，聽人家跟我說那是我的。可是我沒花到，所以它們對我而言半點價值都沒有。」

「一百枚鑽石？哪裡……怎麼會？」摩亞許問。

卡拉丁閉上嘴，咒罵自己。我不該一直講這種事。「走吧。我們得快點。」他將祖母綠布姆塞回黑布袋。

摩亞許嘆口氣，但是大石開朗地朝他背上一拍，一起走向其他橋兵。大石跟洛奔在西兒的指引下，帶著他們找到一群穿著紅黑制服的屍體。他不知道這是哪個藩王的人，但是這些屍體還挺新鮮，裡面沒有帕山迪人。

卡拉丁瞥向一旁在工作的帕胥人橋兵，沈。安靜、服從、可靠。泰夫仍然不信任他。一部分的卡拉丁對此感覺到慶幸。西兒落在他身邊的牆上，雙腿分開，站在牆上，抬頭望著天空。

想想。我們該怎麼樣把錢球留下？卡拉丁告訴自己。一定有辦法，可是每個可能性似乎都太冒險。如果他們被抓到，那可能就會被派到不同的工作去。卡拉丁不願意冒這個險。

沉默的綠色生靈開始在他身邊現形，在苔蘚跟藤蔓間跳躍。幾株皺花在他頭邊舒展開紅黃兩色的葉片。卡拉丁一遍遍地回想起度尼的死。橋四隊不安全。沒錯，他們最近失去的人極少，但是還是日漸凋零，而且每次出勤都有可能會全軍覆沒，只要有一次，帕山迪人朝他們密集瞄準，失去三四人後橋就會翻覆，然後箭雨會加倍，射死他們每個人。

這是同樣的老問題，卡拉丁每天想到頭痛不止的問題。當每個人都希望橋兵身陷危險、暴露在外時，你要怎麼保護他們？

「嘿，席格吉，你是歌世者對不對？」地圖抱著一把矛走過來。地圖最近幾個月越發變得友善，相當擅長讓其他人開口。這個光頭男子讓卡拉丁想到酒館老闆，擅長讓人感到自在。

正在從一排屍體身上除下靴子的席格吉，抿著嘴唇瞥了卡拉丁一眼，似乎在說：「都是你的錯。」他不喜歡被別人發現他是歌世者。

「你爲什麼不說個故事給我們聽？幫我們打發時間。」地圖將手中的東西放下。

席格吉用力把靴子一扯。「我不是什麼小丑或說書的。我不『說故事』。我散播的是文化、民族、思想、夢想的知識，我透過讓他人了解，帶來和平。這是我們這一派從神將那裡得到的神聖天職。」

「那你爲什麼不開始散播呢？」地圖站起身，在長褲上擦手。

席格吉大聲嘆口氣。「好吧。你們想聽什麼？」

「我不知道。有趣的。」

「跟我們說說亞萊詹光明爵士跟百船艦隊的事。」雷頓喊道。

「我不是說書的！我說的是國家與民族大事，不是酒館故事，我——」

「有沒有哪個地方是大家都住在地上的裂縫裡？一個以巨大、繁複線條構成的城市，每條線都卡在岩石裡，好像是被雕出來的那樣？」卡拉丁問道。

「瑟瑟瑪雷達。」席格吉點點頭，扯下另一隻靴子。那是艾姆利王國的首都，世界上最古老的城市之一，據說那個城市跟王國是加斯倫親自命名的。」

「加斯倫？」馬洛普站直身，抓抓頭。「那是誰？」馬洛普有著濃密的頭髮，一大把黑鬍子，兩邊手上各有一個守護符文刺青，他也不是光杯中最明亮的球幣。

「在雅烈席卡，你們稱他為颶父，或是傑瑟瑞瑟艾林（Jezerezeh'Elin）。他是王之神將，颶風之主，帶來水與生命之神，以憤怒與脾氣還有慈悲著名。」

「噢。」馬洛普說道。

「多說說這個城市的事。」卡拉丁說道。

「瑟瑟瑪雷達的確是建立在巨大的凹槽中，結構頗為驚人，可以抵擋颶風，因為每個凹槽都有一邊特別突出，讓旁邊岩石平原上的水不會流入，再加上岩石裂縫形成的水道系統，城市不會淹水。

「那裡的人以高超的克姆陶藝聞名，他們的城市是西南方的重要中介點。艾姆利人是阿斯卡企人的一個部落，屬於馬卡巴奇種——皮膚黑，像我這樣。他們的王國與我的相鄰，我年輕時去過許多次。

「那是一個神奇的地方，有來自奇邦異國的旅人。」席格吉越說越自在。「他們的法律系統對外國人非常寬容。不是本國人不能擁有房屋或店舖，但是造訪時，他們會把你當成『來自遠方的親戚，必須盡量善加對待，示以寬容』。外國人可以拜訪任何屋子，獲得晚餐，只要他表現得有禮貌，同時贈送水果。那邊的人對珍奇水果非常有興趣。他們崇拜加斯倫，但是不認爲他是弗林教的人物，他們認爲他是唯一的神。」

「神將不是神。」泰夫對此嗤之以鼻。

「對你們而言不是，但其他人有不同想法。艾姆利人的宗教在你們的學者眼中稱之爲分支宗教，意思是有一些弗林教的想法，但是對艾姆利人而言，你們才是分支宗教。」席格吉似乎覺得這很有趣，泰夫則是氣呼呼。

席格吉越說越多，詳細地描述艾姆利女子的寬鬆長裙與纏頭的頭巾，還有男子喜歡穿著長袍。他們的口味偏鹹，與老朋友相見時行的禮是以左手食指按在額頭上，尊敬地鞠躬。席格吉對他們的了解非常淵博，卡拉丁注意到有幾次他邊說邊露出緬懷的笑容，應該是想起他之前的旅行。

這些細節很有意思，可是讓卡拉丁震驚的是，幾個禮拜前他在夢中飛過的城市居然是眞的。還有他已經不能忽略自己受傷時復原的驚人速度。他的身上正發生奇怪的事情，超自然的事。如果這跟他身邊所有人似乎都會死去有關，怎麼辦？

他跪在地上，開始翻找死人的口袋，這是其他橋兵不願意做的工作。錢球、匕首、其他有用的物品被留下，沒有焚燒的祈禱文一類的私人物品則跟屍體放在一起。他找到幾枚鋯石夾幣，被他收在布囊裡。

也許摩亞許說得對。如果他們能把這些錢弄出去，他們有辦法賄賂士兵放他們逃走嗎？這絕對比打出去要安全。所以他爲什麼這麼堅持要教會橋兵如何戰鬥？他爲什麼沒花心思去想要怎麼讓他們溜出去？

他在阿瑪朗軍隊中原本小隊裡的人都死了，包括達雷跟其他人。他是認爲訓練一批新的橋兵就能彌補嗎？他是要拯救這些他開始眞心對待的人的性命，還是只是想要證明自己？

他的經驗告訴他，不懂如何戰鬥的人在這個充滿戰爭與颶風的世界中會落於下風。也許溜出去會是更好的選擇，但是他不懂該怎麼溜出去。況且，如果他們溜走，薩迪雅司會派軍隊來追，一定會有許多麻煩尾隨而來。無論是走哪一條路，橋兵們都必須透過殺戮才能贏得自由。

他閉上眼睛，想起先前的逃脫經驗，那時他讓其他奴隸在野地整整活了一個禮拜，沒有被逮捕，最後是被主人的獵戶發現。那次他失去納馬。

*這跟現在完全沒關係。我需要這些錢球。*卡拉丁告訴自己。

席格吉還在談艾姆利人的事情。「對他們而言，攻擊另一個人是很低下的行爲。他們打仗的方法跟你們雅烈席人正好相反。劍不是領袖的武器，戟比較好，然後是矛，最好的就是弓箭。」

卡拉丁從一個士兵的口袋中掏出一把天夾幣。天夾幣黏在一塊發霉發臭的乳酪上。他皺著眉頭把球幣一一撿拾出，在水窪中洗洗。

「淺眸人用矛？太可笑了。」德雷說道。

「爲什麼？」席格吉聽起來很不以爲然。「我覺得艾姆利人的想法很有意思。在某些國家中，打鬥是非常令人厭惡的。舉例而言，對於雪諾瓦人而言，如果必須要跟人打，那你已經失敗了。殺人頂多是解決問題的野蠻手段。」

「你該不會像大石那樣拒絕戰鬥吧？」斯卡問道，不加掩飾地朝食角人瞪了一眼。大石哼了一聲，背轉身子跪下，把靴子塞入大袋子裡。

「不會。我想我們都能同意，其他方法都失敗了。如果我師傅知道我還活著……可是這是個笨念頭。我會打仗，而且如果必要的話，矛似乎是個不錯的武器，但我寧可讓自己跟敵人之間有更大的距離。」

卡拉丁皺眉。「你是說用弓？」

席格吉點點頭。「我們這一族認為弓箭是尊貴的武器。」

「你會用嗎？」

「可惜不會。如果我有這個能耐，之前我已經提出了。」席格吉說道。

卡拉丁站起身，打開布囊，將錢球放進去。「屍體中有弓嗎？」

眾人面面相覷，其中幾人搖頭。颶風的，卡拉丁心想。他心中才剛升起一個念頭的種子，卻立刻被扼殺。

「拿一些矛來，放在旁邊，用來訓練。」他說道。

「可是我們得把矛交出去。」馬洛說道。

「如果不帶出裂谷就不用。我們每次蒐集物資的時候就留下幾柄矛，藏在這裡。要不了多久，蒐集的量就會夠我們用來練習了。」

「要逃的時候怎麼辦？」泰夫揉揉下巴。「一旦真正開打，放在這裡的矛對這群小子來說就沒什麼用了。」

「我會想辦法把矛弄上去。」卡拉丁說道。

「你常說這種話。」斯卡評論。

「別吵了，斯卡。他知道他在做什麼。」摩亞許說道。

卡拉丁眨眼。摩亞許剛才爲他說話？

斯卡滿臉通紅。「我不是那個意思，卡拉丁。我只是問問。」

「我懂。這……」卡拉丁看到西兒以一條光帶的姿態飛入裂谷。

她落在旁邊岩石牆一塊突出的石頭上，變回女性的姿態。「我又找到一堆屍體，大多是帕山迪人。」

「有弓嗎？」卡拉丁問道。幾名橋兵朝他目瞪口呆地盯著，直到發現他正望著空氣，便朝彼此了然地點點頭。

「應該有。就在這裡，不太遠。」西兒說道。

橋兵已經處理好大多數的屍體。「把東西都收集起來，有另外一個地方。我們需要盡量蒐集物資，然後囤積在一個不太會被沖走的裂谷裡。」卡拉丁說道。

橋兵把他們撿到的物資都拿了起來，有人把布袋甩過肩膀，每個人手中都握著一兩柄矛。沒多久，他們便深入潮溼的裂谷谷地，跟著西兒前進，兩旁是古老懸崖，中間的裂縫卡著許久以前被沖到這裡的骨骸，盆骨、腿骨、頭骨、肋骨堆成一座小山，上面長滿青苔。沒什麼可以撿的。

大概一刻鐘後，他們來到西兒找到的地方，帕山迪人的屍首一堆一堆的，偶爾間雜著藍色制服的雅烈席人。卡拉丁跪在其中一具人類屍體邊，他認出外套上繡的是達利納・科林的對符。達利納的軍隊爲什麼跟薩迪雅司聯手？什麼事情變了？

卡拉丁指揮眾人開始從雅烈席人的屍體開始動手，自己則走到其中一具帕山迪屍體邊，比達利納的人要更新鮮。他們找到的帕山迪人屍體向來比雅烈席人少，不是因爲他們喪命的人數少，而是他們比較不會摔下裂谷。席格吉也猜他們的身體比人類身體要更厚重，所以不會輕易被吹走或被沖走。

卡拉丁將屍體翻成側邊，這動作引來橋兵眾人同時倒吸一口氣。卡拉丁轉身，看到沈以罕見的激動推開別人走上前來。

泰夫快速上前，從後面抓住沈，勒著他的脖子，其他橋兵則是震驚地站在原處，不過有幾人反射性地已經擺出作戰準備姿勢。

沈虛弱地在泰夫的掌握中掙扎。帕胥人長得跟他死去的表親不同，兩個放在一起比較時，差別變得更明顯。沈跟其他帕胥人一樣比較矮，也有點胖，強壯、結實，卻不帶威脅性。可是卡拉丁腳邊的屍體則是肌肉糾結，像是食角人，跟卡拉丁一樣高，肩膀卻寬很多。雖然兩者都有斑爛的膚色，帕山迪人在頭、胸、手臂、腿上卻有奇特的肉盾。

「放開他。」卡拉丁好奇地說道。

泰夫瞥了他一眼，不情願地遵照指示。沈牛跑過崎嶇的路面，然後溫和卻堅定地把卡拉丁從屍體邊推開，往後一站，彷彿是要保護它不被卡拉丁碰觸。

「這個，他以前做過。我跟洛奔帶他去蒐集時就這樣。」大石站到卡拉丁身邊解釋。

「大佬，他很保護帕山迪屍體，像是你動一個，他就要朝你捅上一百刀。」洛奔補充。

「他們都是這樣。」席格吉從身後說道。

卡拉丁轉身，挑起一邊眉毛。

席格吉解釋。「帕胥人可以自行照料他們的死者，這是他們少有幾件很執著的事情。如果有別人動那些死者，他們會變得煩躁。他們會把屍體包裹在亞麻布裡，然後帶到野地，放在石板上。」

卡拉丁看著沈。不知道……

「從帕山迪身上蒐集。泰夫，你恐怕要一直拉著沈。我不能讓他阻止我們。」卡拉丁對眾人說道。

泰夫朝卡拉丁埋怨地看了卡拉丁一眼。他還是覺得他們應該把沈放在橋的最前面，讓他被射死，可是泰夫依舊遵照命令，把沈推開，找摩亞許一起幫忙拉著他。

「還有大家，要對死者尊重。」卡拉丁強調。

「他們是帕山迪人！」雷頓反對。

「我知道，可是這會讓沈不舒服。他是我們的一份子，所以我們要盡量讓他的煩躁感降到最低。」卡拉丁說道。

帕胥人不情願地放下手臂，允許泰夫跟摩亞許將他拉走。他似乎很無奈。帕胥人的腦子反應很慢。沈聽懂了多少？

「你不是想要找一把弓嗎？弓弦沒了。」席格吉跪下，從一具屍體身下拿出一把角雕的帕山迪弓。

「這個人的口袋裡有一條。」麥伯從另一個帕山迪人的腰囊中抽出弓弦。「可能還可以用。」

卡拉丁接過武器跟弓弦。「有人會用嗎？」

橋兵面面相覷。弓沒有辦法獵捕大多數的巨殼獸，彈弓有用多了。弓唯一的作用就是拿來殺人。卡拉丁瞥向泰夫，後者搖搖頭。他們沒有受過用弓的訓練，卡拉丁也沒有。

「簡單。箭放繩子上。不要指著自己。很用力地拉。放開。」大石邊說邊翻過一具帕山迪屍體。

「我懷疑沒那麼簡單。」卡拉丁說道。

「我們光是訓練這批小子用矛都沒時間了，你想教他們一些人用弓？而且我們還沒有老師呢。」泰夫說道。

卡拉丁沒有回答。他將弓跟弦收在袋子裡，加了幾枝箭，然後幫助其他人。一個小時候，他們走回繩梯的方向，火把忽明忽暗，暮色將近。天色越暗，裂谷就越讓人感覺不愉快。陰影變深，水滴聲、落石聲、風的呼嘯等遠處傳來的聲音，瞬間變得陰森。卡拉丁拐了個彎，一群多腳的克姆林蟲快速爬過岩石，消失在縫隙中。

交談的氣氛顯得很壓抑，卡拉丁沒有開口。他偶爾會轉過頭去看沈。沉默的帕胥人低著頭走著。搶帕山迪人的屍體讓他非常的不舒服。

*我可以利用這點，可是我敢嗎？*卡拉丁心想。這會是冒險，冒很大的險。他已經因爲破壞裂谷戰的平衡而被處刑過一次了。

*先處理球幣的事。*他心想。如果能把錢球弄出去，就意謂著他能把別的東西弄出去。終於，他看到上方的一個陰影，橫越整個裂谷。他們到達第一座常駐橋。卡拉丁跟其他人繼續走了一段路，來到一個裂谷地面與上方台地比較近的地方。

他在這裡停下腳步。其他橋兵聚集在他身邊。

「席格吉。你對弓有點了解。你覺得用箭射中那橋有多難？」卡拉丁問道。

「我偶爾有握過弓，可是我不敢自稱專家。我想應該不是太難，距離應該是五十碼吧？」

「有什麼用？」摩亞許問道。

卡拉丁掏出一囊錢球，朝他們挑挑眉毛。「我們把袋子綁在箭上，然後往上射，卡在橋的下面。之後我們出勤時，洛奔跟達畢可以在上面那座橋旁邊落後，喝口水，伸手往橋下一摸，把箭拔了。錢球就到手了。」

泰夫吹聲口哨。「聰明。」

摩亞許興奮地開口：「我們可以拿所有的球幣。就連——」

卡拉丁堅決地回答：「不行。光是小額的球幣就已經夠危險了。會有人懷疑橋兵是從哪裡弄到這麼多錢的。」他得從不同的藥店購買補給品，才能隱瞞突然多出一筆錢。

摩亞許看起來很失望，但是其他橋兵很興奮。「誰想試試？也許我們應該先練習射幾箭，然後拿袋子試。席格吉？」

「我對自己沒把握。也許你可以試試看，泰夫。」席格吉說道。

泰夫搓搓下巴。「好啊。不會太難吧？」

「不會太難？」大石突然問道。

卡拉丁瞥向一旁。大石站在眾人的最後面，不過身高讓他很容易被辨認。他雙手抱在胸前。

「不會太難，泰夫？五十呎不遠，但是不容易射準，而且上面還要綁著一袋很重的錢球？哈！而且箭還要射到離橋不遠的地方，好讓洛奔能夠拿。你射歪了，所有球幣也沒了。如果上面橋邊的守衛看到箭從裂谷射出來怎麼辦？他們會覺得很可疑吧？」

卡拉丁瞄著食角人。他剛才才說：很簡單，不要指著自己……放……

卡拉丁一面從眼角瞅著大石，一面說道：「唉，我們只能冒險了。沒這些球幣，傷兵們會死啊。」

「我們可以等到下次出勤的時候，把繩子綁在橋上，往下拋，然後下次把袋子綁在上面——」泰夫說道。

「五十呎繩子？買那種東西會引人注意。」卡拉丁直接了當地回絕。

「不會啦，大佬，我有個親戚在賣繩子的地方工作。有錢我就能幫你弄到。」洛奔說道。

「也許。可是還是要把繩子藏在擔架上，然後趁沒人看到時把繩子垂下，而且還要垂好幾天？會被注意到的。」卡拉丁說道。

其他人點點頭。大石還是顯得很不自在。卡拉丁嘆口氣，拿出弓跟幾枝箭。「我們只能冒險。泰夫，你要不要……」

「卡里卡林之魂啊，拿來，給我。」大石嘟囔，推擠過橋兵，從卡拉丁手中拿過弓。卡拉丁壓下一抹微笑。

大石抬起頭，在消失的天光中判斷距離，綁上弓弦，然後伸出手。卡拉丁拿了一枝箭給他。他將弓瞄準裂谷，鬆開。箭矢快速地飛去，撞上裂谷牆壁。

大石點點頭，接著朝卡拉丁的布囊一指。「我們只拿五枚球幣。再多就太重。光五枚都很冒險。你們這群生空氣病的低地人。」

卡拉丁微笑，拿出五枚藍寶石馬克，總共是一名橋兵兩個半月的薪水，放在一個備用的布囊中。他把布囊拿給大石，大石掏出一把匕首，在箭頭後面的木桿上刻上一道。

斯卡雙手抱胸，靠在長滿苔蘚的石牆。「你們知道這是偷東西吧？」

「是的。我一點都不覺得有哪裡過意不去。你會嗎？」卡拉丁看著大石的動作回答。

斯卡露出大大的微笑。「一點也不會。我覺得如果有人想害死你，那忠誠啊什麼的都可以拋到颶風裡去了。可是如果有人去找加茲報信……」

其他橋兵突然變得很緊張，幾雙眼睛都瞥向了沈，不過卡拉丁可以看出來，斯卡想的人不是帕胥人。

如果有一個橋兵背叛他們，他可能可以獲得獎勵。

德雷開口：「也許我們應該輪流守衛，確保不會有人溜去跟加茲報信。」

「我們絕對不做這種事。要怎樣？把自己鎖在營房裡，對彼此猜疑到一事無成？」卡拉丁搖搖頭。「這只是多一項危險而已。的確是危險，但我們不能浪費精力在監視彼此上。我們只能繼續。」

斯卡看起來並沒有被說服。

卡拉丁堅定地開口：「我們是橋四隊。我們一起面對了死亡。我們必須信任彼此。上戰場時不能去想你的同伴會不會突然換邊站。」他輪流看著每個人的雙眼。「我信任你們。你們每個人。我們會活下來，一起。」

幾人點點頭，斯卡似乎被說服。大石結束切割弓箭的工作，開始將布囊緊緊綁在木桿上。

西兒仍然坐在卡拉丁的肩膀。「你要我看著其他人嗎？確定不會有人做剛才斯卡說的事？」

卡拉丁遲疑了，然後點點頭。還是小心點好。他只是不想讓其他人用那種方式思考。

大石掂掂箭重。「幾乎不可能啊。」他抱怨，然後流暢地引弓拉弦至臉頰，站到橋的正下方。小布囊垂掛在木桿邊。橋兵們屏住呼吸。

大石鬆手。箭沿著裂谷牆往上飛，快得幾乎看不見。弓箭與木頭相觸時，發出小小的聲響，卡拉丁屏住呼吸，但是箭沒有鬆脫，仍然掛在那裡，寶貴的球幣綁在箭桿上，就在從橋上探出手便伸手可及的地方。

卡拉丁一拍大石的肩膀，其他橋兵齊聲歡呼。

大石看著卡拉丁。「我不會用弓來作戰。你必須知道這點。」

「我答應你。如果你同意，我會帶你走，但是我不會強迫你。」

「我不會作戰，不是我該做的事情。」他抬頭看著球幣，露出淡淡的笑容。「可是射橋沒關係。」

「你從哪裡學的？」卡拉丁問。

「祕密。拿弓。不要再煩我了。」大石堅決地回答。

卡拉丁接過弓。「好吧。可是我不知道是否能答應不要再煩你。我以後可能還需要你多射幾箭。」他打量洛奔。「你眞的認爲你能在不引起注意的情況下買到繩子？」

洛奔靠著牆。「我的親戚從來沒讓我失望過。」

「你到底有多少親戚啊？」無耳傑克斯問道。

「親戚永遠不嫌多。」洛奔回答。

一個計畫開始在卡拉丁心中成形。「我們需要繩子。去處理這件事，洛奔。我會把上面的球幣換成更小的面額，給你去付錢。」

56

那颶風的書

「光變得如此遙遠。颶風永不停歇。我已然粉碎，周圍的一切均已死亡。我爲一切的終結哭泣。他贏了。他打敗我們了。」

——帕拉哈克夫日，一一七三年，死前十六秒。樣本爲賽勒那水手。

達利納正在戰鬥，戰意在他全身鼓譟。他在英勇的背上揮舞著碎刃，周圍的帕山迪人帶著黑色的眼眶死去。

他們兩兩成組地湧上前來，紛紛從不同的角度試圖攻擊他，毫不停歇，同時希望讓他無法專注。如果有人能趁他分心時從背後衝上前來，他們也許能將他推下馬匹。那些斧頭與流星錘只要能夠反覆擊中他，就能打裂他的碎甲。這是代價非常高昂的戰術，達利納身邊滿是屍體，可是在跟碎刃師對戰時，沒有代價不高昂的戰術。

達利納保持英勇不停左右移動，以大面積揮動著他的碎刃。他站在自己的軍隊陣線前面一點。碎刃師的戰技需要空間，因爲碎刃太長，很容易會傷到自己的同伴。只有在他倒地或遭遇困難時，他的親衛隊才會靠近。

戰意讓他興奮，讓他增強體力。他沒有再感到衰弱，也沒有幾個禮拜前那天在戰場上湧現的反胃。也許是他多想了。

他調轉英勇，剛好來得及迎戰兩組從後方衝上的帕山迪人。他以膝蓋操控英勇，側翻揮砍的高超技巧砍斷兩名帕山迪人的脖子還有第三名帕山迪人的手臂。前兩人的眼睛燃燒，倒地，第三人的手臂突然變得毫無生氣，只能垂掛在身邊，所有神經都被切斷，武器從手指間落下。

那個小組的第四人快步退開，瞪著達利納。這是一個沒有鬍子的帕山迪人，臉似乎有點奇怪。臉頰的骨架有點不一樣……

*是女人嗎？不可能。有可能嗎？*達利納震驚地心想。

他身後的士兵發出響亮的歡呼聲，看著一群帕山迪人撤退，重新組陣。達利納放下碎刃，金屬閃閃發光，勝靈出現在他身邊。這是他要在所有人面前作戰的另一個原因。碎刃師代表的不只是破壞力，更是振奮士氣、激勵人心的存在。當士兵看到自己的光明爵士不斷砍倒敵人時，他們會更奮勇作戰。碎刃師能改變戰局。

帕山迪人暫時被擊潰，因此達利納從英勇背上下來，落在岩石上。周圍都是毫無濺血的屍體，但是他一走到他的士兵作戰的地方，便是滿地橘紅色的血液。克姆林蟲在地上到處跑著，啜飲著血漿，痛靈在牠們之間爬走。受傷的帕山迪人躺在地上仰望天空，臉孔因痛楚而扭曲，吟唱著曲調神祕的歌，聲音壓得低如耳語。他們從來不會大喊大叫地死去。

達利納走回親衛隊身邊，感覺戰意退去。「他們離英勇太近了。」達利納對特雷博說道，把韁繩遞給他。巨大的瑞沙迪恩馬身上都是起泡的汗水。「我不想冒險讓牠受傷。派人帶牠回後方。」

特雷博點點頭，揮手找來士兵去執行任務。達利納將碎刃扛在肩上，環顧戰場。帕山迪人正在重新整隊。一如往常，兩人一組的小隊是他們的戰術重心。每一組的武器都不一樣，經常一個人沒有鬍子，另一人則有織滿寶石的濃密鬍子。他的學者們認爲這有可能是某種原始的師徒系統。

達利納檢視那些沒有鬍子的臉，尋找是否有鬍渣。一點都沒有。而且不少臉龐輪廓隱約透露出女性的特質。這些沒有鬍子的會都是女人嗎？她們似乎沒有什麼胸部，身材跟男人也一模一樣，但是那些奇怪的帕山迪盾甲可以掩藏不少身體的細節。沒有鬍子的那些帕山迪人的確看起來矮了幾手指高，還有他們的臉型……他越看越覺得有可能。難道這一組組是夫妻嗎？他突然好奇得不得了。難道他們打了六年仗，卻沒人花時間研究他們敵人的性別區分？

沒錯。這些對戰的平原太遠，從來沒有人把帕山迪屍體帶回去，只是派人去把寶石從鬍子中拔下或是蒐集武器。自從加維拉死後，便沒有多少人花心力去研究帕山迪人。每個人只想要他們死。如果有一件事是雅烈席卡人擅長的，那就是殺人。

而且你現在應該要殺他們，不是研究他們的文化，達利納告訴自己。可是他還是決定要叫士兵爲學者們蒐集幾具屍體。

他衝向戰場的另一區，雙手將碎刃握在身前，仔細不要超出他的士兵太多。他看到雅多林的旗幟飛在南邊，領著他那一師攻擊那邊的帕山迪人。那孩子最近安靜得反常。對薩迪雅司判斷錯誤這件事似乎讓他開始深省。

在西邊，薩迪雅司的旗幟驕傲地飛揚著。薩迪雅司的軍隊讓帕山迪人無法靠近蛹。他跟先前一樣，先行抵達，與帕山迪人開始交戰，等達利納的軍隊趕到。達利納考慮是否應該把寶心切割出來，好讓雅烈席卡軍撤退，但是爲什麼要這麼快結束戰鬥？他跟薩迪雅司都覺得他們聯手的眞正意義是要盡量殺死帕山迪人。

他們殺死越多帕山迪人，這場戰爭將會結束得越快。到目前爲止，達利納的計畫一直是成功的。這兩支軍隊的特性互補。達利納的攻擊速度太慢，因此讓帕山迪人獲得先集結完成的優勢。薩迪雅司很快，尤其現在他能專注於速度，少帶一批人之後更快，讓他的人動員起來進入台地的速度快得駭人，但是他的軍隊沒有達利納軍的戰技水準。因此如果薩迪雅司可以先到，佔據台地，等到達利納把他的人帶來，達利納軍的訓練與碎甲優勢就像錘子一樣，抵著薩迪雅司的鐵砧，能把帕山迪人粉碎。

不過仍然不輕鬆。帕山迪人就像裂谷魔一樣難纏。

達利納撲向他們，揮舞著碎刃，殺死四面八方的帕山迪人。他忍不住對帕山迪人湧出一絲敬意。鮮少有人敢直接攻擊碎刃師，除非背後有整支軍隊壓制著他們，幾乎像是被不情願地推向碎刃師。

這些帕山迪人則是英勇地衝上前來。達利納轉身，迴旋著碎刃，戰意在體內流竄不休。使用普通的劍時，戰士要專注於控制他的攻擊，揮砍下去之後要準備反彈，因此必須快速、俐落地突擊，盡量縮小弧度。碎刃不一樣。碎刃極大，卻輕得驚人，從來不會反彈，就算是劈到目標也幾乎像是劈過空氣而已，因此關鍵是要保持慣性，讓劍不停。

四名帕山迪人撲向他。他們似乎知道近身戰術是打倒他的最好方法。如果他們靠得太近，劍柄的長度跟盔甲的天性會讓他無法施展。達利納轉身，劍平舉在腰邊，劍穿過四人的胸口，隱約的拉扯讓達利納感覺到四人死去。他一招就解決了四人，心下不禁感覺一陣滿意。

尾隨而來的立刻就是反胃。

該死的！不要又來了！他轉向另一群帕山迪人，身後死者的眼睛燒焦冒煙。

他撲向另一波攻擊，舉高碎刃，在空中舞出一團劍花，然後平揮過地面。六名帕山迪人死去。他感覺到一陣後悔以及對戰意的不滿。這些帕山迪人、這些士兵在被他屠殺時，應該獲得的是敬重，而不是欣喜。

他記得過去戰意最強烈的時候。那是他們年輕時，跟加維拉一起制伏所有的藩王，擊退費德人，打敗賀達熙人，毀掉阿卡克・雷熙。有一次他對戰爭的飢渴幾乎讓他攻擊加維拉。達利納記得大概數十年前那天的嫉妒，那時他攻擊加維拉的渴望也幾乎要吞沒他——因爲加維拉身爲贏得娜凡妮的人，是他眼中所能見，唯一可與他匹敵的對手。

他的親衛隊看著敵人紛紛倒地，開始歡呼。他的內心感覺空虛，但是他抓住戰意，牢牢控制自己的情感與情緒。他允許戰意在體內鼓譟，令人慶幸的是，反胃也開始退去，時機抓得剛好，因爲另一群帕山迪人正從旁邊撲向他。他使出風式轉身，改變腳步，放低肩膀，揮舞的同時送上全身重量。

他的攻擊打倒三人，但是最後一名帕山迪人擠過了受傷的同伴，撲近達利納身側，揮舞著錘頭。他的眼睛因憤怒與決心而大睜，卻沒有大吼大叫，只是繼續唱著他的歌。

帕山迪人的攻擊正中達利納的頭盔，把他的頭推向一邊，但是碎甲吸收了大部分的撞擊，幾條如網絲般的細線裂縫出現。達利納從眼角可以看到裂縫隱約發光，釋放著颶光。

帕山迪人靠得太近了。達利納拋下碎刃，武器消失在一團白霧中。達利納則舉起護甲的手臂，擋下了一記攻擊，然後他揮動另一邊的拳頭，重重擊中帕山迪人的肩膀，將對方拋在地上。帕山迪人的歌聲斷絕。達利納一咬牙，上前一步朝對方胸口猛踢，對手飛入空中足足二十多呎。他之前學到的教訓就是要非常小心沒有完全失去戰鬥力的帕山迪人。

達利納放下雙手，開始重新召喚碎刃。他再次感覺到自己的強悍，對於戰鬥的激情重新回到身上。我不應該因爲殺死帕山迪人而內疚。這是對的，他心想。

突然，他注意到有點不對勁。旁邊台地上那是什麼？看起來像是……

像是第二支帕山迪軍隊。

他的幾群前鋒正朝主戰場衝，但是達利納已經猜出他們帶來的消息。「颶父！發布警告，第二支軍隊出現了！」他指著碎刃咒罵下令。

幾個人聽從他的命令，四散去傳遞警訊。我們早應該料想到的。我們帶了兩支軍隊來台地，他們也會做一樣的事，達利納心想。

可是這意謂著他們之前是有所節制的。這是因爲他們明白這塊戰場沒有太多空間？還是速度？可是這不合理——雅烈席人需要擔心木橋會成爲瓶頸，如果他們帶來更多軍隊，速度會更慢；但帕山迪人可以跳過裂谷，所以爲什麼上戰場的人數不是他們的所有人？

可惡。我們對他們了解太少了，他煩躁地心想。

他刻意將碎刃插入身邊的岩石中，免得碎刃消失，開始發出命令。他的親衛隊包圍在他身邊，引入前鋒，派出傳令兵。這段期間，他是指揮將軍而非先鋒戰士。

他們花了一段時間才改變戰場戰術。這樣一支軍隊有時候像是巨大的蝸螺，緩緩前進，反應遲鈍。在他的命令還來不及被執行前，新的帕山迪軍隊開始從北面突進。薩迪雅司在那裡。達利納看不清楚那裡的戰況，斥候的回報速度又太慢。

他瞥向一旁，那裡有個聳立的岩石，兩旁凹凸不平，看起來像是堆疊起來的木板。他聽報告聽到一半便抓起碎刃，跑過岩石地，腳下踩碎幾枚石苞。碧衛與傳令兵快速跟上。

在岩石旁，達利納將他的碎刃拋向一邊，允許它消散成霧氣，然後用力往上一跳，抓住岩石，不斷往上爬。幾秒後，他便來到平坦的頂端。

戰場呈現在他面前。帕山迪主軍是在台地中央的一團黑紅色，如今兩邊被雅烈席卡軍夾擊。薩迪雅司的橋兵隊在西面台地上等待，無人理會他們，新的一群帕山迪人則從北面進入戰場。

颶父啊，他們還真能跳，達利納心想，看著帕山迪人以強健的腳步跳過裂谷。六年來的戰鬥讓達利納明白，如果是幾十碼間的賽跑，人類士兵可以跑得比帕山迪人快——尤其如果是身著輕甲——但是那些粗壯強健的帕山迪腿卻能一跳就是大老遠。

越過裂谷時，沒有一名帕山迪人失去重心。他們小跑步地來到裂谷邊，然後衝刺十呎，往前一跳。新的軍隊朝南方前進，直撲薩迪雅司的軍隊。達利納舉起手，擋住白色的太陽，發現自己可以看見薩迪雅司的私人旗幟。他們正好擋在前進的帕山迪軍隊面前。他原本打算想要留在軍隊後方的安全地帶，可是這位置突然變成了前線，薩迪雅司的軍隊來不及回防。他身邊沒有任何援軍。

*薩迪雅司！*達利納一腳踩上懸崖邊緣，披風在身後隨風飛揚。*我需要派遣我的後備矛兵去——來不及。*他們的速度太慢。

矛兵趕不及，可是騎馬說不定可以。

「英勇！」達利納大吼，從岩石一躍而下，落在地面，碎甲消抵了衝擊力，擊碎石頭。颶光在他身體周圍湧現，從盔甲散發，護片發出輕微的吱嘎聲。

英勇一聽到達利納的叫喚，立刻掙脫馬伕，朝達利納飛奔，到達的同時，達利納一抓馬鞍握把，立刻翻身上馬，回頭朝親衛隊大吼：「盡量跟上，派傳令兵告訴我兒子，現在由他掌軍！」

達利納一拉英勇，雙蹄在空中高高舉起，立刻沿著戰場邊緣飛奔。他的親衛隊立刻也招來自己的馬匹，但要他們跟上瑞沙迪馬的速度實在太難。

也罷。

戰鬥中的士兵在達利納的右方變成一團糊影。他壓低了身體，伏在馬背上，風嘶聲吹過他的碎甲，伸出手召喚引誓。引誓落入他手中，滿身冰霜，霧氣蒸騰。達利納騎著英勇繞過戰場西邊。之前的指揮讓帕山迪軍擋在他與薩迪雅司之間，現在他沒有時間繞過他們，於是達利納深吸一口氣，從正中央衝殺出去。敵軍的戰鬥方式讓他們的隊伍相當分散。

達利納奔馳在他們中間，帕山迪人前仆後繼地擋在英勇前面，以他們饒富音樂性的語言咒罵。蹄聲如雷，達利納以膝蓋催促英勇不停向前。他們必須保持這一股氣勢。有些與薩迪雅司軍隊交戰的帕山迪前線士兵轉身奔向他。他們發現有機可乘。如果達利納墜馬，他將獨自一人被數千敵軍包圍。

達利納握著碎刃，心跳加速，不斷揮掃靠得太近的帕山迪人。幾分鐘後，他便來到帕山迪陣線的西北方，而敵人也組織起來，把矛豎在地面上，擋著他。

該死的！達利納心想。帕山迪人以前從來不會用矛擋人的兵法。他們開始學聰明了。

達利納衝向對方的隊伍，最後一分鐘調轉馬頭，讓英勇順著帕山迪的矛牆奔馳，同時平舉碎刃，砍斷矛頭，也順帶砍斷了幾隻手臂。前面一群帕山迪人的隊伍變得有點凌亂，達利納深吸一口氣，催促英勇直直撲向他們，砍斷幾根矛頭，另一根矛被他肩頭的盔甲擋開，英勇的左腹旁也被劃開長長一道傷痕。

他們的衝勢讓他們繼續前進，踐踏在帕山迪人身上，英勇揚聲嘶鳴，衝出帕山迪陣線，來到薩迪雅司主力正在與敵人交戰的戰線。

達利納的心跳如雷。他如同一團光影奔馳過薩迪雅司的軍隊，朝軍隊後方狂奔，那裡一團混亂的士兵正試圖抵擋新出現的帕山迪軍隊。人們尖叫、死去，雅烈席卡的綠與帕山迪的紅交纏成一團。

那裡！達利納看到薩迪雅司的旗幟翻飛一陣後，落下。他從英勇的背上躍起，落在岩石上。馬匹轉頭就走，了解主人的意思。牠的傷勢頗嚴重，達利納不希望牠再繼續受傷。

又該開始殺戮了。

他從側面衝入帕山迪軍，有些人轉身，平常淡然無波的黑眼珠中出現訝異的神色。有時候帕山迪人簡直就像另外一種生物，但是他們的情緒卻又如此人性化。戰意洶湧，達利納這次沒有試圖將它壓下。他太需要戰意。他的盟友正處於險境中。

是解放黑刺的時候。

達利納衝過帕山迪軍隊，像是吃飽飯掃掉桌上碎屑一般橫掃過帕山迪人。他不需要精準，也不需要小心翼翼地突擊，身後帶著親衛隊。這是他全力以赴的攻擊，展現畢生殺戮的威勢與致命力量，搭配碎具的增強。他宛如暴風一般橫掃過腿、胸、手臂、脖子，殺，殺，殺。他是死亡與金屬的狂風。武器從他的盔甲上彈開，留下細小的裂痕。他殺了幾十個人，不停前進，撲向薩迪雅司的旗幟倒下的位置。

眼睛燃燒，劍飛入空中，帕山迪人唱著歌。他們的軍隊與薩迪雅司軍交戰時貼得太密集，讓他們無法全力施展，但達利納沒有這樣的顧忌。他不需要擔心擊中友軍，也不需要擔心武器被皮肉纏繞或是被盔甲卡住。如果有屍體擋住他，他便直接砍斷，死肉跟金屬、木頭一樣脆弱。

帕山迪的鮮血很快便隨著他殺、砍、推的動作飛灑在空中。碎甲反覆劃著從肩膀到腰間平揮的來回弧線，偶爾轉身殲滅想從後方偷襲的敵人。

他踩到一塊綠布。薩迪雅司的旗幟。達利納轉身尋找。他身後留下一排屍體，被帕山迪人很快卻同時很小心地繞過，以他爲中心包圍，除了左邊。那裡的帕山迪人沒有轉向他。

薩迪雅司！達利納心想，往前一躍，從後方砍到帕山迪人，發現有一群正圍繞成一圈，擊打著某個東西。某個漏出颶光的東西。

旁邊是一柄巨大的碎刃師鎚頭，顯然是被薩迪雅司鬆開時落下。達利納往前一躍，鬆開碎刃，抓起鎚頭，大聲怒吼並同時揮向眾人，擊飛十幾名帕山迪人，然後再撲向另一邊，如法炮製。帕山迪人倒飛入空中。

在這麼小的空間裡，鎚頭比較好用，因爲碎刃只會把人砍死，屍體倒地，讓他仍然被緊緊包圍，可是鎚頭卻能把身體打飛。他跳到剛清出的空地，兩腿分開，護住身體下的薩迪雅司，開始召喚碎刃，同時手中不停，繼續把敵人擊飛。

在第九下心跳時，他將鎚頭擲向一名帕山迪人的正面，然後讓引誓出現在他手中，立刻擺出風式，往下一瞥。薩迪雅司的盔甲有十幾道不同的裂縫與開口，洩漏著颶光。他的胸甲完全被粉碎，金屬碎片朝四面八方坦開，露出下方的制服，洞口不斷散發出璀璨的煙霧。

他沒時間檢查薩迪雅司是否還活著。如今帕山迪人發現有兩名碎刃師落入他們的掌握，於是更加賣力地湧向達利納，前仆後繼，不斷任憑達利納屠殺，只爲保護身邊的一塊空地。

他無法阻止他們所有人。他的盔甲背後跟手臂上不斷被擊中、龜裂，像是呈載太多壓力的水晶。

他怒吼一聲，砍倒四名帕山迪人，另外兩名從背後攻擊他，讓他的整副盔甲開始震動。他轉身殺了一人，另一人險險避過。達利納開始喘氣，而當他動作加快時，空中出現一道道藍色颶光。他覺得自己像是滿身鮮血的獵物，想要同時抵擋上千名攻擊他的野獸。

但他不是只能靠躲藏來保護自己的蝸螺。他不斷殺戮，體內戰意升到最高。他感覺到真正的危險，失敗的可能，這讓戰意更加澎湃，幾乎讓他窒息，滿滿都是歡欣、愉悅、欲望。危險。越來越多攻擊突破他的防線。越來越多帕山迪人能夠閃避或是躲開他的碎刃攻擊。

他感覺到碎甲背後的一絲微風。沁涼、可怕、恐怖。裂縫正在擴大。如果胸甲裂開……

他尖吼一聲，碎刃重砍穿帕山迪人，燃燒他的眼睛，身上在沒有半絲其他傷痕的情況下頹然倒地。達利納舉起碎刃，轉身，砍斷另一名敵人的雙腿。他的體內充滿糾結的情緒，頭盔下的額頭滿是汗水。如果他跟薩迪雅司兩人都在這裡倒下，雅烈席卡會變得怎麼樣？同一場戰爭中失去兩名藩王，失去兩具碎甲，一柄碎刃？

不能發生。他不會倒在這裡。他還不知道自己有沒有發瘋。除非他知道，否則他不能死！

突然，一群沒有受到他攻擊的帕山迪人死去。一個穿著鮮豔藍色碎甲的碎刃師突圍。雅多林單手握著他的巨大碎刃，金屬閃閃發光。

雅多林再次揮砍，碧衛衝上前來，撲入雅多林打開的道路。帕山迪人的歌聲改變速度，變得慌亂，隨著越來越多或綠或藍的士兵突破缺口，節節撤退。

達利納疲累地跪倒在地，允許自己的碎刃消失。他的親衛隊包圍在他身邊，雅多林的軍隊繞過他們衝刺，擊退帕山迪人，強迫對方撤退。不到幾分鐘，戰場變得已經屬於達利納他們。

危險過去了。

「父親。」雅多林跪在他身邊，除下頭盔。年輕人金黑交雜的頭髮凌亂，滿是汗水。「颶風的！你嚇死我了！你還好嗎？」

達利納除下自己的頭盔，沁涼甜美的空氣掠過他滿是汗水的臉龐，深吸一口氣，點點頭。「兒子，你的時機抓得……很不錯。」

雅多林扶著達利納站起。「我得穿過整個帕山迪軍隊。我無意冒犯，父親，但你颶風的爲什麼要耍這種把戲？」

「因爲我知道如果我倒下，你能掌治軍隊。」達利納說道，拍拍兒子的手臂，碎甲互擊。

雅多林看到達利納碎甲的背面，眼睛睜得老大。

「嚴重嗎？」達利納問。

「看起來像是只靠口水跟麻繩糊住一樣。你跟用來練箭的酒囊一樣在漏颶光。」雅多林回答。

達利納嘆口氣，點點頭。他已經可以感覺到碎甲反應緩慢，恐怕在回到戰營前就得把碎甲除下，免得凍結在他身上。

旁邊幾名士兵正將薩迪雅司身上的碎甲除下。他的碎甲已經破損到不再流出颶光，只剩下最後微小的幾絲。當然是可以修補，但絕對不便宜——讓碎甲重生的過程中，呈載颶光的寶石往往會粉碎。

士兵們除下薩迪雅司的頭盔，達利納看到他過去的朋友眨著眼睛，看起來有點迷惘，卻沒受什麼大損傷，鬆了一口氣。他的大腿被帕山迪人砍中了一劍，胸口有幾處擦傷。

薩迪雅司抬頭看著達利納跟雅多林。達利納全身僵硬，以爲會受到責難——畢竟這件事會發生是因爲達利納堅持要要在同一個台地上以兩支軍隊作戰，這個作法刺激了帕山迪人，讓他們多帶一支軍隊來。達利納應該要安排斥候，留意對方的動向。

可是薩迪雅司露出大大的笑容。「颶父啊，這次還眞驚險！戰況如何？」

「帕山迪人被包圍了。最後的抵抗軍隊就是包圍你們這一支。我們的人現在正在取出寶心。今天的勝利屬於我們。」

「我們又贏了！達利納，你那老邁昏庸的腦袋偶爾也能想出一兩個好主意啊！」薩迪雅司意氣風發地說道。

「薩迪雅司，我們的年紀一樣大。」達利納回答，眼睛看著走上前來的傳令兵，帶來戰場各處的戰報。

「傳令下去。今天晚上，我的士兵們會像淺眸人一樣狂歡夜宴！」薩迪雅司大聲宣布，微笑地允許他的士兵扶他站起。雅多林站到一旁去接下斥候回報。薩迪雅司揮開想要撐著他的人，聲稱自己雖然受傷，仍然能靠自己的力量站立，同時叫來他的軍官們。

達利納轉身要去找英勇，想確保有人照料好他的馬匹傷勢，但在他轉身離開的同時，薩迪雅司拉住他的手臂。

「我原本該要喪命的。」薩迪雅司輕聲說道。

「也許吧。」

「我看不太清楚，但是我覺得你只有一個人。你的親衛隊呢？」

「我不能等他們，這是唯一來得及趕到你這邊的方法。」

薩迪雅司皺眉。「你冒了太大的險，達利納。爲什麼？」

「在戰場上不可拋棄盟友，除非別無選擇。這是戰地守則之一。」

薩迪雅司搖搖頭。「總有一天你會被你的榮譽心害死。」他似乎陷入沉思。「不過我今天可不想抱怨！」

「如果我因此而死，至少是因爲依循正道而活。重要的不是目的，而是過程。」

「這也是戰地守則？」

「不是。是《王道》。」

「那颶風的書。」

「那颶風的書今天救了你一命，薩迪雅司。我認爲我開始明白爲什麼加維拉這麼重視它。」

薩迪雅司一聽這話，表情立刻難看了起來，卻也瞥向自己身邊破碎一地的碎甲。他搖搖頭。「也許我會讓你向我解釋你的意思。老朋友，我希望能再次了解你。我開始在想，以前是否眞正了解過你。」他鬆開達利納的手臂。「誰把我該死的馬牽來！我的軍官呢？」

達利納離開，很快發現他幾名親衛隊成員正在照料英勇。他走到他們身邊時，突然發現地上屍體的數量駭人，順著他穿過帕山迪軍隊的行進路線，一路通往薩迪雅司。一條鋪滿死亡的道路。

先祖啊，這是我做的嗎？他上一次殺了這麼多人，是幫助加維拉統一雅烈席卡的初期，而自從年輕時起，他從未因爲面對死亡而覺得反胃。

可是如今他發現自己隱隱作嘔，幾乎無法控制胃部的抽搐。他不可以在戰場上嘔吐。他的人不可以看到他這樣。

他緩緩走開，一手扶著額頭，一手抱著頭盔。他應該要感覺勝利的喜悅。可是他辦不到。他就是……辦不到。

他心想，薩迪雅司，你想了解我的話，還得需要點運氣，因爲連我自己都該死的不了解我自己。

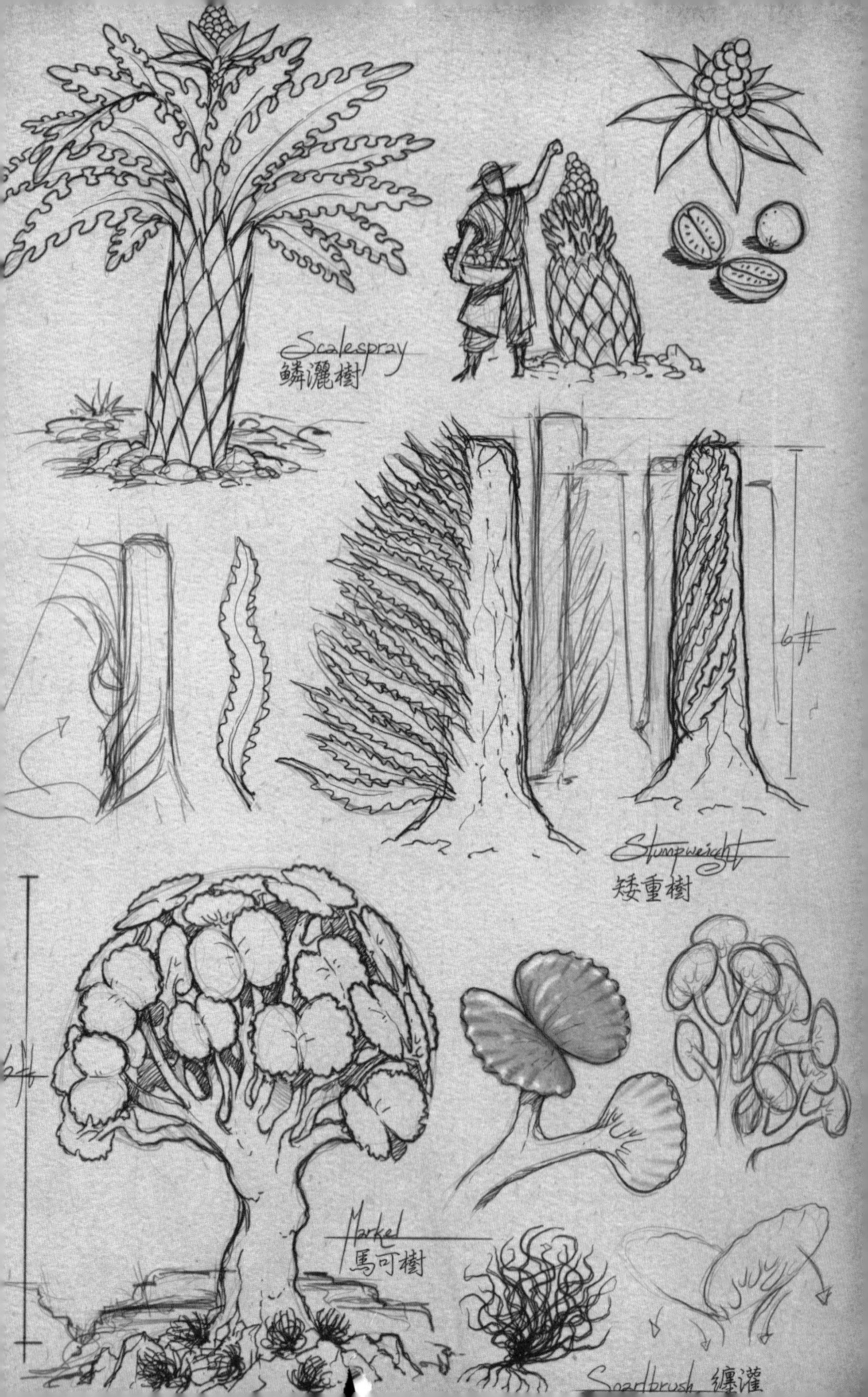
Scalespray
鱗灑樹
6ft
Stumpweight
矮重樹
6ft
Marked
馬可樹
Snarlbrush 纏灌

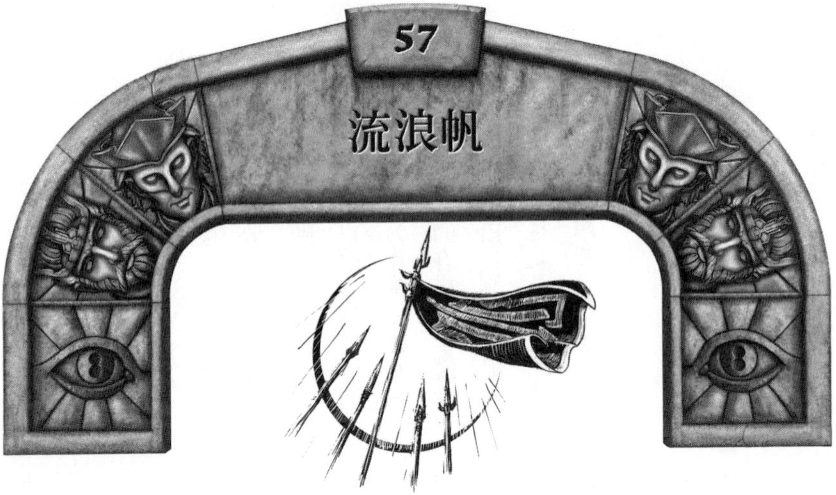

57 流浪帆

「我手中捧著吸吮乳汁的嬰孩，匕首抵著他的喉嚨，知道世上所有人都希望我允許匕首滑下，將鮮血濺灑在地面，我的手上，讓我們能得到更多喘息的機會。」

——沙山南日，一一七三年，死前二十三秒。樣本爲十六歲深眸少年。此樣本具有特殊性。

「於是整個世界被粉碎！」地圖大喊，拱起背，睜大眼睛，紅色吐沫灑在他的臉龐。「岩石隨著他們的腳步顫動，石頭飛向天空。我們會死！我們會死！」

他最後一次痙攣，眼中的光芒消失。卡拉丁坐回腳跟，猩紅的鮮血濕滑地沾滿雙手，被他用來當手術刀的匕首從手指間滑落，輕敲石板地。和善的男子死在台地的岩石上，左胸的箭傷露在外面，粉碎了他自稱長得像雅烈席卡的胎記。

他們被奪走。一個接著一個。把他們打開，讓血液流乾。我們只不過是血囊而已，然後我們死去，讓鮮血像颶風過後的洪水，沖刷過岩石。卡拉丁心想。

只剩下我。永遠都會剩下我。

一層皮膚，一層脂肪，一層肌肉，一層骨頭。人就是這樣的組成。

戰爭繼續在裂谷間蔓延。沒有人注意橋兵，戰場宛如另外一個國都。死吧，死吧，死吧，不要擋路就行。

橋四隊的成員嚴肅地站在卡拉丁周圍。「他最後說什麼？岩石顫動？」斯卡問道。

「沒什麼。只是死前的胡說八道。有些時候會發生這種情況。」手臂粗壯的亞克回答。

「最近似乎比較常發生。」泰夫說，一手按著手臂，上面凌亂地捆了一圈繃帶，暫時包紮住他受到的箭傷。他這陣子沒有辦法扛橋了。地圖跟阿瑞的死讓他們現在只剩下二十六名成員，幾乎快要扛不住橋。每個人都可以感受到增加的負擔，很難跟上其他橋隊，再損傷幾人，他們就會陷入眞正的危機。

我應該動作要更快的，卡拉丁心想，低頭看著開膛破腹的地圖，內臟正被太陽烤乾，箭頭刺穿了他的肺，埋在他的脊椎。李臨能救他嗎？如果卡拉丁遵照他父親的願望去了卡布嵐司研習，他會能夠學到足夠的技術，明白足夠的知識，能夠阻止這樣的死亡嗎？

兒子，這是無法避免的……。

卡拉丁舉起顫抖，滿是鮮血的雙手，抱著頭，被回憶吞噬。年輕的女孩，撞破的頭，撞斷的腿，憤怒的父親。

絕望、憎恨、失去、焦躁、恐懼。人怎麼能這樣活著？若是身爲外科醫生，知道自己太弱，救不了一些人，這人生要怎麼過下去？當別人失敗時，一地的農作物會生蟲。當外科醫生失敗時，會有人喪命。

你必須學會什麼時候在乎……。

好像他有選擇一樣。不要去想了，像滅了燈籠一樣，把這念頭滅了吧。卡拉丁被重擔壓彎了腰。*我應*

該能救他的。我應該能救他的。我應該能救他的。

地圖。度尼。阿瑞。哥舍。達雷。納馬。提恩。

「卡拉丁，堅強起來。」西兒的聲音。

「如果我夠強，他們都會還活著。」他聲嘶力竭地說道。

「其他的橋兵需要你。你答應他們的，卡拉丁。你發過誓。」

卡拉丁抬起頭。其他橋兵滿臉焦急擔心。只有八個人。卡拉丁派其他人去別的橋隊尋找傷兵。他們一開始找到三人，都是斯卡就可以處理的小傷。沒有別人再來找他。要不是別的橋兵沒有別的傷患，就是那些傷患已經回天乏術。

也許他應該要去看看，以防萬一，但是他麻木地明白自己無法再面對一條他救不了的性命。他跌跌撞撞地站起身，離開屍體，走到裂谷邊，強迫自己以托克思以前教過他的姿勢站立。

雙腿打開，雙手背在身後，前臂交握，背挺直，望著前方。熟悉的感覺爲他帶來力量。

你錯了，父親。你說我會學會如何面對死亡，可是多年以後我依然在這裡，有同樣的問題。

橋兵們聚集在他身邊，洛奔拿著水囊前來。卡拉丁遲疑片刻，接過水囊，沖洗臉龐跟雙手。溫暖的水流過他的皮膚，蒸發時帶來舒適的沁涼。他重重吐出一口氣，朝矮小的賀達熙人點頭表示謝意。

洛奔挑起一邊眉毛，朝腰邊的布囊擺擺手。他取出他們最近一次以箭射向橋的球幣。這是他們第四次這麼做，每次都毫無意外地把球幣取回。

「有麻煩嗎？」卡拉丁問道。

「沒有，大佬。跟絆倒食角人一樣容易。」洛奔露出大大的笑容。

「我聽到了噢。」大石沒好氣地回答，同樣以稍息的姿勢站在不遠處。

「繩子呢？」卡拉丁問道。

「我把整捆從旁邊拋下，可是沒有綁在任何東西上，就照你吩咐的那樣。」洛奔回答。

「很好。」從橋上垂掛的繩子會太明顯。如果哈莎或加茲發現卡拉丁的計畫……

加茲呢？他這次爲什麼沒有一起出勤？

洛奔把球幣交給卡拉丁，彷彿迫不及待想要擺脫他的責任。卡拉丁接下，將布囊塞入長褲口袋。

洛奔退開，卡拉丁恢復他的稍息姿勢。裂谷一旁的台地又窄又細，兩旁都是陡峭的斜坡。跟先前幾場戰鬥一樣，達利納・科林協助薩迪雅司的軍隊。他每次都會晚到。也許他會怪罪於他由芻螺拖行、動作緩慢的橋隊。非常方便。他的人往往可以在不受弓箭威脅的奢侈情況下抵達。

薩迪雅司跟達利納靠這樣的方式贏得更多場戰爭。這當然與橋兵無關。

許多人在裂谷另外那邊死去，可是卡拉丁對他們的死活毫不關心。不想治療他們，也不想幫助。這一點卡拉丁要感謝哈福，教導他要以「他們」跟「我們」的方式來思考。某種程度而言，卡拉丁有學會他父親所說的。雖然方向不對，但好歹有幫助。保護「我們」，摧毀「他們」。士兵必須用這種方式思考。所以卡拉丁憎恨帕山迪人。他們是敵人。如果沒學會用這種方式來分割他的思想，戰爭早已摧毀他。

也許他反正已經被戰爭摧毀了。

在觀戰的同時，他專注於其中一樣事情，好讓自己不要一直去想剛才的事。帕山迪人怎麼對待他們的死者？他們的行爲似乎很不規律。帕山迪士兵鮮少會去碰觸他們倒地的同胞，會繞一段遠路以避免死者，而只要雅烈席卡軍隊踏過帕山迪死者前進，就會引發激烈衝突。

雅烈席人有注意到嗎？可能沒有。可是他看得出來，帕山迪人敬重他們的死者，敬重到他們願意冒生者的性命危險來保護死者的屍體。卡拉丁可以利用這點。他會利用這點。一定有辦法。

雅烈席人終於贏得勝利。要不了多久，卡拉丁跟他的小隊便緩緩跑回台地，扛著橋，三名傷患被綁在上面。他們只找到三個人，而卡拉丁發現有一部分的自己對此感覺到高興，這讓另一部分的自己相當不舒服。他已經從別的橋兵隊救回十五人，這讓他們的資源吃緊，即使他們有額外的錢球來餵飽他們，但他們的營房住滿了傷兵。

橋四隊來到裂谷，卡拉丁開始放下他的重擔。這個過程對他而言已無比熟悉。放橋，快速解開傷患，將橋推到裂谷另一邊。卡拉丁檢查三人傷勢。每個被他這樣救回來的人似乎都對於他的行爲很不解，即使他已經這麼做了好幾個禮拜。在滿意於他們都沒事之後，他便以稍息的姿勢站在一旁，等士兵過橋。

橋四隊站在他身邊。他們越發引來士兵的瞪視，無論是深眸或淺眸。「他們爲什麼這麼做？」摩亞許低聲問道，擦乾臉上被一名士兵用過熟堆藤果砸中時剩下的紅色乾癟果肉，然後嘆口氣，重新擺好姿勢站好。卡拉丁從來沒有要他們加入他，但是他們每次都會這麼做。

「當我在阿瑪朗軍隊裡時，我的夢想就是加入破碎平原的戰鬥。每個人都知道留在雅烈席卡的軍隊是素質最差的一批人。我們幻想著有眞正的士兵，在外進行光榮的戰鬥，去教訓那些殺死我們國王的人。那些士兵會公平地對待他們的同胞。他們將有扎實的紀律，每個人都會是用矛的高手，在戰場上不會放棄自己在隊伍中的位置。」

一旁的泰夫輕輕哼了一聲。

卡拉丁轉向摩亞許。「摩亞許，你問他們爲什麼這麼對待我們？因爲他們知道自己應該比現在這樣更優秀。因爲他們看到橋兵有紀律，這讓他們尷尬。結果與其讓自己進步，他們選擇取笑我們的輕鬆道路。」

「達利納・科林的士兵不會這樣。」卡拉丁身後的斯卡說道。「他的人以整齊的隊伍行進。他們的戰營有紀律。如果他們在值勤，外套不會有釦子沒扣好，或是隨意亂倒地。」

爲什麼每個人都要一直提那個達利納颶他的科林？卡拉丁心想。

人們也用那樣的口氣描述過阿瑪朗。只要穿上筆挺的制服，套上誠實的風評，人們便會輕易忽略一個人黑暗的內在。

幾個小時之後，滿身大汗，疲累不堪的一群橋兵爬上通往木材場的斜坡，將木橋放好。天色已晚，如果他們晚上的濃湯想要有點料，那卡拉丁就得立刻去採買。他以毛巾擦手，橋四隊的其他人排列整齊。

「今天晚上就此解散。明天一大早我們有裂谷任務，早晨的扛橋練習將移到傍晚。」

橋兵們點點頭，然後摩亞許舉起一隻手，所有橋兵整齊地舉起雙手，然後在手腕處交叉，雙手握拳，看起來像是練習過的動作，之後，所有人小跑步離開。

卡拉丁挑起一邊眉毛，將毛巾塞回腰帶。泰夫沒跟著離開，微笑地站在原處。

「那是什麼？」卡拉丁問道。

「他們想要行禮，但是我們不能用正式的軍禮，那些矛兵已經認爲我們太自以爲是，所以我教了他們我以前的小隊敬禮。」

「什麼時候？」

「今天早上，你去跟哈莎領我們的工作日程表的時候。」

卡拉丁微笑。眞奇怪，他居然還能微笑。附近其他十九個今天出勤過的橋兵隊成員一一把橋放下。橋四隊以前看起來就像他們那樣，滿臉凌亂的鬍子，一臉空洞茫然嗎？他們互不交談。幾個人經過時瞥向卡拉丁，但是一發現被他看見便立刻低下頭。他們已經不再以之前的厭惡態度對待橋四隊。奇特的是，他們對橋四隊的看法似乎跟軍營中其他人一樣，認爲橋四隊是比他們高階的人，於是急於逃避他的注意。

可憐可悲的傻蛋，卡拉丁心想。他能不能說服哈莎讓他收幾個人進橋四隊？他需要更多人，而這些絕望氣餒的身影讓他心中一陣絞痛。

「我認得你的表情，小子。你爲什麼老是想幫助所有人？」泰夫問。

「呿，我連橋四隊都保護不好。唉，給我看看你的手臂。」卡拉丁說道。

「沒那麼嚴重。」

卡拉丁不管，仍然將他的手臂一把抓過來，撥開沾滿血跡的繃帶。傷口很長，但是淺。

「需要上消炎藥，可能還應該縫合。」傷口附近開始爬幾隻腐靈。

「沒那麼嚴重！」

「小心點好。」卡拉丁揮手要泰夫跟上，自己則走向木材場旁邊的一個裝雨水的桶子。這個傷口淺到泰夫可能在裂谷工作的時候仍然能演示突刺跟格擋等動作，但那不是任憑它化膿或結疤的藉口。

在雨水桶邊，卡拉丁洗淨傷口，然後叫站在水桶旁陰涼處的洛奔去把他的醫療用品拿出來。賀達熙人再次行禮，只不過用的是一隻手，然後晃晃悠悠地拿醫療包。

「怎麼樣，小子？你感覺如何？最近有什麼奇怪的經驗嗎？」泰夫問道。

卡拉丁皺眉，眼睛從手臂上離開。「颶他的，泰夫！你過去兩天已經問過我五次這個問題。你到底想說什麼？」

「沒事，沒事。」

「絕對有事。你到底想要知道什麼，泰夫？我——」

「大佬。」洛奔肩上掛著醫療包走來。「拿來了。」

卡拉丁瞥了他一眼，然後不情願地接下醫療包，拉開繫繩。「我們得要——」

泰夫突然發動，似乎是朝他揮了一拳。

卡拉丁反射性地深吸一口氣便擺出防禦姿勢，雙手舉高，一手握拳，一手格擋。體內突然有什麼綻放，像是深吸一口氣，像是烈酒被直接注入他的血脈。強烈的一陣波動流竄過他的身體。能量、力量、感知，像是身體對危險的自然敏銳反應，但增強百倍。

卡拉丁抓住泰夫的拳頭，動作快得令人看不見。泰夫立刻動也不敢動。

「你在做什麼？」卡拉丁質問。

泰夫正微笑。他退後一步，抽出自己的拳頭。「克雷克的，你的握力還眞強。」他搖搖頭說道。

「你爲什麼想攻擊我？」

「我想要驗證一件事。你正握著洛奔給你的那袋球幣，而且你自己的布囊還裝著我們最近搜集到的球幣，這可能是你最近身邊有過最多的颶光。」

「那有什麼關係？」卡拉丁質問。在他體內這股於血脈間奔竄的熱流是什麼？

「大佬，你在發光。」洛奔崇拜地說道。

卡拉丁皺眉。他在什麼——

然後他注意到了。非常黯淡，卻仍然存在，一絲絲發光的煙霧從他的皮膚升起，像是在冰冷冬夜中一碗熱水冒起的蒸氣。

卡拉丁顫抖地將醫療包放在水桶的寬簷上。他感覺到皮膚一陣寒意。那是什麼？他震驚地舉起自己的另外一隻手，看著流瀉的光霧。

「你對我做了什麼？」他質問，抬頭看著泰夫。

年長的橋兵仍然微笑。

「回答我！」卡拉丁上前一步，抓住泰夫的前襟。颶父啊，我覺得自己的力氣好大！

「小子，我什麼都沒做。你已經這麼做一陣子了。你生病時，我就發現你在汲取颶光。」泰夫回答。

颶光。卡拉丁連忙放開泰夫，伸手抓起裝著球幣的布囊，一把扯下，打開。

裡面一片黯淡。五枚寶石的光芒都被吸乾。卡拉丁皮膚上流瀉的白光正淡淡照亮布囊裡面的東西。

「這眞稀奇。」洛奔在一旁說道。卡拉丁轉身，發現賀達熙人正在彎腰，看著醫療包。他怎麼突然覺得那個包這麼重要？

然後卡拉丁看到了。他以爲他把醫療包放在水桶的邊緣，但忙中有錯，他只是把布包朝木桶旁一貼，如今它卻黏在木頭上，像是被一個隱形的鉤子掛著，流瀉著淡淡的颶光。就像卡拉丁那樣。在卡拉丁的注視下，颶光褪去，布包掉落地面。

卡拉丁一手按著額頭，從驚訝的洛奔看到好奇的泰夫，然後慌亂地瞥向木材場。沒有人在看他們。在陽光下，他的光霧淡到從遠處看不出來。

颶父啊……怎麼……什麼……

他瞥到一個熟悉的身影在頭頂。西兒像是一片隨風翻飛的葉片，悠閒隱約地飄動。

是她做的！她對我做了什麼？卡拉丁心想。

他跌跌撞撞地跑離洛奔跟泰夫身邊，朝西兒奔去，雙腿帶動他的速度超過他的預期。「西兒！」他大吼，在她身下停下。

她往下竄，飄浮在他面前，從葉子變回站在空氣中的年輕女子。「什麼事？」

卡拉丁環顧四周。「跟我來。」他快速來到營房之間的一條小巷。緊貼著牆壁，站在陰影中，重重地喘氣。這裡不會被人看到。

西兒在他面前的空中降落，雙手背在身後，仔細地看著他。「你在發光。」

「妳對我做了什麼？」

她別過頭，然後聳聳肩。

「西兒……」他威脅地開口，但是他也不知道自己能對精靈做什麼。

「我不知道，卡拉丁。」她坦白地說道，坐了下來，雙腿從隱形的平台邊垂掛下來。「我只能……只能隱約記起一些我以前很熟悉的事情。包括這個世界，還有跟人互動。」

「可是妳確實有做什麼。」

「我們一起做了什麼。不是我。不是你。可是一起……」她再次聳肩。

「妳的形容沒什麼用。」

她苦著臉。「我知道。對不起。」

卡拉丁舉起手。在陰影下，從他身上流出的颶光更明顯。如果有人經過……「我要怎麼弄掉這個？」

「你爲什麼想把它弄掉？」

「這是因爲……我……因爲。」

西兒沒有回答。

卡拉丁突然想到一件事。一件也許他早就該問的事情。「妳不是風靈，對不對？」

她遲疑片刻，然後搖搖頭。「不是。」

「那妳是什麼？」

「我不知道。我束縛東西。」

束縛東西。當她惡作劇時，她會將東西黏在一起。鞋子黏在地上，讓人跌倒。人伸手想拿掛在牆上的外套，卻發現拿不下來。卡拉丁伸手，從地上拾起一塊跟他的手掌一樣大的石頭，被颶風的風雨打磨光滑。他把石頭貼在營房的牆壁上，朝裡面灌注颶光。

他感覺到一陣寒意。岩石開始散發明亮的光霧。當卡拉丁挪開手時，石頭仍然黏在牆壁上，動也不動。

卡拉丁靠近，瞇著眼睛研究。他覺得他可以看到極小的深藍色精靈，一個個有著墨斑一樣的形狀，聚集在岩石與牆壁連接的地方。

「縛靈。」西兒走到他頭旁邊說道，仍然站在空氣上。

「它們讓石頭不會動。」

「也許。或者它們是被你把石頭黏在牆上的方法吸引來的。」

「不是這樣的吧？」

「腐靈會造成病症，還是被病症吸引？」西兒輕鬆地說道。

「每個人都知道是腐靈造成的。」

「那風靈吹風嗎？雨靈下雨嗎？火靈生火嗎？」

他遲疑了。它們不會。會嗎？「這沒有意義。我需要想辦法弄掉這個光，不是研究它。」

「那你爲什麼要弄掉它？卡拉丁，你聽說過故事：能走在牆上的人，能將颶風束縛在身邊的人。逐風師。你爲什麼想要弄掉這樣的東西？」西兒再次問道。

卡拉丁掙扎地想要解釋。他獲得治療，跑在橋前面從來不會被箭射到……沒錯，他知道發生奇怪的事。他爲什麼這麼害怕？難道是因爲他怕自己變得與別人格格不入，就像他父親身爲爐石鎮的外科醫生那樣？還是因爲更大的原因？

「我這樣跟燦軍一樣。」他說道。

「我剛才就是想這麼說的。」

「我一直在想我是不是會招來噩運，或是我惹到像上古魔法那樣的東西。也許就是這樣！全能之主詛咒了失落燦軍，因爲他們背叛了人類。如果我因爲我的能力也受到詛咒怎麼辦？」

「卡拉丁，你沒有被詛咒。」

「妳剛剛說妳也不了解發生了什麼事。」他在小巷中踱步。旁邊的石頭終於落下，喀啦一聲落到地面。「妳能肯定地說，我的能力沒有吸引到噩運嗎？妳知道的事情足夠完全否認這點嗎，西兒？」

她站在空氣中，雙手抱胸，什麼都沒說。

卡拉丁朝石頭揮手。「這個……東西，這是不自然的。燦軍背叛人類。他們的力量離開了他們，於是他們被詛咒。每個人都知道這些傳說。」他低頭看著自己仍然發光的雙手，只是光芒比以前黯淡。「無論我們做了什麼，無論我身上發生什麼事，我招來了跟他們一樣的詛咒，所以我身旁的人每次在我想幫助他們時都會死掉。」

「所以你認爲我是詛咒？」她問道。

「我……妳說妳是一部分，而且……」

她踏步上前指著他，一個懸浮在空中、憤怒的嬌小女子。「所以你認爲這一切都是我造成的？你的失敗？別人的死？」

卡拉丁沒有回答。不過他幾乎立刻就明白，沉默也許是他能選擇的最糟回答。西兒的情緒出乎意料地人性化，她帶著受傷的神情在空中一轉身飛去，變成一道光帶。

我反應過度了，他告訴自己。只是，他實在受到太大的震撼。他靠著牆，手按著頭，還來不及整理思緒，巷口便出現陰影。泰夫跟洛奔。

「石頭說話啊！大佬，你眞的會在暗處發光！」洛奔說道。

泰夫抓住洛奔的肩膀。「小子，他不會跟別人說的。我會保證這件事。」

「當然，大佬。我發誓我什麼都不會說。你可以相信賀達熙人。」

卡拉丁看著那兩人，再也無法承受。他推開他們，跑出巷子，越過木材場，從他們的注視下逃脫。

❖

夜晚將近時，颶光早就停止從卡拉丁的身上流出，像是熄滅的火堆一樣黯淡，只花了幾分鐘便消失。

卡拉丁朝南邊，沿著破碎平原的邊緣前進。這是戰營間與平原的交界，在某些區域有緩坡連接兩者，像是薩迪雅司的木材場附近的準備操場。在其他地方則是有八呎高左右的斷層。他經過其中一道斷層，岩石在右方，空曠的平原在左方。

凹洞、裂縫、小山洞滿布岩石，有些躲在陰影下的凹坑仍然儲藏著幾天前颶風留下的雨水。動物在岩石上爬動，只是漸涼的夜晚很快將讓牠們再次躲起來。他經過一片岩壁，上面有許多裝滿水的小洞，有著很多腿和小爪子、長長身體覆蓋甲殼的克姆林蟲在邊緣啜飲進食。一條小觸手猛然伸出，抓了一隻克姆林，扯入洞中。可能是抓蟲。

他身邊的斷層上長著草，草葉從洞口探出。一叢叢手指苔像是花朵一般在綠色間綻放。鮮豔的粉紅與紫色手指苔藤蔓讓人想到觸手，在風中朝他揮動。他經過時，膽小的草葉縮回，但手指苔比較大膽，只有在他敲擊旁邊的岩石時才會一叢叢縮回殼裡。

有幾名斥候站在斷層上看守著破碎平原。斷層下方的這塊區域不屬於哪個特定的藩王，所以斥候不理會卡拉丁。只有他想從南邊或北邊離開戰營時才會被阻止。

沒有橋兵追來。他不確定泰夫跟他們說了什麼。也許是說卡拉丁因爲地圖的死而心神不寧。

獨處讓他覺得很不適應。自從他被阿瑪朗背叛、變成奴隸之後，他身邊便一直有人。跟他一起策劃的奴隸，跟他一起工作的橋兵。看守他的士兵，打他的奴隸主人，仰賴他的朋友。他最後一次獨處是被綁在外面等颶風殺死他的夜晚。

*不，那天晚上我不是獨自一人。西兒在。*他低下頭，走著。左方的地面上有許多小裂縫，越往東行，這些裂縫最後會變成裂谷。

他到底發生了什麼事？這不是他幻想的。泰夫跟洛奔也都看見了，而泰夫居然像是早有預料一樣。

卡拉丁應該死於那場颶風中，可是他不久後就能起身行走了。他的肋骨應該還在發痛，但已經好幾個禮拜都沒什麼痛感。他的球幣，還有他身邊其他橋兵的球幣，一直耗盡颶光。

改變他的是那場颶風嗎？不對。他被掛在外面等死之前就發現過被吸乾的錢球了。而西兒……她等於承認這件事有一部分是她造成的。這件事已經持續很久。

他停在一塊突出的岩石邊，靠著，讓草葉縮了回去。他望向東方，比破碎平原更遠的地方。他的家。他的墓穴。這個人生正在將他撕裂。橋兵們景仰他，視他爲領袖，他們的救星。可是他有許多裂縫，就像平原邊際上的岩石。

這些裂縫越來越大。他一直對自己下承諾，就像跑了很遠、已經耗盡精力的人一樣。再遠一點就好。到下一個山坡就好。那時候你就可以放棄。細小的裂痕，岩石中的細縫。

我來這裡是對的。我們是屬於彼此的。你跟我。我像你。他心想。這塊平原怎麼會碎裂成這樣？是被什麼大力給擊碎的嗎？

遠處隱約響起音樂聲，穿越平原而來。卡拉丁被聲音嚇了一跳。畢竟在這裡出現音樂實在太令人意外，也太不是場合，所以雖然樂聲柔和，仍然令他的心跳漏了一拍。

聲音是從平原另一邊而來。他帶著遲疑，卻無法抗拒，只能繼續前進朝東走，走上被風刮平的岩石。他越走，聲音越清晰，但是仍然空靈、飄渺。似乎是笛聲，但是音調比他之前聽過的都低。

他走近些之後，聞到煙味。那裡有一堆火。一個小營火。

卡拉丁走到這個半島的邊緣，裂縫變成裂谷，朝黑暗延伸。在平原的最邊緣，三邊都是裂谷的地方，卡拉丁發現有一個人坐在岩石上，穿著淺眸人的黑色制服。一小堆石苞殼在他面前燃燒。男子的頭髮短而黑，五官立體，腰邊別著一柄黑色劍鞘的劍。

男子的眼睛是淺藍色。卡拉丁從來沒聽說有淺眸人會吹笛子的。他們不是認為音樂是女性的活動嗎？淺眸男子會唱歌，但除非是執徒，否則不會演奏樂器。

這個人很有天賦。他吹奏的樂曲很奇異，幾乎不像是屬於這個世界，而是來自另一個時空的曲調，在裂谷間迴蕩後又傳了回來，幾乎像是在跟自己合奏。

卡拉丁停在不遠處，發現他現在最不想的就是跟光明爵士打交道，尤其是一個奇怪到會穿著黑衣服到裂谷邊緣來練習吹笛的光明爵士。卡拉丁轉身要離開。

笛聲瞬間停止。卡拉丁停下腳步。

一個柔和的聲音從他身後傳來，「我一直擔心我會忘記要怎麼吹奏她。我知道這是個傻念頭，因爲我練習了很久，可是最近我實在沒有給她足夠的注意力。」

卡拉丁轉身面向陌生人。他的笛子是以一種幾乎黑色的木頭所雕刻成。這樂器對於淺眸人而言顯得太普通，但是那人卻敬重地握著它。

「你在這裡做什麼？」卡拉丁問道。

「來坐坐，有時候來吹弄。」

「我是說，你爲什麼在這裡？」

「我爲什麼在這裡？」那人問道，放下笛子，放鬆地靠向後方。「我們爲什麼在這裡？年輕的橋兵，第一次見面就問這個問題，有點深奧啊。我在談神學之前，喜歡先進行自我介紹，還有吃午餐，如果有機會。也許再睡上一段午覺就更好。其實在談神學之前，幹什麼都好，但尤其重要的是自我介紹。」

「好吧。那你是……」

「來坐坐。偶爾來吹弄……橋兵的腦子。」

卡拉丁臉色漲紅，轉身要走。隨便那個笨淺眸人要說要做什麼，卡拉丁有很困難的決定要做。

「那你走吧。走得好，我不想你靠我太近，我可挺喜歡我的颶光。」淺眸人在他身後說道。

卡拉丁渾身一僵，猛然轉身。「什麼？」

「我的球幣。每個人都知道橋兵是小偷，至少是乞丐。」奇怪的男子舉起一枚似乎是充滿颶光的祖母綠布姆說道。

當然。他是在講錢球。他不知道卡拉丁的……隱疾。眞的嗎？那人的眼睛閃爍，彷彿剛開了個大玩笑。

「不要因爲被稱爲小偷而覺得受到侮辱。」那人舉起手指說道。卡拉丁皺起眉頭。錢球呢？他之前還握在手中的。「這是稱讚。」

「稱讚？說人是小偷？」

「當然。我就是小偷。」

「你是？你偷什麼？」

「自豪。」男子向前傾身。「偶爾也偷無聊，如果我能自豪地這麼說。我是國王的智臣——至少到最近都還是——但我想我很快就會失去這個頭銜。」

「國王的什麼？」

「智臣。我的工作就是要表現我的機智。」

「說些讓人聽不懂的話跟機智不一樣。」

「啊。」男子眼光閃爍。「你已經證明自己比我最近認識的大多數人都要睿智了。那機智應該是怎麼樣？」

「靈巧地說話。」

「那靈巧是什麼？」

「我……」他爲什麼要進行這個對話？「我想應該是在對的時間說跟做對的事情的能力。」

國王的智臣別過頭，然後微笑。終於，他朝卡拉丁伸手。「那麼這位思慮周延的橋兵又叫什麼名字啊？」

卡拉丁遲疑地舉起自己的手。「卡拉丁。你的呢？」

「我有很多名字。」對方握握卡拉丁的手。「我的生命一開始只是一個念頭，一個概念，書頁上的文字。那是我偷的另外一樣東西。我自己。另一次，我是以石頭爲名。」

「希望是塊漂亮的石頭。」

「很美。後來因爲我戴著它便變得毫無價值了。」

「那現在人們怎麼稱呼你？」

「方法很多，有禮貌的稱呼只佔一部分，可惜大多數的稱呼都是眞的。不過你呢，可以叫我霍德。」

「你的名字？」

「不是。是一個我應該愛的人的名字。這又是一樣我偷的東西。我們小偷向來如此。」他望向東方，快速變暗的平原。霍德的岩石旁，小火堆躲躲藏藏地散發光芒，閃爍的炭塊散發紅光。

「很高興認識你。我該走了……」

「等我先給你一樣東西。」霍德拾起笛子。「請等等。」

卡拉丁嘆口氣。他感覺這個奇怪的人不會那麼容易讓他逃掉。

「這是徑人的笛子。」霍德檢視手中黑色的木頭。「是說故事的人用的，在說故事的時候吹奏。」

「你的意思是是伴奏。一個人說故事，另一個人吹。」

「我的意思正如我說的那樣。」

「說故事的人要怎麼一邊說一邊吹笛子？」

霍德挑起一邊眉毛，將笛子舉到唇邊。他吹奏的方式跟卡拉丁先前看過的都不一樣。他不是豎著笛子，而是橫舉，從上面開始吹。他試了幾個音符，跟卡拉丁先前聽到的憂傷曲調一樣音質。

「這是迪雷希與流浪帆的故事。」霍德說道。

他開始吹奏。音符變快，變銳利，跟先前的演奏方法不一樣，幾乎要撞在一起，像是急忙要衝出去當第一名的小孩，美麗而清脆，上下起伏的音階像是地毯一樣繁複交織在一起。

卡拉丁發現自己聽得入神。曲調很有感染力，幾乎是強勢，彷彿每個音符都是一個鉤子，拋出來就爲了刺穿卡拉丁的皮膚，把他拉近。

霍德突然停止演奏，音符繼續在裂谷中迴蕩，在他說話的同時一一返回。「迪雷希在某些地方廣爲人知，但東方這裡比較少人談起。他是一名國王，出自影代，人們的記憶已經無法追朔的年代。很強大的人。手下有數千人，領導數萬人。高大、尊貴，有淺白的皮膚與更淺的眼眸。他是個値得羨慕的人。」

在回音消散的同時，霍德再次開始演奏，繼續先前的曲調。他開始的時候正好回音變得太輕柔，彷彿他的曲子從未間斷過。音符變得圓滑，表現出國王領著隨從走過宮廷的景象。霍德閉上眼睛演奏，他靠向火堆，吹在笛子上的氣息撥動了煙霧，引起一陣翻騰。

音樂變得柔和，煙霧盤旋。卡拉丁覺得自己能在煙霧中看到一張人臉，有著尖下巴與高顴骨。當然不是真的出現一張臉，只是他的想像，但飄渺的樂曲跟盤旋的煙霧似乎鼓勵他的想像力發揮。

「迪雷希在神將與燦軍的時代與引虛者作戰。」霍德說道，眼睛依舊閉上，笛子端在嘴唇下，曲調在裂谷中迴蕩，似乎在應合他的言語。「當和平終於來臨時，他發現自己不滿足，眼睛總望向西方，望向遼闊的大海。他建造了世界上最優秀的船隻，一艘宏偉的船，打算要去做沒有任何人做到的事情：在颶風時於大海上航行。」

回音消散，霍德再次開始演奏，彷彿與看不見的樂師輪流吹奏。煙霧在空中盤旋，隨著霍德的呼吸翻騰，卡拉丁幾乎覺得自己可以看見在船場中有一艘巨大的船艦，帆跟建築物一樣大，綁在如箭的船首上。音樂變得快速簡潔，彷彿在表現錘子敲打，鋸子切割的聲音。

「迪雷希的目標。」霍德停頓片刻，繼續說道：「是要去尋找引虛者的源處，牠們出生的地方。許多人說他是笨蛋，但是他克制不了自己。他將船定名爲流浪帆，召集了一群最勇敢的水手。然後在刮起颶風的某一天，這艘船出航了，深入海洋，船帆大張，像是擁抱颶風……」

笛子立刻出現在霍德的唇邊，他將一塊石苞殼踢入火堆，讓火堆再次升起，火星竄入空中，煙霧猛然升騰。霍德轉頭，將笛子的洞口指向煙霧。曲調變得暴烈，宛如狂風驟雨，音符落在令人出其不意的地方，快速上下起伏，音階拔高，尖銳而高亢。

卡拉丁的腦海中突然出現了一副景象：巨大的船隻在滔天巨浪中突然變得渺小，被吹入無盡海洋。這個迪雷希原本想或以爲自己能找到什麼？地面上的颶風就已經夠可怕了，更遑論海上啊。

聲音在下方的岩牆間彈跳。卡拉丁發覺自己蹲在地面上，看著盤旋的煙跟升起的火焰，看到渺小的船隻被瘋狂的風雨捕捉、困住。

終於，霍德的音樂慢下來，暴烈的回音褪去，只留下溫和許多的音符，像是拍打的海浪。

「在衝擊中，流浪帆幾乎被摧毀，但是迪雷希跟大多數的水手都活了下來。他們發現自己在一個圍繞一環巨大漩渦的小島邊，據說海洋的水都會從那裡被抽走。迪雷希跟他的人受到當地人的歡迎。當地人長相奇特，有著修長柔軟的身體，穿著單一顏色的外袍，頭髮中配戴貝殼，都是羅沙沒有的種類。

「這些人收留了倖存者，餵飽他們，讓他們恢復健康。在迪雷希康復的這幾個禮拜中，他研究這群奇特的人。他們自稱自己是兀法拉人，大深淵一族。他們的生活很奇特，跟不斷爭論的羅沙人不一樣，兀法拉人似乎總是互相同意。從孩提時起，他們便沒有疑問。每個人都進行著自己的工作。」

霍德再次開始演奏，任憑煙霧升起。卡拉丁覺得自己看得到一群總是在辛勞工作的人們，中間有棟建築物，一個人站在裡面往外望，是迪雷希。音樂平靜、好奇。

「有一天，當迪雷希跟他的人正在對打練習好恢復體力時，一名年輕的女僕爲他們送來飲料。她被不平整的岩石絆倒，將杯子摔到地上，杯子粉碎。瞬間，其他的兀法拉人便朝手無寸鐵的孩子攻擊，殘暴地屠殺她。迪雷希跟他的人震驚到等他們恢復神智時，那孩子已經死了。迪雷希憤怒地質問爲什麼要這樣毫無理由地殺人。其中一名當地人解釋：『我們的皇帝不允許失敗』。」

音樂再次開始，充滿悲傷，卡拉丁顫抖。他看到女孩被岩石敲死，還有迪雷希傲然的身子彎腰護著她的屍體。

卡拉丁明白那樣的悲傷。失敗的悲傷，在他應該能夠有所作爲，卻讓別人死去的悲傷。他愛的許多人都死了。

他現在有了理由。他引來了神將跟全能之主的憤怒。一定是因爲這樣，對不對？

他知道他應該要回橋四隊那裡去，但是他邁不開步伐。他聽得全神貫注。

「在迪雷希的留心下，他發現其他的殺戮事件。」霍德的音樂柔柔地迴蕩，爲他伴奏。「這些兀法拉人，大深淵一族，擁有驚人的殘忍。如果其中一人犯錯，無論是多小的冒犯或不愉快的地方，其他人就會殺死他，無論男女。迪雷希每次問，照顧他的人都給同樣的答案。『我們的皇帝不允許失敗』。」

迴蕩的音樂淡去，但是霍德再次在音樂柔到聽不見時舉起笛子。曲調變得嚴肅。柔和，安靜，像是在哀悼逝去的人，卻又帶著一絲神祕，偶爾加快速度，暗示有著祕密。

卡拉丁皺眉，看著煙霧盤旋，變成一座塔。高而細的結構，上面有開口。

「迪雷希發現皇帝住在兀法拉上最大島嶼的東岸。」

卡拉丁感覺到一陣寒意。那些煙霧構成的景象只是出自於他腦海，被故事所引發的細節，對不對？難道他眞的在霍德說起之前便看到一座塔？

「迪雷希下定決心，他必須去見這名殘忍的皇帝。是什麼樣的暴君才會要求這群顯然是和平的人們，如此經常且殘忍地殺人？迪雷希召集了他英勇的水手們，全副武裝。兀法拉人沒有想阻止他們，卻驚恐地看著他們撲向皇帝的高塔。」

霍德陷入沉默，卻沒有繼續演奏，而是讓音樂在裂谷間迴蕩，這次曲調似乎滯留很久。悠長、陰沉地音符。

「迪雷希跟他的人不久後出了塔，抬著一具穿著精緻袍子與珠寶的乾癟屍體。迪雷希質問：『這就是你們的皇帝？我們發現他一個人在頂端的房間』。」這個人顯然已死去多年，但是沒有人敢進去他的塔，他們太害怕他了。

「當他讓兀法拉人看到屍體時，他們全部開始哀鳴啜泣，整個島嶼陷入混亂，兀法拉人開始燃燒房屋、暴動，或是痛苦地跪倒在地。迪雷希人跟他的手下震驚又迷惘地衝向兀法拉的船塢，找到正在修復的流浪帆。他們的嚮導兼負責照顧他們的人懇求他們帶她離開，於是娜芙蒂加入他們。

「迪雷希跟他的人開始啟程，雖然沒有一點風，他們靠著將流浪帆繞著漩渦航行帶出的慣性將自己甩離島嶼。在他們離開許久之後，仍然能看到那座外表平靜的島嶼上升起煙霧。他們聚集在甲板上，看著。迪雷希問娜芙蒂爲什麼會有這麼可怕的暴動。」

霍德陷入沉默，讓他的聲音跟奇特的煙霧一起升起，消失在夜晚中。

「怎麼樣？她的答案是什麼？」卡拉丁質問。

「她用棉被裹著身體，以空洞的眼神看著家鄉，她回答：『你不明白嗎，旅人？如果皇帝死了，而且死了這麼多年，那我們所犯下的殺戮就不是他的責任。是我們自己的』。」

卡拉丁坐倒。霍德之前挑釁戲謔的語氣消失。不再有任何取笑。不再有要困住人思緒的語言陷阱。他的故事發自內心，而卡拉丁發覺自己說不出話。他坐在原處，想著島嶼，還有發生的可怕事情。

終於，卡拉丁舔舔乾涸的嘴唇，開口道：「我想……我想這是靈巧。」

霍德挑起一邊眉毛，眼光從笛子上抬起。

「能夠記得這樣的故事，能夠這麼仔細地描述。」卡拉丁說道。

「你說話小心些。」霍德微笑。「如果說好故事只需要靠靈巧，那我就沒工作了。」

「你剛才不是說自己已經沒工作了？」

「沒錯。國王終於失去了他的智臣。不知道他會變成怎麼樣？」

「呃……失智？」卡拉丁說道。

「我會跟他說這話是你說的。」霍德雙眼發光。「不過我覺得這樣講不正確。一個人能擁有智商，卻不能擁有失智。智商是什麼？」

「我不知道。也許是腦子裡某種讓你能思考的精靈？」

霍德偏過頭，然後笑了。「這個解釋也不錯。」他站起身，撣撣黑長褲。

「這個故事是真的嗎？」卡拉丁同時站起。

「也許。」

「可是我們怎麼會知道？迪雷希跟他的人回來了嗎？」

「有些故事說他們回來了。」

「可是他們怎麼回來的？颶風只會朝一個方向吹。」

「那我想這故事就是謊話。」

「我沒這麼說。」

「是我說的。幸好，這是最好的謊話。」

「那是什麼樣的謊話？」

「當然是我說的謊話。」霍德大笑，踢滅了火堆，用腳跟踩熄最後的煤炭。裡面的炭量似乎不足以冒出卡拉丁剛看到的那種煙霧。

「你在火裡面放了什麼，才會發出那種奇特的煙？」卡拉丁問道。

「什麼都沒有。只是普通的火而已。」

「可是我看到——」

「你看到的只屬於你。一個故事必須引起另一個人在腦海中的想像，才會活過來。」

「這個故事的意義是什麼？」

「隨你怎麼想。說故事的人的責任不是告訴你該怎麼想，而是給你思考的問題。我們太常忘記這一點。」

卡拉丁皺眉，望向西方，戰營的方向。戰營如今點亮了錢球、油燈、蠟燭。「意思是要爲自己負責。那些兀法拉人很樂於殺戮，只要能怪罪皇帝就好，一直要等到他們發現沒有人能爲他們負責之後，他們才展現出哀傷。」

「這是一個解讀。其實是很好的解讀。所以你在逃避什麼樣的責任？」

卡拉丁一驚。「什麼？」

「我的年輕朋友，人們在故事裡找到他們想要找的東西。」他朝岩石後方伸手，拿出一個行囊，掛在肩頭。「我沒有給你的答案。大多數時候我都覺得我沒有半點答案。我來到你們這裡是爲了追一個老朋友，但是我卻花了大多數時間躲他。」

「你說……關於我跟責任……」

「我隨口說說，沒什麼。」他伸出手，按著卡拉丁的肩膀。「我說的話經常是隨便說的，我向來沒辦法把我的話變成實際的作爲。如果我能讓我的話替我搬石頭，那可就稀奇了。」他掏出深色的木笛。「拿著。說實話，我帶著她的時間久到你不會相信。你收下她吧。」

「可是我不會演奏！」

「那就學。」霍德將笛子按入卡拉丁的手。「當你學會讓音樂回應你的歌聲時，你就掌握她了。」他開始走開。「還有好好照顧我那個該死的學徒。他眞的應該讓我知道他還活著。也許他擔心我又會去救他。」

「學徒？」

「跟他說我讓他畢業了。」霍德繼續走著。「他現在已經是正式的歌世者。不要讓他被弄死了。我花了太多精神讓他的腦子有點想法。」

席格吉。「我會把笛子給他。」他朝霍德的身影喊道。

「不要。」霍德轉身，邊說邊倒著走。「這是給你的禮物，受颶風祝福的卡拉丁。我想我們下次見面時，你就會吹奏了！」

說完，說故事的人轉身，小跑步朝戰營離開。可是他沒有進入戰營，而是轉向南方，彷彿要離開戰營。他要去哪裡？

卡拉丁低頭看著手中的笛子。笛子比他想得還要重。這是哪種木頭？他摸著光滑的表面，思考。

「我不喜歡他。他很奇怪。」西兒的聲音突然從後面出現。

卡拉丁轉身，發現她坐在岩石上，正在霍德之前坐的位置。

「西兒！妳來多久了？」

她聳聳肩。「你在看故事，我不想打擾。」她雙手疊在腿上，看起來很不安。

「西兒——」

「你身上發生的事是我引起的。是我造成的。」她柔聲說道。

卡拉丁皺眉，上前一步。

「是我們兩個一起，可是沒有我，你什麼都不會變。我正……拿走你體內的什麼東西，然後給你另一樣東西做爲交換。以前就是這樣，但是我記不得如何或什麼時候。我只知道是這樣。」

「我——」

「噓，我在說話。」

「抱歉。」

「如果你想要，我願意停止。可是我會變回以前那樣。我怕。飄在風中，什麼都只能記得幾分鐘。我能再次思考，能記得我是誰，是什麼，是因爲我們之間的聯繫。如果我們結束，那我會失去這個。」

她哀傷地抬頭抬頭看著卡拉丁。

他望入那對眼睛，然後深吸一口氣。「來吧。」他說道，轉身，走回平原的另一端。

她飛了過來，變成一條光帶，懶洋洋地在他頭旁邊飄著。很快他們便來到通往戰營的斷層下方。卡拉丁往北，朝薩迪雅司的戰營走。克姆林蟲縮回自己的裂縫跟巢穴中，可是許多植物仍然讓它們的葉片在沁涼的夜風中飄蕩。他走過時，葉子縮回，像是某種在黑夜被薩拉思點亮的黑色動物毛皮。

你在逃避什麼樣的責任……

他不是在逃避責任。他承擔太多責任了！李臨總是這麼說，責怪卡拉丁不該因為他無法阻止的死亡而有罪惡感。

可是有一件事情是他牢抓不放的。是個藉口，也許就像死去的皇帝一樣。那是他悲慘感覺的靈魂根源。他相信一切都不是他的錯，相信他無法造成什麼改變。如果一個人原本就受到詛咒，或是他相信自己不需要去在乎，那他失敗時就不需要痛苦。這些失敗是無法被避免的。是別人或別的事件預先注定。

「如果我沒有被詛咒，那為什麼別人死的時候我還活著？」卡拉丁低聲問。

「是因為我們。我們之間的羈絆。它讓你變得更強，卡拉丁。」西兒回答。

「那為什麼它不能讓我變強到可以幫助他人？」

「我不知道。也許可以。」

如果我把它處理掉，我會變成正常人。有什麼用……好跟別人一起死去嗎？

他繼續在黑暗中行走，頭頂上的光線在他面前的岩石地面投射隱約黯淡的影子，手指苔的藤蔓縮成一團，影子就像手臂一樣。

他經常想要怎麼拯救這些橋兵，但是他發現自己往往讓拯救他們的這個先決條件限制住自己。他告訴自己不會讓他們死，因為他知道如果他們死了，他會變成怎麼樣。當他失去同伴時，幾乎要擊倒他的頹喪是因為卡拉丁痛恨失敗。

是這樣嗎？所以他才一直尋找自己為什麼可能受到詛咒？好開脫自己的失敗？卡拉丁開始加快腳步。

他幫助橋兵，是帶來了好的影響，但這也是一種自私。這些力量讓他不安，因為它們代表責任。

他開始小跑步，過沒多久，他便全速奔跑。

可是如果這不是爲了自己，如果他幫助橋兵不是因爲自己痛恨失敗或是害怕看著他們死去的痛苦，那這件事就是爲了他們。爲了大石友善的調侃，爲了摩亞許的專注，爲了泰夫認眞卻老是故意板著臉的態度，還有皮特安靜的可靠。他爲了保護他們，要怎麼做？放棄他的幻想？他的藉口？

抓住所有機會，無論對他自己造成多大改變？無論是多讓他不安，或是代表多沉重的重擔？

他衝上通往木材場的緩坡。

橋四隊正在煮晚上的濃湯，聊天說笑。將近二十名來自其他橋兵隊的傷兵感激地進食。看到他們這麼快就擺脫空洞的表情開始跟其他人說笑，讓人相當欣慰。

辛辣食角人濃湯的香味在空中瀰漫。卡拉丁減慢速度，停在其他橋兵身邊。其他人看到他滿身大汗又狂喘氣的樣子，露出一臉擔心的神色。西兒落在他的肩頭。

卡拉丁找出泰夫。年長的橋兵獨自坐在營房的屋簷下，盯著面前的一塊石頭。他還沒注意到卡拉丁。卡拉丁示意要其他人繼續，然後走向泰夫。他蹲在對方面前。

泰夫訝異地抬起頭。「卡拉丁？」

「你知道什麼？你怎麼知道的？」卡拉丁安靜卻專注地問道。

「我——當我還年輕時，我的家族屬於一個等待燦軍回歸的祕密組織。我年輕時就離開了，我以爲都是胡說八道。」

卡拉丁從他聲音中的遲疑聽得出來，泰夫有什麼事情隱瞞不說。

責任。

「你對於我的能力知道多少？」

「不多。主要都是傳說跟故事。其實沒什麼人真的知道燦軍能做什麼。」

卡拉丁迎向他的雙眼，微笑。「我們會知道的。」

58 旅程

「子夜之母，瑞佘斐爾以她無比黑暗、無比可怕、無比吞噬的存在孕育出不屬於人間的怪物。她在這裡。她看著我死去！」

——沙沙貝夫日，一一七三年，死前八秒。樣本爲四十多歲的深眸碼頭工人，有三個孩子。

「我最痛恨自己犯錯。」雅多林靠在椅子上，一手放在以水晶爲面的桌子，另一手晃著酒杯。黃酒。他今天不需要值勤，所以可以稍稍放縱一點。

風吹亂了他的頭髮。他跟其他年輕淺眸人一起坐在外市場一間酒舖的戶外座位。外市場是一堆在國王的皇宮外搭建起的建築物，遠離戰營。他們坐在陽台上，下方穿梭著各色人等。

「我認爲每個人都跟你有同樣的厭惡，雅多林。」加卡邁說道，兩邊手肘撐著桌子。他有著壯碩的身材，是洛依恩藩王戰營的第三達恩淺眸人。「誰喜歡自己犯錯？」

雅多林深思地說道：「我認識不少人是喜歡的。當然，他們不承認，但是他們犯錯的頻率高到我還能怎麼想？」

加卡邁今天下午的女伴茵琪瑪發出清脆的笑聲。她有著渾圓的身材，淺黃色的眼睛，將自己的頭髮染成黑色，穿著一件紅色洋裝。這顏色穿在她身上不太搭配。

丹蘭當然也在。她坐在雅多林身邊的位置上，恪守禮儀，但是偶爾會以外手碰觸他的手臂。她喝著紫酒。她喜歡喝，但似乎也是爲了跟她的衣服搭配。有趣的特性。雅多林微笑。她的修長頸子搭配優雅的身材，包裹在貼身的長服中，顯得極爲迷人。雖然她的頭髮大半是紅色，卻沒有染髮。淺色頭髮沒什麼不好。說到底，當淺色眼睛才是理想顏色時，大家爲什麼這麼喜歡深色頭髮？

不要再想了。你再想下去會變得像父親那樣，沒事就在沉思。雅多林告訴自己。

另外兩人是托勞跟他的女伴愛莎瓦，兩人都是艾拉達藩王戰營的淺眸人。科林家族目前不受王寵，但是雅多林在幾乎所有戰營中都有認識的人或朋友。

「犯錯很有趣啊，讓生活變得新鮮。如果我們隨時都是對的，那會變成什麼樣？」托勞說道。

「親愛的，你不是曾經跟我說過，你幾乎總是對的？」他的女伴說道。

「沒錯。所以如果每個人都像我那樣，那我該取笑誰？每個人都這麼出色，那我不就有可能會顯得平庸了？」

雅多林微笑，喝了一口酒。他今天有一場正式決鬥，他發現在那之前喝一杯黃酒有助於放鬆。「所以托勞你就不用擔心我太常說對了。我原本非常確定薩迪雅司是要對付我父親。這一切完全不合理。他爲什麼不出手？」

「也許是立場問題？」托勞回答。他很精明，同時以品味著稱。每次雅多林試酒都喜歡找他。「他想要表現自己的強悍。」

「他原本就很強悍。不對我們出手對他沒有好處。」雅多林說道。

丹蘭開口，細柔的聲音帶著一絲沙啞，「我知道我剛到戰營，我的判斷一定會顯露出我的無知，可是——」

「妳知道妳每次都這麼說嗎？」雅多林懶洋洋地說道。他頗喜歡她的聲音。

「我每次都怎麼說？」

「說自己無知。可是妳一點也不無知。妳是我認識的人中，最聰明的女子之一。」雅多林說道。

她一時沒說話，臉上奇特地出現微惱的表情，然後微笑。「你不該這樣說，雅多林，尤其是在一名女子正想努力表示謙虛的時候。」

「噢，對。謙虛。我忘記這件事的存在了。」

「你跟薩迪雅司的淺眸人混太久？」加卡邁說道，引得茵琪瑪又一陣輕笑。

「言歸正傳。對不起打斷妳，請繼續。」雅多林說。

「我想說的是，我懷疑薩迪雅司想挑起戰爭。以明顯的方式對付你父親，一定會造成這樣的結果吧？」丹蘭說道。

「絕對。」雅多林回答。

「所以也許這就是他自制的原因。」

「我不確定。他可以在不攻擊你們的情況下，讓你們家族蒙羞，例如暗示你們過度放鬆，沒有好好保護國王是你們的愚蠢的錯誤，可是暗殺行動卻不是你們做的。」托勞說道。

雅多林點點頭。

「這還是有可能挑起戰爭。」丹蘭說道。

「有可能。但是雅多林，你必須承認，黑刺最近的名聲不是那麼的……顯赫。」托勞說道。

「這話又是什麼意思？」雅多林質問。

托勞揮揮手，舉起酒杯，示意要侍者來倒酒。「雅多林，別這樣。你知道我在說什麼，你也知道我沒有惡意。那個女侍到哪裡去了？」

加卡邁立刻補上一句：「我們在這裡都六年了，怎麼會連間好一點的酒舖都沒有。」

茵琪瑪又笑了。雅多林開始覺得這女人很煩。

「我父親的名望好得很，還是你沒注意到我們最近的勝績？」雅多林說道。

「因爲有薩迪雅司的幫忙。」加卡邁說道。

「但卻是事實。過去幾個月以來，我父親不只救了薩迪雅司一命，還救過國王。他在戰場上仍然英勇。你們一定看得出來，先前關於他的傳言完全不實。」雅多林說道。

「好了，好了。雅多林你別生氣。我們都同意你父親是個很傑出的人。可是之前一直抱怨、想要改變他的人是你。」托勞回答。

雅多林看著酒。桌上其他人穿的衣服都是雅多林父親不贊許的那種。短外套內是鮮豔的絲襯衫。托勞在脖子圍了一條薄薄的黃色絲巾，右腕上也綁了一條。他的衣著相當時髦，看起來也比雅多林的制服要舒服很多。達利納會說他們的衣服看起來很可笑，但有時候時髦就是挺可笑的。大膽，不同。跟隨潮流改變自己的造型以引起別人的注意力，是讓人很興奮的事情。在隨他父親一起加入這場戰役之前，雅多林非常喜歡爲特別的日子設計不同的造型，而現在他只有兩個選擇：夏季制服外套或冬季制服外套。

女侍終於出現，帶來兩壺酒，一黃一深藍。加卡邁俯過身，在茵琪瑪耳邊說了些什麼，又引得她咯咯輕笑。

雅多林舉起手，不讓女侍爲他添酒。「我不確定我希望看到我父親改變。至少現在不這樣認爲了。」

托勞皺眉。「上個禮拜——」

「我知道。那是在我看到他拯救薩迪雅司之前。我每次開始要忘記我父親有多出色，他就會做一件事，證明我是那十傻人之一。艾洛卡陷入危險時也是這樣。幾乎是……我父親只有在他眞正關心一件事情時，才會那樣表現。」

「你的意思是他其實並不在乎戰爭，親愛的雅多林。」丹蘭說道。

「不是。只是艾洛卡跟薩迪雅司的性命，可能比殺死帕山迪人更重要。」雅多林回答。

其他人認爲這就是他的解釋，於是開始其他話題，可是雅多林發現自己不斷在這個念頭上打轉。他最近感覺心神不寧。對於薩迪雅司的判斷出現失誤是一個原因，另一個則是他們是否能證明他父親的幻境到底是眞是假。

雅多林覺得自己被困住。他強迫他父親要面對自己是否仍然精神正常，然後根據他們上一次對話的結果，他幾乎可以說是同意他父親的決定——如果父親的幻境證明是假，那達利納就要退位。

每個人都討厭自己犯錯。只是我父親說他寧願犯錯，只要這對雅烈席卡有好處。雅多林懷疑沒有幾個淺眸人會寧願自己被證明是發瘋而非正確。

「也許。可是這不會改變他所有的愚蠢限制。眞希望他會退位。」愛莎瓦說道。

雅多林一驚。「什麼？剛才妳說什麼？」

愛莎瓦瞥了他一眼。「沒什麼，只是想知道你有沒有在參與我們的對話而已，雅多林。」

「跟我說妳剛剛說了什麼。」

她聳聳肩，看著托勞。

托勞向前傾身。「你不會以為你父親在颶風時的狀況沒有在戰營之間傳開來吧？現在很多人都在說他應該因為這樣而退位。」

「如果他這麼做就太愚蠢了，也不想想他在戰場上的成就。」雅多林堅定地說。

「沒錯，退位是反應太過了。不過雅多林，我真的希望你能說服你父親放寬一些我們戰營中的那些蠢限制。你跟其他的科林男子只有這樣，才能真正重新回到社交圈。」丹蘭說道。

「我試過了。」他回答，然後看了看天上的太陽。「相信我，我真的試過。現在呢，不幸的是，我需要為決鬥進行準備。請恕我告退。」

「又是薩迪雅司的走狗？」加卡邁問道。

「不是。是雷希光明爵士。薩拿達最近經常出言不遜，這可以讓他閉嘴。」丹蘭微笑地說道，親暱地看著雅多林。「我去那裡跟你會合。」

「謝謝。」雅多林回答，站起身，扣起外套的釦子，親吻丹蘭的外手，朝其他人揮揮手，然後快步回到街上。

我離開得有點突兀。他們會不會看出來剛才的討論讓我很不舒服？雅多林心想。應該不會。他們不像雷納林那麼了解他。雅多林喜歡跟一大群人交往，但不喜歡深交。他甚至連丹蘭都還沒那麼熟悉，不過他會努力維持兩人間的關係。每次雷納林都取笑他總在追求間來來去去，讓他煩不勝煩。丹蘭非常漂亮。這次的關係應該會成功。

他經過外市場，托勞的話是壓在他心上的一塊大石。雅多林不想成爲藩王。他還沒準備好。他喜歡決鬥，跟朋友聊天。掌軍是一回事，可是一旦他成爲藩王，他就必須要考慮到其他的事情，例如破碎平原上這場戰爭的未來，或是保護國王，提供國王建議。

這不應該是我們的問題。可是一如他父親經常放在嘴邊的話。如果他們不做，還有誰會做？

外市場比達利納戰營裡面的市場要雜亂許多。這裡的建築物往往都是以附近採石場搬來的石塊隨便搭建而成，毫無章法。許多商人都是賽勒那人，戴著他們一族的帽子、背心，有著飄來飄去的長眉毛。

繁忙的市場是少數幾個來自十個不同戰營的士兵會有交集的地方，也成爲此地的主要功能之一。這是來自不同戰營的男女可以會面的地方，這也提供一個沒有太多法律限制之處，不過當市場開始有失控的徵象時，達利納立刻介入，設立了一些基本規則。

雅多林朝一群身著藍色科林制服、朝他行禮的士兵點點頭。他們正在巡邏，肩膀上扛著長戟，頭盔晶亮。達利納的軍隊在此處巡邏，他的書記勘查這裡的狀況，一切都是達利納自掏腰包。

他的父親不喜歡外市場的結構或是沒有城牆的設計，總說只要在這裡進行一場突襲，造成的損傷將難以估計，而且這違反了戰地守則的精神。可是帕山迪人已經很多年沒有來雅烈席人這半邊的平原突襲，如果他們眞的要攻擊戰營，那斥候跟守衛會給予足夠的警告。

所以戰地守則的意義在哪裡？雅多林的父親表現得好像他們重要得不得了，隨時要穿著制服，隨時要有武器，隨時保持清醒，在可能遭受攻擊的威脅下，隨時保持警覺。可是根本沒有被攻擊的威脅。

雅多林走在市場之間，他第一次眞正努力想要看出他父親在此處的所做所爲。

他可以一眼就看出來達利納的軍官。他們依從命令，身上穿著制服。藍色外套跟長褲，上面有著銀色的釦子，肩膀上的繩結表示軍階。非達利納戰營的其他軍官則是穿著各式各樣的衣服，很難跟商人或富有的平民有所區隔。

可是這不重要，因爲我們不會受到攻擊，雅多林再次告訴自己。

他皺眉，經過一群閒坐在另外一間酒館外的淺眸人，就像之前的自己。他們的衣著，包括他們的姿勢跟態度，讓他們顯得只在乎尋歡作樂。雅多林發現自己對此感到煩躁。戰爭還在進行啊。幾乎每天都有士兵死去，同時間淺眸人卻在這裡飲酒聊天。

也許戰地守則的意義不只是保護自己免受帕山迪人的威脅，也許是有更崇高的意義——讓士兵擁有他們可以尊敬與依靠的指揮官。對戰爭示以它應得的嚴肅態度。也許是爲了不讓戰區變成一場慶典。普通人必須隨時保持警戒，守望站崗，因此，雅多林跟達利納也應該有同樣的表現。

雅多林的腳步在街心緩下來。沒有人罵他或叫他讓開——他們看得出來他的位階。所有人只是繞過他而已。

我想我現在明白了，他心想。他爲什麼花了這麼久才懂？

心中不安的他快速走向今天的對戰場地。

❖

達利納根據記憶背誦：「我從阿邦馬巴走到兀瑞席魯。這個譬喻跟我的經驗是一體的，就像我的意識跟記憶是一體的。一者存於另一者之中，而雖然我能向你解釋其一，另一個則是專屬於我。」

坐在他身旁的薩迪雅司挑起眉毛。艾洛卡坐在達利納的另一邊，穿著碎甲。他越來越常穿碎甲，堅信刺客渴望奪走他的生命。三人一起看著下方的人決鬥。這是一個小型的坑洞，艾洛卡選定這裡爲戰營的決鬥區，沿著十呎高的牆壁層層堆疊的岩石平台是絕佳的天然座位。

雅多林的決鬥還沒開始，下面正在對戰的人是淺眸人卻不是碎刃師。他們的決鬥鈍劍上面塗著白色粉筆一樣的東西。只要有一方擊中對方有護墊的盔甲，就會留下明顯的痕跡。

薩迪雅司開口：「等等。寫這本書的人……」

「他的聖名是諾哈頓。其他人叫他巴赫登，不過我們不知道這是不是他的眞名。」

「他決定從哪裡走到哪裡？」

「阿邦馬巴到兀瑞席魯。根據故事的說法，這應該是很長一段路。」

「他不是國王嗎？」

「是的。」

「那爲什麼——」

「的確不好懂，但聽下去你就明白。」他清清喉嚨，繼續開口：「我獨自踏上這條爲我帶來洞見的路途，禁止任何隨從跟隨。我沒有任何坐騎，只有跟隨我良久的涼鞋，沒有同伴，只有一根堅實的枴杖，以拄在石頭上的敲擊聲與我對話。我的嘴就是我的錢包，塡滿的不是寶石，而是歌曲。當以歌曲換來溫飽無法達成時，我的手臂擅長於清理地板或豬圈，經常爲我換來令人滿意的報酬。

「在乎我的人擔憂我的安全，甚至我的神智。他們向我解釋，國王不會像乞丐那樣行走數百哩。我的回答是，乞丐都能做到的事，國王爲什麼做不到？他們覺得我比乞丐還不如嗎？

「有時候我會同意這個說法。乞丐知道很多國王只能猜測的事情。可是有誰規劃出乞討守則？我經常在想，我人生中的經歷，我在寂滅時代過去後的輕鬆生活還有如今的優渥處境，是否給予我任何在制定法律時的眞實經驗。如果我們必須仰賴我們所知的事情，那國王唯一的用途就是創造關於正確茶溫或是王位軟墊厚度的法律。」

薩迪雅司聽到這裡，皺起眉頭。他們面前的兩名劍士繼續決鬥，艾洛卡專注地看著。他最喜歡看人鬥劍。他來到破碎平原之後，做的頭幾件事之一就是讓人帶沙來鋪滿決鬥場。

達利納繼續背誦《王道》，「於是，我開始了我的旅程，誠如敏銳的讀者所能推斷，我活了下來。旅程中的刺激故事會呈現在我之後的描述，但首先我必須要解釋走上這條奇特道路的目的。雖然我願意讓我的家人認爲我是瘋子，但是我不願意在歷史之風上留下同樣的稱號。

「我的家人以直接的方式前往兀瑞席魯，等了我好幾個禮拜以後我才到達。在城門時，沒有人認得我，因爲我的毛髮在不受剃刀節制的情況下長得健碩無比。一旦我表明自己的身分之後，我立刻被帶走、梳洗、餵食、關心、責罵，五樣事情一一進行，之後才有人問我這趟旅行的目的。我爲什麼不能選擇簡單、輕鬆、常見的方式前往聖城呢？」

「沒錯。他至少可以騎匹馬吧！」薩迪雅司插嘴。

達利納繼續背誦：「我的答案是，我脫下了我的涼鞋，露出我滿是老繭的雙腳，架在桌上吃了一半的一盤葡萄邊，舒服閒適。我所有同伴的表情此刻宣告他們認爲我癡傻了，所以我開始講述一路上的過程和故事，來解釋我的行爲。我一個故事接著一個故事說下去，像是一袋袋塔露穀堆疊起來，準備儲藏過冬。我很快就會用它們來製造薄餅，塞在書頁之間。

「沒錯，我是可以很快抵達，但所有的人都有同樣的目的地，無論我們是在神聖的墓穴或是乞丐的淺坑。只有神將必須與守夜者共宴。

「但是，重要的是目的地嗎？還是我們必須選擇的道路？我認爲沒有任何成就能比得上達到成就的路途。我們不是爲了目的地而生，而是被旅程形塑。我們的雙腳長滿老繭，背脊因爲扛著旅程的重擔而強健，雙眼因爲經歷過的新鮮經驗而喜悅地大睜。

「因此，我必須宣告，透過虛假的手段，絕對無法帶來善的結果，因爲我們存在的價值不在於成就，而在於方法。王者必須了解這點，他不能專注於他想要達成的目的，乃至於將眼光從他必須選擇的路徑上移開。」

達利納靠回椅背。下方的岩石鋪上了軟墊，兩旁增添了扶手跟靠背。決鬥的結束是其中一名淺眸人，身著薩迪雅司的綠衣，在對方的胸甲上留下一道長長的白色痕跡。艾洛卡滿意地拍手，雙手護甲相敲，決鬥者鞠躬。勝者的勝利將被坐在裁決位的女子記錄，她們同樣掌管決鬥規則的法典，可以仲裁爭論或調解衝突。

「這就是故事的結尾吧。」薩迪雅司說道，接下來兩名決鬥者走到沙地上。

「沒錯。」達利納說道。

「你把整段都背下來了？」

「我可能記錯了幾個字。」

「我太了解你了，意思是你可能忘記了什麼『一個』或是『那個』之類的詞。」

達利納皺眉。

「老朋友，你不要老是那麼硬邦邦的，我是在讚美你，這是讚美的一種。」薩迪雅司說道。

「你覺得這個故事如何？」達利納問道。下方的決鬥繼續進行。

「太可笑了。」薩迪雅司坦白地說道，揮手要僕人為他端酒。他選擇的是黃酒，因為現在還是早上。「他走了這麼遠，只是爲了表達國王應該考慮他們下命令時會帶來的後果？」

「不只是爲了證明。我一開始也是那麼以爲，但是我現在開始了解。他走這條路是因爲希望跟他的子民擁有一樣的體驗。他雖然說這是個譬喻，但是我認爲他眞的想要知道走這麼遠是什麼感覺。」

薩迪雅司啜了一口酒，抬頭瞇眼看著太陽。「這裡不能架個遮棚之類的嗎？」

「我喜歡太陽。我被鎖在那些我們叫作建築物的洞穴裡頭太久了。」艾洛卡說道。

薩迪雅司瞥向達利納，翻翻白眼。

「整本《王道》中有許多部分都是像我剛才背誦的段落一樣，是以諾哈頓他自己的生活變成的譬喻，將一個眞實事件變成範例，他稱之爲四十個寓言。」

「都是這麼可笑嗎？」

「我覺得很美。」達利納輕聲說道。

「我不懷疑你會這麼想。你向來喜歡感情豐富的故事。」他舉起手。「我這也是讚美——」

「——的一種？」

「一點也沒錯。達利納，朋友，你一直感情豐富。這讓你是個很眞誠的人，但也會影響你的理性思考。不過只要能讓你一直來救我一命，那你就算想一直這樣，我想也死不了。」他抓抓下巴。「嗯，的確這樣我也才能死不了。」

「也許吧。」

「其他藩王認爲你自恃清高。你一定明白他們爲什麼這麼想吧？」

「我……」他還能怎麼說？「我不是故意的。」

「可是你會刺激他們啊。舉例來說，你拒絕與他們爭論或反駁他們的侮辱。」

「抗辯只是引起人們對事情的關注。要證明人格，最好的辯論就是靠正當的行爲。只要將德行深植人生，就能期待周圍其他人以正道待你。」

「你看你看。誰會這樣說話啊？」

「達利納會。」艾洛卡回答，眼睛還是繼續盯著決鬥場。「我父親以前也是這樣。」

「沒錯。達利納，朋友，其他人沒有辦法接受你是認眞地這麼說。他們認爲這一定是你在裝腔作勢。」薩迪雅司說道。

「你呢？你對我怎麼看？」

「我可以看得出眞相。」

「那是？」

「你是個自恃清高的老古板，但你是眞誠的。」薩迪雅司輕鬆地說道。

「我相信你認爲這也是個讚美。」

「其實這次我只是想要刺激你。」薩迪雅司朝達利納舉起酒杯。

一旁的艾洛卡露出笑容。「薩迪雅司，你的回答幾乎可以算得上機智了。我該任命你爲我的新智臣嗎？」

「之前那個呢？」薩迪雅司的語氣中帶有好奇，甚至興奮，似乎希望智臣已經遭遇不幸。

艾洛卡的笑容變成皺眉。「他消失了。」

「眞的？太可惜了。」

「算了。」艾洛卡揮揮戴著護甲的手。「他沒事就會這樣，早晚會回來。那傢伙跟地獄一樣不可靠。要不是他總讓我笑得樂不可支，我好幾季以前就會把他換掉。」

一群人沒再說話，決鬥繼續。幾名淺眸人坐在一旁長凳一樣的石階上看著，男女兼有。達利納不自在地發現娜凡妮來了，正跟一群女子聊天，包括雅多林最近迷上的那個紅髮書記。

達利納的目光流連在娜凡妮身上，貪婪地汲取她的紫色禮服和成熟的美貌。她毫無抱怨地記錄了他最新的幻境，似乎也原諒他將她趕出房間的行爲。她從不取笑他，也不懷疑他。他感激這一切。他應該要向她道謝，還是會被她誤解成邀約？

他的目光避開她的身影，卻發現自己無法專注於眼前決鬥的戰士，總會以眼角的餘光瞄她，於是，他抬頭望向天空，瞇著眼睛看午後的太陽。金屬相擊的聲音從下方傳來，身後幾隻大蝸牛黏在岩石上，等待颶風帶來的雨水。

他有太多疑問，太多不確定。他聽著《王道》，想要明白加維拉的遺言，彷彿兩者掌握著關於他的瘋狂與幻境眞相的關鍵，但是事實是，他什麼都不明白，也不能信賴自己的決定。這讓他的精神一點一滴地瓦解。

在遼闊的平原上，雲朵似乎較爲罕見，只有炙熱的太陽與暴虐的颶風輪流交替。羅沙上的其餘地方也會受到颶風影響，但是在東方，狂野不羈的颶風是一切的主宰。凡人帝王能夠將這塊大地納爲己有嗎？傳說中這裡有人居住，不只是無人的山丘，荒寂的平原，還有茂密的森林。那塔那坦，花崗岩王國。

「啊。他一定要來嗎？」薩迪雅司說道，聽起來好像吞了一口苦藥。

達利納低下頭，跟隨薩迪雅司的注視。法瑪藩王前來觀戰，身後跟著隨從。雖然大多數隨從穿著他的傳統褐與灰色，藩王本人則穿著長長的灰色外套，上面有斜向開口，露出下方的鮮紅與橘紅絲綢，同色的花邊從領口跟袖口冒出。

「我以爲你喜歡法瑪。」艾洛卡說道。

薩迪雅司回答：「我忍受他，可是他的品味實在令人作嘔。紅色跟橘色？甚至不是褐橘色，而是讓人眼睛都要裂掉的大橘色，還有他身上那件割袍式的外套已經退流行很久。太棒了，他坐在我們正對面。我現在會被逼著要看他，直到整場比賽結束。」

「你不應該以外表取人。」達利納說道。

薩迪雅司沒好氣地回答：「達利納。我們是藩王，我們代表雅烈席卡，世界上有許多地方都將我們視爲文化與影響的中心。難道我不應該有權利鼓勵他人，妥當地將我們的樣貌展現給世人嗎？」

「妥當的表現，是的。我們應該要整齊體面。」達利納說道，心想，例如叫你的士兵把自己的制服弄乾淨。

「整齊、體面、時尚。」薩迪雅司糾正。

「那我呢？」達利納問，低頭看看自己簡單的制服。「你要我穿那些花邊跟鮮豔顏色的衣服嗎？」

「你？你沒救了。」薩迪雅司舉起手，阻止他的反對。「不對，我這樣講不公平。你的制服有某種……恆久的特質。軍服有其特殊功效，因此永遠不會完全退流行。這是個很安全的選擇，很可靠。可以說因爲你不追逐流行，因此避過這個問題。」他朝法瑪點點頭。

「法瑪在追，但是追得很差，這是不可原諒的。」

「我還是覺得你太重視那些絲綢跟圍巾了。我們是參戰的士兵，不是舞會上的弄臣。」

「破碎平原正快速成爲國外使節的來訪地。我們擁有體面的形象是很重要的事。」他朝達利納豎起手指。「你如果要我接受你的道德標準，也許你該接受我的時尚品味。甚至可以說，你以外表度人的情況比我還嚴重。」

達利納沉默。話聽來刺人，卻反映出事實。可是如果外國使節要在破碎平原上與藩王見面，希望他們看到的各個戰營領袖至少看起來都有幾分將軍的樣子，這樣的要求會太過分嗎？

達利納靠回椅背，看著比賽結束。他估計應該要輪到雅多林上場了。對戰的兩名淺眸人朝國王行禮，然後退到決鬥場一旁的帳棚中。不久後，雅多林現身，穿著他的深藍碎甲，一手握著頭盔，金黑色交雜的頭髮有著刻意塑造出的凌亂。他朝達利納舉起戴著護甲的手，然後朝國王低頭行禮，戴上了頭盔。

在他身後走出的人穿著黃色碎甲。雷希光明爵士是薩拿達藩王戰營中唯一的全具碎刃師，他們戰營中另有三個人，只有碎甲或碎刃。薩拿達本身兩者皆無。藩王將他最優秀的戰士培養成碎刃師並非罕見，甚至可以說是很合理的決定，尤其如果你是喜歡待在戰線後方、指導戰略的那種將領。在薩拿達的領地中，數世紀以來的傳統就是將雷希碎具的所有者任命爲王家護衛。

薩拿達最近對於達利納的缺點屢屢發言，因此雅多林挑戰他的王牌碎刃師進行友誼賽，這手段也算是高明。鮮少有人因爲碎具而對戰，而在這個情況下，就算是輸也不過是數據上有點影響。這場比賽引來罕見的高度關注，接下來的十五分鐘是決鬥者的準備與熱身時間，小小的決鬥場也已經擠滿了人。不只一名女子架好畫板，準備畫下戰鬥場面，或是準備寫下紀錄。薩拿達本人沒有出現。

對戰的開始是在場的高等仲裁官，依絲托光淑叫決鬥者召喚他們的碎刃。艾洛卡再次專注地向前傾身，雷希跟雅多林兩人在沙地上環繞著對方，碎刃出現。達利納發現自己也傾身向前，不過心中忍不住感到一絲羞愧。根據戰地守則，雅烈席卡在戰時應該禁止絕大部分的決鬥。練習對打跟因爲受到侮辱而挑戰對方兩者間的界線相當細微，但目標都是爲了避免讓重要軍官受傷。

雷希以石式站定，雙手握著碎刃舉在身前，劍尖朝天，雙臂伸直。雅多林選用風式，略略偏過身體，雙手在身前，手肘彎曲，碎刃指向身後。兩人踩步，繞著對方。勝利者是最先擊碎對方一部分碎甲的人。這不是太危險，被破壞的碎甲就算是被擊碎，在過程中仍然能起一定的抵擋作用。

雷希先攻，向前一躍，碎刃高舉過頭，重重往右揮砍。石式講求的是在每一擊中帶有最大的慣性動力與力量。達利納覺得這方法太遲鈍，在戰場上不需要用這麼大力量來使用碎刃，但是與其他碎刃師戰鬥時，這個招式可以起一定的作用。

雅多林往後跳，避開了攻擊，碎甲增強的雙腿讓他靈敏得不像是身上穿著百石重的盔甲。雷希的攻擊雖然高明，卻也讓他門戶洞開，雅多林趁機攻擊對手的左前護臂，留下一道裂痕。雷希再次攻擊，雅多林再次閃開，然後擊中對手的左大腿。

有些詩人將戰鬥描述成一支舞蹈。達利納對於一般的戰鬥鮮少會有相同的看法。兩名拿著劍與盾的人卯足全力衝向對方，將武器一遍又一遍地往下揮砍，想要避開對方的盾牌，與其說是跳舞，不如說是帶著武器在摔角。

可是有了碎刃的對戰，的確可以用舞蹈來形容。巨大的武器需要高超的技巧才能揮動，碎甲又相當堅實，所以交手的時間可以持續許久，攻守雙方都會出現華麗的動作，大幅度的揮砍，帶有一種流動性，優雅感。

「他眞的很不錯呢。」艾洛卡說道。雅多林擊中雷希的頭盔，引起觀眾的一片掌聲。「比我父親還厲害。甚至比你還厲害，叔叔。」

「他非常努力。」達利納說道。「他眞的很喜歡。不是喜歡戰爭，也不是喜歡打鬥，而是純粹的對決。」

「如果他想要的話，他可以成爲冠軍。」

達利納知道雅多林的確想成爲冠軍，但是他拒絕會讓他成爲冠軍的戰事。達利納猜想雅多林這麼做是爲了盡量符合戰地守則的要求。決鬥冠軍跟競技賽是屬於難得的和平時代才應該做的事，不過保護家族榮譽可以說是不容懈怠。

無論如何，雅多林不是爲了晉級才進行決鬥，因此其他碎刃師容易低估他。他們很容易就答應他的決鬥要求，甚至有些非碎刃師都會向他挑戰。傳統上，國王的碎甲跟碎刃可以以高價租貸給他寵信又希望以碎刃師身分進行決鬥的人。

達利納光想到有人穿著他的碎甲或握著引誓就覺得不寒而慄。可是出租國王的碎甲或碎刃，甚至在有王位之前，出租藩王的碎甲跟碎刃都是長年以來的傳統，就連加維拉都沒有打破這個傳統，只是在私底下大有怨言。

雅多林閃過另一次攻擊，可是已經開始使出風式的攻招。雷希被殺得措手不及。雖然他擊中雅多林的肩頭護甲，也僅僅只是擦過而已。雅多林逼近，碎刃流暢地連連出招，雷熙不斷後退，擺出格擋的架勢——石式是少數會使用格擋的流派之一。

雅多林將他對手的碎刃拍開，讓對方無法連續出招，雷希重新擺好架式，卻又被雅多林拍開，雷希的招式越發鬆散，無法凝聚續力，破綻百出，雅多林瞬間開始發動，輪流攻擊他的身體兩側，動作小而快速，目的是讓對方膽怯。

成功了。雷希大吼一聲，擺出石式典型的雙手高握攻擊姿勢，雅多林完美地應對，以單手持碎刃，舉起左臂，以毫無損傷的護甲接下了這一招。護甲出現大片的裂痕，但也讓雅多林平舉起碎刃，擊向雷希已經裂開的大腿甲。

腿甲伴隨著金屬撕裂的聲音粉碎，一塊塊碎片炸開，煙霧瀰漫，如烙鐵般發光。雷希往後倒退數步，左腿已經撐不住碎甲的重量。比賽結束。更重要的決鬥會需要兩到三塊的碎甲毀損才判定勝負，但那樣的危險性也相對提高。

最高裁判起立，宣布決鬥結束。雷希跌跌撞撞地退開，扯下頭盔，所有人都聽到他的咒罵聲。雅多林向敵人敬禮，將碎刃的鈍端輕抵額頭，然後讓碎刃消失。他向國王行禮。其他人有時候會走入人群，好大肆吹噓或接受其他人的稱讚，但雅多林只是退回準備帳。

「的確很有天賦。」艾洛卡說道。

「而且眞是個……規矩的孩子。」薩迪雅司啜著飲料說道。

「沒錯。有時候我眞希望我們身處和平時代，就是爲了讓雅多林可以專心於研習決鬥。」達利納說道。

薩迪雅司嘆氣。「你又想要放棄這場戰爭了，達利納？」

「我不是這個意思。」

「你一直說你已經放棄這個說法，叔叔。可是你卻經常在暗示、渴望地訴說你期望和平。戰營裡的人說你是個懦夫。」艾洛卡轉向他說道。

薩迪雅司一哼。「他才不是懦夫，陛下。我可以擔保這點。」

「那爲什麼？」艾洛卡問。

「這些傳言已經太過分了。」達利納說道。

「可是你不回答我的問題。叔叔，如果你能做出決定，你會要我們離開破碎平原嗎？你是懦夫嗎？」艾洛卡問。

達利納遲疑了。

*團結他們。這是你的任務，我交給你的任務。*那個聲音這麼對他說。

*我是懦夫嗎？*諾哈頓在書裡提出的挑戰就是隨時自省，永遠不要變得如此確定，或是高傲到不願意尋找眞相。

艾洛卡的問題與他的幻境無關，但達利納明顯地可以感覺到，他是個懦夫，至少就他想要退位這件事來說。如果他因爲自己身上發生的事情而離開，那他就是挑了一條簡單的路走。

*我不能走。不論發生什麼事，我必須親自看到這件事的結束。*他終於明白自己內心的聲音。即使他發瘋，或是更令人擔心的是，即使那些幻境是眞的，但是來源卻引人懷疑。*我必須留下來，但是我也必須有計畫，免得拖垮我的家族。*

如此微妙的界線。什麼都看不清，一切都撲朔迷離。他已經做好逃跑的準備，因爲他喜歡做清楚的決定，可是他身上沒有哪件事情是清清楚楚的。至少如果他決定要繼續擔任藩王，似乎能在重建他自己的過程中，定下重要的基石。

他不會退位。就這麼決定了。

「達利納？你還……好嗎？」艾洛卡問道。

達利納眨眼，發現他已經忘記國王跟薩迪雅司的存在。像剛才那樣一直望著空曠處，恐怕對他的名聲沒什麼幫助。他轉向國王。「您想聽我說實話？對。如果可以下令，我會帶著十支戰營回到雅烈席卡。」

不論別人怎麼說，這不是懦夫的行爲。他剛剛才面對了自己內心的懦弱，也明白什麼是懦弱。這是不一樣的。

國王一臉震驚。

達利納堅定地開口：「我會離開，但不是因爲想要逃跑或畏懼戰鬥。只會是因爲我擔心雅烈席卡的穩定。離開這場戰爭會有助於穩固我們的國境以及藩王的忠誠。我會派更多使者跟學者去了解爲什麼帕山迪人殺了加維拉。我們太輕易就放棄了那項工作。我仍然在想，那場刺殺是否是帕山迪人的反動份子或異議份子策劃的。

「我會派人去研究他們的文化，沒錯，他們的確有自己的文化。如果刺殺不是因爲他們的內部叛徒，我會不斷質問，直到我明白爲什麼。我會要求補償——可能是他們的國王，交給我們處決——以做爲他們換取和平的代價。至於寶心，我會與我的科學家們共同研究，找出守住這塊區域的更好方式，也許靠著大規模的人民遷徙，我們可以掌控整個無主丘陵，眞正的拓展我們的疆界，佔領破碎平原。陛下，我不會放棄復仇，但是我會以更謹慎的態度來面對復仇跟我們這場戰事。現在我們所知的太少，不容許我們有效地進行攻擊。」

艾洛卡滿臉訝異之色，然後點點頭。「我……叔叔，你的話其實聽來眞的挺有道理。爲什麼你之前沒有這樣解釋過？」

達利納眨眼。幾個禮拜前，雅多林才稍微提起回雅烈席卡這個想法，就讓艾洛卡義憤塡膺。他怎麼變了？

我不夠相信這孩子的能耐，他明白過來。「我最近有表達自己想法的困難，陛下。」

「陛下！您不會眞的考慮——」

「薩迪雅司，最近這次對我的暗殺行動讓我很緊張。告訴我，你查出來是誰在我的碎甲中安上有瑕疵的寶石了嗎？」

「還沒有，陛下。」

艾洛卡縮在自己的盔甲中，低聲說道：「他們想要殺我。他們要我死，像我父親那樣。有時候我也覺得，我們是不是在這裡追逐十傻人。白衣殺手——他是雪諾瓦人。」

「帕山迪人承認是他們派的。」薩迪雅司說道。

艾洛卡回答：「沒錯，但他們是野蠻人，容易被人操弄。這會是完美的聲東擊西之計，把所有的過錯安在一群帕胥人身上。我們會打上好幾年的仗，卻從來不會注意到眞正的罪魁禍首，已經暗地在我的戰營中滲透。他們在監視我，隨時看著我。等著。我在鏡子中看到他們的臉。符號、扭曲、不屬於人類……」

達利納瞥向薩迪雅司，兩人交換一個擔憂的眼神。艾洛卡的疑神疑鬼是正在逐漸惡化，還是一直以來都是這麼嚴重，只是隱藏得很好？他原本就在每道影子中看到陰謀的幻影，如今有了針對他的暗殺行動，他的擔憂更有了實證。

達利納小心翼翼地開口：「從破碎平原上撤退可能是個好主意，但如果是爲了跟別人開戰就不是了。我們必須讓我們的人民穩定、統一。」

艾洛卡嘆口氣：「追逐殺手只是想想罷了。也許我們不需要。我聽說你跟薩迪雅司的聯手出擊成果很豐碩。」

「確實如此，陛下。」薩迪雅司說道，聽起來很驕傲，甚至還有點洋洋得意。「雖然達利納還是堅持要用他那種緩慢的木橋，有時候我的軍隊都差點被殲滅了他才出現。如果達利納願意使用現代橋兵戰略，效果會更好。」

「人命的浪費——」達利納說道。

「——是可以被接受的。他們多半是奴隸，達利納。讓他們以這樣的方式能夠參與我們的戰爭，是他們的榮耀。」

「我懷疑他們會這樣想。」

「我希望你至少試試看我的方法。」薩迪雅司繼續說道。「我們目前的行動一直成功，但是我擔心帕山迪人會持續派兩支軍隊來對付我們。我不想每次在你抵達前我得以一敵二。」

達利納遲疑了。這的確會是個問題。可是要放棄他的木橋？

「那折衷一下如何？叔叔，下次出擊的時候，你讓薩迪雅司的橋兵來幫你的第一波士兵衝向目標台地。薩迪雅司有很多額外的橋兵可以借你，他還是可以帶比較小的一支軍隊往前衝，但是你利用他的橋兵可以到達的比以前快。」

「這跟用我自己的橋兵是一樣的。」達利納說道。

「不一定。你之前說一旦薩迪雅司與他們交戰，帕山迪人鮮少能夠擺好陣勢朝你的軍隊射箭。薩迪雅司的人可以一如往常地衝在前面，你就等在他幫你爭取好位置之後再加入。」艾洛卡說道。

「有道理……你用的橋兵會安全，而且也不會耗費額外的人命，可是你到台地來幫我的速度可以加快一倍。」薩迪雅司深思地說道。

「可是如果你不能成功引開帕山迪人的注意力，怎麼辦？如果他們還是在我過橋時派出弓箭手來攻擊我們的人？」達利納問道。

薩迪雅司嘆口氣：「那我們就撤退，認定這是一次失敗的實驗，但至少我們試過了。老朋友，這才是進步的方法。總要嘗試些新的東西。」

達利納邊摸下巴邊想。

「你就試試看啊，達利納。他聽了你的建議，跟你一起聯手。這次你就試試他的方法。」艾洛卡說道。

「好。我們就試試看。」達利納最後說道。

「太好了。現在我想我該去恭喜你的兒子。剛才的決鬥眞是刺激！」艾洛卡站起身。

達利納不覺得有什麼刺激，雅多林的對手從頭到尾都沒佔過上風，可是這才是最好的戰局。達利納不相信什麼最好的一戰就是勢均力敵的一戰。勝利，最好就是以最快的速度、最大的贏面獲得。

達利納跟薩迪雅司尊敬地起身，等待國王走下台階一般的石頭平台，朝下方的沙地走去。然後達利納轉向薩迪雅司：「我該走了。派個書記過來讓我知道你覺得我們應該選擇哪些台地進行這個實驗。下次出勤輪到其中之一時，我會派我的軍隊到你的準備校場一起出發。你帶著比較小、比較快的軍隊先走，我們等你一就定位就趕上。」

薩迪雅司點點頭。

達利納轉身，準備走向通往外面的緩坡。

「達利納。」薩迪雅司在他身後喊道。

達利納轉頭看著藩王。薩迪雅司的圍巾在風中飄揚，雙臂抱胸，金色的金屬刺繡閃閃發光。「你也派個書記給我，帶一本加維拉的那本書。我想聽聽其他故事，說不定也挺有趣的。」

達利納微笑。「我會的，薩迪雅司。」

59 一種榮譽

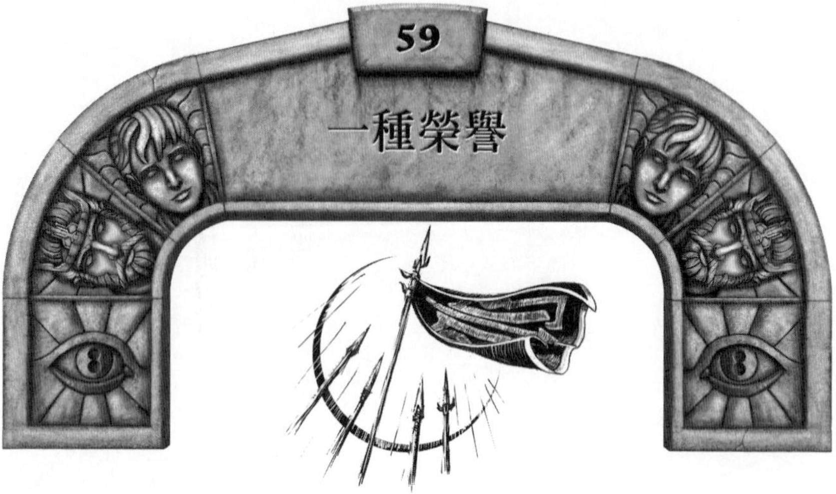

「我懸吊在最後的空無上，身後是朋友，身前是朋友。我必須飲下的盛宴緊攣附他們的面容，我必須說的言語在我腦海中閃爍。古老的誓言將重新出現。」

——貝塔般南日，一一七三年，死前四十五秒。樣本爲五歲淺眸孩童。給予內容的過程中，口齒清晰程度大幅提高。

卡拉丁瞪著面前地上發著光的三枚黃寶石錢球。營房一片黑暗，只有泰夫跟他兩人。洛奔靠在照滿陽光的門口，輕鬆地看著。外面大石正在對其他橋兵發號施令。卡拉丁要他們練習戰鬥隊形，不過表面上看不太出來，他的藉口是扛橋練習，實際上是在訓練他們服從命令，可以快速重組隊形。

這三個小額球幣不過是夾幣，點亮了周圍的岩石地面，泛起小小的黃褐色光圈。卡拉丁專注於它們，屏住呼吸，靠意志力要把光芒吸入他體內。

什麼都沒發生。

他更努力地盯著錢球中心。

什麼都沒發生。

他拿起一枚錢球，捧在掌心，端到眼前，讓自己眼中除了光芒以外什麼都看不見。裡面內蘊的颶風細節一清二楚，不斷盤旋、變化的光影旋風。他命令它、以意識操控它、懇求它。

什麼都沒發生。

他呻吟一聲，倒回地面，盯著天花板發呆。

「也許你不夠想要。」泰夫說道。

「我已經盡我全力去想要它了，泰夫。它就是動都不動。」卡拉丁說道。

泰夫悶哼一聲，拾起一枚球幣。

「也許是我們誤解了我的能力。」卡拉丁說道。就在他決定要接受自己這奇特、令人害怕的部分時，所有的能力突然失靈了。難道這就是冥冥中自有天意？「有可能只是光影造成的誤會吧。」

「光影造成的誤會。把布包黏在木桶上是光影造成的誤會？」泰夫沒好氣地說道。

「好吧。那可能就是奇怪的意外，只會發生那一次。」

「還有只要你受傷就會發生。還有每次出勤，只要你需要額外的力量或耐力時，就會發生。」

卡拉丁煩躁地嘆口氣，頭連續輕敲石地數次。「如果我眞的是你一直說的那種燦軍，爲什麼我現在什麼都做不到？」

「我在想你像是個嬰兒學走路。一開始只會突然發生，之後會慢慢地發現要怎麼樣刻意走路。你只是需要練習。」年長的橋兵說道，手中翻轉著球幣。

「我已經盯著這些球幣一個禮拜了，泰夫。還要練習多久？」

「顯然比一個禮拜要多。」

卡拉丁翻翻白眼，重新坐起。「我為什麼要聽你的？你也承認你知道的不比我多。」

「我對使用颶光一無所知，但我知道應該要發生什麼事。」泰夫臉色凶惡地說道。

「一切都是互相矛盾的故事。你跟我說燦軍會飛，還會在牆壁上行走。」

泰夫抵點頭。「是可以。還有看著石頭就能讓石頭融化，在一下心跳中就移動很遠的位置。還有命令太陽。還有——」

「為什麼他們需要能飛還有在牆壁上行走？如果能飛，為什麼不直接飛，還要花力氣在牆上跑？」

泰夫一語不發。

「如果他們能在一下心跳中移動很遠的距離，為什麼還要飛跟爬牆？」卡拉丁繼續質疑。

「我不知道。」泰夫承認。

「我們不能信任故事或傳說。」他瞥向落在球幣旁邊，帶著孩童般好奇心，盯著球幣看的西兒。「誰知道什麼是真的，什麼事編造的？我們只確定一件事。」他拾起一枚球幣，以兩隻指頭舉起。「這房間裡的燦軍已經非常、非常厭倦褐色了。」

泰夫悶哼一聲。「小子，你不是燦軍。」

「我們不是才剛在說——」

「你當然是可以填充颶光，可以飲入颶光，還有操控颶光，可是燦軍不只這樣。那是他們的人生，他們的行事。他們的永生之言。」

「他們的什麼？」

泰夫在指尖轉動著球幣，舉在眼前，凝視內部。「生先於死。力先於弱。旅程先於終點。這是他們的箴言和話語，而且是永生之言的第一信念。還有另外四個。」

卡拉丁挑起眉毛。「那是？」

「我不知道。可是永生之言還有信念指引著他們所做的一切。據說每個騎士團的燦軍都有不同的四信念，但是第一信念是十個燦軍團都有的：『生先於死。力先於弱。旅程先於終點』。」泰夫遲疑了片刻。「至少他們是這麼告訴我的。」

「好吧，我覺得這很明顯。生先於死。就像白天先於晚上，或是一先於二。很明顯啊。」

「你不夠認眞地看待這件事。也許就是因爲你這樣，颶光才會拒絕你。」

卡拉丁站起身，伸展四肢。「抱歉，泰夫，我只是累了。」

「生先於死。」泰夫說道，朝卡拉丁擺擺手指。「燦軍的目標永遠是要保護生命，從來不進行無謂的殺戮，也永遠不會因爲微不足道的原因以身犯險。活著要比死去困難。燦軍的責任是要活著。

「力先於弱。所有人在人生中某個時期都是衰弱的。燦軍保護那些衰弱的人，將自己的力量貢獻給其他人。力量不代表一個人有統治的能耐，而是讓人有服務的能耐。」

泰夫拾起球幣，放回袋子裡，握著最後一枚一秒，然後也將它收了起來。「旅程先於終點。達成目標的方式向來不只一種。如果需要透過不合正義的方式勝利，那寧可失敗。保護十名無辜的人不代表可以犧牲其中一人。最後，所有人都會死。對全能之主而言，你如何活著遠比你達成什麼要更重要。」

「全能之主？所以這些騎士跟宗教有關？」

「難道有什麼是跟宗教無關的嗎？這一切都是很久以前的一個國王想出來的。他讓他的妻子把這一切寫在一本書裡面。我母親讀過。燦軍的信念就是從書中衍生而來。」

卡拉丁聳聳肩，走到一旁去整理那一堆橋兵的皮背心。表面上看來他跟泰夫正在檢查背心是否有損傷或斷裂的繫帶。不久後，泰夫來到他身邊。

「你眞的相信那些嗎？」卡拉丁舉起一件背心，拉扯繫帶。「有人會遵守這些誓言，尤其是一群淺眸人？」

「他們不只是淺眸人。他們是燦軍。」

「他們是人。有權力的人向來假裝自己有道德，或有神的感召，某種『保護』我們其他人的必要。如果我們相信他們的地位是全能之主賦予的，那我們就更容易接受他們對我們的任何行爲。」

泰夫翻轉手中的背心，左肩墊下方開始有裂縫。「我以前從來不相信。然後……然後我看到你在使用颶光，讓我開始動搖。」

「故事與傳說，泰夫。我們想要相信以前曾經有更高尚的人，讓我們以爲現狀能夠再次回到過去那樣。可是人不會變，他們現在已經腐敗了。他們當時也是腐敗的。」

「也許吧。我父母是相信的。永生之言，信念，燦軍，全能之主，甚至是古弗林教，可以說尤其是古弗林教。」

「最後導致了神權聖教統治。信壇跟執徒不應該擁有土地或財物。那樣就太危險了。」

泰夫冷哼。「爲什麼？你認爲讓他們來掌權會比淺眸人更糟糕？」

「你說的也許有道理。」卡拉丁皺眉。很久以來，他一直認爲全能之主已經捨棄了他，甚至是詛咒了他，這讓他很難接受如西兒所說，他得到的也許是祝福，而非詛咒。沒錯，他被一次次從鬼門關前救了回來，他應該要爲此感到感激，可是有什麼比得到了巨大的力量，卻仍然救不了他愛的人更嚴重的事情？

門口的洛奔突然站直，偷偷朝卡拉丁跟泰夫做個手勢，打斷他的思緒。幸好，現在已經沒什麼需要藏起來的東西。事實上，一直也沒什麼好藏的，只有卡拉丁坐在地板上，像白癡一樣盯著錢球瞧。他把背心放在一旁，走到門口。

哈莎的轎子被直接扛到卡拉丁的軍營前，她高大、總是沉默的丈夫走在旁邊，脖子上的圍巾是紫色的，背心款式的短外套袖口也有紫色的刺繡。加茲仍然還沒出現。已經一個禮拜了，沒有他的任何蹤跡。哈莎跟她的丈夫，還有他們的淺眸侍從接下了他以前的工作，同時拒絕回答所有關於加茲行蹤的問題對於。

「颶他的。」泰夫說道，站到卡拉丁身邊。「這兩個人讓我起雞皮疙瘩，因爲我知道有人拿著匕首站在我身後。」

大石讓橋兵排列整齊，靜靜地站著，彷彿準備面對檢閱。卡拉丁走到他們身邊去加入，泰夫跟洛奔跟在後頭。轎夫將轎子在卡拉丁面前放下。這頂轎子沒有任何的擋板，只有一個小遮陽布幕，比較像是架在平台上的扶手椅，戰營中有許多淺眸女子都會使用。

卡拉丁不情願地朝哈莎鞠躬，其他橋兵見狀也跟著鞠躬，現在他們不能因爲被認爲有反意而被打一頓。

「橋隊長，你的這群人訓練得很好。」她說道，懶懶地以紅寶石般的指甲搔著臉頰，手肘靠在扶手上。「出勤這麼有……效率。」

「謝謝您，哈莎光淑。」卡拉丁說道，努力想壓下聲音中的僵硬跟敵意，卻失敗了。「我能不能提一個問題？我們已經很多天沒有看到加茲了。他還好嗎？」

「不好。」卡拉丁等她繼續說下去，但她沒有再回答他的問題。「我的丈夫做了一個決定。你的人的出勤表現如此優秀，你們是其他橋兵隊的模範。因此從現在開始，你們每天都要準備出勤。」

卡拉丁渾身冰冷。「那我們撿拾物資的工作呢？」

「噢，還是有時間的。反正你們本來就需要帶火把下去，而且出勤從來不會在夜晚進行，所以你的人可以白天睡覺——不過要隨時準備出勤，晚上就在裂谷工作。這樣會是更好的時間利用。」

「隨時準備出勤。您要我們每次都要上戰場？」

「是的。」她輕鬆地說道，敲敲扶手，要她的轎夫將她抬起。「你的人太優秀了，必須被妥善利用。你們明天開始全時值勤。把這視爲……一種榮譽。」

卡拉丁重吸一口氣，壓下他對於她這個「榮譽」的眞正想法。她離開時，他沒有辦法強迫自己鞠躬，但她似乎不在乎。大石跟其他人開始交頭接耳。

每次出勤。她把他們可能被殺死的速度加快一倍。卡拉丁的人撐不了幾個禮拜。他們人數已經少到再少一兩個人就會讓他們跑不動。帕山迪人會將注意力都投注在他們身上，將他們全面殲滅。

「克雷克的呼吸！她要我們全部人死！」泰夫說道。

「不公平。」洛奔補上一句。

「我們是橋兵。你們認爲我們能適用『公平』？」

「她殺死我們的速度不夠快到讓薩迪雅司滿意。你知道那些來看你這個沒有被颶風殺死的人的士兵都被責打了嗎？他沒有忘記你，卡拉丁。」摩亞許說道。

泰夫還在咒罵。他把卡拉丁拉到一邊，洛奔跟了上來，其他人仍然繼續交談。「地獄的！他們想要假裝自己會公平對待橋兵，讓他們顯得很公平，看起來他們已經放棄這個僞裝了。混蛋！」

「我們該怎麼辦，大佬？」洛奔問道。

「我們去裂谷。跟原本預計的一樣，然後確保今天晚上要有額外的睡眠時間，因爲我們明天晚上應該會整晚熬夜。」卡拉丁說道。

「要他們晚上去裂谷，他們會恨死了。」泰夫說道。

「我知道。」

「可是我們還沒有準備好……我們要做的事情。」泰夫一邊環顧四周，確保沒有人聽到。附近只有他、卡拉丁和洛奔。「至少還要幾個禮拜。」

「我知道。」

「我們撐不了幾個禮拜！薩迪雅司跟科林一起合作了，這表示幾乎每天都要出勤，只要有一次損傷慘烈，讓帕山迪人瞄準我們，那一切就會結束了。我們會被殲滅。」泰夫說道。

「我知道！」卡拉丁煩躁地說道，深吸一口氣，雙手握拳，不讓自己的脾氣爆發。

「大佬！」洛奔說道。

「幹麼？」卡拉丁沒好氣地說道。

「又開始了。」

卡拉丁全身一僵，然後低頭看著自己的手臂。果不其然，他發現自己的皮膚開始散發帶著光芒的霧氣，非常黯淡——他身邊沒有多少寶石——但是光芒的確存在。煙霧消散得很快。希望其他橋兵沒有看見。

「他颶風地獄的。我做了什麼？」

「我不知道。是因爲你在生哈莎的氣嗎？」

「我之前也很生氣。」

「你吸氣了。」西兒興奮地說道，在他身邊打轉，形成一條光帶。

「什麼？」

「我看到了。」她轉個身。「你開始生氣，深吸一口氣，然後颶光……就亮了。」

卡拉丁瞥向泰夫，但是對方當然沒聽到。「把所有人召集起來。我們要去進行裂谷任務。」卡拉丁說道。

「那剛剛的事怎麼辦？卡拉丁，我們不能這樣一直出勤。我們會被砍成碎片的。」泰夫說道。

「我今天會處理。把大家都召集起來。西兒，我需要妳幫忙。」

「什麼事？」她落在他面前，變成年輕女子的樣貌。

「去幫我找一個有很多帕山迪人屍體的地方。」

「我以爲你們今天要練矛。」

「他們要練矛。我會先讓他們整隊好，之後我有不同的任務。」卡拉丁回答。

❖

卡拉丁快速拍手，所有人立刻排成一個頗爲整齊的箭頭隊形，每個人手中握著他們藏在裂谷中的矛。

他再次拍手，所有人重新排成兩排的城牆隊形。再拍一下手，變成一個圈，每兩人身後站著一個人，做爲可快速遞補上的後備軍。

裂谷的岩牆上滴著水珠，橋兵的腳步濺起水花。他們的表現很好，可以說是超水準的表現，以他們受過的訓練而言，遠超過於他訓練過的任何軍隊。

可是泰夫說得沒錯。他們在戰鬥中仍然無法堅持下去。只要再幾個禮拜，他們的突刺跟以盾牌互相遮掩的技巧，將進步到會成爲一支危險的戰隊，但是在那之前，他們都只是會變換隊形的橋兵而已。他們需要更多時間。

卡拉丁得爲他們爭取更多時間。

「泰夫，你來接手。」卡拉丁說道。

年長的橋兵雙腕交叉，行禮。

「西兒，我們去找妳說的屍體。」卡拉丁對精靈說道。

「他們不遠。來吧。」她衝下裂谷，一條閃閃發光的光帶。卡拉丁跟在她身後。

「長官？」泰夫喊道。

卡拉丁停下腳步。泰夫什麼時候開始稱他爲「長官」的？奇特的是，他覺得聽起來極爲自然。「什麼事？」

「你要帶人一起去嗎？」泰夫站在聚集的橋兵面前。橋兵們越來越有士兵的樣子，每個人都穿著皮背心，熟練地握著矛。

卡拉丁搖搖頭。「我可以。」

「裂谷魔……」

「淺眸人已經把所有出沒在我們這半邊平原的都殺了。況且，如果我碰到裂谷魔，多兩三個人又有什麼差別？」

泰夫蓄著短灰鬍子的臉皺了起來，但沒有進一步反對。卡拉丁繼續跟著西兒前進。他的布囊中裝著他們在蒐集物資時找到的更多錢球。他們習慣每次找到的球幣都要留一部分下來，射上橋去，而因爲每次蒐集物資都有西兒的幫助，所以他們找到的量遠比以前要多。他的布囊裡已經可以算得上是有筆小財。今天他希望颶光可以幫上大忙。

他拿出一枚藍寶石馬克當照明，避過滿是白骨的水窪。一個水窪中探出頭骨，波浪般的綠色苔蘚長在頭顱上，像是綠色的頭髮，生靈在上面彈跳。也許獨自走在這些黑暗的道路中應該要覺得很陰森，但是卡拉丁完全不會受到影響。這是個神聖的地方，是低階人的墓穴，是在淺眸人的命令下死去的橋兵與矛兵的葬身之所，兩旁崎嶇的岩壁上都是他們流淌的鮮血。這個地方一點都不陰森，而是神聖的。

他其實很高興能夠有一個人安安靜靜跟死去之人的骨骸獨處的機會。這些人不在乎那些淺色眼眸人之間的紛爭。他們有多少人是被困在這異鄉，這無盡的平原，窮困到無法逃回雅烈席卡？每個禮拜都有數百人死去，爲已經富裕的人贏得珠寶，爲死去許久的國王爭取復仇。

卡拉丁走過另一具頭骨，頭骨少了下顎，頭顱被斧頭砍破。骨骸似乎正好奇地看著他走過，他手中的藍色颶光在不平整的地面與牆壁上投射詭異的光芒。

信壇說，人死之後，最英勇的人、最完美地完成他們天職的人，會重新復活，幫助奪回天堂。每個人都將跟生前一樣，矛兵打仗，農夫在神靈的農地上工作，淺眸人繼續領導眾人。執徒特別強調，無論是哪一種天職，只要表現傑出，都可獲得神力。農夫揮揮手，就能創造一大片長滿神靈作物的農地。矛兵會成爲偉大的戰士，用盾引來雷聲，矛引來閃電。

可是橋兵呢？全能之主會要求這些倒下的橋兵復活之後，重覆他們悲慘的生活嗎？度尼跟其他人死後還要扛橋嗎？沒有執徒來測試他們的能力，或是賜予他們升級。也許天堂之戰不需要橋兵。反正本來也就只有最傑出的人才到得了那裡。其他人只會沉睡，直到奪回寧靜宮。

所以，我又開始有信仰了嗎？他爬過卡在裂谷中的大石塊。這麼輕易就信了？他不確定。可是這不重要。他會盡量幫助他的橋兵，如果這也是一種天職，那就算是天意吧。

當然，如果他帶著他的人逃離，薩迪雅司只會以新人取代他們，換他們去死。

我只能擔心我可以影響的範圍。其他的橋兵不是我的責任。他如此告訴自己。

泰夫經常講起燦軍，包括他們的信念跟故事。爲什麼人不是眞的像那樣活著？爲什麼需要仰賴幻夢與編造的故事來獲得啓發？

如果你逃走……你就會造成其他橋兵被屠殺。你一定有辦法可以幫到他們。一個內心的聲音如此低語。

不對！如果我擔心這件事，那我就救不了橋四隊。如果我找得到離開的辦法，我們一定要走。他反駁自己。

那個聲音似乎再次開口：如果你離開，那還有誰會爲他們而挺身而出？沒有人在乎他們。沒有人……

他父親多年以前是怎麼說的？他做了他覺得對的事情，是因爲總要有人先開始。總要有人走出第一步。

卡拉丁的手感覺很暖。他在裂谷中停下腳步，閉上眼睛。錢球通常不會發熱，但是他手中的那一枚似乎正在發熱，因此卡拉丁很自然而然地深吸一口氣。錢球變得冰冷，一道熱流竄入他的手臂。

他睜開眼睛。手中的錢球已經黯淡無光，手指滿是白霜，光芒像火上的煙霧一般從他身體蒸騰而起，純淨，潔白。

他舉起手，感覺整隻手充滿了能量，他不需要呼吸。事實上，他需要憋住呼吸，才能將颶光困於體內。西兒從遠方朝他衝來，繞著他轉圈，然後停留在空中，變成女子的形狀。「你成功了。發生了什麼事？」

卡拉丁搖搖頭，憋住呼吸。他體內有一股躁動，像是……

像是颶風，在他的血脈中肆虐，胸口有風暴席捲而過，讓他想要大跑大跳大叫，幾乎讓他想要整個人爆炸。他感覺自己可以在空中行走，或在牆上行走。

對了！他心想，立刻開始奔跑，朝裂谷懸崖躍起，從腳先著地。

然後反彈了回來，重重落地。事情發生得太突然，他一驚之下忍不住大喊出聲，結果一吐氣，胸口的颶風便開始減緩。

他倒在地上，因爲開始呼吸而使颶光消散的速度變快。他躺在原地，感覺最後一絲颶光燃燒殆盡。

西兒落在他的胸口。「卡拉丁？你剛才在做什麼？」

「在耍白癡。」他重新坐了起來，感覺背上一陣痛楚，還有撞到地面的手肘傳來陣陣刺痛。「泰夫說燦軍可以在牆上行走，而我又覺得整個人充滿生命力……」

西兒在空中走下一段隱形的台階。「我不覺得你現在已經有能力去做這種事。不要這樣冒險。如果你死了，我又會變笨，知道嘛。」

「我會努力記得這點的。也許我應該把死掉從這一週的行事曆上劃掉。」卡拉丁緩緩站起身。

她輕哼一聲，飛入空中，再次化身成光帶。「快點跟上。」說完便朝裂谷深處飛去。卡拉丁拾起黯淡無光的球幣，從布囊中又掏出一顆做爲照明。他把所有球幣的光都吸掉了嗎？沒有，其他的球幣仍然散發著燦爛的光芒。他挑了一枚紅寶石馬克，快步跟上西兒。

她帶著他走到有一堆新鮮帕山迪人屍體的狹窄裂谷中。「這裡好陰森噢，卡拉丁。」西兒站在屍體上方說道。

「我知道。妳知道洛奔去哪裡了嗎？」

「我讓他去附近蒐集你要的東西了。」

「請把他找來。」

西兒嘆口氣，卻仍然飛離。每次他要她出現在別人面前，都會惹得她心情不好。卡拉丁跪在地上。帕山迪人長得都很像。同樣方正的臉，同樣粗獷，幾乎像是由岩石雕鑿而出的五官。有些人的鬍子上還紮著一些寶石，仍然在散發颶光，只是不太明亮。切割過的寶石比較能盛載更多颶光。爲什麼會這樣？

戰營中的傳言是帕山迪人會把受傷的人類拖走吃掉。傳言也說他們不理會自己死去的同胞，任憑他們倒在戶外，連葬火都不生。可是這一點是錯的。他們絕對在乎自己的死者，似乎都跟沈有一樣的想法。只要每次有橋兵光是碰一名帕山迪人的屍體，沈就會氣惱不休。

希望我沒猜錯，卡拉丁沉重地心想，將匕首刺入一名帕山迪人的屍體。匕首上有美麗的裝飾，層層精鐵鑄造而成，上面雕飾著卡拉丁不認得的符文。他開始將長在屍體胸口的甲冑割下。

卡拉丁很快便判斷出來，帕山迪人的肢體構造跟一般人類非常不同。胸甲與下面的肌膚是以細小的藍色筋肉連接，遍布整個胸甲。他繼續切割。鮮血流得不多，大多都已經聚集在屍體的背部或是已經流光。這匕首不是外科手術刀，但使用起來仍然很方便。西兒帶著洛奔回來的時候，卡拉丁已經取下了胸甲，開始朝頭盔動手。頭盔比較難取下，因爲部分是與頭顱連接，他得以匕首有鋸齒的部分切割。

「大佬！你很討厭他們是吧？」洛奔肩上背著布袋說道。

卡拉丁站起身，在帕山迪人的襯衫上擦擦手。「你找到我要的東西了沒？」

「當然有。」洛奔放下袋子，開始往裡面掏，拿出一件有甲冑的皮革背心與帽子，是矛兵的基本裝備，然後他拿出一些細皮條與一只中型的矛兵木盾，最後是許多深紅色的骨頭。帕山迪人的骨頭。袋子最下面是繩子，是之前洛奔買好後丟入裂谷中藏起來的繩索。

「你沒發瘋吧？因爲如果你瘋了，我有個親戚他會調藥給發瘋的人喝，說不定你喝了以後也會好起來。」洛奔邊說邊看著那堆骨頭。

「如果我瘋了，我會承認嗎？」卡拉丁走到旁邊一窪積水邊去洗淨頭盔。

「不知道。也許你說得有道理。反正你瘋不瘋都不重要。」洛奔靠著牆壁說道。

「你會跟個瘋子上戰場？」

「當然會。你就算瘋也是瘋得很好的那種，而且我喜歡你，不是趁人睡覺捅人一刀的那種瘋法。」他微笑。「況且，我們沒事就跟在瘋子後面衝。跑在前面的一向都是淺眸人啊。」

卡拉丁輕笑。

「所以這些東西是做什麼的？」

卡拉丁沒回答。他將胸甲拿到皮革背心旁邊，用一些皮繩索把兩者綁在一起，然後同樣將帽子與頭盔綁在一起，不過爲了讓頭盔能卡住，他得用匕首在頭盔中割幾條凹槽。

結束以後，卡拉丁用最後的皮索將骨頭捆成一把，然後綁在圓木盾前面。舉起木盾時，骨頭喀啦作響，不過他覺得這樣已經夠好了。

他把盾牌、帽子和胸甲一股腦都放入洛奔的袋子，差點要滿出來。「好了。」他站起身。「西兒，帶我們去那座短裂谷。」他們之前花了一些時間探勘，找到最適合做爲射箭標的的常駐橋，其中有一座橋離薩迪雅司的戰營特別近，所以他們幾乎每次出勤都會用它，而且下面跨越的是特別淺的裂谷，只有四十呎深，而不是平常常見的百呎以上。

她點點頭，然後飛了離開，將他們帶去那裡。卡拉丁跟洛奔跟在身後。泰夫之前已經接到命令，要他帶著人往回走，在繩梯底下與卡拉丁會合。可是卡拉丁跟洛奔應該先比他們早到很多。一路走來他一邊豎著耳朵，聽洛奔講自己一大家子的事情。

卡拉丁越想他的計畫，越覺得大膽。也許洛奔是應該質疑他的精神是否正常。可是卡拉丁試過用理性的方法解決。他也試過要小心處理。兩者都失敗了。現在已經沒有講求理性或小心的時間。哈莎很顯然打算要殲滅橋四隊。

當精巧、謹慎的計謀失敗時，就該孤注一擲。

洛奔突然安靜下來，卡拉丁腳步減緩。賀達熙人滿臉雪白，全身僵硬。到底是……刮擦聲。卡拉丁同時全身凍結，內心升起驚慌。一道側面走廊迴蕩著深沉的刮擦聲，從遙遠的裂谷傳下。陰暗光線中的影子，節肢在岩石上刮過的聲音。

刮擦聲變得柔和，終於消失。在最後的聲音消失之後，他跟洛奔仍然在原地動彈不得地站了許久。

終於，洛奔開口。「附近的應該還沒死光吧，大佬？」

「對啊。」卡拉丁回答，西兒突然衝回他們面前，令他不自覺地深吸一口颶光。在此同時，還有她在空中降落的時候，他發現他有點傻傻地發光。

「發生什麼事了？」西兒雙手扠腰問道。

「裂谷魔。」

「眞的？我們應該去追！」她大爲興奮地說道。

「什麼？」

「當然。我打賭你打得過牠。」

「西兒……」

她的眼睛閃爍著促狹的光芒。她只是開玩笑的。「來吧。」她快速地飛走。

他跟洛奔如今更爲小心地行走。終於，西兒落在裂谷的一邊，彷彿在取笑卡拉丁當初想順著懸崖牆壁往上走一樣站著。

卡拉丁看著四十呎高的木橋。這是他們所能找到最淺的裂谷，越朝東邊，裂谷就越深。他越發相信，往東邊逃是不可能的，距離太遠，而且要從颶風帶來的洪水中活下來實在是難度太高的挑戰。原來打算打倒或賄賂士兵的計畫是最好的。

可是首先他們得先活下來。上面的橋給了他們一個機會。卡拉丁可以爬得上去。他將自己的一小袋球幣抓緊，肩上掛穩了滿是盔甲跟骨頭的布袋。原本的計畫是讓大石用射箭的方式將繩索射上橋，然後往下繞一個圈。只要下面有人拉著，就能有人順著繩子爬上去，把袋子綁在橋的下方。

可是這得冒著讓守衛看到有飛箭從裂谷中射出的危險。據說那些斥候的眼光都非常銳利，軍隊靠他們的眼力來尋找爬上裂谷結蛹的裂谷魔。

卡拉丁覺得，或許，他想的辦法比用箭更好用。「我們需要石頭。拳頭大小的石頭。越多越好。」洛奔聳聳肩，開始四處尋找。卡拉丁跟他一起從水窪跟裂縫中把石頭撿出來。裂谷裡不缺的就是石頭。要不了多久，他就裝了一大袋的石頭。

他一手握著整袋錢球，學著之前的樣子開始動腦，想要把颶光吸入體內。這是他們最後一次的機會。

「生先於死。力先於弱。旅程先於終點。」他低聲念誦。

燦軍的第一信念。他深深呼吸，一股力量竄上他的手臂，肌肉燃燒著能量，充斥著想要有所行動的衝勁。颶風在他四肢中擴散，在皮膚內充脹，血脈賁張，如雷貫耳。他睜開雙眼，看到自己身體周圍都有煙霧升起，靠憋住呼吸的方式盡量將大部分的颶光留在體內。

好像我體內有一場颶風。感覺像是會將他撕裂。

他將裝著盔甲的布袋放在地上，但是將繩子繞過手臂，同時將一袋石頭綁在腰帶上。他從袋子中拿出一塊石頭，掂了掂，感覺石頭被颶風打磨光滑的表面。*一定得成功……*

他朝石頭灌注颶光，冰霜在他手臂上凝結。他不確定自己是怎麼辦到的，但是很自然，如同朝杯子倒液體一樣。光芒似乎在他手掌的皮膚下方凝結，然後轉移到石頭上，彷彿他正以燦爛的光芒塗抹在石頭上。

他將石頭黏在岩牆。石頭牢牢黏住，流著颶光，緊到他拔不開。他嘗試用全身重量站在上面，石頭牢牢撐著。他在低一點跟高一點的地方各黏了一塊石頭，心中一邊暗自希望有人爲他燒了一篇祈求成功的祈禱文，一邊開始往上攀爬。

他很努力不去想自己到底在做什麼。靠黏在懸崖上的石頭往上爬，而黏著石頭的是……什麼？光？精靈？他不停前進。這感覺像是以前跟提恩在爐石鎮附近的岩石上攀爬，只是這次他想把落手點安在哪裡都可以。

我應該找點岩石灰塗手的，他心想，一面把自己往上帶了一段，然後從袋子中拿出另外一塊石頭，黏好。

西兒走在他身邊，她輕鬆的漫步似乎像在取笑他爬得有多辛苦。他將重量移到另一塊石頭上的同時，聽到下方傳來令人膽顫心驚的聲響。他冒險往下一瞥。第一塊石頭鬆脫了。附近的幾塊也只剩下薄薄一層颶光。

石頭像一串發光的腳印般通向他的高度。雖然仍然在他的血管中燃燒肆虐，但他體內的颶光安靜下來，讓他難以專注。如果他還來不及爬到頂端，颶光就用完了怎麼辦？

又落下一塊石頭。旁邊的一塊幾秒後落下。洛奔站在裂谷的另一邊，靠著懸崖，滿是好奇卻絲毫不緊張。

就在他的手臂開始因爲攀爬而痠疼的時候，他來到了橋的下方。伸出手的同時，又有兩塊石頭落地。每塊石頭落下的聲音越來越大，距離也越來越遠。

不要停下來。卡拉丁告訴自己，有點生氣自己居然就這麼分心。他重新專注於手邊的工作。

他一手抓著橋的下方，雙腳仍然踩著最高的兩塊石頭，另一手將繩子繞過橋的支架，然後再從圈子中把繩頭拉出來，打了個臨時的繩結，較短的一端也留下很長一段繩子。

他讓剩下的繩子從肩膀上滑落，落到下方的地面。「洛奔，用力拉緊。」他喊道，說話的同時，颶光從他口中流出。

賀達熙人依言照做，卡拉丁拉著自己這端，讓繩子繃緊，然後他抓住比較長的一段繩子，將自己懸空吊起。繩結卡得牢牢的。

卡拉丁鬆了一口氣。他仍然在流瀉颶光，除了朝洛奔喊的那一聲外，他已經憋了十五分鐘的氣。這挺方便的，他心想。不過，肺部已開始火熱燃燒，所以他開始正常呼吸。颶光沒有完全離開他，但是流瀉的速度隨之加快。

「好了，把另一個袋子綁在繩子下面。」卡拉丁對洛奔說道。

繩子擺動一陣後，洛奔告訴他完成了。卡拉丁以腿卡住繩子，然後用手把下面的繩子收起，拖著整袋的盔甲。他握住短的那端繩索，順便把手裡黯淡無光的球幣塞到盔甲袋裡，然後兩邊打結收緊，希望洛奔跟達畢之後能從上面把袋子取走。

他低頭往下看。從橋下方往下望，地面看起來遠比站在橋上往下望時還要遠。換個角度，一切便大有不同。

他沒有因此感到暈眩，反而感到一陣刺激。他向來喜歡站在高處，覺得自然無比。對他來說，被困在洞裡、無法看到世界才會讓他沮喪。

他開始考慮自己接下來該怎麼辦。

「怎麼了？」西兒問道，站在他身邊的空氣中。

「如果我把繩子垂在這裡，過橋的人說不定會看到。」

「那就切斷啊。」

他沖她一挑眉毛。「我人還掛在上面。」

「你不會有事的。」

「這裡離地有四十呎高！我至少會摔斷骨頭。」

「不會的。我的直覺告訴我，你不會有事。相信我，卡拉丁。」

「相信妳？西兒，妳自己都告訴我，妳的記憶不完整！」

「你上禮拜侮辱我。」她雙臂交握在胸前。「你欠我一個道歉。」

「妳要我用割斷繩子、往下摔四十呎的方式道歉？」

「不。你道歉的方式就是要相信我。我跟你說了。我覺得這樣才是對的。」

他嘆口氣，再次低頭看著下面。他的颶光快用完了。還能怎麼辦？把繩子留在這裡是很愚蠢的行為。他能用另一個方式把繩子打個活結，到下面時再鬆開嗎？

如果這種繩結眞的存在，他也不會打。他一咬牙，聽到最後一塊石頭落在地面，於是深吸一口氣，掏出先前拿的帕山迪匕首，趁自己來不及多想，很快地一刀劃斷繩子。

他立刻垂直往下落，一手仍然抓著斷掉的繩子，胃部因失重感快速翻騰。橋在他眼裡像是飛起一樣往上升，卡拉丁驚慌失措的腦子立刻支使他的眼睛往下看。這一點都不美。這嚇死人了。太可怕了。他要死了！他——

沒事的。

他的情緒立刻鎮定下來。他直覺地知道自己該怎麼做。卡拉丁在空中翻轉身體，拋下繩子，雙腳落地，半蹲，一手按著地面，一股寒意竄過全身。剩下的颶光同時從他身體釋放出來，重重擊上地面，然後散開，消失。

他站直身體。洛奔瞠目結舌地看著他。卡拉丁的雙腿因撞擊而一陣痠疼，但感覺就像他跳了四五呎高後再落地一樣。

「大佬，你就像高山上打了十聲雷啊！簡直太不可思議了！」洛奔驚呼。

「謝謝。」卡拉丁說道，一手摸著頭，看著牆壁下方四散的石頭，然後抬頭看看安安穩穩地綁在上方的布袋。

「就跟你說了。」西兒落在他肩膀上說道，聽起來相當洋洋得意。

「洛奔，你覺得我們下次出勤時，你有辦法把那袋子取下來嗎？」

「當然可以。不會有人發現的。他們不會看我們賀達熙人，也不看橋兵，更不看我這種殘廢。對他們而言，我簡直不存在到可以穿牆了。」

卡拉丁點點頭。「拿下來以後，把袋子藏好。在最後一次衝刺前把袋子給我。」

「他們不會喜歡你穿盔甲去出勤的，大佬。我覺得這結果會跟你上次的實驗差不多。」洛奔回答。

「看著辦吧。你照做就是了。」卡拉丁說道。

「死亡是我的生命，力量是我的衰弱，旅程來到終點。」

——貝塔伯奈日，一一七三年，死前七十五秒。樣本爲小有名氣的學者。內容爲間接採集，正確性無法判別。

「所以，父親，無論我們對於幻境的判斷結果是什麼，你都絕對不能退位。」雅多林說道。

「是這樣的嗎？」達利納暗自偷笑。

「是的。」

「好。你說服我了。」

雅多林突然僵停在走廊中。兩人正朝達利納的房間方向走。達利納轉身，看著他的兒子。「眞的？我跟你辯論，居然贏了？」雅多琳問道。

「對。你的理由很充分。」他沒說他自己之前已經做出同樣的決定。「無論如何，我會留下來。我現在不能離開戰場。」

雅多林露出燦爛的微笑。

達利納舉起一隻手指，「可是，我有條件。我會起草一份命令，由我最高階的書記認證，由艾洛卡見證，在我精神失常的情況下，給予你處置我的權力。這件事不要讓其他戰營知道，但是我不願意冒險讓自己變得發瘋到你無法逼我退位。」

「好吧。我可以接受這點，只要你不告訴薩迪雅司。我還是不信任他。」雅多林站到達利納身邊，走廊中別無他人。

「我沒有要你信任他。」達利納推開通往自己房間的門。「你只需要相信他這個人是會改變的就好。薩迪雅司曾經是我的朋友，我認爲他可以再次成爲我的朋友。」

魂術建造的房間是以沁涼的石頭爲建材，冷峭的春寒似乎也依附在石頭上。天氣仍然拒絕變成夏天，但至少沒有變回冬天。艾特巴保證天氣不會變回冬天，可是防颶員的保證總是充滿但書。全能之主的意志是凡人難解的，再明確的跡象都不能相信。

達利納如今接受了防颶員，但是他們一開始普遍出現時，他曾拒絕接受他們的幫助。人不該知道未來，同時不該聲稱自己可以預測未來，因爲那是全能之主獨有的範疇。達利納同時不知道這些防颶員爲什麼可以不用讀書也能進行研究。他們聲稱他們不識字，可是他看過，他們的書裡都是符文。符文。符文不該用在書籍裡，符文是圖畫。沒有看過符文的人也能一眼就明白符文的意思，因爲形狀很明顯。這樣解讀符文成爲跟閱讀非常不一樣的事。

防颶員的很多行爲都讓一般人很不自在，可惜的是，他們太有用了。知道什麼時候會有颶風出現簡直是誘人到極點的好處。雖然防颶員經常判斷錯誤，遠不及他們說對的時候。

雷納林跪在壁爐邊，檢視裝在裡面爲房間加溫的法器。娜凡妮已經到達，她坐在達利納架高的書桌後，正在寫信，看到達利納進來，她心不在焉地揮揮手中的蘆筆算是打了招呼。她身上戴著他幾個禮拜前看過她戴的法器，一個有很多腿的東西，附著在她肩膀上，抓著她紫色服裝的布料。

「我不知道，父親。」雅多林關上門。顯然他仍然在想《王道》的事情。「就算他在聽人唸《王道》我也不管。他這麼做只是讓你不要太仔細檢查他的台地進攻戰果，好讓自己得到的寶心量比較多。他在操弄你。」

達利納聳聳肩。「兒子，寶心是次要的。如果我能重新跟他成爲盟友，那幾乎是任何代價都值得。從這個角度看來，是我在操弄他。」

雅多林嘆口氣。「好吧。可是他在附近時，我絕對還是會看好我的錢袋。」

「你盡量不要侮辱他就好。噢，還有一件事。我要你格外仔細挑選國王親衛隊的人。如果有我們確定對我絕對忠心的士兵，就讓他們負責守衛艾洛卡的房間。他關於陰謀的言詞，讓我開始擔心。」

「你該不會相信他的話吧？」雅多林說道。

「他的盔甲確實是有疑點，而且整件事跟克姆泥一樣髒臭。也許最後是虛驚一場。不過在那之前，你就當是讓我開心吧。」

娜凡妮說道：「我必須說，當初你、薩迪雅司和加維拉還是朋友的時候，我就不太喜歡他。」

「國王遭受的攻擊不是他指使的。」達利納說道。

「因爲那不是他慣用方法。薩迪雅司從來都不想要國王這個頭銜。光是當藩王就讓他有極大的權力，可是碰到大型的錯誤時，仍然會有人替他承擔。」達利納搖搖頭。「他之前從來沒想要搶加維拉的寶座，現在跟艾洛卡的關係又更好。」

「因爲我的兒子是個懦弱的人。」娜凡妮說道，語氣不帶一絲指控。

「他不儒弱。他只是缺乏經驗。但是沒錯，這對薩迪雅司而言是最理想的狀態。他說的是實話。他要求成爲情報藩王是因爲他非常想找出到底是誰對艾洛卡下手。」

「瑪莎拉。」雷納林開口，以稱呼伯母的正式方式喊娜凡妮。「妳肩膀上的法器是做什麼用的？」

娜凡妮帶著狡獪的笑容低頭看著法器。達利納看得出來，她原本就希望他們其中一人會提出這個問題。達利納也坐了下來。颶風很快就要到來。

「這個啊？這是某種除痛器。我來示範。」她伸出外手，按了一下卡榫，抓住衣物的爪子便鬆了開來。她將法器舉起。「你有哪裡痛嗎，親愛的？撞到的腳趾還是擦傷？」

雷納林搖搖頭。

「我之前練習的時候拉傷了手的肌肉，不嚴重，但是會痛。」雅多林說道。

「那你過來。」娜凡妮說道。達利納寵溺地微笑。娜凡妮在玩新法器的時候，總會顯露出她最眞實的那一面，難得沒有任何僞裝。現在的她不是王母娜凡妮，也不是政治家娜凡妮，純粹只是一名興奮的工程師。

「法器團體做出了一些很驚人的成績。」雅多林朝娜凡妮伸出手。「我特別喜歡這個小東西，因爲我參與了它的製作。」她將法器扣在雅多林的手上，將爪子一樣的腿銬住他的手掌，鎖好。

雅多林舉起手，動了動。「不痛了。」

「可是你還是有感覺的，對不對？」娜凡妮頗得意地說道。

雅多林用另外一隻手戳戳自己的掌心。「這隻手完全沒有麻掉。」

雷納林極有興趣地看著，眼鏡後面的眼神好奇、專注。如果能說服那孩子成爲執徒就好了。他如果想要的話，就可以成爲工程師，可是他不斷拒絕。達利納覺得他的藉口都很薄弱。

「看起來有點重。」達利納如此評論。

「這只是個最初版而已。」娜凡妮爲自己的作品開始辯護。「我是拿長影那種做得很糟糕的東西開始反向解構，所以沒有修改外型的奢侈時間，可是我覺得這個很有潛力。想想看，這種東西如果在上戰場，能夠壓制受傷士兵的痛楚。或是想像一下，這東西給了外科醫生，他們就不用擔心對病人開刀時，病人會感覺到痛楚。」

雅多林點點頭。達利納不得不承認，這東西聽起來的確挺有用的。

娜凡妮微笑。「現在是一個很特別的時代，我們學到關於法器的各式各樣知識。舉例來說，這是一個壓制法器，能夠用來降低某種特性，例如痛感。傷勢本身不會有任何改善，但說不定是朝療傷踏出的第一步。無論如何，這都是跟信蘆筆那種成對法器完全不一樣的類別。如果你知道我們對未來的計畫……」

「像是什麼？」雅多林問。

「你以後就會知道了。」娜凡妮神祕兮兮地微笑。她除下雅多林手上的法器。

「碎刃？」雅多林興奮地追問。

「嗯，沒有。碎刃跟碎甲的設計與結構與我們所知的一切迥然不同，最接近的作品也不過是賈・克維德他們做出來的盾牌。可是就我所知，他們所用的設計原理跟一般碎甲完全不同。古人對於工程結構的了解必定遠超過於我們。」

「不，娜凡妮。我看過他們。他們……他們就是古代人。科技都很原始。」達利納說道。

「那曦城呢？法器呢？」娜凡妮不太相信地追問。

達利納搖搖頭。「我都沒看過。幻象裡有碎刃，但看起來非常格格不入。也許正如傳說所說，碎刃是神將賜予的。」

娜凡妮開口：「也許吧。那我們要不要——」

她消失了。

達利納猛然眨眼。他沒聽到颶風來了。

如今他站在一間空曠的大房間裡，兩旁都是石柱。巨大的石柱看起來像是以軟砂岩雕刻而成，上面沒有任何裝飾，表面粗糙。屋頂很高，直接從岩壁中雕鑿而成，上面的幾何圖形隱約有點熟悉。圈圈之間以線條連結，朝外擴散……

「老朋友，我不知道該怎麼辦了。」一個聲音從旁邊說道。達利納轉頭，看到一名年輕的男子，穿著尊貴的白色與金色長袍，雙手交握在身前，手背被寬大的袖子遮擋。他的黑髮在腦後編成辮子，蓄著一綹倒三角形的短鬚。頭髮間纏繞著金線，最後匯集在他的額頭，形成一個金色的符號。燦軍的符號。

「他們說每次都是一樣的。我們從來沒有辦法準備好面對寂滅時代。我們應該每次都更擅長於抵抗，但每次我們都更靠近荒毀的邊緣。」他轉向達利納，似乎期待他有所回應。

達利納低下頭。他也穿著很正式的長袍，只是沒有那麼華麗。他在哪裡？什麼時代？他需要找到線索，好幫助娜凡妮記錄，也幫助加絲娜證明，或推翻這些幻境的真實性。

「我也不知道該說什麼才好。」達利納回答。如果他想要得到資訊，那他必須表現得更自然。

尊貴的男子嘆口氣。「我原本希望你會有睿智的意見能與我分享的，卡姆。」兩人繼續沿著房間的邊緣前進，來到一個巨大的陽台，外面有一圈石頭欄杆，上頭對應著夜晚的天空，夕陽將天際染成髒污的暗紅色。

「我們的本質在摧毀我們。」尊貴的男子說道，聲音輕柔，但表情憤怒。「阿拉卡維希是封波師，他應該比誰都清楚這麼做的下場，但是跟納海的聯繫沒有爲他帶來超越一般人的智慧。可惜，不是所有的精靈都像榮耀靈那般有智慧。」

「我同意。」達利納說道。

對方看起來像是鬆了一口氣。「我原來擔心你會覺得我的言論太激進了。你自己的封波師也……但是算了，過去的已經過去了。」

封波師是什麼？達利納好想大喊問出這個問題，但是不可以。這樣問顯得太突兀了。

除非……

「你覺得我們應該怎麼處理這些封波師？」達利納小心翼翼地問道。

「我不知道我們能否強迫他們做任何事。」他們的腳步聲在空曠的房間中迴蕩。難道這裡沒有守衛，沒有侍從？「他們的力量……哎，阿拉卡維希證明封波師對普通人是很有吸引力的。如果有辦法能夠鼓勵他們……」男子停下腳步，轉身面對達利納。「老朋友，他們需要變得更好。我們都一樣。無論我們的責任是王冠或是納海聯繫，這責任都需要讓我們變得更好。」

他似乎期待達利納有所回應。但他該回應什麼？

尊貴的男子開口：「我從你臉上看得出你的反對。沒關係的，卡姆。我知道我在這件事情上的想法相當背離常理。也許你們都是對的。也許我們的能力證明我們是被神選中的一群人，但如果眞是如此，不也代表我們的行事應該更爲謹愼？」

達利納皺眉。這句話聽起來頗為熟悉。尊貴的男子嘆口氣，走到陽台前。達利納跟他一起來到外面。他終於得以俯瞰下方的景色。

數以千計的屍體陳列在他面前。

達利納倒抽一口冷氣。外圍城市的街道上充斥死寂，是達利納勉強認得的城市。科林納，他心想。我的家鄉。他跟尊貴的男子一起站在一座三層樓矮塔的頂上，下面是以岩石建成，類似於碉堡的建築物，位置似乎是未來的皇宮。

這絕對是科林納，他不會認錯，遠處的石峰像是拳頭一樣舉向空中，人們稱之為「風刃」，但是風化的程度與他所習慣的不同，周圍的城市風貌也完全迥異。此處的建築物多半很方正，大多數都被推倒，破壞的面積相當遼闊，沿著原始的街道往外擴散。這城市是遭受地震衝擊嗎？

不。這些屍體是在戰爭中倒下的。達利納可以聞到鮮血、內臟、濃煙的氣味。到處都是屍體，許多聚集在包圍堡壘的矮牆周圍。城牆許多處都被破壞，屍體間還有奇怪形狀的岩石，長得像是……

先祖啊！達利納心想，緊抓著岩石欄杆，向前傾身。那不是石頭。是怪物。巨大的怪物，至少有四五個人那麼大，頭顱像岩石一樣顏色黯淡偏灰，有著長長的四肢，骷髏般的身軀，前腳，還是前臂？連結著寬大的肩膀，臉細長狹窄，像是箭一樣。

「這裡發生了什麼事？太可怕了！」達利納忍不住開口。

「我也這麼問自己。我們怎麼能讓這種事情發生？寂滅時代這個名字真是名副其實。我聽了最初一批的回報。十一年的戰爭中，我的臣民裡，十中之九已經死去。我們還有可以統治的王國剩下嗎？我確定蘇耳已經不在了。塔瑪、艾利茲想來也存活不下去。他們的人民死傷太過慘重。」

達利納從來沒有聽過這些地方。

男子握拳，輕搥在欄杆上。遠處架起了燃燒的墳場，開始為屍體進行火葬。「其他人想要怪罪阿拉卡維希。沒錯，如果不是他在寂滅時代之前就引起戰爭，我們可能不會損失如此慘重，但是阿拉卡維希只是一個更大病端的病症之一而已。神將們下次回歸時，祂們會看到什麼？一個再次遺忘祂們的民族？一個被戰爭與紛亂撕裂的世界？如果我們繼續這樣下去，也許我們也已經失去勝利的資格。」

達利納感覺一陣寒意。他原本以為這個幻境一定是接續先前的內容，但是之前他的幻境也沒有跟隨一定的時間順序。他還沒有看到任何燦軍。這可能不是因為他們已經解散。也許是因為他們還不存在。也許這個人的話聽起來很熟悉是有原因的。

有可能嗎？達利納真的有可能站在那個用文字教誨了他一遍又一遍的人身邊嗎？「損失可以是榮譽的。」達利納小心翼翼地說道，引述《王道》中重複出現數次的文句。

「如果損失能夠帶來學習經驗。」男子微笑。「你用我的話來對付我嗎，卡姆？」

達利納感覺難以呼吸。是他本人。諾哈頓。偉大的國王。他真的存在。或者該說，他真的存在過。那人比達利納想像的要年輕，但是那謙虛卻仍然尊貴的氣度……沒錯，是他。

「我在想要放棄我的王位。」諾哈頓輕聲說道。

「不！」達利納上前一步。「你不可以這麼做。」

「如果這就是在我的帶領之下招致的結果，那我沒有辦法領導他們。」

「諾哈頓。」

男子皺眉轉向他：「你說什麼？」

達利納遲疑了。他弄錯這個人的身分了嗎？不對。諾哈頓這個名字應該類近於頭銜。歷史上許多著名人士都有教會賜與的聖名，當然之後教會被解散之後，這個風俗也消失。就連巴赫登應該也不是他的眞名，他的眞名應該已經消失在歷史中。

「沒什麼。你不能放棄王位。人們需要領袖。」達利納說道。

「他們有領袖。有王子，國王，魂師，封波師。我們從不缺少想要領導其他人的男女。」諾哈頓說道。

「沒錯，可是擅長領導的人很罕見。」

諾哈頓靠著欄杆，望著下方倒地的屍體，臉上出現深刻的哀傷與憂愁。看到他這樣子令達利納不太習慣。他好年輕。達利納從來沒想像過，他也會有如此飽受折磨、自我懷疑的時候。

「我明白你的感覺。你的懷疑、羞愧、迷惘。」達利納低聲說道。

「你太明白我的心思了，老朋友。」

「我明白是因爲我也有這樣的感覺。我……我從來沒想過你也會這樣覺得。」

「那我得自我更正一下。也許你不夠明白我的心思。」

達利納沉默。

「我該怎麼辦？」諾哈頓問。

「你在問我？」

「你是我的顧問，不是嗎？我想聽聽你的意見。」

「我……你不能放棄你的王位。」

「那我該拿王位怎麼辦？」諾哈頓轉身，順著長長的陽台前進。這座陽台似乎有整層樓那麼長。達利納跟他一起走著，繞過石頭被撕裂，欄杆被擊斷的地方。

「老朋友，我已經失去對人性的信心。只要有兩個人在一起的地方，他們就會找到可以爭論的點。讓他們成為不同的群體，一方就會找到壓迫或攻擊另一方的理由。現在這種情況下，我要如何保護他們？我要如何阻止這件事再度發生？」

「你口述一本書吧。一本偉大的書，給予人民希望，闡述你關於統治學還有人生理念！」達利納興奮地說道。

「書？我。寫書？」

「有何不可？」

「因為那是笨到極點的主意。」

達利納瞠目結舌。

「我們所知的世界幾乎已經全毀。幾乎沒有一個倖存的家庭還保有一半以上的成員！我們最優秀的人才都已經躺在戰場上，我們的食物只剩下頂多兩三個月的存糧。我還要把時間花在寫書上？誰會為我抄寫？當夜林拿攻入衡平法院時，我所有的書人都被屠殺殆盡。你是我所認識、唯一一個還活著且有學識的人。」

男人有學識？這還真是個奇怪的時代。「那我來寫？」

「靠一隻手？你學會用左手寫字了嗎？」

達利納低下頭。他雙手都在，顯然諾哈頓看到的人少了右手。

「不。我們需要的是重建。我只是希望我們有辦法能夠說服那些還活著的王，不要去相互侵擾。」諾哈頓敲敲陽台。「這就是我的決定。要不就是退位，再不然就是使出必要的手段。現在不是寫書的時候，而是行動的時候。不幸的是，這是需要靠武力的時候。」

武力？諾哈頓，你居然會這麼說？達利納心想。

這種事不會發生。這個人會成為偉大的哲學家，他會教導眾人關於和平以及對別人的敬重，不會強迫對方順從自己的意識。他會引導他們，以榮譽心行事。

諾哈頓轉向達利納。「卡姆，我向你道歉。我不應該在請你提議之後，立刻又予以否定。我現在很緊繃，想來每個人都是。有時候，我覺得人性就是想要得不到的東西。對於某些人而言，是權力。對於我而言，是和平。」

諾哈頓轉身，繼續沿著走廊前進。雖然他的步伐很緩慢，他的姿勢顯示他想要獨處。達利納讓他離開。

「他最後成爲羅沙史上最有影響力的作者之一。」達利納說道。

一片沉默，只有下面在收屍的人互相叫喚的聲音隱約傳了上來。

「我知道你在那裡。」達利納說道。

沉默。

「他最後如何決定？他有照他心中所想的——團結他們嗎？」達利納問。

在之前的幻境中對他說話的聲音沒有出現。達利納的問題沒有答案。他嘆口氣，轉頭看著一片死寂。

「諾哈頓，你至少說對了一件事。人性就是想要得不到的東西。」

天色轉暗，太陽西沉。黑暗籠罩他全身，他閉上眼睛，再次睜開眼睛時，回到了自己的房間。達利納雙手按著椅背，站著。他轉向一旁的雅多林跟雷納林，兩人一臉緊張，隨時準備在他突然暴動起來時抓住他。

「唉，這次毫無意義。我什麼都沒發現。該死的！我表現的眞差勁，都——」

「達利納。」娜凡妮突然開口，依舊以信蘆筆在她的紙上書寫。「你在幻境前說的最後一句話，是什麼？」

達利納皺眉。「最後……」

娜凡妮的聲音焦急：「對。最後的一句話。」

「我在引述跟我說話的人。『人性就是想要得不到的東西』。怎麼了？」

她不理他，瘋狂地抄寫著。寫完後，她從高腳椅上滑下，快步走到他的書架前。「你有一本……我想也是。這是加絲娜的書，對不對？」

「對。她要我替她保存，直到她回來。」達利納說道。

娜凡妮從書架上抽出一本書。「《柯法娜語錄》。」她將書放在書桌上，開始翻找書頁。

達利納站到她身邊，不過他自然是看不懂書上寫什麼。「很重要嗎？」

「這裡。」娜凡妮抬頭看達利納。「你知道你在幻境裡面時會說話？」

「胡言亂語。對，我兒子們跟我說了。」

「阿拿克馬拉卡夫，得瑪奇安哈賓亞。聽過嗎？」娜凡妮說道。

達利納不解地搖搖頭。

「聽起來很像我父親在幻境裡說的話。」雷納林說道。

「不是『很像』，雷納林。是同一句話。這是你清醒之前，說的最後一句話。我盡量抄下你今天在幻境裡說的一切。」娜凡妮一臉得意洋洋。

「目的是？」達利納問。

「因爲我覺得會有用。的確是有用。同一句話幾乎一模一樣地出現在語錄中。」娜凡妮說道。

「什麼？怎麼會？」達利納不敢相信。

「這是一首歌的歌詞。是凡瑞爾的一首頌詞。他們是住在賈．克維德的無言峰上的一群藝術家。幾個世紀以來，他們都唱著同樣的歌詞，聲稱是神將以晨言寫下的歌謠。他們有以古代文字書寫的歌詞，但是意義已經消失，現在只剩下聲音。有些學者相信這個文字跟歌謠的確都是晨言。」

「而我……」達利納開口。

「你說了其中一句。除此之外，如果你剛才說的是對的，你還翻譯了那句話。這件事有可能可以證明『凡瑞爾推論』！一句話也許聽起來不多，但這可以成爲我們翻譯整個篇章的關鍵。我每次聽你的幻境時，總忍不住有這種感覺，我覺得你說話的方式太有規律，不像是胡言亂語。」她看著達利納，打從心底微笑。「達利納，也許你已經破解了從古至今、最古老也最神祕的一個謎團。」

「等等，妳這是什麼意思？」雅多林說道。

娜凡妮直接看著他：「侄子，我的意思是，我們得到了你要的證據。」

「可是，我是說，也許他聽過了那句話……」

「然後從一句話推導出整個語言？」娜凡妮舉起她手中抄寫得密密麻麻的紙張。「這不是胡言亂語，但也不是現今有人懂得的語言。我猜想這的確就是晨言。所以雅多林，除非你想得出來另一個能教會你父親某個失散語言的方法，否則這些幻境必定是眞的。」

房間陷入沉默，連娜凡妮本人都對自己說出來的話感到大爲震撼，可是她很快便擺脫了這種情緒。

「好了，達利納。我要你盡量準確地描述這個幻境。我需要你說的每字每句，盡量準確地去回想。我們蒐集到的每一點資訊，都會有助於我的學者解讀這些……」

「在颶風中我醒了，墜落、翻轉、哀傷。」

——卡卡耐夫日，一一七三年，死前十三秒。樣本爲都城護衛隊一員。

「達利納，你怎麼能確定一定是他？」娜凡妮柔聲問。

達利納搖搖頭。「我就是知道。那是諾哈頓。」

離幻象結束後已經過了好幾個小時。娜凡妮離開了她的寫字桌，坐在達利納身旁較爲舒適的椅子上。雷納林坐在他們對面，免得他們獨處的行爲招來不守禮法的非議。雅多林去聽取颶風後的匯報。發現幻境是眞實的之後，那孩子顯得非常心神不寧。

「可是那個人從頭到尾沒說自己的名字。」娜凡妮說道。

「是他，娜凡妮。」達利納望著雷納林頭頂上的牆壁，一片在魂術下誕生的光滑褐色岩石。「他渾身散發著王者的氣息，還有責任感的重擔，尊貴無比。」

「有可能是別的國王。畢竟他駁回你那個寫書的提議。」

「那是因爲還不到他能寫書的時候。死了好多人……他受到某種極大損失的打擊。颶父啊！戰爭中死去九成的人，妳能想像嗎？」

「寂滅時代。」

團結他們……眞正的寂滅時代要來了。

「妳對於寂滅時代的紀錄知道多少？不是執徒說的故事，而是歷史記載？」達利納問道。

娜凡妮手中握著一杯暖紫酒，酒杯邊緣水珠凝結。「我知道一些，但是你問錯人了。加絲娜才是歷史學者。」

「我覺得我看到了寂滅時代的結果。我……我可能看到了引虛者的屍體。這能給我們更多證據嗎？」

「沒有語言那麼有用。」娜凡妮啜了一口酒。「寂滅時代是古代的事情，別人可以說你幻想出你想看到的景象，可是語言的部分——如果我們能翻譯出來——就沒有人能夠反駁你眞的看到了眞實的景象。」

她的寫字板放在兩人之間的矮桌上，信蘆筆跟墨水小心翼翼地放在紙張上。

「妳打算告訴別人我的幻境內容？」

「要不然我們怎麼解釋你身上發生的事情？」

達利納遲疑了。他要怎麼解釋？從一個角度上來看，知道他沒有發瘋讓他安心很多，但如果有別的力量是在利用諾哈頓還有燦軍的影像，知道他會信任他們，然後想要藉此來誤導他怎麼辦？

燦軍墮落了。達利納提醒自己。他們遺棄了我們，傳說甚至提到他們有幾團可能還攻擊了我們。這一切訊息讓他更爲心驚。他又獲得一塊重新建構自己身分的基石，但是最重要的關鍵仍然屬於未知。他到底該不該相信他的幻境？雅多林的質疑勾起他認眞的擔憂，他不能再盲目地信任它們。

除非他知道這些幻境從何而來，否則他覺得他不該讓其他人知道它們的存在。

娜凡妮靠近他：「達利納，戰營們都在散布你的狀況。就連你的軍官妻子們都感覺不安。他們覺得你害怕颶風，或是有某種精神疾病。這個發現會消除人們對你的懷疑。」

「靠什麼？靠把我變成神媒那樣的人嗎？很多人會認爲這些幻境的風向離預言太近了。」

「你看到的是過去，父親。過去沒有被禁止。而且，如果這是全能之主送來的幻境，普通人又有何資格質疑？」

「雅多林跟我都跟執徒討論過。他們說，這不太可能是全能之主送來的。如果我們認爲這幻境可以被信任，會有許多人不同意。」

娜凡妮靠回椅背，小口小口地啜著酒，內手躺在腿上。「達利納，你的兒子們跟我說過，你以前去找過上古魔法。爲什麼？你跟守夜者要了什麼，她給了你什麼詛咒？」

「我跟他們說過，這是我自己的恥辱，而且我不會與人分享。」達利納說道。

房間陷入沉默。跟隨颶風而來的雨水已經停止。「這件事可能很重要。」娜凡妮終於開口。

「這是很久以前的事情，遠在幻境出現之前。我不覺得這有關。」

「但不是沒有可能。」

「對。」他承認。難道那一天的事情將永遠陰魂不散嗎？難道忘記關於他妻子的記憶還不夠嗎？

雷納林怎麼想？他會因爲這樣沉重的罪孽而責怪他父親嗎？達利納強迫自己抬頭，與他兒子在眼鏡後方的雙眼對視。

奇特的是，雷納林看起來似乎沒有什麼不舒服的感覺，只是陷入沉思。

「我很遺憾被妳發現了我的恥辱。」達利納望著娜凡妮說道。

她無所謂地揮揮手。「尋找上古魔法對信壇而言是種冒犯，但是他們的懲罰向來不嚴重。我想你不需要做什麼太複雜的事情就能獲得淨化了吧。」

「執徒要我給窮人球幣，還有訂購一批祈禱文，但是這些行爲都沒有移除上古魔法的效果或我的罪惡感。」達利納說道。

「如果你知道有多少虔誠的淺眸人去找過上古魔法，你會很驚訝的。不是所有人都能進入谷地。不過我對於這兩件事是否有關連仍然存疑。」

雷納林轉向她：「伯母，我最近請人讀了一些關於上古魔法的資訊給我聽。我同意他的推斷。這感覺不像是守夜者的行爲。她給予我們詛咒，以實現我們的小小欲望。向來是一個詛咒，一個欲望。父親，我想你應該知道這兩者分別是什麼吧？」

「對。我很清楚我的詛咒是什麼，跟這件事完全無關。」

「那就應該不能怪罪上古魔法。」

「沒錯。但是你的伯母質疑這點也是對的。事實上是，我們沒有任何證據能顯示這些幻境是否來自於全能之主。有東西想要讓我知道寂滅時代跟燦軍的事情。也許我們應該從問爲什麼要我知道開始。」

「伯母，寂滅時代是什麼？執徒提過引虛者，還有人類，燦軍，戰爭等等。但是那到底是什麼？我們有任何明確的資訊嗎？」

「你父親的書記中有民俗學家，她們比較適合回答你的問題。」

「也許吧，但是我不知道我能信任誰。」達利納說道。

娜凡妮想了想。「有道理。好吧，就我所知，已經沒有任何第一手紀錄流傳下來。那都已經是很久、很久以前的事情。不過我記得帕菈莎菲跟納德利斯的傳說有提到寂滅時代。」

「帕菈莎菲。她是找出種石的人。」雷納林說道。

「對。爲了要讓她爲數不多的族人再次興盛起來，她爬上達拉山的山峰，去尋找被神將碰觸過的岩石。根據神話版本的不同，有許多的現代山脈都被認爲是眞正的達拉山。她找到岩石後，在納德利斯死前把石頭拿到他面前，汲取了他的種子，讓石頭擁有生命，孕育了十個孩子，成爲她新王國的基礎。我記得那個王國叫作馬爾納。」

「馬卡巴奇人的起源。小時候母親跟我說過這個故事。」雷納林回答。

達利納搖搖頭。「從石頭生出來的？」他總覺得古代的故事有太多不合理之處，可是信壇承認了其中許多故事的眞實性。

「故事一開始提到了寂滅時代，說那是讓帕菈莎菲的族人消失的元凶。」娜凡妮說道。

「但寂滅時代又是什麼？」

「戰爭。」娜凡妮啜了一口酒。「引虛者一次又一次出現，想要將人類逼出羅沙，進入地獄，如同牠們曾經逼人類跟神將退出寧靜宮。」

「燦軍是什麼時候創立的？」達利納問道。

娜凡妮聳聳肩。「我不知道。也許他們是某一個特定國家的軍團，或原本只是一群傭兵，這就很容易明白他們最後爲什麼成爲暴軍了。」

「我的幻境中沒有徵象顯示他們是暴軍。也許這就是幻境的眞正意義——讓我相信關於燦軍的謊言，讓我信任他們，也許是想引導我去模仿他們的失敗與背叛。」達利納說道。

「我不覺得。」娜凡妮的語氣明顯透露出她的懷疑。「我不覺得你有看到任何關於燦軍的謊言。雖然傳說自然也是眾說紛紜，但是普遍上來講，傳說都同意燦軍不是一直都是不好的。」

達利納站起身，拿過她幾乎喝光的酒杯，走到一旁的小桌，重新為她斟滿。發現他沒有發瘋應該要能夠幫他解決問題，如今卻讓他更為不安。如果這些幻境是引虛者送來的怎麼辦？他聽說過引虛者能夠佔據人類身體、讓他們幹盡壞事的故事。從另一個角度來看，如果這是全能之主送來的，目的又是什麼？

「我需要花點時間想想。今天是很漫長的一天。請兩位讓我獨處靜思一下吧。」達利納說道。

雷納林站起身，尊敬地朝他一點頭，然後才走向門口。娜凡妮起身的速度就慢上許多，她將杯子放在桌上，走到一旁去拿起她鎮痛的法器，貼身的服裝布料發出窸窣的聲音。雷納林離去，達利納走到門口，等著娜凡妮靠近。他不打算再讓她製造兩人獨處的機會。他望向門外。他的士兵都在，他可以看到他們。很好。

「你一點都不滿意嗎？」娜凡妮問道，站在門口離他不遠的地方，一手按著門框。

「滿意？」

「你沒有發瘋。」

「但我們不知道是不是有人在故意操弄我。可以說我們現在的疑問比之前更多了。」

「這些幻境是天賜的祝福。」娜凡妮以外手按上他的手臂。「達利納，我可以感覺得到這點。你難道不明白這有多美好嗎？」

達利納迎向她的雙眸，淺亮的紫色，無比美麗。她如此貼心，如此聰明。他有多麼希望他可以完全信任她。

她從頭到尾都秉持著榮譽心在處理我的事。沒有將我退位的打算告訴任何人。她甚至沒有嘗試要用我的幻境來對付我。他對於自己心裡曾經有這樣的疑慮感到羞愧。

娜凡妮．科林，她是一名美好的女子。美好，驚人，危險的女子。

「我看到更多的擔憂跟危險。」達利納說道。

「可是達利納，你正經歷著學者、歷史學家、民俗學家夢想中的機運！雖然你說你沒有看到什麼很出色的法器，可是我仍然很羨慕你。」

「古人沒有法器，娜凡妮。這點我很確定。」

「這徹底改變我們之前對他們的了解。」

「也許吧。」

「落石的，達利納，難道已經沒有什麼事情可以引發你的激情了嗎？」她嘆口氣。

達利納深吸一口氣。「有太多事可以了，娜凡妮。我的心裡感覺像是有一群鰻魚在扭動，很多種不同的情緒糾結在一起。這些幻境成爲眞相反而讓我擔心。」

「是刺激。」她糾正他的說法。「你之前說的話是認眞的嗎？就是你說你信任我那次？」

「我有這樣說過？」

「你說你不信任自己的書記，你要我幫你記錄幻境。這件事有很深刻的意義。」

她的手仍然在他的手臂上。她伸出內手，關上通往走廊的門。他幾乎要阻止她，但是他遲疑了。我爲什麼要阻止她？

門關上。兩人終於獨處。她是如此美麗。那雙聰明、興奮的眼睛，因爲激動而閃亮。

「娜凡妮，妳又來了。」達利納說道，強壓下自己的渴望。他為什麼一再允許她這麼做？

「對，我又來了。我是個固執的女人，達利納。」她的語氣中似乎沒有半分調侃。

「這不合禮法。我的哥哥……」他伸出手，要再次開門。

「你的哥哥。」娜凡妮啐了一口，表情閃過憤怒。「為什麼每個人的注意力都在他身上？大家都這麼擔心那個死去的人會怎麼想！他已經不在了，達利納。他不在了。我想念他，但顯然沒有你那麼想。」

「我尊重關於他的記憶。」達利納堅持說道，手握著門把，動作卻有所遲疑。

「很好！我很高興你這樣想。可是，已經六年了，每個人看到的我都是一個死人的妻子。其他的女人會拿無意義的閒談來安撫我，但是她們不允許我進入她們的政治圈。她們認為我是上一代的古董。你想知道我為什麼這麼快就回來了嗎？」

「我——」

「我回來，是因為我沒有家了。大家都認為我應該避開重要的場合，因為我的丈夫死了！終日無所事事，受盡眾人討好，卻同時被徹底忽略。我讓她們不安，不論是皇后或是宮廷中的其他女人。」

「對不起。可是我不——」

她舉起外手，用力戳著他的胸口。「我不接受你這麼說，達利納。在我遇見加維拉之前，我們就已經是朋友！你看到的我還是我，不是某個幾年前崩毀的王朝留下的殘影，對不對？」她懇求地看著他。

先祖啊。達利納震驚地心想。她在哭。兩滴小小的淚珠。

他鮮少見過她這麼真誠的樣子。

於是，他吻了她。

這是不對的。他知道是不對的，可是他仍然一把抓住她，粗暴地將她緊緊摟在懷裡，無法自制地將嘴唇貼上她的雙唇。她貼著他的身體，融化。她的眼淚流到她的嘴唇，順流入他的口中，讓他嚐到一絲鹹味。

很久。太久。久得太美好。他的腦子不斷朝他嘶吼，像是被困在囚牢裡的犯人，被迫眼睜睜看著慘劇上演。可是一部分的他渴望這麼做已經幾十年了，幾十年來看著他的哥哥追求、迎娶、擁抱年輕的達利納唯一想要的女人。

他告訴自己，他永遠不會允許自己這麼做。加維拉贏得她婚約的同時，他便否定自己對娜凡妮的感情。達利納讓開了。

可是她的味道，她的氣味，她貼近他身體的溫暖，實在太過甜美，像是綻放的芬芳，沖走了他所有的罪惡感。一瞬間，她的碰觸讓一切消散。他記不得他對幻境的恐懼，他對薩迪雅司的擔憂，他對過去錯誤的恥辱。

他只能想著她。美麗，慧黠，纖細卻又無比強韌。他緊抓住她，這是在翻騰混亂的世界中，他唯一可以不放手的。

終於，他停止了這個吻。她迷濛地抬起頭看著他，激情靈如細小的雪花在兩人身邊的空氣中飄蕩。罪惡感再次充斥他全身。他試圖要溫和地將她推開，但是她緊攀住他不放。

「娜凡妮。」他開口。

「噓。」她的頭緊緊抵著他的胸口。

「我們不能。」

「噓。」她更堅持地說道。

他嘆口氣，允許自己摟著她。

娜凡妮柔聲開口：「世界開始不正常了，達利納。賈．克維德的國王被刺殺了。我今天才聽到。他被一名穿著白衣的雪諾瓦碎刃師殺死。」

「颶父啊！」達利納說道。

「有事情在發生，遠比我們在這裡的戰爭更龐大，比加維拉更龐大的事情。你聽過人死前說的那些神祕句子嗎？大多數人都不予理會，但是外科醫生們都在討論這件事。防颶員們都在偷偷說，颶風越來越強了。」

「我聽說了。」他說到，發現自己沉醉於她到幾乎連話都說不出來。

「我的女兒正在進行一項研究。她有時候會讓我害怕，她實在太執著了。我真的相信她是我認識的人中最聰明的一個。而她研究的主題……達利納，她相信有一個巨大的危險逼近了。」

太陽貼近地平線。永颶來臨。真正荒寂。哀傷之夜……

「我需要你。我知道這件事已經好幾年，但是我擔心你會被罪惡感摧毀，所以我逃了，可是我再也無法遠離。他們對待我的方法讓我忍不下去。這個世界發生的事情讓我無法再逃。我非常害怕，而且我需要你。加維拉不是大家以為的那個樣子。我喜歡他，可是他——」

「請妳不要說他的壞話。」

「好。」

先祖啊！他無法將她的香氣從腦子中驅逐。他感覺整個人動彈不得，只能牢牢抓住她，像是在颶風中緊抓住石頭的人。

她抬起頭看著他。「那就讓我這樣說吧，我喜歡加維拉，但是我對你的感情不只是喜歡，而我厭倦等待了。」

他閉起眼睛。「這怎麼可以？」

「我們會想到辦法的。」

「我們會被眾人鄙棄。」

「戰營已經集體忽略我，他們同樣在散播關於你的傳言跟謊言。他們還能對我們怎麼樣？」

「他們會想到辦法的。信壇現在還沒有譴責我。」

「加維拉死了。」娜凡妮重新將頭靠在他的胸口。「他活著的時候，我從來沒有對他不忠，雖然颶父知道我其實有很多可以對他不忠的理由。信壇想說什麼隨他們去，但是辯證並不禁止我們的結合。傳統跟教義是不一樣的，我不會因爲擔心引發別人的不滿而克制自己。」

達利納深吸一口氣，強迫自己張開雙手，往後退一步。「如果妳希望安撫我今天的擔憂，那妳可是在幫倒忙。」

她雙臂抱胸。他仍然可以感覺到她的內手碰觸到他後背的位置。一個溫柔的碰觸，只屬於家人才能擁有。「我不是來安撫你的，達利納。恰恰相反。」

「拜託妳。我需要時間思考。」

「我不會讓你把我甩開。我不會假裝這沒有發生。我不會——」

「娜凡妮。」他溫柔地打斷她。「我不會捨棄妳的。我保證。」

她打量他一番後，臉上浮現一絲調侃的笑容。「好吧。可是今天是你開始的。」

「我開始的？」他問道，同時感覺好笑，興奮，迷惘，擔憂，羞愧。

「吻是你的，達利納。」她懶洋洋地說道，打開門，走入他的前廳。

「妳引誘我的。」

「什麼？引誘？」她轉過頭瞥了他一眼。「達利納，我這輩子沒有像剛才那樣坦白誠實過。」

「我知道。」達利納露出微笑。「這就是妳引誘我的方法。」他輕輕關上門，吐了一口氣。

先祖啊，爲什麼每件事都這麼複雜？

可是，與他的想法完全相反的，是他感覺整個世界在走偏之後，反而上了正軌。

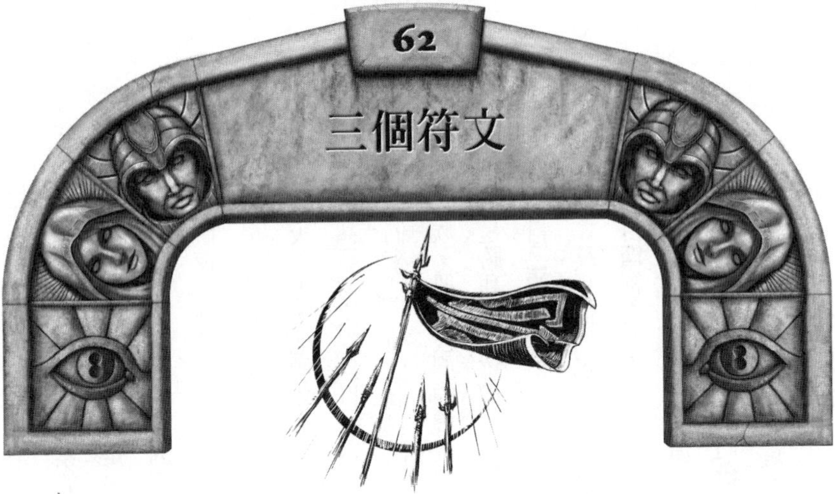

62 三個符文

「黑暗成爲皇宮。讓它統治！讓它統治！」

——卡維卡日，一一七三年，死前二十二秒。樣本爲深眸色雷人，職業不知。

「你覺得這東西能救得了我們嗎？」摩亞許問道，一臉不悅地看著綁在卡拉丁上臂的祈禱文。

卡拉丁瞥向一旁。他正以稍息的動作注視薩迪雅司的士兵走過他們的木橋。一旦他動了起來，冰寒的春天空氣也感覺很舒服。天空明亮無雲，防颶員保證最近不會有颶風。

綁在他手臂上的祈禱文很簡單。三個符文：風、保護、被愛護的。一封向颶父傑瑟瑞瑟的祈禱，祈求祂保護心愛的人跟朋友。這是他母親喜歡的祈禱文，很直接。雖然她的心思很細膩，充滿幽默感，但是她每次編織或撰寫祈禱文時，向來都很簡單，打從內心而出。戴著這樣的祈禱文讓他想到她。

「我不敢相信你花錢買這東西。如果眞有神將在看護眾人，祂們也不會關心橋兵。」摩亞許說道。

「大概是我最近有點懷舊吧。」這個祈禱文也許沒有什麼意義，但是他最近很有多考慮宗教這件事的原因。奴隸的生活讓大多數的奴隸無法相信有任何人或任何存在正在照看他們。可是在被囚禁的同時，有許多橋兵也變得更虔誠。兩群人，兩種不同的反應。這表示有人比較笨，有人比較冷漠，還是另有其他的差異？

「他們要我們死，你知道的吧。就是這次。」迪雷從後方說道。橋兵們個個精疲力竭。卡拉丁跟他的小隊被強迫徹夜在裂谷裡工作。哈莎對他們下了嚴格的限制，要求他們找到更多物資。爲了要達到標準，他們必須放棄訓練的時間，專注於搜尋。

然後今天早上，他們才睡了三個小時就被叫醒，要進行早晨的出勤工作。他們光在排隊時就已經精神委靡，現在甚至還沒趕到目標台地。

「讓他們來吧。他們要我們死是吧？我絕對不會後退。我們會讓他們見識勇氣是什麼。他們可以在我們衝鋒的時候，躲在我們的橋後面。」斯卡從隊伍的另一邊靜靜開口。

「那不是勝利。我認爲我們現在就應該去攻擊士兵。」摩亞許說道。

「我們自己的軍隊？」席格吉說道，黝黑的頭轉過去看身後的一排人。

「當然。反正他們也要殺死我們，那爲什麼不拖幾個一起去死。沉淪地獄的，我們何不朝薩迪雅司衝過去？他的侍衛絕對想不到。我打賭我們可以撲倒幾個人，搶走他們的矛，然後趁他們在砍倒我們之前，砍死幾個淺眸人。」摩亞許說道，仍然直視前方。

幾名橋兵低聲同意。士兵們繼續過橋。

「不行。這樣完全沒有用處。他們會在我們對薩迪雅司造成一絲不便之前就砍倒我們。」卡拉丁說道。

摩亞許啐了一口。「現在這樣就有什麼意義嗎？地獄的，卡拉丁，我覺得我已經被吊死了！」

「我有計畫。」卡拉丁說道。

他等著他們的反對之聲。他的其他計畫沒有成功。

沒有人提出半點抱怨。

「怎麼樣，是什麼計畫？」摩亞許說道。

「你今天就會看到。如果成功，我們會能得到更多時間。失敗了，就是我死。」卡拉丁轉頭，看著身旁的一排臉孔。「如果發生這種事，泰夫已經得到我的命令，今天晚上就會帶著你們逃跑。你們沒有準備好，但至少你們會有這樣的機會。」遠比趁薩迪雅司過橋時攻擊他要好多了。

卡拉丁的人點點頭，摩亞許似乎很滿意。相較於之前，他的忠心程度日漸提升。他很衝動，但也是最擅長用矛的。

薩迪雅司走上前來，騎著他的紅戰馬，穿著紅色碎甲，戴著頭盔，但是面罩抬起。他隨機挑中了卡拉丁的橋走過，雖然他今天跟平常一樣有二十座橋可以選擇。薩迪雅司甚至沒有看橋四隊一眼。

「解散過橋。」薩迪雅司一走過，卡拉丁便發號施令。橋兵們過了橋，卡拉丁下令要他們把橋拖過裂谷，舉起。

這次橋比以前都要沉重。橋兵們開始小跑，繞過軍隊的主力，急忙想要抵達下一個裂谷。在後方，第二支軍隊身著藍色制服正跟著他們，利用薩迪雅司其他的橋兵過裂谷。看起來達利納．科林放棄了他沉重的機械橋，現在正在用薩迪雅司的橋兵隊過裂谷。他的「榮譽心」跟不願意犧牲橋兵性命的聲稱，看來也不過如此而已。

卡拉丁的布囊中有許多充滿颶光的錢球，是以更大量的黯淡球幣從換錢的商人那裡兌來的。他很不願意必須接受這樣的損失，但是他需要颶光。

他們很快就來到下一座裂谷。根據他從哈莎的丈夫，馬塔身上得到的消息，再一個就是最後一座裂谷。士兵開始檢查盔甲，伸展四肢，期待靈像是小小的旗幟在空中升起。

橋兵們把橋放下，往後退了一步。卡拉丁注意到洛奔跟沉默的達畢扛著擔架過來，裡面放著水囊跟繃帶。洛奔將擔架卡在腰際的一個鉤子上，彌補他欠缺的手臂。兩人在橋四隊間穿梭，爲他們供應清水。

洛奔經過卡拉丁時，朝擔架中央的一團大隆起點點頭。是盔甲。「你什麼時候要？」洛奔輕聲問道，將擔架放了下來，然後遞給卡拉丁一個水囊。

「就在我們衝鋒前。你做得很好，洛奔。」卡拉丁回答。

洛奔眨眨眼。「一個獨臂的賀達熙人仍然比沒腦的雅烈席人有用兩倍。況且，只要我有一隻手，我就還能這麼做。」他偷偷朝行軍中的士兵比了一個很低級的手勢。

卡拉丁微笑，但他的緊張已讓他感覺不到眞正的笑意。他已經很久沒有在戰場上這麼緊張了。他以爲托克思多年前已經打得他不會緊張。

「嘿。我也要。」一個聲音突然喊道。

卡拉丁轉身，看到一個士兵走過來。他就是那種卡拉丁在阿瑪朗的軍隊中會刻意避開的人。深眸人但是小有位階，天生身材壯碩，可能是因爲體型的關係而得到晉升。他的盔甲保養得很好，但是下面的制服滿是髒污跟皺痕，還把袖子捲起來露出毛茸茸的手臂。

一開始卡拉丁以爲那個人看到洛奔的動作，但他似乎並不生氣。他把卡拉丁推到一旁，扯過洛奔手中的水囊。附近等著過橋的士兵注意到了。他們自己的運水隊速度慢很多，不少等著的人都在打量洛奔跟他的水囊。

如果讓士兵奪走他們的水囊，將會開啓一個很不好的先例，但還只是小事，更嚴重的大問題是如果這些士兵包圍了擔架來搶水，他們很快就會發現中間有滿滿一袋的盔甲。

卡拉丁的動作很快，立刻搶走士兵手中的水囊。「你有自己的運水隊。」

士兵看著卡拉丁，彷彿完全不敢相信，一名橋兵居然敢反抗他。他的臉色立刻變得很難看，矛握在身側，末端撐著地面。「我不想等。」

「眞不幸。」卡拉丁說道，站到對方面前，與他四目交望，暗地咒罵這個白癡。如果變成一場鬥毆……

士兵遲疑了，面對橋兵這麼明顯的威脅露出更訝異的神情。卡拉丁沒有這個人粗壯，但是他高了那麼一點。士兵的遲疑顯露在臉上。

退下吧，卡拉丁心想。

可是不可能。在他的小隊的注視下從橋兵面前退開？那個人單手握拳，關節喀啦作響。

幾秒鐘之內，整個橋兵隊都出現了。在士兵訝異的一眨眼中，就看到橋四隊以極富威脅性的反尖錐形排在卡拉丁身邊，按照卡拉丁的訓練，自然、流暢的組成隊形。每個人都雙手握拳，讓士兵明白看到，他們定期扛重物的鍛鍊讓他們的肌肉遠勝過於一般士兵。

那人轉過頭去看他的小隊，彷彿尋求支援。

「朋友，你現在想引起打鬥嗎？」卡拉丁低聲問道。「如果你傷到了橋兵，不知道薩迪雅司會讓誰來扛這座橋。」

那人轉頭看了卡拉丁，沉默片刻，然後臉色一黑，咒罵兩聲掉頭就走。「裡面一定滿是克姆泥。」他喃喃自語，重新回到隊伍中。

橋四隊的成員放鬆下來，不過他們獲得其他隊伍的士兵不少欣賞的注視。難得有一次他們不是被瞪視的對象。希望士兵沒發現一群橋兵很快且很正確地排出平常是在進行長矛攻擊時才會用到的攻擊陣形。

卡拉丁揮手要他的人退下，點頭表示謝意。他們紛紛退了一步，卡拉丁將奪回的水囊拋回給洛奔。

矮子得意地笑了笑。「大佬，以後我會握緊一點。」他瞥著想要搶水的那個士兵。

「怎麼？」卡拉丁問道。

「這個啊，因爲我在運水隊裡有個親戚。我想，有一次我幫助他妹妹的朋友逃過一個在找她的人，說不定他欠我一個人情……」

「你眞的有很多親戚。」

「親戚永遠不嫌多。惹了一個，等於就是惹了我們所有人。你們這些稻草頭似乎從來都不了解這點。我說這話沒什麼惡意啊，大佬。」

卡拉丁挑起眉毛。「不要惹士兵。至少今天不要。」今天我自己惹的人就夠了。

洛奔嘆口氣，可是點點頭。「好吧。爲了你。」他舉起水囊。「你確定你不喝？」

卡拉丁不想，他的胃實在太糾結。可是他強迫自己接過水囊，喝了幾口。

要不了多久，就到了過橋後把橋拖在身後、準備最後一次衝刺的時間。進攻。薩迪雅司的士兵排好了隊形，淺眸人騎著馬四處來往，喊出命令。馬塔揮手要卡拉丁的小隊上前。達利納‧科林的軍隊落後，因為人數龐大而前進得比較慢。

卡拉丁站在橋的正中央。前方的帕山迪人站在裂谷邊緣，拉著弓，面對即將來臨的衝刺。他們已經開始唱歌了嗎？卡拉丁覺得他可以聽到他們的聲音。

摩亞許在卡拉丁的右邊，大石在他左邊。只有三個人站在死線上，因爲他們的人手眞是太短缺了。他把沈安排在最後面，不讓他看到卡拉丁接下來要嘗試的行動。

「我們一開始前進，我就會從下面鑽出去。大石，由你接手，帶他們跑，不要停。」卡拉丁告訴眾人。

「沒問題。少了你，扛起來會辛苦。我們人很少，很虛弱。」大石回答。

「你們可以的。一定要可以。」

卡拉丁從下方扛著橋，看不見大石的表情，但他的聲音聽起來很擔憂，「你要試的東西，很危險？」

「有可能。」

「我能幫得上忙嗎？」

「好朋友，恐怕不行。可是聽到你問，我覺得更有力氣。」

大石沒有回答的機會。馬塔大喊要橋兵隊往前衝。箭矢從他們頭頂上飛過，目的是讓帕山迪人分心。

橋四隊開始奔跑。

卡拉丁彎腰一鑽，衝在所有人面前。洛奔正等在一旁，將盔甲拋給卡拉丁。

馬塔驚慌地朝卡拉丁大吼，但橋兵隊已經開始行動。卡拉丁全神貫注於他的目標——保護橋四隊。他猛地一抽氣，颶光從腰間的布囊湧入身體，但他沒有汲取太多，只要能給他一股力量就足夠。

西兒飛在他面前，是空中一道幾乎不可見的光波。卡拉丁抽開布袋的綁繩，拿出背心，不太順手地穿在身上。他不管腰側的綁帶，一邊跳過一片岩石，一面戴上頭盔，最後是盾牌，前方綁成交叉形狀的帕山迪骸骨敲擊作響。

就算他邊跑邊穿盔甲，卡拉丁仍然輕而易舉地就跑在所有背負重擔的橋兵隊前面。有了颶光的支持，他的腳步又快又穩。

他正前方的帕山迪人突然停止歌聲，其中幾人放下了弓，雖然還遠得看不清楚他們的表情，卡拉丁仍然可以感覺到他們的憤怒。這是卡拉丁意料中的事，也是他期盼的事。

帕山迪人讓死者躺在倒下的地方，不是因爲他們不在乎，而是因爲他們認爲移動死者是極爲不敬的，光是碰觸死者似乎就是一項大罪。如果是如此，那褻瀆死者遺體、還穿戴部分上戰場的人，更是嚴重中的嚴重。

卡拉丁靠得更近時，帕山迪弓箭手開始唱出不同的歌聲。一首快速、暴力的歌，只剩下念誦，沒有多少旋律。

而且他們竭盡所能、想方設法要殺了卡拉丁。

箭矢朝他飛去。幾十枝箭。並非謹慎地分批發射，而是隨機、快速、瘋狂地朝他射來，每個弓箭手以最快速度拉弓射擊。一波死潮朝他飛來。

卡拉丁心跳如雷，立刻朝左閃，從一塊高起的岩石跳下。弓箭劃破他身邊的空氣，近得危險，但是他體內充斥著颶光，肌肉反應速度極快，在箭矢之間閃躲一陣後，立刻調轉方向，動線難以捉摸。

橋四隊出現在他身後，已經進入射程，卻沒有半枝箭飛向他們。其他橋兵也被忽略，許多弓箭手都只顧著朝卡拉丁射箭。箭矢來得更密集，在他身邊飛灑，擊上他的盾牌。一枝箭劃破他的手臂，另一枝射中他的頭盔，幾乎要將他的頭盔射落。

手臂上的傷口流出的是颶光，不是鮮血。卡拉丁訝異地發現，傷口開始漸漸癒合，皮膚凝結出冰霜，颶光從他體內流失。他吸入更多颶光，幾乎達到要發光的量。他閃躲，他彎腰，他彈跳，他奔跑。

經過無數次戰鬥訓練出的反射神經，對於他嶄新的速度感到無比欣喜。他利用盾牌將空中的箭矢撞飛。感覺像是自己的身體一直渴望擁有這樣的能力，彷彿天生就該能夠運用颶光。在他生命中的前幾年，一直是緩慢、無力地活著，如今他終於痊癒，並非得到超越自身的能力，而是終於達到自己的圓滿。

一波箭矢渴望他的鮮血，可是卡拉丁在它們之間穿梭閃躲，手臂上又被劃破一道，但同時以盾牌或胸甲擋開其他飛箭。再一波攻擊，他舉起盾牌，擔心反應得太慢，但是所有的箭在同時轉移了方向，朝他的盾牌飛去，重重擊上。彷彿是被盾牌所吸引。

是我把箭引到盾牌上的！他記得幾十次出勤的時候，箭都飛到他雙手抓住支撐手把的附近。總是差一點射中他。

卡拉丁心想，我這麼做已經多久了？我吸引過多少枝箭飛向自己，卻又避開我？

他沒有時間細想，只能不斷前進，閃躲。他感覺到箭飛過空中的速度，聽到咻咻的穿梭聲，感覺到擊上石頭或盾牌後飛濺出的碎屑。他原本只希望能讓一部分的帕山迪人不去攻擊他的人，卻沒想到會有如此強烈的效果。

一部分的他因為閃躲、隱蔽、阻擋箭雨的成效而感覺刺激興奮，可是他的速度開始變慢。他想要吸入更多颶光，卻空無一物。他的球幣用盡了。驚慌失措之餘他繼續閃躲，但在同時箭雨也開始慢了下來。

卡拉丁一驚之下，才發現橋兵隊已經在他周圍散開，留了讓他可以繼續閃躲的空間，同時超越他，將他們的重擔放下。橋四隊已經站好位置，騎兵騎馬衝鋒過橋，前去攻擊弓箭手。即便如此，仍然有些帕山迪人還一直朝卡拉丁憤怒地放箭。士兵輕而易舉便砍倒這些帕山迪人，殲滅他們的面前的弓箭部隊，爲薩迪雅司的步兵清出位置。

卡拉丁放下盾牌，上面插滿了箭矢。他幾乎沒有時間吸一口新鮮空氣，橋兵們便紛紛湧了上來，開心地大喊，興奮之餘差點要把他推到地上。

「你這個笨蛋！你颶他的笨蛋！你剛才在幹麼？你是怎麼想的？」摩亞許說道。

「不可置信。」大石說。

「你早該死了！」席格吉平常嚴肅的臉龐露出大大的笑意。

「颶父啊，你看看。」摩亞許繼續說道，從卡拉丁背心的肩膀上拔下一枝箭。

卡拉丁低頭，這才震驚地發現他背心跟襯衫的腰邊兩側，都有十幾個被箭射出的小洞，是他險險避過時被射出來的。三枝箭還附著在皮革上。

「受颶風祝福的人。就是這麼簡單。」斯卡說道。

卡拉丁沒有把他們的讚美太放在心上，他的心跳仍然奔騰，一時反應不過來。他很訝異自己活了下來，因爲剛才汲取的颶光而感覺發冷，累得像是剛跑過一輪障礙賽跑。他望向泰夫，挑起眉毛，朝腰間的口袋點點頭。

泰夫搖搖頭。他有仔細觀看，卡拉丁身上散發出的颶光在太陽下不會被那些看著他的人發現，可是就算沒有那惹眼的光芒，卡拉丁閃躲箭矢的方法依然險得十分神奇。之前就已經有關於他的傳言，今後將會有更多。

他轉頭看著經過的士兵，同時發現一個問題：他還是要面對馬塔。「排好隊形。」他說道。

他們不情願地服從，在他身邊排成兩列。馬塔站在他們的橋邊。他看起來很擔心，這也是自然的。薩迪雅司來了。卡拉丁暗自咬牙，記得他之前把橋側扛時贏得的勝利，最後卻出現了大逆轉。他遲疑片刻，然後跑到正要從馬塔身邊的橋騎馬經過的薩迪雅司方向。卡拉丁的隊員立刻跟上。

卡拉丁抵達時，馬塔正在朝薩迪雅司行禮。薩迪雅司穿著紅色碎甲。卡拉丁跟橋兵們同時鞠躬。

「阿法拉克．馬塔。」薩迪雅司開口，然後朝卡拉丁點點頭。「這個人看起來很眼熟。」

馬塔緊張的開口：「光明爵士，他就是先前那個人。就是……」

「啊，對。那個『奇蹟』。這次你派他當誘餌先跑出去？我以為你不會敢進行這麼大膽的行動。」薩迪雅司說道。

「這一切我負責，光明爵士。」馬塔故作鎮定地說道。

薩迪雅司搖搖頭。「你運氣好，成功了。現在我想我還得為你升職。」他搖搖頭。「那些野蠻人幾乎完全不理會我們的攻擊火力。二十道橋都架了起來，幾乎沒人死傷，橋多到顯得浪費了。這次就算你立了一功吧。那小子躲箭的方法，真是厲害……」他踢馬前進，留下身後的馬塔與一群橋兵。

這是卡拉丁聽過最勉強的一次升職，但這樣就夠了。馬塔憤怒地轉身面對他時，卡拉丁露出大大的微笑。

馬塔氣得話都說不完整，「你……你差點害我被處死！」

「可是我讓你升職了。」卡拉丁說道。橋四隊聚集在他身邊。

「我還是應該把你吊在外面。」

「上次試過了。沒用。況且，你也知道從現在起，薩迪雅司會希望看到我在那邊引開弓箭手的注意力。如果想要找別的橋兵做一樣的事情，那先祝你好運。」

馬塔滿臉漲紅。他轉身踏步離開，去檢視其他的橋兵隊。最近的另外兩支，分別是橋七隊跟橋十八隊的人，通通站在原處，看著卡拉丁跟他的人。二十道橋都架好了？幾乎沒有傷亡？

颶父啊，到底有多少弓箭手在射我？

「你成功了，卡拉丁！你找到了祕訣。我們得想辦法維持下去，擴張這效果。」摩亞許驚呼。

「我敢打賭，如果我只需要閃箭的話，我也可以。只要身上有足夠的盔甲……」斯卡說道。

「我們應該有不只一個人。大概五個人，在四處亂跑，吸引帕山迪人的攻擊。」摩亞許同意。

大石雙手抱胸。「是骨頭讓這個成功。帕山迪人氣到不理橋兵。如果五個人都穿著帕山迪的骨頭……」

這讓卡拉丁想到一件事。他轉過頭，搜尋橋兵的身影。沈呢？

那裡。他坐在遠處的石頭上，望著前方。卡拉丁跟其他人一起上前。帕胥人抬頭看他，滿臉痛楚之色，眼淚沿著臉頰不斷淌下。他看著卡拉丁，明顯地全身一抖，別過頭去，閉上了眼睛。

「他一看到你在做什麼，就立刻那樣坐下來了。」泰夫揉著下巴說道。「也許他不適合再出勤。」

卡拉丁將頭盔除下，手指耙梳過頭髮。雖然已經在裂谷中清洗過一遍，黏在他衣服上的厚皮甲仍然散發著淡淡的臭味。「再看看吧。」卡拉丁說道，心中泛起一股罪惡感，雖然沒有強烈到壓過他對於終於保護了自己手下眾人的興奮，卻也讓興高采烈的心情平復下來。「現在還有很多被射傷的橋兵。你們知道該怎麼做。」

所有人點點頭，四下散開去尋找傷患。卡拉丁派了一個人看著沈，除此之外也不知道該怎麼處理這個帕胥人的情況。他勉強自己不在表面上顯露出精神的耗竭，將滿是汗水的厚甲帽子和背心放入洛奔的擔架上。他在地面上跪下，整理一下自己的醫療器材，以備不時之需，這時才發現他的手正不斷地顫抖。他將手壓在地面上好讓它不要再抖，不斷深呼吸。

冰冷濕黏的皮膚，噁心，疲弱。他對自己做出診斷——他的身體和精神受到了強烈的刺激，尚未恢復。

「孩子，你還好嗎？」泰夫跪在卡拉丁身邊問道。他幾個禮拜前受傷的手臂部位仍然紮著繃帶，這傷口卻沒有阻止他出勤扛橋，因爲他們剩下的人數已經太少。

「我不會有事。」卡拉丁拿出一個水囊，以顫抖的手握著。他幾乎連蓋子都轉不開。

「你看起來不——」

「我不會有事。」卡拉丁再次說道，喝了一口水，放下。「重要的是其他人安全了。」

「我們每次上戰場你就要這麼做？」

「只要能保他們安全，什麼都值得。」

泰夫低聲開口：「卡拉丁，你不是不死之身。就連燦軍都能像普通人一樣被殺死。早晚會有一枝箭射中你的脖子而非肩膀。」

「颶光可以療傷。」

「颶光幫助你的身體治癒，可是我認爲這是不同的。」泰夫一手按著卡拉丁的肩膀。「孩子，我們少不了你。其他人都需要你。」

「泰夫，我不會去躲避讓自己置於險境的狀況，而且如果我有辦法能夠解決，我不會讓我的人去面對一片箭雨。」

「好吧，那你要帶我們幾個人跟你一起。必要的時候，只要二十五個人就能扛得動橋，就像大石說的，我們會有幾個多出來的人手，我打賭其他橋兵隊的傷患也差不多恢復到能幫忙扛橋的程度。只要橋四隊一天像今天這樣幫助全軍攻擊取勝，他們就不會敢把這些人送回自己的橋兵隊。」

「我……」卡拉丁沒往下說。他可以想像達雷也會這麼做。他總說身為士官長的工作之一就是要保住卡拉丁的命。「好吧。」

泰夫點點頭，起身。

「泰夫，你原本是矛兵。不用否認。怎麼會淪落到跟橋兵們在一起？」

「我屬於這裡。」泰夫轉過身去監督其他人尋找傷患的進度。

卡拉丁閉上眼睛，想要恢復體力。過了一陣子，他聽到一個聲響，睜開眼睛。西兒盤腿坐在他胸口上。她身後是達利納．科林的軍隊，開始進攻戰場，而且沒受到敵人攻擊，因為薩迪雅司已經截斷了帕山迪軍隊。

「我處理箭的方式，實在很驚人。」卡拉丁對西兒說道。

「你還覺得自己受到詛咒嗎？」

「不會了。我知道我沒有。」他抬頭望著陰霾的天空。「可是這意謂著所有的失敗都是我自己造成的。我讓提恩死去。我讓我的矛兵們喪命，也害死了我想拯救的奴隸，塔菈……」他已經很久沒有想到她。他救不了她的方式跟別人不同，卻也是一項失敗。「如果沒有詛咒或噩運，沒有天上的神對我生氣，那我必須在知道只要我再努力一點——如果我有更多練習或技巧——我就能救了他們的情況下，繼續我的人生。」

西兒重重地皺眉。「卡拉丁，你得克服這樣的想法。那些不是你的錯。」

「我父親以前也都一直這樣說。」他淡淡地微笑。「『克服你的罪惡感，卡拉丁。你要關心，但不能太在乎。你必須爲自己的行爲負責，但不要怪罪自己。』保護、拯救、協助，可是要知道什麼時候放棄。我像是走在窄橋上，一不小心就是粉身碎骨。我要怎麼辦到？」

「我不知道。我對這些都不明白，卡拉丁，可是你讓自己內心跟外在都被撕裂了。」

卡拉丁抬頭望著天空。「那感覺好神奇。西兒，我就像是颶風一樣。帕山迪人碰不了我。那些箭根本不算什麼。」

「你才剛開始學會使用這個力量。你把自己逼得太緊了。」

「『救所有人。達成不可能的任務，卡拉丁。可是不要把自己逼得太緊。失敗了也不要有罪惡感。』窄橋啊，西兒。窄得不可思議……」

有些人扛著一名傷患回來，是個方臉的賽勒那人，肩膀上插了一枝箭。卡拉丁開始工作。手雖然還在抖，卻沒有之前那麼嚴重。

橋兵們圍在周圍觀看。他已經開始訓練大石、德雷、斯卡，但是周圍有了這麼多圍觀的人，卡拉丁自然而然地便講解了起來。「如果壓住這裡，就可以減緩流血的速度。這個傷不太危險，但感覺應該很痛。」傷患的臉痛得皺了起來，表達同意。「……眞正的問題會來自於感染。清洗傷口以確保裡面沒有殘存的木屑或金屬，然後縫合。肩膀上的皮膚跟肌肉經常會使用到，所以需要粗線才能保持傷口閉合。現在……」

「卡拉丁。」洛奔的聲音聽起來帶著擔憂。

「怎麼？」卡拉丁心不在焉地回答，繼續工作。

「卡拉丁！」

洛奔喊了他的名字，而不是叫大佬。卡拉丁站起身，轉身看到矮小的賀達熙人站在人群的最後面，指著裂谷。戰鬥已經往北移，但是有一小群帕山迪人穿透了薩迪雅司的陣線。他們有弓。

卡拉丁震驚地看著那群帕山迪人排好隊形，引弓拉弦。五十枝箭，都指著卡拉丁的人。帕山迪人不在乎自己的後背已經暴露給敵人。他們似乎只專注於一件事。

摧毀卡拉丁跟他的人。

卡拉丁出聲示警，但他感覺好緩慢，好疲累。在他周圍的橋兵們轉身，看到敵人拉弓。薩迪雅司的人通常會守住裂谷，不讓帕山迪人把橋推入裂谷，截斷他們的撤退路線，但這次他們注意到帕山迪人沒有想要把橋推倒，士兵便沒有趕上來阻止他們。他們打算讓橋兵自生自滅，反而繞過去截斷帕山迪人與橋之間的道路。

卡拉丁的人暴露在外，完美的靶子。不，不可以這樣。我已經——

一股極大的力量撲向帕山迪人的戰線。一名穿著深灰色盔甲的武士，隻身揮舞著一柄數人高的大劍。碎刃師快速地衝入分心的弓箭手之間展開攻擊，破壞他們的隊形。箭朝卡拉丁的小隊飛去，但是放得太早，瞄得太斜，沒有幾枝抵達這一端。橋兵們紛紛走避，沒有人被射中。

帕山迪人倒在碎刃師揮舞的碎刃之下，有些人跌入裂谷，其他慌亂地往後退。剩下的伴隨著被燒焦的眼睛死去。幾秒鐘內，五十名弓箭手便化為屍體。

碎刃師的親衛隊趕到他身旁，他轉身，朝橋兵舉起碎刃，敬重地行禮，盔甲似乎散發著光芒，然後轉身，衝往另一個方向。

「是他。達利納·科林。國王的叔叔！」迪雷站起身說道。

「他救了我們！」洛奔說。

「呿。」摩亞許撣撣衣服。「他只是看到一群沒有警覺心的弓箭手趁機攻擊而已。淺眸人才不管我們死活，是吧，卡拉丁？」

卡拉丁看著弓箭手原本站的位置。那一瞬間，他差點失去一切。

「卡拉丁？」摩亞許說道。

「你說得沒錯。他只是利用這個機會而已。」卡拉丁聽到自己如此回答。

只不過，為什麼他要朝卡拉丁舉劍？

卡拉丁開口：「從現在開始，士兵過橋之後，我們要立刻往後撤。以前在戰爭一開始，他們就不理會我們，可是以後不會是這樣。我今天做的事情——我們每個人很快都要這麼做——將會讓他們很憤怒，憤怒到會做傻事，但也憤怒到會害死我們。從現在起，雷頓、那姆，去找好的斥候點，看著戰局。如果有帕山迪人想要過裂谷，要先告訴我。我幫這個人包紮後，我們就撤退。」

兩名斥候跑走，卡拉丁繼續回去處理肩膀有傷的人。

摩亞許跪在他身邊。「攻擊已經準備好的敵人，卻沒有損失橋兵隊。碎刃師剛好來拯救我們。薩迪雅司親口稱讚我們。你快讓我覺得我也該弄個綁臂了。」

卡拉丁低頭看他的祈禱文。上面沾滿了手臂的傷口所流出的鮮血，颶光來不及治癒傷口便已經消散。

卡拉丁縫合最後幾針。「等等看我們是否逃得掉吧。那才是眞正的考驗。」

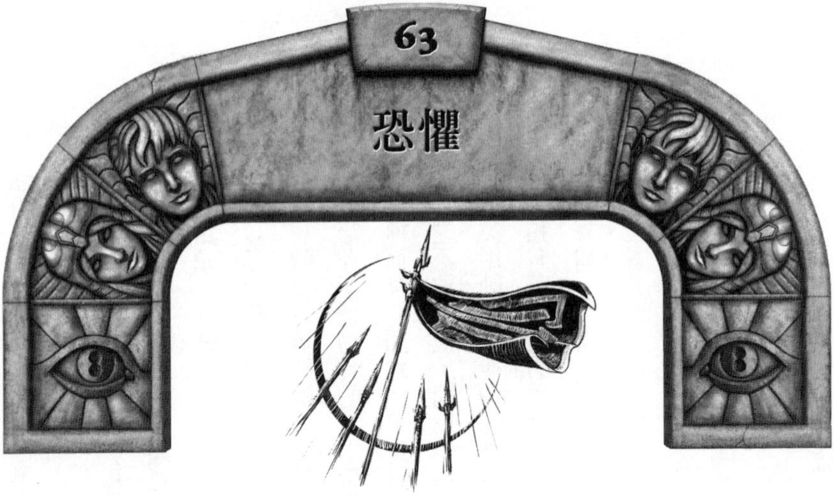

63 恐懼

「我想要沉睡。我現在知道你爲什麼要這麼做，我恨你。我不會說出我看到的眞相。」

——卡卡沙日，一一七三年，死前一百四十二秒。雪諾瓦水手，據說因爲引來噩運而被其他船員捨棄。樣本無用。

「你看到沒？如果我們在邊緣切割上波紋，就會讓劍，或者是你要面對的飛箭偏離臉上。我可不想要你那漂亮的笑臉遭到損傷。」雷頓翻動著手中的厚甲說道。

卡拉丁微笑，接回護具。雷頓以高超的技巧切割了厚甲，在上面加了小洞，方便皮繩穿過，與背心結合在一起。晚上的裂谷又濕又冷。在看不到天空的情況下，讓人感覺這是個山洞，只有偶爾閃爍的星辰才會揭露眞相。

「你多久能全部完成？」他問道。

「五具？今天晚上吧。眞正的難處是一開始要找出處理厚甲的方法。」他以指節敲敲厚甲。「驚人的東西。幾乎跟鋼一樣硬，但是重量只有一半，很難切開或破壞，可是如果用鑽鑿的，又很容易。」

「很好，因爲我不要五具。我想要橋兵隊裡每人一具。」

雷頓挑起眉毛。

「如果他們讓我們穿盔甲，那每人都該得到一套，當然沈除外。」馬塔同意他們出勤時可以把沈留在營房裡。沈現在甚至連看都不願意看卡拉丁。

雷頓點點頭。「好吧。可是你最好幫我找幾個幫手。」

「你可以利用那些傷兵。我們會盡量把找到的厚甲都運出來。」

他的成功轉化成橋四隊得到較爲輕鬆的待遇。卡拉丁的藉口是他的人需要更多時間來找厚甲，而不知其中奧妙的哈莎便把物資的需求量降低。她已經很自然地在假裝厚甲從一開始就是她的主意，完全忽略一開始厚甲從何而來的問題。可是當她與卡拉丁對望時，他看出她眼中的擔憂。他還會想出什麼把戲？到目前爲止，她還不敢動他，因爲他爲她帶來薩迪雅司的許多讚美。

「你是製甲師的學徒，怎麼最後變成橋兵的？技師通常不會這樣被拋棄啊。」卡拉丁問重新開始工作的雷頓。雷頓有著粗壯的手臂，身材不高，有橢圓形的臉，淺色的頭髮。

雷頓聳聳肩。「當盔甲被破壞，淺眸人肩膀上中了一箭時，總要有人負責。我相信我師傅養額外的學徒就是爲了處理這種情況。」

「那他的損失造福了我們。你會讓我們都活下去。」

他微笑。「我會盡力，長官。可是再怎麼樣都會比你好。光是你跑到一半時，厚甲沒從你身上掉光就已經很驚人。」

卡拉丁拍拍橋兵的肩膀，讓他去繼續自己的工作，身邊圍繞著一小圈黃寶石夾幣。卡拉丁得到帶著夾幣的許諾，藉口是他的人需要照明才能工作。不遠處，洛奔、大石、達畢正帶著另一批物資回來。西兒飛在前面，爲他們領路。

卡拉丁走在裂谷中，腰邊的小皮囊中裝著一顆石榴石球幣做爲照明。幾座裂谷在這裡匯集，形成一個寬闊的三角形地帶，正是練矛的完美場所，寬到可以讓大家有空間練習，卻離所有的常駐橋很遠，回音不致於傳到上方。

卡拉丁每天開始時都會進行指導，之後讓泰夫帶著大家練習。所有人都靠錢球照明，四個角落各有一小堆鑽石夾幣，但是光線仍然暗到近乎漆黑一片。*沒想到我會羨慕當初在阿瑪朗的軍隊中，可以在炙熱的大太陽下練矛的日子*，他心想。

他走到牙齒漏風的霍伯面前，校正他的站姿，教他如何在刺矛的同時灌注全身重量。橋兵們的進展很快，良好的動作基礎正展現出成效。有些人已經拿著矛跟盾在練習，練習舉著盾牌的同時，將矛舉到頭邊的攻擊招式。

技巧最好的就是斯卡跟摩亞許。摩亞許甚至可稱爲出色。卡拉丁走到一旁，看著鷹勾鼻的男子。他全神貫注，眼神集中，下巴緊繃，一遍又一遍地練習進攻，旁邊的十幾顆錢球帶出同樣多道的影子。

卡拉丁記得他當年如此專心的感覺。在提恩死後，他這樣練了整整一年，每天都將自己逼到筋疲力竭，下定決心要進步，下定決心再也不要因爲自己戰技不足而讓別人死去。他成爲小隊中最優秀的矛兵，然後成爲他那一個連中的第一名。有人說他是阿瑪朗軍隊中最高強的矛兵。

如果塔菈沒有說服他不要再這樣捨棄一切、一股腦地狠練，他會變成什麼樣？他會像她說得那樣把自己逼到絕境嗎？

「摩亞許。」卡拉丁喊道。

摩亞許停下動作，轉向卡拉丁。他沒有改變自己的備戰姿勢。

卡拉丁揮手要他過來。摩亞許不情願地跑來。洛奔爲他們留下了幾只皮囊，吊在一堆哈斯波螺上。卡拉丁抽下一個水囊，拋給摩亞許。對方喝口水，擦擦嘴。

「你進步很多。說不定是我們最優秀的矛兵。」卡拉丁說道。

「謝謝。」摩亞許回答。

「我注意到泰夫讓其他人休息時，你還在練習。努力是好事，但不要讓自己累癱了。我要你當誘餌之一。」

摩亞許露出大大的微笑。每個人都自告奮勇要加入卡拉丁，成爲一起誘開帕山迪箭矢的另外四人之一。實在太驚人了。幾個月前，摩亞許跟其他人毫不遲疑便會將新人或體弱的人推到前面去擋箭，但現在他們每個人都主動要接下最危險的任務。

薩迪雅司，你明白這些人的潛力嗎？要不是你忙著想要怎麼害死他們……

卡拉丁朝陰暗的練習場點點頭。「所以，你的目的是什麼？你爲什麼這麼努力？你的獵物是什麼？」

「復仇。」對方表情嚴肅地說道。

卡拉丁點點頭。「我也因爲我的矛技不佳而失去了一個人。我練到幾乎把自己逼死。」

「是誰？」

「我弟弟。」

摩亞許點點頭。其他橋兵，包括摩亞許，似乎對卡拉丁「神祕」的過去抱持著崇敬的態度。

「我很高興我有下功夫去苦練。我很高興你有這樣的毅力。可是你必須小心。如果因爲練得太努力而害死自己，那就完全沒有意義了。」

「當然。可是我們之間是有差別的，卡拉丁。」

卡拉丁挑起眉毛。

「你想要救人。我想要殺人。」

「誰？」

摩亞許遲疑，搖搖頭。「也許有一天我會說。」他伸出手，拍拍卡拉丁的肩膀。「我已經放棄了我的計畫，你卻把它們還給我。我會以我的性命保護你，卡拉丁。列祖列宗在上，我發誓。」

卡拉丁與摩亞許專注的雙眼對望，點點頭。「好吧。去幫幫霍伯跟亞克。他們的矛刺還是不準。」

摩亞許依言小跑步離開。他沒有稱呼卡拉丁爲長官，似乎也不像其他橋兵那樣帶著無言的崇拜看著他，這讓卡拉丁跟他相處起來感覺更爲自在。

卡拉丁花了接下來的一個小時點撥每個人。大多數人的問題都是太興奮，攻擊時用勁太猛。卡拉丁向他們解釋了控制與精準的重要性，這樣勝利的機會遠比靠一股腦的興奮猛衝要大得多。每個人都認眞地聽他講解。他們越來越常讓他想起自己當初帶領的小隊。

這讓他開始深思起來。他記得一開始提出逃脫計畫時自己在想什麼。當時他想要找點事情做，能夠讓他對抗命運，無論多麼冒險，只要有一個機會就好。現在的情況與當時已經截然不同。他現在有了一個值得自己感到驕傲的隊伍，他鍾愛的朋友，還有達到穩定生活的隱約可能。

如果他們的閃躲技巧跟厚甲配備能安排妥當，他們也許就能獲得某種程度的保障，也許就跟他以前的小隊那樣安全。到時候，逃跑還會是最好的選擇嗎？

「這是張擔心的臉。」一個低沉的聲音說道。卡拉丁轉身，看到大石走過來，靠在岩壁上，雙臂交握。「這是領袖的臉，我說。總是擔心。」大石挑起一邊濃密的紅色眉毛。

「薩迪雅司絕對不會放我們走，因爲我們太引人注目了。」雅烈席卡淺眸人認爲讓奴隸逃跑是很可笑的事情，讓他顯得不像個男人。抓回逃跑的囚犯是必要的，免得大失面子。

「你之前也有說過。我們跟他派來追我們的人打，尋找卡布嵐司，沒有奴隸的地方。從那裡，我們去山峰，我的族人會給我們英雄式的歡迎！」

「我們可能可以打退第一隊追兵，如果他蠢得只派十幾個人。可是在那之後，他就會派更多人來。我們的傷患怎麼辦？留他們在這裡等死嗎？還是我們帶著他們走，嚴重減緩我們的行進速度？」

大石緩緩點頭。「你在說我們需要計畫。」

「沒錯。我想這就是我的意思。要不然，另外一個選擇就是我們留在這裡，繼續當……橋兵。」卡拉丁回答。

「哈！」大石似乎認爲他在開玩笑。「就算有新盔甲，我們也死得快。我們變活靶！」

卡拉丁想了想。大石說得沒錯。橋兵們將受到日夜操勞，就算卡拉丁將死亡人數減少到每月兩三人——這對以前的他來說是不可能的任務，對現在的他則是一種可能——但無論如何以橋四隊現在的編制來說，一年後就會消散。

「我去跟席格吉談談。」大石隔著鬢角，開始搓著下巴。「我們來想。一定有逃離這個陷阱或是消失的方法。假線索？聲東擊西？也許能讓薩迪雅司相信我們出勤時都死光了。」

「怎麼可能？」

「不知道，但我們會想。」大石朝卡拉丁點點頭，大搖大擺地朝席格吉走去。亞西須人正在跟其他人一起練習。卡拉丁想跟他談霍德的事情，但向來不愛說話的席格吉這次更是完全不想討論。

「卡拉丁！」斯卡喊道。他屬於一群在泰夫仔細的監督下，已經開始練習對戰的進階學生。「來跟我們對打。給這些石頭腦袋的傢伙看看什麼才是眞正的攻擊。」其他人一聽，也跟著起鬨。

卡拉丁揮手拒絕，搖搖頭。

泰夫小跑步過來，肩膀上扛著沉重的矛，低聲開口：「小子，我覺得你如果露兩手讓他們瞧瞧，對士氣會大有幫助。」

「我已經教過他們。」

「你用的是沒尖的矛棍，又比劃得很慢，還加上很多講解。他們需要看眞功夫，小子。他們需要看你。」

「我們已經談過了，泰夫。」

「的確是。」

卡拉丁微笑。泰夫很努力不要露出憤怒或不滿的神情，看起來就像是跟卡拉丁在進行普通的對話。

「你以前當過士官長，對不對？」

「先不管這件事。你就來讓他們看看幾個簡單的動作就好。」

「不行，泰夫。」卡拉丁更爲嚴肅地說道。

泰夫打量他。「你要像那個食角人一樣拒絕上戰場嗎？」

「不是那樣的。」

「那是怎樣？」

卡拉丁試圖解釋。「時間到的時候，我自然會打，但是如果我現在就讓自己動手，我會太激進，我會立刻就想要攻擊，無法等到大家都準備好。相信我，泰夫。」

泰夫端詳他一陣。「小子，你在害怕。」

「什麼？才沒有。我——」

「我看得出來。我以前也看過這種情況。你上次想保護別人而出手的時候，失敗了，對吧？所以現在你不想再重新開始。」

卡拉丁沉默。「對。」他承認。可是不只如此。只要他開始認眞動手，他就會成爲很久以前的那個人，那個被稱爲受颶風祝福的人，那個有自信跟力量的人。他已經不再確定自己能不能是過去的他。這才是眞正讓他害怕的地方。

一旦他再次握住矛，就眞的再也沒有轉圜的餘地。

泰夫揉揉下巴。「好吧，當事情發生的時候，我希望你已經準備好了。因爲這群人需要你。」

卡拉丁點頭。泰夫快步回去找其他人，給他們一個能讓人信服的理由。

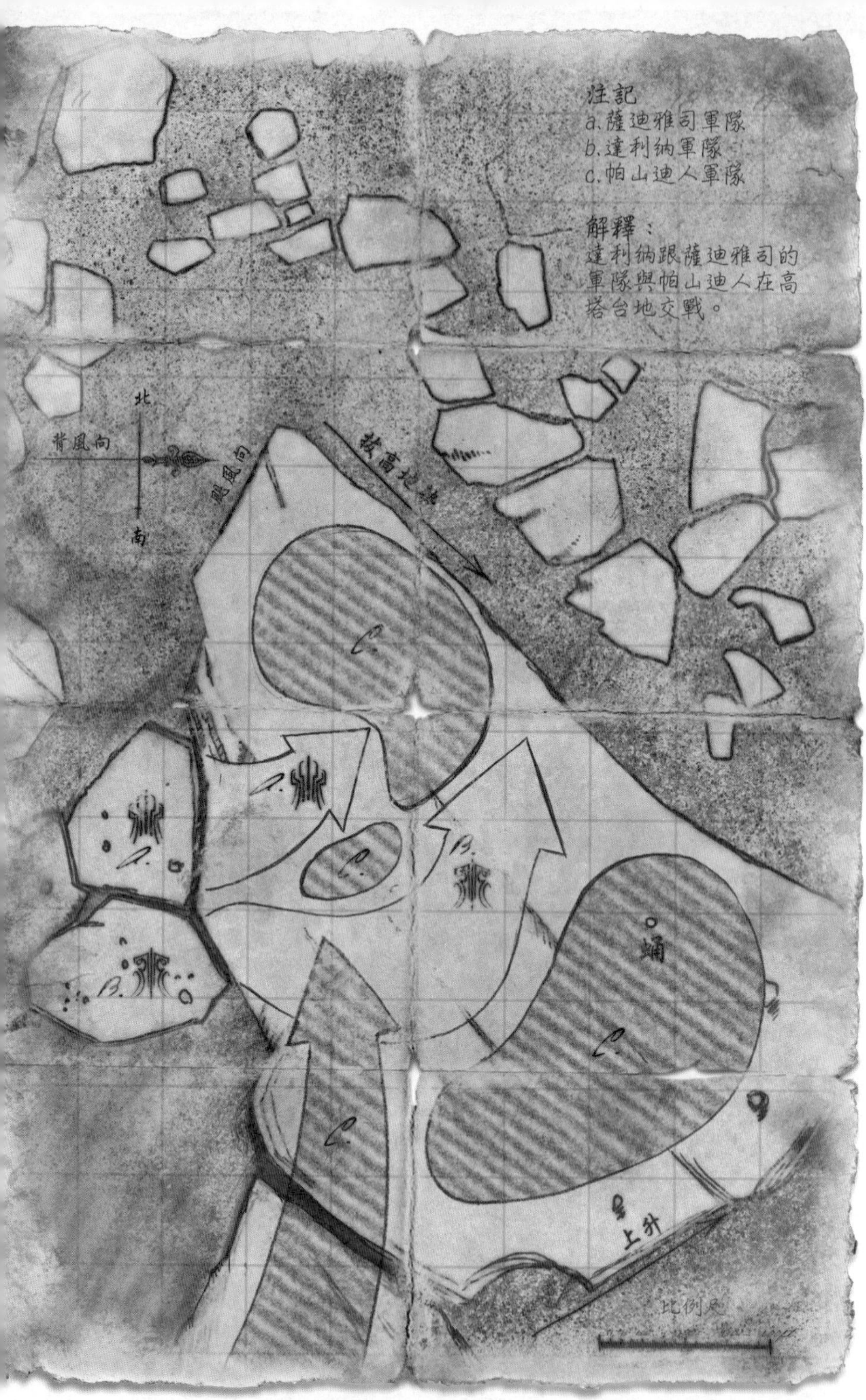

高塔之戰細部圖，由娜凡妮・科林繪製標注，約一一七三年。

64 極端的人

「他們來自於深坑，兩個死人，手中握著一顆心，此時我知道，我看到了眞正的神光。」

——卡卡沙日，一一七三年，死前十三秒。三輪車伕。

娜凡妮跟達利納兩人靜靜地在艾洛卡位於山腰的戰地皇宮花園中緩緩行走。「我沒有辦法判斷你到底有沒有興趣。一半的時間你似乎在跟我調情，暗示想要跟我正式交往，然後又退縮。另外一半時間，我確定我誤解了你的意圖，而加維拉很直白，他向來喜歡直接抓住他想要的。」

達利納深思地點點頭。他穿著自己的藍色制服，娜凡妮則穿著低調的暗紅色服裝，有著厚重的下襬摺邊。艾洛卡的園丁開始在這裡栽種植物。在右邊，一排扭曲的黃色的板岩芝長到及腰高，像是欄杆一樣。石頭一樣的板岩芝上面纏繞著一小坨一小坨的哈斯波螺，珍珠白的貝殼隨著呼吸緩緩一開一闔，看起來像是依序交談的小嘴。

達利納跟娜凡妮的路徑帶著他們悠閒地爬上山坡。達利納雙手背在身後。他的親衛隊跟娜凡妮的書記們跟在後方。其中幾人對於達利納跟娜凡妮兩人花這麼多時間相處感到大爲不解。他們有幾個人猜到眞相？所有人？部分人？沒有人？重要嗎？他低低地開口，不讓別人聽去他的話。「我那時不是想讓妳猜，我是眞的想要正式與妳交往。可是加維拉表示他對妳有興趣，因此我最後覺得，我應該退讓。」

「就這樣？」娜凡妮問道，聽起來頗不高興。

「他不知道我也對妳有興趣。他以爲我介紹妳給他認識是在暗示他應該跟妳交往。我跟他的關係經常如此。我會找到加維拉應該要認識的人，然後引薦他們給他。我一直到很後來才發現，我的行爲等於是把妳交給了他。」

「『交給』他？我什麼時候額頭上多了奴隸的烙印，我怎麼不知道？」

「我不是這個——」

「噓。」娜凡妮說道，聲音中突然透露無盡的感情。達利納壓下一聲嘆息。娜凡妮這些年來成熟許多，但是她的情緒向來跟季節一樣多變。事實上，這是她魅力的一環。

「你經常在他面前退讓嗎？」

「向來如此。」

「你不會煩嗎？」

「我當時沒多想。後來我開始想的時候……對，我對此感覺很煩躁，可是那是加維拉。妳也知道他是怎樣的人。他的意志力，還有他與生俱來對周圍的掌握，當有人拒絕他，或世界不按照他的想望運行時，他總顯得意外。他沒有強迫我退讓，而是自然如此。」

娜凡妮點頭，表示理解。

「即便如此，我還是要對於讓妳困擾而道歉。我……因為我很難就這樣放棄。我有時候擔心我透露太多自己的真實心情。」

「我想我可以原諒你這點。不過你接下來的二十年都讓我很確定，你恨死我了。」

「我才沒有！」

「哦？那我應該要怎麼解讀你的冷漠？還有每次我一出現，你經常就會立刻離開的行為？」

「我只是在克制自己。因為我已經做出決定。」

「不管怎麼樣，看起來都很像是你恨我。不過我的確有幾次忍不住想，你那雙冷漠的眼睛後面藏著什麼。然後，當然呼呼呼出現了。」

一如往常，只要有人提到他妻子的名字，他聽在耳裡就像是輕吹而過的空氣，然後立刻從他腦海中消失。他聽不到也記不得那個名字。

「她改變了一切。你真的愛她。」

「是的。」他應該是真的愛她的。是吧？他什麼都記不得了。「她是什麼樣的人？」他急忙補充。「我是說，從妳的角度來看。妳認為她是什麼樣的人？」

「每個人都愛呼呼呼。我很努力想恨她，但到最後，我頂多也只能對她有淡淡的嫉妒。」

「妳？嫉妒她？為什麼？」

「因為她是如此適合你，從來不會說錯話，不會欺負她身旁的人，隨時都很平靜。」娜凡妮微笑。「回想起來，我真的應該要能恨她，可是她人太好了，只是她不是非常……這個……」

「怎麼？」

「聰明。」娜凡妮難得地臉紅了。「對不起，達利納，可是她眞的不聰明。她不是傻，可是……不過……不是每個人都很擅長心機。也許這就是她魅力的一部分。」

她似乎覺得達利納會因此而不高興。「沒關係。妳也很訝異我娶了她嗎？」

「誰會訝異？我說了，她跟你眞是天作之合。」

「因爲我們智能相近？」達利納挖苦她。

「才不是。是你們脾氣很合。我終於不想去恨她之後，以爲我們四個人能處得很親密，可是你對我總是硬邦邦的。」

「我不能允許自己有任何的……鬆動，讓妳認爲我還有興趣。」他講這句話時有點尷尬，畢竟他現在不正在做這件事？鬆動？

娜凡妮看了他一眼。「你又來了。」

「怎麼了？」

「有罪惡感。達利納，你是一個很棒、很有榮譽心的人，但你眞的很放縱自己。罪惡感也算是一種放縱？「我從來沒這樣想過。」

「怎麼了？」

她深深地微笑。

「你眞的是一個很眞的人，對不對，達利納？」

「我盡力。」他看著他們身後的一幫人。「不過我們的關係則是延續一種謊言。」

「我們沒有對任何人說謊。他們要怎麼想，怎麼猜，隨便他們。」

「妳說的也有道理吧。」

「我向來有道理。」她沉默片刻。「你後悔我們——」

「不。」達利納立刻回答，反對的程度連他自己都吃了一驚。娜凡妮只是微笑。「不。」達利納更爲溫和地重複一遍。「我不後悔，娜凡妮。我不知道該怎麼走下去，但我絕對不會放手。」

娜凡妮在一小叢拳頭大小的石苞旁停下腳步，石苞的藤蔓如長長的綠色觸手像外延伸，幾乎像是花束一樣，長在小徑旁邊的一大塊橢圓形岩石上。

「我想要你對這件事沒有罪惡感是有點要求過高，可是你能不能讓自己對這件事的態度軟化一點？」

「我不確定我可不可以。尤其是現在不行。解釋爲什麼會很困難。」

「你能不能試試看？爲了我？」

「我……唉，我是一個極端的男人，娜凡妮。我年輕時就發現自己這一面。我不斷發現我唯一能控制自己的極端表現，就是將自己的人生奉獻給一個目標。一開始是加維拉，現在是戰地守則跟諾哈頓的教誨。它們是我束縛自己的方式，像是困住火焰的壁爐，目的就是要限制跟控制它。」

他深吸一口氣。「娜凡妮，我是個軟弱的人。我眞的是。如果我讓自己有幾呎的空間，那我就會立刻衝破我所有的限制。在加維拉死後，立刻投身於戰地守則的衝動是讓我這些年來仍然能保持堅強的原因，如果我允許我的盔甲出現幾絲裂縫，我可能會變回我原來的樣子。我再也不想成爲的樣子。」

一個曾經考慮要殺害自己的哥哥，以獲得王位還有嫁給他哥哥的女人的男人。可是他不能解釋這件事，不敢讓娜凡妮知道他渴望她的程度，差點逼他做出什麼樣的事。

在那天，達利納便對自己發誓，他永遠不會自己坐上王位。這就是他的自我限制之一。他能解釋她在無意中已經開始拉扯他的自我束縛嗎？還有他同時感覺到對她積蘊許久的愛意，以及他因為終於佔有自己多年前放棄給他哥哥的感情所感受到的罪惡感，夾在兩者之間，想要兩者共存有多麼困難？

「你不是個軟弱的人，達利納。」娜凡妮說道。

「我是。可是只要限制妥當，軟弱可以偽裝堅強，就像如果沒有地方可以逃，儒弱可以偽裝勇敢。」

「可是加維拉的書裡面沒有任何阻止我們的事。只是傳統才——」

「我感覺是錯的。可是請不要擔心。我一個人就已經擔心兩人份了。我會想辦法讓這件事可以成功，只是想要妳能諒解我，這件事需要時間。當我表現出煩躁的時候，不是針對妳，而是針對整個情況。」

「我想我可以接受這點。如果你能忍得下所有的流言蜚語。外面已經在傳了。」

「這也不會是第一批騷擾我的流言。我對它們的擔憂遠不及我對艾洛卡的擔心。我們要怎麼跟他解釋這件事？」

「他大概甚至不會注意到吧。」娜凡妮輕哼一聲，重新開始前進。他跟上。「他好專注於帕山迪人身上，偶爾還有這戰營中有人想殺他的陰謀。」

「這件事可能會加強他的疑慮。光從我們兩人的交往，也許他就能想出一連串的陰謀。」

「那他——」

下方開始傳來響亮的號角聲。達利納跟娜凡妮停下腳步，聆聽辨認號角。

「颶父啊，高塔上出現裂谷魔了。這是薩迪雅司之前一直在監控的台地之一。」達利納感覺到一陣興奮。「所有的藩王都沒有辦法在那裡奪得寶心。如果他跟我能夠合作成功，這會是我們的一大勝利。」

娜凡妮一臉憂色。「你對他的判斷沒錯，我們需要他來達成我們的目標，可是還是要防著點。」

「祝我順風。」他朝她伸手，可是阻止自己的動作。他想做什麼？在大庭廣眾之下摟抱她？這會讓流言像一把火燒在油池上沸騰而起。他還沒準備好要面對這件事。於是，他對她鞠躬，然後快速離開去準備應戰，穿上碎甲。

他走了快一半時才仔細想到娜凡妮剛才的話。她說「我們需要他」來達成「我們的目標」。他們的目標是什麼？他想娜凡妮應該也不知道，可是她已經開始把兩人視為一體，共同努力。

達利納發現，他也是。

❖

號角呼喊，如此純粹美麗的聲音，象徵戰鬥即將開始，讓木材場陷入一片混亂。命令已經發下來。這次又要攻擊高塔，就是橋四隊失敗，卡拉丁造成一場慘劇的地方。

最大的台地。雙方必爭之地。

橋兵四處亂跑，忙著穿上背心。木匠跟學徒連忙避開。馬塔發出命令。出勤是唯一一種他不會帶著哈莎的情況。橋隊長此時展露出些微的領導作用，大喊要他們的橋隊排好。

一陣風吹過空中，將木屑跟乾草吹入空中。人們大喊，銅鐘敲響。在一片混亂中橋四隊走了進來，卡拉丁走在最前面。雖然情況緊急，所有士兵都停下腳步，橋兵瞠目結舌，木匠跟學徒也放下手上的活。

三十五個人穿著暗橘黃色的厚甲，透過雷頓的技巧，巧妙地與皮背心跟帽子結合。他們還割下了護臂跟護踝來搭配胸甲。頭盔則是幾個不同的頭部厚皮所組成，在雷頓的堅持之下，上面有波浪跟凹槽形的裝飾，像是小刺角或是螃蟹背殼的邊緣。胸甲跟護甲也有裝飾，切割成細小鋸齒狀，看起來像是鋸子。無耳傑克斯買了藍色跟白色的漆，在橘色的厚甲上畫了花紋。

橋四隊的每個成員現在都握著緊捆帕山迪骨頭的木盾，大多數都是胸骨，以螺旋狀排列。有些人在中央還綁了手指骨好發出敲擊聲，其他人在盔甲上綁了銳利的胸骨，看起來像是獠牙或嚙齒。

眾人訝異地看著。他們不是第一次見到這套盔甲，但這是第一次橋四隊每個人都有一套，全副武裝之後，看起來相當驚人。

十天中的六次出勤，讓卡拉丁跟他的小隊將他們的戰術磨練至完美。五個人做爲誘餌，前面還有五個人握著盾牌，只用一隻手撐住橋。他們的人數因爲從別的橋隊救回來的傷患已經康復，如今有所增加。

目前爲止，雖然他們出勤了六次，還沒有一個人陣亡。其他橋兵都紛紛在暗地傳頌，這是奇蹟。卡拉丁不知道。他只負責身邊隨時都要有一整袋充滿颶光的錢球。大多數帕山迪人弓箭手都瞄準他射來。他們不知道如何判斷出他是一切的始作俑者。

他們來到自己的橋，排列成隊伍，盾牌捆在旁邊的手把上，準備之後使用。他們扛起橋的時候，其他的橋兵忍不住發出一陣歡呼。

「這倒是新鮮。」泰夫從卡拉丁的左方說道。

「他們終於想通我們的意義了。」卡拉丁說道。

「是什麼？」

卡拉丁將橋扛上他的肩膀。「代表他們出戰的人。橋隊前進！」

一整個橋四隊開始小跑步，領導所有橋隊出了校場，身後跟隨眾人的歡呼。

❖

我父親沒瘋，雅多林心想，全身上下充滿活力跟興奮，等著他的盔甲侍從爲他綁上碎甲。

雅多林對娜凡妮的發現思索了好幾天。他錯得離譜。達利納・科林並不是正在日漸衰弱。他不是老年失智。他不是懦夫。達利納是對的，雅多林是錯的。在他痛下決心反思許久之後，雅多林做出決定。

他很高興他是錯的。

他露出微笑，屈伸套著碎甲的手，盔甲侍從走到另一邊。他不知道這些幻境的意義，也不知道它們背後的意圖，只知道他父親是某種先知，這讓他一想到就感覺無比敬畏。

可是現在，他只需要知道達利納沒有發瘋就夠了。現在是信任他的時候。颶父知道，達利納是憑自己的能力贏得他兒子的敬重和信任。

盔甲侍從捆好雅多林的碎甲。他們退開的同時，雅多林已經衝出準備帳，進入陽光下，適應碎甲的力量、速度、重量。奈特與五名碧衛的成員快速跟上，一人爲他牽來定血。雅多林接下韁繩，但牽著他的瑞沙迪愛駒走了一段時間，好給自己更多時間適應碎甲。

一行人很快便來到校場。達利納穿著碎甲正在與特雷博與艾勒馬交談。他指向東方的身影在他們面前顯得如此龐大。許多連已經朝平原邊緣出發。

雅多林興奮地走向他父親。他看到不遠處有人沿著戰營東邊騎馬前來，那人穿著閃亮的紅色碎甲。

「父親？他來做什麼？他不是應該等我們騎馬去他的戰營嗎？」雅多林指著那人說道。

達利納抬起頭。他揮手要馬伕把英勇牽來，兩人上馬，前去與薩迪雅司會合，身後跟著十幾名碧衛。

薩迪雅司想要取消攻擊嗎？他擔心又在高塔失利嗎？

他們靠近時，達利納拉停馬匹。「薩迪雅司，你應該準備出發了，如果我們想在帕山迪人奪走寶心前趕到，速度很重要。」

藩王點點頭。「同意你部分的觀點，可是我們得先討論一下。達利納，我們攻擊的可是高塔！」他似乎很興奮。

「所以呢？」

「地獄的，你這傢伙，是你跟我說要想個辦法在台地上困住一大群帕山迪人。高塔最合適。他們每次都會帶大軍去，而且另外兩邊沒有逃脫的地方。」

雅多林發現自己忍不住點頭。「沒錯，父親，他說得對。如果我們能圍堵他們之後猛攻……」帕山迪人往往在遭受極大損失之後就會逃跑，這就是戰爭會拖得這麼久的原因之一。

薩迪雅司的眼神閃閃發光。「這說不定就意謂著戰爭的轉捩點。我的書記預估他們只剩下不到兩到三萬軍隊了。帕山迪人會帶一萬來，他們每次都帶這麼多，可是如果我們能困住他們，把他們全部殺死，我們便可以幾乎摧毀他們在台地上的作戰能力。」

雅多林興奮地說道：「會成功的，父親。這可能就是我們在等的機會，你在等的機會，能夠轉變戰事的方法，讓帕山迪人遭受到無法繼續作戰的損傷！」

「達利納，我們需要軍隊，需要很多軍隊。你最多能帶多少人？」薩迪雅司問道。

「這麼趕？八千吧。」達利納回答。

「就八千吧。我動員了大概七千人。我們全部帶走。把你的八千人送到我的戰營，我會帶去我的每一個橋兵隊，一起出動。帕山迪人會先到，這台地離他們近，但是如果我們的速度夠快，我們可以把他們困在台地上，然後讓他們見識雅烈席卡軍隊眞正的能耐！」

「我不會拿你的橋兵性命冒險，薩迪雅司。我不確定我能同意進行完全的聯合出擊。」達利納說道。

「呿。我有利用橋兵的新方法，傷亡大爲減低，他們的陣亡率幾乎降到零了。」薩迪雅司回答。

「眞的？是因爲那些有盔甲的橋兵嗎？你爲何改變主意了？」

薩迪雅司聳聳肩。「也許是被你說動了吧。無論如何，我們現在都得動身，一起走。他們的軍隊太多，我不能冒險先攻擊他們，等你跟上。我想要一起去，盡量同時攻擊。如果你還是擔心橋兵的性命，我可以先攻擊，佔住一塊區域之後，再讓你過來，這樣就不會拿橋兵的性命做賭注。」

達利納陷入沉思。

答應吧，父親。你一直在等待重挫帕山迪人的機會。就是現在！雅多林心道。

「好吧。雅多林，派傳令兵去動員四到八師。所有人準備出動。我們把這場戰爭結束掉。」達利納說道。

65 高塔

「我看到牠們。牠們是岩石。是怨恨的鬼靈。紅色的眼睛。」

——卡卡克日，一一七三年，死前八秒。樣本爲十五歲年輕深眸女子，據說從孩童時代便精神不正常。

幾個小時後，達利納跟薩迪雅司一同站在俯瞰高塔的岩石上方。這是一場漫長、艱辛的行軍。高塔很遠，是他們攻擊範圍的極東，在那之後的台地根本不可能佔領。帕山迪人到的速度快到能在雅烈席卡軍還沒抵達時就把寶心帶走。有時候同樣的情況也會發生在高塔上。

達利納放眼望去。「我看到了。他們還沒把寶心挖出來！」達利納邊指邊說。一圈帕山迪人正在猛敲蛹，但是蛹的外殼有如岩石般剛硬，直到現在都還沒被破壞。

「老朋友，你應該要高興你正在用我的橋兵。這裡的裂谷寬到碎刃師跳不過去。」薩迪雅司以戴著護具的手遮住臉。

達利納點點頭。高塔十分巨大，就連在地圖上的巨大標注都無法跟眞實狀況比擬。高塔不像別的台地是平坦的，而是楔形，尖頭朝西，指向颶風向的一個巨大懸崖岩壁，東跟南面都太陸，裂谷距離也太寬，無法靠近，只有西方跟北方的鄰近台地能夠做爲進攻的準備區。台地間的裂谷距離寬得罕見，幾乎連用橋都無法跨越。在附近的準備台地上，或紅或藍的無數士兵聚集，一個顏色站在一個台地上，加在一起是對帕山迪人征戰以來前所未有的大軍。

帕山迪人的人數如他們預期的多，至少有一萬人排在那裡，這會是一場達利納心中盼望的全面性戰役，可以讓大量的雅烈席卡士兵與許多帕山迪軍對抗。

這一戰有可能將成爲戰局的轉捩點。贏得今天，一切都將改觀。

達利納也爲眼睛擋掉陽光，盔甲夾在腋下，滿意地看到薩迪雅司的斥候小隊已經前往附近的台地觀察帕山迪人是否有援軍抵達。只因爲帕山迪人一開始就帶了這麼多軍隊來，不代表附近沒有準備要埋伏他們的帕山迪軍。達利納跟薩迪雅司這次不會再被奇襲。

「跟我來。我們一起攻擊！一波猛烈的攻勢，跨越四十道橋前進！」

達利納低頭看著橋兵，許多成員都已經疲累不堪地躺在台地上，等待，應該說是畏懼接下來的任務。鮮少有人穿著薩迪雅司所說過的盔甲，如果他們同時進攻，將有數百人被屠殺，但這跟達利納要他的士兵衝上前佔領台地有何不同嗎？難道他們不是都屬於同一個軍隊的嗎？

裂縫。他不能再讓裂縫加大了。如果他想跟娜凡妮在一起，那他必須向自己證明，他在別的地方可以保持堅定的立場。「不，我會攻擊，但你得先爲我的橋兵隊攻下據點。光這樣就其實已經超過我願意接受的底線。永遠不要強迫你的人去做你自己辦不到的事情。」

「你也會朝帕山迪人衝鋒啊！」

「我絕對不會扛著那樣的橋去衝鋒。抱歉，老朋友。這不是對你的批判，而是我必須如此。」

薩迪雅司搖搖頭，套上頭盔。「好吧，只能這樣了。我們今天晚上還是打算一起用餐，討論戰略？」

「我想是吧。除非艾洛卡因為我們兩人同時缺席他的宴會而發我們的脾氣。」

薩迪雅司一哼。「他得習慣這點。六年來每天晚上都要參加宴會，實在已經讓人很煩了。況且，我想我們贏得今天這一戰，讓帕山迪人少掉三分之一士兵之後，他大概除了興奮之外不會有什麼其他感覺。戰場上見。」

達利納點點頭，薩迪雅司從岩石上跳下，落到下方的地面，加入他的軍官們。達利納則放慢腳步，繼續研究高塔。這裡不只是比別的台地要大，更是崎嶇，到處都有乾硬的克姆泥所形成的不規則岩石地表，花紋平滑，卻凹凸不平，像是一排排的矮牆，只是被白雪覆蓋。

台地的東南端隆起，俯瞰平原，他們要使用的兩個台地是在西邊的中央，薩迪雅司用北邊的，達利納將從其下方的台地進攻，就等薩迪雅司為他佔領一個據點。

我們得將帕山迪人逼往東南方，把他們困在那裡。這是全戰的關鍵，達利納揉著下巴心想。蛹將近在台地的最上方，所以帕山迪人的位置已經很適合達利納跟薩迪雅司將他們逼往懸崖邊緣。帕山迪人應該會允許他們這麼做，這會讓他們擁有制高點。

如果出現第二支帕山迪軍隊，那它將無法與帕山迪主軍會師，雅烈席卡軍可以專注於處理困在高塔上的帕山迪軍，以防守的陣線面對新的敵軍。如此一來會成功。

他感覺到自己開始興奮起來。他跳到稍矮的岩石，然後走下像台階的幾階平台，來到他的軍官們正等待著他的地面。然後，他繞過大岩石，觀看雅多林的進度。年輕人穿著他的碎甲，指揮軍隊跨越薩迪雅司的移動橋，前往南邊的備戰台地。不遠處，薩迪雅司的士兵正組織起來，準備進攻。

一群穿著厚甲的橋兵特別突顯，在橋兵隊前方準備。爲什麼他們可以穿盔甲？爲什麼其他人不行？看起來很像帕山迪人的厚甲殼。達利納搖搖頭。他們開始進攻，橋兵隊跑在薩迪雅司的軍隊前，先撲向高塔。

「父親，我們該從哪裡開始進攻？」雅多林召喚出他的碎刃扛在肩膀上，劍刃朝天。

「那裡。叫其他人去準備。」達利納指著備戰台地的一點。

雅多林點點頭，放聲下令。

不遠處，橋兵開始死去。*可憐的人們啊，願神將引導你們的路程，也請引導我的*，達利納心想。

❖

卡拉丁在風上起舞。

箭飛在他身邊，離得很近，彩漆的粗皮苔箭羽差點命中他。他得讓箭飛得近，讓帕山迪人覺得他們差點就要能殺了他。

雖然還有另外四名橋兵在吸引他們的注意力，雖然他身後橋四隊的其他人也都穿著帕山迪人的骨骸，大多數弓箭手仍然都是瞄準了卡拉丁。他是個象徵。一個必須被摧毀的活戰旗。

卡拉丁在箭矢之間閃躲，以盾牌拍開，體內颶風肆虐，彷彿他的血液都被抽乾，被颶風取代，讓他的指尖因飽滿的能量而發麻。前方，帕山迪人唱著他們憤怒的頌詞，因爲有人褻瀆了他們的死者。

卡拉丁站在所有的誘餌前方，讓箭飛得很近，挑戰他們，挑釁他們，強迫他們來殺他，直到箭矢用盡，暴風止息。

卡拉丁停了下來，憋住呼吸以壓住體內的颶風。帕山迪人不情願地在薩迪雅司的軍隊面前撤退。以台地進攻戰而言，這是一支龐大的隊伍，數千個人，三十二道橋。雖然卡拉丁已經盡力引住敵方的注意力，仍然倒下了五道橋，扛橋的人全數被屠殺。

衝過裂谷的士兵並沒有費力去殺攻擊卡拉丁的弓箭手，但是人數本身就強迫弓箭手撤退。幾個人唾棄地瞪著卡拉丁，做出個奇怪的手勢，一手遮住右耳，另一手指著他，直到不得不撤退。

卡拉丁吐出一口氣。颶光從他體內向外散去。他得非常小心，要吸入足夠的颶光來保命，但不能多到被觀看的士兵發現。

高塔聳立在他面前，一塊朝西傾斜的岩石。這裡的裂谷寬到他擔心架橋的人反而會把橋推入裂谷。薩迪雅司站在橋的另一邊，把軍隊安排成圓弧形，逼退帕山迪人，想給達利納一個進攻的機會。

也許這樣攻擊可以保護達利納的純淨聲譽，因爲他不願意讓橋兵去死，至少不願意直接讓他們去送死，雖然他仍然站在以生命換取薩迪雅司大軍通過而倒下的人背上。他眞正的橋是他們的屍體。

「卡拉丁！」一個聲音從後方喊道。

卡拉丁轉身。他的人受傷了。颶風的！他衝往橋四隊。他體內的颶光仍然足夠擋下極度的疲憊。他太過大意了。六次出勤卻沒有傷亡。他早該知道不可能維持多久。他推開聚集在一起的橋兵，發現斯卡倒在地上，握著腳，血液從指間滲出。

「被射中腳。被射中颶他的腳！誰會這樣被射中的？」斯卡咬著牙憤怒地說道。

「卡拉丁！」摩亞許的聲音焦急的響起。眾人分開，摩亞許把泰夫抱了進來，胸甲跟護臂的厚甲間，插了一枝箭在他肩膀上。

「颶風的！」卡拉丁幫著摩亞許把泰夫放下。年長的橋兵看起來有點神智不清，箭深深射入了他的肌肉。「誰去按著斯卡的腳，先包紮一下，我等一會兒再去看。泰夫，聽得到我的聲音嗎？」

「抱歉，小子。我……」泰夫口齒不清地說道，眼神迷離。

「你沒事。」卡拉丁立刻說道，接過洛奔遞來的繃帶，然後嚴肅地點頭。洛奔會去燒熱匕首，準備炙燒傷口。「還有誰？」

「其他人都到齊了。泰夫想要藏著他的傷口。他一定是在我們把橋推過去的時候被射中。」德雷說道。

卡拉丁用紗布按著傷口，然後揮手要洛奔加快加熱匕首的動作。「我要我們的斥候去守住附近，確定帕山迪人不會像幾個禮拜前那樣又來偷襲！如果他們跳過裂谷來攻擊橋四隊，我們就死定了。」

大石擋住陽光觀察敵情後說道：「沒問題。薩迪雅司的人在這裡。帕山迪人不會突圍。」

匕首送了過來，卡拉丁遲疑地握著，一絲煙霧升起。泰夫失了太多血，他沒有辦法花多餘的時間去縫合，可是如果用匕首，說不定會留下大面積的疤痕，影響泰夫日後使矛的能力。

卡拉丁不情願地將匕首按上傷口，皮肉鮮血焦黑，發出嘶嘶聲，痛靈從地面爬出，橘色的形體翻轉。在手術間可以好好縫合的情況，在戰場上只能這樣處理。

「抱歉，泰夫。」他搖搖頭，手下不停。

❖

人們開始尖叫。箭矢擊中木頭與皮肉，聽起來像是遠處有樵夫在劈柴。

達利納在他的人旁邊等著，看薩迪雅司軍的戰鬥狀況。

他最好趕快幫我們騰出空隙，我開始渴望這塊台地了。

幸好，薩迪雅司很快便佔據了高塔的一塊據點，派了一支軍隊去包抄敵方，爲達利納軍砍殺出一塊空間。達利納不等他們就定位便開始前進。

「一道橋，跟我來！」他大吼，衝到最前面，他身後跟著薩迪雅司借給他的八道橋之一。

達利納需要趕到台地。帕山迪人已經發現他們的意圖，開始進逼薩迪雅司派去保護進攻區域的綠白小隊。「橋兵，這裡！」達利納指著下令。

橋兵很快就定位，滿臉慶幸自己不需要在箭雨之下架橋。他們動作一完成，達利納便衝了過去，碧衛跟在身後，前面不遠處的薩迪雅司軍開始潰散。

達利納大吼一聲，護甲中的雙手握住引誓的劍柄，抓住從霧氣中凝結而出的碎刃，以猛烈的雙手揮砍攻勢衝入前仆後繼的帕山迪人，一下子砍倒四人。帕山迪人開始以他們奇特的語言唸誦，唱著他們的戰歌。達利納踢開一具屍體，開始認眞地攻擊，奮不顧身地去守護薩迪雅司的人爲他爭奪出的空地。幾分鐘後，他的士兵便出現在他身邊。

碧衛爲他守著身後，達利納便肆無忌憚地衝入戰局，發揮只有碎刃師才能施展的威力，徹底摧毀敵人陣線。他撕裂帕山迪人的前線，像是從河面跳出的魚，不斷來回穿插，讓敵人難以匯集，身後倒下一串眼睛燒焦、衣物撕裂的屍體。越來越多雅烈席卡士兵塡補上他撕裂出的空洞。雅多林也穿透附近一群帕山迪軍，自己的碧衛待在後方的安全距離。他帶了整個軍隊過來，因爲他需要以很快的速度把帕山迪人逼到後方，讓他們無法逃脫。薩迪雅司的責任是看守高塔的北面與西面。

戰爭的節奏在達利納體內高唱。帕山迪人的唸誦，士兵的悶哼與喊叫，他手中的碎刃，還有碎甲湧現的力量。戰意在他體內高漲。因爲他沒有感覺反胃，所以他小心翼翼地釋放出黑刺，感到征服戰場的快感，以及缺少旗鼓相當對手的遺憾。

帕山迪碎刃師呢？他在幾個禮拜前的戰鬥中有看到一個。爲什麼他沒出現？他們會派這麼多人來高塔，卻不派碎刃師來嗎？

有個很重的東西擊中他的盔甲，彈開，他的上臂盔甲接縫處滲出一小波颶光。達利納咒罵一聲，舉起手臂保護臉部，同時環顧四周。*那裡*。他看到附近的岩石上有一群帕山迪人，雙手揮舞著巨大的投石索。人頭大小的岩石撞入帕山迪人與雅烈席卡軍，但達利納很明顯是他們的目標。

他這次被擊中前臂，引得他一陣低吼，碎甲小小的震動一番，這一擊強勁到讓他的右邊護腕上出現了一小塊裂痕。

達利納咆哮一聲，帶動碎甲的力量，立刻往前奔跑。戰意更強勁地竄過他全身，他以肩膀撞上一群帕山迪人，讓他們四下飛散，然後帶著碎刃飛轉，砍倒那些來不及閃避的人。另一波岩石砸到他原來站的位置，他閃身避開，然後跳到一塊大石上，踏上兩步，跳上拋石頭的那群人站著的窄平台。

他一手抓住平台邊緣，一手握住碎刃。站在平台上的人急忙往後退，但達利納把自己撐高到足以揮砍的高度後，引誓便砍過他們的腳，四個人倒地，雙腿死去。達利納拋下碎刃，碎刃消失，利用雙手將自己拖上平台。

他微蹲落地，盔甲發出吱嘎聲。剩下的幾個帕山迪人想要揮舞他們的投石索，但是達利納從一旁抓起兩個人頭大小的石頭，輕而易舉地捧在他的掌心中，拋向帕山迪人。石頭擊中對方的力道擊碎了他們的胸口，讓他們從平台摔下。

達利納微笑，開始拋擊更多岩石。最後一個帕山迪人摔下平台，達利納轉身，召喚出引誓，俯瞰戰場。藍色與金屬的矛牆正與黑紅色的帕山迪人僵持。達利納的人表現得很好，把帕山迪人逼往東南方，困住他們。雅多林的碎甲閃爍，領軍前進。

達利納深深吸入戰意，舉起碎刃，陽光倒映。下方，他的人發出歡呼，喊叫聲遠勝過帕山迪人的戰歌。勝靈在身邊冒出。

颶父啊，重新得到勝利的感覺眞好。他從岩石上跳下，難得一次不是小心仔細地落地。他降落在一群帕山迪人之間，重擊地面的同時，全身揚起一片藍色的颶光。他轉身，殺戮，響起在加維拉身邊多年征戰的情景。征服，勝利。

他跟加維拉在那些年，從分崩離析的局面，攜手打造出一個團結、整合的國家，像是陶瓷大師從瓷器碎片重塑出一件作品。達利納大吼一聲，擊破帕山迪人的防線，與想要趕上他的碧衛會師，他大喊：「我們進逼！傳令下去！所有隊伍上高塔高處！」

士兵舉起矛，傳令兵奔去傳達他的命令。達利納轉身，衝入帕山迪人，硬爲自己跟他的軍隊殺出一條前進的道路。薩迪雅司的軍隊在北邊遭受阻撓，沒關係，達利納的軍隊可以替他前行。如果達利納能夠在這裡突進，他就可以把帕山迪人截成兩半，然後將北半邊的趕向薩迪雅司，雙面夾殺，南半邊則會被困在懸崖下。

他的軍隊跟著他往前衝，戰意泛湧。這是力量。遠超過碎甲的力量。遠超過青春的活力。遠超過練習一輩子能換來的技術。力量的熱流，無可抵擋。一個又一個帕山迪人倒在他的碎刃下。他無法切穿他們的皮肉，卻能削減他們的人數。攻擊的衝力往往讓他們在眼睛燃燒變成屍體後，仍然往前衝。帕山迪人開始潰散，選擇逃跑或撤退。在他將近透明的頭盔面罩後，他露出笑容。

這就是生命。這就是主宰。加維拉曾經是霸業的領袖，衝勁，精髓，但是達利納是戰士。他們的敵人屈服於加維拉的統治之下，但是驅散他們，與他們的領袖對戰，殺死他們最優秀碎刃師的人，是他——黑刺。

達利納朝帕山迪人狂吼，整條戰線在他面前崩潰。雅烈席卡軍發出歡呼，猛然前衝。達利納加入他的士兵們，跑在最前面，追逐逃跑的帕山迪戰士，看著他們或往北或往南逃，想要跟那裡的主力會合。

他趕到一組人身邊，一人轉身想以錘頭擋下他，但是達利納順手便將他砍倒，然後抓住另一個帕山迪人，手臂一扭便將他拋在地上。達利納露出笑容，在頭上舉高碎刃，從上俯瞰地上的士兵。

帕山迪人笨拙地翻身，握住他的手臂，想來是在他被推倒時折斷了。他以驚恐的眼神抬頭看著達利納，懼靈在他身邊出現。

他只是個少年。

達利納渾身僵住。他的碎刃握在頭頂，肌肉緊繃。那雙眼睛……那張臉……帕山迪人也許不是人類，但是他們的五官，他們的表情，跟人類是一樣的。除了有花紋的皮膚跟奇特的厚甲，這孩子就跟達利納馬廄中的小廝年紀差不了多少。他眼前看到什麼？穿著刀槍不入盔甲的無臉怪物？這少年的故事是什麼？加維拉被謀殺時，他只是個孩子而已。

達利納腳步踉蹌地後退，戰意消失。一名碧衛成員經過，隨手往帕山迪男孩的脖子刺了一劍。達利納舉起手，卻來不及阻止。士兵沒有注意到達利納的動作。

達利納放下手。他的人在他身邊匆忙來去，撲殺著逃跑的帕山迪人。大多數的帕山迪人仍然在反抗，一面抵禦薩迪雅司，另一面抵禦達利納的軍隊。台地的東面邊緣就在薩迪雅司右方不遠處，他像是矛一樣刺穿帕山迪軍隊，從中央穿透，將軍隊分爲南北兩半。

他身邊周圍都是屍體。大多數都是面朝下地倒下，被達利納軍隊的矛或飛箭擊倒，有些帕山迪人還活著，但也死期不遠。他們哼著或唱著旋律奇特、詭異的歌聲，是他們等死時唱的歌。

他們低聲唱出的歌如〈靈魂長征〉中眾多靈魂的詛咒。達利納向來覺得死之歌是帕山迪人唱過最美的歌曲，穿透過附近戰事的悶哼、敲擊、慘叫。一如往常，每個帕山迪人的歌聲都與同伴的歌聲完全應和，彷彿他們能同時聽到遠方某處傳來的同樣旋律，一起以沾滿鮮血顫抖的雙唇，沙啞的氣息吐出。

戰地守則，達利納心想，轉身面對他仍然在戰鬥的士兵。絕不讓你的士兵做出你不願付出的犧牲。絕不讓你的士兵在你不願意出戰的環境中出戰。絕不叫別人去做一件你不願髒了自己的手去做的事情。

他覺得反胃。這不美麗。這不光榮。這不是力氣、力量、生命。這是噁心、可鄙、恐怖。

可是他們殺了加維拉！他心想，想要找到方法能克服自己突如其來的反胃。

團結他們……

羅沙曾經是統一的。那有包括帕山迪人嗎？

你不知道你能不能信任那些幻境，他這麼告訴自己，他的親衛隊在他身後集合。*這幻境可能來自於守夜者或引虛者，甚至是你完全不知道的來源。*

在那瞬間，他的反對理由感覺很薄弱。那些幻境想要他做什麼？爲雅烈席卡帶來和平，統一他的人民，以榮譽心與正義感行事。他難道不能根據這些結果來判斷幻境的價值嗎？

他將碎刃扛在肩膀上，嚴肅地穿過倒地的戰士，走向北方戰場，在那裡帕山迪人被困在他跟薩迪雅司的聯軍之間。他的反胃越發嚴重。

他是怎麼了？

「父親！」雅多林的呼喊極爲驚慌。

達利納轉身面對跑向他的兒子。年輕人的碎甲上滿是帕山迪人的鮮血，但是他的碎刃一如往常潔淨。

「我們該怎麼辦？」雅多林喘著氣問。

「什麼怎麼辦？」達利納問。

雅多林轉身，指向西方，指向達利納的軍隊一個小時前展開行動的起點南面的一座台地。就在寬廣的裂谷對面，是一支龐大的帕山迪援軍。

達利納猛然抬起面罩，新鮮空氣吹過他滿是汗水的臉龐。他上前一步。他已經想到會有這種可能性，但應該要有人提出警告。斥候呢？他們——

他感到一陣寒意。

他顫抖地爬上高塔隨處可見的光滑巨石。

「父親？」雅多林跟在他身後。

達利納朝岩石頂端爬去，拋下他的碎刃，來到最上端時，他站起身，望向北面。那是他的軍隊，還有帕山迪。北方還有薩迪雅司。雅多林爬到他身邊，帶著護甲的手一把撩開面罩。

「不會吧……」他低聲說道。

薩迪雅司的軍隊正在跨越裂谷，朝北方的備戰台地撤退。一半的軍隊已經撤離。他借給達利納的八支橋兵隊也已經撤退消失了。

薩迪雅司捨棄了達利納跟他的軍隊，讓他們被帕山迪人三面圍攻，獨自被困在破碎平原上。而且，還把自己所有的橋兵隊都帶走了。

66 守則

「他們的唸誦，他們的歌聲，沙啞的聲音。」

——卡克塔日，一一七三年，死前十六秒。中年花匠，據說死前兩年在颶風期間會做奇特的夢。

卡拉丁疲累地解開斯卡的傷口，檢視他的縫線與替換繃帶。箭射中的位置是腳踝右側，避過了腳脛骨的突起，劃破腳掌外側的肌肉。

「斯卡，你的運氣很好，只要不在癒合前過度施力，你以後還是可以用這隻腳掌走路。我們讓其他人把你扛回營地。」卡拉丁一邊說著，一邊爲他纏上新的繃帶。

在他們身後，充滿驚呼、撞擊、激蕩的戰事持續進行，主戰場已經遠離他們，往台地的東方移去。卡拉丁左邊的泰夫正在喝洛奔倒入他口中的清水。年長的男子一瞪眼，用完好的手奪過水囊。「我不是殘廢。」他怒斥。雖然身體還有點虛弱，但他已經不像先前那樣神智不清。

卡拉丁往後靠坐，感覺整個人疲累不堪。颶光消失之後，每次都會筋疲力竭。不過這應該很快也會過去。從第一波攻擊之後，已經過了一個小時。他的布囊裡還有幾個充滿颶光的錢球，他強迫自己忍下抽乾其中颶光的衝動。

他站起身，原本打算招人來把斯卡跟泰夫抱往台地的另一邊去，以免戰事失利，他們得突然撤退。雖然可能性不大。他上次留神時，雅烈席卡軍的情況很好。

他再次環顧戰場，眼前的一幕讓他全身僵住。

薩迪雅司在撤退。

一開始，這一幕顯得不可能到他無法接受眼前的景象。薩迪雅司是要帶人從另外一邊攻擊嗎？可是不對，後衛已經過了橋，薩迪雅司的旗幟也在朝橋前進。藩王受傷了嗎？

「德雷、雷頓，你們帶著斯卡、大石跟皮特，你們帶著泰夫，盡快往台地西邊去，準備逃跑。其他人，就定橋位。」其他人此時才注意到眼前的情況，焦慮地執行他的命令。

「摩亞許，跟我來。」卡拉丁趕往他們的橋。

摩亞許趕上卡拉丁身邊。「怎麼了？」

「薩迪雅司在撤退。」薩迪雅司穿著綠色制服的軍隊，像是融化的熱蠟一樣在帕山迪軍隊面前退開。

「這非常不合理。他們才剛開打，而且他的人正在節節獲勝，我唯一想到的原因是薩迪雅司受傷了。」

「他們爲什麼會因爲這樣的原因要徹底撤軍？他該不會……」

「他的旗幟還在，所以應該沒死，除非他們沒撤下來，免得讓士兵驚慌。」

他跟摩亞許來到橋的另外一邊，身後其他的橋兵急忙排成一列。馬塔在裂谷的另一邊，正跟後衛隊的軍官說話。快速交談之後，馬塔過橋，開始跑過所有的橋隊，大喊要他們準備撤走。他瞥向卡拉丁的小隊，但發現他們已經就定位，便直接往下一隊跑去。

卡拉丁的右邊是相連的台地，也是達利納展開攻擊的台地，八支借給他的橋兵隊正在從戰場撤離，來到卡拉丁這邊的台地。一名卡拉丁不認得的淺眸軍官正在發號施令。在更遠處的西南方，一支新的帕山迪軍隊趕到，正在湧入高塔。

薩迪雅司騎馬來到裂谷邊。他碎甲上的漆熠熠發光，完好無缺，就連他的親衛隊都沒有半點損傷。雖然他們去了高塔，卻從敵人面前撤離返回了。爲什麼？

此時，卡拉丁才看到達利納．科林的軍隊被困在台地斜坡的中央上方，四周被敵軍包圍，新來的帕山迪軍隊正補上薩迪雅司原本佔據的區域——那原本是應該要保護達利納的撤退路徑。

「他們要拋下他不管了！這是個陷阱！這是陰謀。薩迪雅司要讓科林藩王跟他所有的士兵在這裡送死。」卡拉丁跑到橋的另一邊，擠過所有下橋的士兵。摩亞許咒罵一聲，跟了上去。

卡拉丁不確定自己爲何要擠上薩迪雅司正在通過的十號橋。也許他需要親眼看到薩迪雅司毫髮無傷，也許他還處在震驚中而無法自拔。這是大規模的背叛，可怕到讓阿瑪朗對卡拉丁的背叛相較之下，簡直是微不足道。

薩迪雅司騎馬小跑步過了橋，木頭喀啦作響，身邊跟著兩名淺眸人，穿著普通的盔甲，三個人都把頭盔夾在腋下，彷彿在遊行。

親衛隊阻止卡拉丁前進，神態充滿敵意，可是卡拉丁已經離薩迪雅司近到可以看出他真的毫髮無傷，他也近到可以看著薩迪雅司高傲的面孔跟掉轉的馬匹同時回過身去看著高塔。第二支帕山迪軍隊包圍科林軍，將他們困住。就算沒有那支軍隊，科林也沒有橋。他無法撤退。

薩迪雅司的聲音很低，卻清晰地壓過遠處的慘叫。

「老朋友，我說過了，總有一天你的榮譽心會害死你。」他搖搖頭。然後，他掉轉馬頭，遠離戰場而去。

❖

達利納砍倒一組帕山迪戰士雙人組，卻總有另一組遞補上來。他咬緊牙關，採取風式，以守對攻，堅守他在山邊的小緩坡，是前仆後繼的帕山迪軍必須繞過或撞上的岩石。

薩迪雅司把他的撤退安排得很好。他的人撤退得毫無困難，他們接到指示，要以容易脫身的方式作戰，而且他有四十道橋去幫他撤退。種種因素加起來，從戰爭的速度來看，他可以說是很快地便拋下了達利納。雖然達利納立刻下令要他的人往前逼近，想要趁橋還在的時候追上薩迪雅司，但是他的速度不夠快。薩迪雅司的橋正在後撤，整個軍隊已經過了橋。

雅多林在附近戰鬥。兩名碎刃師，面對整支帕山迪軍隊。他們的盔甲上已經出現多到駭人的裂痕，目前還沒有致命的損傷，卻仍然漏出珍貴的颶光，像是瀕死帕山迪人的歌聲。

「我警告過你，不要相信他！」雅多林邊打邊吼，砍倒兩名帕山迪人，然後承受一波附近弓箭手射來的箭雨。飛箭射中雅多林的碎甲，刮花了彩漆，其中一枝卡住裂縫，讓開口更加擴大。

「我知道！」達利納回喊。

雅多林繼續大喊，彷彿他沒有聽到達利納的話。「我們自己送上門來。我們讓他把我們的橋拿走。我們讓他在第二波帕山迪人到之前，就把我們趕上台地。我們讓他控制了斥候。我們甚至建議他採取這種少了他的支援，就會害我們被敵人包圍的戰術！」

「我知道。」達利納的心一陣糾結。

薩迪雅司正在進行預謀許久、精心策劃、全然徹底的背叛。薩迪雅司並沒有遭受敵人驚人的反擊，不是要撤回安全地帶，但是他回到戰營之後，必定會這麼宣稱。他會說：這是一場災難。到處都是帕山迪人。兩人聯手出兵破壞了平衡，因此很不幸地他被迫要撤退，留下他的朋友。當然，也許薩迪雅司會有手下多嘴說出事實，其他藩王一定會知道事情的眞相，但是不會有人公開挑戰薩迪雅司，因爲如此決斷強大的計謀將讓人對他多有顧忌。

戰營中的眾人不會違逆薩迪雅司的意思。其他藩王對他的不滿程度已經高到不會因此而提出反對。唯一可能出聲的人是艾洛卡，但是薩迪雅司深得他的信任。達利納心中一陣絞痛。這一切都是假的嗎？他眞的對薩迪雅司看走眼到這個地步？爲達利納洗脫嫌疑的調查結果又怎麼說？他們的計畫跟懷念當年的閒聊呢？都是假的嗎？

*我救了你一命，薩迪雅司。*達利納看著薩迪雅司的旗幟退過備戰台地。在遙遠的人群中，一名穿著鮮紅碎甲的騎士轉過頭回望。薩迪雅司看著達利納在拚命，停下片刻後，轉頭離去。

帕山迪軍正開始包圍達利納跟雅多林位於軍隊主力前方的作戰位置，將他的親衛隊一一砍倒。他往下跳，殺死兩名敵人，在過程中前臂卻又遭受一記重創。帕山迪軍包圍他，達利納的親衛隊開始撐不住了。

「撤！」他朝雅多林大吼，然後開始朝軍隊主力撤去。

年輕人咒罵兩聲，卻沒有抗命。達利納跟雅多林撤到防線之後。達利納除下他龜裂的頭盔，大大喘氣。雖然穿了碎甲，但是不停作戰的時間也長到他有點疲累。他接過護衛遞來的水囊，雅多林也在喝水。

達利納將溫水擠在口中跟臉上，水中有著颶風雨水的金屬味。

雅多林放下水囊，漱漱口，與達利納四目對望表情陰狠沉重。他知道。就像達利納知道。就像其他士兵都知道。他們無法活著離開戰場。帕山迪人不留活口。達利納做好心理準備，準備迎接雅多林更多的指控。他兒子從頭到尾都沒說錯。而且，無論他的幻境是從何而來，它們都在一件事情上誤導了達利納——信任薩迪雅司招致了他們的毀滅。

不遠處，士兵在慘叫與咒罵聲中一一倒下。達利納很想出戰，可是他需要讓自己休息。因為疲累而失去碎刃師將對他的手下毫無好處。

「怎麼樣？」達利納逼問雅多林。「你說吧，說我帶著大家走入絕境。」

「我……」

「這是我的錯。我不應該因為那些愚蠢的幻境拿我們的家族來冒險。」

「不。」雅多林似乎對自己的反駁感到相當訝異。「父親，這不是你的錯。」

達利納呆望著他兒子。他沒想到會聽到這樣的答案。

「你會有別的選擇嗎？你會停止為雅烈席卡尋求更好的道路嗎？你會變得像薩迪雅司跟其他人那樣嗎？不會的。我不要你成為那樣的人，父親，無論這會為我們帶來什麼好處。我願向神將懇求不要讓我們上薩迪雅司的當，但是我不會為了他的欺騙而責怪你。」

雅多林伸出手，握住達利納覆蓋在碎甲下的前臂。「你遵從戰地守則是對的。你試圖團結雅烈席卡也對的。是我不夠懂事，所以才會一路上一直反抗你的作法。如果我沒有讓你如此分神，也許你早就會看到這一天的來臨。」

達利納瞠目結舌，眨眨眼睛。說這話的是雅多林？他的兒子怎麼突然轉性了？而且怎麼會在達利納最大的挫敗即將發生時說出這些話？

可是，聽到這些凝結在空氣中的話語，達利納感覺到自己的罪惡感煙消雲散，被死者的慘叫吹開。這是個自私的感覺。他希望自己改變嗎？是的，他原本可以更謹慎，可以更提防薩迪雅司。可是他會放棄戰地守則嗎？他要變回年輕時候那個心狠手辣的殺手嗎？

不。

他的幻境對薩迪雅司的判斷是錯的又怎麼樣？他會以那個被幻境跟書籍所塑造出的人爲恥嗎？他內心的最後一塊拼圖，最後一塊基石安定下來。他發現自己不再擔憂，他的迷惘全然退散。他終於知道自己該怎麼做。再也沒有疑問。再也沒有遲疑。

他伸出手，握住雅多林的手臂。「謝謝你。」

雅多林猛地點頭。達利納看得出來他還是很憤怒，可是他選擇跟隨達利納，而跟隨領袖的其中一部分，就是在戰事失利的時候仍然支持他。

然後他們放開彼此，達利納轉身面向其他士兵。「我們該出戰了。」他的聲音越發宏亮。「我們這麼做不是因爲尋求光榮，而是因爲這是最好的選擇。我們遵從守則不是因爲它們會帶來好處，而是因爲我們鄙棄背棄守則會成爲的自己。我們獨自站在這個戰場上，因爲這就是我們。」

圍繞在他身旁的碧衛開始一一轉過身，面對他。在他們身後，無論是深眸或淺眸的後備士兵靠了上來，眼神驚恐，表情卻堅定無比。

達利納大吼：「人不免一死！死後留下什麼？讓子孫爭奪的財產？他生時掙下的榮耀，卻傳承給殺了他的人？或是他因為運氣而得到的高位？

「不。我們戰鬥是因為我們了解。每個人的結局都一樣。差別是選擇的道路。當我們嘗到結果時，我們會抬著頭，眼睛看著太陽。」

他伸出手，召喚引誓。「我不以自己為恥。」他大喊的同時，發現這是實話。少了罪惡感的束縛，感覺好奇怪。「其他人會為了摧毀我而自甘墮落。讓他們擁有他們的光榮。因為我的仍屬於我！」

碎刃現身，落入他手中。

士兵們沒有歡呼，但都站得更挺，背脊挺得更直，驚恐稍稍退卻。雅多林戴上頭盔，自己的碎刃出現在手中，水滴凝結。他點點頭。

兩人一同衝向敵人。

於是，我的死亡即將到來了。達利納邊想邊闖入帕山迪人的陣營，他在其中找到心靈的平靜。他沒想到會有這樣的情緒湧現，但此時此刻更是為此感到安慰。

不過，他發現自己有一個遺憾。他留下雷納林擔任科林藩王，身邊將被因為吞噬他父親與兄長而壯大的敵人包圍，難以招架。

我還是沒給他我答應他的碎甲。他得要靠自己堅持下去，不靠碎甲。願先祖的英靈保佑你，我的兒子。

你要堅強，而且要比你的父親更快學習到智慧。

永別了。

67 箴言

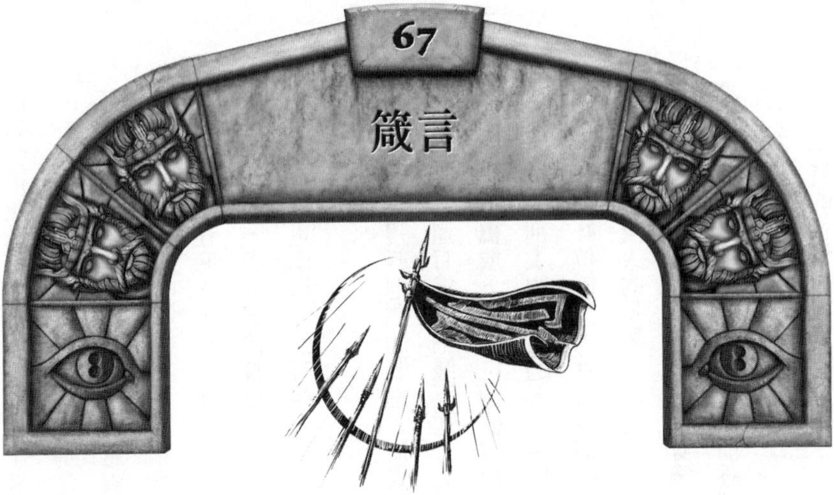

「別再讓我痛！別再讓我哭！戴艮納西斯！黑漁夫掌控吞噬我的悲傷！」

——塔那特薩奇日，一一七三年，死前二十八秒。深眸女性街頭雜耍藝人，注意與一一七二至八九樣本的相似性。

橋四隊落在軍隊的最後。他們有兩名傷患，需要四人扛著他們，因此橋越發顯得沉重，幸好薩迪雅司幾乎帶上了所有橋隊，包括借給達利納的八隊，這表示軍隊不需要等卡拉丁的小隊就定位，就能開始過裂谷。

疲累充斥卡拉丁的全身，他肩膀上的橋似乎變成實心岩塊，除了他剛成爲橋兵的那段時間以外，他從來沒有感覺到這麼累。西兒飄在他面前，擔心地看著他走在眾人面前，臉頰兩旁汗如雨下，掙扎地在台地崎嶇的地面上要保持平衡。

薩迪雅司最後一批軍隊擠在前方，等著過裂谷。備戰台地幾乎空無一人。薩迪雅司的卑劣讓卡拉丁的內心糾結成團，他以爲發生在自己身上的事情已經夠慘，但是薩迪雅司無情地將數千人送上死路，無論深眸淺眸，即便原來應該是他的盟友。

他的背叛像是橋一樣地重重壓在卡拉丁身上，讓他喘不過氣。

難道人類已經無可救藥了嗎？他們殺死應該要愛的人。如果盟友跟敵人已經沒有區別，那戰鬥跟勝利有何用處？勝利是什麼？毫無意義。卡拉丁的朋友與同伴的死有何意義？沒有意義。整個世界是膿包，一片噁心的綠膿，被腐敗徹底感染。

卡拉丁在麻木中跟其他人一起來到裂谷邊緣，只是他們已經來不及幫忙運其他人過裂谷。他先派來的人已經到達，泰夫表情凝重，斯卡靠在矛上支撐他的傷腳。附近有一小群死去的矛兵。薩迪雅司的軍隊有可能時會帶走傷患，但有些人支撐不了便死在半途。他們把一些死者拋在這裡。薩迪雅司顯然急於離開現場。

死者身邊有他們的裝備。斯卡的矛大概就是從這裡拿到的。之後會有可憐的橋兵被派大老遠到這裡來從這些屍體還有達利納麾下死去的戰士身上蒐集物資。

他們把橋放下，卡拉丁擦擦額頭，告訴其他人：「先不要把橋推過裂谷。我們等最後的士兵過橋，然後扛著橋從別人的橋上過。」馬塔看了卡拉丁跟他的小隊兩眼，但沒有命令他們把橋架好。他也知道等到他們把橋放好位置，也就又該把橋收回了。

「眞是驚人的景象，你說是嗎？」摩亞許來到卡拉丁身邊，轉頭回望說道。

卡拉丁轉身。高塔在他們身後聳立，朝他們的方向高起。科林的軍隊是一圈藍色，困在斜坡中央，想要往下衝出，趁薩迪雅司離開前趕到。帕山迪人是一片漆黑，點點紅斑來自皮膚上的花紋，包圍著雅烈席卡的圓圈，不斷往內擠。

「眞的很慘，我看不下去了。」德雷坐在橋邊說道。

其他橋兵點點頭，卡拉丁意外地發現他們臉上都浮現著擔憂。大石跟泰夫來到卡拉丁跟摩亞許身邊，穿著他們的帕山迪厚甲甲冑。他很高興他把沈留在了營地。眼前這一幕應該會讓沈呆若木雞。

泰夫抱著他受傷的手臂。大石舉起手，遮住陽光看了看，然後搖搖頭。「丟臉。薩迪雅司丟臉。我們丟臉。」

「橋四隊。快跟上！」馬塔大喊。

馬塔正揮手要他們從橋六隊的橋上通過，離開備戰台地。卡拉丁突然靈機一動。一個絕佳的念頭，像石苞一樣在他腦海中綻放。

「馬塔，我們晚點用自己的橋跟上。我們才剛趕到裂谷，需要坐下幾分鐘。」卡拉丁回喊。

「現在過！」馬塔大喊。

卡拉丁回嘴：「我們只會落後得更嚴重！你要跟薩迪雅司解釋為什麼他會因為一隊毫不重要的橋兵，而拖延整個大軍的行進速度嗎？我們有自己的橋。讓我的人休息一下。我們等一下會趕上。」

「如果這些野蠻人攻擊你們呢？」馬塔逼問。

卡拉丁聳聳肩。

馬塔眨眨眼，然後才想到，他其實正希望這樣的事情發生。「隨便你。」他大喊，衝過橋六隊，同時也叫別的橋隊撤橋。幾秒鐘之後，只剩下卡拉丁的小隊在裂谷邊，軍隊全部往西撤。

卡拉丁露出大大的笑容。「我真不敢相信，擔心了這麼久……我們自由了！」

其他人不解地轉向他。

卡拉丁興奮地解釋：「我們跟上去一小段路，馬塔會認為我們跟上了，然後只要在軍隊後面一直落後，直到他們看不見我們，接著我們就往北轉，利用橋跨越平原，我們就能往北逃，其他人只會認爲我們被帕山迪人追上，全被殺死了！」

其他橋兵睜大了眼睛看他。

「補給品。」泰夫說道。

卡拉丁拿出布囊。「我們這裡有很多錢球，一大筆。我們可以拿死者的盾牌跟武器來保護自己不受土匪搶劫。過程會很辛苦，但不會有人追我們！」

所有人開始興奮起來，可是卡拉丁突然想到一點。留在戰營裡的傷兵怎麼辦？

「我得要留下來。」卡拉丁說道。

「什麼？」摩亞許質問。

「爲了照顧營地裡的傷兵，總要有人留下來。我們不能拋棄他們。而且，如果我留下來，我可以爲這個僞裝作證。把我弄傷以後留在一塊台地上。薩迪雅司一定會派人回來撿拾物資。那時候我會跟他們說，我的隊員都因爲褻瀆帕山迪人的屍體而被獵殺，我們的橋被拋入裂谷。他們會信的，他們都見到過帕山迪人有多恨我們。」

所有人都站了起來，交換著眼神。不自在的眼神。

「我們不會拋下你離開。」席格吉說道。許多人點頭。

「我會跟上來。我們不能拋下那些人。」

「卡拉丁，小夥子……」泰夫開口。

「我們等一下再談我。」卡拉丁打斷他。「也許我先跟你們去，之後再溜回戰營去救那些傷患。現在我們先取屍體上的東西。」

他們遲疑了。

「這是命令！」

他們不再反駁，以最快速度散開，去取出被薩迪雅司捨棄的陣亡將士身上的財物，留下卡拉丁獨自站在橋邊。

他仍然惴惴不安。不只是因爲戰營裡的傷患。那是什麼原因？這是一個絕佳的機會，一個他在當奴隸的時候願意殺人來換得的機會。能夠消失，被視爲死去？橋兵不需要打仗。他們已經自由了。所以他爲什麼還這麼焦慮？

卡拉丁轉頭環顧眾人，結果震驚地發現有人站在他身邊。一個散發著白光的透明女子。是西兒。但他從來沒有見過她這樣，是眞人的大小，雙手交握在身前，頭髮跟洋裝隨風飛揚。他不知道她能讓自己變得這麼大。她望著東方，表情驚恐，眼睛大睜，充滿哀傷，表情宛如一個孩子見到一場讓她的心靈不再純淨的殺戮。

卡拉丁轉頭，緩緩望向她視線的方向。望向高塔。

望向達利納．科林陷入絕境的軍隊。

看著他們，他心如刀割。他們的戰鬥已經陷入絕望。被包圍。被遺棄。只剩下他們等死。

我們有一道橋。如果我們能把橋架起來……大多數的帕山迪人都專注於雅烈席卡軍，只剩下少少幾人在裂谷的基地。這群人的人數少到也許能被橋兵阻擋。

可是這太蠢了。有數千名士兵阻擋科林通往裂谷的道路，而且沒有弓箭手的支援，橋兵要怎麼架橋？

幾名橋兵結束快速蒐集物資的動作，回到原地。大石站在卡拉丁身邊，望著東方，表情變得嚴肅。

「這個太可怕。難道我們不能幫他們嗎？」

卡拉丁搖搖頭。「這會是自殺。我們得要衝上前去，卻沒有大軍支援。」

「我們能不能回去一點？看科林能不能突圍？如果他能突圍，我們就可以架橋。」斯卡說道。

「不行。如果我們不進入帕山迪人的攻擊範圍，科林會認為我們是薩迪雅司留下的斥候。我們得衝向裂谷，否則他絕對不會下來跟我們會合。」

這點讓所有橋兵的臉色頓時刷白。

「況且，如果我們救了那些人，他們會走漏消息，薩迪雅司就知道我們還活著，他會獵捕我們，殺死我們。如果回去，我們就放棄了自由的機會。」卡拉丁說道。

其他橋兵一聽，紛紛點頭。剩下的人也聚集在一起，握著武器。該走了。卡拉丁試圖壓抑內心的一股絕望。這個達利納．科林可能跟其他人都一樣。像羅賞，像薩迪雅司，像任何其他淺眸人一樣。假裝充滿道德正義，實際上徹底腐敗。

可是他有數千名深眸士兵跟他在一起，一部分的他心想。那些人不應該遭受如此悲慘的命運。那些人跟我以前的矛兵小隊一樣。

「我們不欠他們。」卡拉丁低聲說道。他認為他看得到達利納．科林的旗幟飛揚在軍隊的前面。「科林，是你把他們帶到這裡。我不會讓我的人為你而死。」他轉身背向高塔。

西兒仍然站在他身邊，面向東方。光看到她臉上的絕望，就讓他的靈魂糾結痛苦。她低聲說道：「風靈是被風吸引的精靈？還是創造風的精靈？」

「我不知道。重要嗎？」

「可能不重要。因爲，我想起來我是哪種精靈了。」

「現在有時間討論這件事嗎，西兒？」

「我束縛東西，卡拉丁。」她轉身，與他四目對望。「我是榮耀靈。誓言、承諾、犧牲奉獻的精靈。」

卡拉丁隱約能聽到戰爭的聲音，還是那只是他的想像，尋找他知道必定屬於戰場的聲音？

他能聽到他們死前的呼號嗎？

他能看到士兵逃跑，四散，拋下他們的長官嗎？

別人都在逃。卡拉丁跪在達雷的屍體前面。

紅與綠的旗幟，獨自飛在戰場上。

「我經歷過這種事！」卡拉丁咆哮，轉身面向藍色的旗幟。

達利納向來身先士卒。

「上次發生了什麼事？我學乖了！我不會再當笨蛋！」卡拉丁咆哮。

他彷彿要崩潰了。薩迪雅司的背叛，他的疲累，如此多人的死傷。他再次回到當年，跪在阿瑪朗的議戰廳，看著最後幾個朋友被屠殺，自己卻衰弱傷重到救不了他們。

他舉起顫抖的手按著額頭，摸著那裡的烙印，因汗水而濕潤。「我什麼都不欠你，科林。」

而他父親的聲音似乎低低地回答。兒子，總要有人先開始。總要有人上前一步來做對的事情，因爲那是對的。如果沒人開始，就沒有人能追隨。

達利納來幫助卡拉丁的人，攻擊了弓箭手，救下橋四隊。

淺眸人不在乎人命，李臨說。所以我必須在乎。所以我們必須在乎。

所以你必須在乎。

生先於死。

我失敗了太多次。我被打倒在地，踐踏成泥。

力先於弱。

我會帶著我的朋友去送死……

旅程先於終點

……死亡，還有對的事情。

「我們必須回去。他颶風的，我們必須回去。」卡拉丁低聲說道。

他轉頭看著橋四隊的成員。一個一個，他們緩緩點頭。他們幾個月前還是軍隊最卑微的存在，對於自己以外的人事物毫不關心，如今卻都深吸一口氣，拋下所有關於自身安危的考量，全部點頭了。他們願意跟隨他。

卡拉丁抬起頭，深吸一口氣。颶光像波浪一樣湧入他體內，彷彿他朝颶風噘起嘴唇，啜飲入體內。

「扛橋！」他發號施令。

橋四隊的成員發出呼聲，抓起橋，高高抬起。卡拉丁套上盾牌，手抓住皮帶。

然後轉身，舉高盾牌，大吼一聲，帶領他的成員衝回被遺棄的藍色旗幟。

達利納的碎甲上有幾十道的小裂痕都在流瀉颶光。目前還沒有缺少任何主要部分。颶光像是沸騰鍋子上的蒸氣一般籠罩他頭頂，流連許久後才慢慢散去。

❖

太陽直射在他身上，烘烤著他戰鬥的身影。他好累。以戰場上的時間流逝來計算，距離薩迪雅司背叛他的時間並沒有太久，可是達利納已經把自己逼到極限，站在最前面，與雅多林並肩作戰。他的碎甲失去了許多颶光，越來越重，讓他每次的揮砍都更爲遲緩一些，要不了多久，碎甲將會重到他動彈不得，終將被帕山迪人淹沒。

他殺了好多人。好多人。多得可怕，卻沒有半絲戰意。他的內心一片空洞，但這樣遠比對殺戮感到愉悅來得好。

可是他殺的還是不夠多。他們的攻擊集中在達利納跟雅多林身上，有碎刃師在前線，任何防線的缺口都會有一個身著閃亮盔甲，手持致命長劍的人補上。帕山迪人一定要先除掉他跟雅多林。他們知道。達利納知道。雅多林知道。

故事中常說戰場上最後只剩下碎刃師，在漫長英勇的作戰後，被敵人以人海戰術拖垮。這描述一點都不寫實。如果先殺掉碎刃師，就能奪走他們的碎刃，反過來對付敵人。

他再次揮砍，肌肉因疲累而反應減慢。先死。死得其所。己所不欲，勿施令於人……達利納在岩石上的腳步一軟，碎甲感覺像是普通盔甲一樣重。

他可以對於自己如何交代這一生感到滿意，可是他的士兵……他對不起他們。光想到他多麼愚蠢地領著他們進入陷阱之中，便讓他自我厭惡。

都過了這麼久，他才終於開始重新追求她。浪費了六年。浪費了一輩子。現在她又要開始哀慟。

還有娜凡妮。

這個念頭讓他舉起手臂，在岩石上站穩。他擋下帕山迪人，繼續掙扎。為了她。只要他還有一絲力氣，就不允許自己倒下。

雅多林站在不遠處，盔甲也在漏出颶光。年輕人越來越辛苦地想要保護他的父親。他們甚至沒有討論是否能嘗試跳過裂谷逃跑。裂谷這麼寬，機會太低。而且更重要的是，他們不會拋下自己的人，讓他們送死。他跟雅多林一直以來遵循著戰地守則而活。他們將遵循戰地守則而死。

達利納再次揮砍，站在雅多林身側，兩名碎刃師獨有的協同攻擊方式，讓敵人總無法近身。汗水在他的頭盔下沿著臉龐流下，他朝消失的軍隊投以最後一次的目光。大軍已經幾乎要消失在天際線邊。達利納的位置讓他很清楚地看到西方。

讓那個人受盡詛咒，直到……

什麼？

先祖啊，那是什麼？

一小群人正在橫越西邊台地，朝高塔跑來。只有一支橋兵隊，扛著橋衝來。

「不可能。」達利納往後退了一步，讓剩下的碧衛衝上前來保護他。他不敢相信自己的眼睛，於是推起了面罩。薩迪雅司的軍隊都走了。可是還有這支橋兵隊留下。為什麼？

「雅多林！」他大吼一聲，以碎刃指著前方，四肢流竄著希望的熱流。

年輕人轉身，目光跟隨達利納的手勢，渾身一僵，大吼：「不可能！這是什麼樣的陷阱？」

「如果是陷阱也太蠢了。我們已經死定了。」

「可是爲什麼他會派一支橋隊回來？有什麼用？」

「重要嗎？」

在戰場上，兩人遲疑片刻。他們都明白答案。

達利納大吼，轉身面對軍隊：「攻擊陣形！」颶父啊，他們的人數太少了，連他原本的八千人一半都不到。

「集合。準備出發！我們要一起突圍，所有人要使盡全力。我們只有一個機會！」雅多林大喊。

一個很渺茫的機會，達利納心想，關上面罩。我們得要穿透剩下的帕山迪軍隊。就算他們趕到下方，說不定也會發現橋兵都死了，橋被拋入裂谷。帕山迪弓箭手已經聚集起來，超過一百人。這會是一場屠殺。

可是它仍是希望。一個微小、珍貴的希望。如果他的軍隊要被殲滅，也會是死在他們想要抓住那個希望的過程之中。

他舉高碎刃，感覺到一股決心跟力量，達利納帶領眾人，衝了出去。

❖

同一天第二次，卡拉丁衝向全副武裝的帕山迪陣線，盾牌舉在他前方，穿著從死去敵人身上割下來的盔甲。也許他應該因爲他取得盔甲的方式而感到反胃，可是帕山迪人也殺死了度尼、地圖，還有卡拉丁加入橋兵隊第一天善意提醒他的無名男子。卡拉丁仍然穿著他的涼鞋。

我們對他們。士兵只能用這種方式思考。今天，達利納・科林還有他的士兵是「我們」的一部分。

一群帕山迪人看到橋兵接近，開始拉弓引弦，幸好看樣子達利納也看到了卡拉丁一行人，因爲藍色軍裝的軍隊正開始朝救兵方向前進。

不會成功的。帕山迪人太多，達利納的士兵應該已經很疲累。這會是另外一場災難，可是這一次，卡拉丁明知如此卻勇往直前。

帕山迪弓箭手正在排好陣形，他看著他們心想，這是我的選擇，不是某個憤怒的神明在看著我，不是精靈在戲弄我，不是命運在擺布我。

是我。我選擇要跟隨提恩。我選擇要衝向碎刃師，救出阿瑪朗。我選擇要逃出奴隸坑。現在，我選擇要嘗試拯救那些人，雖然我明知道很有可能會失敗。

帕山迪人放箭，卡拉丁感覺到一陣亢奮。疲累消失，虛弱散去。他不是爲薩迪雅司而戰。他的努力不是爲了讓別人中飽私囊。他是爲了保護他人而戰。

箭矢朝他飛來，他將盾牌劃了一個弧形，引開飛箭。其他的飛箭從別的方向射來，尋找他的皮肉。他總比飛箭快上一步，他們射腿他就跳起，他們射肩他就轉身，他們射臉他就舉盾。並不容易，而且不只一枝箭離他很近，射中他的胸甲或踝甲，但是沒有射中。他成功了。他——

不對勁。

他在兩枝箭之間轉身，一時迷惘。

「卡拉丁！那裡！」西兒變回縮小版，飛在附近。

她正指著另外一個備戰台地，離達利納使用的台地不遠，一大群帕山迪軍剛跳到那個台地，正跪了下來，舉起弓箭，不是指著他，而是指著橋四隊毫無防護的身側。

「不！」卡拉丁驚呼。颶光如雲朵般從他口中逃散。他轉過身，跑向橋兵的方向。飛箭從後面射他。一枝箭射中他的背甲，卻彈到另一邊。另一枝箭射中他的頭盔。他跳過地面的一道裂縫，以颶光所能提供的所有速度往前飛奔。

一旁的帕山迪軍正在拉弓。至少有五十人。他會趕不及。他會——

「橋四隊。右側扛！」他大吼。

他們已經好幾個禮拜沒有練習這個動作，可是訓練的成效此時完全展現，所有人毫無疑問地服從命令，在弓箭手放箭的同時將橋側提在右方。飛箭射中橋面，彈過木頭表面。卡拉丁鬆了一口氣，來到橋隊，他們爲了要側扛橋而把速度放慢。

「卡拉丁！」大石指著後方說道。

卡拉丁轉身。站在高塔上的弓箭手正準備大量發射。

橋兵們暴露在外，弓箭手放箭。

他再次大吼，放聲吼叫。颶光充斥他身邊的空氣，他將體內每一絲颶光都灌注在盾牌上。吼叫聲在他耳中迴蕩，颶光破體而出，衣服凍結崩裂。

箭雨遮蔽整片天空。有東西射中他。一股大力將他拋向橋兵。他重重落地，悶哼一聲，感覺力量繼續推擠他。

橋停下來，所有人停止動作。

寂靜無聲。

卡拉丁眨眼，覺得耗盡全身力氣。他的身體在痛，手臂在麻，後背痠疼，手腕有銳利的刺痛。他呻吟出聲，睜開眼睛，腳下一軟，被大石從後方托住。

沉悶的撞擊聲。橋被放下來。白癡！不要放橋……撤退……

橋兵包圍他的同時，他軟倒在地，因爲耗用太多颶光而支撐不住。他對握在身前的東西跟流血手臂連結在一起的東西眨眨眼。

超過一百枝箭。一整波攻擊。被拉到一面盾牌上。

德雷低聲開口：「光明召喚者的陽光啊，剛才……那是……」

「像是光芒的噴泉。」摩亞許跪在卡拉丁身邊。「像是你體內有太陽一樣，卡拉丁。」

「帕山迪……」卡拉丁沙啞地說道，放下盾牌。皮帶已經被截斷，他搖搖晃晃想要站直的同時，盾牌幾乎可以說是解體，變成碎塊，在他腳邊落下幾十枝箭。剩下幾枝戳在他的手臂上，但是他罔顧痛楚，只是看著帕山迪人。

兩邊的弓箭手都驚愕得動彈不得。最前面的人開始以卡拉丁不認得的語言相互叫喚。「內書亞‧卡達！」他們站起身。

然後逃了。

「什麼？」卡拉丁。

「我也不知道。可是我們要把你帶去安全的地方。該死的手。洛奔！」泰夫捧著自己的傷臂說道。

矮子把達畢找來，兩人一起將卡拉丁帶到靠台地中央比較安全的地方。他握著手臂，全身麻木，疲累到幾乎無法思考。

「扛橋！我們還有任務要進行！」摩亞許大喊。

其餘的橋兵嚴肅地跑回橋旁，扛了起來。在高塔上，達利納的軍隊正在從帕山迪軍隊之間殺出一條血路，要前往橋兵隊可能可以帶來的安全地區。他們一定正在遭受龐大的損失……卡拉丁茫然地心想。

他腳下一軟，倒在地上。泰夫跟洛奔把卡拉丁拉到一個有遮蔭的山洞，裡面是斯卡跟達畢。斯卡的腳因爲滲出鮮血而赤紅，他用來當枴杖的矛放在身邊。我以爲我跟他說了……不要用腳走路……

「我們需要錢球。斯卡？」泰夫說道。

「他今天早上要錢球。我全都給他了。我想大多數人都給他了。」瘦子說道。

泰夫低聲咒罵，把剩下的箭從卡拉丁手臂拔出，然後纏上繃帶。

「他會有事嗎？」斯卡問。

「我不知道。我什麼都不知道。克雷克！我眞是白癡。卡拉丁，小子，你聽得到我說話嗎？」泰夫問。

「只是……驚嚇……」卡拉丁回答。

「大佬，你看起來很怪。很蒼白。」洛奔的聲音聽來很緊張。

「小子皮膚灰白得很，應該是因爲剛才那一下。我不知道……我……」他再次咒罵，手用力地拍上岩石。「我應該要仔細聽的！白癡！」

他們讓他側臥，他幾乎看不見高塔了。新的帕山迪人，沒有看到卡拉丁表演的帕山迪人，正朝裂谷衝來，握住武器。橋四隊抵達，開始架橋，他們拿出盾牌，快速從綁在橋邊的物資袋裡拿出矛，然後所有人站到他們推橋的位置，準備要把橋就定位。

帕山迪人的弓箭不夠。他們組織起來等待，武器抽出，準備以三打一，之後還有更多軍隊。

「我們得去幫忙。」斯卡對洛奔跟泰夫說。

另外兩人點頭，三個人，兩名傷患，一人少了一邊手臂，站了起來。卡拉丁也想站起身，但是雙腿太虛弱，又重新倒地。

「躺著，小子。我們來就可以了。」泰夫微笑地說道。他們從洛奔放在擔架上的備用物品取出幾枝矛，一拐一拐地加入橋兵。就連達畢都加入了他們。自從第一次出勤受傷之後，他就再也沒有說過話。

卡拉丁爬到凹洞的邊緣，看著他們。西兒落在他身邊的岩石地上。「他颶風的笨蛋。不該跟我來。可是我以他們為榮。」卡拉丁低聲說道。

「卡拉丁……」西兒開口。

他真是颶他的累壞了。「妳有沒有辦法？讓我變得更強？」

她搖搖頭。

不遠處，橋兵開始推。木頭劃過岩石的聲音非常沙啞，朝等待的帕山迪人伸去。他們開始唱著那沙啞的戰歌，就是每次看到卡拉丁穿著盔甲時唱的那一首。

帕山迪人看起來很興奮、憤怒、致命。他們想要見血。他們會攻擊橋兵，撕裂他們，然後將他們的橋連同屍體一起拋入下方的虛無。

又要發生了，卡拉丁暈眩卻又無力阻止地心想。他發現自己耗盡了體力，全身縮成一團，不斷發抖。我趕不過去。他們會死。死在我面前。托克思。死了。死了。哥舍。死了。達雷。死了。瑟恩。地圖。度

尼。死了。死了。死了……

提恩。

死了。

縮躺在岩石的凹洞中。戰事的聲音在遠處迴蕩。死亡包圍著他。

一瞬間，他又回到了最可怕的那一天。

❖

卡拉丁跌跌撞撞地走過充滿咒罵、慘叫、戰鬥的混亂戰場，緊握住他的矛。他的盾牌掉了。他需要從哪裡找來一面盾牌。他不是該有盾牌嗎？

這是他第三場眞正的戰爭。他在阿瑪朗的軍隊只待了幾個月，但爐石鎮已經像是另一個世界的事。他來到一個石洞，蹲了下來，背靠著石頭，不斷深呼吸，抓住矛的手指濕滑。他全身都在發抖。

他沒想過原本的生活原來過得如此悠閒。遠離戰爭。遠離死亡。遠離慘叫。金屬相交，金屬木頭相碰，金屬人肉相交的刺耳聲音。他緊閉起眼睛，想要擋住一切。

他告訴自己：*不要。睜開你的眼睛。不要讓他們這麼容易找到你，殺死你。*

他強迫自己睜開眼睛，然後轉過頭探看戰場。一片混亂。他們在一個大山坡上對峙，雙方都有幾千人，交錯殺戮。在這樣的瘋狂場景中，有誰能弄清楚頭緒？

阿瑪朗的軍隊，卡拉丁的小隊想守住山頭。另一支軍隊，同樣是雅烈席人，想要奪走山頭。卡拉丁只知道這麼多。敵人似乎比己方人數更多。

他會安全的。他會的！卡拉丁心想。

可是他難以說服自己。提恩沒有當多久的小廝就被告知募兵情況不佳，所有能握矛的人手都需要上戰場。提恩跟其他年紀比較大的小廝被分到不同的後備士兵裡。答拉說這些絕對不會被動用。可能不會。除非軍隊陷入嚴重危險。被包圍在陡峭的山頂，戰線一片混亂能算是嚴重危險嗎？

他看著山坡，心想，到山頂上。阿瑪朗的旗幟還在飛舞。他們的士兵一定還守住山頂。卡拉丁只看得到一團橘色的士兵，偶爾一點深綠。

卡拉丁沿著山坡往上跑。有人對他喊，他不回頭，不去看是哪一邊的人在喊他。一團團草在他面前縮起，他被幾具屍體絆倒，繞過幾棵矮重樹，避開有人在打鬥的區域。

那裡。他注意到一群矛兵站成一排，警戒地看著。綠色。阿瑪朗的顏色。卡拉丁跑向他們，士兵放他通行。

「士兵，你是哪個小隊的？」肩上有著低階隊長繩結的粗壯淺眸男子說道。

「死了，長官。」卡拉丁強迫自己回答。「都死了。我們在塔須林光明爵士的連裡，然後……」

「呿，第三次有人回報塔須林倒下。找人去跟阿瑪朗說，東邊開始疲弱。」男子轉頭對傳令兵囑咐，然後低頭看著卡拉丁。「你，去跟後備區報到，重新分發。」

「是的，長官。」卡拉丁麻木地說道，他看著自己來時的路。山坡上有許多屍體，多數穿著綠色。在他的注視下，衝上山頂的三人被攔截，擊殺。

山頂上沒有人去幫助他們。卡拉丁剛才很有可能會在抵達安全範圍的幾碼外就被殺死。他知道從戰略的角度來看，這些戰線的士兵也許應該要留守原地，才是上策但總覺得這樣的作法顯得很冷酷。

找到提恩。他朝山頂北邊的後備區跑去，可是在那裡他只看到更多的混亂。一群群暈眩的人，滿身鮮血，被分派到新的小隊，重新派上戰場。卡拉丁在他們之中穿梭，尋找小廝組成的小隊。

他先找到答拉。高瘦的三指後備軍士官長站在一根高柱子旁，上面飛舞著兩面三腳形的旗子。他正在派遣新形成的小隊去填補下方連的損失。卡拉丁仍然聽得到戰鬥聲。

「你！小隊重派是那個方向，快去。」答拉朝卡拉丁一指說。

「我需要找到小廝組成的小隊。」

「他地獄的你爲什麼要知道？」

「我怎麼知道？我只聽從命令。」卡拉丁聳聳肩，努力保持冷靜。

答拉悶哼一聲。「薛勒光明爵士的連。東南方。你可以——」

卡拉丁已經跑走。不應該發生這種事。提恩應該要待在安全的地方。颶父啊，還不到四個月！

他繞到山坡的東南方，找到離山頂四分之一處在飛舞的旗幟。純黑的對符讀起來是薛須・雷樂，薛勒的連名。卡拉丁訝異於自己的堅定，推開了守住山頂的士兵，發現自己再次陷入戰場。

這裡的情況看起來好一點。薛勒這邊守住了陣線，不過正遭受一波波敵人的攻擊。卡拉丁衝下山坡，腳下鮮血帶著他半跑半滑。他的恐懼消失了，取而代之的是對弟弟的擔憂。

敵人小隊進攻的同時，他來到了戰線，他想要閃到戰線後方去找提恩，卻被兩波攻擊夾殺。他只能閃到一旁，加入一群矛兵。

一秒後，敵人便殺了過來。卡拉丁雙手握矛，站在其他橋兵邊緣，試圖不要擋住他們。他不知道自己在做什麼。他甚至不知道該怎麼利用盾友做爲防護。交戰的過程太快，卡拉丁只刺了一次。敵人被逼退，他也避免受傷。

他站在原處，喘氣，握住矛。

「你。」一個充滿權威的聲音說道。男子指著卡拉丁，肩膀上有繩結。小隊長。「我的小隊終於得到增員了。我以爲每個人都會被派到伐史那裡去。你的盾呢？」

卡拉丁急忙從旁邊倒地的士兵身上抓起一面盾。他正在忙的時候，小隊長在他身後開始咒罵。「該死的。他們又來了。這次還兩支，我們這樣根本守不住。」

一名穿著綠色傳令兵背心的人爬過岩石。「守住東面攻擊，梅希！」

「南面呢？」小隊長梅希大吼。

「處理了。守住東邊！這是你的命令！」傳令兵繼續往前跑，朝戰線的另一個小隊傳令。「伐史。你的小隊要守住東邊！」

卡拉丁拿著盾牌站起。他需要去找提恩。他不能——

他突然停下腳步。就在下一個小隊中，有三個身影。年輕男孩，穿著盔甲的身形看起來很瘦小，不知所措地握著矛。其中一個是提恩。他的小隊顯然被拆開來去塡補其他小隊的空缺。

「提恩！」卡拉丁大叫，在敵人衝上前來的同時，脫離了戰線。爲什麼提恩跟其他兩人被放在小隊隊形的正中間？他們甚至不知道該怎麼握矛！

梅希在卡拉丁身後大吼，但卡拉丁不理他。敵人一下子衝上前來。梅希的小隊潰散，喪失紀律，陷入慌亂、毫無章法的抵抗。

卡拉丁感覺有東西撞上他的腿。他腳步一軟，倒在地上，發現他被矛刺中了，可是卻不痛。眞奇怪。

提恩！他強迫自己站起。有人站在他前面，卡拉丁反射性地倒地打滾，避過朝他心臟刺來的矛。他還來不及想就已經握住自己的矛，用力往上一戳。

然後，他全身僵住了。他將矛刺穿了敵人士兵的脖子。發生得好快。我剛才殺了人。

他翻過身，讓敵人跪倒在地，順勢將矛抽出。伐史的小隊在更遠處一點。敵人先攻擊卡拉丁的位置之後，轉而攻擊他們。提恩跟其他兩人還在前方。

「提恩！」卡拉丁大喊。

男孩望向他，眼睛大睜，居然露出微笑。在他身後，其餘的小隊成員往後退，暴露出未受過訓練的男孩們。

敵方士兵發現這是弱點，因此撲向提恩跟其他兩人。他們最前面是一名穿著閃亮盔甲的淺眸人。他揮動長劍。

卡拉丁的弟弟就這麼倒下。一眨眼間，他就站在那裡，滿臉驚恐。下一瞬間已經倒地。

「不！」卡拉丁慘叫，他試圖想站起，卻重新跪倒。他的腿動不了。

伐史的小隊連忙趕上前，攻擊敵人，利用他們攻擊提恩跟其他人的分神瞬間撲上前去。他們把未受過訓練的士兵放在前面阻擋敵人的攻勢。

「不要，不要，不要！」卡拉丁吼叫。他用矛把自己撐起，然後跌跌撞撞地前進。他一定是弄錯了。不可能這麼快就結束。

他歪歪倒倒地走過剩下一段路，居然沒有人砍倒卡拉丁，也算是奇蹟。他甚至沒多想。他只是看著提恩倒地的地方。有雷。不。有馬蹄。阿瑪朗帶著騎兵趕到，他們正在攻擊敵方戰線。

卡拉丁不在乎。他終於到了。那裡，他找到三具屍體：年輕、瘦小，倒在一塊凹下的岩石之中。卡拉丁驚恐、麻木地伸出手，翻過面朝下的屍體。

提恩死氣沉沉的雙眼望著天空。

卡拉丁繼續跪在屍體旁邊。他應該去包紮傷口，應該退回安全的地方。可是他太麻木。他只是跪著。

「也該到了。」一個聲音說道。

卡拉丁抬起頭，發現一群矛兵聚集在一旁，看著騎兵。

「他想要敵人先集中在我們這裡。」其中一名矛兵說道。他的肩膀上有繩結。伐史，他們的小隊長。

那個人的眼神很銳利，不是莽夫。精瘦，幹練。

我應該感覺憤怒。我應該有……感覺。

伐史低頭看他，然後看著三名死去的小廝。

「你這混帳。你把他們放在前面。」卡拉丁怨毒地說道。

「我只是盡量利用每個人的特性。」伐史朝他的小隊點點頭，然後指著一間指揮帳。「如果他們給我不能戰鬥的人，那我就會想別的辦法利用他們。」他的小隊離開，他遲疑片刻，似乎顯得很遺憾。「孩子，人為了保命要不擇手段。只要有機會，就要把弱點變成強項。如果你活下來，記住這點。」

說完，他小跑步離開。

卡拉丁低頭。為什麼我保護不了他？他看著提恩，想起弟弟的笑聲，他的天真，他的微笑，他對於探索爐石鎮外面山丘的興奮。

求求祢。求求祢讓我保護他。讓我變得夠強。

他感覺自己好弱。失血過多。他發現自己倒在一旁，以疲累的雙手包紮了自己的傷口，然後內心一陣空虛，他躺在提恩身邊，將屍身拉近自己。

「不要擔心。」卡拉丁低聲說道。他什麼時候開始哭了？「我會帶你回家。我會保護你，提恩。我會帶你回去……」

他抱著屍體，直到黑夜，直到戰爭結束許久，隨著身體變冷，依然緊緊抱著不鬆手。

❖

卡拉丁眨眼。他不是跟提恩一起在凹洞裡。他在台地上。

他聽到外面有人死去的聲音。

他痛恨回想起那天。他幾乎希望自己從來沒有去找過提恩，那麼他就不用看到那一幕。他不用無助地跪在那裡，看著弟弟被屠殺。

故事重演。大石、摩亞許、泰夫。他們都會死。而他再次無助地倒在這裡。他幾乎動不了。他覺得精疲力竭。

「卡拉丁。」一個低低的聲音響起。他眨眨眼。西兒飄浮在他面前。「你知道箴言嗎？」

「我只想要保護他們。」他低聲說道。

「所以我來了。箴言，卡拉丁。」

「他們會死。我救不了他們。我——」

阿瑪朗在他面前屠殺他的人。

無名的碎刃師殺了達雷。

淺眸人殺了提恩。

不。

卡拉丁翻過身，強迫自己站起來，虛軟的雙腿無力。

不！

橋四隊還沒架好橋。他很訝異。他們還在推橋過裂谷，帕山迪人聚集在另一邊，很興奮，歌聲變得更慌亂。他的幻象似乎持續了好幾個小時，但實際上只是幾下心跳的時間。

不！

洛奔的擔架在卡拉丁身前。用光的水囊跟凌亂的繃帶之間躺著一柄矛，鋼矛頭反射著陽光。它對他低語。它讓他又愛又怕。

時間到的時候，希望你已經準備好。因為這群人需要你。

他抓起矛，自從好幾個禮拜前在裂谷的演示之後，第一次握住眞正的武器。然後，他開始奔跑。一開始很慢。加速。他毫不在乎自己的身體已經疲累至極，完全沒有停頓。他奮力地強迫自己衝向橋。橋離裂谷另一端還有一半的距離。

西兒衝在他面前，回過頭一臉擔心。

「箴言，卡拉丁！」

卡拉丁跑上移動中的橋，大石驚呼。木板在他腳下搖晃。橋已經伸到裂谷中央，卻還沒到另一端。

「卡拉丁！你在做什麼！」泰夫大喊。

卡拉丁呼號，來到橋的末端，從某處找到一絲力量，他舉高矛，從高原末端躍起，撲向空無之上的空中。

橋兵驚慌地呼喊。西兒擔心地繞著他飛轉。帕山迪人訝異地抬起頭，看著一名橋兵隻身飛向他們。他耗盡體力，疲憊不堪的身體幾乎不剩下任何力氣。在時間凝結的那一瞬間，他低頭看著自己的敵人。帕山迪人有著紅黑相間的皮膚。士兵舉起精緻的武器，彷彿要把他從空中砍落。陌生的形體，穿著厚甲胸盾與頭盔的奇形怪狀。有很多人都有鬍子。

鬍子裡編織著發光的寶石。

卡拉丁深吸一口氣。

像是救贖的力量，像是全能之主眼中散發出的陽光，颶光從寶石中迸發，穿過空中，形成清晰可見、有如燦爛的煙霧凝結而成的光柱，扭轉翻騰盤旋如小捲柱雲，直衝入他胸口。

颶風又活了過來。

卡拉丁落在岩壁邊緣，雙腿突然變得強壯，意識、身體、血脈充滿活力。他半蹲落地，矛夾在腋下，一小圈颶光以他爲中心朝外擴散，被他的落勢推入岩石。驚嚇的帕山迪人往後躲，睜著眼睛，歌聲零零落落。

一絲颶光癒合了他手臂上的傷口。他微笑，矛握在他身前，像是分離許久的情人身體一樣熟悉。

箴言，一個聲音急迫地說道，彷彿直接印在他的心海。在那瞬間，卡拉丁很訝異地發現，他知道箴言的內容，雖然從來沒有人對他說過。

「我願保護那些無法保護自己的人。」他低聲說道。

燦軍的第二信念。

空氣隨著爆裂聲顫動，像是巨大的雷聲，但天空晴朗無雲。泰夫剛架好了橋，卻被撼動得往後退了一步，發現他跟橋四隊的其他人一起瞠目結舌，看著卡拉丁全身能量爆發。

一股純白的光芒從他身前蔓延開來，一波白色的煙霧。颶光。颶光的力量擊上第一波的帕山迪人，將他們往後拋起。泰夫得舉起手擋住白光的燦爛。

「不一樣了。很重要的事情發生了。」摩亞許舉著手低聲說道。

卡拉丁舉起矛。強烈的光芒開始消失、退散，身體開始蒸騰起較爲低調的柔光，無比明亮，像是透明火焰的煙霧。

周圍有些帕山迪人逃跑，卻有其他人站上前來，舉起武器表示挑戰。卡拉丁轉身衝向他們，化身爲金屬、木頭、決心的風暴。

68 伊尚尼

「祂們稱之爲最後寂滅，可是祂們說謊。我們的神說謊。祂們說了多大的謊啊。永颶要來臨了。我聽到它的低語，看到它的颶風牆，知道它的內心。」

——塔那塔那日，一一七三年，死前八秒。一名亞西須初階工人。此樣本特別值得關注。

穿著藍色制服的士兵大喊著戰呼來鼓勵自己，聽起來像是一片雪崩之聲，跟在揮舞著巨劍的雅多林身後。這裡沒有空間擺好姿勢，他只能不斷前進，突破帕山迪人的陣線，帶著他的人往西邊衝。

他父親跟他的馬依然安全，帶著一些傷患跟在後方。碎刃師們不敢上馬。跟敵人距離那麼近，瑞沙迪坐騎會被砍倒，碎刃師會被拋在地面。

這就是沒有碎刃師就不可能取勝的戰術。要衝向比自己更多的敵人？而且士兵全都受傷，精疲力竭？他們早該被擋下、殲滅了。

可是要擋下碎刃師沒有那麼容易。他們的盔甲漏出颶光，六呎長的碎刃大幅度地揮砍，雅多林跟達利納粉碎了帕山迪的防禦，硬是逼開了破口。他們的士兵是雅烈席卡戰營中最精良的，知道如何充分利用這個機會。他們在碎刃師身後組成三角隊形，把帕山迪軍撐開，利用矛兵的隊形切割敵人，不斷前進。

雅多林幾乎是以小跑步前進。山坡的斜度如今對他們有利，讓他們腳步能踩得更穩，像是衝鋒的芻螺一樣往下跑。當所有人都以爲絕對要命喪當場時，如今卻有一絲生存的希望，讓眾人獲得最後一次衝向自由的力氣。

他們的死傷非常慘重。達利納的四千人已經又折損了一千，甚至更多，可是這不重要。帕山迪人是爲了殺人，但雅烈席人是爲了求生。

❖

天上的神將啊，泰夫心想，看著卡拉丁作戰。才沒多久前，那小子看起來皮膚暗灰，雙手顫抖，就像是快死了一樣。現在他是一團發光的旋風，使矛的風暴。泰夫見識過不少戰場，卻從來沒有像眼前這樣。卡拉丁光憑一己之力就守住了橋前方的空地。白色的颶光像火焰一樣從他身上冒出。他的速度快得令人難以置信，幾乎不是凡人所能擁有，而他的攻擊如此精準，每次出手必定會刺中脖子、腰側，或是帕山迪皮肉沒有厚甲覆蓋的部分。

這不只是颶光。泰夫對於他家族想要教導他的信仰只有破碎的記憶，但所有的片段都吻合。颶光不會帶來新技能，無法把人變成另一個樣子，它只能增強、進化、提升。

完美。

卡拉丁彎腰，將矛柄重重戳上一個帕山迪人的腿，敵人倒在地上，然後他立刻跳起，以矛柄頂住揮砍而來的斧頭柄。他放開一隻手，將矛尖劃入一名帕山迪人的腋下，用力戳入。那人倒地時，卡拉丁抽出矛，以矛柄戳上一名靠太近的帕山迪人頭顱。矛柄粉碎，帕山迪人的厚甲頭盔同時炸開。

不，這絕不只是颶光的作用，而是矛術大師的能力增強到驚人的程度。

橋兵包圍著泰夫，看得目瞪口呆。泰夫手臂上的傷似乎沒有之前那麼嚴重了。「他就像風的一部分，落入人間後有了軀體，根本不是人，是精靈。」德雷說道。

「席格吉？你有看過這樣的景象嗎？」斯卡睜大了眼睛問道。

深色皮膚的男子搖搖頭。

「颶父啊。那是什麼……他是什麼？」皮特低聲說道。

「他是我們的橋隊長。」泰夫恢復了神智。在裂谷的另外一端，卡拉丁勉強避過帕山迪流星錘的一擊。「而且他需要我們的幫助！第一第二小組，你們往左，不要讓帕山迪人包圍他。第三第四小組，跟我一起去右邊。大石、洛奔，隨時準備把傷患拖走，其他人，皺牆陣形。不要攻擊，保重性命，擋下他們。還有洛奔，丟一支完好的矛給他！」

❖

達利納大吼，砍倒一群帕山迪劍士。他衝過他們的身體，爬上一道小矮坡，高高躍起，落在幾呎下方的帕山迪人，以碎刃橫掃。他的碎甲是沉重的負擔，但是他們的爭鬥仍然讓他持續前進。殘存的碧衛同樣怒吼一聲，跟著他跳了下來。

他們絕對無法逃脫。那些橋兵現在應該已經死了，可是達利納依然感謝他們的犧牲。也許最後仍然是徒勞無功的，但是他的旅程因此而改變。他的士兵就應該這樣喪命，不是被逼到絕境，害怕敵人，而是忘情生死。

他不會靜靜地在黑暗中消失。絕對不會。他再次放聲大吼，喊出他的反抗，衝入一群帕山迪人，迴身旋風般旋轉橫掃他的碎刃。他穿過一群死去的帕山迪人，眼睛焦黑。

然後，達利納衝入了一片空地。

他震驚地眨眼。我們辦到了，他不可置信地心想，我們突破了。在他身後，士兵們狂吼，他們疲累的聲音聽起來幾乎像他一樣驚訝。就在他前方，最後一群帕山迪人擋在達利納跟裂谷之間，可是他們背對他。為什麼他們——

橋兵。

橋兵在作戰。達利納瞠目結舌，痲痺的手臂不由自主地放下引誓。那一小隊橋兵守住了橋頭，拚死命擋住想逼退他們的帕山迪人。

這是達利納看過最驚人、最光輝的景象。

雅多林發出歡呼，穿透了帕山迪人，出現在達利納左方。年輕人的盔甲上滿是裂痕、刮痕、焦痕，頭盔也已經粉碎，頭部危險地暴露在外，但是他的表情充滿了狂喜。

「快去、快去！他颶風的，快去支援他們！如果橋兵死了，我們都死定了！」達利納指著橋兵大吼。

雅多林跟碧衛衝上前去。英勇跟雅多林的瑞沙迪名駒定血奔馳而過，每匹馬背上都有三名傷患。達利納痛恨自己必須留下這麼多傷兵在山坡上，但是戰地守則說得很清楚，現在的情況下，保護他能救的人更爲重要。

達利納轉身，攻擊他左方的帕山迪人主力，確保他的軍隊能擁有暢通的通道。許多士兵朝安全地帶猛衝，但有不少小隊此時展現他們的勇猛，留在一旁繼續作戰，讓開口變得更寬。綁在達利納頭盔邊緣的護額被汗水浸透，汗滴落下，過了眉毛，滴入他的左眼。他咒罵一聲，抬手要推開頭盔——然後僵住。

敵人軍隊正在讓出一條通道。站在他們之間是一名七呎高的帕山迪巨人，身著銀色碎甲，展露碎甲與擁有者的體型能完全吻合的特性。他的碎刃上滿是銳利的尖刺倒勾，像是凝結成金屬的火焰。他朝達利納舉起碎刃，行禮。

「現在？你現在才來？」達利納不敢相信地大吼。

碎刃師上前一步，金屬靴子敲擊在岩石上。其他帕山迪人退開。

「爲什麼不早點來？」達利納質問，立刻擺出風式，眨著左眼想除掉眼中的汗水。他站在一塊像書本一樣的巨大長方形岩石。「爲什麼要等了整場戰爭都過去後才攻擊？等到……」

等到達利納快要逃走的時候。顯然帕山迪碎刃師很願意在達利納明顯無法逃脫時，讓他的同胞撲向達利納，也許他們是要讓普通士兵有贏取碎具的機會，就像在人類軍隊裡一樣。如今達利納可能會逃走，他們可能會失去獲得碎刃與碎甲的機會，因此碎刃師被派來與他對打。

碎刃師上前一步，以口音濃重的帕山迪語言說了幾句話。達利納一個字都聽不懂。他舉起碎刃，擺好姿勢。帕山迪人又說了幾句，然後悶哼一聲，上前揮砍。

達利納暗地咒罵自己仍然看不見的左眼，往後一閃，揮舞著碎刃，拍打敵人的武器。武器相交的同時，穿著碎甲的達利納仍然全身感到猛震。他的肌肉反應遲緩，盔甲仍然在流瀉颶光，但量已經開始減少，要不了多久，碎甲就會停止反應。

帕山迪碎刃師再次攻擊。他的招式是達利納沒有見過的，但是絕對有經過千錘百鍊的痕跡，這不是個野蠻人拿著一把強大的武器玩，而是一名受過訓練的碎刃師。達利納再次被逼得要舉起武器格擋，這並非風式的強項。他被重量拖垮的肌肉已經無力閃躲，碎甲的破壞程度也禁不起再受到攻擊。

這一擊幾乎讓他站不住。他一咬牙，用盡全身重量抵住武器，刻意在帕山迪人再次揮砍時，過度收力。兩劍在空中伴隨巨聲相交，散發出一片像一桶熔鐵被灑入空中的火星。

達利納很快便恢復重心，用力前撲，想以肩膀撞上敵人的胸口。可是帕山迪人的力量仍然非常完整，碎甲毫無裂縫，他躲到一旁，差點擊中達利納的背部。

達利納即時側身，然後轉過身，跳上一小塊岩石高地，踏上更高的平台，來到了岩石頂。帕山迪人跟了上來，正如達利納所願。崎嶇的地表讓兩人打鬥的難度便高，這是他所樂見的，但是如果被擊中一次，達利納受到的損傷也會加倍，這就意謂著他必須行險招。

帕山迪人快來到岩石頂時，達利納利用站穩的腳步跟制高的地形攻擊。帕山迪人甚至沒閃躲，直接讓頭盔接下這一砍，頭盔出現裂縫，卻也讓他得到揮砍達利納雙腿的機會。

達利納往後一躍，感覺自己的動作極爲緩慢，勉強才避過了對方的劍，卻也來不及在帕山迪人爬上岩石頂端前發動第二次攻擊。

帕山迪人剛猛地一劍刺來，達利納一咬牙，舉起前臂格擋，心中暗自向神將祈禱前臂碎甲能夠擋下這一擊。帕山迪人的碎刃擊中他的護甲，讓達利納整隻手臂發麻，拳頭上的護甲像是灌鉛了一樣重，可是達利納腳步不停，揮舞著自己的劍進行攻擊。

不是對方的武器，而是他腳下的石頭。

就在達利納前臂護甲熔化碎裂，灑入空中的同時，他也砍斷了敵人腳下的岩石平台，整塊崩壞，帶著碎刃師往後倒在地上，重重落地。

達利納以前臂護甲壞掉的拳頭重鎚地面，釋放了護手。護手鬆脫，他把手抽出，汗水讓手掌發冷。他把護手留在地面，因爲前臂護甲已經壞掉，護手也無法作用，然後大吼一聲，單手揮砍他的碎刃。他再次劃斷另一塊岩石，讓岩石朝碎刃師落下。

帕山迪人搖搖晃晃地站起身，但石頭重重地擊中他，發出一波颶光與巨大的碎裂聲。達利納爬下岩石，想要趁帕山迪人動彈不得的時候展開攻擊，可惜達利納的右腿開始無法回應，當他來到地面時，必須一拐一拐地前進。如果他脫下鞋子，那他將無法承擔其餘碎甲的重量。

他咬著牙看著帕山迪人站起身。他的速度太慢了。帕山迪人的碎甲雖然在多處都有碎裂，卻遠比達利納的碎甲狀況要好很多。令人佩服的是，他的碎刃沒有脫手。他戴著頭盔的頭平視達利納，眼睛隱藏在頭盔的開口後。他們身邊是其他的帕山迪人圍成了一個圈在觀看，卻沒有人插手。

達利納舉起碎刃，一手赤裸，一手戴著護甲，交握在劍柄上。風將他暴露在外的手吹得冰冷黏膩。跑沒有用。他必須在此作戰。

❖

卡拉丁已經有很多、很多個月沒有感覺到自己如此清醒鮮活。

矛在空中呼嘯而過的美麗。身體心靈的統合，雙手雙腳立刻做出反應，遠比思考的速度要更快。他慣用的矛術招式，清晰而熟悉，學自於他人生中最可怕的一段時間。

他的武器就是他身體的延伸，像是轉動手指一樣輕鬆直覺。他轉過身，砍倒帕山迪人，在殺死他許多朋友的敵人身上進行報復，對每一枝朝他釋放的箭矢展開復仇。

颶光在他體內歡欣地脈動，他感覺到戰爭的節奏，幾乎像是帕山迪人歌聲的節拍。

而他們眞的在唱歌。他們從看到他喝入颶光，說出第二信念箴言的驚愕中恢復過來，開始一波一波地展開攻擊，用盡全力想要把橋推入裂谷。有人跳到另外一邊從那裡展開攻擊，可是摩亞許帶領著橋兵迎敵。驚人的是，他們撐住了。

西兒繞著卡拉丁轉，化成一片光影，騎乘在他皮膚散發而出的一波波颶光上，像是在颶風中隨風飛舞的樹葉。失神著迷。他從來沒有看過她這樣。

他沒有中斷他的攻擊。其實，向來只有一次攻擊，因爲每一次釋放的招式都與下一招完美吻合，他的矛從不停下，帶著他的人一同將帕山迪人擊退，接受他們每次兩人一組踏上前來的挑戰。

殺戮。屠殺。鮮血飛在空中，死者在他腳下呻吟。他試圖不要去多想。他們是敵人。可是他戰鬥中的光輝似乎與他造成的悽慘結果格格不入。

他在保護人。他在救人。可是他也在殺人。怎麼有這麼可怕的東西同時也能是如此美麗？

他彎腰閃過一柄精緻銀劍的攻擊，然後舉起矛，從一旁橫掃，擊碎對方的肋骨，接著耍個棍花，將已經裂開的矛柄砍向另一個帕山迪人的身側，然後將殘破的碎片拋向第三人，接過洛奔拋給他的另一支矛。賀達熙人正忙著從旁邊的倒地的雅烈席卡士兵身邊蒐集矛，在必要時拋給卡拉丁。

當跟一個人對戰時，同時會產生對對方的認識。敵人是精準仔細嗎？還是他們硬闖上前，凶暴粗魯？

他們會一邊咒罵好激怒你嗎？他們是冷酷的殺手，還是會讓倒地不起的人活下去？

他佩服起帕山迪人。他跟幾十個人對戰，每個人的戰技風格都略有不同，而且似乎他們一次只會上來兩人或四人攻擊他。他們的攻擊很精準自制，而且兩兩成組，同時對他的高強技巧頗有敬意。

最明顯的是，他們似乎不常攻擊受傷的斯卡與泰夫，而是專注於卡拉丁、摩亞許，還有其他戰技最出色的橋兵。這些是專業的士兵，他們的戰場道德與榮譽感是大多數雅烈席卡士兵缺乏的。在他們身上，他看到了他一直以來希望在破碎平原的士兵身上尋找的特質。

這個發現讓他大為震撼。他發現自己非常敬重死在他手下的帕山迪人。

最後，是他體內的風暴驅使他前進。他選擇了一條道路，而這些帕山迪人會毫不猶豫地屠殺達利納．科林的軍隊。卡拉丁已經做出選擇。他會帶著自己跟自己的士兵走完這條路。

他不確定自己作戰了多久。橋四隊表現得非常好。他們一定沒有打太久，否則他們早就會被人海戰術攻陷，可是卡拉丁身邊無數的帕山迪人屍體跟傷患似乎又顯示已經過了好幾個小時。

當一名穿著碎甲的身影穿透帕山迪人的陣線，釋放一波藍色制服的士兵時，他感覺既是鬆了一口氣，又是出奇地遺憾。卡拉丁不情願地後退一步，心跳如雷，體內的風暴暫時稍微平復。颶光已經停止明顯從他身上流出。在戰鬥初期，不斷湧上的帕山迪人以鬍子中的寶石提供他源源不絕的颶光，但是之後出現的人便已經沒有寶石在身上——另一個顯示他們不像淺眸人聲稱的那樣，只是腦子單純的次等生物的證明。他們發現了他的行為，而就算他們不明白，卻也想出應變方法。

他體內有足夠的颶光保持自己不倒下，但是隨著雅烈席卡軍將帕山迪軍擊退，卡拉丁這才發現他們到得有多及時。

我使用這個力量的時候要很小心，他告訴自己。體內的颶風讓他渴望展開行動，進行攻擊，但是使用卻會耗盡他的體力。他用越多，用越快，用完的時候就越嚴重。

雅烈席卡士兵守住橋的兩邊，疲累的橋兵退後，許多坐了下來，按住傷口。卡拉丁快步趕到他們身邊。「回報！」

「三人死亡。」大石嚴肅地說道，跪在他放下的屍體邊。馬洛普、無耳傑克斯、那姆。

卡拉丁難過地皺起眉頭，可是他告訴自己，你應該高興剩下來的人還活著。想得簡單，接受很難。「你們其他人呢？」

五人有比較嚴重的傷勢，但是大石跟洛奔已經先為他們做了處理。這兩人在卡拉丁的教導下學得很好。卡拉丁此時此刻也無法再做進一步的處理。他瞥向馬洛普的屍體。他的手臂被砍斷，骨頭龜裂。他是因為失血過多而死。如果卡拉丁不是在作戰，也許他能——

不。現在不是後悔的時間。

「撤退。」他指著橋兵說道。「泰夫，由你帶兵。摩亞許，你的狀況還能跟著我嗎？」

「當然可以。」摩亞許說道，滿是鮮血的臉上有著大大的笑容，一臉興奮而非疲憊。三名死者都在他那邊，但是他跟其他人表現得非常出色。

其他橋兵後撤。卡拉丁轉身，檢視雅烈席卡士兵的狀況。這裡簡直就像是醫療帳，每個人都有不同的傷，中間的連路都走不好，在外圍的則繼續作戰，制服滿是鮮血，到處破損，撤退的行動已經變成一片混亂。

他繞過傷兵，揮手要他們過橋。一些人照他說的去做，其他人則滿臉迷茫地站在原地。卡拉丁衝向一群看起來狀態比其他人要好一些的士兵。「這裡誰指揮？」

「是……達利納光明爵士。」士兵的臉頰上有道傷口。

「直屬長官。誰是你的隊長？」

「死了。還有我的連爵。以及他的副手。」

颶父的，卡拉丁心想。「你快過橋。」他說完，繼續前進。「我需要軍官！誰在指揮撤退行動？」

前方他看到一人身著傷痕累累的藍色碎甲，在最前方作戰。那是達利納的兒子雅多林，他正忙著擋下帕山迪人，現在打擾他不是明智之舉。

「這裡。我找到哈伐光明爵士！他是後衛隊的指揮官！」一人喊道。

終於有人了，卡拉丁心想，奔跑穿過一團混亂，找到一名滿臉鬍子倒在地上咳血的淺眸人。卡拉丁檢視他，注意到他肚子上有極大的傷口。「他的副手是誰？」

「死了。」指揮官旁邊的人說道。他是淺眸人。

「你是誰？」卡拉丁問。

「維可．加法。」他看起來很年輕，比卡拉丁還年輕。

「你晉級了。盡快安排這些人過橋。如果有人問，就說你是在戰場上被指派爲後衛隊的指揮官。如果有人聲稱他比你的官階高，叫他來找我。」

對方一驚。「晉級……你是誰？你能這麼做嗎？」

「總要有人做。快點。做你的事去。」卡拉丁喝叱。

「我……」

「去！」卡拉丁大吼。

令人訝異的是，淺眸人立刻朝他行禮，開始大喊並召集他的小隊。科林的人全都受傷，疲累不堪，被作戰的過程弄得有點迷茫，但是他們受過很良好的訓練。一旦有人接過指揮權，命令便很快地便傳達下去。一個個小隊過了橋，擺成行軍陣形，應該是在一片混亂中，他們只能仰賴熟悉的陣形。

幾分鐘後，科林大軍的主力便像沙漏中的沙粒一樣流過木橋。戰鬥的圈圈開始縮小，但是人們還是在劍盾相爭，矛與金屬相擊的混亂中慘叫死去。

卡拉丁急急忙忙把身上的厚甲拆下，現在激怒帕山迪人似乎是很不智的行爲，然後開始在傷兵之間穿梭，尋找更多的軍官。他找到兩人，不過他們都有點神智迷離，受了傷，連氣都喘不過來。顯然還能作戰的軍官都在領導擋下帕山迪人的兩翼軍隊。

卡拉丁身後跟著摩亞許，趕到中央前線，那裡似乎是雅烈席卡軍抵擋得最好的位置。這裡，他終於找到一名指揮官：一個高大、挺拔的淺眸人，有著金屬胸甲還有同款的頭盔，制服比其他人的藍色要更深一點。他從前線後方指揮作戰。

那人對卡拉丁點點頭，以聲量壓過戰爭的噪音：「你在指揮橋兵？」

「對。你的人爲什麼不過橋？」

「我們是碧衛。我們的職責是保護雅多林光明爵士。」那人指著前方穿著藍色碎甲的雅多林。那名碎刃師似乎想要趕往某處。

「藩王呢？」卡拉丁大喊。

「我們不知道。」那人表情一扭。「他的親衛隊消失了。」

「你們必須後撤。軍隊主力已經過橋了。如果你們留在這裡會被包圍！」

「我們不會離開雅多林光明爵士。抱歉。」

卡拉丁環顧四周。兩翼的雅烈席卡軍已經被逼到極限，但是除非有人下令，否則他們不會後撤。

「好。」卡拉丁舉起矛，擠向前線。這裡的帕山迪人正在奮勇作戰。卡拉丁刺穿一人的脖子，轉身進入敵軍中央，矛光四射。他的颶光快用完了，但是這裡的帕山迪人鬍子中有寶石。卡拉丁吸入了一點點，免得自己的能力在雅烈席卡士兵面前曝光，然後展開全面攻擊。

帕山迪人在他的全力施爲之下被逼退，他身邊幾名碧衛的成員踉蹌地退開，一時驚愕得反應不過來。幾秒鐘後，卡拉丁身邊已經倒下十幾名或傷或死的帕山迪人，在敵方陣線撕開缺口，他衝了進去，摩亞許跟在他身後。

許多帕山迪人的攻擊都集中在雅多林身上，他的藍色碎甲到處都是傷痕與裂縫。卡拉丁從來沒有看過這麼慘烈的碎甲。裂縫升起颶光，就像卡拉丁吸入或使用很多颶光時一樣。

碎刃師的全力攻擊讓卡拉丁停下腳步。他跟摩亞許站在那人的攻擊範圍外，帕山迪人不理會兩名橋兵，顯然已經費盡全力要撂倒碎刃師。雅多林一次砍倒數人，如卡拉丁先前曾經見過一次那樣，他的碎刃不會砍斷皮肉。帕山迪人的眼睛燃燒焦黑，幾十人倒地。雅多林身邊圍繞著屍體，就像是熟透的果子紛紛從樹上掉落。

可是，雅多林顯然已經力不從心。他的碎甲不只是裂開，有些部分甚至有洞。他的頭盔已經不見了，現在是以普通的矛兵帽替代。他的左腿一拐一拐，幾乎是在用拖的。他的碎刃依然致命，但是帕山迪人已經越逼越近。

卡拉丁不敢靠近。「雅多林·科林！」他大吼。

他繼續作戰。

「雅多林·科林！」卡拉丁再次大喊，感覺一小波颶光從他體內散出，聲音迴盪。

碎刃師停下動作，轉頭看卡拉丁，不情願地退開，讓碧衛利用卡拉丁破開的通道衝上前去，擋住帕山迪人。

「你是誰？」雅多林來到卡拉丁身前，驕傲的年輕面孔滿是汗水，頭髮是一團金黑交雜。

「我是救了你一命的人。我需要你下令後撤。你的軍隊撐不了多久了。」卡拉丁說道。

「橋兵，我父親還在那裡。」雅多林以他過大的碎刃指著。「我剛剛才看到他。他的瑞沙迪馬去接他了，但是人馬都沒有回來。我要帶領小隊去——」

「你要撤退！」卡拉丁氣急敗壞地說道。「科林，你看看你的人！他們連站都站不穩了，更不要提作戰。你每分鐘都在損失幾十個人。你需要帶他們離開。」

「我不會拋下我父親。」雅多林固執地說道。

「和平的……雅多林·科林，如果你倒下，這些人就什麼都沒有了。他們的指揮官不是死了就是受傷。你不能去找你父親，你幾乎都走不動了！我再說一遍，帶你的人去安全的地方！」

年輕的碎刃師往後退了一步，卡拉丁的語氣讓他訝異地眨眼。他望向東北方，看著一個深灰色的身影突然出現在一塊大石上，跟另一名穿著碎甲的人作戰。「他好近……」

卡拉丁深吸一口氣。「我去找他。你領軍撤退。守住橋，但只要守橋就好。」

雅多林瞪著卡拉丁，他上前一步，但是盔甲此時又有一塊崩解，他腳步一軟，單膝跪倒，於是他只能咬著牙，硬撐著站起來。「馬藍隊長。帶著你的兵，跟這個人走。把我父親接出來！」雅多林大吼。

之前跟卡拉丁說話的人俐落地行禮。雅多林又瞪了卡拉丁一眼，然後扛起碎刃，困難萬分地朝橋走去。

「摩亞許，跟他去。」卡拉丁說道。

「可是——」

「快去，摩亞許。」卡拉丁嚴肅地說道，瞥向達利納作戰的岩石。卡拉丁深吸一口氣，把矛塞在腋下，然後全速前奔。

碧衛對他大喊，想要跟上，但他沒有回頭。他衝入帕山迪人，轉身以矛絆倒兩人，然後跳過他們，繼續前進。這一區的帕山迪人多半因達利納的攻擊或攻向木橋的命令而分神，在兩邊的前線之間，人數不多。

卡拉丁快速行動，邊跑邊吸入更多颶光，閃躲繞過想要攔下他的帕山迪人。要不了多久，他便來到達利納戰鬥的地方。雖然岩石上已經空無一人，下方卻包圍著一大群帕山迪人。

就在那裡，他心想，用力往前跳。

❖

一匹馬發出嘶鳴。達利納震驚地抬頭，看到英勇衝入觀看的帕山迪人所形成的圓圈中。瑞沙迪馬來接他了。怎麼會……哪裡……？他的馬應該是自由安全地待在備戰台地上。

太遲了。達利納已經單膝跪倒，被碎刃師敵人擊倒。帕山迪人用力一踢，腳踢中達利納的胸口，讓他往後仰倒。

頭盔被砍中。再一擊。又一擊。頭盔碎裂，連續攻擊的力量讓達利納神智模糊。他在哪裡？發生什麼事？他爲什麼被很重的東西壓著？

碎甲。我穿著……我的碎甲……他掙扎地想要站起身。

一陣風吹過他的臉。頭被擊中，頭被擊中很危險，就算穿著碎甲也一樣。他的敵人站在他身前，高高聳立，似乎在檢視他，彷彿在尋找什麼。

達利納拋下了碎刃。普通的帕山迪士兵包圍著決鬥場。他們強迫英勇退後，讓馬不斷嘶鳴。他揚起了前蹄。達利納看著他，視線模糊。

那個碎刃師爲什麼不解決掉他？帕山迪巨人彎下腰，然後開口。他的聲音帶有濃重的口音，達利納的腦子幾乎沒有反應，可是他靠得很近，於是達利納終於明白、聽懂了對方的話。他的口音幾乎令人難以分辨，但的確是雅烈席語。

「是你。我終於找到你了。」帕山迪碎刃師說道。

達利納訝異地眨眼。

旁觀的帕山迪士兵後方出現動亂。這一幕有點熟悉，四周都是帕山迪人，碎刃師處於險境。達利納之前經歷過，卻是在另一邊。

這碎刃師不可能是在跟他說話。達利納的頭承受過度的重擊。他一定是幻聽。那圈帕山迪人後方的騷動是什麼？

薩迪雅司。他來救我了。就像我去救他一樣，達利納發現自己神智不清地如此心想。

團結他們……

他會來的。我知道他會。我會讓他們團結……

帕山迪人正在大喊，走動，轉身。突然，一個身影穿透。完全不是薩迪雅司。一名年輕人，有著堅毅的臉龐，長長的卷髮，手中握著矛。

而且，他在發光。

什麼？達利納頭暈目眩地心想。

❖

卡拉丁落在空曠的圈子之中。兩名碎刃師在中央，一人倒地，他的身體隱約散發著颶光。太隱約了。根據他身上的裂縫來看，他的寶石一定快被耗盡。另一人，根據身形跟四肢結構判斷，應該是帕山迪人，正站在他倒地的敵人面前。

很好，卡拉丁心想，趁帕山迪士兵尚未反應過來攻擊他之前，衝上前去。帕山迪碎刃師彎下腰，專注於達利納。帕山迪人的碎甲在腿上有一道大裂痕，正流出颶光。

於是——回想起他救出阿瑪朗的那時——卡拉丁靠近，用矛刺入裂縫。

碎刃師慘叫一聲，訝異地拋下碎刃，碎刃消失在霧氣中。卡拉丁抽出矛，往後閃躲。碎刃師以拳頭揮向他，卻沒打中。卡拉丁向前一撲，以全身力量灌著於攻擊，再次刺入裂開的腿甲。

碎刃師慘叫得更大聲，腳下一軟，雙膝跪倒。卡拉丁想要抽出矛，但是那人倒下時壓住了矛，折斷矛柄。卡拉丁往後閃躲，如今赤手空拳地面對一圈帕山迪人，颶光從他身上流出。

沉默。然後，他們再次開始說話，又是他們先前說過的：「內書亞．卡達！」他們交頭接耳地互相唸著這個名字，一臉的迷惘，然後，他們開始唱起他沒有聽過的歌。

這樣就夠好了，卡拉丁心想。只要不攻擊他就好。達利納．科林還會動，開始坐了起來。卡拉丁跪下，命令體內大多數的颶光進入石地，只保留足夠支撐自己的量，卻不足以讓自己發光，然後他趕到停在帕山迪圓圈邊緣，身上披著戰甲的馬匹旁。

帕山迪人一臉驚恐地躲開他。他握住韁繩，快速回到藩王身邊。

❖

達利納甩甩頭，想要恢復清醒。他的視線仍然模糊，但是思緒已經漸漸成形。發生了什麼事？他被打中頭，然後……然後碎刃師倒地了。

倒地了？那碎刃師怎麼會倒地？那東西眞的跟他說話了？不，那一定是他的想像。還有那個發光的年輕矛兵。他現在不發光了。他牽著英勇的韁繩，正焦急地朝達利納揮手。達利納強迫自己站起來。周圍的帕山迪人都在唸著聽不清的什麼。

碎甲。碎刃……我可以實現對雷納林的承諾。我可以……達利納看著跪倒的帕山迪人說道。

碎刃師呻吟出聲，雙手握住腿。達利納想要完成他的殺戮。他向前一步，拖著毫無反應的腿。周圍的帕山迪軍隊沉默地看著。他們爲什麼不攻擊？

高大的矛兵跑到達利納身前，牽著英勇的韁繩。「上馬，淺眸人。」

「我們應該解決他。我們可以——」

「上馬！」年輕人下令，把韁繩抛給他，帕山迪軍隊此時也開始轉身跟一群靠近的雅烈席人作戰。

「你據說是個有榮譽心的人。」矛兵怒咆。鮮少有人這樣對達利納說話，尤其是出自一名深眸男子。「現在你的人沒你不走，我的人沒帶著你的人也不會走，所以你給我上馬，我們會逃離這個陷阱。你聽懂了沒？」

達利納迎向年輕人的雙眼，然後點點頭。當然。他說得沒錯：他們必須留下敵人碎刃師。況且，他們要怎麼把碎甲弄回去？一路拖著屍體？

「撤退！」達利納對士兵大吼，把自己拖上英勇的馬鞍。他幾乎用盡了全力，碎甲內的颶光所剩無幾。

堅定忠誠的英勇順著他的人以鮮血為達利納打開的一條通道狂奔，無名的矛兵衝在他身後，碧衛包圍在他們身後。前方有更多他的士兵，都在逃脫的台地上。橋還在。雅多林焦急地等在橋頭，守住達利納撤退的道路。

達利納心下一鬆，奔過木板，來到連接的台地。雅多林跟剩餘的軍隊跟在後面。

他調轉英勇，望向東方。帕山迪人趕到裂谷邊，卻沒有追上來。一群人朝台地上方的蛹揮砍。在交戰中，雙方都忘記了蛹的存在。他們從來沒有追擊過，但是如果他們改變主意，他們可以把達利納的軍隊一路追趕回常駐橋去。

可是他們卻沒有。他們排回陣形，開始唱起另一首歌，是每次雅烈席卡軍隊撤退時都會唱的歌。在達利納的注視下，一名身著碎裂銀色碎甲與紅色披風的身影，跌跌撞撞地來到前面。他的頭盔已經除下，但是遠得看不清楚紅黑皮膚上的五官。武技高強的對手舉起碎刃，動作清晰可解。行禮，表達敬意。達利納直覺下也召喚出碎刃，十下心跳後，舉起回禮。

橋兵把橋拖過裂谷，徹底分隔了兩方軍隊。

「架起醫療帳！我們不會拋下任何有可能活著的人。在這裡帕山迪人不會攻擊我們！」達利納大吼。

他的士兵齊聲高喊。不知爲何，成功地脫逃遠比任何一次搶到寶心更讓他有勝利的感覺。疲累的雅烈席卡軍隊以營爲單位分開。八個營進入戰場，現在又是八個營——但是有些營只剩下寥寥數百人。這些有受過戰場急救訓練的人忙著檢查眾人傷勢，剩餘的軍官則統計生還人數。士兵開始在痛靈與疲憊靈之間坐下，渾身鮮血，有些人失了武器，許多人的制服都已經破爛。

在另外一個台地上，帕山迪人繼續唱著他們奇特的歌曲。

達利納發現他的注意力都被橋兵所吸引。救了他的年輕人顯然是他們的領袖。是他打倒一名碎刃師嗎？達利納隱約記得快速俐落的一次交手，矛刺中了對方的腿。這年輕人顯然既有能力又有運氣。

橋兵隊的整合性與紀律，遠超過達利納對於這類低階人的期待。他耐不住了。達利納催促英勇上前，走過石地，經過疲累傷的士兵。他們讓他想起自己的疲累，但是他現在有機會坐下，體力也開始恢復，頭不再暈眩。

橋兵的隊長正在檢查一個人的傷勢，手指俐落地動作著。橋兵中居然有人受過戰場急救的訓練？有何不可？達利納心想。這不會比他們這麼有戰鬥力更奇怪。薩迪雅司有祕密瞞著他。

年輕人抬起頭。第一次，達利納注意到年輕人額頭上的奴隸烙印，被長頭髮遮住。年輕人站起身，姿勢透露出敵意，環抱雙臂。

「你們每個人都應該獲得嘉獎。爲什麼你們的藩王撤退後，又派你們來接我們？」

幾名橋兵笑了。

「不是他派我們回去的。我們違背他的意志，自己來的。」領袖說道。

達利納發現自己在點頭，意識到這是唯一合理的解釋。「爲什麼？爲什麼來接我們？」

年輕人聳聳肩。「你允許自己被困得很徹底。」

達利納疲累地點點頭。也許他應該因爲年輕人的口氣而不高興，但他說的是事實。「對，可是爲什麼要來？還有你怎麼學會這麼高強的戰技？」

「意外。」年輕人說道。他轉身要繼續處理傷患。

「我能怎麼回報你？」達利納問。

橋兵轉頭看他。「我不知道。我們原本要逃離薩迪雅司，趁亂消失。我們現在還是可能會這麼做，但他一定會追殺我們。」

「我可以把你的人接入我的戰營，讓薩迪雅司解除對你們的束縛。」

「我擔心他不會放我們走。我也擔心你的戰營無法保障任何安全。薩迪雅司今天的行動意謂著你們兩人之間的戰爭，對吧？」年輕人的眼神帶著看破一切的慘烈。

會嗎？達利納一直拒絕去想薩迪雅司，全神貫注於生存，但是他對那個人的憤怒在內心深處沸騰。他會爲了今天報復薩迪雅司，但是他能允許藩王間發生戰爭嗎？那會粉碎雅烈席卡。更重要的是，會摧毀科林家族。達利納在經歷這場災難後，已經沒有可跟薩迪雅司抗衡的盟友或軍隊。

達利納回去時，薩迪雅司會怎麼反應？他會展開攻擊，徹底殲滅他嗎？不會的，達利納心想。他用這種方法是有目的的。薩迪雅司不會親自對他動手。他捨棄了達利納，但是以雅烈席卡的標準來說，這完全是另一回事。他也不想要冒王國崩壞的險。

薩迪雅司不會想要跟他明目張膽地開戰，而達利納也無力開戰，雖然內心充滿憤怒。他握緊拳頭，轉身看著橋兵。「不會變成戰爭。至少還不會。」

「如果是這樣的話，那你把我們接入你的戰營意謂著搶奪。根據國王的法律，還有我的人說你遵從的戰地守則，都會要求你把我們還給薩迪雅司。他不會這麼輕易放走我們。」

「我會處理薩迪雅司。跟我一起回去。我發誓你們會安全。我以我擁有的每一絲榮譽保證。」

年輕的橋兵與他四目對望，尋找著什麼。這麼年輕，卻這麼冷硬。

「好吧。我們回去。我不能留下我在戰營中的人，而且現在這麼多人都受了傷，我們也沒有逃跑需要的補給品。」

年輕人繼續手邊的工作，達利納騎著英勇尋找死傷報告。他強迫自己壓下對薩迪雅司的憤怒。不容易。達利納確實不能讓今天演變成戰爭——但他也不能放任一切照舊。

薩迪雅司打破了平衡，因此平衡再也無法恢復。一切都將不同了。

69
正義

「一切都離我遠去。我對抗著救了我一命的人。我保護著抹殺我承諾的人。我舉起手。颶風回應。」

——塔那塔耐夫日，一一七三年，死前十八秒。樣本爲一名六十二歲的深眸婦人，育有四子。

娜凡妮擠過侍衛，無視於他們的抗議還有侍女的呼喊。她強迫自己要保持冷靜。她會保持冷靜！她聽說的只是傳言，一定的。

不幸的是，年紀越大，她就越不擅長保持光淑應有的寧靜平和。她加快腳步，穿過薩迪雅司的戰營。士兵看到她前來，朝她舉起手，無論是提供她協助或想要阻止她的腳步，全部都被她無視。他們絕對不敢用半根手指碰她。身爲國王的母親，還是有一點特權的。

戰營一片混亂，規劃不佳，商人、妓女、工人夾雜在一起，回到建在營房下風處的小木屋，他們稱之爲家的地方。大多數下風處的屋簷下都懸掛著硬化的克姆泥，像是融化的蠟被灑在桌面上，逐漸滴落，這裡與達利納戰營的整齊線條與乾淨房舍相差極大。他不會有事的。

他最好不要有事！她不斷如此告訴自己。

她甚至沒有多花心思去考慮為薩迪雅司重新規劃街道分布，她的心神不寧由此可見一般。她來到了校場，看到一支看起來不太像有上過戰場的軍隊。士兵身上沒有血跡，人們交談說笑，軍官走過隊伍，一一解散小隊。

這個景象應該要讓她安心。眼前看起來不像是剛才激戰過的軍隊，但是她卻更為焦慮。

薩迪雅司穿著完美無瑕的紅色碎甲，正在一旁的遮棚下與一群軍官交談。她走到遮棚旁，但是終於被一群守衛擋住，他們肩並肩地擋住她的視線，其中一人進去通報薩迪雅司。

娜凡妮不耐煩地雙臂抱胸。也許她應該聽從她的侍女所言，搭乘軟轎前來。幾名看起來頗狼狽的侍女剛來到校場。她們當時的解釋是整體來說，轎子會比較快，因為這樣就可以派使者去讓薩迪雅司準備好迎接她。

她曾經會遵從所有的禮儀規範。她仍然記得自己年輕時以高超的手腕玩著遊戲，樂於操弄規則，為自己爭取最大利益。結果她得到了什麼？一個她從未愛過的死丈夫，還有一個等於被迫養老退休的宮廷虛位。

如果她開始尖叫，薩迪雅司會怎麼樣？國王的母親，像是觸鬚被人擰著的野斧犬一樣狂嚎？

她思索著這個可能性，旁邊的士兵則在等待可以進入通報薩迪雅司的機會。

她從眼角餘光瞥到一名穿著藍色制服的年輕人來到了校場，身邊跟著三名護衛。是雷納林。此時他的表情已經不是平時的冷靜好奇，而是睜大了眼，無比驚慌，快步趕到娜凡妮身邊。

「瑪莎拉，請妳告訴我，妳聽到了什麼？」他低聲懇求。

「薩迪雅司的軍隊獨自歸來，沒有跟你父親的軍隊一起。有人說經歷一場惡戰，但看起來一點都不像。」她瞪著薩迪雅司，認眞考慮當場發作的可能性。幸好，他終於跟士兵說到話，把他派了回來。

「您可以進去了，光主。」男子對她鞠躬說道。

「夠久了。」她低咆一聲，推開眾人，進入遮棚下。雷納林站到她身邊，腳步略微遲疑。

薩迪雅司雙手在背後交握，紅色碎甲的身影顯得高大威武。「娜凡妮光主。我原本希望將這個訊息送到您兒子的皇宮裡。我想這樣的慘劇消息是無法封鎖的。對於您失去了小叔一事，我深表遺憾。」

雷納林輕呼出聲。

娜凡妮硬下心腸，雙臂交握，試圖要壓下意識深處傳來的痛楚悲鳴，拒絕接受事實。這是故事重演。她往往能辨認出不同事件的相似點。這一次，相似點在於她留不住太久美好的東西。每次只要一件事似乎有令人欣喜的開展，就會被奪走。

冷靜，她斥責自己。「你給我好好解釋。」她對薩迪雅司說道，與他四目對望。她這個眼神已經練了幾十年，很滿意地看到他因此而不自在。

薩迪雅司結結巴巴地開口：「我很遺憾，光主。帕山迪軍攻下了您小叔的軍隊。我們一起出兵實在太不明智。我們的戰術變化帶來巨大威脅，因此野蠻人把他們所有的士兵都帶到戰場來，包圍我們。」

「所以你拋下了達利納？」

「我們很努力想要救他，但是人數實在太多。我們必須撤退，以免自己也遭受巨大損失！我原本也想要打下去，可是我親眼看到您的小叔倒下，被許多握有鍾頭的帕山迪人撲倒。」他皺起眉頭。「他們開始搬走一塊塊沾滿鮮血的碎甲做爲戰利品。野蠻的怪物。」

娜凡妮渾身冰冷。冰冷，麻木。怎麼會發生這種事？終於——終於，她讓那腦子是石頭做的傢伙把她視爲一個女人而非嫂嫂，現在卻……

現在卻……

她咬牙抑制淚水。「我不相信。」

「我明白這個消息很難接受。」薩迪雅司揮手要侍從爲她端來椅子。「我希望我不需要爲您帶來這樣的壞消息。達利納跟我……我認識他很多年。雖然我們不是每次都會看到相同的日出，我仍然視他爲盟友，還有朋友。」他低聲咒罵，望向東方。「他們會因此付出代價。我會讓他們因此付出代價。」

他似乎很認眞，娜凡妮發現自己開始動搖。可憐的雷納林，臉色蒼白，眼睛大睜，似乎驚愕到說不出話來。當椅子終於出現時，娜凡妮拒絕坐下，因此是雷納林坐下，換得薩迪雅司不滿的一瞥。雷納林雙手抱頭，盯著地面，全身發抖。

娜凡妮想到，現在他是藩王了。

不行。不行。他只有在她接受達利納已死的這件事情之後，他才會是藩王。他不是。他不可能是。

薩迪雅司把所有的橋都帶回來了，她看著木材場心想。

娜凡妮走入午後的陽光，感覺熱力曬在她的皮膚上。她走到侍女前。「毛筆。」她對瑪卡說道，後者身上揹著裝滿娜凡妮東西的背包。「最粗的。還有我的燃燒墨水。」

矮胖的女子打開背包，拿出一枝長長的毛筆，末端用的豬毫有男子拇指那般粗。娜凡妮接下，之後是墨水。

周圍的侍衛呆望著娜凡妮拿出毛筆，沾滿了血色的墨水。她跪在地上，開始在石地上書寫。

藝術的目的是創作，這是藝術的靈魂、精髓。創作與秩序。從一個毫無章法的東西，如一潑墨，一張空頁，從中創作出某樣東西。從無生有。創作的靈魂。

她邊揮毫，邊感覺到臉上布滿淚水。達利納沒有妻子，也沒有女兒，因此沒有人爲他祈禱。於是，娜凡妮在岩石上畫下祈禱符文，派她的侍從去拿更多的墨水。她從邊緣開始畫起，勾勒出符文的範圍，是直接畫在黃褐色岩石上的大型圖樣。

士兵們圍繞在她身旁。薩迪雅司從遮棚下走了出來，看著她作畫，趴在地面上，背向太陽，不斷瘋狂地將毛筆探入墨水瓶。祈禱不就是創作嗎？從無中創造出有。從絕望中創造出希望。從哀傷中創造出懇求。在全能之主面前折下腰，從凡人生命中的空洞傲慢塑造出謙卑。

從無生有。眞正的創造。

她的眼淚與墨水混合爲一，用盡了四瓶墨水。她爬在地上，內手按在地面，刷過岩石，擦拭眼淚時墨水被抹在她的臉頰上。當她終於完成時，她直起腰，跪在地上，身前是一個二十步長的符文，像以鮮血畫出。潮溼的墨水反射著陽光。她以蠟燭點燃它。這墨水無論乾濕都會燃燒。火焰順著祈禱文一路往下燒，殺死它，將其靈魂送往全能之主。

她在祈禱文前低下頭。這只有一個字，卻是很複雜的字。薩斯。正義。

人們靜靜地看著，像是怕破壞她嚴肅的祈願。一個冷風吹起，吹動了旌旗與披風。祈禱文的火焰熄滅，但沒有關係，原本就不是要燃燒很久。

「薩迪雅司光明爵士！」一個焦慮的聲音喊道。

娜凡妮抬起頭，士兵爲一名穿著綠衣的傳令兵讓路。他趕到薩迪雅司面前想要說話，但是藩王以碎甲之力抓住他的肩膀，手一指，要他的侍衛布下防線，然後把傳令兵拉到遮棚下。

娜凡妮繼續跪在祈禱文邊。火焰在地上留下符文形狀的黑疤。有人來到她身邊，是雷納林。他單膝跪地，一手按著她的肩膀。「謝謝妳，瑪莎拉。」

她點點頭，重新站起，外手上都是點點紅色墨水，雙頰仍然因淚水而濕潤，但是她瞇起眼睛，看著層層疊疊士兵之後的薩迪雅司。他的表情極爲憤怒，臉漲得通紅，眼睛因怒氣而大睜。

她轉身，擠過士兵，來到校場邊緣。雷納林跟一些薩迪雅司的軍官跟她一起，望向破碎平原的方向。然後，她看到有一行緩慢的人，一拐一拐地朝戰營回來。前方是一名身著暗灰色盔甲的男子。

❖

達利納騎著英勇，領著兩千六百五十三人回來。他的八千軍力最後只剩下這麼多。

漫長的歸途讓他有思考的時間。他的內心仍然是一團糾結的情緒，他騎著馬，一邊不斷握緊拳頭，如今上面套著從雅多林那裡借來的藍色碎甲護手。達利納自己的護手要花好幾天才會長回來，而如果帕山迪人想要從他留下來的護手那裡養出一具新的碎甲，又要花上更多時間。只要達利納的盔甲師不斷朝他的碎甲灌注颶光，他們就會失敗，被捨棄的護手會破碎解析成灰燼，新的一隻則會爲達利納長出來。

他現在先暫用雅多林的。他們從兩千六百人身上蒐集了所有還有颶光的錢球，使用其中的颶光去灌注、強化他的碎甲。如今上面仍然有許多疤痕——這麼多的損害要花上好幾天才會癒合——但是必要的情況下，這副碎甲仍然能上戰場。

他必須確保沒有這個必要。他的確要去跟薩迪雅司對峙，他希望這麼做的時候身著碎甲，他其實最想做的是衝到薩迪雅司的戰營前面，與他的「老朋友」正式宣戰，也許還召喚出碎刃，讓薩迪雅司死在他面前。

可是他不會這麼做。他的士兵太弱，他的實力太薄。正式開戰會摧毀他跟王國。他必須用別的方法，先是保護王國，日後再復仇。總會有這麼一天。雅烈席卡的需求必須優先。

他放下藍色護甲中的拳頭，握著英勇的韁繩。雅多林騎著馬在不遠處。他們也修復了他的碎甲，只是現在少了護手。達利納原本拒絕他兒子的贈予，但最後屈服於雅多林的邏輯。如果他們之中有一個人必須缺少護手，那應該是他兒子。在碎甲裡面，他們年紀上的差異並不重要，可是脫去碎甲，雅多林是二十幾歲的年輕人，達利納則是五十幾歲的年邁男子。

他還是不知道自己該怎麼看待那些幻境，還有居然要他信任薩迪雅司的錯誤訊息。之後他再來處理這件事。一次一步。

「艾索。」達利納喊道。艾索是所有倖存的軍官中，位階最高的人。他手腳靈活，五官端正，有著一撇小鬍子，手臂纏在繃帶，掛在脖子上。他是在戰事最後的階段中跟達利納一起守住缺口的人之一。

「是的，光爵？」艾索小跑步到達利納身邊。除了瑞沙迪之外，其他所有的馬都背負著傷患。

「把傷患帶去我的戰營，然後叫特雷博讓戰營進入戒備狀態，動員剩下的軍團。」

「是的，光爵。我應該叫他們爲什麼狀況而準備？」男子行禮後問道。

「任何狀況。但希望沒有狀況。」

「明白，光爵。」艾索離開去執行命令。

達利納調轉英勇，前往橋兵一行人，他們仍然跟著他們嚴肅的領袖，一名叫作卡拉丁的人。他們一到常駐橋就把自己的橋放了下來。薩迪雅司要橋，可以自己去找人把橋扛回來。

他走上前來時，橋兵們停下腳步，看起來跟他一樣疲累，之後卻站成暗帶敵意的陣形，緊抓住矛，彷彿確定他會想要把他們的矛奪走。他們救了他，卻同樣明顯地不信任他。

「我把傷患送回我的戰營。你們應該跟他們一起去。」

「你要去與薩迪雅司對峙？」卡拉丁問道。

「我必須去。」*我必須知道他爲什麼這麼做。*「我會買來你們的自由。」

「那我跟你一起去。」

「我也是。」一名在他身側五官銳利如鷹的男子說道。很快地，所有的橋兵都要留下。

卡拉丁轉向他們。「我應該讓你們回去。」

「什麼？你可以去冒險，我們就不可以？」一名有著短灰鬚的年長橋兵問道。「我們在薩迪雅司的戰營裡還有人。我們需要把他們帶出來。至少，我們要待在一起，把這件事做個了結。」

其他人點點頭。達利納再次訝異於他們的紀律。他越來越確定這跟薩迪雅司無關，是因爲他們領頭的那個人。雖然他有著深褐色的眼睛，他的姿態卻有如光明爵士。

如果他們不願意離開，達利納也不會強迫他們。他繼續前進，將近一千名達利納的士兵快步往南方朝他的戰營前進。剩下的人則繼續朝薩迪雅司的戰營行軍。他們靠近時，達利納注意到有一小群人站在最後的裂谷前，兩個人站得最前面，格外突出。雷納林與娜凡妮。

「他們在薩迪雅司的戰營裡做什麼？」雅多林問道，雖然疲累至極卻仍然露出微笑，驅使定血來到達利納身邊。

「我不知道，但是颶父祝福他們，他們來了。」看到他們滿是歡迎的臉龐，他終於徹底感覺到，他活下來了。

英勇過了最後的橋，雷納林在那裡等他，達利納欣喜萬分。難得他的兒子表現出明顯的興高采烈。達利納下了馬，擁抱他的兒子。

「父親，你還活著！」雷納林說道。

雅多林大笑，下了馬背，盔甲敲擊。雷納林從達利納的懷中脫出，抓住雅多林的肩膀，另一手輕敲碎甲，露出大大的笑容。達利納也露出微笑，然後轉過頭去看娜凡妮。她雙手交握在身前，挑起一邊眉毛。奇特的是，她的臉上有一絲一絲的紅色墨水。

「妳甚至完全不擔心，對不對？」他對她說道。

「擔心？」她與他四目對望，此時他才注意到她雙眼的紅腫。「我嚇壞了。」

聽到這句話，達利納發現自己用力地擁住她。他得小心留意自己的力道不要太過，因爲他還穿著碎甲，但是那護手讓他感覺到她服裝的絲綢，少了頭盔的臉更是讓他聞到她身上花皀帶來的甜美香氣。他盡量仔細卻用力地擁緊她，低下頭，鼻子埋入她的秀髮。

「嗯，顯然有人想念我。其他人在看。他們會討論的。」她親暱地說道。

「我不在乎。」

「嗯……顯然有人很想念我。」

「在戰場上，我以爲我會死。然後我發現，這一切都沒關係。」他沙啞地開口。

她把頭移開，一臉不解。

「娜凡妮，我浪費太多時間在擔心別人會怎麼想。當我以爲我的死期到了的時候，我發現我所有的擔憂都是浪費。最後，我對於我自己如何度過一生感到滿意。」他低頭看著她，然後以意識鬆開他的右邊護手，讓它重重落在地上。他舉起一隻滿是老繭的手掌，捧住她的下巴。「我只有兩個遺憾。一個是妳。一個是雷納林。」

「所以你是說你可以死了，一切都會好好的？」

「不是，我的意思是我面對了自己的永恆，我找到心靈的寧靜。這會改變我之後的人生方向。」

「沒有這麼多罪惡感？」

他遲疑了。「我這樣的人大概是無法完全擺脫的。結束是平靜，但活著……是一場風暴。可是，我現在看待事情的方法也不一樣了。我該停止被說謊的人擺布。」他抬頭看著上方的山坡，有許多士兵聚集在那裡。「我一直想到其中一個幻境，最後一個，是我見到諾哈頓的那次。他拒絕我請他寫下他的智慧的提議。這其中有一課。我需要學會的一課。」

「是什麼？」

「我還不知道，但是快想通了。」他再次抱緊她，一手貼在她的腦後，感覺她的髮絲。他希望身上沒有碎甲，兩人之間能夠沒有金屬的阻隔。

可是現在還不是時候。他不情願地放開她，轉向一邊，看著尷尬地等在一旁的雷納林跟雅多林。他的士兵則是抬頭看著聚集在上方的薩迪雅司軍隊。

我不能讓這件事變成流血事件，可是我也不會在沒有與他對峙的情況下就回我的戰營。達利納彎腰，手套入地上的護甲。繫帶變長，與盔甲連結在一起。他必須至少知道背叛的目的。原本一切都很順利。

況且，還有他對橋兵的承諾。達利納走上山坡，沾滿鮮血的藍色披風飄在他身後。雅多林在一片金屬敲擊聲中跟到他身旁，另一邊是娜凡妮，雷納林跟在她身後，達利納剩下的一千六百人同時前進。

「父親……」雅多林看著充滿敵意的軍隊。

「不要召喚你的碎刃。這裡不會見血。」

「薩迪雅司拋棄了你，對不對？」娜凡妮低聲問道，眼睛因憤怒而明亮。

「他不只是拋棄我們。他設下陷阱，然後背叛我們。」雅多林啐了一口。

「我們活下來了。」達利納堅定地說道。前方的路途越發清楚。他知道自己該怎麼做。「他不會在這裡攻擊我們，但他可能會激怒我們。雅多林，你的碎刃必須是霧氣，還有不要讓我們的軍隊犯錯。」

綠衣士兵不情願地讓出一條路，握著矛，充滿敵意。卡拉丁跟他的矛兵走在靠近達利納軍隊前方的不遠處。

雅多林沒有召喚碎刃，但是他鄙夷地看著身邊的薩迪雅司的軍隊。達利納的士兵再次遭受包圍，心裡一定難以平靜，但是他們跟著他走到校場。薩迪雅司站在前面。背叛眾人的藩王雙手抱胸，依舊穿著碎甲，卷曲的黑髮在微風中飄揚。有人在這裡燃燒了一個巨大的薩斯符文，薩迪雅司站在中央。正義。薩迪雅司站在那裡，踐踏在正義之上，眞的非常符合。

「達利納！老朋友！我顯然高估了你面對的敵人。很抱歉在你還深陷危險時我便撤退了，但是我必須以士兵的安危爲優先，我相信你一定能了解。」

達利納站在離薩迪雅司不遠的地方。兩人面對面對望，身後的軍隊各自緊繃。一陣冷風吹動薩迪雅司的遮棚。

「當然。你不得不如此。」達利納的聲音平穩。

薩迪雅司明顯放鬆下來，雖然幾名達利納手下的士兵一聽到，就低聲說了些什麼。雅多林以銳利的目光讓他們噤聲。

達利納轉身，揮手要雅多林跟他的人退後。娜凡妮對他挑起一邊眉毛，但在他的催促下跟其他人一起退後。達利納回頭看薩迪雅司，而對方一臉好奇地也揮退了自己的隨從。

達利納走到薩斯符文的邊緣，薩迪雅司上前幾步，直到兩個人之間只有幾吋的距離。兩人的身高相當，站在這麼近的距離，達利納可以在薩迪雅司眼中看到緊繃與怒氣。達利納的存活破壞他數個月以來的策劃。

「我需要知道爲什麼。」達利納說道，聲音低得只有薩迪雅司聽得見。

「因爲我的誓言，老朋友。」

「什麼？」達利納雙手握拳。

「我們很多年一起發過誓。」薩迪雅司嘆口氣，口氣不再輕佻，坦白地陳述。「保護艾洛卡，保護王國。」

「我就是在這麼做！我們有一樣的目的。而我們在一起攻擊，薩迪雅司。我們成功了。」

「對。但是我有信心，我現在可以獨自打敗帕山迪人。我們一起辦到的事情，我也可以獨自達成，只要把軍隊分成兩半，一團先行，之後有更多人跟上。我必須利用這個機會除掉你，達利納，你不明白嗎？加維拉因爲軟弱而死。我從一開始就想要攻擊帕山迪人、征服他們。他卻堅持要先跟他們簽盟約，最後招致他的死亡。你現在變得像他一樣。同樣的理念，同樣的說話方法。透過你，艾洛卡開始受到影響。他穿著像你，對我談起戰地守則，說也許我們應該在所有戰營中都頒令遵從戰地守則。他開始想要撤軍了。」

「所以你要我認爲這是你榮譽心的展現？」達利納低咆。

「當然不是。」薩迪雅司輕笑。「我努力了很多年要成爲艾洛卡最信任的幕僚，但永遠都有你在那邊讓他分心，引起他的注意力——不管我有多麼努力。我不會假裝這都是爲了榮譽，雖然其中的確有一部分。說到底，我想要你消失。」

薩迪雅司的聲音變得冰冷。「可是老朋友，你正在發瘋。也許你會說我是騙子，但是我今天的行爲是一種慈悲，讓你在光輝中死去，而不是看你日漸頹喪。我讓帕山迪人殺死你，就能讓艾洛卡不受你的影響，把你變成一個精神指標，提醒其他人我們在這裡的眞正目的。你的死可能會成爲最後讓我們眞正統一的關鍵。這麼一想，還挺諷刺的，不是嗎？」

達利納深呼吸。他必須很努力才不讓他的憤怒與抗議吞沒他的理智。「那麼，告訴我一件事。爲什麼不把謀殺怪在我身上？如果你之後已經打算要背叛我，爲什麼要洗刷我的嫌疑？」

薩迪雅司輕哼。「呿。根本沒有人會相信你想殺國王。他們當然會亂嚼舌根，但絕對不會認眞相信。太快的怪罪你反而會把嫌疑引到我身上。」他搖搖頭。「我認爲艾洛卡知道是誰想殺他。他幾乎是向我坦承了這點，但是不願意告訴我名字。」

*什麼？他知道？可是……怎麼會？爲什麼不跟我們說是誰？*達利納調整他的計畫。他不確定薩迪雅司是否說實話，但如果是眞的，他可以利用這點。

「他知道不是你。我看得出來，只是他不知道自己的態度有多明顯。怪罪你根本沒用。艾洛卡會爲你辯護，我說不定還會失去情報藩王的地位，但是這確實給了我一個讓你重新信任我的絕佳機會。」

團結他們……幻境。可是在幻境中對達利納說話的人錯得離譜。以榮譽心行事並沒有贏得薩迪雅司的忠誠，只是讓達利納露出招引背叛的弱點。

「雖然講這個恐怕沒什麼意義，但我還是想讓你知道，我是喜歡你的。眞的。可是你是我路上的一塊大石，而且是不自覺地破壞加維拉王國的力量。當有機會時，我把握住機會。」薩迪雅司懶洋洋地說道。

「這不只是剛好有機會而已。這是你的安排，薩迪雅司。」

「我是有計畫，但是我經常都在計劃。我不是隨時都會採取行動。今天，我行動了。」

達利納哼了一聲。「薩迪雅司，今天你讓我看到一件事——因爲你想要除掉我的行動。」

「什麼事？」薩迪雅司好笑地問道。

「你讓我看到我仍然會對你造成威脅。」

❖

藩王繼續低聲交談。卡拉丁站在達利納的士兵旁邊，身後是跟他一樣疲累的橋四隊成員。

薩迪雅司瞥了他們一眼。馬塔站在人群中，一直看著薩迪雅司的小隊，滿臉通紅。馬塔大概知道他會受到跟拉瑪瑞一樣的懲罰。他們早該學乖。他們早該從一開始就殺死卡拉丁。

他們試過，卻失敗了，他心想。

他不知道自己身上發生了什麼事，包括西兒跟他腦海中的話，似乎是颶光現在跟他搭配得更好，更有力量，更強大，但如今颶光全部消失，他好累。耗盡一切。他把自己跟橋四隊逼得太快太緊。

也許他跟其他人都該去科林的戰營休息，可是泰夫說得沒錯，他們需要看到這件事了結。

他答應過。他答應會把我們從薩迪雅司那裡帶出來，卡拉丁心想。

可是過去淺眸人的承諾又爲他換來什麼？

藩王停止交談，往後各退一步。

「好啦，你的人顯然很累了，達利納。我們之後再討論出了什麼問題，但是我想可以確定的是，我們的結盟並不可行。」薩迪雅司大聲說道。

「不可行。你這話說得挺好聽的。」達利納朝橋兵點點頭。「我要把這些橋兵帶回我的戰營。」

「恐怕不能照辦。」

卡拉丁的心沉了下去。

「他們對你一定沒什麼用。你開價。」

「我不打算賣。」

「我一個人出六十祖母綠布姆。」這句話引得雙邊士兵一陣驚呼。這絕對是一個好奴隸的二十倍價錢。

「一個人一千也不賣，達利納。」卡拉丁在薩迪雅司的眼中，看到他跟他橋兵同伴們的死亡。「帶著你的士兵離開。把我的東西留在這裡。」

「不要用這件事逼我，薩迪雅司。」

突然，雙方又重新開始緊繃。達利納的軍官手按上劍，矛兵精神一振，雙手握緊武器。

「不要逼你？這算哪門子威脅？你給我離開我的戰營。很顯然我們之間沒什麼好說的。如果你想要偷我的東西，我會有攻擊你的合理理由。」

達利納站在原處，表情自信，雖然卡拉丁看不出來爲什麼。又一個承諾死去，卡拉丁心想，轉過頭。最後，雖然他是好心，但是這個達利納・科林跟其他人一樣。

卡拉丁身後的人發出一聲驚呼。

卡拉丁全身一僵，立刻轉身。達利納・科林召喚出他巨大的碎刃，因爲剛剛才現身，因此劍上滿是水珠，他的盔甲周圍有颶光從裂縫中升起，依稀冒著藍煙。

薩迪雅司睜大了眼睛，往後倒退數步，他的親衛隊抽出劍來。雅多林・科林手伸到一旁，顯然準備開始召喚出自己的武器。

達利納上前一步，然後將他的碎刃劍尖朝下，刺入地面上黑色的符文中央。他往後退了一步。「換橋兵。」

薩迪雅司眨眼。交頭接耳的聲音消失，校場上的人似乎震驚到都忘記呼吸。

「什麼？」薩迪雅司問道。

達利納堅定的聲音出現在空氣中。「碎刃，交換你的橋兵。每個橋兵。你在戰營中的每一個橋兵。他們成爲我的，隨我處置，你永遠無權碰觸他們。你可以得到我的劍做爲交換。」

薩迪雅司不可置信地低頭看著碎刃。「這柄劍是無價之寶，值得城市、皇宮、王國。」

「成交嗎？」

「父親，不要！」雅多林・科林的碎刃出現在他手中。「你——」

達利納舉起手，讓年輕人閉嘴，眼睛直盯著薩迪雅司。「成、交、嗎？」他一字一字銳聲發問。

卡拉丁呆呆望著他，動彈不得，無力思考。

薩迪雅司看著碎刃，眼神充滿欲望。他瞥向卡拉丁，遲疑了片刻，然後伸出手，抓住碎刃劍柄。「把那颶風的東西帶走。」

達利納簡短地點頭，背向薩迪雅司。「我們走。」他跟眾人說道。

「他們根本是沒有用的東西。達利納・科林，你跟十傻人一樣！你還不清楚自己發瘋到什麼程度嗎？這會成爲歷史上雅烈席卡藩王所做出最可笑的決定！」薩迪雅司說道。

達利納沒有回頭。他走到卡拉丁跟其他的橋四隊成員面前，溫和地開口：「去吧。去收拾你們的東西，還有你們留下的人。我會派軍隊跟你們一起去，做爲護衛。不要扛橋，快點來我的戰營。你在那裡會安全的。我以我的榮譽承諾。」

他開始轉身離開。

卡拉丁甩脫他的麻木，急急忙忙趕在藩王身後，抓住他套著護甲的手臂。「等等。你——那——剛才發生什麼事？」

達利納轉向他。然後，藩王一手按住卡拉丁的肩膀，藍色的護甲與他全身其他各處的碎甲完全不同。「我不知道你身上發生過什麼事，只能猜想你過了什麼樣的日子。可是我希望你知道，你在我的軍隊裡，不會是橋兵，也不會是奴隸。」

「可是……」

「人命值得多少？」達利納柔聲問道。

「奴隸販子說一個價值大約兩個祖母綠布姆。」卡拉丁皺眉說道。

「那你怎麼說？」

「人命無價。」他立刻引述他父親的話說道。

達利納微笑，眼角的皺紋向外延伸。「眞巧，這也是碎刃的價值。所以，今天你跟你的人犧牲自己，爲我換來兩千六百條無價的人命。我只需要靠一柄無價的劍就能償還你的人情。我認爲這是我佔了便宜。」

「你眞的認爲這是一筆很好的交易，對嗎？」卡拉丁訝異地說道。

達利納的笑容帶著長輩的慈祥。「爲了我的榮譽？毫無疑問。士兵，帶著你的人去安全的地方吧。今天晚上我會有問題要問你。」

卡拉丁瞥向讚嘆地握著他的新碎刃的薩迪雅司。「你說你會處理薩迪雅司。這是你的計畫？」

「這不是處理薩迪雅司。這是處理你跟你的人的事。我今天還有工作。」

❖

達利納在皇宮起居間找到艾洛卡王。

達利納朝外面的侍衛再次點頭，然後關上門。他們似乎滿臉擔憂，這也是理所當然，因爲他的命令相當不合常理，但是他們會服從。他們身上穿著國王的金色與藍色制服，但他們是達利納的人，因爲對他的忠誠而特別被挑選出來。

門猛然關上。國王正穿著碎甲盯著地圖。「啊，叔叔。」他轉向達利納。「太好了，我正想跟你說話。你知道你跟我母親之間的傳言嗎？我知道不可能有什麼不應該的事，但是我的確擔心別人的想法。」

達利納走過房間，穿著靴子的腳重重踩在厚重地毯上，房間角落懸掛著充滿颶光的鑽石，有浮雕的牆上鑲嵌細小的水晶以反射光線。

艾洛卡搖搖頭。「說真的，叔叔，我對你在戰營中的名聲已經難以忍受了。他們對你的評價等於對我的影響，而且……」他看到達利納停在他一步外的地方，沒繼續說下去。「叔叔？你還好嗎？我門口的侍衛來回報你今天的台地戰出了些問題，但是我的腦子當時很混亂。我是不是錯過什麼重要的事情？」

「對。」達利納說道，然後抬起腳，一腳踢中國王的胸口。

那一腳的力道讓國王翻過他的書桌，精緻的木材被沉重的碎刃師一壓，當場粉碎。艾洛卡摔到地上，胸甲隱約出現裂痕。達利納來到他面前，再次踢了國王的腰，又讓胸甲龜裂。

艾洛卡開始慌張地大喊。「守衛！快來！守衛！」

沒有人來。達利納再次踢一腳，艾洛卡咒罵，抓住他的腳。達利納悶哼一聲，卻彎下腰，抓住艾洛卡的手臂，把他拖起，拋向房間的另一邊。國王被地毯絆住，壓在椅子上，木頭圓柱粉碎，木屑飛散。

艾洛卡睜大了眼睛，慌張地站起。達利納逼近。

「叔叔，你怎麼了？」艾洛卡大喊。「你瘋了！守衛！國王的房間有刺客！守衛！」艾洛卡想跑到門口，但是達利納以肩膀撞向國王，再次將年輕人翻倒在地。

艾洛卡翻身，一手撐地，半跪起，手按著腰。一抹煙出現在他手中。他在召喚碎刃。

碎刃落入國王手中的同時，達利納一踢，攻擊讓碎刃落地，立刻變回白霧。

艾洛卡慌亂地朝達利納揮拳，但是達利納抓住國王的拳頭，然後彎下腰，把國王拖起，他把艾洛卡往前拉，一拳擊中艾洛卡的胸甲。艾洛卡掙扎，但是達利納不斷重複這個動作，以護甲搥著國王的碎甲，讓手指周圍的金屬出現裂痕，國王發出悶哼。

接下來的一擊粉碎了艾洛卡的胸甲，化成點點熔化的碎屑。

達利納將國王拋在地上。艾洛卡掙扎地想起身，但是胸甲是碎甲力量的中心。少了胸甲，手臂跟雙腿都會變得沉重。達利納單膝跪在掙扎的國王身邊。艾洛卡的碎刃再次出現，可是達利納抓住國王的手腕，用力往石板地一敲，再次讓碎刃落地，消失在霧氣中。

「守衛！守衛、守衛、守衛！」艾洛卡尖著嗓子喊道。

「他們不會來的。他們是我的人。我給他們下令，要他們不要進來，也不要讓別人進來，無論他們聽到什麼——就算是你在求救。」達利納柔聲說道。

艾洛卡沉默了。

「艾洛卡，他們是我的人。」達利納重複。「我訓練他們。我安置了他們。他們一直對我很忠誠。」

「為什麼，叔叔？你在做什麼？請告訴我。」他快哭了。

達利納彎下腰，近得可以聞到國王的呼吸。「狩獵時，馬的腹帶是你自己割的，對不對？」達利納沉聲問道。

艾洛卡的眼睛大睜。

「你來我的戰營前，馬鞍就被掉包了。你這麼做是因為你不想要最喜歡的馬鞍飛走時被弄壞。你計劃要讓這件事發生。你讓這件事發生。所以你很確定腹帶是有人割斷的。」

艾洛卡縮成一團，點點頭。「有人想殺我，可是你不相信！我……我擔心可能是你！所以我決定……我……」

「你把自己的腹帶割了，好造成一個很明顯、眾人皆可看見的刺殺行動，會讓我或是薩迪雅司展開調查。」

艾洛卡遲疑，然後再次點頭。

達利納閉上眼睛，緩緩吐氣。「艾洛卡，你不明白自己做了什麼嗎？你讓所有戰營都懷疑我！你讓薩迪雅司有摧毀我的機會。」他睜開眼睛，低頭看著國王。

「我必須知道。我不能信任任何人。」艾洛卡低聲說道。他在達利納的重量下發出呻吟。

「那你碎甲中龜裂的寶石呢？也是你換的？」

「不是。」

達利納悶哼，「也許你的確有所發現。我想也不能完全怪你。」

「所以你要讓我起來了？」

「不。」達利納繼續往下彎腰，一手按著國王胸口。艾洛卡停止掙扎，驚恐地抬起頭。「如果我用力推，你就會死。你的肋骨會像樹枝一樣折斷，頭像葡萄一樣被壓爛。不會有人怪我。他們都悄悄在說黑刺多年前就該爲自己奪下王位。你的侍衛對我效忠。不會有人爲你復仇。不會有人在乎。」

達利納輕輕往下按，艾洛卡吐出一口氣。

「你明白嗎？」達利納靜靜問道。

「不明白！」

達利納嘆口氣，然後放開年輕人，站起身。艾洛卡猛然吸氣。

「你的多疑也許有理由，也許沒有理由，無論如何，你都必須了解一件事。我不是你的敵人。」

艾洛卡皺眉。「所以你沒有要殺我？」

「颶風的，當然不！小子，我把你當兒子一樣疼愛。」

艾洛卡揉揉胸口。「你……表達父愛的方式很奇怪。」

「我多年來一直跟隨你。我給了你的我忠誠、我的專注、我的建議。我向你效忠，對自己承諾，對自己發誓，我永遠不會想要染指加維拉的王位。這一切都是爲了讓我自己能夠忠心耿耿。即便如此，你還是不信任我。你拿腹帶那種伎倆來讓我染上嫌疑，等於在不自覺中給了敵人對付你的立場。」

達利納朝國王上前一步。艾洛卡往後縮。

「現在你知道了，艾洛卡。如果我想殺你，你早就死幾十次，上百次了。你似乎不願意接受忠誠跟專注作爲我誠實的證明，所以如果你要表現得像小孩一樣幼稚，我就只好拿對小孩的方式對待你。你現在很清楚，我不想要你死。因爲如果我要你死，我早就把你的胸口擊碎，徹底解決了！」

他與國王四目對望。「現在，你明白了嗎？」

艾洛卡緩緩點頭。

「很好。明天，你要任命我爲戰事藩王。」

「什麼？」

「薩迪雅司今天背叛我。」他走到破損的書桌旁，踢著碎塊。國王的封印從平常收著的抽屜裡滾了出來。他拿起王璽。「我被屠殺了將近六千人。雅多林跟我差點無法活著回來。」

「什麼？不可能！」艾洛卡強迫自己坐直。

「就是有可能。」達利納看著自己的侄子。「他看到有撤退的機會能讓帕山迪人毀了我們，所以他出手了。非常雅烈席卡的行爲。無情，卻又讓他可以保有榮譽或道德的僞裝。」

「所以你要我審判他？」

「不。薩迪雅司不比其他人差，也不比其他人好。任何藩王只要看到有這樣的機會，能夠攻擊他人卻不以自身犯險，他們都會這麼做。我要找到一個讓他們不只是在名義上統一的方法。明天，你一旦任命我爲戰事藩王，我會把我的碎甲交給雷納林，實現我對他的承諾。我已經把我的碎刃給了別人，去實現另一個承諾。」

他走上前來，再次與艾洛卡四目對望，然後手中握緊國王的王璽。「身爲戰事藩王，我會在十個戰營中徹底執行戰地守則，然後我會直接調派戰事安排，決定哪個軍隊前往攻擊哪個台地。所有的寶心將屬於王室，由國王來進行戰利品的分發。我們要將這場競賽變成眞正的戰爭，我會利用這場戰爭把這十支軍隊跟他們的領袖變成眞正的士兵。」

「颶父啊！他們會殺了我們！藩王們會叛變！我一定活不過一個禮拜！」

「他們的確不會樂意見到這個改變，而且沒錯，會有很大的危險。我們必須更仔細地保護自身安全，如果你的判斷沒錯，反正已經有人要殺你，所以我們原本就該這麼做。」

艾洛卡看著他，然後看著滿地的家具碎片，揉揉胸口。「你是認眞的，對不對？」

「沒錯。」他將王璽拋給艾洛卡。「我一走，你就要叫你的書記來寫下任命書。」

「可是我以爲你說強迫人遵循戰地守則是錯的。你說改變其他人的最好方法就是以身作則，讓他們受到你的行爲感召，不是嗎？」

「那是在全能之主騙了我之前。」達利納仍然不知道自己對這件事該如何想。「我跟你說過的很多事情都是從《王道》學到的，可是有一件事，當時的我不明白。諾哈頓是在他年老之後才寫下那本書——當時他已經強迫各個王國統一，重建在寂滅時代被破壞的大地，重新創造出秩序。

「那本書象徵一個理想，是給已經朝著正道前進的人看的。這就是我犯下的錯誤。在書中的教誨能成功前，我們的人民必須要有基本的榮譽心跟尊嚴。雅多林幾個禮拜前跟我說了一句話，非常深奧。他問我為什麼要強迫我的兒子按照如此高的標準過活，卻讓其他人繼續犯錯、不受譴責。

「我一直把其他藩王跟他們的淺眸人當成人對待。成人可以將原則變通成符合他需求的規範，可是我們還沒有走到那一步。我們還是孩子。教導孩子時，你必須要求他做對的事情，直到他已經長成，可以做出自己的決定。銀色帝國一開始也不是那個建立在榮譽之上、大一統的光輝國度。是經過訓練、培養，像是青年被細心教導直到成年後，才變成那樣。」

他大步上前，跪在艾洛卡身邊。國王繼續揉著胸口，碎甲少了胸口那一塊看起來很怪。

「侄子，我們要一起再造雅烈席卡。藩王們宣示對加維拉效忠，如今卻忽略他們當初的誓言。我們現在不能再姑息他們。我們要贏得這場戰爭，我們要將雅烈席卡再次變成眾所欽羨的國家，不是因為我們的武力強大，而是因為這裡的人們過得安全，這裡是正義至上的國度。我們一定會辦到，不成功，毋寧死。」

「你聽起來很熱切。」

「因為我終於知道自己該做什麼。」達利納重新站得筆挺。「我原來想當帶來和平的諾哈頓，但我不是他。我是黑刺，將軍與軍閥。我沒有政治手腕的天分，但是我非常擅長訓練士兵。從明天開始，每個戰營中的每個人都將是我的。從我的角度看來，他們都是新兵，連藩王也一樣。」

「如果我發布這份任命。」

「你會的。爲了報答你，我會找出誰想殺你。」

艾洛卡一哼，開始逐步除下他的碎甲。「那份任命發布之後，要找出誰想殺我就太容易了。你可以把戰營中的每個名字都寫在那份清單上！」

達利納越發笑得燦爛。「那至少我們也不用猜了。你不要這麼消沉，侄子。你今天學到了一課：你的叔叔不想殺你。」

「他只想讓我變成標靶。」

「孩子，這是爲了你好。」達利納走到門口。「不要太擔心。我有一些很明確讓你保命的計畫。」他打開門，門外一群緊張的侍衛擋著一群緊張的僕人跟侍從。

「他沒事。你們看？」達利納對他們說完，讓到一邊，允許僕人跟侍衛去服侍國王。

達利納轉身要走，然後他想了想。「噢，艾洛卡，還有一件事？你母親現在跟我正在交往。你得要習慣這點。」

即使剛剛幾分鐘內發生這麼大的變故，這一句話仍然讓國王臉上出現純粹的驚愕。達利納微笑，關上門，以堅定的步伐離開。

世界上大多數的事情仍然不對勁。他仍然對薩迪雅司有極大的憤怒，仍然因爲士兵的重大死傷而傷痛，仍然不知道該怎麼處理娜凡妮，又對他的幻境難以解釋，還有光想到要怎麼樣讓戰營能夠統一就覺得手足無措。

但至少他現在知道該從哪裡開始。

第五部

之上沉默

Silence Above

紗藍◆達利納◆卡拉丁◆賽司◆智臣

70 玻璃海

紗藍靜靜地躺在醫院小病房中的床上。她已經哭乾了身上的每滴眼淚，甚至已經因爲自己的所做所爲而嘔吐了幾次，整個人從內到外難受無比。

她背叛了加絲娜。而且加絲娜知道了。讓公主失望甚至比盜竊的行爲更嚴重。這整個計畫從一開始就很愚蠢。

除此之外，卡伯薩還死了。爲什麼她會這麼難過？他是想要殺死加絲娜的殺手，爲達目的甚至願意拿紗藍的性命來冒險，可是她還是想念他。加絲娜對於有人想殺她似乎毫不意外，也許她的人生中經常有殺手的出現。她大概覺得卡伯薩是個心狠手辣的老手，可是他對紗藍極爲溫柔。這一切都只是欺騙嗎？

她告訴自己，他一定還是有付出眞心的。*如果他不在乎我，爲什麼要這麼努力叫我吃果醬？*

他先把解藥給了紗藍，而不是自己先吃。

*可是，他最後還是吃了解藥。他把一手指的果醬放入嘴巴裡。*解藥爲什麼沒有救了他？

這個問題在她心頭盤繞不去。在這同時，她想到另一件事，要不是她腦子裡一直想著自己背叛加絲娜的事，否則早就會發現。

加絲娜也吃了麵包。

紗藍環抱著自己，坐起身，靠到床頭板。她吃了麵包，卻沒有中毒。我的人生最近完全不合理。那些有扭曲頭部的怪物，黑色天空的地方，魂術……現在又多了這一項。

加絲娜是怎麼活下來的？到底怎麼一回事？

紗藍以顫抖的手指探入床頭櫃上的布囊，裡面是加絲娜用來救她的紅石榴石球幣，散發著黯淡的光芒，大多數的颶光都用在魂術中，裡面的光線剛好足以點亮她在床邊的畫板。加絲娜大概甚至懶得看她的圖畫。旁邊是加絲娜給她的《無盡之書》，她爲什麼把那本書留下？

紗藍拾起炭筆，翻到畫紙本的空頁，看到幾張圖畫著有符號頭的怪物，有些就是出現在這房間。它們一直在她身邊。有時候，她覺得自己可以從眼角餘光瞟到它們。有時候，她覺得可以聽到它們交頭接耳。她從那次之後，就再也不敢跟它們說話。

她以顫抖的手指開始畫出加絲娜在醫院中的那天。她坐在紗藍的床邊，握著果醬。紗藍沒有刻意去記憶，因此無法畫得那麼準確，但是她記得加絲娜將手指伸入果醬中，舉起手指聞草莓的味道。爲什麼？爲什麼要把手指放入果醬？不是把瓶子舉到鼻子前面就夠了嗎？

加絲娜聞味道時臉色沒有變化。事實上，她甚至沒提到果醬壞了。她只是把蓋子蓋好，遞還瓶子。

紗藍再次翻到空頁，畫出加絲娜手中捻著一片麵包，舉到唇邊的樣子。吃了之後，她的臉色變得有點難看。很奇怪。

紗藍將筆放下，看著加絲娜的素描，一塊麵包捏在她的手指尖。她的繪畫細節不盡完美，但也相差不遠。在圖畫中，那塊麵包看起來像是在融化，彷彿加絲娜將麵包放入口中時，麵包被扭成一個不自然的形狀。

難道……難道是？

紗藍下了床，握起錢球在手中，畫板夾在腋下。守衛不見了。似乎沒有人在乎她會怎麼樣，反正她一大早就要被送走。

她踩在光腳下的石頭地板很冷，身上只穿著白袍，覺得自己近乎一絲不掛。至少她的內手有遮起來。走廊盡頭有一扇門通往城市，她走了出去。

她靜靜地穿過城市，避開陰暗的小巷，來到拉林薩街，走上集會所，長長的紅髮吹在她身後，吸引不少好奇的眼光跟注視。這個時間太晚，路上沒有人有心思去問她是否需要幫忙。

集會所入口的主僕們讓她進去，他們認得她，不只一人問她是否需要協助。她婉拒了他們的好意，獨自走到紗室，進去之後，她抬起頭，看到兩旁密布的露台，有一些上面亮著球幣光芒。

加絲娜的小房間有人在。當然有人在。加絲娜從不停止工作。紗藍所謂的自殺事件想來讓她失去很多寶貴時間，一定令她很介意。

紗藍搭乘升降平台，被帕胥人送到加絲娜的樓層去，腳下的梯子感覺搖搖晃晃。她靜靜地在平台上，感覺與世界有層隔閡。獨自一人走過皇宮跟城市，身上只穿一件袍子？再次去找加絲娜．科林對質？她還沒學到教訓嗎？

可是她已經失去了一切，有什麼好顧忌的？

她走在熟悉的石頭走廊上，來到小房間，微弱的藍色球幣握在她身前。加絲娜坐在她的書桌前，眼神罕見地顯得疲累，下方有濃重的黑眼圈，表情充滿壓力。她抬起頭，一看到紗藍便全身一僵。「這裡不歡迎妳。」

可是紗藍還是走了進去，訝異於自己的冷靜。她的手應該要發抖。

「不要逼我叫士兵來把妳趕出去。妳的行爲足以讓我叫人把妳關上一百年。妳知不知道——」

「妳戴的魂師是假的。一直是假的，在我掉包以前就是假的。」紗藍靜靜說道。

加絲娜全身僵住。

「我一直在想妳爲什麼沒有注意到被掉包了。」紗藍在房裡的另外一張椅子坐下。「我好幾個禮拜都沒想懂。是妳發現了，可是決定不說話，好準備抓賊？難道妳在那段時間中都沒有施用過魂術？一點都不合理。除非我偷的魂師是個假餌。」

加絲娜全身放鬆。「對。妳很聰明。我有幾個假餌。妳不是第一個要偷法器的人。我當然是把眞的法器藏好。」

紗藍拿出她的畫板，翻找某一張圖。是那個奇特的地方，有著以珠子聚集而成的海洋，漂浮的火焰，遙遠的太陽懸掛在一個漆黑無盡的天空中。紗藍看了圖畫一會兒，然後將畫板轉過方向，遞給加絲娜。

加絲娜臉上的徹底震驚，幾乎讓紗藍一整個晚上感覺的痛苦跟罪惡感都有了價値。加絲娜眼睛突出，口齒不清地吐出毫無意義的音節，想要找出合適的回答。紗藍眨眼，取了這一幕的記憶。沒辦法，她忍不住。

「妳從哪裡找到的？哪本書跟妳描述過這個場景？」加絲娜質問。

「不是書，加絲娜。」紗藍將圖放下。「我去過那個地方。就在我一不小心把我房裡的酒杯以魂術變成血的那天——後來我僞裝自殺來掩飾這件事。」

「不可能。妳以爲我會相信——」

「其實沒有法器這種東西，對不對，加絲娜？其實沒有魂師法器。從來都沒有。妳用了假的『法器』，讓其他人不會發覺其實妳能靠自己的力量施展魂術。」

加絲娜陷入沉默。

「我也是。魂師當時塞在我的密囊裡，我沒有碰到魂師，但是不重要。反正那是假的。我做的事，我沒有用到法器。也許在妳身邊改變了我。一切跟那個地方以及那些怪人有關。」

同樣，沒有回答。

「妳懷疑卡伯薩是殺手。我倒地的時候，妳已經知道發生了什麼事。妳知道他會用毒，或者至少知道有這個可能，可是妳以爲毒在果醬裡。所以妳打開瓶子，假裝聞味道時就用魂術把它變了，可是妳不知道該怎麼樣重新創造草莓果醬，所以妳試圖重造時弄出了那個很噁心的東西。妳原本是想把毒除掉，沒想到一不小心把解藥也魂術掉了。

「妳其實不想吃麵包，免得裡面有東西。妳向來不吃。當我說服妳咬一口的時候，妳也用魂術把麵包變成別的東西，然後才放入嘴巴。妳說妳最不擅長變有機的東西，所以妳弄出來的食物很噁心，可是妳還是除掉了毒，所以妳才沒有中毒。」

紗藍與她原本的師傅四目對望。她是累到已經完全對結果感覺無所謂了嗎？還是因爲她知道事實。

「加絲娜，妳這一切都是靠著一個假的魂師辦到的。妳還沒有發現我的掉包，不要想跟我說不是這樣。我在妳殺死那三個混混的那天晚上，就把妳的魂師拿走了。」

加絲娜紫色的眼睛透露出一絲訝異。

「沒錯。就是那麼久以前。妳不是拿假的來掉包。其實妳是不知道妳被騙了，直到我拿出法器，讓妳救我。全都是騙局，加絲娜。」

「不是。這都是妳的疲勞跟壓力幻想出來的產物。」

「好吧。」紗藍站起身，握住黯淡的球幣。「那我得讓妳親眼看看。如果我辦得到。」

她在腦海裡喊：你們聽得到我的聲音嗎？

可以，一直可以。一個聲音回答她。雖然她希望聽到他們的回答，仍然讓她一驚。

你能把我帶回去那個地方嗎？

妳需要跟我說一件真的事情。越真，我們的連結就會越強大。

加絲娜用的是假法器。我相信這是真的。

那個聲音低低回答：這不夠。我必須知道關於妳的真話。告訴我。真話越真，越是祕密，我們的連結就會越強大。告訴我。告訴我。妳是什麼？

「我是什麼？」紗藍低語。「要說真話？」今天是坦白的一天。她覺得出奇地堅強、平穩。該是說出真話的時候。「我是個殺人犯。我殺了我父親。」

啊，的確是強大的真相……

然後，房間消失了。

紗藍墜落到黑色玻璃珠的海洋中。她掙扎著想要浮在表面，維持了一陣子後，她覺得有東西在扯她的腳，將她往下拉。她大聲尖叫，被拉到海面下，細小的玻璃珠湧入她的口中。她一陣驚慌。她會——

她上方的珠子分開，下方的珠子往上抬升，將她一路往上送，送到一個有人伸出手站著的地方。加絲娜，背對著黑色的天空，臉龐被附近漂浮的火焰點亮。加絲娜抓著紗藍的手，將她往上拉，拉到某個東西上。一艘舢板，以玻璃珠形成的舢板。玻璃珠似乎服從加絲娜的意志。

「蠢女孩。」加絲娜揮揮手。左方海洋一樣的玻璃珠分開，舢板往旁邊一動，將她們往側面帶到幾簇火焰邊。加絲娜將紗藍推向其中一簇火焰，她後倒，跌下了舢板。

然後落到房間的地板上。加絲娜坐在原處，眼睛閉著，片刻後，她睜開眼睛，氣憤地瞪了紗藍一眼。

「蠢女孩！」她又罵了一次。「妳根本不知道那有多危險。居然只拿一個球幣就去幽界？蠢材！」

紗藍咳嗽，覺得喉嚨裡還有珠子。她跌跌撞撞地站起身，迎向加絲娜的注視。對方還是一臉憤怒，卻什麼都沒說。紗藍心想，她知道我發現她的祕密了。如果我把眞相說出去……

這表示什麼？她有奇特的力量。意思是加絲娜是引虛者一類的人嗎？人們會怎麼說？難怪她要用假餌。

「我要參與。」紗藍發現自己如此說道。

「再說一遍？」

「不管妳在做什麼，不管妳在研究什麼，我都要參與。」

「妳根本不知道妳在說什麼。」

「我知道。我很無知。這件事很好治療。」她上前一步。「加絲娜，我想要知道。我想要成爲妳眞正的學徒。無論妳的能力是從何而來，我也有同樣的能力。我要妳訓練我，讓我跟妳一起工作。」

「妳偷了我的東西。」

「我知道。對不起。」

加絲娜挑起眉毛。

「我不會為自己辯解。可是加絲娜，我來就是要偷妳東西的。我一開始就計畫要這麼做。」

「妳覺得這樣說我會比較好過？」

「我是打算要從心懷怨念的異教徒加絲娜身上偷東西。我沒想到後來會懊悔自己需要這麼做。不只是因為妳這個人，更是因為那表示我必須離開這一切。我開始愛上的一切。拜託妳。我錯了。」

「錯得很嚴重。難以跨越的錯誤。」

「請不要犯下更大的錯誤把我送走。我可以是妳不需要說謊的對象。一個知道眞相的人。」

加絲娜往椅背靠回。

「我在妳殺死那些人的那晚偷了法器，加絲娜。我原本已經下定決心，我辦不到，可是妳說服我眞相沒有我想的那麼簡單。妳為我打開了我心裡裝滿颶風的盒子。所以我犯錯了。我會犯下更多錯誤。我需要妳。」

加絲娜深吸一口氣。「坐下。」

紗藍坐下。

「妳再也不准對我說謊。」加絲娜抬起一根手指。「而且再也不准偷我的東西——或偷任何人的東西。」

「我發誓。」

加絲娜坐了片刻，然後嘆口氣。「快點過來吧。」她打開一本書。

紗藍照做，加絲娜拿出幾張寫滿筆記的紙。「這是什麼？」紗藍問。

「妳想要參與我的工作？那就需要讀這個。」加絲娜低頭看著筆記。「這跟引虛者有關。」

71 以血撰寫

法拉諾之孫賽司，雪諾瓦的無實之人，彎著腰，扛著一袋穀物走下船板，來到卡布嵐司的碼頭。鈴城的空氣帶有清新的早晨氣味，平靜卻又充滿興奮，漁夫們理著魚網，與同伴高喊招呼。

賽司跟其他的捆工一起扛著袋子走在蜿蜒的街道上，也許別的商人會用芻螺，但是卡布嵐司以擁擠人群跟陡峭樓梯著名，因此一排捆工是比較有效率的選擇。

賽司垂著目光，一部分是要模仿工人的樣子，一部分是不想要直視天上的太陽。眾神之神，祂高高在上，看透他的恥辱。賽司不應該在白天出門，他應該要把自己可怕的面容藏起來。

他覺得自己的每一步都應該要留下血腥的足跡。他過去這幾個月犯下的屠殺，爲了他的祕密主人工作……每次他閉上眼睛就能聽到死者的慘叫，他們的叫聲磨砥著他的靈魂，直到不剩半點渣塵，陰魂不散，將他鯨吞蠶食。

好多死者。太多死者。

他要發瘋了嗎？每次他前往暗殺時，他發現自己會去怪罪受害人，怪罪他們不夠強，無法反擊殺了他。

在每次殺戮時，他都按照指令，身穿白衣。

一腳踩在一腳前面。不要思考。不要去想自己做了什麼。或者……你接下來要做的事。

他來到名單上的最後一人：塔拉凡吉安，卡布嵐司之王。一名受人民愛戴的君主，以建造經營城市中的醫院聞名，聲明遠播至亞西爾：如果生病了，塔拉凡吉安會收容你，來卡布嵐司，就可以接受醫治，國王關愛眾人。

而賽司卻要殺了他。

在陡峭的城市頂端，賽司跟其他挑夫一起將袋子扛到皇宮後門，進入一條陰暗的走廊。塔拉凡吉安的腦子很單純，這應該讓賽司更感到罪惡感，但他反而發現自己被厭惡吞噬。塔拉凡吉安不會聰明到預先做出要對付賽司的準備。笨蛋。白癡。賽司難道永遠碰不上強到可以殺了他的對手嗎？

賽司提早來到城市，接下挑夫的工作。他需要時間調查跟研究，這次的暗殺指示很難得的是，不要殺死別人。塔拉凡吉安要安安靜靜地死。

爲什麼有這樣差別？指示同時包括他要交給對方一句話：「其他人死了，我來是爲了完成工作。」他的指示很明確：一定要確認塔拉凡吉安有聽到並回應這句話，然後才能傷他。

看起來像是復仇。有人派賽司要去追殺所有虧欠他的人。賽司將他的袋子放在皇宮的食物儲藏間，自動轉身，跟隨一排腳步緩慢的捆工走了出去。他朝僕人的廁所方向點點頭，捆工頭子揮手讓他去。這一段路賽司已經走了幾回，所以在捆工頭子的心裡認爲可以放賽司去處理內急，之後他自然會趕上來。

廁所的味道沒有他想像的那麼糟。房間從地下洞穴的岩壁切割出來，非常黑暗，但是在尿斗旁站了個人，他身邊有支蠟燭。男子朝賽司點點頭，綁好褲頭的繩子，在褲腿兩邊抹抹手便走到門口，也把自己的蠟燭帶走，卻很好心地在離開前點亮了一支別人留下來的殘燭。

他一離開，賽司便以布囊中的颶光充滿身體，手按著門，在門跟門框中施展全面捆術，把門鎖得死死的。接下來他喚出自己的碎刃。根據他買到的地圖，在皇宮中，所有建築物都是層層往地下延伸。他跪在地上，在地面切割出一塊方形的岩石，上小下寬。岩石開始往下滑落，賽司在石頭中注入颶光，進行往上的半綁縛，讓岩石變成懸浮在空中。

接下來，他將自己的左手臂往上綁縛，讓自己的體重變成平常的十分之一，跳上岩石，靠著減低的體重，緩緩將岩石往下推，順利地來到下方房間。三張躺椅靠在牆邊，上面擺著軟厚的墊子，牆上掛著精緻的銀鏡。淺眸人的廁所。牆上的油燈點著小小的火光。廁所內除了賽司之外空無一人。

石頭輕輕地落在地上，發出隱約的聲響。賽司跳了下來，脫去身上的外衣，底下早已經穿著一套黑白的僕人衣服。他從口袋中掏出相配的帽子戴上，不得已讓碎刃消失，然後走入走廊，快速將門綁縛關上。

這麼些日子以來，他幾乎已經不會去想自己現在正踩在岩石上。過去的他會對這樣的一條岩石走廊充滿禮敬。他曾經是那個人嗎？他曾經禮敬過什麼嗎？

賽司快步前進。他時間不多。幸好，塔拉凡吉安王的行程很嚴謹。第七鈴：書房私人自省時間。賽司可以看到通往書房的門口就在走廊盡頭，前面有兩名士兵把守。

賽司低下頭，隱藏雪諾瓦人的眼睛，快步走向他們。其中一人舉起手要阻擋他，於是賽司便順勢抓住那隻手，用力一扭，轉碎了那隻手腕，然後肘擊對方正面，將他撞上牆壁。

男人驚呆的同伴張開口要大喊，但是賽司踢中他的肚子。

就算不用碎刃，靠著體內充沛的颶光跟卡瑪術的訓練，他也有足夠的殺傷力。他抓住第二名侍衛的頭髮，將他的額頭往石地上一撞，然後起身，踢開門。

他走入一間被左方兩排油燈點亮的房間，右邊的牆壁是從地板頂到屋頂的滿滿書櫃。一人盤腿坐在賽司前方的小地毯上，隔著岩石牆壁上的巨大窗戶，眺望海洋。

賽司上前一步。「我的指示是要告訴你，其他人死了。我來是爲了完成工作。」他舉起雙手，碎刃凝結成形。

國王沒有轉身。

賽司遲疑了。他必須要確認對方有回應他剛才說的話。「你有聽到我說話嗎？」賽司質問，大步上前。

「你殺了我的侍衛嗎？法拉諾之孫賽司？」國王靜靜地問。

賽司全身一僵，咒罵一聲後往後退，舉起碎刃擺出防禦姿勢。又是陷阱？

國王仍然沒有面對他。「你做得很好。領導人死去，死傷慘重，眾人驚慌失措，一片混亂。這是你的命運嗎？你有沒有想過這個問題？爲何你的族人會給予你碎刃這樣的可怕凶器，然後將你驅逐出境，而且無論主人命令要犯下任何罪行，你都能受到寬恕？」

「我沒有受到寬恕。踩石人經常會有誤解。我奪走的每條性命都加重了我的負擔，吞噬我的靈魂。」

賽司仍然警戒地說道。

聲音……尖叫……下界的惡靈，我可以聽得到他們的嚎叫……

「但你還是繼續殺人。」

「這就是我的懲罰。必須殺人，沒有別的選擇，仍然要承擔罪惡的後果。我是無實之人。」

國王的聲音帶了一絲思索。「無實之人。我會說你知道很多事實的眞相，遠勝過你的族人。」他終於轉身面對賽司，賽司一看就知道他對這個人判斷錯誤。塔拉凡吉安王不是個傻子。他有敏銳的目光，睿智、洞悉的面容，滿臉的白鬚，唇上的鬍子如箭尖垂下。「你看到死亡跟殺戮會對人造成的影響。法拉諾之孫賽司，可以說，你爲你的族人承擔了極大的罪惡。你明白他們無法明白的事情。因此，你是擁有眞實的人。」

賽司皺眉。然後，他終於明白了一切。他明白接下來會發生什麼事。國王伸手到寬廣的袖子，拿出一顆在二十盞油燈下閃閃發光的小石頭。「你一直是他。我匿蹤的主人。」

國王將石頭放在他們之間的地面。賽司的誓石。

「你把自己的名字放在名單上。」

「萬一你被抓走，免除自己嫌疑的最好方法，就是跟受害人在一起。」

「如果我殺了你呢？」

「給你的指示很明確，而且，我們已經確定你非常擅長聽從指示。我也許不需要這麼說，但是我命令你不得傷害我。我再問一次，你殺了我的侍衛嗎？」

「我不知道。」賽司強迫自己單膝跪下，驅散碎刃。他大聲說話，試圖壓下自己確定如今一定正從房間天花板角落傳來的陣陣尖叫聲。「我把他們兩人都擊昏。我想其中一個人的頭顱被我打裂了。」

塔拉凡吉安嘆了一口氣。他站起身，走到門口。賽司轉頭，看到年邁的國王正在檢視侍衛，查看他們的傷勢。塔拉凡吉安叫人過來，其他侍衛前來照顧那兩個人。

賽司心中充滿矛盾的情緒。這名和藹、沉著的男子派自己去殺戮？那些慘叫是他造成的？

塔拉凡吉安回來了。

「爲什麼？復仇嗎？」賽司的聲音沙啞。

「不是。」塔拉凡吉安的聲音聽起來很疲累。「法拉諾之孫賽司，你殺的人中，其中有一些是我很好的朋友。」

「更多保險？爲了不讓別人懷疑你？」

「一部分是。另一部分是因爲他們的死是必要的。」

「爲什麼？他們死了有何意義？」

「穩定。你殺的人都是羅沙上最有權勢、最具有影響力的人。」

「這爲什麼有助於穩定？」

「有時候，必須要把建築物拆了，才能搭建起更牢固的建築物。」他轉身，望向海洋。「我們在未來的幾年需要很牢固的牆。非常、非常牢固的牆。」

「你的話就像上百隻鴿子亂飛。」

「易放難收。」塔拉凡吉安以雪諾瓦語回答。

賽司猛然抬起頭。這個人懂雪諾瓦語，甚至懂他們的諺語？在踩石人中會有這樣的人，眞是罕見。在殺人犯中更是鮮有。

「沒錯。我會說你的語言。有時候我總在想，你是不是被命兄送來給我的。」

「讓我沾滿鮮血好保持你自身乾淨。沒錯，聽起來像是你們那些弗林神會做的事情。」

塔拉凡吉安靜下來。「起來。」他終於說道。

賽司服從他的命令。他永遠會服從他的主人。塔拉凡吉安帶著他來到一扇鑲嵌在書房牆上的門，年邁的男子從牆上取下一盞球幣燈，點亮了一條蜿蜒的樓梯，有著又深又窄的台階。他們順著樓梯前進，終於來到一塊空地，塔拉凡吉安推開另外一扇門，進入一個大房間。這個房間不存在於賽司購買或透過賄賂見到的任何皇宮地圖上。房間很長，兩旁有寬大的欄杆，看起來像是陽台一樣的設計。一切被粉刷得全白。

裡面有很多張床。數百張床。許多床上都有人。

賽司跟在國王身後，皺著眉頭。一間巨大的密室，隱藏在集會所內部？到處都是穿著白袍的人在忙碌穿梭。「醫院？你希望我看到你照顧眾人的舉動，就能既往不咎你命令我犯下的罪行？」

「這不是照顧。」塔拉凡吉安緩緩地前進，白與橘的袍子窸窣。他們經過的人都尊敬地朝他鞠躬。塔拉凡吉安帶他到一個凹室裡，看著裡面有許多床，每張床上都躺著一個病人，有醫生在照顧他們。在對他們的手臂做著什麼。

抽血。

一名拿著書寫板的女子站在床旁邊，拿著筆，等著。等什麼？

「我不懂。你在殺他們，對不對？」賽司驚恐地看著四名患者的臉色逐漸發白。

「是的。我們不需要血。這只是更緩慢、更簡單殺人的方法。」

「每個人？房間裡的每個人？」

「我們很努力只挑選最嚴重的病人才移到這裡來，一旦他們被帶來這裡，就算開始康復，也不被允許離開。」他轉向賽司，眼神哀傷。「有時候我們需要的數量遠比重症患者要多，所以我們必須帶那些被遺忘、處於社會最底層的人來——那些不會有人察覺他們消失的人來。」

賽司說不出話來。他的驚恐與噁心無法以言語表達。在他面前，其中一名年紀不大的受害人成爲刀下亡魂。剩下兩名都是小孩。賽司上前一步。他必須阻止這件事。他必須——

「你不准動。回我身邊。」

賽司服從他主人的命令。多死幾個人又怎麼樣？只是又多幾個追著他陰魂不散的慘叫而已。他現在可以聽到他們的聲音，從床下，從家具後傳來。

或者我可以殺了他，我可以阻止這件事。

他幾乎這麼做了，但是在這一瞬間，他的榮譽心仍然制止了他。

「你看，法拉諾之孫賽司，我並沒有只派你去爲我做那些血腥的工作。我自己就在這裡進行血腥的工作。我親自握刀釋放出許多人的鮮血。我跟你很像，知道無法逃脫自己的罪行。我們是兩體一心的人，所以我才找你。」

「可是爲什麼？」

床上瀕死的年輕人開始說話。一名拿著筆記本的女子快速走上前來，記錄下文字。

「那天屬於我們，卻被他們奪走。颶父啊！你得不到的。那天是我們的。他們來了，喘息著，光消散了。噢，颶父啊！」男孩拱起背，然後突然不動，眼神死寂。

國王轉向賽司。「寧可是一人犯罪，也不是一整族人被摧毀，你說是嗎，法拉諾之孫賽司？」

「我……」

「我們不知道爲什麼有人會說，有人不會。可是瀕死的人可以看到某種景象。這情形大概從七年前開始，就在加維拉王第一次開始調查破碎平原的時候。」他的眼神變得淡漠。「它要來了，這些人看見了。

在跨越生界與無盡亡靈海洋之間的橋上，他們可以看到某些東西。他們的話說不定能拯救我們。」

「你不是人。」

「沒錯。但我會拯救這個世界。」他看向賽司。「我有一個名字要加到你的名單上。我一直希望能避免這點，可是最近發生的事情讓一切難以避免。我不能讓他奪得控制權。他會摧毀一切。」

「誰？」賽司說道，不覺得還有任何東西能讓他更驚恐了。

「達利納．科林。要在他統一雅烈席卡所有藩王前完成。你要去破碎平原，了結他。」他遲疑了片刻。「恐怕要用血腥的手法。」

「我鮮少有不這麼做的餘裕。」賽司閉上眼睛。

慘叫聲迎向他。

72

記實學家

「在我開始讀之前，我要了解一件事。妳對我的血液施展魂術了對不對？」

「把毒素去除。沒錯。這種毒發作得很快，我說過，那一定是某種非常濃縮的粉末，我必須在幫妳催吐的同時對妳的血液施展數次魂術。妳的身體當時不斷地吸收毒素。」

「可是妳說妳不擅長對有機體的魂術。妳把草莓果醬變成不能吃的東西。」

「血不一樣。」加絲娜揮揮手。「那是元素之一。如果我決定要教妳魂術，妳會學到這一切，現在妳只需要知道純淨的元素很容易創造。舉例而言，八種血遠比水更容易創造。可是創造像草莓果醬這麼複雜的東西——基本上一種我從未吃過的水果所做成的果泥——遠超過我的能力範圍。」

「那執徒呢？那些有魂術的人呢？他們是真的用法器，還是一樣是騙局？」

「不。魂術法器是真的。絕對存在。就我所知，每個像我，或該說我們的人，能夠做到的事情，都是靠魂術。」

「那些有符號頭的東西呢？」紗藍翻動她的筆記本，舉起一張圖。「妳也看得到它們嗎？它們跟這個的關聯是什麼？」

加絲娜皺眉，接下圖。「妳在幽界看到這樣的生物？」

「它們在我的繪畫中出現。它們在我周圍，加絲娜。妳看不見嗎？我是不是——」

加絲娜舉起手。「這是精靈的一種，紗藍。他們跟妳的能力有關。」她輕敲書桌。「有兩支燦軍擁有魂術能力的血脈遺傳，我相信最初的法器是仿造他們的能力創造出來的。我以為妳……不過那顯然不合理。我現在明白了。」

「什麼？」

「我教妳的時候會一邊解釋。」加絲娜把圖還給她。「妳需要更扎實的基礎才能明白。簡單來說，每支燦軍的能力都跟精靈有關。」

「等等，燦軍？可是——」

「我會解釋。可是首先，我們必須先談談引虛者。」

紗藍點點頭。「妳認為牠們會回來，對不對？」

加絲娜端詳她。「為什麼這麼說？」

「傳說中說，引虛者來了一百次，試圖摧毀人類。我……我讀過妳的一些筆記。」

「妳做了什麼？」

「我在找魂術的資訊。」紗藍招供。

加絲娜嘆口氣。「這應該已經是妳的罪行中最輕微的一件了。」

「我不了解。妳為什麼要花時間在這些傳說故事中捕風捉影？其他的學者，包括我知道妳尊重的學者都認為引虛者是捏造的。可是妳在尋找鄉野農夫的故事，寫在妳的筆記本上。為什麼，加絲娜？為什麼妳篤信這件事，卻否定其他更有可能的事？」

加絲娜看著自己手邊的紙張。「妳知道我跟一名信徒之間的眞正差別在哪裡嗎，紗藍？」

紗藍搖搖頭。

「我認爲，宗教的本質是拿自然的事件，附加超自然的原因。可是我尋求超自然的事件背後的自然原因。也許這就是宗教跟科學之間最後的分野，一卡兩面。」

「所以……妳認爲……」

「引虛者有一個自然、眞實世界的根源。我很相信。傳說一定是有根源的。」加絲娜堅定地說。

「那是什麼？」

加絲娜將一頁筆記遞給紗藍。「這是我找得到的最好紀錄。妳自己讀。告訴我妳的想法。」

紗藍瀏覽紙頁。有些引述，至少其中的概念是她讀過的內容，她頗爲熟悉。

突然變得危險。像是平靜的一天突然颳起風暴。

「牠們是眞的。」加絲娜再次說道。

灰燼與火焰的存在。

「我們跟牠們進行過戰爭。戰爭進行的次數多到人們開始用譬喻的方法來描述牠們。上百場戰役，十的十倍……」

火焰與灰燼。皮膚如此可怕。眼睛如黑洞。殺人時的音樂。

「我們打敗了牠們……」加絲娜說道。

紗藍感覺渾身冰寒。

「……可是傳說說謊了。它們聲稱我們把引虛者從羅沙上趕走，或是毀了牠們。但是人類不是這樣，我們不會拋棄能用的東西。」

紗藍站起身，走到陽台邊緣，看著被兩名工人緩緩放下的移動梯。

帕胥人。有著黑與紅色的皮膚。

灰燼與火焰。

「颶父啊……」紗藍驚恐地喃喃道。

加絲娜的聲音從她身後響起，宛如鬼魅。「我們沒有摧毀引虛者。我們奴役了他們。」

73 信任

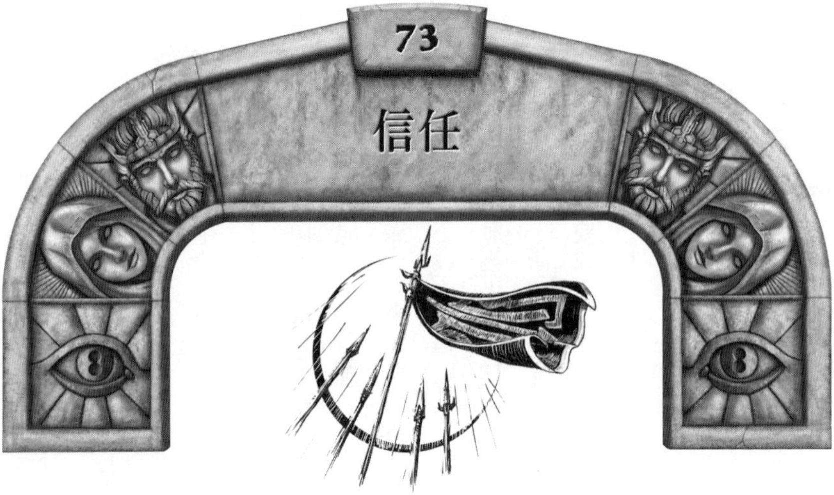

冷峭的春天可能終於回到了夏天。晚上仍冷，但已經不會令人不舒服。卡拉丁站在達利納．科林的校場上，望著東方的破碎平原。

經歷失敗的背叛跟之後的拯救後，卡拉丁一直覺得自己很緊張。自由。用碎刃換來的自由。簡直是不可能的事情。他這麼久以來的生活告訴他，要小心是陷阱。

他雙手背在身後，西兒坐在他的肩膀上。

「我敢信任他嗎？」他低聲問道。

「他是個好人。我一直在觀察他。雖然他有那東西。」

「那東西？」

「碎刃。」

「妳爲什麼在乎那個？」

「我不知道。」她抱著自己。「我只是覺得那東西不對勁。我很痛恨它。我很高興他把那東西處理掉了。這讓他會是更好的人。」

諾蒙，中間的月亮，開始升起，明亮的淺藍色將天際沐浴在光芒中。在平原外的某處，是跟卡拉丁對戰過的帕山迪碎刃師。他從後方刺中了那人的大腿。旁觀的帕山迪人沒有介入他們的決鬥，也避開攻擊卡拉丁受傷的橋兵，可是卡拉丁從最膽小的角度攻擊了他們的代表，介入一場戰鬥。

他對自己做的事情感覺到不安，因此讓他煩躁。戰士不能去擔心他攻擊誰，或用什麼方法，戰場上唯一的規則就是生存。

當然，生存外還有忠誠。而且他有時候會讓不構成威脅的敵人活下來。而且他會拯救需要保護的年輕士兵。而且……

而且他向來不擅長去做戰士需要做的事情。

今天，他救了一名藩王，又是一個淺眸人，還有他身邊的數千士兵。靠著殺了帕山迪人救他們。

「人能靠殺人來保護別人嗎？這是自我矛盾嗎？」卡拉丁大聲問道。

「我……我不知道。」

「妳在戰場上很奇怪，繞著我轉。之後，妳離開了，我很少看到妳。」

「殺戮。讓我痛苦，我必須離開。」

「可是要我去救達利納的人是妳。妳希望我回去殺人。」

「我知道。」

「泰夫說燦軍有行為標準。他說根據他們的規則，即使是爲了偉大的目標，也不應該不擇手段。可是我今天做了什麼？爲了拯救雅烈席人屠殺帕山迪人。這又該怎麼說？他們不是無辜的，但我們也不是。用微風吹或颶風颼都不是。」

西兒沒有回答。

「如果我沒有去救達利納的人，那我就是允許薩迪雅司犯下極大的背叛。我會讓我可以救的人死去。我會極端厭惡、唾棄自己。而我也失去三個好人，三個離自由就差那麼一點的人，其他人的性命值得嗎？」

「我沒有答案，卡拉丁。」

「有誰有嗎？」

後方傳來腳步聲。西兒轉身。「是他。」

月亮剛剛升起。顯然達利納．科林是個準時的人。

他來到卡拉丁身邊，腋下夾著東西，就算身上沒穿碎甲，渾身仍然是英武氣息。事實上，他沒有穿碎甲的身姿更令人嘆服。壯碩的肌肉表示他的力量並不只是來自於碎甲，整潔筆挺的制服代表他明白當領袖看起來像領袖時，更能夠激勵其他人。

其他人也有同樣高貴的表象。可是有誰會放棄碎刃來維持表象？如果他們真的會這麼做，那從什麼時候起，表象也成爲了現實？

「很抱歉要你這麼晚與我見面。我知道今天很漫長。」達利納說道。

「我想我也睡不著。」

達利納沉吟一聲，似乎了解他的意思。「你的人都安頓好了？」

「是的。安頓得很好，謝謝。」卡拉丁的人住進了空營房，得到達利納頂尖外科醫生的照料，而且比其他淺眸人更優先。其他的橋兵，那些不是橋四隊的人，毫無異議地便接受卡拉丁是他們的領袖。

達利納點點頭。「你覺得有多少人會接受我提的金錢與自由？」

「其他橋兵隊中應該不少人會。可是我敢打賭，更多人不會。橋兵不會去想逃脫或自由。他們不知道該怎麼照顧自己。至於我自己的人……我感覺他們會堅持做我要做的事情。我留，他們留。我走，他們走。」

達利納點點頭。「那你會怎麼做？」

「我還沒有決定。」

「我跟我的軍官們談過。」達利納一皺眉。「還活著的那些。他們說你對他們下達命令，像是淺眸人一樣掌控局面。我兒子對於你跟他的……對話過程，仍然覺得忿忿不平。」

「就算是白癡也看得出來他趕不到你那邊去。至於軍官，他們大多數還沒有回神或是已經分身乏術，我只是催促他們一下而已。」

「我欠你兩次命，還有我兒子與手下其他人的命。」

「你已經償還了。」

「不。可是我盡力了。」他看著卡拉丁，似乎在打量他，評估他。「你們為什麼回來接我？說真的，為什麼？」

「你為什麼放棄你的碎刃？」

達利納與他四目對望。「我明白了。我有個提議。國王跟我要開始進行一件非常、非常危險的事情，一件會讓所有戰營不滿的事情。」

「恭喜你們。」

達利納露出淡淡的笑容。「我的親衛隊幾乎全員殲滅，如今還剩下的人則必須去增強國王的親衛隊。

我最近可以信任的人不多，所以我需要有人來保護我跟我的家人——我要你跟你的人來做這件事。」

「你要一群橋兵當護衛？」

「最好的護衛，也就是你的橋兵隊裡那些你親自訓練出來的人。其餘的人要成爲我的士兵。我聽說你的人在戰場上表現很優秀。你在不被薩迪雅司知道的情況下訓練了所有人，同時還要出勤。我很好奇如果你有足夠的資源，可以達到什麼樣的程度。」達利納轉身，望向北方，薩迪雅司的戰營。「我的軍隊資源將近耗盡。我需要盡量招募人，但是每個新人都會是可疑的人。薩迪雅司會想派間諜、叛徒和殺手進入我們的戰營。艾洛卡認爲我們撐不了一個禮拜。」

「他颶父的，你們到底在計劃什麼？」

「我要把他們的遊戲奪走，我認爲他們的反應會像失去心愛玩具的小孩一樣。」

「這些小孩有軍隊跟碎刃。」

「很可惜，是的。」

「你只希望我保護你不受到這些人的傷害？」

「是。」

沒有狡辯。直接了當的回答。這種說話的方式，非常值得人敬重。

「我可以將橋四隊提升成親衛隊的程度，同時把其他人以矛兵連的方式訓練起來。親衛隊的成員薪水必須符合親衛隊的標準。」一般而言，淺眸人的私人衛隊薪水是普通矛兵的三倍。

「當然。」

「而且我要可以訓練人的空間。我要能向後勤住宿長要求任何住宿安排的權限。我可以自行規劃我的人的時間表，我們指派自己的士官長跟小隊長。我們唯一服從的淺眸人就是你和你的兒子們，還有國王。」

達利納挑起一邊眉毛。「最後一點有點……不尋常。」

「你要我守護你跟你的家人？防備其他藩王，以及可能會滲透你軍隊跟軍官間的殺手？既然這樣，我們就不能隨便受戰營中任何一個淺眸人呼來喝去，是吧？」

「有道理。可是你明白，我這麼做就等同於給你第四達恩淺眸人的權限。你將負責指揮一千名前任矛兵，整整一個營。」

「沒錯。」

達利納想了想。「好。你的位階就是上尉，我只敢給深眸人這麼高的職位。如果我把你升為營爵，那會帶出一連串的大問題，可是我會讓所有人知道你不屬於一般指揮鏈。你不會去指揮身邊低階的淺眸人，高階淺眸人也無法指揮你。」

「可以。可是我訓練的這些士兵，我要他們被派去巡邏，而不是去台地打仗。我聽說你有幾個營忙著獵捕土匪，保持外市場的安全等等。我的人要去那裡歷練至少一年。」

「簡單。你是希望他們在投入戰場之前有機會先訓練吧。」

「不只這樣。我今天殺了很多帕山迪人。我發現自己對他們的死亡感到很遺憾。他們對我展現的敬重遠勝過己方軍隊大多數的士兵。我不喜歡這種感覺，我需要點時間來想想。我幫你訓練的貼身護衛會上戰場，但是我們的主要目的是保護你，而不是殺帕山迪人。」

達利納一臉深思。「可以。不過你也別擔心。我未來不打算經常上前線，我的角色正在改變。無論如何，我們達成協議了。」

卡拉丁伸出手。「如果我的人也同意。」

「我以爲你說他們會跟隨你的一切行爲。」

「有可能。我指揮他們，但是我不擁有他們。」

達利納伸出手，在寶藍色的迷辛月光下與他握手達成協議。然後，他拿出夾在腋下的包裹。「給你的。」

「這是什麼？」卡拉丁接過包裹。

「我的披風。我今天穿上戰場的那一件，已經清洗修補過。」

卡拉丁攤開披風。深藍色，背後以白線繡著闊克與歷尼的對符。

「某種程度來說，每個以我的家族顏色爲服色的人，都是我的家人。這件披風是一個很簡單的禮物，卻是少數我能給予且又有意義的東西之一。請收下它以及我的感激，受颶風祝福的卡拉丁。」

卡拉丁緩緩將披風重新折疊起。「你從哪裡聽來這個名字？」

「你的人。他們非常尊敬你，因此這也讓我非常尊敬你。我需要你這樣的人，你們這樣的人。」他瞇起眼睛，陷入深思。「整個王國都需要你們。也許整個羅沙都需要。眞正的寂滅時代要來臨了……」

「你最後那句話是什麼？」

「沒事。上校，請去休息吧。希望能早日聽到你的好消息。」

卡拉丁點頭退下，走過達利納身邊的兩名護衛。新營房距離不遠，達利納分配給每個橋隊一間營房。一千多人。他該拿這麼多人怎麼辦？他從來沒有指揮過大於二十五人的團體。

橋四隊的營房是空的。卡拉丁停在門外，探入頭。營房裡每個人都有一張床，還有一個可上鎖的櫃子。感覺像皇宮一樣。

他聞到煙味。皺著眉頭，他繞過營房，發現所有人都坐在後面的一堆篝火邊，靠著木樁或岩石，等著大石爲他們煮好一鍋濃湯，正在聽手上纏著繃帶的泰夫低聲說話。沈也在。安靜的帕胥人坐在所有人的最外圈，他跟一行傷患都被人從薩迪雅司的戰營帶了出來。

泰夫一看到卡拉丁便沒繼續說下去，所有人轉身，大部分人身上都纏著繃帶。*達利納要這些人擔任他的親衛隊？他們看起來眞的是一群雜牌軍。*

可是，他同意達利納的選擇。如果眞要把性命交到一群人的手裡，他也會選這群人。

「在做什麼？你們應該都要去休息了。」卡拉丁嚴厲地問。

橋兵們面面相覷。

「我們只是……只是覺得不這樣……就去睡覺，感覺不對。」摩亞許說道。

「今天發生的事情讓人很難就這樣去睡覺啊，大佬。」洛奔說道。

「我可不這麼覺得。」斯卡打著喝欠，受傷的腿架在木樁上。「可是，爲了這碗濃湯晚睡很値得，雖然他在裡面放石頭。」

「才沒有！空氣病的低地人。」大石沒好氣地說道。

他們爲卡拉丁留了一個位置。他坐了下來，用達利納的披風做墊背跟頭靠，感激地接過一碗德雷遞給他的濃湯。

「我們在談他們今天看到的事。你做的那些事。」泰夫說道。

卡拉丁舉著湯匙的手停下。他幾乎忘記，也許是刻意要去忘記，他讓自己的人都看到他使用颶光的能力。希望達利納的士兵沒看到。那時候在強烈的日光下，他的颶光已經很黯淡。

「這樣啊。」卡拉丁的胃口突然消失。他們會覺得他是不同的嗎？讓人害怕的？像是他在爐石鎮上的父親那樣被孤立起來？更嚴重的是把他當成膜拜的對象？他看著他們大睜的眼睛，心中做出最糟情況的準備。

「太驚人了！」德雷湊到前面來。

「你是燦軍。我相信你是，雖然泰夫說你不是。」斯卡指著他說。

「他還不是。你沒聽我說話嗎？」泰夫沒好氣地叱罵。

「你能教我嗎？」摩亞許打斷他。

「我也要學，大佬，如果你要教人什麼的。」洛奔說。

卡拉丁一時反應不過來，只能眨眼，聽著其他人七嘴八舌的問題。

「你還會做什麼？」

「有什麼感覺？」

「你會飛嗎？」

他舉起手，止住他們的問題。「你們不覺得可怕嗎？」

幾個人聳聳肩。

「你活下來了啊，大佬。我唯一覺得可怕的是想到女人會如何投懷送抱。她們會說：『洛奔，你只有一隻手，可是我看見你會發光。我認爲你現在應該要親吻我』。」

「可是這很奇怪、很嚇人啊。燦軍就是這樣！大家都知道他們是叛徒。」卡拉丁反駁。

「對啊，就像大家都知道淺眸人是被全能之主挑選出來統治所有人的人，而且他們向來高貴公正。」摩亞許嗤之以鼻地說道。

「我們是橋四隊。我們見過不少事情。我們住在克姆泥中，被人當作誘餌來用。只要能讓人活下來的東西就是好東西。我們只需要知道這點就夠了。」斯卡補充。

「所以你能教我們嗎？你能教我們該怎麼做嗎？」摩亞許問道。

「我……我不知道能不能用教的。」卡拉丁瞥向坐在一旁岩石上滿臉好奇的西兒。「我不確定這到底是怎麼一回事。」

一群人看起來很沮喪。

「可是不代表我們不能試試看。」卡拉丁一口氣說完。

「你可以嗎？現在？我想要在知道會發生的時候看看。」德雷掏出一枚發光的鑽石夾幣。

「這不是節慶娛樂活動，德雷。」卡拉丁說道。

摩亞許露出微笑。

「你不覺得這是我們應得的嗎？」坐在岩石上的席格吉向前傾身。

卡拉丁想了想，然後他遲疑地伸出一隻手指，碰觸球幣，猛然倒抽一口氣。汲取颶光的動作他做得越來越熟練。球幣的光芒消失，颶光開始從卡拉丁的皮膚上流出，他正常地呼吸，讓颶光瀉得更快、更明顯。大石拿出一條用來當火引的破爛毯子，壓在火上，趕走了火靈，在毯子被火焰吞噬前，創造出一片黑暗。

黑暗中，卡拉丁散發著光芒，純白的颶光從他皮膚上散出。

「颶風啊……」德雷讚嘆。

「你剛沒說你能做什麼？」斯卡很興奮地問道。

「我不確定我能做什麼。」卡拉丁將手舉在面前，沒多久光芒便褪去，火很快便燒穿了毛毯，把所有人點亮。「我是最近幾個禮拜才確定我有這種能力。我可以把箭引來我的方向，讓石頭黏在一起。颶光讓我的力氣更大，速度更快，而且可以幫我治療傷口。」

「你力氣會增強多少？你讓石頭黏在一起後，載重量可以增加多少？它們可以黏在一起多久？你速度會增快多少？兩倍？百分之二十五？你可以吸引多遠的箭過來，能不能吸引別的東西？」

卡拉丁眨眨眼。「我……我不知道。」

「這些事情挺重要的，知道比較好吧。」斯卡揉揉下巴。

「我們可以實驗。好主意。」大石雙手抱胸，微笑說道。

「也許可以讓我們發現我們要怎麼做到。」摩亞許說。

「不是學的。是或雷坦塔。只有他而已。」大石搖著頭回答。

「你沒辦法確定這點。」泰夫說道。

「你沒辦法確定我沒法確定。」大石朝他晃晃湯匙。「吃你的湯。」

卡拉丁舉起雙手。「你們不能跟別人說。他們會怕我，也許覺得我跟引虛者或跟燦軍有關。我需要你們發誓。」

他一一看著他們，他們一一點頭。

「可是我們想幫你。就算我們學不會也一樣。這是你的一部分，你是我們的一部分。橋四隊。對不對？」

卡拉丁看著他們熱切的臉龐，忍不住點頭。「對，對。你們可以幫我。」

「太好了。我來準備一張清單，測試你的速度、準確度，還有你能創造的各種連結。我們得想辦法測試你是否有別的能力。」席格吉說道。

「從懸崖上丟下去。」大石說道。

「有什麼用？」皮特問。

大石聳肩。「如果他有別的能力，這個就會讓它們都跑出來是吧？從懸崖摔下去才能讓男孩變男人！」

卡拉丁臉色很難看地瞪了他一眼，大石笑了。「小懸崖。」他舉起拇指食指，示意只有一點點。「我太喜歡你，不挑大的。」

「我覺得你在開玩笑。」卡拉丁喝了一口濃湯。「但是為了保險起見，今天晚上睡覺時我要把你黏在天花板上，免得你趁我睡覺拿我做實驗。」

橋兵們紛紛笑了。

「大佬，我們睡覺時你不要太亮就好了啊。」洛奔說道。

「我盡量。」他又喝了一口濃湯，居然比平常好喝。大石換配方了嗎？

還是另有理由？他往後靠著，開始認眞吃喝起來，聽著其他橋兵開始聊天，談論他們的家園跟過去，都是些以往禁忌的話題。幾個從其他橋兵隊來的人——全是卡拉丁救助過的傷兵，還有一些沒睡著的夜貓子——紛紛晃了過來。橋四隊的人歡迎他們，遞過濃湯，讓出空間給他們。

每個人看起來都跟卡拉丁感覺一樣疲累，但是沒有人說要睡。他現在明白了。大家在一起，喝著大石的濃湯，聽著安靜的交談聲，背景是篝火在劈哩啪啦地燃燒，金黃色的光點飛入空中……

這遠比睡覺更讓人放鬆。卡拉丁微笑，往後靠，抬頭看著黑暗的天空，還有巨大的寶石藍月亮，然後閉上眼睛，傾聽。

又死了三個人。馬洛普、無耳傑克斯、那姆。卡拉丁救不了他們，可是他跟橋四隊保護了數百人。這數百人再也不需要出勤，再也不需要面對帕山迪人的箭雨，再也不需要打仗，除非他們願意。更重要的是，他的朋友中有二十七人活了下來。一部分是因爲他的行爲，一部分是因爲他們自身的英勇。

活了二十七個人。他終於救回了一些人。

現在，這樣便已足夠。

74 鬼血

紗藍揉揉眼睛。她讀完了加絲娜的筆記——至少是比較重要的部分——但光這些就已經滿滿裝了一大袋。她依然坐在小房間裡，不過找了一位帕胥僕人拿條毯子來讓她包在身上，遮擋住醫院袍。

她的眼睛因爲哭了一晚上，又讀了好久的筆記而又燙又乾，整個人精疲力竭，卻同時感到全身滿滿的生命力。

「沒錯。妳是對的。引虛者就是帕胥人。我得不到其他的結論。」她說道。

加絲娜微笑，得意的程度讓人一點也看不出來她其實只說服了一個人。

「接下來該怎麼辦？」紗藍問。

「就跟妳之前的研究有關。」

「我的研究？你是說妳父親的死亡？」

「沒錯。」

「帕山迪人攻擊了他。突然在沒有預警之下殺了他。」紗藍專注地看著加絲娜。「所以妳才開始研究這一切，對不對？」

加絲娜點點頭。「那些野蠻帕胥人，就是破碎平原的帕山迪人，正是關鍵。」她向前傾身。「紗藍。等在我們面前的災難極爲眞實、極爲可怕。在那些神祕的徵象或信壇的布道能讓我害怕前，光是自己的研究結果就足以讓我膽顫心驚。」

「可是我們馴服了帕胥人。」

「有嗎？紗藍，妳想想他們的工作，我們看待他們的方式，還有我們多習慣使喚他們。」

紗藍想了想。帕胥人無所不在。

加絲娜繼續說道：「他們負責端來我們的飲食，他們在我們的倉庫中工作，他們照料我們的孩子。羅沙上沒有一個村子裡沒有幾名帕胥人。我們沒有對他們多加留意，只是認定他們就是會在那裡做著該做的事，毫無怨言地工作。

「可是有一群人突然從和平的朋友變成了殺戮的戰士。有一件事讓他們突然騷動起來，就像數百年前，所謂神將時代那段時間裡，有一個階段的和平，接下來就是帕胥人的進攻，而且沒有人知道他們爲何突然憤怒、怨氣發狂。這才是人類掙扎、不想被『驅趕入地獄』的眞相，就是它幾乎讓我們的文明終結。這就是可怕、重複發生的循環，駭人到人類稱之爲寂滅時代。

「我們養育著帕胥人。我們將帕胥人囊括到社會的每個角落，我們仰賴他們，從來沒想到自己其實網羅了隨時會爆發的颶風。破碎平原傳回來的消息說：帕山迪人能夠在族人間交談，讓他們即使隔得很遠，仍然能同時唱歌。他們的意識如信蘆一樣是連在一起的。妳明白這是什麼意思嗎？」

紗藍點點頭。如果羅沙上每個帕胥人突然攻擊他們的主人怎麼辦？如果他們要求自由，甚至更可怕的是——要求復仇，怎麼辦？「我們會被摧毀。現今我們所知的文明會崩壞。我們得想辦法！」

「我們是這麼做。我們正在蒐集事實，確保我們認爲自己所知的一切都是眞的。」

「我們需要多少事實？」

「更多。多太多。」加絲娜瞥向書本。「這些歷史中的一些細節我不太了解。關於有怪物跟帕胥人並肩作戰，故事說那是石頭一樣的生物，我想也許是某種巨殼獸，還有一些我認爲應該並非子虛烏有的奇特細節，可是我們在卡布嵐司可能找的資料都已經找完了。妳確定妳還想要追下去？我們將擔起沉重的負擔，妳會有好一段時間無法回到家裡。」

紗藍想到她的哥哥們，咬起下唇。「我知道了這些，妳還會放我走？」

「我不要妳一邊在服侍我的同時，一邊還要想逃跑的事。」加絲娜聽起來疲累不堪。

「我不能拋棄我的哥哥們。」紗藍的胃再次糾結。「可是這件事比他們都更重要。地獄啊，這比妳和我，甚至是任何人都重要。我必須幫妳，加絲娜。我不能就這樣走開。我會找別的方法去幫助我的家人。」

「很好。那麼去收拾行李。我們明天就搭我爲妳訂的船離開。」

「我們要去賈・克維德？」

「不。我們要去所有事件的中心。」她看著紗藍。「我們要去破碎平原。我們需要知道帕山迪人是否曾經爲普通的帕胥人。如果是的話，他們是被什麼激怒的。也許我的判斷有誤。而如果我的判斷正確，那麼帕山迪人就握有平凡的帕胥人如何會變成士兵的關鍵。」她的語氣更爲凝重。「我們需要在別人知道然後反過來拿這件事對付我們之前發現。」

「別人？」紗藍感覺一陣驚慌。「還有別人在查這件事？」

「當然有。否則爲什麼會有人這麼努力想要刺殺我？」她伸向書桌上的一疊紙。「我對他們的了解不多，也許其實有很多人都在尋找這些資訊；但是我確定其中一個組織的存在，他們自稱爲『鬼血』。」她抽出一張紙。「妳的朋友卡伯薩就是其中一名。我們在他的手臂內側，找到他們的符號刺青。」

她放下紙，上面是三個菱形互疊的圖樣。

這是南・巴拉特幾個禮拜前給她看過的圖樣。她父親的侍從魯艾熙——知道如何用法器的人——就有這樣的刺青。那個前來逼迫他們家族歸還魂師的人，也就是那些資助紗藍父親成爲藩王的人身上也有。

「全能之主在上。」紗藍低聲驚呼，抬起頭來。「加絲娜。我想……我想我父親可能是他們其中一員。」

颶風颳上達利納的住所，強大到足以讓岩石發出呻吟。娜凡妮縮在達利納身邊，緊抓住他。她聞起來好香。知道她有多麼爲他擔心受怕，讓他感覺到……必須更加愛惜自己。

雖然她很憤怒他居然如此威脅艾洛卡，但他歷劫歸來的喜悅讓她暫時不想發作。她會想通的。他的決定無可避免。

颶風全力襲來的同時，達利納感覺到幻境的出現。他閉上眼睛，允許自己被帶走。他必須做出決定，他有需要承擔的責任。該怎麼做？這些幻境對他有所欺騙，至少也算是有所誤導，他似乎不能相信它們，至少不能像以前那樣毫無疑問地信任。

他深吸一口氣，睜開眼睛，發現自己在一個煙霧瀰漫的地方。

他警戒地轉身。天空漆黑，他站在原野上，滿地是黯淡、骨白色的岩石，外表粗糙銳利，朝四面八方延伸，直到永恆。翻騰的灰煙從地面升起，形成模糊朦朧的輪廓，像是抽雪茄吐出的煙圈，只是形狀不同，這裡一張椅子，那裡一顆石苞，藤蔓朝旁邊舒展，消失在虛無中。他身旁出現一名穿著制服的男子，沉默而透明的身影緩慢慵懶地升向天空，嘴巴大張。各種形狀的煙團越升越高，逐漸變化扭曲，但是消散的速度緩慢得異常。達利納站在永無止境的平原上，天空是純粹的黑暗，四周有煙霧虛影騰升，令他莫名地緊張。

這跟他見過的幻境都不同。像是……

等等。他皺眉，往後退一步，一棟樹的形狀從離他不遠處的地面出現。我看過這裡。這是好幾個月前，最初看到的幻境之一。他對這裡的印象已經很模糊，當時的他相當徬徨，幻境一切朦朧，彷彿他的意識還沒學會該如何解讀眼前的一切。事實上，他唯一清楚記得的就是——

「你必須團結他們。」一個震耳欲聾的聲音響起。

——那個聲音。從四面八方傳來，讓虛影的身形模糊變形。

「你爲什麼騙我？」達利納朝黑暗質問。「我照你說的去做，結果卻受到背叛！」

「團結他們。太陽逼近地平線。永颶要來了。眞正荒寂。哀傷之夜。」

「我需要答案！我不相信你了。如果你要我聽你的，你得——」

幻境變化。達利納轉過身，發現自己還是站在一片空曠的石地，可是天空中的太陽已經變回正常。石頭原野看起來很像是在羅沙上的任何一塊岩石平原。

他的幻境這次居然很罕見地將他帶到一個不能跟任何人說話或互動的地方，不過同樣難得的是，他穿著自己的衣服——筆挺的藍色科林制服。

他上次去到那片煙霧瀰漫的地方時，發生過同樣的事情嗎？是……有的。這是他第一次被帶到曾去過的地方。爲什麼？

他仔細環顧四周。那個聲音沒有再跟他說話，所以他開始四處亂走，經過龜裂的石塊，破碎的石板、石礫、碎石。四周沒有植物，連石苞都沒有，只有空曠的大地以及滿地的殘破岩石。

終於，他看到一段山脊，爬到高地似乎是個好主意，只是這段路似乎走了好幾個小時。幻境沒有結束。這些幻境中的時間流逝總是非常奇怪。他繼續沿著岩石往上爬，很希望身上穿著碎甲能增強體力。終於，他站到了頂端，走到懸崖邊往下望。

他看到了科林納，他的家鄉，雅烈席卡的首都。

被破壞後的廢墟。

美麗的建築物被粉碎。風刃被拆倒。沒有屍體，只有破碎的岩石。這跟他之前和諾哈頓在一起時一起看到的景象不同。這不是遙遠的科林納。他可以看到自己的家園變成的廢墟。可是在眞實的世界中，科林納附近沒有他腳下踩著的岩石結構。以前的幻境都讓他看到過去。難道這是未來？

「我再也無法抵擋他了。」聲音說道。

達利納一驚，瞥向旁邊。一個人站在那裡。他有黑色的皮膚與純白色的頭髮，高大，胸肌寬闊卻不壯碩，他穿著奇特剪裁的異國衣服：寬鬆飄逸的長褲，搭配及腰的外套。兩者似乎都是金子做成的。

沒錯……在他第一次進入幻境時，同樣的事情發生過。達利納想起來了。「你是誰？爲什麼要讓我看到這些？」達利納質問。

那個人指著前方說道：「你從這裡仔細看就可以看得到，正在從遠方發生。」

達利納朝那個方向一瞥。他看不出有什麼不同。「他颶風的。你能不能就一次好好地回答我的問題？一直用謎語回答我有什麼用？」

男子沒有回答，只是指著前方。而且……對，的確有事情發生。空中有一團逼近的影子。一面黑暗的牆，像是颶風，卻又充滿了不對勁。

「至少告訴我，我們在看的是什麼時間？這是過去、未來，還是完全不同的時空？」

那人沒有立刻回答，然後說道：「你大概在想這是否是未來的幻境。」

達利納一驚。「我剛……我剛不就這樣問……」

這很熟悉。太熟悉。

達利納全身一寒。他上次也是這麼說的。這一切都發生過。我又看到了同樣的幻境。

那人瞇眼看著天際。「我無法完全看到未來。培養，她比我擅長這點。未來似乎就像是破碎中的窗戶，看得越遠，未來就碎成越多片。我可以推測不遠的未來，但是遙遠的……我只能猜想。」

「你聽不到我說話，對不對？」達利納問，感覺終於開始明白，然後心下一片驚恐。「你從來就聽不到。」

先祖啊……他不是不理我。他是看不見我！他不是在說謎語，我只是把我聽不懂的話硬解讀成是回應我的謎語。

他沒有告訴我要信任薩迪雅司……都只是我自以爲……

達利納周圍的一切似乎都在晃動。他的猜測，他以爲自己知道的一切，就連大地都在晃動。

那人朝遠方點點頭。「這是可能發生的未來。這是我擔心會發生的事情。這是他想要的。眞正的寂滅時代。」

那面牆不是颶風。不是雨形成的巨大影子，而是吹動的灰塵。他現在完全想起來這個幻境。當時幻境在這裡結束，他腦中一片模糊，望著逼近的塵牆，但是這次，幻境持續下去。

那人轉向他。「我很遺憾必須這樣對你。我希望你在看過這些之後，能提供你一些理解的基礎，可是我無法確定。我不知道你是誰，也不知道你是怎麼找來這裡。」

「我……」他該說什麼好？說什麼有意義嗎？

「我讓你看到的景象多半是我直接看過的。可是有些，像是這個，則是我的恐懼所產生的。如果會讓我害怕，你也應該感到害怕。」

大地正在晃動。那一面塵牆是被什麼東西引起的。有東西正在逼近。

大地正在陷落。

達利納驚呼。眼前的岩石正在碎裂、崩解，變成灰塵。他往後退，看到一切都在晃動，巨大的地震伴隨著岩石死去時的可怕呼嚎。他倒在地上。

宛如惡夢般恐怖、驚懼、撕扯的瞬間。不斷地晃動，一切的毀滅，大地似乎在發出死前最後的呼喊。然後過去了。達利納深呼吸一陣後，才以仍然微微打顫的雙腿站起。他跟那個人一起站在岩石尖錐一小塊不知爲何原因受到保護的地面，像是一根幾步寬的石柱，朝空中升起。

石柱周圍的大地都消失了。科林納消失了，只剩下深不見底的黑暗。他站在一塊不可能還存在的方寸之地上，感覺暈眩。

「這是什麼？」達利納質問，雖然知道對方聽不見他。

那人環顧四周，神色悲傷。「我無法留下很多。只有這些影像能夠給你，無論你是誰。」

「這些幻境……它們就像日記，對不對？你寫下的歷史，你留下的書，只是我不是用讀的，是用看的。」

那人望向天空。「我甚至不知道會不會有人看得到這一切。因爲我已經不在了。」

達利納沒有回答。他望著尖柱下方的一片深闇，驚恐莫名。

「這其實跟你們無關。」那人將手抬入空中。一點光消失在空中，達利納先前沒有發現那光點的存在。然後又消失了一點。連太陽似乎都變得黯淡。

「這跟他們都有關。我早該知道他會來對付我。」

「你是誰？」達利納自言自語。

那人依然望著天空。「我留下這個，因爲一定要有些什麼。一個可以有所發現的希望。一個會有人找出對應方法的機會。你想要對抗他嗎？」

「是的。」達利納發現自己如此說道，即便明白他是否有回答並不重要。「我不知道他是誰，但是如果他想要這麼做，那我會對抗他。」

「有人必須領導他們。」

「我會。」達利納說，幾乎是不由自主。

「有人必須團結他們。」

「我會。」

「有人必須保護他們。」

「我會！」

那人沉默片刻，然後他以清晰、俐落的聲音說道：「生先於死。力先於弱。旅程先於終點。再次唸出這些古老的誓言，就能得回人類曾經擁有的碎甲。」他轉向達利納，與他四目交望。「燦軍必將再起。」

達利納輕聲回答：「我想不出來該如何做，但是我會努力。」

那人朝達利納走上一步，手按著他的肩膀。「人類必須共同面對他們。你們不能像過去那樣爭吵。他知道只要給你們時間，你們就會成爲自己的敵人。他根本不需要與你們作戰，只要能讓你們忘記，讓你們相互殺戮即可。你們的傳說中說，你們贏了。可是事實是，我們輸了，而且繼續在輸。」

「你是誰？」達利納再次問道，聲音更低。

「我希望我能做到更多。你們也許能逼他選擇一名代爲出戰的人。他確實受到一些規範限制。我們都一樣。代戰者也許對你們來說是個好策略，但也不一定。而且……沒有了晨碎……我已經盡力而爲。要把你們留下來獨自面對這一切，實在是太不幸、太不幸的事情。」

「你是誰？」達利納再次問道，可是他覺得他已經知道了答案。

「我是……我曾經是……神。你們稱爲全能之主的神，人類的創造者。」那人閉上眼睛。「而現在我已死。憎惡殺了我。對不起。」

智臣對空曠的夜空發問：「你們感覺到了嗎？有什麼東西剛才改變了。我認爲那是世界被嚇得尿褲子的聲音。」

三名守衛站在科林納厚重的木城門後，擔憂地看著智臣。城門已經關上，這些人正在守夜，與其說是「守」，倒不如說是在聊天、打呵欠、賭博，而今晚則是尷尬地站在門後，聽著瘋子說話。

這個瘋子剛好有藍色的眼睛，所以他可以惹出各式各樣的事情來卻不需要負責任。也許智臣覺得這些人居然會信任眼睛顏色這種事實在太令人費解，但是他去過很多地方，看過很多種決定統治權的方法，這裡並不會比其他地方更可笑。

況且，這些人這麼做是有原因的。當然，每個地方的方法背後都是有原因，這裡這麼做的原因剛好很有道理。

「光爵？」一名守衛看著坐在箱子上的智臣問道。那些箱子被堆了起來，擁有箱子的商人給了守衛們一點錢，讓他們看好箱子，別被人偷去，但對於智臣來說，它們正好提供了方便的座位。他的背包放在旁邊，他正將自己方形的恩錫爾琴放在膝蓋上調音。恩錫爾琴演奏的方式是平放在腿上，從上而下地彈弦。

「光爵？您在上面做什麼？」守衛又問了一遍。

「等。等颶風來臨。」智臣抬起頭，瞥向東方。

這話讓守衛更加不安。今天晚上並沒有預測颶風會來臨。

智臣開始演奏恩錫爾琴。「我們來聊聊天，打發時間。跟我說，人們重視別人身上的什麼特質？」

聆聽音樂的聽眾是一片沉默的建築物、小巷和磨損的石板路。守衛們沒有回答。他們不知道該怎麼面對這名在日落前進了城，之後就坐在城門旁的箱子上演奏的淺眸黑衣男子。

「怎麼樣？」智臣停止演奏。「你們是怎麼想的？如果有人，無論男女，能夠挑選一種天賦，是什麼樣的天賦會最受到尊敬、最受人重視、被認爲是最有價值的？」

「呃……音樂？」其中一人說道。

「很常見的答案。」智臣彈奏幾個低音。「我曾經問過幾位很睿智的學者同樣的問題：人們認爲什麼樣的天賦是最有價值的？一人說是藝術能力，如你方才非常敏銳的猜想。另一人選的是極大的智慧。最後一人則選擇發明的天賦，能夠設計與創造偉大用具的能力。」

他沒有在恩錫爾琴上演奏特定的曲調，只是隨手一撥一送，偶爾劃出音階或小調，就像是以弦樂在表現閒聊。

「藝術天分，發明能力，洞察力，創造力，都是很高貴的理想。如果能夠選擇，大多數人會挑選其中一項，稱之爲最偉大的天賦。」他拉扯一根弦。「我們說的謊言多美麗啊。」

守衛們面面相覷，牆上火把環中燃燒的火焰將他們的臉映成橘紅色。

「你們覺得我對這個說法一定會嗤之以鼻。你們認爲我會告訴你們，這些人聲稱自己重視這些價值，但其實私底下比較喜歡更低下的能力，例如賺錢或迷倒女人。我雖然是懷疑主義者，但是這次我認爲這些學者的答案很坦率。他們的答案出自人類的靈魂——在我們的內心，我們希望相信，也會去選擇偉大的成就與高尚的道德。這就是爲什麼我們的謊言，尤其是拿來欺騙自己的謊言，會如此美麗。」

他開始演奏一首眞正的曲子，一開始是簡單的旋律，輕柔、壓抑，適合整個世界從今而後徹底改變的沉默夜晚。

一名士兵清清喉嚨。「所以人們能擁有最寶貴的天賦是什麼？」他聽起來是眞的很好奇。

「我根本不知道。幸好這不是問題。我沒有問最寶貴的是什麼。我問：人們最有價值的是什麼。這兩個問題之間的差異跟世界一樣，同時既渺小又巨大。」他不斷地彈奏歌曲。恩錫爾琴不該用刷奏的手法——沒有什麼爲什麼，就是不應該，至少懂得規矩的人都不會用那樣的手法去演奏。

「一如世上所有的事情，我們的行動暴露我們的本心。如果藝術家利用嶄新且創新的技巧創造出一件具有強大美感的作品，她會被稱爲大師，同時引發審美觀的新潮流。可是如果有另一個人，在沒有受到任何影響的情況下，以同樣等級的能力創造出同樣的成就，卻只是晚了一個月呢？她會得到同樣的讚美嗎？不會。她會被稱爲模仿。

「智慧。如果偉大的思想家發展出關於數學、科學，或哲學的新理論，我們會說他是睿智的。我們會坐在他的腳邊學習，將他的名字記錄在歷史上，讓成千上萬的人能夠瞻仰。可是如果有另一個人自行發展出同樣的理論，結果晚了一個月才發表呢？他的偉大會有人記得嗎？不，他會被遺忘。

「發明。一名女子創造出具有極大價值的設計，某種法器或是偉大的工程設計。她會被視爲很有創意的人。可是如果有同樣天賦的人，一年後在不知情的情況下做出同樣的設計，她的創意會獲得獎勵嗎？不會，她會被稱為複製者、偽造者。」

他彈著琴弦，讓音樂繼續，樂聲糾纏、詭異，隱隱帶著一絲嘲笑的意味。「於是，最後我們到底是如何判斷的？我們敬重的是天才的智慧嗎？如果是他們的藝術天分，他們的意識之美，我們難道不應該絕對地推崇他們，無論我們是否見過他們的作品？

「可是我們不是這樣的。若是有兩件藝術成就同樣偉大，各方面均相同的作品，我們會更推崇先辦到的人。創作什麼不重要，重要的是比任何人都先推出。

「所以我們欣賞的不是美，也不是創新、美學，或是能力。我們認為一個人能夠擁有的最偉大天分是什麼？」他拉扯最後一根琴弦。「我認為不過是雕蟲小技而已。」

侍衛們滿臉迷惘。

大門晃動。有東西從外面在搥門。

「颶風來了。」智臣站起身。守衛們慌慌張張地跑去抓起靠在牆邊的矛。他們有自己的守衛室，但是裡面空無一人，所有人都喜歡在夜晚乘涼。

大門再次晃動，彷彿外面有巨獸想闖入。侍衛再次大喊，叫喚城牆上的人警戒。空中充斥著慌亂與迷惘的氣氛，城門第三次受到巨擊，猛烈地搖晃，彷彿被大石擊中一般不斷顫抖。

然後一把明亮的銀色劍刃從巨大的門縫刺出，往上劃，割斷了封住城門的巨栓。一把碎刃。

城門打開。守衛們連忙後退。智臣坐在他的箱子上等著，一手握住恩錫爾琴，背包掛上肩膀。

城門外黑暗的岩石道路上，只有一個人站著。他有著黝黑的皮膚，頭髮長而糾結，衣服只是一條像破爛的麻布袋一樣的東西捆在腰間。他低垂著頭站在那裡，潮溼糾結的頭髮披掛在臉前，與裡面纏住碎木跟葉子的鬍子纏繞在一起。

他的肌肉閃閃發光，彷彿剛從遠處汲水過來。他垂在腰邊的手中握著一把巨大的碎刃。劍尖朝下，在岩石中切割將近一指長的距離，手握著劍柄。碎刃反射著火把的火光，又長、又窄、又直，像是一根巨刺。

「歡迎，迷路的孩子。」智臣低語。

「你是誰！」一名侍衛大喊，非常緊張，另外兩人跑開，喚醒城裡的警戒。一名碎刃師來到科林納。

那個人忽略守衛的問話。他上前一步，拖著碎刃，彷彿碎刃極爲沉重。碎刃切割他身後的岩石，留下細小的裂口。那個人的腳步十分不穩，幾乎要絆倒。他靠著城門站穩，一綹臉前的頭髮甩開，露出雙眼。深褐色的眼睛，像是低階的男子。他的眼神狂亂、失神。

那人終於注意到兩個驚恐萬分、拿著矛平指向他的侍衛。他朝他們舉起空著的手。「快走。」他以毫無口音的完美雅烈席語沙啞地說道。「快跑！告訴其他人！警告他們！」

「你是誰？什麼警告？誰在攻擊？」其中一名侍衛硬逼自己問道。

那人停下腳步，一手扶著頭，腳步搖晃。「我是誰？我……我是石筋（Stonesinew），塔勒奈拉·艾林（Talenel'Elin），全能之主的神將。寂滅時代來了。神啊……它已經來了。我失敗了。」

他撲倒在石頭地面上，碎刃在他身後落下，卻沒有消失。侍衛們小心翼翼地上前，一人用矛柄戳他。

自稱是神將的人沒有動。

智臣低語：「我們重視的是什麼？創新。創意。新鮮。可是最重要的是……及時。你恐怕來得太遲了，失神、不幸的朋友。」

（颶光典籍首部曲：王者之路　完）

附注

「沉默之上，映耀颶風——瀕死颶風——映耀之上沉默。」

以上樣本值得注意，因爲是凱特科是一種格式繁複的弗林教聖詩文體。凱特科詩體無論從哪個方向讀都是同樣的內容（動詞形態可變化），同時可以切割爲五小段，每個段落均爲一個完整的意象。整首詩必須合乎文法，同時具有深刻的（神學）意義。由於撰寫凱特科相當困難，因此該格式曾經被視爲所有弗林詩文中最高貴也最令人印象深刻的文體。

這句詩文出自於一名不識字且幾乎不會說雅烈席語的瀕死賀達熙人，讓此樣本顯得格外重要。此凱特科並不存在於任何弗林詩文紀錄中，因此樣本根據記憶複述的可能性極低。我們把這句詩文給不同的執徒看過，沒有人對此有任何認識，但其中三人讚美詩句的工整，請求與詩人會面。

我們將這句詩文留給陛下，盼陛下能於強大的某天，推敲出颶風爲何如此重要，以及該詩文示意颶風上下均有沉默的可能意涵。

——約朔，陛下之沉默蒐集者首席，塔那塔耐夫日，一一七三年

特別收錄

越洋深度專訪「邪惡天才」布蘭登・山德森

BRANDON SANDERSON

The Way of Kings

【關於作品】

◆臺灣的讀者們非常喜歡《迷霧之子》，灰燼不斷落下的晦暗場景設定得非常神祕迷人。這個場景和金屬魔法設定的靈感是否從現實而來？

這並非來自一個特定的靈感；它其實結合了我腦袋中累積多年的各式不同想法，以及許多我在早期作品中嘗試使用卻未果的橋段。單一的概念並無法聚積成一本書或一整個系列，但是把一個又一個有趣的東西組合在一起後，就能成就一本書。

以《迷霧之子》來說，其中一個想法，是某天我開著車，闖入濃霧瀰漫的湖畔時，就這麼蹦了出來；它讓我開始建構一個永遠被薄霧籠罩的世界。之後，我開始想：一個類似電影《瞞天過海》（*Ocean's Eleven*）那樣的「搶劫」情節，應該能架構出一個很棒的奇幻故事。接著，我開始構思：不同種類的金屬就有如神奇的電源，將之運用在不同類型的能力上。而且，我還有一個電影場景般的畫面——某個人穿著迷霧斗篷，跨越空氣而來。把諸如此類的東西全數串連在一起後，就是一本書。

◆《迷霧之子》當中，貴族和司卡人的生活讓人想到古文明創造之初的場景，革命故事更是在世界歷史中佔有重要地位，您是否曾經研究過歷史中有關奴隸與貴族生活、以及革命場景的描寫？

是的，我確實有。我一直對這類事物非常感興趣。我覺得是我個人所繼承的民族性，引導我走向這個方向。而且我發現，革命時期，通常會使一個時代出現巨大的反差和衝突。因此，作家們往往喜歡以這幾段社會變革的動盪時期爲背景，創作出許多相當精采的作品。我也意識到，每當我在爲自己的作品找出不同可能性時，它是我非常喜歡從各種不同角度探索、書寫的眾多主題之一。

◆在《迷霧之子》當中，讀者深愛富領袖魅力的凱西爾，革命領導人物總是富有傳奇色彩；但是能統御國家、重現光明的卻是沉穩的沙賽德。如果他們都存在於現實生活中，您比較喜愛哪種人物呢？所有作品裡最喜歡哪位主角，或是哪個人物，為什麼？

這眞的是個很有趣的問題。大部分的人會問我一些我無法回答的問題：例如我最喜歡，或是寫得最好的角色是哪一個？

我通常沒辦法給他們一個答案，因爲當我在書寫的時候，我就已化身爲角色，用他們的觀點思考，所以他們到底是誰這件事，並無法影響到我喜愛描寫他們的程度。

但實際上我最喜歡的角色是哪一個呢？我必須說，比起凱西爾，我更喜歡沙賽德。雖然凱西爾的確是個活躍而且迷人的角色——我很愛寫他——可是，凱西爾同時是個心理變態。對許多讀者來說，這並不是一個顯而易見的事，但凱西爾擁有一個非常晦暗的內心世界。他是那種無法在和平時代大放異彩的人物。他是名革命家，但是——也是個謀殺犯。沒錯，他就是，只不過他把自己的能量往正面之處引導。

這並不是說他在昇平時期時，就會是一個邪惡的人，但是在他的內心裡確實存在著這個分界線；這東西推動著他，在他反對貴族時，讓他全力以赴。

至於沙賽德，他應該是那種宴會的靈魂人物——但是他不能成爲這種人；他必須統治、主宰局面。因爲這些緣故，讓這個角色眞的很有趣。所以，如果我要和某人一塊兒出門，我可能會享受和沙賽德相處的時光多一點。

至於就我所有的作品而論，這眞的很難說，畢竟人物的數量如此龐大，不過，我大概會選《伊嵐翠》裡的瑞歐汀（Raoden）。基本上，他應該是所有角色裡最樂觀的人，從來沒有事情能擊倒他。我覺得他和我會相處得很好。

◆在你書裡的女性角色比起一般奇幻小說女性角色都更為突出，為什麼呢？是身邊有投射的角色嗎？

是的，我的靈感來自很多人。但是，在我開始談現實生活之前，我想說，當初，是在閱讀了多位偉大女作家的作品後，才一頭鑽進了奇幻小說的世界，而且這件事確實影響到了我。

事實上，在我閱讀了《龍魘》作者芭芭拉．漢柏莉（Barbara Hambly）、梅蘭妮．朗恩（Melanie Rawn）以及《飛龍騎士》的作者安妮．麥卡芙瑞（Anne McCaffrey）的書籍之後，我才眞正成爲了奇幻小說迷。

我認爲，因爲早期廣泛涉獵她們作品的緣故，讓我了解到該如何處理奇幻小說裡的女性角色。同時，我的生活裡也有一些非常好的參考人物。我的兩位姊妹，還有我的母親——她是他們會計課程班上的首位畢業生，那一年，她是班裡唯一的女性學員。她們影響了我描寫筆下女性的方式。

◆新書「颶光典籍」（Stormlight Archives）系列據說規劃了十年以上，可否聊聊開始的契機為何？故事主軸是什麼？為什麼想要寫十本，已經有了結局的盤算了嗎？

是的，我的確已經對結局有了安排。至於打算寫十本的理由，是因爲當我開始構思整個系列時，我正在考慮該如何敘述它，還有我要怎麼樣才能讓它與眾不同。而我想做的事之一，就是把系列中每一本書的焦點，放在其中一位主角身上，深入他們的背景故事，以倒敘的手法，彰顯角色如何走到今天，爲何會成爲現在的他們。所以，第一本書的主軸是卡拉丁（Kaladin）。所有的角色幾乎都會出現在整個系列的每一本書中，然而每本書都將圍繞著其中一個人物展開。

除此之外，數字「十」，在該系列的世界裡也佔有一個非常神祕而且重要的地位。書裡提到了十位古代的戰士，所以當我在思索整個情節時，「十」這個數字給我的感覺很對，相稱又契合。

不過，我要在這裡添加一個警告：我其實是把這個系列視爲兩個部分——五本爲一套。所以，如果有讀者想這麼做，他們可以把它看作是以五本爲單位的兩個系列。

至於我用「十」的理由，是因爲我認爲對那個世界來說，這個數字眞的很重要。只不過，我極有可能在完成前面五本之後，先暫時休息一下，寫些別的東西，然後再回來完成後面的「第二套」五本小說。

◆有哪一本書的哪一段情節或結局，是您在出書之後後悔了想推翻的嗎？想改成什麼呢？

一些我本來計畫在《迷霧之子》第二集之中的高潮情節，最後跑進了《迷霧之子》第一集。現在回頭看這些過程，我覺得自己在魔法上的設定有點太龐大了；直到今天，我都還沒辦法完整地解釋闡述它們，而且我擔心：最終這部分可能會多少引起不滿，因爲你無法清楚地知悉這些魔法運作的邏輯。

我的基本寫作規範之一，就是避免發生這種情況。事實上，在我的編輯堅持「高潮部分應該更富有戲劇性」的堅持下，我已經修正了不少內容，而且他是對的，但是我覺得在改變的路途中，我稍稍有些走錯了路——或者更精確地說，我應該給予魔法更恰當、更嚴謹的鋪陳與說明，但我卻沒有這麼做。

【關於寫作】

◆您續寫奇幻大師羅伯特・喬丹「時光之輪」系列的最終篇《光之回憶》（暫譯），目前臺灣雖然還未能得見，但是他影響十五歲的您進入奇幻的世界。年輕時的您喜歡讀哪類型的書籍？您能向我們描述第一次讀到這系列小說的情景，以及其中的震撼嗎？

我從八年級開始讀奇幻小說，芭芭拉・漢柏莉的《龍魘》，就是我的第一本「啓蒙小說」。此後，我就迷上了它，竭盡所能地讀遍手邊能找到的所有奇幻小說。

我很清楚地記得我第一次看到《時光之輪》的場景。那時，這本書的平裝本才剛剛問世，而我呢？正好在那間我買下全部奇幻小說收藏的當地漫畫店裡。在瀏覽「新上市平裝書書架」裡的書籍時，我看到了！這本「超巨大」的奇幻巨作就擺在哪兒。然後我想：這本《時光之輪》的封面，是插畫大師戴瑞・史威特（Darrell Sweet）有史以來最棒的作品——也是奇幻小說中最優秀的作品之一。它充滿著史詩巨作的風采。我買下了這本書，愛上了它。我仍然認爲《時光之輪》是至今爲止最偉大的奇幻作品之一。它標示著一個時代，自托爾金起，從上個世紀的六〇年代起便開始醞釀的史詩文學，到他手中匯成了一條澎湃大河。

在九〇年代間，《時光之輪》主宰了我的閱讀；在我第一次嘗試寫自己的奇幻小說時，也深深地影響到了我。羅伯特・喬丹向我們展示了所謂奇幻小說的視野和廣度——在故事裡，他出色地把無邊無垠的偌大世界感呈現在讀者眼前，同時，將焦點凝聚在筆下人物的眞實生活。他擅長創造一大組能令人產生移情作用的角色，並且讓他們清清楚楚地活在讀者的心中。他是作家的典範，走在大眾熟悉的故事（這類「一個普通男孩從邪惡霸主手中拯救世界」），和獨創性的情節中（魔法的運用，以及書內世界的政治設定），他的描述文字磅礡華麗，《時光之輪》的序曲，絕對是所有系列中最有趣生動的開場。

綜觀以上幾點，它輕而易舉地就能贏得讀者芳心，手牽手將《時光之輪》推上史上最出名的奇幻小說系列寶座之一。在今天的成人奇幻市場裡，在讀者心目中留下最深遠影響的作家，非羅伯特．喬丹莫屬。

◆您在故事中非常會布局埋線索，而且寫得非常快。我們很好奇：您在開始動筆寫作系列故事時，您是先設定好人物關係、魔法對照等圖表才開始寫的「一氣呵成型」，還是行文隨筆間，逐步修改設定的「邊做邊改型」？

我是兩者合一型的作者——首先、我是個偏好規劃的人。我喜歡在大綱藍圖和情節都設定得非常清晰透徹之後才動筆。不過，一旦等這些前製作業都已完成，開始寫作之後，所有的安排又可能再生變化，而且向來如此。

我是那種老是把事情想得很細密、很複雜的計劃者。我的習慣是先做好一個非常詳細的大綱，特別是在世界架構和元素一類的部分，弄好這一切後，我才有辦法坐下來寫書。

一般而言，我筆下的人物，都是在我寫作的過程中才慢慢勾勒出來的。事實上第一份草稿非常非常的粗糙，因爲這份草稿中通常寫了「事件發生的過程」、「對話」和諸如此類的東西，直到第二份和接下來的草稿中，我才會慢慢加入汁液和骨血，把事件說得更完整。大多數的伏筆和鋪陳細節都是在後半段的草稿中才完成的，在這一階段裡，每樣事物幾乎都已就定位。至於問題中提到的一些「佈局埋線索」，我就像舞台魔術師一樣，在某些地方藏入一些東西，以便把觀眾的注意力引向某一方，接著再於反方向埋入其他的陷阱和祕密——大多數都是在最後一批草稿中完成的。我會先寫下應該先發生的事件內容，然後再思考該如何讓它走向正確的方向。

◆有讀者說，您的故事帶領著讀者很快進入場景當中，敘述流暢，不需要繁複的地圖、角色、魔法介紹。您會怎麼調整敘事觀點與方法呢？

對於那些覺得故事不需要大量描述的讀者而言——我明白這一點；我很感謝你們欣賞我的書。在寫作的時候，我會試著盡量考慮到所有可能閱讀本書的人的閱讀口味，並嘗試著照顧到所有層面，以確保能擄獲不同層級讀者的心。

我寫作的基本原則與規範就是文風一定要清晰，別讓讀者一頭霧水。讀者似乎比較喜歡這類散文式的筆法，它「直接易懂」的特性，比起那花大把時間在雕琢文字、滿篇詩歌的故事來說，更容易讓人接受。所以我的寫作方式就是直接躍入場景，然後帶著讀者在文字間遨遊，隨即綜觀全局。當然這不是書寫的唯一模式，其餘還有很多作家以不同的手法，創作出驚豔的夢幻逸品，只是，這是我喜歡的方式，所以也在作品內運用大量這類寫法。

◆您是怎麼發想與組織架構這些故事背景浩瀚壯闊、格局龐大，充滿奇幻的與故事情節？

關於我如何發想與架構出這些奇幻設定和故事情節這件事，其實它們根源於我創造出擁有強大個人觀點的角色。因此當你看著這些角色時，你能透過他們的雙眼看到那個空間——這就是他們的世界觀。藉由帶著你進入他們的思緒，當角色碰上某件值得讚嘆的事情時，你會心有同感；在他們感覺興奮的時候，你也會覺得興奮。在我的寫作錦囊中，這是最主要也最重要的工具。

◆除了寫作奇幻故事之外，您也同時寫青少年類型的故事，甚至還同時在網路上連載新作，甚至同時在學校教書！您是如何分配您的時間？一天都睡幾小時？可以畫個大餅示意圖嗎？您平常又都是怎麼搜集故

事點子的呢？

我一直是個夢想家；這可能也是我走上現在這條路的原因。對我而言，當我的腦袋裡出現了夠多的各式想法後，我就會開始把它們組裝在一起，接著就成了一本書。這畫面就猶如一個人正在房間裡調色的場景；你試著把不同深淺的東西倒在一起，然後看看會冒出什麼成果。只是我用的不是顏料，而是千差萬別的念頭，看它們彼此能撞擊出什麼樣的化學反應。

而教職部分，我每年只教一學期，每週一個晚上。剩餘的時間都用在寫作上。這對我來說很輕鬆，因爲這就是我最愛做的事。大部分的作家都是全天候二十四小時在寫作，我也一樣。就算我去健身房，腦子裡也還是在想我下本書的內容。就算我上了床，心裡也在安排著明天的計畫。每天起床以後，會先上網看電子郵件，然後再開始寫作。大多數的日子裡，我會從大約中午十二點起一直寫到下午四點，然後我會和家人一起出門，做點別的事情直到晚上十點，接著再從晚上十點一直寫到凌晨四點。之後又再睡到正午十二點左右才起床。

◆您在作家之中，可稱之為快手，寫作速度和出版量驚人。您是否計算過平均一天可以創作書寫出多少的文字？五千字？或是上萬呢？

我是個非常規律的作家。這使我看起來非常多產。當然，我也「確實」很多產。不過你要記住一件事，那就是即使你一天只寫兩千個字，只要每天持續不斷地寫下去——就算你像我一樣每週日公休——長久下來，一年也會累積差不多六十萬字。這基本上就是兩本《風起雲湧》（*Gathering Storms*，時光之輪最終篇的第二部），或三本《迷霧之子》的份量了。

其實以我的情況來說，每天幾乎能寫到三千五百個字，不過你得把這個數字減半，因爲其中一半的時間是花在編輯和修改上頭，完全沒有創作出新東西。所以我們姑且保守估計，平均每年每天兩千字吧！假設你每天都做和我一樣的事，而且相當規律地在進行，那麼就會堆積成一個相當龐大的字數了。我並不覺得我的寫作速度會比其他作家快——事實上，很多作家的創作速度甚至比我快得多。我只是一直堅持下去，而且享受自己寫作的時光，只要我某天沒有寫作，便會感到焦慮。

我只是單純地喜歡我的工作，喜愛我在做的事。而且我覺得自己極度榮幸能以此維生。也正因爲如此，我希望能好好抓住這個天賜的機會，完美地做好它。

◆聽說您有一個寫作團隊，是否可透露是怎樣分工合作的？如果想加入您的寫作團隊，入選的必備條件為何？

這個團隊的職務非常廣泛，整體的目標只有一個：就是除了寫作以外，幫助我處理所有的大小事物。我能花越多的時間在寫作上頭越好。

我的助理彼得（Peter），是團隊裡最重要的成員，他幾乎像是我的附加大腦。他以專業的水準處理全部必須完成的事務，當然，這不包括寫作。舉例來說，他經手了大量的文字編輯校訂工作，替我節省了大把時間。還有一些文字輸入的工作，譬如這次的訪談稿，我會預先製作錄音稿，然後他會替我打成文字稿，這同樣幫我省下了時間。比起花上四五個小時輸入訪談稿和這一類的事，我不如先花一個小時的時間口述，然後他再花另外幾個小時鍵入這些答案，絕對是比較聰明的方法。

想成爲我團隊的一員，基本上，你得像彼得，你必須就是彼得。彼得獨一無二的原因，是因爲他有深厚的編輯背景，同時，他本人也是位優秀的作家，而且我們已是很多年的老朋友了，所以他很清楚我的寫作風格。

我很幸運自己的團隊中能擁有這樣的一位成員，他能完成這一大堆普通助理無法處理的事。一般的助理無法執行編輯和校稿的工作，當我需要他們以我個人角度發聲，在部落格上發表文章時，除了彼得之外，普通助理也幫不上忙，還有所有類似的事。

除此之外，我還有其他幾位助理。因爲讀者可透過我的網站購買親筆簽名書，所以有一位助理專門處理書籍的船運和郵寄事宜。另一位助理則是處理我的郵件，如果有人問了一個我之前已經回答了很多次，又相當簡單的問題，她就會選用同樣的答案回覆對方。還有她會特別提醒我注意那些需要立刻回覆的郵件。然後，在續寫《時光之輪》的時候，我還有兩位助理幫我確保故事的連貫性，以及持續跟進羅伯特·喬丹的世界設定等等相關事宜。這個陣容還沒算上我的編輯和經紀人。

那麼如何才能加入我的團隊呢？一、認識我很長一段時間。二、我信任你。三、你是各種負責領域裡的箇中好手。

◆假設您今日不是一位作家，您是否曾幻想過自己會從事什麼樣的工作？或是覺得自己非成為作家不可？理由為何？

嗯，如果說——除了「作家」以外我完全沒辦法從事別的行業，這個說法似乎有些聳人聽聞。不過，我之前說過這種話：我眞的認爲這就是我的精神所在、我工作的方式，我生來就是個說故事的人。就在翻閱我人生中第一本奇幻小說時——雖然這已是陳腔濫調，但是——我告訴自己「這就是我，這就是我要做的事。」所以，我基本上是用盡所有力量，努力地在完成這件事。

我的母親說服我放棄寫作一年，改去主修化學。她眞的很希望我能成爲一名醫生。可是我眞的沒辦法，我嘗試了一小段時間，但完全不見成果。之後，我就把一切都投入「成爲作家」的這個夢想裡。

如果我無法實現這個夢想，我大概會在社區學院裡教文學。我會很享受這件事——我熱愛教學。我喜歡站在人群的前面，幫助他們。畢竟我已經獲得了英文創意寫作碩士，而且我覺得，如果我沒有獲得出版機會，這會是我唯一能作的事。因爲我不是那種積極追求終身教職的人。意思是，除了我沒有博士文憑之外，我的資歷也不足以進入知名大學的博士班。如果當時沒能出版自己的作品，那麼我也許會花上好幾年的時間，取得這些資歷，然後獲得博士學位。這是很有可能的事。可是，我覺得我大概會一直在社區學院裡教書，然後享受偶爾開班的創意寫作課程。雖然，我敢肯定自己很高興人生沒有走向這條路。

◆是否可請您分享寫作上遭遇的難忘瓶頸？當時，您又是如何突破難關呢？

我曾遇過最糟糕的瓶頸，那時，我的故事已經說到了一半，中途被其他事情岔開，吸走了我的全部注意力，過了一段時間之後，我才試著接下去完成它。對我來說，這眞是個災難。因爲我是那種「一鼓作氣」型的作家——寫作是我的每日例行工作，在每天寫作的過程中，我會越來越進入故事的世界裡，所以到了最後，我只需要爆開結局，然後將它呈現在觀眾面前。在這股「氣勢」的推動下，我可以持續好幾個星期或好幾個月馬不停蹄地寫作。我天天開工，但起頭部分向來不如寫到中段後那般容易。

有本書，我前前後後中斷又再續寫了好幾次，然而後段接寫的篇章只能用「恐怖」二字形容。還有一本書《騙子帕提內》（*The Liar of Partinel*），我寫到一半停下來做別的工作，然後才回來想寫完它，結果是一團糟，我也一直沒法修正它。對，我還是寫完了這本書，但是它在根本上就已支離破碎。

我該怎麼突破這個難關呢？我通常會把這些書擺在一邊，過了好幾年後再回來翻閱它們，然後以同樣的想法爲基礎，重新開始架構。一旦我突破了一個很大的瓶頸之後，這方法奏效了好幾次。

另一個巨大的瓶頸，是在我寫好一本自知還不錯的好書，但是還不夠好，我也找不出原因的時候。在這種情況下，我也會把書放在一邊，先處理別的事情，然後再回來修改它。《王者之路》就是用這種方式修正而成的，我一直反覆修訂，直到它符合我心裡的期待，而且成爲它該有的樣子爲止。

◆您的所有作品都創作在同一個寰宇（Cosmere）之中，是開始寫作就這麼決定了嗎？那麼，書裡頭所指的神也是同一位嗎？

的確，我是從一開始就計畫讓所有的故事發生在同一個寰宇裡。雖然在我的第一部早期作品中，並沒有如此打算，不過那些作品並未得到出版的機會。待我開始撰寫我第一部得以發表的作品《伊嵐翠》時，我已經遊歷了許多不同的世界，因此我開始發展這個想法。

這是一個非常好的作法，除了能讓我開發全新的魔法系統之外，還能敘述一整個自成體系的有趣故事，同時可以隱藏不爲人知的祕密，這樣的背景能支撐起包羅萬象的故事。結果，是的，這一切就這麼連接了起來。我假設問題中提到的「神」，指的是雅多納西（Adonalsium）*——實際上，我從未特別指明雅多納西是誰，或者是什麼東西，不過，雅多納西確實橫跨了這些不同的世界。

*編注：布蘭登．山德森筆下的作品，都是在同一個寰宇中的各個星球／世界發生的故事，像《王者之路》的世界叫羅沙，《迷霧之子》的世界叫司卡德利亞；雅多納西是這些世界的共同神祇，但在書裡並不會特別提到祂的名字和存在。

◆有沒有在作品裡面設計想對讀者傳達的想法？如：信念，榮譽，守道……

裡頭有任何想法嗎？嗯！重點來了，我不會坐下來說：「我準備要傳遞一個想法給大家。」我會坐下然後說：「我要開始說一個很棒的故事。」我敘述了一個關於一些人的偉大故事，這些人對各式各樣的事物都充滿了熱情。這些人物熱愛的東西，他們想要表達的訊息，就成了所謂的想法。所以，由凱西爾傳達出的訊息，絕對與沙賽德的很不一樣。而我試圖強調這些想法，讓它們看起來就像是角色本身的概念。

所有我的作品中，都貫穿著一些主題。一般來說，只要是我熱切渴望的東西，我筆下的人物也會一樣想望，這些主題的主軸就是「希望」，所以就發展出當身處黑暗時，會盼望光明一類的情節。

身爲一名讀者，我眞的很享受那些納入了「希望」這個主題的奇幻小說。我用現實的筆法描繪善與惡，以及它們爭鬥的情景——理由很簡單，當角色屬於善的一方時，並不表示所有的事就會按照他們想要的方式順利發展。部分在《伊嵐翠》裡發展出的東西，也運用在《迷霧之子》三部曲中。我不會揮舞著拳頭說：「噢！這是因爲你的理想是崇高的，所以它們必然會取得勝利。」但在同一時間，作爲一個讀者，我更喜歡某些蘊含「希望」的偉大奇幻史詩作品。

今天，許許多多的奇幻作品裡都充斥著「對抗黑暗大軍」的主題——雖然這類作家中，很多都是偉大的創作者。這是個好主題，它非常有趣，而且能把奇幻文學發揮得淋漓盡致，可是我不屬於這個團體。我尊敬這些作家，但是我遵循著羅伯特・喬丹，還有其他作家——譬如我先前提到的安妮・麥卡芙瑞等人的傳統，他們的角色都會存在著一種英雄主義感。即便他們失敗了，英雄主義猶存。我喜歡講述這一類的故事。

◆**您目前尚有許多待完成的系列，對於二〇一二年的寫作計畫，您預計先著手的是哪一系列的作品呢？除了系列續作，是否還有其他想寫的主題和計畫呢？**

我的下一個目標是「颶光典籍」的第二本書。接下來，我可能會寫《迷霧之子：執法鎔金》的續集，在這之後，是《伊嵐翠》的續集。這些都在我的計畫表裡。今年我也會推出一套給青少年的全新系列，雖然我尚未確定該如何著手，但這絕對會是全新的東西。

◆RT書評稱您為「邪惡的天才」，因為您常算計、誤導讀者故事走向，最後再給予一記棒喝，讓他們恍然大悟您對結局的安排，對此，您有何回應？

這是所有關於我的評價中，最高的讚美之一。

【關於閱讀】

◆除了奇幻大師之外，我們很好奇您的閱讀樂趣。您最近在讀什麼書呢？哪位作者或哪本書讓您最驚艷呢（非奇幻小說也可以）？為什麼？

泰瑞・普萊契（Terry Pratchett，《貓鼠奇譚》作者）向來讓我驚豔，他真的很棒。我今年已經讀了派崔克・羅斯弗斯（Patrick Rothfuss，《風之名》作者）的《智者的恐懼》（*Wise Man's Fear*），這男人掌握散文的功力讓我敬畏，他的作品讓我愛不釋手。還有誰呢？還有我真的很喜歡刺客系列的作者羅蘋・荷布（Robin Hobb）。今年，我準備花很多時間閱讀雨果獎的提名作品。我真的很想這麼做，因爲，我能找出時間來看遍全數作品是非常罕見的事。裡頭蘊藏了許多精采的故事。諾拉・潔米欣（N.K. Jemisin）傑出的作品《十方諸國》（*The Hundred Thousand Kingdoms*）令我眼睛一亮。

我今年的時間有限，無法看太多的書，不過除了以上題材之外，我也閱讀一些非小說的書籍。我讀了很多關於心理學、性別研究、人類心靈特質研究和歷史等書刊。我最喜歡的經典是維克多・雨果和珍・奧斯丁，也許赫爾曼・梅爾維爾也算。

◆看到您作品中的對話，覺得您是一個妙語如珠幽默的人。有關於幽默有趣的書，您是否可以推薦幾名作家和作品給台灣的讀者呢？

首先，請讓我們在「我的角色有趣又幽默」，和「我本人有趣又幽默」這兩者中作個區隔，而這兩者是否都能達到高明而且詼諧得令人難以置信的條件是「時機點」。寫書的時候，我可以掌握我想要的準確時機點。因此，我幾乎沒有筆下角色那樣富有智慧的靈魂，而且，我也幾乎不像凱西爾一類的人物那樣幽默風趣。這只是身爲作者的我們刻劃出的場面。我是個演員——我可以揣摩所有諸如此類的事物——但是這並不意謂著我就是這些事物。但是我很高興你這麼評價我。

推薦的作家啊？嗯，我會說泰瑞・普萊契——不過我不知道他在「翻譯版」中的表現如何，因爲他用了大量雙關語一類的巧妙手法。那麼讀者究竟該讀什麼書呢？如果你喜歡奇幻小說，你應該要讀派崔克・羅斯弗斯。而且大家都這麼說，所以你極有可能已經讀過他的創作了。那麼，還有哪些你可能尙未讀過的書可以推薦呢？那就是蓋伊・加福爾・凱（Guy Gavriel Kay），不過這個建議倒不全是因爲「幽默有趣」這個主題，雖然他確實在這部分著墨不少。更多的理由是因爲——他是個天才。假如你想要讀些有趣、迷人又風趣的東西呢？羅蘋・荷布作品中的「弄臣」在這方面眞的很有兩把刷子，雖然到了後面的系列時，比較少做到這一點。丹尼爾・亞伯拉罕的書也很棒——儘管這些不是重點，但是它們都極富機智。另外，在他的書裡也不會看到像我的書《破戰者》（*Warbreaker*）裡，萊特桑（Lightsong）那樣的角色。奧斯卡・王爾德是《破戰者》中幽默的靈感來源，所以，如果你還沒讀過王爾德，請給他一個機會。他眞的妙不可言——遠勝過我。《破戰者》風趣橋段的另一個靈感來自電影《瘦子》（*The Thin Man*，1934），假若你還沒看過這部電影，再提一次，它裡面用了很多的英文雙關語，但不管如何，《瘦子》是一部偉大的神祕謀殺喜劇片。

◆由於您的故事設定中，光明與黑暗、正義與邪惡總是處於曖昧地帶，主角學得絕技的過程也很精采，有些讀者認為很像中國的武俠故事。您是否讀過中國的武俠故事或看過相關電影文章呢？

我的確涉獵過一些。我非常著迷於一些偉大的華人電影製片者。例如張藝謀導演拍攝的電影《英雄》，這些運用豐富色彩、美麗鏡頭和諸如此類事物說故事的拍攝手法著實令人目眩神迷。明確地說，《迷霧之子》系列小說，確實深受中國電影，還有其運用視覺媒介的美妙手法影響。

我不能說自己讀過很多小說。不過，我會去尋找那些書迷推薦我讀的書單，然後應該會在出門訪問的旅途中讀上幾本。只是到目前爲止，我並未讀過這些電影的任何原著小說。

【其他】

◆您將於二〇一二年首度訪台。對於您從未到訪的台灣有什麼樣的想像？會不會考慮把亞洲的風土民情寫入您的故事當中？這次來台是否有特別想要嘗試的料理或是想去的景點呢？

我曾住在韓國兩年，所以我已對這區域有了些許認識。當然，台灣是個非常不同的地方。我眞的很興奮能造訪台灣。我很好奇地想知道，台灣的食物和我居住地區的中國食物有何分別。在美國，通常只有「中國餐廳」才會供應「中式料理」。要知道，中國是個幅員廣大的國家。就如同「美國食物」並不會只有一種作法而已——它們有各式各樣的樣貌和不同地區間的差異——因此，我想了解各地間的作法究竟有什麼變化，還有台灣特有的道地美食是什麼。當然，我目前還無法回答你。所以，我眞的非常盼望這趟旅程。除此之外，我也期待能遇見許許多多的人，我可是收到了一大堆來自台灣粉絲的信。而且我希望自己盡可能地在我停留的短暫時間裡，體驗滿滿的台灣文化風情。

◆最後，請山德森先生對台灣讀者說一段話送給大家吧！

問我想對台灣所有的讀者，而不單單侷限在奇幻小說讀者說些什麼嗎？

我會說：我發現這個世界缺少了一些重要的部分，即便跨越不同的文化也是如此——許多成年人不願意承認、接受他們擁有好奇心。也就是說，好像在現今社會裡，當我們的年紀逐年增長、開始工作、開始肩負責任後，我們也隨即發覺，似乎有什麼東西脫離了現實，認為它只為孩童存在。

然而，我以爲這個被我們拒絕在門外的東西，並非只有孩童能擁有，而是人類的基本需求、基底的渴望，是人類的基礎根本；它給予我們夢想的能力、讓我們期待某些雖然還不存在，但仍然可以、可能，也希望某天它能成眞的能力。除此之外，我們還能遙想那些事物——雖然它們已不復存在，但依舊能吸引、激勵我們，促使我們思考。

所以我要說，去擁抱你的好奇心吧！擁抱那作夢的能力，別把它看作不眞切的事物，或只是逃避現實的手段。因爲即便如此，它仍舊能訓練我們鼓起勇氣，創造更遠大、更美好的夢。

颶光祕典（ARS ARCANUM）

十大元素與其歷史淵源

順序	寶石	元素	對應身體表現	魂術特性	主/從神聖能力
①傑思（Jes）	藍寶石	微風	吸氣	半透明氣體或空氣	保護/統領
②南（Nan）	煙石	煙霧	吐氣	不透明氣體，煙、霧	正直/自信
③查克（Chach）	紅寶石	火花	靈魂	火	勇敢/服從
④維夫（Vev）	鑽石	光	眼睛	石英，玻璃，水晶	慈愛/治療
⑤帕拉（Palah）	祖母綠	纖維	毛髮	木材，植物，苔蘚	學識淵博/慷慨
⑥沙須（Shash）	石榴石	血	血	血及所有非油類液體	富有創造力/誠實
⑦貝塔（Betab）	鋯石	脂（動物）	油脂	各種油類	睿智/謹慎
⑧卡克（Kak）	紫水晶	箔	指甲	金屬	堅定/實踐能力
⑨塔那（Tanat）	黃寶石	踝骨	骨頭	大小石塊	可靠/靈活
⑩艾兮（Ishi）	金綠柱石	筋肉	皮肉	各類皮肉	虔誠/指引

以上列表僅列出與十元素相對應的傳統弗林教符號。全部加總在一起時則形成全能之主的雙瞳眼，兩只瞳孔的眼睛代表創造出的植物與動物，這同時也是經常與燦軍畫上等號的沙漏符號之由來。

古代學者同時會將燦軍的十團同時列在這張表上，旁邊附注神將身分，每名神將傳統上均與特定數字及元素有關。

我不確定束虛術的十階與其近親上古魔法要如何被囊括入這張表的範圍，也許這是不可能的。我的研究顯示，除了束虛術外，應該還有更神祕的力量。也許上古魔法可以因此被囊括於該系統中，但我開始懷疑上古魔法另成一格。

論法器製造

目前已知有五大類型的法器。法器製作的方式是法器製作組織的不傳之祕，但目前看起來似乎都是來自於科學家的努力研究成果，而非過去燦軍使用的神奇封波術。

改變型法器（ALTERING FABRIALS）

增幅（Augmenters）：這些法器的用途爲增強，可以用來引發熱、痛楚，甚至是一陣徐風，如同所有法器，力量來源均爲颶光。最適合的對象似乎是力量、情緒、感官。

來自賈．克維德，俗稱的半碎具便是以這類法器綁在金屬片上，以增強其硬度。我看過這類法器搭配許多種不同的寶石，因此我推斷十種極石中的任何一種都適合。

減幅（Diminishers）：這些法器的作用正好與增幅法器相反，通常受到的限制也很類似。爲我揭祕的法器師們相信，以現今的能力，足以製造超過世上法器成品的新法器，尤其在增幅或減幅方面的效果均會更大。

配對型法器（PAIRING FABRIALS）

結合（Conjoiners）：透過在紅寶石中灌注颶光，使用無人願意告訴我的方法（雖然我有自己的猜測），可以創造出配成一對的寶石。這個過程需要將原本的寶石一分爲二。兩半寶石則能隔著一段距離，仍然感受到原本另一半的引力。在製造法器的過程中，似乎使用某種方法，可影響兩半寶石之間能隔多遠的距離，仍然維持配對的功效。

力量的儲存是固定的。舉例而言，若有一邊綁在一塊很重的石頭上，那麼要舉起同對中另一個法器，就需要用到足以舉起石頭的力氣。在創造法器的過程中，似乎有某種程序會影響這對法器的有效距離範圍。

倒轉（Reversers）：使用紫水晶而非紅寶石也能創造出兩半相連的寶石，但是這種法器的功能是創造相斥的力量，舉例而言，舉高一半，另外一半便要承受壓力往下陷。

這種法器剛剛才被發現，已經有很多實際應用的可能性。這類法器似乎有些出人意料的限制，但是我無法得知是何種限制。

示警型法器（WARNING FABRIALS）

這一組法器中只有一種，俗名稱爲示警器（Alerter）。一台示警器只能警示附近的單一物件、情緒、感官，或是現象。這些法器利用金綠柱石爲力量來源。我不知道這是唯一有效的寶石類型還是另有他因。

在此類法器中，灌注的颶光量與示警範疇有關，因此使用的寶石大小非常重要。

逐風術與捆縛術（WINDRUNNING AND LASHINGS）

關於白衣殺手之奇特能力的報告，讓我找到一些大多數人無從得知的資料。逐風師是燦軍的一團，他們主要使用捆縛術中的主要兩種。這種封波術的效果在該燦軍軍團內被稱爲「三重捆術」（Three Lashing）。

◆**基本捆術**（Basic Lashing）：**改變引力方向**

此類捆縛術應該是所有類型中最常使用，卻並非最容易使用的能力（最容易使用的捆縛術爲接下來將討論的全面捆術）。基本捆術是逆轉生命體或物體與星球的靈魂引力方向，暫時將該生命體或物體與不同的物件或方向連結。

這種改變造成引力的改變，因此會造成星球能量的變化。基本捆術可讓逐風師在牆壁上奔跑，讓物件或人飛入空中等類似效果。進階使用則能讓逐風師靠著將部分體積往上方捆縛，以減輕自己的體重（數學算式爲將四分之一體積往上捆縛，可減輕一半體重，將一半體積往上捆縛可達成無重狀態）。

多重基本捆術可將物體或人體以雙倍、三倍或其他倍數之體重往下拉。

◆**全面捆術（Full Lashing）：將物體捆在一起**

全面捆術看起來跟基本捆術很相似，但是運作原理完全不同。前者與引力有關，後者則以黏性力道（燦軍稱之爲『封波』）有關，能將兩件物體捆成一件。我相信封波與大氣壓力有關。

要使用全面捆術，首先逐風師須對物體灌注颶光，然後將另一件物體貼上，兩件物體將以極大的連結捆綁在一起，幾乎不可能斬斷。大多數材質會在連結被破壞之前，自身已經崩壞。

◆**反向捆術（Reverse Lashing）：讓物體增加引力**

我相信這屬於基本捆術的特殊變異。此類捆縛術在三者中需要的颶光量最少。逐風師只要在物體內灌注颶風，以意識施予指令，即能在該物體中創造出可吸引其他物件的引力。

此捆縛術的關鍵是在物體周圍創造出一個圈圈，模仿與地面的靈魂連結，因此這項捆縛術很難影響碰觸到地面的物體，此時物體與星球的連結爲最強。墜落或飛翔中的物體最容易受到影響。其他物件也可以被操控，但是需要的颶光跟技巧則要高上許多。

中英名詞對照表

A

Abamabar 阿邦馬巴
Abri 阿布里
Abry 奧布雷
Acis 艾其思
Adis 亞地司
Adolin 雅多林
Adonalsium 雅多納西
Agil 阿吉
Aharietiam 阿哈利艾提安
Aimia 艾米亞王國
Aimian 艾米亞人
Airsick 空氣病
Akak 阿卡克
Akak Reshi 阿卡克・雷熙
Akinah 阿奇那
Aladar 艾拉達
alaii'iku 阿賴依庫
Alakavish 阿拉卡維希
Alami 雅拉米
Alaxia 亞拉席雅
Alazansi 亞萊詹
Alds 愛德
Alerter 示警器
Alespren 酒靈
Alethela 雅烈席拉王國
Alethi 雅烈席人
Alethkar 雅烈席卡王國
Alezary 亞列薩里
alil'tiki'i 阿利提其艾
Alim 阿林
Allahn 亞藍
Almighty 全能之主
Altering Fabrials 改變型法器
Amaram 阿瑪朗
Amark 阿馬克
Ambrian 亞布麗安
Anticipationspren 期待靈
Aona 艾歐娜
Arafik 阿拉非克
Arak 阿拉克
Ardents 執徒
Arik 阿瑞
Artifabrian 法器師
Artmym 阿特邁
Asha Jushu 艾沙・傑舒
Ashelem 艾什藍
Ashir 亞希爾
Ashlv 艾徐蘿
Ashno of Sages 智者亞須諾
Askarki 阿司卡企人
Assuredness Movement 自負運動
Ati 雅提
Au-nak 奧拿克
Augmenters 增幅
Av 艾夫

Avado　阿法多
Avarak Matal　阿拉法克・馬塔
Avaran　亞法倫
Avramelon　阿法拉瓜
Axehound　野斧犬
Axies　克西司
Azimir　亞西米爾
Azir　亞西爾王國
Azish　亞西須人

B

Babatharnam　巴巴薩南王國
Babsk　巴伯思
Backbreaker Powder　折背粉
Bajerden　巴赫登
Balsas　巴撒斯
Barlesha Lhan　巴爾勒沙・嵐
Barm　巴姆
Barmest　巴邁司特
Bashin　巴辛
Basic Lashing　基本捆術
Battalionlord　營爵
Battar　巴達
Bav　巴夫
Bavadin　巴伐丁
Bavland　巴伏
Baxil　巴西爾
Bay of Elibath　愛里貝斯灣
Baylander　灣地人
Beggars' Feast　乞丐宴
Betab　貝塔
Betabanan　貝塔般南日
Betabanes　貝塔伯奈日
Bethab　貝沙伯
Bickweight　磚重
Bindspren　縛靈
Bisig　比西格
Black Fisher　黑漁夫
Blackbane　黑毒葉
Blackthron　黑刺
Blade　劍（指榮刃）
Bloodivy　血春藤
Bluebar　藍棒
Blunt　阿直
Bluth　布魯斯
Book of Endless Pages《無盡之書》
Bornwater　誕水
Branzah　枝紮
Breachtree　折樹
Breakneck　斷頸遊戲
Bridgelord　橋隊長
Brightlord　光明爵士（光爵）
Brightness　光主
Broam　布姆
Brother Kabsal　卡伯薩弟兄
Bussik　布希克

C

Cabine　卡賓
Cadilar　卡迪拉
Calinam　卡琳娜
Calling　天職
Callins　卡林司
Captivityspren　囚靈

Caull 阿考
Cenn 瑟恩
Chach 查克週
Chachanan 查卡南
Chachel 查徹日
Chasmfiend 裂谷
Chip 夾幣
Chouta 芻塔
Chull 芻螺
City of Bells 鈴城
City of Lightning 電之城
City of Shadows 影之城
Citylord 城主
Clearchip 透幣
Cobalt Guard 碧衛
Cobwood 團木
Cognitive Realm 意識界
Coldwin 科德溫
Companylord 連爵
Conclave 集會所
Conicshell Mucus 尖殼漿
Conjoiners 結合
Coreb 克雷伯
Corl 克羅
Cormshen 《克姆珊》
Corvana's Analectics
《柯法娜語錄》
Cosmere 寰宇
Creationspren 創造靈
Crem 克姆泥
Cremlings 克姆林蟲
Crushkiller 惡碎怪
Crystal 水晶
Cultivation 培養
Curnip 捲蔔
Curse of Kind 族詛
Cusicesh 庫希賽須
Cussweed Root 啐草根
Cymatics 音流
Cyn 肯

D

Dabbid 達畢
Dahn 達恩
Dai-gonarthis 戴艮納西斯
Dalar 答拉
Dalilak 答里
Dalinar Kholin 達利納．科林
Dallet 達雷
Damnation 沉淪地獄
Dandos the Oilsworn
必繪者丹奪司
Danidan 丹尼丹
Danlan Morakotha
丹蘭．摩拉克沙
Dara 達拉山
Darkhill 黑丘
Davinar 達維納
Dawnchant 晨頌
Dawnchat 晨言
Dawncity 曦城
Dawn's Shadow 晨影
Dawnshards 晨碎
Dawnsinger 晨歌者

Dazewater　昏水
Deathbend River　死彎河
Deathspren　死靈
Decayspren　朽靈
Deeli　笛麗
Delp　得普
Denocax　德諾卡軟膏
Derethil and Wandersail
「迪雷希與流浪帆」
Desh　德西
Desolation　寂滅
Devotary　信壇
Devotary of Insight　洞悉信壇
Diglogues　《談話集》
Diamond　鑽石
Diggerworms　挖蟲病
Diminishers　減幅
Double Eye　雙瞳眼
Drehy　德雷
Drying Sea　死海
Dumadari　度馬達利
Dunny　度尼
Durk　杜克
Dustbringer　招塵師
Dysian Aimian　代西・艾米亞人

E

Earless Jaks　無耳傑克斯
Eastern Crownlands　東皇地
Eighth Epoch　第八時代
Eila　艾拉
Eiliz　艾利茲
Elanar　艾拉那
Elevate　晉級
Elhokar Kholin　艾洛卡・科林
Elithanathile　依利賽納西爾
Elthal　艾索
Elthebar　艾特巴
Emerald　綠寶石（祖母綠）
Emul　艾姆歐
Emuli　艾姆利人
Endless Ocean　無盡海洋
Enthir　恩錫爾琴
Envisager　預見者
Epan　愛潘
Epoch Kindoms　時代帝國
Era of Solitude　孤獨時期
Eshava　愛莎瓦
Eshonai　伊尚尼
Eternathis　《永恆記》
Everstorm　永颶
Evod Markmaker　名師艾佛德
Exhaustionspren　疲憊靈
Extex　艾克特思
Eylita　愛莉塔

F

Fabrial　法器
Fabrisan　法布利森
Falksi　琺科曦
Farcoast　遠岸
Fathom　噚樹
Fearspren　懼靈
Feverstone Keep　燒石堡

Fiddlepox　笛痘
Fin　斐
Fingermoss　手指苔
Firemark　火馬克（紅寶馬克）
Firemoss　火苔
Firestorm　狂火
First Moon　初月
Flamespren　火靈
Focal Stone　聚力石
Forst Lands　凍土之地
Fourleaf Sap　四葉汁
Frillbloom　皺花
Fu Abra　福．阿布拉村
Fu Albas　福．阿巴司特村
Fu Moorin　福．姆林村
Fu Namir　福．那米爾村
Fu Ralis　福．拉力司村
Full Lashing　全面捆術

G

Gabrathin　加布拉辛
Gadol　加多
Galan　加藍
Gallant　英勇
Garam　加拉
Gare　加耳
Gashash-son-Navammis
那法米絲之子加沙須
Gavarah　加瓦菈
Gavashaw　加瓦霄
Gavilar Kholin　加維拉．科林
Gaz　加茲
Gemheart　寶心
Geranid　葛蘭妮
Gerontarch　哲龍王
Glory　光榮
Gloryspren　勝靈
Gom　哥姆
Gon　公
Goshel　哥舍
Grandbow　巨弓
Granite　花崗岩
Grasper　抓蟲
Great Concourse　大學院
Greatshell　巨殼獸
Gregorh　葛雷果
Grump　阿壞
Gulket　古克
Gulket Leaves　古克葉
Guvlow's Incarnate　谷洛再世

H

Hab　哈伯
Habatab　哈拔塔
Habrin　哈柏林
Habsant　哈布桑
Hallaw　哈洛
Hamel　哈末
Hammie　哈米
Hapron Street　哈普隆街
Harkaylain　哈凱連
Harl　哈勞
Hasavah　哈薩瓦
Hashal　哈莎

Haspers　哈斯波螺
Hateful Hour　恨時
Hatham　哈山
Hav　哈福
Havah　哈法
Havar　哈伐
Havarah　哈瓦拉
Havrom　哈弗隆
He who adds　增添之人
Hearthstone　爐石鎮
Heb　希伯
Heliodor　金綠柱石
Herald　神將
Herald of Luck　好運神將
Herdaz　賀達熙王國
Herdazian　賀達熙人
Hesina　賀希娜
Hierocracy　神權聖教（時代）
Highloard　上主
Highmarshal　上帥
Highprince　藩王
Highprince of Information
情報藩王
Highprince of War　戰事藩王
Highstorm　颶風
Hobber　霍伯
Hoel Bay　霍耳灣
Hoid　霍德
holetental　或雷坦塔
Holy Enclave　聖庫
Honor chasm　榮譽溝
Honorblades　榮刃
Honorspren　榮耀靈
Horl　霍耳
Horneater　食角人
Horneater Peaks　食角人山峰
Houselord　族主
humaka'aban　胡瑪卡阿班
Hungerspren　餓靈

I

Ialai　雅萊
Idolir　艾多里耳
Ilamar　艾勒馬
Immortal Words　永生之言
Impossible Falls　不可能瀑布
Infantrylord　步兵長
Inkima　茵琪瑪
Innia　音妮亞
Intoxicationspren　醺靈
Iri　依瑞王國
Iriali　依瑞雅利人
Ironsway　鐵道鎮
Isasik Shulin　愛莎西克．書林
Ishar　艾沙
Ishashan　艾沙珊
Ishi　艾兮
Ishikk　依席克
Istow　依絲托
Iviad　艾維雅德
Ixil　依西爾
Ixsix's Emperor
《伊瑟西斯之皇帝》

J

Jacks　傑克斯
Jah Keved　賈・克維德王國
Jakamav　加卡邁
Jam　阿詹
Janala　珍娜菈
Jarel　加瑞
Jasnah Kholin　加絲娜・科林
Jesachev　傑沙克夫
Jesnan　傑思南
Jezerezeh　傑瑟瑞瑟
Jezerezeh'Elin　傑瑟瑞瑟・艾林
Jezrien　加斯倫
Jorna　約那
Joshor　約朔
Jost　約司特

K

Kaber　卡貝遊戲
Kadash　卡達西
Kadrix　卡德立克司
Kakakes　卡卡克日
Kakanev　卡卡耐夫日
Kakash　卡卡許週
Kakashah　卡卡沙日
Kakevah　卡維卡日
Kaktach　卡塔克日
Kaladin (Kal)　卡拉丁（阿卡）
Kalak　卡拉克
Kalami　卡菈美
Kalana　卡拉娜
kaluk'i'iki　卡路克艾依其
Kammar　卡瑪
Karanak　卡拉納克
Karm　卡姆
Kasitor　卡西朵
Katarotam　卡塔樓譚
Kelathar　凱拉薩
Kelek　克雷克
Ketek　凱特科
Khakh　卡克
Kharbranth　卡布嵐司王國
Khav　卡夫
khokh　闊克
Kholinar　科林納城
King Hanavanar　哈納凡納王
Klade　克雷德
Kneespike　膝刺
Knights Radiant　燦軍騎士
Knobweed Sap　團草乳
Kolgril　可吉魚
Koolf　庫夫
Koorm　庫姆
Korabet　可拉貝特
Korater　克拉特
Kukori　庫可里
Kurp　克普
Kurth　庫司（雷之城）
Kusiri　庫希麗
Kylrm　凱洛

L

Ladent　拉頓
Lait　壘
Lalai　菈萊
Lamaril　拉瑪瑞
Lanacin the Surefooted　穩足拉納辛
Lanceryn　連佘里
Landlord　地主
Laral　拉柔
Laresh　拉瑞史
Larmic　拉米螺
Larn　拉恩
Lashing　捆縛術
Last Desolation　最後寂滅
Laughterspren　笑靈
Lavis　拉維穀
Lead Huntmaster　獵長
Leef　李夫
Leeward　背風向
Leggers　多足
Leyten　雷頓
Lhanin　拉尼因
Liafor　利亞佛
Lifebrother　命兄
Lifespren　生靈
Lightday　光日
Lilting Adrene　〈輕快的阿德萊納〉
Linil　歷尼
Lirin　李臨
Lister Oil　李斯特消毒油
Litima　麗提瑪
Loats　洛亞
Logicmaster　邏輯師
Logicspren　邏輯靈
Lomard　洛馬
Longbrow's Straits　長眉海峽
Longroot　長根
Longshandow　長影
Lopen　洛奔
Lost Radiants　失落燦軍
Lucentia　露光霞
Luckspren　運氣靈
Luesh　魯艾熙
Lull　暫靜
Lurg　羅螺
Lustow　路司托
Luten　路頓
Lyndel　林德

M

Maakaian　瑪奇安教徒
Mabrow　麥伯
Maderia　麥德芮雅
mafah'liki　瑪法利奇
Maib　梅布
Makabakam　馬卡巴坎王國
Makabaki　馬卡巴奇人
Makal　瑪卡
Makam　馬卡木
Makkek　馬凱克
Malan　馬藍

Malasha　瑪拉紗
Malise Gevelmar　瑪麗絲・蓋佛瑪
Malop　馬洛普
Manaline　馬那萊
Maps　地圖
Marabethia　瑪拉貝息安
Marakal　麥拉卡
Marat　瑪拉特
Marf　馬福
Mark　馬克
Markel Tree　馬可樹
Marks　馬克斯
Marnah　馬爾納
Mashala　瑪莎拉
Masly　《馬思禮》
Master-servant　上僕
Matain　瑪坦音
Mathana　瑪賽娜
Meirav　梅菈芙
Merim　枚覽
Mesh　梅希
Methi Fruit　梅西果
Mevan Bay　梅凡灣
Miasal　米雅撒
Middlefest　中年節
Midnight Essence　子夜精
Miliv　密理夫
Milp　米普
Midnight Mother　子夜之母
Mishim　迷辛（第三月亮）
Misted Mountains　迷霧山脈
mkai bade fortenthis　姆凱貝得富頓希司
Moash　摩亞許
Monavakah　莫那伐卡
Morakotha　摩拉克沙
Moratel　莫拉特
Mord　摩德
Most Ancient　至長者
Mourn’s Vault　穆恩密庫
Mudbeer　泥啤酒
Multiple Basic Lashing　多重基本捆術
Mungam　蒙佳
Murk　莫克
Musicspren　樂靈
Myalmr　麥雅茉

N

Nacomb Gaval　維可・加法
Nadris　納德利斯
Nafti　娜芙蒂
Naget　納傑
Nahel Bond　納海聯繫
Nahn　那恩
Nak-ali　納克阿里
Nalan’Elin　納拉艾林
Nalem　那倫
Nalma　納馬
Nan Balat　南・巴拉特
Nan Helaran　南・赫拉倫
Nanes　那諾
Nanha Relina　蕾林娜・南哈

Nanha Terith　特麗絲・南哈
Narbin　那賓布
Narm　那姆
Nasha　那山
Natam　那坦
Natan　拉坦
Natanatan　那塔那坦王國
Natir　那提爾
Navani　娜凡妮
Navar　那伐
Nearer the Flame《近火》
Nelda　奈達
Neshua Kadal　內書亞・卡達
Neteb　耐特伯
Neturo　奈圖羅
New Natanan　新那坦南
Niali　倪亞歷
Nightspren　夜靈
Nightstream Sea　夜流海
Nightwatcher　守夜者
Niter　奈特
Nohadon　諾哈頓
Nomon　諾蒙（第二月亮）
Norby　諾比
Northgrip　北握
Nu Ralik　努・拉力克
nuatoma　弩阿托瑪
numuhukumakiaki'aialunamor
　弩母呼苦馬奇亞奇艾亞路納摩

O

o mas vara　兀洛馬法拉
Oathbringer　引誓
Oathgate　誓門
Oathpact　誓盟
Oathstone　誓石
Ocean of Origins　始源之海
Odium　憎惡
Old Magic　上古魔法
Oldblood　老族
Order of the Stonewards
　石守騎士團
Order of the Stonenews
　石筋騎士團
Order of The Windrunner
　逐風騎士團
Origin　起源處

P

Painspren　痛靈
Pairing Fabrials　配對型法器
Palafruit　帕拉果
Palah　帕拉
Palahakev　帕拉哈克夫日
Palaheses　帕拉賀西思日
Palahevan　帕拉和凡日
Palahishev　帕拉希薩夫
Palanaeum　帕拉尼奧
Palaneum　帕拉尼恩
Panatham　帕那坦
Parasaphi　帕菈莎菲
Parshendi　帕山迪人
Parshmen　帕胥人
Passionspren　激情靈

Peet　皮特
People of the Great Abyss　大深淵一族
Perethom　裴瑞松
Philosophy of Aspiration　期望哲學
Philosophy of Ideals　理念哲學
Philosophy of Purpose　目的哲學
Philosophy of Starkness　極簡哲學
Physical Realm　實體界
Pilevine Fruit　堆藤果
Placini　普拉西尼
Plated Stone　石盤
Plytree　線樹
Poem of Ista　〈艾司塔之詩〉
Polestone　極石
Prickletac　荊灌
Prime Kadasix　卡達西思主神
Prime Map　主地圖
Protector　保護者
Proving Day　證實之日
Purelake　純湖
Purelaker　純湖人

Q

Quili　奇利

R

Radiant　燦軍
Rainspren　雨靈
Raksha　拉克沙
Ral　阿勞
Ralinsa　拉林薩街
Rall Elorim　勞・艾洛里
Rashir　拉席爾
Rasping　嘶怪
Rathalas　拉薩拉思
Rayse　雷司
Recreance　重創期
Reesh　利西
Relanas　雷拉納斯
Renarin　雷納林
Rencalt　仁卡
Reral Makoram　雷拉・馬可朗
Re-Shephir　瑞佘斐爾
Reshi　雷熙人
Resi　雷希
Restares　雷斯塔瑞
Reversers　倒轉
Reverse Lashing　反向捆術
Rianal　瑞亞納
Riddens　瀝流
Rilla　芮菈
Rillier　瑞利爾
Rira　里拉
Rishir　芮希爾王國
Riverspren　河靈
Rock　大石
Rockbud　石苞
Roion　洛依恩
Roshar　羅沙
Roshone　羅賞
Rotspren　腐靈

Royal Defender　王家護衛
Ru Parat　魯帕拉特
Ruby　紅寶石
Ruby Mark（Firemark）
紅寶馬克（火馬克）
Ruthar　盧沙
Ryshadium　瑞沙迪馬
Rysn　芮心

S

Safehand　內手
Safepouch　密囊
Salas　薩拉思（第一月亮）
Sani　薩妮
Sapphire　藍寶石
Sas Morom　撒司·墨隆
Sas Nahn　煞·那恩
Savalashi　薩法拉席
Scarfever　疤熱
Scragglebark　粗皮苔
Scrak　思夸可
Sea of Spears　矛海
Sebarial　瑟巴瑞爾
Seedstone　種石
Seeli　西莉
Sel　賽耳
Sela Tales　瑟拉·泰爾王國
Selay　色雷人
Seld　《賽德》
Sesemalex Dar　瑟瑟瑪雷達城
Seveks　瑟維克思
Shadesmar　幽界
Shadowdays　影時代
Shadows Remembered
《追憶影蹤》
Shalash　紗拉希
Shalebark　板岩芝
Shallan Davar　紗藍·達伐
Shallowcrab　鬥淺蟹
Shamel　沙眉
Shardbearer　碎刃師
Shardblade　碎刃
Shash　沙須
Shash　沙詩月
Shashabev　沙沙貝夫日
Shashanan　沙山南日
Shattered Plains　破碎平原
Shauka-daughter-Hasweth
哈思維司之女韶卡
shaylor mkabat nour
賽拉姆卡巴特奴爾
Sheler　薛勒
Shen　沈
Shesh Lerel　薛須·雷樂
Shin　雪諾瓦人
Shin Kak Nish　辛·卡·尼西王國
Shinovar　雪諾瓦
Shorsebroon　修司布隆城
Shulin　書林
Siah Aimians　西亞·艾米亞人
Sigzil　席格吉
Silent Gatherers　沉默蒐集者
Silent Mount　無言峰
Silnasen　席爾那森

Silver Kingdom　銀色帝國
Simberry　辛莓
Sinbian　欣比安
Skai　史凱
Skar　斯卡
Skychips　天幣
Skyeel　天鰻
Skymark　天馬克（藍寶馬克）
Smokestance　煙式
Smokestone　煙石
Snarlbrush　纏灌
Songlings　歌螺
Soulcaster　魂師
Soul's March　靈魂長征
Souther Depth　南方深淵
Spanreed　信蘆
Spark-flickr　火劍
Sphere　錢球（球幣）
Spikemane　刺芒
Spiritual Realm　靈魂界
Splintered　拆裂
Spren　精靈
Stagm　思塔根
Staplind　史塔布林德
Starspren　星靈
Steamwater Ocean　蒸騰海洋
Steen　使丁
Stone Shaman　石巫
Stone Shamanism　拜石教
Stoneinew　石筋
Stonestance　石式
Stonewalker　踩石人
Stonewards　石衛
Stoneweight　石重
Stormfather　颶父
Stormlight Archive　颶光典籍
Stormwall　颶風牆
Stormwarden　防颶員
Stormwhisper　念颶怪
Stormward　颶風向
Stumpweight Sap　矮重樹漿
Stumpweight tree　矮重樹
Stumpy Cort　短科特魚
Subart　次藝
Subspren　昏靈
Sumi　索米
Sunmaker　創日者
Sunmaker Mountains　造日山脈
Sunraiser　舉日
Sur　蘇耳
Sur Kamar　蘇爾．卡滿
Sureblood　定血
Surgebinder　封波師
Surgebinding　封波術
Syasikk　賽西克
Sylphrena (Syl)
西芙蕾娜（西兒）
Szeth　賽司

T

Tadet　塔得特
Taffa　塔凡
Tag　泰格
Takama　塔卡瑪

Takers　拿翹組
Talata　塔拉塔
Talatin　塔拉汀
Taleb　塔雷伯
Taln　塔恩
Talenel　塔勒奈
Talenelat　塔勒奈拉
Talenelat'Elin　塔勒奈拉・艾林
Tallew　塔露穀
Taln　泰倫
Taln's Scar　塔恩之疤
tan balo ken tala　坦包羅坎塔拉
Tanatanes　塔那塔那日
Tanatanev　塔那塔耐夫日
Tanates　塔納特司
Tanatesach　塔納特薩奇
Tanavast　坦那伐思特
Tarah　塔菈
Taran　塔南
Tarat Sea　塔拉海
Taravangian　塔拉凡吉安
Tarilar　塔瑞拉
Tarma　塔瑪
Tarn　塔恩
Taselin　塔瑟里
Tashikk　塔西克
Tashlin　塔須林
Teft　泰夫
Teleb　特雷博
Temoo　特目
Ten　坦
Ten Deaths　十死神
Ten Divine Attributes　神之十相
Ten Essences　十元素
Ten Fools　十傻人
Ten Human Failings　人之十敗
Tenem　特南
Terxim　特西姆
Teshav　泰紗芙
Tet Wikim　太特・維勤
Tezim　特席姆
Thaidakar　賽達卡
Thalath　瑟拉席
Thanadal　薩拿達
Thaspic　塞斯皮克
Thath　薩斯
Thaylen　賽勒那人
Thaylenah　賽勒那王國
The Arguments　《證經》
The Day of Recreance　再創之日
The Night of Sorrows　哀傷之夜
The Poem of the Seventh Morning　〈第七晨之詩〉
The Shallow Crypts　淺窖
The Song of the Last Summer　〈往夏之歌〉
The True Desolation　真正荒寂
The Wind's Pleasure　隨風號
Thinker　阿想
Three Gods　三神
Three Lashing　三重捆術
Thresh-son-Esan　艾森之子瑟雷敘
Thunderclast　雷爪

Tibon　提邦
Tien　提恩
Tif　提夫
Tifandor　提凡朵
Times and Passage
　《歷史與進程》
Tivbet　提福貝
Tomat　托馬
Ton　阿同
Took　托克
Toorim　圖林
Topaz　黃寶
Topics　《主題史》
Torfin　托分
Tormas　托瑪斯
Torol Sadeas　托羅・薩迪雅司
Town Hall　市鎮廳
Tozbek　托茲貝克
Trailman　徑人
Tranquiline Halls　寧靜宮
Traxil　特拉席爾
Treff　特雷夫
Triax　特里亞斯
Troal　托勞
Truthberry　實話果
Truthless　無實之人
Tu Bayla　圖・貝拉
Tu Fallia　圖・法利亞
Tukar　圖卡
Tukari　圖卡里人
Tukks　托克思
Tumul　圖木
Tvlakv　弗拉克夫

U

uli'tekanaki　兀理特卡那奇
Ulo mas vara　兀洛馬法拉
umarti'a　兀瑪提阿
Unclaimed Hills　無主丘陵
Unkalaki　昂卡拉其
Unmade　魄散
Urithiru　兀瑞席魯
Uvara　兀法拉人

V

Valam　法蘭
Valama　法拉馬
Valath　法拉斯
Valhav　法哈佛王國
Vallano　法拉諾
Valley of Truth　眞實山谷
Vamah　法瑪
Vanrial　凡瑞爾
Vanrial Hypothesis　凡瑞爾推論
Vao　伐歐
Varala　法勞菈
Varas　瓦拉偲
Varikev　法瑞克夫
Varth　伐史
Vartian　凡紳
Vathe　法西
Vavibrar　《法維布拉》
Veden　費德人
Vedeledev　弗德勒弗

Vedenar 費德納
Veil 紗室
Ven 凡
Vengeance 復仇
Vengeance Pact 復仇同盟
Veristitalian 記實學家
Vevahach 維瓦哈克日
Vevanev 維法奈日
Vevishes 維微西日
Vinebud 藤苞
Voidbinding 束虛術
Voidbringer 引虛者
Vorin 弗林
Vorin Kingdom 弗林國度
Vstim 弗廷
Vun Makak 馮・馬卡克

W

Waber 華伯
War Codes 戰地守則
War of Loss 失落之戰
War of Reckoning 清算之戰
Warliday 瓦力日
Warlord 戰主
Warning Fabrials 示警型法器
Wastescum 廢墟區
Wasting Sickness 消渴症
Weeping 泣季
Weepings Old 泣年
Whitespine 白脊
Windblade 風刃
Windrunner 逐風師
Windrunning 逐風術
Windrunner R. 逐風河
Winds of Fortune 幸運之風
Windspren 風靈
Windstance 風式
Winterwort 冬結根
Wistiow 維司提歐
Wit 智臣
Wordsman 書人
Worldsinger 歌世者

Y

Yake 亞克
Yalb 亞耶伯
Yamma 亞嗎葉
Yelig-nar 夜林拿
Yezier 葉席爾
Yis 依史
Yonatan 永納坦
Ysperist 伊斯派瑞教徒
Yulay 育雷
Yustara 余斯塔拉

Z

Zircon 鋯石
Zither 齊特琴

國家圖書館出版品預行編目資料

颶光典籍首部曲：王者之路（下冊）／布蘭登．山德森（Brandon Sandersen）作; 段宗忱譯 - 初版 - 臺北市：奇幻基地, 城邦文化出版：家庭傳媒城邦分公司發行；民101. 01
面：公分. -（BEST嚴選：035）
譯自：The Stormlight Archive: The Way of Kings
ISBN 978-986-6275-67-8（平裝）

874.57　　100026013

ISBN　978-986-6275-67-8

Printed in Taiwan.

BEST嚴選 035

颶光典籍首部曲：王者之路．下冊

原 著 書 名／The Stormlight Archive: The Way of Kings
作　　　者／布蘭登．山德森（Brandon Sanderson）
譯　　　者／段宗忱
企劃選書人／楊秀真
責 任 編 輯／王雪莉
文 字 校 對／郭凡媞
行 銷 企 劃／周丹蘋
業 務 企 劃／虞子嫺
行銷業務主任／李振東
總　編　輯／楊秀真
發　行　人／何飛鵬
法 律 顧 問／台英國際商務法律事務所　羅明通律師
出版／奇幻基地出版
城邦文化事業股份有限公司
台北市 104 民生東路二段 141 號 8 樓
電話：(02)25007008　傳真：(02)25027676
網址：www.ffoundation.com.tw
e-mail：ffoundation@cite.com.tw
發行／英屬蓋曼群島商家庭傳媒股份有限公司城邦分公司
台北市 104 民生東路二段 141 號 11 樓
書虫客服服務專線：(02)25007718．(02)25007719
24 小時傳真服務：(02)25170999．(02)25001991
服務時間：週一至週五09:30-12:00．13:30-17:00
郵撥帳號：19863813　戶名：書虫股份有限公司
讀者服務信箱 E-mail：service@readingclub.com.tw
歡迎光臨城邦讀書花園　網址：www.cite.com.tw
香港發行所／城邦（香港）出版集團有限公司
香港灣仔駱克道 193 號東超商業中心 1 樓
電話／(852) 2508-6231　傳真／(852) 2578-9337
E-mail／hkcite@biznetvigator.com
馬新發行所／城邦（馬新）出版集團
【Cite(M)Sdn. Bhd.(458372U)】
11, Jalan 30D/146, Desa Tasik, Sungai Besi, 57000 Kuala Lumpur, Malaysia.
電話：603-9056 3833　傳真：603-9056 2833

封 面 設 計／顏伯駿
排　　　版／浩瀚電腦排版股份有限公司
印　　　刷／高典印刷有限公司
■2012 年（民 101）1 月 31 日初版
■2021 年（民 110）1 月 20 日初版23.5刷

售價／499元

廣　告　回　函
北區郵政管理登記證
台北廣字第000791號
郵資已付，免貼郵票

104台北市民生東路二段141號11樓

英屬蓋曼群島商家庭傳媒股份有限公司城邦分公司 收

請沿虛線對摺，謝謝

奇幻基地

每個人都有一本奇幻文學的啓蒙書

網　　　　站：http://www.ffoundation.com.tw
奇幻基地部落格：http://ffoundation.pixnet.net/blog
奇幻基地臉書團：http://www.facebook.com/ffoundation/

書號：1HB035　　書名：颶光典籍首部曲：王者之路．下冊

請於此處用膠水黏貼

奇幻基地

讀者回函卡

謝謝您購買我們出版的書籍！我們誠摯希望能分享您對本書的看法。請將您的書評寫於下方稿紙中（100字為限），寄回本社。本社保留刊登權利。一經使用（網站、文宣），將致贈您一份精美小禮。

姓名：＿＿＿＿＿＿＿＿ 性別：□男 □女

生日：西元＿＿＿＿年＿＿＿＿月＿＿＿＿日

地址：＿＿＿＿＿＿＿＿

聯絡電話：＿＿＿＿＿＿＿＿ 傳真：＿＿＿＿＿＿＿＿

E-mail：＿＿＿＿＿＿＿＿

您是否曾買過本作者的作品呢？□是 書名：＿＿＿＿＿＿＿＿ □否

您是否為奇幻基地網站會員？□是 □否（歡迎至http://www.ffoundation.com.tw免費加入）

請於此處用膠水黏貼